KB252039

이상문학상 작품집

이상문학상 작품집

1992년도 이상문학상 작품집
제16회 대상 수상작 양귀자 〈숨은 꽃〉 외 6편

ⓒ 문학사상사, 1992

1992년도 제16회 이상문학상 작품집

숨은 꽃 외

문학사상사

제16회 이상문학상 대상 수상작 선정 이유서

자전적 소설이 주는 친근함과 안정감이 확보된,
작품이 갖추어야 될 선결 요건이 유감없이 갖추어진 최고의 작품

〈숨은 꽃〉은 자전적 소설 범주에 속하는 작품이자 그 이상이다. 자전적 소설이라 할 때 거기에는 무엇보다 우리에게 친근함이라는 미덕이 주어져 있다. 또한 이 작품은 여로형旅路型 정석에 속하는 것이어서 그만큼 안정감이 확보되어 있다. 작품이 갖추어야 될 선결 요건이 유감없이 갖추어진 것이다.

〈숨은 꽃〉의 중요성은 소설 쓰기의 의미 변화에 가장 민감하고도 뛰어났던 이 작가가 어째서 90년대에 접어들면서 미로迷路에 빠졌는가에 있다.

이 물음은 문학사적이라 하지 않을 수 없는데, 단편 아닌 다른 글쓰기라든가 연재소설에 대한 한 가지 뚜렷한 비판이 그 속에 들어 있기 때문이다. 공동체 의식에서 글쓰기의 윤리적, 미학적 의의가 강조되었던 80년대적인 글쓰기에 대한 근본적 회의 끝에 단편 형식으로의 회귀를 꿈꾼다는 이 작품의 참주제가 문학사적이라고 할 까닭이 여기에 있다.

기도와 같은 글쓰기, 고백과 같은 글쓰기의 이처럼 뚜렷한 유형의 솟아오름이 이 작가의 새로운 경지가 되어 소설 미학으로 발전할 것을 기대하면서 이 작품에 제16회 이상문학상을 수여하는 바이다.

1992년 8월
이상문학상 심사위원회
이어령 · 김윤식 · 최일남 · 이재선 · 권영민

차 례

숨은 꽃

양귀자

1955년 전북 전주 출생.
원광대학교 국어국문과 졸업.
1978년 《문학사상》에 〈다시 시작하는 아침〉〈이미 닫힌 문〉으로 신인상 당선.
소설집 《귀머거리새》《지구를 색칠하는 페인트공》,
장편소설 《원미동 사람들》《희망》
《나는 소망한다 내게 금지된 것을》《천년의 사랑》 등.
유주현문학상, 현대문학상 수상.

숨은 꽃

1

그는 귀신사歸神寺에 있었다. 나는 그를 귀신사에서 만났다. 십오 년 만이었다. 물론 나는 그 십오 년의 세월을 첫눈에 걷어 내지는 못하였다. 그가 먼저 나를 알아보지 못했다면 이 돌연한 만남이 십오 년의 시간을 경과한 후에 비로소 일어났다는 사실조차 확인되지 않았을 터였다.

그랬다면, 만약 그와 나 두 사람 중의 어느 누구도 세월의 두께를 젖히고 상대를 알아보지 못했다면, 우리는 서로 스쳐 지나갔을 것이다. 하늘 향해 키를 겨누고 서서 연초록 잎을 피워 올리고 있는 껑충한 미루나무나 하염없이 쳐다보다가, 시들어가는 진달래 잎사귀나 한번 더 만져보고, 나는 그만 돌아섰을 것이다.

만약 그랬다면 이 소설은 씌어지지 않았을 것이다. 나는 한 거인의 목소리를 채집하는 행운을 영원히 놓쳐버릴 수도 있었다. 그뿐만이 아니었다. 행여 하고 갔다가 역시 하고 돌아오는 허망함을 어떻게 가누었을지 생각만 해도 막막한 일이었다. 어쩌면 그는 내가 거기에 가야만 했던 까닭을 미리 알고 먼저 그곳에 와 있었는지도 모르겠다.

예전 같으면 이렇게 말하는 사람들을 비웃었겠지만 지금은 그럴 생각이 전혀 없다. 중요한 것은 그런 일이 있을 수 있는지 없는지를 말하는 것이 아니라, 그렇게 말해 버릴 수 있느냐 없느냐의 태도일 것이다. 그리고 나는 그렇게 말해 버렸다. 귀신사에서 나는, 그렇게 말해 버리는 법도 있다는 것을 배웠다.

그날 오전, 서울역의 혼잡한 광장에 홀로 남겨졌을 때부터 나는 이 여행을 후회하고 있었다. 그러나 좀더 사실대로 말하자면 후회가 시작된 시간은 그보다 한참 먼저였다. 기차 시간에 늦지 않으려고 다소 부지런을 떨었던 아침, 내가 없어도 아무 이상 없이 잘 돌아가게끔 챙겨 둬야 할 일상의 자질구레한 일들을 앞에 두고 느꼈던 전날 밤의 한숨, 그보다 더 앞으로 시간을 돌리면 기차표를 예매하러 나갔던 날의 몽롱함과 회의까지를 다 후회의 페이지에 삽입시켜야 정확할 터였다.

하지만 후회를 잘하는 사람일수록 늘 그렇듯이 포기도 쉽게 하지를 못하고 결국 나는 예매한 기차표의 시각에 정확히 맞추어 서울역 광장에 모습을 나타냈다. 그 사이 이 여행을 포기해도 미련이 없을 만한 어떤 좋은 생각도 떠오르지 않았기 때문이다.

"차표는 잊지 않고 가져 왔지?"

나를 광장에까지 실어다 주고 돌아가면서 남편이 남긴 말은 이게 다였다. 잘 다녀오라거나 그저 머리나 식히고 오는 셈 치라는 말쯤은 해줄 만도 한데 그는 그저 내 지독한 건망증만이 염려스럽다는 얼굴로 그렇게 말하고 태연히 차를 돌렸다.

남편의 태연한 그 얼굴이, 광장에 밀집해 있는 자동차 사이를 빠져나가 눈부신 봄 햇살 속의 거리로 섞여가는 그 태연한 뒷모습이 얼마나 부러웠던가.

나는 억울하였다. 다른 이들은 모두 신나는 휴가를 떠나는데 오직 나에게만 처치 곤란한 일거리가 잔뜩 주어져 내몰린 기분이었다. 이건 정말 부당하다. 억울하다. 그 한순간의 억울함은 이 여행의 후회를 넘어서서 내 생애 전부를 후회하기에도 충분한 양이었다.

내 생애 전부를 실어내기 위해 늘 내 이름자 밑에 괄호로 닫혀져 묶여 있는 '소설가'라는 호칭을 반납하고 흘러가 버린 다른 생애를 반환받을 수 있다면. 행여 그럴 수 있다면 이렇게 역 광장에 홀로 남겨져 타인들을 질투하며 서 있지 않아도 됐을 것을.

설령 내 이름자 밑에 따라다니는 괄호 속의 호칭을 원망하지 않는다 하더라도 가슴에 얹혀진 바위 하나를 들어내는 방법이 꼭 이래야 한다는 것은 원래 내 방식이 아니었다. 잘 감긴 타래에서 술술 실이 풀리듯 그렇게 글이 풀려 나오지 않는다 해서 훌쩍 어디로 떠나곤 하는 버릇에는 애당초 길들여 있지 않은 사람이 바로 나였다.

글이 써지지 않아서, 혹은 좋은 글을 찾아서 여행을 떠난다는 동업자들을 볼 때마다 나는 그들의 허공에 들린 발을 염려하곤 했었다. 여행이 필요하다면 그것은 삶의 필요에 의한 것이며, 단지 소설만을 위해서 일상을 저버리고 떠나는 일은 마치 죽기 위해서 산다는 말처럼 부정하기 어려운 허장성세가 감추어져 있다는 것이 내 생각이었다.

나중에 하나의 여행이 온전하게 소설로 담겨져 나오는 수도 없지는 않았지만 그것 또한 삶의 필요가 먼저였고, 소설은 의외의 부산물인 경우에 불과했다. 성실하게 삶을 더듬다 보면 운 좋게 주어지는 그런 부산물.

그러나 이번 여행은 삶의 여러 관계들로 야기된 피할 수 없는 길 떠남이 아니었다. 망설임과 후회가 그처럼 질겼던 것도 따지고 보면 모두 거기에서 연유되고 있었을 것이다.

소설이 제대로 씌어지지 않는다고 해서 여행을 도모하고 실천하다니, 게다가 단 한 시간이라도 죽을 듯이 아껴서 써대도 겨우 마감 날짜를 지킬까 말까 한 이 화급한 날들 중의 하루나 이틀을 온전하게 내던져 버리다니.

이 도박은 말하자면 벌써 몇 달째 그랬듯이 이번 달 역시 마감 날짜를 그냥 지나치고 말리라는 뚜렷한 징표로서 제시된 것에 다름 아니었다. 소설은, 확률이 높건 낮건 간에, 결코 도박일 수 없는 것이므로.

여행에 대한 미심쩍음이 이리도 깊었던 탓에 창가 좌석에 앉아 스치는 바깥 풍경을 내다보는 심정도 썩 밝지는 않았다. 소설을 위한 여행이 아니었다면 동네에서도 보고 또 본 저 흐드러진 진달래며 개나리, 그리고 연둣빛 새순들한테 얼마나 많은 감흥을 쏟아 넣었을까를 생각하면 더욱 그러했다.

기차가 서울역을 벗어나 달린 지 오 분도 채 되지 않아서 의자를 마주 돌려놓고 먹을 준비를 하는 건너편 여자들의 거칠 것 없는 웃음소리도 내게는 예사롭게 들리지 않았다. 거의 내 나이쯤으로 보이는 여자들은 아마도 한 동네 단짝들인 모양이었다. 모처럼 집을 빠져 나왔을 여자들은 이른 점심인지 늦은 아침인지 모를 식사를 하면서 거침없이 웃고 떠들었다.

나는 그들의 거침없는 웃음을 훔쳐보며 더욱 창가 쪽으로 바싹 당겨 앉았다. 기차 안 어디를 둘러보아도 나처럼 모호한 표정의 승객은 없었다. 모호하기는커녕 일상을 벗어난 사람들의 표정은 그 여행의 목적과는 관계없이 지극히 선명한 굴곡을 나타내고 있었다. 나는 거침없고 선명한 승객들한테 자꾸 주눅이 들고 있었다.

 미로에 빠졌으면 처음 길을 잃었던 자리에서부터 차근차근 출구를 찾아보는 것이 옳았을 터였다. 시작과 끝을, 삶의 처음과 마지막을 그토록이나 성실하게 더듬어가는 것으로 미로를 벗어나긴 틀린 일이었을까. 운 좋게 부산물을 획득하던 시대는 이제 끝났다고 생각한 것은 너무 이른 절망이 아니었을까. 좌표가 사라졌다고는 해도 좌표가 있던 자리까지 사라진 것은 아닌데 왜 그렇게도 맥이 풀려버렸을까. 그 맥 풀림에 대처하는 것조차 나는 왜 그리 조급했던 것일까.

 한 시인의 말처럼 어차피 고통은 이 세상을 사는 인간들이 지불하는 월세 같은 것일진대, 견디어 누르고 있으면 제 압력으로 솟아나오는 뿌리 하나쯤은 있을지도 모르는데. 아니, 이제는 그런 것들까지 폐기 처분되는 시대라고 믿었던 것은 아니었을까. 정말은 그 믿음이 두려웠던 것일까, 나는.

 생전에 안 하던 짓을 하고 있는 자의 가슴속으로는 온갖 의문이 스며들고, 그 의혹의 무게까지 덧붙여진 가슴의 바위는 참으로 처치 곤란이었다. 이럴 수도 저럴 수도 없다.

 이럴 때는 무엇이든 읽을 것이 있어 글자 속으로 들어가 버리면 시간을 죽이기가 훨씬 수월할 텐데도 내겐 인쇄된 그 무엇도 가진 것이 없었다. 나는 일부러 책 따위는 들고 가지 않기로 했던 것이다. 그러나 기차가 수원을 지나기도 전에 나는 이미 읽을 것을 학대한 스스로를 질책했다.

 책 대신으로 은근히 기댄 것은 가없는 풍경을 담아내는 기차의 넓은 창이었다. 나는 표를 예매하면서 근래에 드문 명료한 목소리로 창가 좌석을 요구했었다.

 하지만 직통으로 얼굴을 쪼아대는 4월의 햇볕과 만난 것은 기차가 서울을 벗어나고 이내였다. 그것은 벌써 몸에 닿으면 감미롭고 마냥 훈훈하던 첫봄의 순수한 햇살이 아니었다. 견딜 만큼 견딘다 해도 결국 오 분이 채 되지 않아 때 묻은 커튼으로 손이 갈 만큼 성가신 존재였다.

창의 배반은 당장에 읽을 것에 대한 갈증을 불러왔다. 할 수 없는 일이었다. 나는 이처럼 모든 일에 있어 제3의 대안 같은 것은 준비해 본 적이 없는 한심한 인간이었다.

사실을 말하면 개표를 기다리는 동안에도 약국 앞에 붙은 간이 서점을 기웃거리긴 했었다. 읽을 것이 아닌 그저 볼 것, 머리에는 입력되지 않고 단순히 눈에만 머물렀다가 그대로 날아가 버릴 그런 것은 괜찮지 않을까 생각했었다. 그러나 그곳에서도 나는 읽을 만한 책을 고르지 못하였다.

집에서도 그랬다. 어쩌면 손쉽게 아무 책이나 택해서 손가방 안에 쑥 밀어 넣지 못하는 스스로에 대한 짜증으로 이번 여행엔 아예 어떤 책도 동반하지 않겠다고 다짐했는지도 모른다. 책 속에서 무얼 구할 수 있었다면 왜 여행까지 생각했을 것인가.

그래도 나는 역 귀퉁이의 간이 서점 앞을 그냥 통과할 수가 없었다. 그리고 또 한참을 제목의 숲에서 길을 잃었다. 한참 뒤에 나는 집에서의 다짐을 떠올렸다. 책을 동반하지 말 것. 그 다음에 떠오른 것은 늙은 내 어머니의 푸념 같은 말씀 하나였다.

"쟈는 염생이 띠에다 염생이 달, 염생이 시時에 태어났응께 어차피 한평생 종이만 우물거리다 말 거여."

기차 안에서의 세 시간 동안 내가 만난 글자는 홍익회 판매원의 밀차에 담긴 군것질감의 상표와 앞자리 등받이에 새겨진 피로 회복제 광고가 전부였다. 피곤하고 나른할 때 이 물약을 마시면 새 기운이 솟구친다는 광고 문구는 어느 좌석이건 간에 다 흰 천의 등받이에 녹색 잉크로 인쇄되어 있었다.

그러니까 기차 안 이곳저곳에 내가 찾는 글자가 널려 있기는 한 셈이었다. 그것들의 한결같은 내용에 진저리를 치면서도 내 눈은 글자를 읽고 뜻을 해독하는 짓을 멈추지 못한다.

읽고 또 읽고 다시 읽으며, 나는 마녀의 주술 때문에 춤을 멈출 수 없어 쩔쩔매는 동화 속의 불행한 공주를 떠올린다. 누구, 이 춤을 멈춰줄 사람은 없나요? 나는 밥을 먹으면서도 춤을 춰야 하고 자면서도 계속해서 춤을 춰야 한답니다. 제발, 이 춤을 멈춰 주세요.

결국 나는 눈을 감고 등받이에 머리를 기댔다. 피로 회복제 광고를 외우다가 지쳐 떨어진 나에게 필요한 것은 바로 그 피로 회복제였다.

나는 거의 한 달 이상 줄곧 피로했다. 물론 피로 회복제 같은 것을 먹어본 적은 없었다. 도대체가 회복시킬 피로가 뚜렷하게 있는 것도 아니었다. 종일 팔다리 휘둘러 일을 하지도 않았고, 자판을 두들겨가며 원고의 양을 착실하게 늘려간 것도 결코 아니었다.

너무 멀어지기 전에 단편을 하나 써보겠다고 마음을 다잡기 시작한 한 달 전부터는 두 손 늘어뜨리고 앉아 있는 시간이 더 많았다. 두 손을 늘어뜨리고 앉아 있는 날이 하루 이틀 계속되기 시작하면서 나는 지독하게 피로했다.

이런 식으로 시작부터 미로인 글쓰기는 난생 처음 경험하는 일이었다. 단편소설에 손대본 지가 벌써 햇수로 3년, 전교조 원년의 그 치열한 투쟁의 한 자락을 그린 단편 〈슬픔도 힘이 된다〉를 한 계간지에 발표한 것이 마지막이었던 셈이었다.

그렇다고는 해도 이처럼 까맣게 소설 작법을 잃어버릴 수는 도저히 없는 일이었다. 그동안에도 나는 쓰고 또 썼었다. 단편이 아니더라도 써야 할 것은 많았다. 규칙적으로 원고를 넘겨야 하는 장편 연재도 쉬임 없이 해왔었다.

문제는 〈슬픔도 힘이 된다〉는 진술이 아무런 감동도 주지 못하는 세상의 변화에 있었다. 세상이 갑자기 텅 비어버린 듯했다. 써야 할 것이 우글대던 머릿속도 세상을 따라 멍한 혼돈에 빠져버렸다. 하필이면 이때, 나는 연신 미루고만 있던 단편을 써보겠다고 자포자기의 심정으로 두어 군데에 약속을 하고 말았던 것이다. 하필이면 이때에.

소련과 동구권의 대변혁이 몰고 온 파장은 그나마 모색되어 오던 이 사회의 새로운 물결, 상식적인 삶의 예감까지 붕괴시키는 데 단단한 못을 하려는 듯이 보여졌다. 그쪽 세계에 살던 사람들이 007가방을 들고, 이전과는 다른 눈빛으로 공항을 빠져 나와 우리의 도시 속으로 합류해 들어오는 모습을 보는 일은 착잡했다. 사회주의는 아직 한 번도 실현되어 본 적이 없다는 사라진 지도자의 말도 그 의미심장함과는 상관없이 역설적이고 허탈한 진술로만 들려왔다.

함께 살아가기 위해 만들었다는 한 제도적 장치로서의 도덕은 당분간 어느 곳에서도 얼굴을 내밀지 않을 것 같았다. 이제는 맹목적인 질주疾走만 남았는가. 그렇다면, 그렇다면. 나는 늘 그렇다면, 에서 멈추었다. 누가 뭐라 말하든, 나로서는, 단편이란 양식의 소설이란 작가의 고백에 다름 아니라고 생각해 왔었다. 어떤 내용을 담았건 그것은 작가의 고백이거나 기도 같은 것이었다.

멈춘 기도를 잇고 싶은 마음이야 간절했지만, 그 일을 시작하는 일은 너무 버거웠다. 그때부터 나의 피로는 누적되기 시작했다. 나는 번번이 두 손을 늘어뜨리고 기계 앞에서 물러났다.

어쩌다 느닷없는 자신감에 힘입어 다시 기계 앞에 앉아도 첫 문장을 맺기도 전에 이게 아닌데, 라는 마음속의 말이 내 손을 멈춰버리곤 했다. 이게 아닌데, 이것은 아니다, 라는 것 하나만 분명하고 그 외는 다

오리무중인 나날이 한 달 간 계속되었다.

내가 생전 하진 않던 짓을 해보겠다고 여행을 나선 것도 모두 이게 아닌데, 라는 내 속의 외침을 잠재우기 위한 버둥거림의 결과였다. 더 솔직히 말하자면, 어디 먼 곳에라도 가서 그 지긋지긋한 내 속의 외침을 땅속 깊이 파묻어 버리고 혼자만 도망쳐 올 수는 없을까 해서 꾸민 음모였다.

그 일이 가능한 것일까. 실제로 나는 지금 땅속에 파묻어야 할 것이 무엇인지조차 제대로 가늠하지 못하고 있는 듯싶었다. 나는 두려워하고 있는 것인지도 모른다. 중요한 것은 정작 땅속에 파묻어 버리고 아무짝에도 쓸모없는 것을 건져 와서 완전한 혼돈에 빠져버리는 일이 생기지 않는다는 보장은 어디 있는가.

버리겠다면서도 다 버릴 생각은 추호도 없고, 이게 아닌데, 라고 중얼거리면서도 욕심을 포기하지 않는 이 질긴 모순을 나는 차마 바로 볼 수가 없다. 내 속에 들어 있는 것의 정체를 알기 전에는 어떤 문장에도 안심하고 마침표를 찍을 수가 없는 것이다.

거의 이리裡里에 다 왔을 때까지 나는 눈을 뜨지 않았다. 그렇다고 수면 속으로 빠져 들어간 것도 아니었다. 눈꺼풀을 사이에 두고 나는 여전히 세상 속에 있었다. 한숨 푹 잠 속으로 떨어졌다가 일어나면 한결 머리가 맑아질 수 있다는 것을 잘 알면서도 그 일이 쉽지는 않았다. 한번 빗나가기 시작하면 아무리 쉬운 일도 결코 쉽게 이루어지지 않는 법이다. 두 시간이 넘도록 맨 정신으로 기차의 진동을 느끼고 있는 나를, 그래서 나는 이해하기로 하였다.

기차가 이리에 멈추었을 때 나는 가벼운 두통을 느끼며 눈을 떴다. 내릴 사람들이 통로에 줄지어 서 있는 것이 보였다. 그들은 누구나 할 것 없이 한 손에는 가방을 들었고, 나머지 한 손으로는 헝클어진 머리며 꾸깃꾸깃한 옷을 매만지고 있었다.

내릴 사람이 다 내린 다음 이번에는 새로운 승객들이 등장했다. 조금씩 허물어져서 지친 표정으로 기차를 내린 사람들과는 대조적으로 새 승객들의 머리는 단정했고 구김살 하나 없는 봄나들이 옷은 화사하기 이를 데 없었다. 묵지근한 기차 안 공기는 새 사람들로 인해 금세 싱싱해졌다.

나는 여태도 창을 가리고 있는 때 묻은 커튼을 젖히고 밖을 내다보았다. 바깥을 보기 전에는 미처 모르고 있었는데 기차는 이미 출발을 하고 있었다. 마치 거짓말처럼 사람들이, 역사가 슬금슬금 뒷걸음을 치고 있는 것이었다.

역 구내의 모든 풍경들은 뒷걸음으로 사라지고 나는 얼굴을 창에 박으면서까지 물러나는 것들을 쳐다보았다. 달려오는데도 오히려 뒤로 물러서는 푸른 작업복의 안전 요원, 기척도 없이 멀어지는 만개한 목련들. 한껏 벌어진 목련꽃은 가벼운 한숨 한 자락에도 호르륵 이파리를 떨굴 것처럼 위태위태하게 보였다.

목련에 비하면 쇠락의 조짐이 엿보이는 샛노란 꽃다발 사이로 뾰족한 잎사귀들을 다 내밀고 있는 역 울타리의 개나리 덤불이 한결 당당했다. 역 구내를 거의 빠져 나오면서는 개나리 덤불 사이로 희끗희끗 개구멍들이 보였다. 그 구멍으로 개만 드나들었던가. 아마 나도 먼 옛날의 어느 하루쯤 저 구멍으로 들어왔거나 나갔거나 했을 수도 있다.

나는 눈은 똑바로 뜨고 철로변의 풍경들을 내다보기 시작했다. 햇볕은 아직 쨍쨍했지만 얼굴로 쏟아지던 것에서는 다소 비껴갔다. 설령 얼굴로 쏟아진다 해도 여기서부터는 때 묻은 커튼과 타협을 할 수가 없었다.

이 길을 통해 나는 세상에 나왔었다. 한때의 기억들은 모두 이 길의 언저리에서 만들어졌다. 추억은 그것의 생성 장소에서 회상해야 가장 선명한 법이다. 똑같은 장소를 두고 단지 시간만 달리해서 한 인간의 몸과 정신이 투영되는 일은 언제라도 의미심장한 것이다.

그때 나는 거기에 있었고 지금 다시 나는 여기에 있다. 그 사이로 수천수만 번의 파도가 밀려왔다 밀려갔다. 덧없는 물거품에 옷은 또 얼마나 많이 적셨던가. 그때 내 발부리에 부어졌던 그 파도는 어디로 흘러갔을까. 지금, 이 자리에서 자기를 내다보는 나는 또 어디로 흘러갈 것인가.

돌아갈 길이 없는 시간, 나는 창유리에 이마를 부비며 문득 돌아갈 길도 모른 채 가고 있는 스스로의 존재가 한순간 포말이 되어 공중으로 흩뿌려지는 것을 느낀다. 나는 시간 속으로 빨려 들어가고 있다. 나는 흡입당해지고 있다. 나는 우주 속으로 버려진다…….

흡입당하는 것을 견딜 수 없어 결국 도시를 떠나버린 한 시인이 있었다. 문단에 시인이라는 이름을 얻을 때부터 나는 그를 알게 되었다. 내 딸이 말을 배우기 시작할 무렵 녹음기가 내장된 커다란 앵무새 인형을 사다 준 이도 바로 그 시인이었다.

어떤 말이든 입을 달싹이며 그대로 따라하는 초록 앵무새는 딸뿐만이 아니라 가끔 나도 가지고 놀았다. 시인도 우리 집에 놀러 오면 앵무새와 놀았다. 앵무새는 두 마디 이상은 따라할 수 없게 만들어져 있었다. 난 너를 사랑해, 라고 말하면 난 너를, 까지만 따라하고 나머지 말은 기계 속으로 흡입되어지고 말았다.

우리의 놀음은 앵무새가 '사랑해'까지도 발음할 수 있게 하는 것에 관심이 모아져 있곤 했다. 그러나 그것은 쉽지 않았다. 여간 빠르지 않고선 번번이 '사랑해'는 금속의 기계 어딘가로 흡수되어 분해되고 말았다. 설령 아, 이, 우, 에, 오를 되풀이 연습해서 입술 운동을 실컷 한 다음에 '난 너를 사랑해'를 최대한도로 빨리 발음하는 데 성공했다 해도 허사이긴 마찬가지였다.

명확한 발음이 아니면 문장 전체가 다 녹음되었어도 재생된 소리는 제멋대로 깨어진 채였다. 날랄해, 날리레, 이런 식으로 되돌아오는 '난 너를 사랑해'는 흡사 얼레리 꼴레리 하며 조롱하는 소리로 들렸다.

그렇게 소리가 깨어져서 괴상한 모음과 자음의 조합이 이루어지면 어린 딸은 아주 즐거워했지만 시인은 몹시 낭패한 기색이었다. 언젠가는 초록 앵무새를 다른 것으로 바꾸어 와야겠다고 들고 나선 적도 있었다. 다른 앵무새도 모두 이런 식이라면 앵무새를 만든 공장을 찾아가 항의하고야 말겠다는 것이었다.

'사랑해'를 말할 줄 모르는 앵무새는 아무짝에도 쓸모없다는 시인의 분노는 딸의 반대로 행동에까지 옮겨지지는 못했다. 잠을 잘 때도 초록 앵무새를 껴안고 자는 딸애는 한사코 그것과 헤어지지 않으려고 했다. 아이에게는 아직 얼레리 꼴레리로 능멸당해 본 슬픈 기억이 없었던 탓이었다. 깨진 언어에 대한 시인의 절망을 아이가 어떻게 이해하리.

'사랑해'를 말할 줄 모르는 새는 새가 아니다. '사랑'한테 얼레리 꼴레리 혀를 내미는 앵무새는 앵무새가 아니다. 나는 그가 천상 시인임을 그 작은 일에서 확인했다. 나는 시인이 아니어서 앵무새를 다른 것으로 바꾸거나 만든 이한테 항의하겠다는 생각은 하지 않았었다.

앵무새의 배에 달린 지퍼를 열면 어린아이의 손에도 쥐어질 만한 작은 녹음기가 있었다. 지퍼를 열고 기계에 건전지를 갈아 넣기도 한 나는 기계의 용량에 대해 주로 생각하였다. 작은 기계와 짧은 음절밖에 녹음할 수 없는 성능. '난 너를 사랑해'가 안 되면 그냥 '사랑해'로 가는 것이다. '나는 너를'이 없이는 '사랑해'를 온전히 말할 수 없는 시인의 상처를 소설가는 이렇게 산문적으로 받아들이고 있었던 것이다.

그 시인이 지난해 서울을 떠났다. 글자를 짜 맞추고 짜 맞춘 글자들을 행으로 모아 다시 한 권의 책으로 만들던 일을 하다 말고 어느 날 문득 시인은 직장을 버렸다. 그 사이 서로 간에 격조해 있었던 탓에 나는 그가 왜 그렇게 했는지 전혀 이유를 알 수가 없었다. 그저 덧없는 삶과 창백한 시에 눌려 도시를 떠나고 싶었으려니 짐작만 했을 뿐이었다.

그러다가 나는 시인이 경기도 어디에서 새를 기르며 살아가고 있다는 소식을 들었다. 뜸부기, 이것이 시인이 기르고 있는 새의 이름이었다. 여름철에 냇가나 연못, 풀밭 등에 살고 날개 길이는 10센티미터, 부리와 다리가 길며, 잘 날지 못하고 아침저녁으로 뜸북뜸북 하고 우는 새, 뜸부기.

앵무새는 아니고 뜸부기였지만, 나는 맞다고 생각했다. 뜸부기 때문이라면 서울을 떠날 만도 했다. 서울에서는 뜸부기를 울게 할 수 없으니까.

시인이 할 수 있는 일로 그보다 더 맞는 일은 없다고 무릎을 치며 탄복했었다. 그 탄복은, 시인의 뜸부기가 애완용으로 팔려 나가 이집 저집의 조롱에서 아침저녁으로 뜸북뜸북 노래를 한다는 혼자만의 상상이 어긋나고 말았을 때 참혹하게 거두어졌다. 나는 얼마나 단순한가.

시인이 알에서 부화시키고 조석으로 모이를 주어 기른 뜸부기는 살이 통통하게 올랐을 때 식용으로 팔려 간다. 시인의 뜸부기는 최고급 요리로 둔갑하여 호텔 식당의 우아한 바로크식 식탁에 진열된다.

성장을 한 여자와 남자가 포크와 나이프를 들고 시인의 뜸부기를 먹어 치울 때 시인은 홀로, 아무도 없이 그저 자기 홀로, 뜸북뜸북 뜸부기의 노래를 듣는다. 시인의 뜸부기는, 아니 뜸부기 시인은 아침저녁으로 뜸북뜸북 노래를 한다. 나는 너를 사랑해……

새의 노래, 새를 먹어 치우는 사람들, 돈이 되는 뜸부기, 새를 팔아

사는 시인. 시인의 삶을 떠올릴 때마다 내 머릿속에는 이런 잡다한 소제목들이 나열된다. 그리고 나는 전율한다. 그러나 이 전율은 시인을 향한 절망에서 발생하는 것이 결코 아니다. 나는 이 거대한 모순의 슬프고도 기묘한 조화가 주는 경이 때문에 전율하는 것이다.

시인은 자신의 시 한가운데로 뚜벅뚜벅 걸어 들어갔다. 나는 늘 소스라치며 마음으로 시인에게 묻는다. 뚜벅뚜벅? 어떻게? 무슨 나침반으로? 분해되거나 실종되지는 않았어?

기차는 나침반이 없이도 제 길을 달려 나를 목적지까지 실어다 놓았다. 다음 정착역이 김제임을 예고해 주는 열차 방송을 듣다가 나는 문득 바로 얼마 전에야 그 초록 앵무새를 버렸다는 것을 깨달았다.

아이의 손에서 진작에 떠나버린 앵무새 인형을 나는 몇 년씩이나 버리지 못하고 간직하고 있었다. 새의 부리와 배가 전선으로 연결되어 있어서 세탁이 불가능했던 그것은 보기에도 흉측스러울 만큼 실컷 더러웠는데도 그랬다. 건전지를 갈아 끼우지 않아서 단 한음절도 따라하지 못하는 누추한 앵무새는 올 겨울을 지낸 뒤에야 대청소라는 이름으로 쓰레기통에 버려졌다.

단 한 번도 '난 너를 사랑해'라고 말해 보지 못한 채, '나는 너를'이거나 '사랑해'로 나누어서 말할 수밖에 없었던 기계를 뱃속에 간직한 채 앵무새는 떠났다. 그리고 시인은 지금 뜸부기를 키우고 있는 것이다. 아침저녁으로 먹히고, 아침저녁으로 노래하는 뜸부기를.

잊으신 물건이 없는지 살펴보고 내려 달라는 안내 방송이 무색하게도 내게는 하차의 준비랄 것이 전혀 없었다. 손가방만 하나 달랑 들고 동행도 없이 터덜터덜 플랫폼을 걸어가다 말고 나는 갑자기 주머니와 가방을 뒤져 차표를 찾기 시작했다. 내리기 전에 차표를 확인하지 않았다는 깨달음은 곧바로 내 좌석 어디에 차표를 흘리고 왔음이 틀림없다는 결론으로 치달았다.

나는 언제나 그랬다. 나는 나를 믿을 수가 없었다. 하나에 정신이 팔리면 다른 하나는 까마득하게 잊고 마는 정신의 불균형에 대해 얼마나 많이 절망했던가. 기차는 이미 떠났고, 두고 온 기차표를 어디에서 찾으랴 하는 마음 때문에 가방과 주머니를 뒤지는 손길에는 믿음이 하나도 담겨 있지 않았다.

나는 결국 무임승차의 혐의를 받게 될 것이고 혐의를 벗어나기 위해 무슨 말이든 해야 할 것이다. 이 모든 일이 뜸부기 때문이라고 말하면 역무원은 어떤 표정을 지을까. 그가 뜸부기를 알고 있기나 할까.

그러다 나는 내 손에 끌려 나온 기차표를 발견했다. 그것은 손가방 속 깊숙이에 접혀진 채로 보관되어 있었다. 열차의 좌석 어딘가에 기차표를 흘리고 내렸다는 내 결론은 틀린 것이었다. 그럼에도 나는 오랫동안 빗나간 결론을, 어긋난 믿음을, 잃어버리지 않은 기차표를, 의심하고 또 의심하였다.

2

김제에서 금산사로 들어가는 국도의 가로수는 수령樹齡이 녹녹잖은 단풍나무들이다. 지난가을의 이 길은 하늘에 붉은 융단이 깔린 듯했었다. 가을 하늘의 푸른 빛깔과 화염 같은 붉은 이파리들, 그 사이사이 번쩍이며 내비치던 금빛 햇살의 광휘는 겨울이 다 지나도록 내 기억의 창을 물들이고 있었다.

가을에는 거칠 것 없이 붉었던 이 길이 지금은 푸르고 싱싱한 녹색의 물결을 이루고 있다. 주조를 이루는 색깔이 바뀐 탓이겠지만, 스치는 바깥 풍경은 지난겨울 동안 간직하고 있었던 기억 속의 그것과는 사뭇 달랐다. 그래서 나는 택시 기사에게 두 번쯤 이 길이 맞는지 확인을 하였다. 한 번은 정식으로, 그리고 또 한 번은 앞 좌석의 기사에게는 들리지도 않을 만큼 우물거리는 형식으로 내 의혹을 표시하곤 이내 포기하였다. 기억에 대한 배신이 어디 이번뿐이던가.

추억의 영상은 한 번 저장되었다고 해서 움직임을 멈추고 각인되지 않는다. 저장된 그 순간부터 기억은 저 혼자의 힘으로 운동을 시작한다. 그리하여 나중에는 처음과는 전혀 다른 형태의 영상으로 바뀌어버리는 경우도 종종 생긴다.

때로는 기억과 현실을 맞추려는 덧없는 노력 때문에 마음에 상처를 입기도 한다. 사람들은 가끔씩 지금 보고 있는 것보다 이전에 보았던 기억을 더 신뢰하고, 그것에 더 많은 의미를 두고자 하는 고집을 버리지 못하는 것이다.

나는 머리를 흔들어 그 속에 담긴 붉은 단풍나무의 환영을 털어내고 싶다고 생각한다. 그것이 가능하다면, 더욱 세게 머리를 흔들어서 톱밥이 가득 찬 것 같은 이 무딘 머리를 말끔하게 털어내고 싶다고 생각한다.

지난가을, 나는 친구들 몇 명과 이곳을 찾은 적이 있었다. 지금은 전주로 옮겨 앉았지만 금산사 입구에 한 친구가 살고 있었던 탓이었다. 서울을 떠나 바람도 쐴 겸 시골 살림에 재미가 붙은 친구를 찾아보자는 그 여행은 의도가 그랬던 만큼 머리 아픈 일은 조금도 없이 온전히 휴식으로만 채워졌었다.

늦가을의 경계를 아슬아슬하게 지나고 있던 10월 하순이어서 끄트머리 단풍을 구경하려는 사람들도 알맞게 북적거려 축제의 분위기까지 풍겨주던 여행이었다. 그때도 서울역에서 같은 시간에 출발하는 기차를 탔었고, 거의 같은 시간에 김제역에 도착해 택시를 대절했었다.

그러니까 나는 지금 거의 여섯 달의 시차를 두고 똑같은 여로에 서 있는 것이다. 그때는 허물없이 지내는 친구들과 함께 다소 들떠 있는 상태로 이 길을 밟았다면 지금은 혼자서, 물밑으로 가라앉는 듯한 마음을 추스르면서 가고 있는 중이다. 어쩌면 그때의 거리낄 것 없는 휴식이 그리워 이곳으로 가보자는 생각을 했는지도 모른다.

기계 앞에 앉아 끊임없이 모음과 자음을 찍어내다 보면, 그런 어느 순간 삭제 키를 눌러 흔적 없이 글자들을 없애버리고 다시 빈 화면에 자음 하나를 찍어 넣다 보면, 그 자음을 받쳐줄 모음을 찾아 자판 위를 헤매다 보면, 그러다 보면 내가 지금 망가지고 있다는 생각에 사로잡혀 쩔쩔매게 되는 것이다. 망가진 것들을 위한 복원, 또는 휴식. 나는 좌석의 등받이에 몸을 묻고서 겨울을 지낸 나무들의 싱싱한 새잎을 바라본다.

똑같은 식으로 하겠다는 생각은 없었지만 별수가 없다. 나는 지난가을에도 그랬던 것처럼 삼거리의 느티나무 아래서 택시를 내렸다. 그때는 여기에서 마중 나온 친구를 만났지만 지금은 아무도 없다.

커다란 모과나무 두 그루, 가지가 찢어질 듯이 자잘한 감들이 매달려 있던 먹감나무가 세 그루, 단감나무와 굵은 가지의 벚나무도 한 그루씩 마당을 채우고 있던 친구의 옛집이 머릿속에 떠오른다. 친구는 과실수들이 많던 양지 바른 그 집을 팔아버리고 전주에서 피자 가게를 열었다.

향기로운 모과와 신선하고 달콤한 먹감들 대신 친구는 밤낮 없이 치즈와 양송이 냄새를 맡으며 남의 월세를 산다. 팔아버린 그 집이 눈에 밟혀 금산사 쪽은 쳐다보지도 않고 산다던 그 친구는 내가 지금 이 언저리에서 서성이는 줄은 꿈에도 모를 것이다.

어차피 이대로 되짚어 서울로 가는 마지막 기차를 타지는 않을 것이므로 나는 지난번 묵었던 바로 그 여관에 방부터 하나 잡았다. 아니, 이 표현에는 상당한 왜곡이 있다. 방부터 잡아 누군가에게 오늘 밤 묵고 갈 것이라는 약속을 하지 않으면 이대로 되짚어 서울로 가는 마지막 기차를 타고 말 것 같아서 나는 여관으로 들어갔던 것이다.

예상했던 대로, 일단 방을 하나 달라는 말을 던져버리고 나자 조용한 평화가 찾아왔다. 방을 달라는 내 말에 한 점의 의혹도 없이 앞장을 서는 여관 아주머니의 뒷모습이 마치 운명의 신호 같았다.

나는 물릴 수 없는 패를 던져버리고 말았다. 이것으로 나는 이 여행에 대한 끝없는 망설임에 자진하여 마침표를 찍었다. 그리고 묵묵히 아주머니의 뒤를 따라 계단을 올랐다. 하나의 숙제를 겨우 끝내놓고 다음 숙제를 기다리는 사람처럼.

방은 의외로 밝고 깨끗했다. 창은 뒤뜰을 내다보고 있었고, 그 창에 활짝 피어난 벚꽃이 그림처럼 아른아른 내비쳤다. 지난번에는 길가에 면한 방에서 묵었기 때문에 상당한 소음을 감수해야 했었다. 물론 그때는 그런 것이 아무런 방해도 되지 않았지만 다시 이 여관을 찾으면서 그 이상의 기대도 품지 않았던 것이 사실이다.

생각보다 훨씬 깨끗하고 조용한 방을 하룻밤 거처로 삼을 수 있게 되자 기분도 훨씬 맑아졌다. 다음에 할 일은 방을 나가서 때늦은 점심을 사먹어야 한다는 것도 확실하게 결정이 되었다. 이만큼의 확실함도 얼마 만에 가져보는 것인가.

나는 가방에서 손지갑만 꺼내 들고 허리를 꼿꼿이 편 채 여관을 나왔다. 나오면서 보니 여관의 뜰에도 무너질 듯 가득 꽃 더미를 이고 있는 벚나무가 여러 그루 서 있었다. 낙화를 밟지 않으려고 애를 썼지만 날개를 달기 전에는 발밑에서 으스러지는 여린 꽃의 비명을 도저히 피할 수가 없을 지경이었다.

밥집들은 모두 상가에 모여 있었다. 식당과 기념품 가게, 춤을 출 수 있는 술집이 상가에 있는 업종의 전부였다. 단풍놀이 철도 아닌데 주차장에는 관광버스들이 줄지어 서 있었다.

식당 여주인한테 물어보니 단풍보다는 일제 때 심어놓은 벚꽃나무가 더 장관이라는 것이었다. 그런 다음 덧붙이는 말이, 요즘 사람 놀러 다니는 데 계절이 어디 있느냐는 반문이어서 나는 그만 할 말을 잃었다. 나 또한 그녀가 보기에는 계절에 구애 없이 놀러 다니는 사람일 것이고, 나 스스로도 소설 쓰기의 연장으로 여기에 왔으니 이것도 노동의 하나라는 생각은 전혀 들지 않은 탓이었다.

소설이 창작 노동이라는 개념을 마음의 저항 없이 받아들이는 데 아직까지 서투른 사람이 나였다. 어깨가 뻐근하거나, 약국에 달려가 파스 따위를 사다 등에 붙이고 뒤척이는 날이나 되어야 저작 노동의 고단함을 얼굴의 화끈거림 없이 받아들일 수 있을까.

문학의 절대화나 신비화를 편들고 있지는 않으면서도 이 노동이 목숨 걸고 살아가는 우리 모두에게 제대로 '일용할 양식'이 되어본 적이 있었던가 하는 경계심 때문에 나는 이 뼛골이 빠지는 노동을 감히 노동이라고 부를 수 없는 것이다.

소설 쓰기가 노동의 한 양상으로 분류되는 것의 미덕은 문학의 폐쇄화를 막아준다는 데 있을 것이다. 기꺼이 열어놓으며 기꺼이 받아들인다는 것, 이 말은 곧 문학이 어떻게 하면 한 시대의 진정한 동반자가 될 수 있는지를 일러주고 있는 것처럼 들리기도 한다. 또한 이 말은 기꺼이 열고자 하면서도 전부를 열어 보이려고 하지 않는 작가의 속성에 대한 질타처럼 내게 들린다.

내 마음의 저항은 이 열림과 닫힘의 반동에서 야기된다. 닫혀 있었기에 글쓰기의 품성을 배웠고, 열어야만 했기에 끝없이 회의했었다. 그런데 어떻게 얼굴을 화끈거리지 않고 나의 일을 노동이라고 말할 수 있을까.

지난 시대의 부채를 바라보면서 다른 이들은 또 어떻게 계급성에 대해 부끄러워하지 않을 수 있을까. 어떤 것이든, 그 일이 무언가를 창조하는 행위라면, 그 노동에 의미를 두는 순간부터 오류가 시작된다. 문학은, 그것의 무게를 강조하면 할수록 떨어지기 쉬운 무엇이다. 강조할 대목은 삶이지 문학이 아니다.

점심때가 지난 시간이어서인지 식당 안에는 나밖에 없다. 주인아줌마는 학교에서 돌아온 아들의 숙제를 봐준다고 언성을 높이며 열을 내고 있었다. 맨날 오락실이나 기웃거리니 이 모양이지, 하는 말이라든가 배달되어 오는 학습지는 한 번도 제 날짜에 푸는 꼴을 못 보았다는 푸념 따위는 내가 사는 동네에서도 익히 듣는 내용들이다. 늘어뜨린 발을 대롱대롱 흔들면서 마지못해 공부를 하고 있는 사내아이는 이제 국민학교 2학년이 될까, 제 어머니의 꾸중을 건성으로 들어 넘기며 자주 바깥을 내다본다.

"장사한다고 놀자판 동네에서 애를 키우니 되는 게 없이 엉망이라요."

컵에 물을 채워 주며 아주머니가 하는 말이다. 이 땅에는 이처럼 맹모삼천지교를 현모의 비결로 삼는 어머니가 많다. 강남의 8학군에 들어가 산들, 아니 이 땅의 어디에 터를 잡은들 맹모의 한숨이 사그라질 것인가.

밥값을 치르며 모자가 하고 있는 숙제를 들여다보니 문제집을 복사해서 나누어준 듯한 시험지 풀기다. 아이는 봄에 피는 꽃, 여름에 피는 꽃을 가려내는 문제 앞에서 제 어머니의 지시를 기다리고 있었다.

"꼭 보도 못한 꽃들만 맞춰내라고 하니, 지천으로 흔하게 널린 꽃 이름이나 제대로 배워주면 그만이지, 무슨 수수께끼도 아니고."

　말하다 말고 푸, 웃어버리는 여자 앞에서 나도 그만 싱긋이 웃고 만다. 공부도, 사는 것도 모두 수수께끼 같다고 생각하면 성마른 심정이 다소 누그러든다. 수수께끼 앞에서 무작정 화를 낼 수는 없다.

　오늘 처음으로 밥다운 밥을 먹어서인지 식당에 들어오기 전보다 한결 안정이 된 상태다. 누군가 그랬다. 배가 고프면 우울증에 빠지니까 자꾸 먹어서 위를 빈 상태로 방치해 놓지 말라고. 그 말도 일리가 있다. 기분 전환에도 에너지가 필요한데 에너지를 채워주지 않으면 우울에서 빠져 나오기가 힘이 들 것이다. 우울, 혹은 우물.

　이제는 산보 삼아 귀신사에 갔다 오면 해가 질 것이다. 자동차를 이용하면 십여 분 만에, 걸으면 삼십 분 정도의 거리에 귀신사가 있었다. 귀신사는 내일 아침에 들러도 상관은 없다. 하지만 새로 단청을 입혀서 울긋불긋하기가 새색시 색동저고리 같은 금산사는 지난번 둘러본 것으로도 충분하다는 생각을 하고 나니 당장 가볼 만한 곳이 없었다.

　아니, 이 말도 보다 정확한 진술로 바꾸어야 할 필요가 있겠다. 사실을 말하면, 이곳에 오면 제일 먼저 귀신사의 텅 빈 적요 속에서 두어 시간쯤 앉아 있고 싶었다. 무작정 떠남에 있어 가장 많은 유혹을 던졌던 곳도 귀신사였다. 귀신사, 거기에는 무언가 숨어 있을 것만 같았다. 그럼에도 나는 계획 속에서 자꾸 귀신사행을 뒤로 미루기만 하였다.

　내가 두려워하는 것은 먼저 부닥쳐서 먼저 실망하는 것일 수도 있다. 내 머릿속에 저장된 귀신사의 풍경 또한 어떤 모습으로 나를 배신할지 알 수 없는 일이다. 기대가 무너질 때에 대비해서 나는 스스로를 단련시킬 셈인지도 모른다.

　김제역에서 곧장 귀신사로 가지 않은 것도, 그러면 방을 구한 뒤라도 바로 귀신사를 찾지 않은 것도, 그곳에 가도 점심 요기쯤은 할 수 있을 텐데 굳이 이곳에서 허기를 때운 것도 나름대로는 아끼고 감춰둘 만한 이유가 있어서였다.

지난가을에 귀신사는 우선 이름으로 나를 사로잡았다. 영원을 돌아다니다 지친 신이 쉬러 돌아오는 자리. 이름에 비하면 너무 보잘것없는 절이지만 조용하고 아늑해서 친구는 아들을 데리고 종종 그 절을 찾는다고 했다.

단지 서울에서 멀리 왔다는 것만도 흔감해서 애써 명승지를 찾아다닐 마음이 없던 일행은 여행의 구색을 맞춘다는 의미로 흔쾌히 귀신사를 찾았다. 확실히 그곳은 멀리서 일부러 들른 사람들에게 구경시켜 줄 만한 아무것도 지니지 못한 절임에는 분명했다.

본당의 문을 열어 빛이 사그라들기 시작한 금동불상을 보기 전에는 여느 여염집으로 여기고 지나치기 십상인 외양이어서 그때도 그 흔한 관광객 한 사람 보이지 않았다.

그러나 눈으로 보지 않고 마음으로 보면 상당히 많은 말을 하고 있는 절이 귀신사였다. 드러나는 아무것도 없으면서 모든 것을 다 가지고 있는 낡고 허름한 귀신사의 풍경은 여행 중의 온갖 화사한 기억을 다 물리치고 가장 오래도록 내 마음에 머물러 있었다.

경내도 좁고 볼 만한 석탑 하나 갖고 있지 않는 이유도 오랜 시간 마음으로 보고 마음을 채워 가라는 속뜻을 담고 있는 것으로 여겨졌었다. 한 바퀴 휘 둘러보고 나와버리려는 자는 '사절'이라는 팻말을 어디선가 본 듯싶다는 황당한 착각도 얼마든지 품게 만드는 그런 절이었다.

아마도 나는 착각 속의 팻말에 충실하기 위해 여기에 다시 왔는지도 모를 일이다. 그때는 단지 스쳐 지났을 뿐이다. 마음에 담을 것을 제대로 주워 담지 못하고 왔다는 생각은 오래도록 남아 있었다.

시간이 흐르고, 점점 기억의 세부적인 영상들이 뭉그러지기 시작하자, 나중에는 아주 중요한 무엇을 거기에 놓아두고 와버렸다는 식으로 느낌이 굳어졌다. 빨리 가서 찾지 않으면 영영 사라져버릴 무엇, 시효가 지난 뒤에 가면 버려지고 말 무엇. 거기까지 생각하자 갑자기 서둘러야겠다는 다급함이 솟았다. 나는 삼거리를 돌아 좌회전하려는 택시 하나를 붙잡았다.

그때 절 마당에 피어 있던 이름 모를 가을꽃은 지금 뿌리로만 견디겠지. 위태위태한 아름다움 대신 넉넉하고 다정한 꽃송이가 참 푸근했었는데. 가을의 그 마지막까지도 꽃잎 한 점 뭉개지지 않고 송이송이 많이도 피어 있었지.

지금도 처마 끝에서 풍경이 바람 소리를 내며 흔들거리고 있을까. 너무 낡아 단청 빛깔은 흔적도 없이 사라진 채, 그저 세월에 바랜 나무의 단아한 갈색만이 흔들리는 풍경과 그 위의 푸른 하늘을 받아 내고 있었지.

절 뒤의 작은 동산에서 홀로 열매를 맺고 있던 오래된 감나무들은 이 봄에도 새잎을 틔우며 하늘 향한 해바라기에 골몰하고 있을 텐데. 꼭대기 가지에 열린 감들은 수십 년을 두고 산새들이나 입을 댈까, 사람의 손에 들어가 본 적이 없었을걸.

그때 우리는 바닥에 버려진 대나무 막대기를 휘둘러 터질 듯이 익어버린 달디단 감을 땅에 떨구곤 했었지. 그 맛은 얼마나 달콤했던가. 도시로 돌아와 몇 날 며칠을 찾았어도 그런 감은 찾아볼 수가 없었다.

반년 전의 감맛을 떠올리고 있는데 벌써 절 입구였다. 택시 기사는 휭 하니 차를 돌려 오던 길로 달아나버리고 나는 인기척 없는 동네를 기웃거리며 절로 가는 길을 밟았다.

인기척은 없었지만 발걸음 소리에 내다보는 개들은 많았다. 사립문에 기대어 커다란 눈으로 낯선 얼굴을 물끄러미 쳐다보던 개들은 내가 가까이 가면 슬그머니 꼬리를 사리고 뒤로 물러섰다.

길은 왼쪽은 단감나무 과수원이고, 오른편으로 대여섯 채의 집을 지나 모퉁이를 돌면 절이 보일 것이다. 길에서는 절대 보이지 않는다. 길의 끝까지 가서 몸을 돌려야 비로소 절의 옆구리가 나타나는 것이다. 나는 흙에서 풍기는 향내를 맡으며 천천히 길을 올라갔다.

바로 그때였다. 곧 보게 될 귀신사의 모습에만 몰두하고 있던 내 귀에 찢어질 듯한 여자의 비명이 들렸다. 그리고 이내 귀신사 쪽에서 죽어라고 달려오는 여자의 모습이 내 눈에 들어왔다.

택시에서 내려 여기까지 오는 동안 사람은 한 명도 보지 못하고 개들의 마중만 받았던 나는 눈앞에 나타난 여인이 실제인지 환상인지 구분을 못 할 만큼 깜짝 놀랐다.

그럴 만도 했다. 여자는 맨발에다가 목단꽃 무늬가 화사한 긴 치마를 펄럭거리면서 달음박질을 치고 있었는데 쇳소리로 질러댄 비명의 주인공답지 않게 얼굴에도 환한 목단꽃 웃음을 그려놓고 있었던 것이다.

여자는 잽싸기도 흡사 산토끼 같아서 단숨에 내 곁을 스쳐 바람같이 어느 집으론가 사라져버렸다. 그 여자가 내 옆을 지날 때 나는 한 번 더 온통 흰 이빨이 드러난 팽팽한 웃음을 확인하였다.

소름이 돋던 그 비명은 그럼 환청이었던가, 하는 의혹을 품을 사이도 없이 이번에는 또 한 남자가 여자가 왔던 길로 구르듯이 내달려 오는 모습이 보였다. 남자한테선 비명은 없었지만, 딱 벌어진 어깨와 흰 러닝셔츠 밑으로 뚜렷이 드러나는 늑골의 오르내림이 비명 이상의 거친 호흡을 선명하게 전달해 주었으므로 나는 다시 긴장하여 옆으로 비껴섰다.

남자는 여자와 달리 내 곁을 바람처럼 씽 하니 지나치지 않았다. 두어 걸음 앞에서 우뚝 걸음을 멈추고 선 남자는 부리부리한 눈으로 나를 훑어보았다. 나는 거의 본능적으로 주위를 둘러보았다. 그러자 기다렸다는 듯이 여자의 새된 외침이 들려왔다.

"뭐하는 거야! 빨랑빨랑 들어오지 않고 뭘 우물거려?"

여자는 내 뒤쪽의 어느 집 담장에 기대어 서 있었다. 치마에 새겨진 굵은 목단꽃이 어지러울 만큼 붉었다.

"이런, 썅, 너 거기 가만있어!"

남자는 이내 활처럼 휜 늑골을 내보이며 덮치듯이 여자에게로 가버렸다. 남자가 여자의 어디를 어떻게 했는지 금방 아까의 찢어지는 듯한 비명이 들리고, 그 위에 다시 숨넘어가는 여자의 깔깔거림이 겹쳐졌다. 나는 그때까지도 정신을 수습하지 못하고 멍한 시선으로 그들 남녀가 사라진 대문 없는 집을 쳐다보고만 있었다.

이 작은 소동 덕분에 나는 거의 무의식적으로 걸음을 빨리하여 귀신 사를 향했다. 이제는 귀신사가 예전의 분위기와 같은가 다른가를 따져 볼 기분도 아니었다. 회상 속으로 들이밀었던 내 발은 아까의 남녀에 의해 호되게 짓밟히고 말았다. 진실로, 메마른 황토를 걷고 있는 오른 발의 발가락 어디가 한순간 끊어질 듯이 아픈 듯도 싶었다.

따지고 보면 바로 그 남자와 여자가 나타난 순간부터가 이 여행의 첫 시작이었다. 이제까지는 반년 전에 있었던 가을 여행의 연장이거나 그 것의 반추에 불과했지 한 번도 새 경험에 마음을 후르르 떨어본 적이 없었다. 발가락 어디가 아팠다면, 그것은 꿈속인 줄 알고 여지없이 꼬 집어봤다가 느닷없이 껴안게 된 생살의 아픔일 터였다.

기억을 부수어버리는 또 다른 경험은 마음을 다스릴 새도 없이 연이 어졌다. 내 눈앞에 펼쳐진 광경은 한 번 더 발가락을 꼬집어봐야 믿을 수 있거나 말거나 할 상황이었다. 귀신사는 거기 없었다. 아니, 귀신사 는 거기 있었지만 내가 찾은 귀신사는 거기 없었다.

절대 뼈대만 남아 목하 보수 공사 중이었다. 적요 속에 잠겨 있으리

라던 경내는 허리춤에 더러운 수건을 찼거나 귀 뒤에 피우다 만 담배를
찔러둔 대여섯 명의 인부들로 온통 수선스러웠다. 작은 마당을 사이에
두고 나란히 마주 보고 있던, 위패를 봉헌해 둔 사당과 불상을 모신 본
당은 커다란 기둥 몇 개만 남은 채 홀랑 껍데기를 벗어 던진 모습으로
나를 맞았다. 게다가 드러난 안의 모습조차 내용물을 보호하기 위해 뒤
집어씌운 거대한 너비의 누런 광목에 힘입어 불길한 느낌을 자아내기
에 충분할 만큼 섬뜩했다.

아마도 볕에 바래지 않은 누런 광목이 주는 상갓집 분위기 탓이겠지
만, 거기는 신이 지친 몸을 쉬기 위해 돌아오는 자리가 아니라 이제는
병들어 옴쭉달싹도 못하는 신이 마지막 숨을 거두기 위해 돌아오는 음
산한 자리라고나 해야 맞을 것 같았다.

그 생각은 두 채의 건물을 돌아가며 세워놓은 여러 개의 사다리들과
도 묘하게 맞아떨어졌다. 신의 영혼들, 사다리를 타고 아득바득 하늘로
오르는 귀신들의 도포 자락이 보였던가.

그제야 바라본 지붕은, 절망의 빛깔 같은 기와를 이고 기와 틈 사이
로 가늘가늘한 풀포기도 숱하게 살려 내고 있던 그 지붕은, 남김없이
벗겨져 흉측한 속살을 부끄럼도 없이 드러내고 있었다. 나는 지붕을 보
고 완전히 정이 떨어져 경내에 들여놓았던 서너 걸음을 뒤로 물렸다.

말했듯이 서너 걸음만 절 안으로 들이밀었어도 볼 것은 다 볼 수 있
을 만큼 귀신사는 작은 절이었다. 그렇게 좁은 공간 속으로 낯선 방문
객이 들어왔건만 시멘트를 이기거나 널빤지에 대패질을 하고 있거나
한 인부들은 아는 척도 하지 않았다. 차라리 왜 왔느냐고 물어주기나
했으면, 나는 돌아서지도 못한 채 어쩔 줄 몰라 서성거렸다.

모래를 걸러내는 체가 걸려 있고, 그 밑으로 수북하게 모래 무덤이
솟은 자리가. 큰누이의 얼굴처럼 아늑하고 포근한 꽃송이가 뿌리를 내

리고 있던, 바로 그 자리였다는 생각은 분해된 귀신사에 실컷 실망을 하고 난 다음이었다.

실컷 기억에 배신을 당해 놓고도 그때까지 나는 귀신사를 벗어날 마지막 한걸음을 떼어놓지 않고 있었다. 아직 뒤안의 감나무 동산과 그 누이 같던 정다운 꽃송이를 기억과 비교하지 못한 탓일지도 모를 일이었다. 아마도 나는 뒤안의 감나무를 불가佛家에서 말하는 만년과萬年果쯤으로 마음에 잡아두고 있는 모양이었다. 얼마든지 배불리 따먹어도 따낸 흔적도 없이 언제나 가지가 휘도록 달디단 열매가 주렁주렁 매달려 있다는 그 만년과.

그렇게 비유하자면 마당에 소복이 피어, 보는 이의 마음을 편하게 해주던 그 누이 같던 이름 모를 가을꽃은 우담바라화優曇鉢羅花였다. 3천 년에 한 번씩 꽃을 피운다는 그것, 단 한 번만 그 향기를 맡아도 온갖 시름과 눈물이 다 사라진다는 우담바라 꽃을 귀신사에서 보게 되리라고 기대했을 수도 있다.

하지만 우담바라는 흔적도 없었고 대신 그 자리에 모래 무덤만 솟아 있었다. 나는 차마 눈을 돌리지 못하고 곱게 걸러져 나온 봉긋한 모래 더미를, 그 속을, 한 치 아래의 땅속까지도 들여다보겠다는 듯이 서 있었다.

만년과를 보려면 인부들 사이를 뚫고 본당을 거쳐 둔덕을 올라야만 했다. 거기에 주홍의 열매가 있지 않다는 것은 어린아이라도 알 수 있는 일이었다. 봄에 열매를 맺는 감나무는 없으니까. 그러므로 뒷동산에 올라야 할 이유는 만년과에 있는 것이 아니었다. 나는 기어이 거기에 가야 할 이유를 스스로에게 물었다. 그러자 또렷하게 절을 떠받들고 있던 예전의 적요가 떠올랐다.

그랬다. 나는 아직 적요를 만나지 못했다. 나는 교교한 고요 속에 온

몸을 담그고 싶다는 생각을 가지고 있었다. 목 밑까지 흠뻑, 몸속의 모든 것을 다 증발시켜 버리고 남을 만큼 오래.

마당을 가로지르는 나를 가로막는 사람은 없었다. 절 옆 어느 집의 낮은 담장 너머로 웬 백발의 할머니만 나를 예의 주시하고 있을 뿐 인부들은 갖가지 연장을 뛰어넘고 비껴가며 통과하는 나를 여전히 본 척도 하지 않았다.

불사佛事인 탓인가, 인부들은 묵묵히 자기 할 일만 했다. 그 묵묵함조차 저기 벌거벗은 건물 안의 누런 광목의 힘이 그렇게 시키는 듯하여 나는 광목으로 뒤덮여진 불상이며 죽은 자의 위패 따위를 보지 않으려고 애써 시선을 피했다.

그 다음에 내가 본 것은 가득 쌓여진 새 기왓장과 스티로폼들, 그리고 건물의 잔해로 짐작되는 뜯어낸 나뭇장들이었다. 뒷동산은 창고 역할을 하고 있음이 분명하였다.

나는 고개를 우러러 그래도 청청한 잎을 가지마다 가득 피우고 있는 해묵은 감나무들을 바라보았다. 녹색의 이 넓은 창고를 어우르고 있는 푸른 잡목들과 잡초 사이에 끼어서도 숱하게 얼굴 내밀고 있는 하얗고 노란 이름 모를 풀꽃들도 바라보았다.

다행히 더 이상의 훼손은 없었다. 건축 자재는 누여진 대로 누워 있을 것이다. 움직이는 존재는 나밖에 없으므로 나는 기꺼이 이 푸른 창고에서 적요를 맛볼 것을 작정하였다. 어쨌거나 이제 나는 좀 쉬고 싶었다.

앉고 보니 벌거벗은 귀신사의 지붕이 환히 내다보이는 자리였다. 바람은 훈훈했고 이름 모를 작은 날것들은 분주히 숲 덤불을 오가고 있었다. 나는 이대로 풀밭에 드러누워 한숨 달게 자고 싶다는 생각을 했다. 그때 그가 나타나지 않았더라면 아마 무릎 사이에 얼굴을 묻고, 감은 눈 속에서 귀신사의 평화를 회상하기라도 했을 터였다.

그런데 그때 인부 하나가 언덕을 올라와 쌓아놓은 헌 목재 더미를 뒤적거렸다. 나는 그가 필요한 것을 찾아 이내 내려갈 것이라고 믿었다. 흰 러닝셔츠는 어쩐지 낯이 익었지만 미처 아까의 그 씩씩거리던 남자를 떠올리지는 못하였다.

길이와 너비가 제각각인 판자들을 뒤적이던 사내가 갑자기 나를 똑바로 쳐다보며 말을 던질 때까지도 나는 그 사내의 말을 받아야 할 사람이 왜 나인지 정녕 알 수가 없었다.

"틀림없네요. 어쩐지 낯이 익다 했더니, 맞지요?"

나는 별 수 없이 뒤를 돌아다보았지만 거기 누가 있을 턱이 없었다. 남자는 분명 나한테 말하고 있었으니까.

"오산에서 국어 선생 했던 분이 아니냐구요? 오산을 잊었다면 고흥 밑의 거금도, 거금도는 아시겠지요?"

거금도? 나는 중인환시衆人環視에 내 일기장을 발각당한 기분으로 그를 쏘아보았다. 거기 거금도 오산에서 나는 첫 교직의 일 년을 보냈었다. 물론 그가 말한 대로 국어를 가르쳤었다. 그런데 이 남자는 누구인가. 나는 그제야 남자가 아까 산발한 머리의 여자를 쫓던 바로 그 사내인 것을 알아챘다. 그렇다 해도 이 남자는 누구인가.

"저로 말할 것 같으면, 에이, 그만둡시다. 애써 기억할 것도 없는 위인이니까. 뭐, 그냥 오산 사람이었다고나 합시다."

그래도 사내는 굉장히 반갑다는 표정을 조금도 감추지 않고 내 옆에 풀썩 주저앉아 담배를 한 개비 꺼내 들었다. 담배를 들고 있는 오른손 엄지 한 마디가 뭉툭하다. 저 뭉툭한 손가락, 거기에 느닷없이 바다가 출렁거린다. 나는 의구심을 가질 새도 없이 그에게 숙자 오빠가 아니냐고 물었다.

"용케 기억을 하십니다그려. 하기야 오산 사람치고 이 김종구를 모른 다면 거짓말이지요. 그래서 나도 오산을 떠났지만서두."

사내는 볼이 미어지도록 힘껏 담배 연기를 빨아들이면서 히죽 웃었다.

김종구라, 나는 이 느닷없는 옛 기억과의 조우에 얼떨떨한 채로 남자 의 얼굴을 뜯어보았다. 선이 뚜렷한 눈썹과 약간 각이 진 듯한 이마, 그 리고 굵은 고랑의 긴 인중은 역시 낯이 익었다.

우리 사이에 가로놓인 십오 년의 세월에도 불구하고 나는 다시금 그 의 얼굴에서 출렁이는 바다를 보았다. 십오 년 전의 바다가 거센 파도 의 으르렁거림으로 다소 불안한 것이었다면, 지금 그의 얼굴에 새겨진 바다는 거칠기는 해도 폭풍의 징후는 없는 그런 것으로 내게 비쳤다.

그래도, 다시 말하지만, 그를 알아봄과 동시에 나는 그가 여전히 바 다의 사람임을 알아보았다. 이 말은 그가 바닷가에서나 살아야 할 존 재라는 뜻을 담고 있는 것이 아니다. 오히려 그 반대라고도 할 수 있 다. 한군데에 붙잡아 둘 수 없는, 물결에 휩싸여 세상 곳곳을 다 굽이 쳐 흘러야 하는 그런 운명의 생이 있다면 아마도 그것이 바다의 사람 일 것이다.

"제가 어떻게 금방 선생님을 알아보았는지 궁금하지 않습니까? 사실 은 지난번에 선생님 사진을 몇 장 보았거든요. 숙자 년이, 내 동생 말입 니다, 잡지에 난 선생님 사진을 오려서 간직하고 있답니다. 하여간 뭐 든 잡동사니 모으기를 좋아하는 그 애 버릇은 여전합니다. 글쎄, 국민 학교 시절의 공책까지 싸 짊어지고 시집을 갔다면 더 말할 게 없지요."

김숙자. 뒷자리에 앉아서 가는 목을 빼고 나를 쳐다보려고 애쓰던 아 이. 조카아이를 업고 삶은 멸치에서 새우며 꼴뚜기 새끼를 골라내다 나 를 만나면 얼굴을 새빨갛게 붉히고 고개를 푹 숙이던 숙자는 김종구의 누이동생이었다.

그러자 곧 이어서 그 시절의 김종구를 회상하게 해주는 몇 개의 삽화
가 차근차근 떠오르기 시작했다. 하나, 둘, 셋, 그리고 넷. 지금 이 자리
에서도 꺼내 볼 수 있는 삽화는 모두 네 가지쯤 되었다. 그것들 모두가
하나같이 선명하다는 사실을 깨닫고 나는 적이 놀라지 않을 수 없었다.
실마리만 풀어주면 다시 되찾을 수 있는 기억이 얼마나 많은가. 기억은
사라지는 것이 아니고 헝클어지는 것이었다.

김종구에 대한 첫 번째 삽화는 내가 숙자의 담임이었으므로 만들어
진 것이었다. 그 섬의 중학교가 나에게는 첫 발령지였다. 남녀 한 학급
씩 전교 여섯 반의 단출한 섬 학교는 운동장 발치에 시퍼런 바다가 누
워 있었다.

밤이고 낮이고 불어대는 바람에 성한 게 하나도 없던 교사校舍의 문
짝들, 폭풍이 불면 바다가 갤 때까지 속수무책으로 갇혀 있어야 했던
우울한 나날들. 단지 바다 때문에 거기까지 갔으면서도 사방이 바다인
그곳의 일 년은 극도의 우울과 조바심뿐이었던 것을 지금도 나는 명료
하게 풀어낼 수가 없다.

젊은 날의 한때를 해석해야 하는 일처럼 난감한 게 어디 또 있을까.
젊음에서 멀어지면 멀어질수록 더욱 어긋나는 분석. 그것보다는 숙자
의 무단결석을 이야기하는 일이 훨씬 쉬울 것 같다. 삽화는 거기서부터
시작하니까.

그곳에서 나는 전 학년의 국어를 가르쳤고 2학년 여자 반의 담임을
맡게 되었다. 제 나이대로 진급을 할 수 없었던 낙도의 사정으로 아이
들은 모두 숙성했고 3학년쯤 되면 교사인 나보다 더 어른스럽게 세상
을 굽어보는 아이들도 많았다.

실제로 그 애들이 나보다 더 현실적으로 능력이 있었다는 것을 나는
부인할 수 없다. 교실에 뱀이 들어오면 아이들이 쫓았고, 가정방문을

하게 되면 노를 저어서 이웃 마을로 나를 데려다 주는 일도 그 애들이 했다. 집에서도 어른 몫을 단단히 하는 아이들이어서 멸치잡이가 한창일 때나 김을 뜨는 겨울이 오면 학과 진도를 나가기 어려울 만큼 교실이 텅 비곤 했다.

숙자의 무단결석도 그 때문이었다. 새 학기를 두 달도 채우지 못하고 그 애는 학교에 나오지 않았다. 아이들을 시켜 사정을 알아본즉 오빠가 살림을 맡으라고 윽박질러서 학교에 올 수가 없다는 것이었다. 아이들은 숙자 오빠를 "징허게 독한 사람"이라고 표현했다. 이 마을이 고향인 수산 선생도 "자칫하면 깡패로 풀렸을 망나니"라고 평했다.

뭍에서만 떠돌다가 숙자 큰오빠가 바다에서 실종된 작년에 어디선가 소식을 듣고 돌아와 늙은 어머니와 여동생을 거두는 시늉은 하고 있으니 그만해도 기특하지 않느냐는 것이 수산 선생의 설명이었다.

집으로 돌아올 때 만삭의 여자 하나를 데리고 왔다는 것, 그 여자는 몸을 풀자 이내 다시 뭍으로 도망을 쳤다는 것, 결국 숙자가 어미 없는 갓난 조카까지 돌봐야 한다는 것 등, 여러 가지 가정 형편들을 수소문한 다음 나는 직접 숙자네 집을 찾아가기 시작했다.

그러나 번번이 허탕이었다. 세상 간난에 시달려 이미 기력이 다한, 늙고 병든 숙자 엄마는 눈곱이 잔뜩 낀 눈을 껌벅이며 "이 늙은 것이야 자식이 시키는 대로 헐 뿐이지요"라는 말만 되풀이할 뿐이고, 나만 보면 얼굴이 빨개져서 마당에 널린 멸치나 뒤적이며 고개도 못 드는 숙자한테는 무슨 말을 해도 소용이 없을 터였다. 나는 별 수 없이 해변가의 멸치막으로 직접 숙자 오빠를 찾아가기로 마음을 먹었다.

바다에서 건져 온 멸치는 멸치막에서 삶는 과정을 거쳐 햇볕에 말려진다. 마을 동편의 돌밭에는 커다란 가마솥을 걸어놓은 막이 여러 개 있었다. 데리고 온 숙자는 그중 새로 지은 듯싶은 하나를 가리키며 저기 오빠가 있다고 말했다.

김이 오르는 가마솥과 시뻘겋게 타고 있는 아궁이의 장작불 앞에 웃통을 벗어부친 한 사내가 보였다. 숙자가 먼저 가서 내가 왔음을 알리는 동안 나는 멀찌감치서 짐짓 바다를 보며 기다렸다.

김종구는 조금도 서두르지 않고 하던 일을 다 끝낸 뒤에야 어슬렁어슬렁 돌밭을 가로질러 내게로 왔다. 제 오빠와 서너 걸음을 차이 두고 잔뜩 오그라든 몸으로 뒤를 따르는 숙자를 보면서 나는 마음을 단단히 먹었다.

"귀찮을 것이라고 짐작은 했수다. 이해해요. 선생 경험이 없으니 교과서가 시키는 대로 할밖에."

수인사 따위는 주고받을 시간도 없었다. 김종구는 다짜고짜 그렇게 말을 꺼냈다. 굵은 눈썹 아래의 부리부리한 두 눈은 나를 제대로 쳐다보지도 않았으며 내가 무어라 응수를 하기도 전에 돌밭에 침을 찍 뱉고 다시 말을 이었다.

"우리 집에 여자라곤 신경통으로 기어 다니는 늙은 어머니하고 숙자 저년밖에 없어요. 보셨으니 그거야 알고 계실 테고, 또 무슨 할 말이 있다는 거요?"

그 다음에 내가 할 말은 없었다. 얼굴에 칼자국이 두 군데나 그어져 있는 사내한테 나의 교사 체면이 어떻게 구겨지고 말 것인지 그것이 약간 불안할 뿐이었다. 이 학부형한테 학생에 대한 교사의 애정, 혹은 학생의 장래 따위를 말할 생각은 이미 사라지고 없는 판이었다. 그리고 김종구 본인이 그런 생각일랑 꿈도 꾸지 말라는 듯 단단히 못을 박고 있었다.

"왜들 이 뻔한 사실을 잊고 있는지 모르겠소만, 사는 일이 가장 먼저란 말이오. 사는 일에 비하면 나머지는 다 하찮고 하찮은 것이라 이 말입니다. 먹고 사는 데 질서가 잡히면 선생이 말려도 숙자는 다시 학교에 나가요. 아마도 내년에는 숙자 년이 교실에 앉아 있는 것을 볼 거요. 그럴 리는 없겠지만, 선생이 내년에도 여기에 있기만 하다면."

그리고 김종구는 괜한 장작불만 타고 있다면서 역시 인사도 없이 멸치막으로 돌아갔다. 오빠의 무례에 거의 사색이 되다시피 한 숙자는 얼굴을 손으로 가리고 어쩔 줄을 몰라 했다.

그런데, 이상하게도, 나는 전혀 기분이 상하지 않았다. 처음의 초조함에 비하면 김종구가 보여준 행동은 오히려 예상에 훨씬 못 미치는 것이기도 했다. 그는 말로 자기를 이야기할 줄 아는 사람이었다. 그리고 그의 말 또한 새겨들을 만하다는 것이 나의 생각이기도 했다.

숙자의 손을 잡고 돌아오면서 잠깐 돌아보니 김종구는 다시 웃통을 벗어부친 채 끓는 가마솥에 멸치를 집어넣는 삽질을 하고 있었다.

두 번째 삽화는 초여름의 햇살이 따가운 바다를 배경으로 한다. 그는 바다에 누워 있었다. 정말이었다. 그는 한 치의 거짓도 없이 현실을 떠나 바다에 누워 있었다.

그때 나는 종선에 옮겨 타기 위해 금어호의 뱃전에서 대기 중이었다. 아마도 주말을 맞아 고향의 집에 다녀오던 길이었을 터이다. 뱃길 두 시간에 버스 다섯 시간을 견뎌야 집에 닿았으므로 섬에서의 외출은 한 달에 한 번도 어려웠다. 그랬으므로 돌아오는 길에는 두 손에 다 들 수 없을 만큼 짐이 많았고 멀리 마을의 집들이 보일 무렵에는 차멀미, 배멀미에 반죽음이 되어 있기가 십상이었다.

마을의 선착장은 위치가 썩 좋지 못하여 밀물 때나 겨우 선착장에 금어호를 댈 수 있을 뿐 그다지 크지도 않은 금어호는 대개 바다 한가운데에서 종선을 기다려 손님들을 하선시켜야 했다. 게다가 이 종선 또한 어찌나 칠칠치 못한지 저만큼 중학교 뒤로 금어호가 나타나면 대뜸 출

동을 시작하는 것이 아니라 배가 바다 복판에서 기관을 끄고 있을 즈음
에야 닻을 걷어 올리고 노를 삐거덕거리며, 수없이 옹송그리고 있는 거
룻배 사이를 밀고 밀리며 느릿느릿 빠져나오는 것이었다.

바로 그러한 때에 나는 김종구를 보았다. 더 정확히 말하면 그를 싣
고 있는 배를 보았다. 양수기를 단 통통배였다. 배는 엔진이 꺼진 채 일
엽편주처럼 흔들흔들, 마침 알맞은 물때를 만나 저 멀리에서 우리 배를
향해 흘러오고 있었다. 배가 어느 정도 가까이 와서였다. 쌀가마 위에
올라앉아 늦은 종선을 타박하고 있던 마을 사람 하나가 기가 막히다는
듯 소리쳤다.

"워따메, 저기 종구 놈 아녀, 잉?"

"맞네, 종구여. 어허, 하여간 배포 하나는 클씨. 저 자슥 팔자 좋게 처
자는 것 좀 보소."

"자가 해우 말목 빼러 갔다가 정신 빼불고 오네 그랴. 얼메나 처먹었
으면 조로콤 시상 모르고 자버린디야. 엥간히 자라고 소리 좀 쳐!"

"냅둬, 머 할라고 깬디야. 지놈 알아서 허겄지. 저러다 북풍이나 불믄
저기 여우섬으로 떠내려갈 꺼구만."

그가 타고 있는 배는 마을 사람들의 입방아에도 불구하고 잘도 흘러
금어호 곁을 지척에 두고 스쳐 갔다. 출렁이는 나뭇잎 배에 네 활개를
펴고 잠들어 있는 김종구의 모습도 똑똑히 내려다보였다. 시퍼런 바닷
물이 밑그림이 되어 그는 영락없이 맨몸으로 바다에 누워 있는 듯이 보
였다. 등짝 밑으로 힘상궂은 파도가 으르렁거리고 있을 텐데도 잠들어
있는 그의 얼굴은 낙조에 물들어 그럴 수 없이 평화스럽게 보였다. 그
평화가 부러웠던가. 부럽고 아득해서 뱃전에 달라붙어 그리도 오래 흘
러가는 배를 눈으로 쫓았던가.

지금도 나는 그날 바다에 누워 있던 그의 얼굴과 팔뚝을 물들이던 황

금빛 노을을 아주 선명하게 기억할 수 있다. 물결에 출렁일 때마다 사방으로 부서지던 그 눈부신 빛살. 요람 속의 평화를 가득 싣고 있던 그 통통배.

그러고 보면 지금도 서편 하늘에 투명한 노을이 걸려 있다. 그러나 여기는 바다가 아니다. 산이다. 나는 새삼 김종구의 외양을 관찰하기 시작한다. 기억이 정확하다면 이 남자는 지금 마흔이 훨씬 넘었을 것이다.

그러나 순간적이긴 하지만 쏘는 듯한 시선, 팔뚝에 드러난 굵은 힘줄, 근육으로 뭉쳐진 상체의 단단함은 도저히 마흔을 훨씬 넘긴 그것이 아니다. 하지만 가끔씩은 쉰 살은 예전에 지냈을지도 모른다는 의심이 가기도 한다. 이마의 잔주름과 눈초리에 엉겨 붙은 피곤함이 의심의 근거랄 수 있다.

"그렇게 한심한 눈으로 사람을 뜯어보지 맙시다. 선생님이 무슨 생각하는지 내 다 알지요. 늙어 죽을 때까지 공사판에서 하루 벌어 하루 먹고 살아야 하는 가련한 인생이구나 여기겠지만, 천만에요. 이건 내가 좋아서 하는 일입니다. 지붕 씌운 곳에서 갇혀 일하라면 차라리 죽는 게 나아요. 숨이 콱 막히거든요. 마흔 지난 지 몇 해가 되었지만 아직이 몸뚱어린 쓸 만하죠. 몸뚱어리 하나 믿고 하늘에 구름 가듯 떠도는 게 좋아요. 훌쩍 떠날 수 있으면 훌쩍 오는 거예요."

그랬다. 김종구에게는 예전부터 사람의 마음을 읽어내는 재주가 있었다. 그의 말에 언제나 가시가 박혀 있는 것처럼 들리는 것도 숨겨진 마음을 환히 보아버리는 자의 별수 없는 어투일 것이다. 섬에서의 요란한 싸움들도 대개는 사정을 봐주지 않는 그의 야유가 발단인 경우가 많았다.

김종구는, 많이 달라진 것 같으면서도 가끔씩 전혀 변하지 않았다는 느낌을 내게 주었다. 그래서 나는 그에 대한 진전 없는 탐색을 멈추기로 했다. 또한 그는 이제 자신의 일터로 돌아가야 할 시간이기도 했다.

나는 시계를 보았다. 그러나 김종구의 생각은 그게 아니었다. 그는 잠시만 기다리라면서 내 대답은 듣지도 않고 벌떡 일어나 아래로 내려가 버렸다. 기다리라는 말이 아니더라도 동산을 내려갈 생각은 없었지만, 기다리라는 말 때문에 동산에 더 남아 있으려던 원래의 마음에 갈등이 생기기 시작했다.

시간으로 봐서 김종구의 하루 일도 다 끝나갈 때였다. 일을 마감하고 돌아온 그와 마주앉아 특별히 더 할 이야기가 있던가. 김종구의 생에 대한 관심이야 없지는 않았지만 그것이 시간을 연장해 가면서까지 캐낼 만한 의미가 있는 것인지도 의심스러웠다. 설령 그럴 만한 가치가 있다 하더라도 십오 년 전에 잠깐 알았던 사람과 이 이상 시간을 함께한다는 것이 내게는 못내 불편한 일이었다. 길어지면 외로움이 덤벼서 그렇지, 혼자의 시간이 편한 법이었다.

어쨌거나 그가 다시 돌아올 때까지는 기다려야 할 일이었다. 그저 바람이나 쐬려고 나선 여행이라는 말을 이미 해버린 터에 급작스런 볼일이라도 있는 듯이 사라져버릴 수는 없었다.

나에게는 그래도 섬 생활 일 년의 의미가 묻어 있는 해후일 수 있지만 그한테는 거의 아무 의미도 없을 이 만남이 내가 원하지 않는 한 길어질 턱은 없을 것이다. 십오 년 전의 기억을 더듬어도 김종구한테 그런 곰살맞음이 있었던 것은 전혀 떠오르지 않았으니까. 그러기는커녕 내가 간직한 그에 관한 세 번째 삽화는 상당히 진저리 쳐지는 구석도 없지 않았던 것이다.

그 삽화는 소재부터가 섬뜩하다. 날이 새파란 손도끼, 염소의 골통, 그리고 이중二重의 죽음과 구역질. 그 속에 김종구가 있었다. 섬에서는 특별한 날이 돌아오면 곧잘 풀어놓고 먹이던 검정염소를 잡곤 했다.

학교에서 자취방으로 가는 길의 야산이 검정염소들의 방목장이었다. 육고기에 주려 있게 마련인 섬사람들한테는 염소나 잡아야 푸짐하게 고기맛을 볼 수 있었다. 그리고 그런 잔치에는 열 명도 못 되는 중학교 선생들이 총동원되어 잔치의 상석을 차지하고 앉는 것도 관례였다.

염소를 식용으로 생각해 보기는커녕 되려 그 짐승에게서 강한 친밀감을 느끼고 있는 염소띠 인간인 나로서는 마지못해 가는 자리였지만, 다른 남자 교사들은 섬 생활 서너 달이면 염소고기에 맛을 들이고 절대 사양을 하지 않았다. 마을 사람 거의가 고기맛을 봤던 육성회장 집 잔칫날, 그날 김종구도 거기에 있었다.

염소를 잡게 되면 죽인 직후의 생피를 마시는 것과 삶은 골통을 쪼개 골을 꺼내 먹는 것이 제일 알짜라는 이야기는 누누이 들은 바가 있었다. 그러나 자리에 앉자마자 쟁반 세 개가 동원되어 각각에 염소 머리 하나씩이 담겨져 나오는 광경은 너무 끔찍하고도 갑작스러웠다.

대개는 손님을 청한 쪽이 부엌에서 적당히 처리해 내오기 마련인데 머리가 세 개나 되다 보니 곧바로 짜개 먹는 쪽이 편하다는 의견이 우세했던 모양이었다.

마루 한가운데 염소 머리 세 개가 놓이자 사람들은 약속이나 한 듯이 김종구를 쳐다보았다. 마치 너 말고 누가 이 짓을 하겠냐는 듯이. 그리고 누군가 그에게 날이 새파랗게 선 손도끼를 건네주었다.

김종구는 사람들을 휘 둘러본 다음 말없이 손도끼를 받았다. 그의 입가에 맴도는 냉소를 본 것은 나뿐이었을까. 그는 잔인함을 기대하는 사람들의 마음을 충분하게 읽어낸 것 같았다. 그렇지 않고서는 새삼스럽게 숫돌에 도끼의 날을 벼리는 일부터 시작할 이유가 없었다.

쓱싹쓱싹. 음산한 숫돌의 마찰음을 들으며 사람들은 침을 꿀꺽 삼켰다. 긴장과 공포의 순간에도 사람들은 침을 삼킨다. 마치 기름진 음식을 상상하듯.

이윽고 숫돌 작업이 끝나자 그는 마술사들이 흔히 시도하는 시선 끄는 도입부도 실천해 보였다. 손바닥으로 슬슬 손도끼의 날을 쓸어보는 그 유혹의 순간들이 흐르는 동안 김종구 주위의 몇몇이 슬쩍 뒤로 물러섰다. 사람들은 김종구의 눈에서 살기를 읽었고, 나는 경멸을 읽었다.

마침내 털 뽑힌 염소의 둥근 두상 하나가 통나무를 큼직하게 반 잘라 만든 도마 위에 얹혀졌다. 반쯤 눈이 감겨진 염소의 머리는 시장 바닥의 좌판에서 흔히 보는 돼지 머리와는 사뭇 달랐다.

삶은 돼지 머리가 감은 눈과 위로 치솟은 콧구멍, 그리고 투정하듯 내밀어진 입으로 인해 희화화된 모습이라면, 염소의 그것에는 비애가 서려 있다. 죽음 앞에서 깜짝 놀란 모습이 어김없이 담겨 있기로는 염소를 따를 짐승이 없다. 염소는 유독 겁이 많은 짐승이니까.

김종구는 염소 머리를 이리 만지고 저리 만지며 도끼의 날이 박힐 자리를 신중하게 모색하였다. 그는 계속해서, 부러 그러는 게 분명한, 과장된 몸짓을 보여주며 잔뜩 시간을 끌고 있었다. 사람들이 그걸 원할 때까지는 얼마든지 보여줄 수 있다는 자세였다. 그리고 어느 순간 손도끼가 번쩍 허공을 가르며 솟아올랐다. 그와 동시에 김종구의 입에서 야릇한 기합 소리가 터져 나왔다.

기합과 함께 땅, 하는 암팡진 소리가 울렸고 벌어진 골통 속으로 김이 무럭무럭 솟아나는 하얀 골이 드러났다. 젓가락을 들고 그 순간을 기다리던 남자들은 너나 할 것 없이 하얀 김이 피어오르는 골통 속으로 젓가락을 들이밀었다. 첫 번째 염소 머리가 상으로 올라간 지 몇 분, 눈 깜짝할 사이에 머리는 두개골로 변해 쓰레기통으로 던져졌다.

사람들 뒤에서 담배 한 대를 피고 난 김종구는 묵묵히 도마 위에 두 번째의 염소 머리를 얹었다. 이번에는 시선 끌기 같은 광대 짓은 없었다. 두 번째, 세 번째의 골통 또한 단 한 번의 도끼질에 어김없이 두 쪽으로 갈라졌지만 첫 번째 이후로는 사람들의 탄성도 들리지 않았다. 모두들 뜨끈뜨끈한 골이 식을까 봐 정신없이 젓가락질에만 매달렸다.

그러나 내가 지켜본 바로는 그 손길 속에 김종구의 젓가락은 없었다. 내가 본 것은 세 개의 염소 머리를 해치운 뒤 황급히 소주 한잔으로 목을 적신 다음 말없이 육성회장 집을 빠져나가는 그의 뒷모습이 전부였다. 둘러앉아 허겁지겁 염소의 골통을 파먹고 있던 사람들은 김종구가 사라지는 줄도 알아채지 못하고 있었다.

세 번째의 삽화는 진저리쳐지는 느낌 말고도 묘하게 비애를 깔고 있다. 그러고 보면 김종구는 그때 이미 위선과 타협할 수 없는 국외자로서의 비애를 깨닫고 있었는지 모른다. 그 뒤 십오 년의 세월이 그를 어떻게 변화시켰는지 장담할 수는 없지만, 만약 그렇다면 공사판을 떠도는 김종구의 지금 삶은 필연적인 것이리라. 삶의 비밀을 엿본 자에게 붙박이 삶이 가능하기나 할 것인가.

나는 조금씩 이 예기치 않은 조우에 관심을 가지지 않을 수 없었다. 그의 십오 년은? 그리고 나의 십오 년은? 마침 그때 김종구가 말끔한 모습으로 다시 내 앞에 나타났다. 옷도 갈아입었고 세수도 한 모양이었다. 아직 물기가 남아 있는 머리칼에는 눈에 보이게 먼지가 끼어 있었지만 귀가하는 가장으로는 손색이 없는 차림새였다.

"갑시다."

그는 마치 사전에 약속이 되어 있었던 일이라는 듯 단호하게 나를 재촉했다. 나는 엉거주춤 일어났다.

"우리 집으로 가자는 겁니다. 아까 보신 팔팔 뛰는 잉어 같은 그 계집이 내 마누라예요. 일이 끝난 뒤에는 무슨 일이 있어도 내 황녀한테 먼저 문안을 드려야 한답니다. 갑시다, 황녀한테.”

나중에야 눈치로 알아차린 사실이지만, 성이 황黃가인 마누라를 그는 마치 황녀皇女인 듯이 호명했다.

“갑시다. 벌써 기가 막힌 찌개를 끓여놓고 담장에 매달려 나 오기만 기다리고 있을 겁니다. 황녀는 낮잠 자다가도 이 김종구 생각이 나면 맨발로 뛰어서 달려온답니다. 아주 화끈한 여자지요. 황녀는 손님 오는 것을 아주 좋아해요. 그래야 지가 왕년에 뽐냈던 솜씨를 보여줄 수 있거든요. 솜씨요? 아, 그거 별거 아녜요. 고게 단소를 좀 불어요. 단소, 아시지요? 황녀의 단소 가락, 그거 사람 죽여요.”

자신의 말이 좀 많다 싶었는지 김종구는 거기서 자르듯이 말을 끊고 가만히 내 반응을 기다렸다. 나는 역시 의례적인 말로 그의 초대를 사양할 수밖에 없는 노릇이었다. 관심이야 있었지만 관심을 가로막는 것은 아무래도 관습이었다. 이제 와서 십오 년 전의 학부형을 만났다고, 그것도 서로 간에 깜짝 놀랄 만큼 반가운 사이도 아닌 약간의 인연을 빌미로, 남의 거처에 불쑥 뛰어들어 저녁을 얻어먹는 일이 관습적으로 영 어긋나는 것 같다는 것이 여태도 내 판단이었다.

김종구는 나의 사양에 굉장히 실망스럽다는 얼굴이었다. 그는 자신의 머리 한 뼘 위에서 찰랑거리는 감나무 줄기 하나를 확 낚아챘다. 그리고 가지 끝을 입에서 쑤셔 넣고 그것을 잘근잘근 씹으며 아주 잠깐 숨이 막힌다는 표정을 지었다.

“에이, 아직도 이조 시대 말을 사용하고 있어요? 아뢰옵기 황송하오나, 하는 식의 원님 동헌 마루에서나 굴러다니는 말뽄새라면 이가 갈리는 놈이 난데, 제길, 작가 선생까지 그러시깁니까? 제발 덕분에 그런 허깨비 같은 말씀일랑 고만두시고, 우리 집에 갑시다. 밥 한 끼는 대접해야지요. 우리 황녀 좋아하는 얼굴도 좀 보시고. 그거, 아주 괜찮은 계집입니다."

그리곤 두말도 없이 앞장서서 휘적휘적 걸어갔다. 나는 별수 없이 김종구의 뒤를 따라 언덕을 내려왔다.

가족이나 허물없는 친구가 아니라면, 남하고 같은 상에서 밥을 먹어야 하는 일이 나는 여태도 불편하기가 짝이 없다. 다른 일이라면 적잖이 누그러진 구석도 없지 않으면서 밥은, 삼키고 씹어야 하는 식사는 잘 안 된다. 한 상에서 같이 밥을 먹어도 전혀 불편하지 않은 사이가 되기까지는 얼마나 같이 밥을 먹어야 할 것인가. 나는 그게 아득하다. 너무 아득해서 시작조차 하고 싶지 않다.

귀신사 뜨락은 그새 아무도 없이 텅 비어 있었다. 인부들은 절담 너머, 아까 나를 주시하던 할머니 집에 다 모여 있었고, 김종구는 절 앞에 이르자 또 한 번 나를 기다리게 하고 그 집으로 성큼성큼 들어갔다.

마당에 피어오르는 연기, 불꽃 위에 얹혀진 슬레이트 조각으로 미루어 인부들은 거기서 돼지고기를 구워 먹을 모양이었다. 철판보다는 요철이 있는 슬레이트가 기름도 잘 빠지고 돌구이 맛을 낼 수 있어 공사장 같은 데서 곧잘 그런 모습을 본 적이 있었다. 김종구는 주머니에 무언가를 쑤셔 넣으며 곧장 돌아왔다.

"오늘이 간조 날이거든요. 비 땜에 이번 간조는 형편없어요. 초파일 전에는 무슨 일이 있어도 끝내기야 하겠지만, 인부 구하기가 너무 힘들어요."

김종구는 품삯이 들어 있는 바지 주머니를 보란 듯이 두들기다가 말고 목소리를 낮추어 말했다.

"웃기는 일입니다. 대체 뭐 하러 이 짓을 합니까? 목수하고 이 절에 처음 온 날이 마침 비 오는 날이었어요. 첫눈에 야, 이건 굉장한 절이다, 라는 느낌이 확 들었지요. 전국의 이름난 절들을 나도 숱하게 봤지만 이런 절은 처음이었거든요. 작가 앞에서 문자 쓰기 거북하지만, 뭐 생사를 초월한, 그런 인생무상 같은 게 가슴을 찍어 누르대요. 그런 절을 싹 뜯어서 울긋불긋하게 만들겠다니 얼마나 웃기는 짓이에요. 말도 안 되는 짓을 한다길래 첨엔 이 일에 손 뗄라고 그랬지요. 그런데 왜 마음을 바꾸었는지 아십니까. 조금이라도 덜 웃기게 만들기 위해선 내가 있어야겠다, 이런 생각이 들었지요. 이건 정말이지 순수한 내 충정입니다. 아무도 알아주지 않는 짓이긴 하지만, 그래도 그냥 두고 볼 수 없었다구요.”

나는 놀라서 걸음을 멈추었다. 김종구도 그렇게 느꼈던가. 귀신사에 대해 그도 남다른 마음을 품고 있었던가. 그래서 기꺼이 제동장치의 역할을 맡아 보수 공사에 참여하고 있다는 그의 말은 단숨에 나를 그에게로 끌어당겼다.

그 말은 김종구라는 인간을 재고 있던 나의 잣대를 사라지게 하였다. 그에게 잣대를 들이밀다니, 나는 얼마나 교활한 인간인가. 십오 년 전의 그와 지금의 그를 수시로 비교하며 인간을 저울질하는 나는 얼마나 편협한가. 다소 무참해진 나는 귀를 열어, 소위 청취聽取의 자세로 돌입하였다. 그리고 이 자세는 그와 헤어질 때까지 여일하였다.

“참 한 가지 당부가 있는데 이건 꼭 유념을 하셔야 합니다. 우리 황녀의 단소 가락을 듣게 되면 무조건 입에 침이 마르게 칭찬을 하세요. 나야 황녀가 부는 단소 외엔 들어본 적이 없어 갈등 없이 마구 추켜세울 수 있지만서도 선생님은 혹시 아니올시다일지도 모를 일이잖습니까. 그러니 눈 딱 감고, 이것저것 따지지 말고, 황녀 입이 찢어지게 띄워버리세요. 황녀 고게 또 청중은 어지간히 가리는 못된 버릇이 있어서 아무한테나 단소 가락을 맛뵈 주지도 않아요. 황녀가 제일 기뻐하는 일이 뭔 줄 아십니까? 내가 지 단소 소리를 헤아려 들을 만한 고급 청중을 데불고 집에 가면 그저 팔팔 뛰도록 기뻐하지요. 선생님을 데려가면 아마 까무러칠 것입니다.”

자신의 집에 들어가기 전에 김종구가 내게 한 당부 또한 은근히 내 마음을 찌르는 것이었다. 말하자면 자기의 마누라한테까지 세상의 잣대를 들이미는 허튼짓은 말라는 것이었다. 그러고 보면 만나자마자 부득불 자기 집에 가자고 우기던 것이나, 그보다 더 거슬러 올라가서 나를 만나고 그토록 반가워했던 것도 모두 그의 황녀를 위한 헌신이었음이 분명했다.

그렇다면 이 서먹한 초대를 물리칠 어떤 방법이 없을까 거듭하던 궁리 따윈 홀가분하게 물리쳐도 무방한 일이었다. 그의 황녀를 기쁘게 해 줄 수 있는 일이 몇 마디의 격찬과 감동의 시늉으로 가능하다면 못할 것도 없지 않은가.

게다가 이제는 나의 이 여행이 예상치 못한 국면으로 접어들고 있다는 기대도 적잖이 생겨 있는 판이었다. 그 기대가 가능할 수 있었던 이유로, 삭막한 공사 현장으로 둔갑한 귀신사를 마지막으로 이 여행에 은근히 기댔던 모든 것이 다 사라진 뒤에도, 나는 전혀 헝클어진 사념에 발목을 묶이지 않았다는 사실을 들 수 있을 것이다. 그럴 새도 없이 김종구가 나타났고, 그 다음부터는 완전히 김종구가 이끄는 대로 따라갈 뿐이었다.

그는 여전히 예측 불허의 인간이었고, 이 예측 불허가 나를 생각의 진흙탕에서 구해 주었다. 이 진흙 뻘밭에서 기어 나올 수 있었다는 것만으로도 김종구와의 만남은 수확이었다. 그러니 이제부터 또 뭔가를 그가 보여준다면 그것이야말로, 천박한 표현이긴 하지만, 보너스에 다름없는 것이었다.

미리 말한다면, 그는 그 이후에 훨씬 더 많은 것을 내게 보여주었다.

사람에 따라서는, 그리고 같은 사람이라도 그가 처한 상황에 따라 보여지는 것에의 느낌이 다르겠지만 그때의 나한테는 그의 말 한마디도 새롭고 새로웠다.

설령 나의 막막한 상황이 새롭고 새롭기를 희구해서 자기 최면으로 그렇게 받아들인 것이라 해도 아무 상관이 없다. 아니, 진실을 말하자면 오히려 그쪽에 가깝다는 것을 인정한다. 그러나 나와 아주 다른 존재가 되고 싶다는 그 욕망 말고 다른 것으로 해명할 수 있는 진실이 세상에 어디 있던가.

3

김종구는 나와 황녀의 대면에 약간의 의식儀式이 필요하다고 생각한 모양이었다. 나를 집으로 데려간 뒤 그는 곧바로 여자를 부르지 않았다. 대신 마당에 나를 세워놓고 자기가 먼저 부엌으로 들어갔다.

여자가 부엌에 있다는 것은 새어 나오는 불빛으로 금방 알 수 있었다. 바깥이야 아직 잔광으로 견딜 만하지만 안에서는 불을 밝혀야 할 시각이었는데 그 집에서 불빛이 있는 장소는 부엌뿐이었다. 나는 인기척이라곤 없는 그 집의 다른 문들을 살펴보면서 그녀와 정식으로 인사를 나눌 순간을 기다리고 있었다.

몇 시간 전에 우연히 마주쳤던 황녀의 맨발과 흐트러진 머리칼, 번쩍거리던 눈빛 따위를 떠올리면 그 기다림에 약간의 불안이 섞여 있는 것도 사실이었다. 그녀는 내가 알고 있는 방식으로 나를 맞아들이지 않을 것이라고 나는 생각했다. 나는 그게 어떤 것일지 짐작도 할 수 없었다.

내 예상은 들어맞았다. 먼저 부엌으로 들어간 김종구가 어디를 어떻게 했는지 여자의 자지러지는 웃음소리가 들리더니 곧이어 반쯤 열려 있던 부엌문이 뒤로 발랑 나자빠지도록 거세게 열렸다. 그리고 내가 물러설 새도 없이 확 구정물이 뿌려졌다.

다행히 나한테까지 구정물이 튀긴 것은 아니지만 그제야 나를 발견한 여자의 놀라는 시선을 받아내는 일은 좀 괴로웠다. 여자도 조금 전에 나를 본 걸 기억하는 모양이었다. 하기야 이런 시골에서는 낯선 사람을 구별해 내는 일이 그리 어려운 것도 아닐 것이다.

"이런, 누굴 데려왔잖아! 왜 말 안 했어? 이 쓰레기 같은 인간, 언제나 날 속이기만 하고."

여자는 남자를 돌아보며 냅다 소리를 지르더니 얼른 부엌문을 닫아 버렸다. 물론 나한테는 한 마디도 하지 않은 채였다. 황당한 일이었지만 예상은 한 것이라서 견디기 어려울 만큼은 아니었다. 이윽고 들려오는 김종구의 퉁명스런 목소리.

"야, 싫으면 그만둬. 네 생각 하고 일부러 귀한 손님을 모셔 왔는데 싫으면 집어치라고. 제길, 괜한 수고를 했잖아."

"누가 싫댔어? 근데, 누구야?"

그 다음부터는 목소리가 낮추어져서 바깥에서는 들을 수가 없었다. 내가 누구일까. 김종구는 나를 어떻게 설명할까. 간간이 들려오는 여자의 "정말? 진짜야?" 하는 확인의 말은 왜 필요한 것일까. 초조하게 황녀皇女의 알현을 기다리는 신하처럼 나는 그들이 나누는 모든 말이 다 궁금하기만 했다.

황녀의 닦달이 어지간히 끝난 뒤에야 부엌문이 다시 열렸다. 치마는 여전히 큼직한 목단꽃 무늬의 그 치마였지만 맨발은 아니었다. 머리도 적당히는 간추려서 아까의 탱탱한 긴장은 거의 남아 있지 않은 모습이었다.

새롭게 등장한 여자는 완연히 수줍음을 타고 있었다. 마치 아까 보여 준 모습은 다 잊은 것으로 믿겠다는 태도였다. 수줍어하면서 나를 방으로 안내하는 황녀의 뒤에서 김종구는 그것 보란 듯이 매우 당당했다.

그렇다고 황녀의 수줍음이 길게 가지는 않았다. 김종구가 그녀를 수줍어하게 내버려두지도 않았다. 황녀는 황녀다워야 한다는 것이 그의 지론이었고, 그녀는 얼마 지나지 않아 조신함을 걷어치운 채 거들먹거리기 시작했다.

선술집에서 만나 그 밤으로 만리장성을 쌓고 단소 가락에 혼까지 앗기운 채 다음 날로 데리고 나와 같은 이불 속에서 자기 시작했다는 황녀와의 인연에 대해서 김종구가 하는 말은 이런 것이었다.

"난 저것의 야비함에 반했어요. 우리 황녀의 매력은 야만스럽고 교활하다는 것이지요. 그게 편해요. 난 베일로 얼굴을 가린 성처녀한테는 아무런 흥미도 없어요. 그 짓 할 때 베일을 벗기는 수고나 한 가지 더해질 뿐 무슨 의미가 있겠어요."

김종구는 황녀가 자기의 여자인 것을 단숨에 알아보았다고 했다.

"정말 굉장한 여자였어요. 나는 저 여자를 보자마자 저 불룩한 가슴 밑에 내 갈빗대 한 짝이 들어 있다는 사실을 금방 눈치 챘지요. 이건 행운이에요. 마침내 잃어버린 갈빗대를 찾은 거라구요. 말도 마세요. 그거 찾겠다고 밤마다 계집들 눕혀놓고 맞춰보느라 힘깨나 뺐지요. 당분간은 힘 좀 아껴도 되겠으니 행운이 아니고 뭐겠어요. 아, 왜 당분간이냐구요? 글쎄, 그놈의 갈빗대가 계속해서 맞으라는 보장이 어디 있습니까. 뼈다귀도 자꾸 자랄 텐데. 그럼 다른 것을 찾아야지요. 얼마든지 또 다른 행운이 기다리고 있을 테니까요. 이거 선생님 앞에서 별말을 다 하는군요."

김종구는 그러나, 조금도 별말을 다 했다는 표정이 아니다. 그의 말은 고해 투의 어조나 자기 변론의 투와는 정반대의 느낌을 준다. 그는 어떤 일이든 다 자신이 개입했고 통합했으며 조종하고 있다는 어투로 말하고 있다.

그런 자한테 해서는 안 될 별말이 있을 리가 없다. 별말을 하더라도 이미 조절이 끝난 뒤다. 그래서 나는 그가 만난 지 두 달 만에 황녀를 버리고 훌훌 떠나버렸다는 말을 할 때도 의아해하지 않았다.

"문제는 바로 이 김종구한테 있었지만 다른 갈빗대를 찾아가느라 저걸 버렸던 것은 아니었어요. 계집 데리고 세 끼 밥을 꼬박꼬박 찾아 먹고 살자니 숨통이 확확 막히고 가슴에선 열불이 치솟는 걸 어떡합니까. 황녀도 그런 날 잘 알지요. 저건 또 보통 계집입니까? 갈 테면 가라, 이런다구요. 그러다 몇 년 뒤에 술청 마루에서 저걸 다시 만났지요. 그래 또 서너 달 같이 살다 보니 이번엔 저게 먼저 튀는 거예요. 이젠 끝이다, 하고선 미련도 없었는데 작년에 저걸 또 만났지 뭡니까. 세 번째라구요. 이게 사람 힘으로 되는 겁니까. 도망갈 일도 아니구요. 그래서 요즘엔 아예 데리고 다닙니다."

황녀가 부엌에서 밥상을 차리는 사이 김종구는 많은 이야기를 들려줬다. 그는 한 곳에 일 년 이상 머무르지 않는다고 했다. 한 고장의 봄과 여름, 가을, 겨울을 보고 나면 미련 없이 짐을 챙겨서 다른 일거리를 찾아 나서곤 했다.

그가 거금도를 떠난 것은 고흥에서 고등학교를 마친 아우가 돌아와 멸치 어장과 해우 농사를 떠넘기고 난 뒤였다. 그렇다면 내가 일 년간의 섬 생활을 청산하고 그곳을 떠난 다음 해였다. 그는 다시 돌아와서도 고작 삼 년을 다 채우지 못했던 모양이다.

섬을 떠난 뒤에 그는 주로 산간 지방을 맴돌았다고 말했다. 그래야 바다가 보고 싶어지고, 바다에 갈증이 나면 고향으로 갔다고 했다. 그렇지 않으면 영영 늙은 어머니와의 만남을 미루기만 할 것 같아서 그렇게 일부러 갯가는 피해 다녔다고 했다.

일 년 혹은 이 년에 한 번씩 집에 들러보게 되는 어머니는 언제나 그만큼만 늙은 채 그대로더란 말도 그는 했다. 젊어서의 풍상으로 앞당겨 미리 늙어버린 어머니한테는 남은 세월은 모두 덤인 모양이었다. 그래서 지금도 어머니는 방 안을 기어 다니며 살아 있다고 했다.

산간 지방을 떠돌며 그는 많은 일을 했다. 지리산 노고단까지의 관광도로도 그가 참여한 공사 중의 하나였고, 댐 공사에도 여러 번 끼어들었다. 세상에 삽질이나 지게질이 필요치 않은 공사는 없었고, 따라서 그에게 일자리를 주지 않는 공사장도 없었다.

원하는 대로 구할 수 있다는 것이 이 직업의 재미라고 그는 말했다. 세 끼 밥과 누워 잠잘 자리만 해결되면 어디라도 관계가 없는 것이다. 꼬박꼬박 부어야 할 월부금이나 은행통장 같은 것은 한 번도 가져본 적이 없었다. 연락이 닿을 수 있는 주소나 전화번호 같은 것도 필요하지 않았다. 주민등록등본이나 신원 증명을 요구하는 직장은 애시당초 흥미도 관심도 없었다. 그는 자신을 얽어매려는 어떤 수작도 모두 거부했다. 그는 말했다.

"그렇게 살아서 벌써 내일 모레 오십인데 새삼스레 무얼 바꾸겠어요. 나는 이대로가 편해요. 난 계속 김종구로 지지고 볶고 할 테니까."

그 말 끝에 그는 갑자기 눈을 빛내며 내게 말했다.

"재미있는 이야기 하나 해드릴까요? 어디라고는 말하고 싶지 않아요. 왜냐구요? 거기서 내가 이 년 가까이 살았거든요. 말씀드렸지요? 어디라도 일 년 이상은 머무르지 않는다고. 근데 그곳은 도저히 일 년 갖고는 모자랐어요. 그래서 이 년이나 썩었어요. 뭐, 짐작 하시는 것 같은데, 그래요. 거기에 또 내 갈빗대가 하나 있었다구요. 그런데 문제가 있었지요. 그 여자는 자기가 내 갈빗대로 만들어진 여자라는 것을 도저히 인정하지 않는 거예요. 자기의 갈빗대는 도시에서 넥타이 매고 커피

나 홀짝거리며 종이를 만지는 사람이라는 거예요. 여자가 그렇게 나오면 할 수 없는 거예요. 그걸 패겠어요, 업고 야반도주를 하겠어요? 난 절대, 그런 짓은 안 해요. 그런데 하루는 한밤중에 그 여자가 내 숙소에 찾아와 훌쩍훌쩍 구슬피 우는 게 아니겠어요? 왜 그러느냐고 물으니 이건 참, 기가 막혀서, 지금 저 윗마을에 자기가 좋아하는 총각이 와 있는데 제발 좀 어떻게 해달라는 거예요. 서울로 유학 가서 거기에 유망한 직장까지 잡아놓은 남잔데 한때는 그치도 자길 좋아하는 눈치를 보였다는 거죠. 그런데 이 친구가 서울 처녀 하나를 데리고 와서 부모님께 결혼할 사이라고 그런다는 겁니다. 시골에 형제가 득시글거리고 장남인데 부모님도 모셔야 할 형편에 그 여우 같은 서울 처녀하고 결혼하면 집안이 편할 리가 있겠냐고 여자가 울면서 쫑알거리데요. 그래서 내가 그랬죠. 알았다, 그 친구가 너하고 결혼하겠다는 약속을 받아내마. 여기서 기다려라, 이랬답니다."

그런 뒤 김종구는 밤중에 풀숲의 이슬을 헤치고 윗마을로 올라갔다. 그리고 친구라고 속인 뒤 남자를 마을 뒷산으로 불러내 늘씬하게 두들겨 패줬다. 나는 그 처녀의 사촌오빠 되는 사람인데 알고 보니 너, 내 동생 책임져야겠더라, 안 그러면 오늘 밤 내 손에서 쥐도 새도 모르게 죽을 줄 알아라, 그렇게 겁을 줬다. 그런데 남자는 몇 대 맞지도 않고 쓰러져서 정신을 잃어버렸다. 아무리 흔들어도 정신을 못 차리길래 김종구는 그 길로 자기 숙소에도 들르지 않고 그 마을을 떠났다.

얼마 후에 그 친구가 죽었으면 죄값이나 받아야겠다고 어슬렁어슬렁 그 마을로 돌아가 보니 한 집에 잔치가 벌어져 있는데, 알고 본즉 자기가 좋아했던 그 처녀와 죽은 줄 알았던 남자가 그날 결혼을 했다는 것이었다.

"그래서 또 뒤도 안 돌아보고 그 마을을 빠져나왔죠. 그런데 한번 물

어나 봅시다. 그거, 내가 잘한 일이오, 못한 일이오? 암만 해도 그것을
잘 모르겠단 말이오."

그게 잘한 일인지 못한 일인지 내가 어떻게 판단을 내릴 수 있을 것
인가? 꿈에서조차 삶의 다른 방식을 생각해 보지 못하는 나 같은 위인
한테 그 물음에 대한 답이 나올 수 있을 것인가.

그때 다행히도 황녀가 밥상을 들여왔고, 그와 나는 시침을 떼고 밥상
앞에 둘러앉았다. 황녀가 나타남과 동시에 김종구는 다시 황홀한 시선
으로 황녀를 더듬고, 나는 김종구가 보여주는 수천 개의 얼굴에 거의
정신을 차릴 수 없을 지경이었다.

그가 사실은 단순한 인간이 아니라는 나의 해석은 그러나, 어떤 망설
임도 없이 그를 휘어잡는 황녀 앞에서 또 다른 해석을 새끼 친다. 여자
는 남자를 단숨에 제압하고 남자는 투덜거리면서도 기꺼이 여자에 복
종한다. 때로는 여자가 끊임없이 그를 짓밟도록 은근히 유도하는 경향
까지 있다. 김종구는 그렇게 결코 간단히 해석되지 않는다.

"당신은 두부를 먹어야 해. 한 조각이라도 남겼단 봐라. 잘 때 입에
쑤셔 넣을 테니까."

밥상을 가운데 두고 여자가 잔뜩 무례하게 명령하면 그는 꾸역꾸역
두부를 해치웠다.

"얼마나 처먹어야 이놈의 세상에서 두부가 사라지려나."

김종구의 탄식에도 아랑곳없이 두부 접시가 비워지자 여자는 잽싸게
또 한 접시의 두부 부침을 내왔다. 그의 고역은 다시 시작되고 황녀의
채찍질은 한 치의 동정도 용납되지 않았다.

"이 사람은 고기를 입에도 안 대요. 이이가 하는 일이 얼마나 고된 것
인지 알면 선생님도 제 심정을 이해하실걸요. 글쎄, 콩으로 만드는 것
까지 다 싫대요. 뭐래나, 식물성 고기라는 그 말이 구역질 난대나, 그런

시시한 소리나 지껄이고."

"그 말은 정말 구역질 나요. 어떻게 식물과 동물을 생피 붙게 만드는 그런 말을 만들어내는지, 하여간 뭐 좀 배웠다는 사람들 잔인한 것은 알아줘야 한다니까요. 그 말 때문에 세상 모든 풀이 다 더럽혀지는 것 같잖아요. 제길, 먹고 싶은 놈은 동물성 고기나 실컷 먹으래지."

저녁상을 물리고 난 뒤에 황녀는 술상을 보겠다고 했다. 손님이 여자인 만큼 과일이나 차가 나와야 한다는 생각은 그들에게 들지 않는 모양이었다. 나는 술상은 그만두고 단소 소리나 한가락 듣고 가겠다고 했지만 두 사람 모두 말도 안 된다는 표정으로 나를 가로 막았다.

"선생님, 무슨 답답한 말씀을 하십니까. 우리 모두가 이렇게 즐거운데. 하긴 선생님 같은 분이 이런 기분을 알긴 뭘 알겠습니까. 우리 황녀라면 모를까. 머릿속에 생각이 많으면 행동이 굼뜨고, 그러기 시작하면 인생은 망하는 겁니다. 그럼요, 자신할 수 있어요. 뭐든 너무 많이 가지면 걸그적거린다, 이 말입니다. 따지기 시작하면 끝이 없어요. 죽을 수도 없다니까요."

그 사이 황녀는 잽싸게 술상을 들여왔다. 따로 차리고 말 것도 없이 먹던 반찬 몇 가지에 됫병으로 파는 막소주가 병째로 따라 들어왔다.

"평생 내가 변함없이 간직하고 있는 신조가 하나 있다면 그게 뭔 줄 아세요? 머릿속에 먹물 담아놓고 주위에 검정물 뿌려대는 인간하고는 길게 상종하지 말 것, 바로 그겁니다. 잠깐은 되지요. 하지만 길게는 안 돼요. 그런 부류들은 저밖에 모르거나 필경 주위에 불행만 옮기거든요. 이거 선생님 듣기에 섭섭해도 할 수 없어요. 머릿속에 뭐가 들어 있다는 것은 욕이에요. 그건 모두 쓰레기거든요. 머리는 즉시 청소를 해줘야 합니다. 그래야 진짜 알맹이를 발견했을 때 얼른 쓸어 담지요. 곰팡이가 가득 차기 시작하면 정말 끝장이에요."

그의 격렬한 말에 나는 웃었지만, 그러나 속으로는 그의 말이 옳다는 것을 인정했다. 하지만 김종구 앞에서 그 말이 옳다는 것을 인정할 용기가 내게는 없었다. 나는 곰팡이 핀 머리를 가리고 싶었다.

"난 중학교 2학년 때 학교를 때려쳤어요. 도대체 뭘 배우라는 건지 답답하기만 하더라구요. 보세요, 그 따위 자잘한 셈본이나 배우고 현미경으로 눈에 뵈지도 않는 벌레나 쳐다본다고 세상 사는 이치를 터득할 수 있겠어요? 아주 꽉꽉 막혔어요. 어떻게 해볼 수도 없을 만큼. 이러다 영 바보 되겠다 싶어서 그 당장 집어쳤지요. 그 뒤로 충고하기 좋아하는 사람마다 그러는 거예요. 검정고시라나, 뭐 그런 것도 있다구요. 젠장, 새삼스럽게 허접 쓰레기를 채워 죽도 밥도 안 되면 그 사람들이 내 인생 책임집니까. 지금 생각해도 아주 잘한 짓이에요. 넓은 세상 어디든 뛰어들어 북대기 치다 보면 막힌 머리도 확 뚫리게 돼 있다구요. 그게 진짜예요. 살아 있는 거지요. 팔십을 산다 해도 못해 보고 죽을 일이 수두룩한데 끝도 안 보이는 그 짓을 왜 하겠어요. 그거, 중독되는 거 아닙니까?"

그의 말은 당당하다. 조금도 야비하지 않다. 음해陰害의 의도도 없고 방약무인한 자의 무례나 열등감의 흔적도 보이지 않는다. 그의 얼굴을 보면 그걸 알 수 있다. 그의 말은, 그가 마시는 소주가 그렇듯 맑다.

김종구가 얼굴을 찡그리며 소주잔을 비웠다. 나야 술을 전혀 못 하는 형편이었지만 다행히 황녀의 주량이 대단했다. 황녀는 남자의 얼굴을 홀린 듯이 바라보다가 한 번씩 자랑스럽게 나를 돌아보았다.

"그거 중독되면 평생 돌다리 두들기다가 인생 재미 하나 못 누리고 황천 가는 거예요. 거기 가면 염라대왕이 뭐랠 줄 아십니까. 너 이놈들, 한평생 기회를 주었는데도 고작 그것만 맛보고 들어와? 에이, 뜨거운 맛 좀 봐라! 이러면서 화탕 지옥에 빠뜨리는 겁니다. 펄펄 끓는 물에 집어넣는다 이 말이지요."

흡사 끓는 물에 손이라도 닿은 것처럼 흠칫 놀라면서 김종구는 또 한 잔을 성큼 입 안에 털어 넣었다. 빈 잔에 철철 넘치도록 술을 채우면서 황녀는 말했다. 역시 자랑스러움을 감추지 않고.

"이까짓 한 되들이 가지고는 우리 두 사람, 입이나 겨우 축인답니다."

세상에 쉬운 것이 술에 맛들이는 것인데 그것도 못 하냐는 듯이 나를 가엾게 쳐다보는 황녀의 얼굴은 이제야 발그레하게 물들어 한층 싱싱하게 보였다. 밝은 불빛 아래 드러나는 황녀의 얼굴은 결코 미인은 아니었다. 눈은 가늘게 찢어졌고, 휘어진 매부리코는 여자의 인상을 몹시 강팍하게 만들고 있기는 하나 오히려 그런 약점들 때문에라도 황녀는 황녀답게 보였다.

나는 이제까지 나와 연루된 모든 것들, 한마디로 뭉뚱그려 놓은 도덕과 긴 역사의 문화라고 하는 것들이 이들 앞에서 얼마나 하찮게 무너지는가를 절감했다. 내가 영향받고 그에 의해 단련되던 것들이 사실은 아주 작은 세계에 불과하다는 것, 나는 평생 이 작은 세계 밖으로 한 발짝도 벗어날 수 없을 것이라는 예감은 절망이었다.

나는 비어 있는 황녀의 잔에 술을 채운 다음 이제는 단소의 가락을 들어야 할 시간이 되었다는 것을 넌지시 일깨웠다. 나 같은 위인한테는 궁지에 몰렸을 때 어떻게 장면 전환을 해야 하는지 정도는 저절로 떠오르는 법이니까.

"가만, 악기를 꺼내 오는 수고를 저한테 맡겨주시면 영광이겠나이다."

김종구는 그 큰 덩치를 흔들며 방의 윗목으로 갔다. 그들이 기거하는 이 방에 유일하게 가구가 있다면 그것은 낡은 텔레비전을 받쳐놓은 허름한 서랍장이었다. 그것 외에는 몇 개의 종이 상자와 벽을 따라 주욱 걸린 옷들, 그리고 커다란 소쿠리에 담긴 황녀의 화장품 몇 개 외엔 볼 만한 세간이라곤 없었다.

단소는 서랍장의 맨 위 칸 깊숙이에 소중하게 간수되고 있었다. 김종구는 서랍을 빼는 동작부터 이미 잔뜩 과장을 하고 있었다. 황녀는 남자의 흔들거리는 몸짓에 무릎장단을 맞추었다.

그리고 나는? 나는 아직도 그들과는 겉도는 기름으로 거기에 있었다. 그런 스스로가 너무나 한심스러웠지만 다른 도리가 없었다. 용해될 수 없는 것도 할 말은 있는 법이니까.

"이 여자를 처음 만난 데가 어딘 줄 아세요? 아니, 언제, 어디서, 라고 말해야 선생님 같은 분은 금방 알아듣겠군요. 그해, 오월에, 나도 광주에 있었어요. 더럽게 걸린 거지요. 동생 놈한테 멸치 어장이랑 노모와 여동생까지 쓸어 넘기고 갑갑한 세상 네 활개 치고 살아볼까 나온 것이 우선 광주였던 거지요. 그런데 재수 옴 붙게도 거기가 전쟁터였다구요. 거기서 이 여자가, 술청에 턱 퍼질러 앉아 단소를 불고 있지 뭡니까. 그 난장판 속에서, 단소라니, 기가 막힐 노릇이었지요……."

김종구는 비단 주머니에서 조심스럽게 단소를 꺼내며 절레절레 머리를 흔들었다. 그러고는 여전히 정중하고도 엄숙한 자세로 황녀에게 그것을 바쳤다. 반가부좌를 틀고 앉아서 황녀는 오만하게 단소를 받았다. 단소를 진상한 남자는 뒷걸음으로 물러나 벽에 들을 기대고 앉았다. 그리고 혼잣말처럼 "죽여주지. 암, 죽여줄 거야" 하고 말했다.

나는 김종구의 신호를 알아들었다. 지금부터 허튼 잣대를 대지 말 것, 무조건 죽어줄 것. 나는 입속에 몇 개의 칭송 어구들을 굴리며 소리가 울리기를 기다렸다.

황녀는 구멍에 입술을 대고 숨을 불어넣으며 한참 동안 소리를 골랐다. 저 여자가 아까 맨발로 동네 고샅을 헤매며 비명 같은 웃음을 흩뿌리던 여자였던가. 심심하면 남자가 일하는 곳에 찾아와 돌멩이를 던지며 같이 놀자고 유혹하던 여자였던가. 나는 황녀의 단아한 자세와 지그시 감은 눈의 위엄에 미리 마음을 빼앗겼다.

피리가 남자의 성대를 닮았다면, 단소는 여자의 가늘고 맑은 음성에 더 가깝다. 그래서 때로는 요요寥寥하고 때론 청청淸淸하다. 단소 연주에 대해 내가 알고 있거나 느낀 바가 있다면 이것이 전부였다.

김종구가 걱정할 것도 없는 것이, 이만큼 알아 가지고는 그저 찬사나 바치는 외에 논평은 할 수 없고 해서도 안 된다는 것을 나는 알고 있다. 그렇다고 해서 내가 황녀의 소리 한가락이 끝났을 때 동원할 수 있는 모든 어휘를 다 동원해서 표현한 찬사까지 의심할 수는 없다. 적어도 나는 이미 한 경지를 더듬은 여자의 소리를 느꼈던 것이 사실이니까.

"이건 〈천년만세〉라는 곡이었구요, 이제는 〈청성곡〉 가락을 불겁니다. 나도 우리 황녀 덕분에 단소 가락에도 이름이 있다는 것을 알았지요. 그저 내키는 대로 불어 젖히려니 했지 저것에도 정해진 음계가 있다는 것을 어찌 알았겠어요."

김종구가 내 청취 태도에 만족했다는 것은 그의 벌어진 입으로 짐작할 수 있는 일이었다. 비록 황녀에게 앙코르를 청하는 예의를 깜박 잊어버리는 실수를 저지르긴 했지만 〈천년만세〉라는 가락의 흥겹고 빠른 장단은 진실로 유쾌하고 화사했다.

"〈청성곡〉은 저 사람이 매일 밤 불어 달라고 조르는 곡이랍니다. 소리가 잘 안 되는 날도 있는 법인데 그저 막무가내라구요."

"잔말 말고 빨리 불기나 하라고. 대가는 사설이 없는 법여. 구멍으로 말해야지."

"아이구, 언제 적부텀."

여자는 눈을 흘겼고 남자는 비스듬히 누워 눈을 감았다. 그것이 〈청성곡〉을 듣는 그의 고정적인 자세인 모양이었다. 황녀는 남자가 들을 준비가 다 되었다는 신호로 눈을 감자 고요히 구멍에 입술을 댔다.

닐닐리 삘릴리, 나니르 나니르. 음공音孔을 누르는 황녀의 손가락이 점차 춤을 추듯 빨라지고 그런가 하면 어느 순간 벼랑에 밀리듯 소리가 천길 나락으로 툭 떨어지고 만다. 마치 격랑에 휩쓸리는 듯하다가 때로 깊은 바닥으로 잠수하는 그 거침없는 소리들, 나는 듯하다가 때로 깊은 바닥으로 잠수하는 그 거침없는 소리들, 나는 김종구가 이 곡에 빠져버리는 이유를 어렴풋이 짐작할 수 있을 것 같았다.

지금도 그렇다. 감은 눈꺼풀이 파르르 떨리도록 그는 소리에 온몸을 싣고 소리 속으로 빨려 들어간다. 그는 지금 바다에 있다. 바다는 김종구에 있다. 밀리고 밀려서 부서지는 바다, 퍼내도 퍼내도 줄어들지 않는 바다, 멍들고 멍들어서 퍼렇기만 한 바다.

닐리리 삘릴리, 나니르르 리르르르……

마침내 긴 가락이 끝났을 때, 나는 아무런 말도 하지 못했다. 단소에서 고요하게 입술을 떼던 황녀의 손짓이 나를 그렇게 하도록 했다. 여자는 대나무 악기로 막았던 입술에 손가락을 대고 아무 소리도 하지 말라는 주의를 주었다.

그제야 나는 남자의 볼에 흐르는 한 줄기 눈물을 보았다. 눈물은 볼을 타고 흘러 이미 희끗희끗 흰머리가 터전을 이루고 있는 귀밑머리를 촉촉이 적시고 있었다.

못 볼 것을 본 것처럼 나는 아득했다. 지금 김종구가 소리에 실려 떠내려와 배를 댄 기슭은 어디일까. 아무도, 지금, 바로 이 순간, 그가 무슨 생각을 하고 있는지 알 수가 없다. 단소를 내려놓고 황녀는 무릎걸음으로 다가가 남자의 눈물을 닦아주었다. 나는 말없이 그 모습을 지켜보았다.

　그 밤, 나는 몇 번이가 내 손으로 내 잔을 채웠다. 그리고 우리는 가끔씩 서로의 비어 있는 술잔을 채워주기도 했다.

4

　처음에는 시야를 부옇게 가리고 있는 그것이 무엇인지 몰랐었다. 눈을 뜨고 나서 한참 동안은 내가 누워 있는 이곳이 어디인지 알 수가 없는 멍한 상태였으므로 그것이 만개한 벚꽃이었다는 것을 알기까지는 상당한 시간이 지난 뒤였다. 창을 온통 가리다시피 한 벚꽃 무더기와 한 짝짜리 이불장, 손잡이가 고장 난 텔레비전들을 하나하나 확인해 나가면서 나는 비로소 내가 늦잠을 잤다는 사실을 깨달았다.

　그러나 자리에서 일어나고 싶은 생각은 없었다. 머리의 무게가 천근만근인 양 고개를 들어올리기가 몹시 힘이 들었다. 어젯밤 김종구의 집에서 돌아온 시간이 몇 시였던가. 아무래도 자정은 넘지 않았을 것이란 추측만 있을 뿐 정확한 시간은 알 수가 없다.

　김종구는 나를 경운기로 여관까지 데려다 주었다. 물론 황녀도 함께였다. 우리는 경운기가 낼 수 있는 가장 최대의 속력으로 유쾌하게 시골길을 달렸었다. 깊이 잠든 산과 들이 경운기의 털털거리는 엔진 소리에 화들짝 잠이 깨어 미풍에 가지와 잎사귀를 흔들던 모습이 생각난다. 공기는 달콤했고 구름에 숨었다 나타나는 달은 신비로웠다.

　머리는 깨질 듯이 아팠지만 달빛만이 따르는 적막한 시골길을 경운기로 달리던 어젯밤을 생각하면 저절로 미소가 번져온다. 황녀는 흥에 겨워 시종 노래를 불렀었다. 공동묘지 앞을 지날 때는 귀신들의 귀를 즐겁게 해주어야 한다며 김종구까지 흘러간 유행가들을 합창했었다.

그들과 함께 바라보는 공동묘지는 전혀 음산하지 않았다. 그것은 잘 다듬어진 둥근 나무들로 가득 찬 아름다운 정원처럼 보였다.

삼거리의 느티나무 아래 나를 내려놓고 돌아가는 그들의 뒷모습도 선연히 떠오른다. 어둠 속으로 경운기가 사라진 뒤에도 얼마 동안 엔진 소리와 황녀의 흥얼거리는 노랫가락이 들려왔었다. 방에 들어와서도 나는 멀어지는 노랫가락을 들었다. 내 마음의 귀는 그들이 다시 공동묘지 앞을 지나 귀신사 근처의 자기 집에 다다를 때까지의 시간 동안 내내 그 소리를 듣고 있었다.

소리가 스러질 무렵, 아마도 나는 불편한 베개에 얼굴을 묻고 뒤척이다 잠이 들었을 것이다. 아니, 잠들기 전에 나는 하나의 옛 기억을 떠올렸었다. 십오 년 전의 김종구를 말해 주는 네 번째의 삽화. 이 삽화에는 온통 안개만 자욱하게 묻어 있었다.

그날은 가을 들어 가장 짙은 안개가 몰려온 날이었다. 밤물을 보러 나간 십여 척의 배가 채 들어오기도 전에 이미 안개는 욱욱거리며 삽시간에 연안을 휩싸고 말았다. 그 섬에 살면서 나는 기척도 없이 숨어 들어오는 안개의 너울을 여러 번 보았었다. 비릿한 안개 냄새, 거대한 동굴에 갇힌 듯한 그 막막한 느낌. 바다의 안개는 육지의 안개와는 달리 또 얼마나 두텁고 깊던가.

잠깐 사이에 시야는 차단되고 눈감고도 다니던 뱃길을 삼십 센티미터 앞조차 내다볼 수 없는 위험한 길로 만드는 것이 바다의 안개였다. 바로 코앞에 선착장을 두고도 배 댈 곳을 못 찾아 빙빙 돌며 쩔쩔매는 것도, 군데군데 자리 잡은 자그만 돌섬들에 부딪혀 배가 전복되고 마는 사고도 모두 안개바다에서 일어나는 일들이었다.

밤에 안개를 만나면 마을에서는 안개 길잡이를 벌였다. 길을 잃고 어쩔 줄 몰라 하고 있을 배들을 불과 소리로 인도하는 길잡이판은 주로 마을 청년들에 의해 주도되곤 했다.

그날도 안개가 심하다는 이장의 방송이 있었고, 마을 청년들은 모두 선착장으로 모여들었다. 그리고 이내 한쪽에서는 석유를 먹인 솜뭉치에 불을 댕겨 흔들어대고, 한 켠에서는 징이며 꽹과리를 동원해 두드릴 수 있는 한 힘껏 두들겨대는 길잡이 잔치가 벌어졌다.

거기다 돌아오지 않은 배의 가족들이 총출동하여 식구들의 이름을 부르거나 문자로 기록해낼 수 없는 괴성들을 질러대기 시작하면 좁은 선착장은 잠깐 사이에 용광로처럼 들끓기 마련이었다.

타오르는 횃불과 징, 꽹과리의 요란한 소리에 못지않게 가족들이 있는 힘을 다해 내지르는 육성 또한 안개를 뚫고 먼 바다까지 도달하는 힘이 있다고 했다. 안개 속에 길을 잃고 헤매는 배들은 어디선가 들려오는 아내와 자식의 목소리만은 반드시 가려듣게 돼 있다는 것이다.

저녁밥을 먹고 난 뒤 나는 자취집 마당에서 소란스런 선착장을 내려다보았다. 꽤 높은 지대에 있었던 자취집에서는 선착장이 한눈에 들어왔다. 마당에 나오기 전에는 틀림없이 동네 어느 집에 왁자한 놀이판이 벌어진 줄 알았다. 그만큼 안개는 갑작스러웠고, 생명을 구하는 횃불의 난무와 소리의 혼란은 축제일의 그것과 너무 흡사했다.

아른아른 흔들리는 수많은 횃불들과 목청이 터져라 불러대는 절박한 외침이 안개 바다를 향하고 있다는 것을 안 나는 겉옷을 찾아 입고 선착장으로 내려갔다. 내가 할 수 있는 일은 없겠지만 배들이 무사히 포구에 닻을 내리는 순간에 나도 거기 함께 있고 싶었다.

선착장에 가까이 갈수록 소리의 혼란은 더욱 극심해져서 무슨 소리들이 한데 섞이어 들려오는지 전혀 구별을 할 수 없을 지경이었다. 게다가 마을의 스피커까지 합세해서 바다 쪽을 향해 최대한의 볼륨으로 조미미의 노래를 퍼부어 대고 있었기 때문에 징소리, 꽹과리 소리, 울

부짖음 같은 고함 소리, 그리고 천연덕스럽게 불러 젖히는 스피커 유행
가 가락의 합성음은 귀를 막지 않고서는 도저히 그냥 들을 수 없을 정
도였다.

꿈 많은 내 가슴에 봄은 왔는데, 봄은 왔는데…… 애절한 호소 속에
시들어지던 그 구성진 노래는 지금도 내 귓전에 가늘게 들려온다.

그때도 나는 소리의 숲을 헤치고 간신히 그 가사를 가려들었었다. 그
리고 생각했다. 아득한 안개에 사로잡혀 어디쯤에선가 배의 키를 이리
돌리고 저리 돌리느라 이마에 구슬 같은 땀이 맺혀 있을 어부들은 아스
라이 먼 곳에서 들려오는 "봄은 왔는데, 봄은 왔는데"에 온 희망을 걸
고 한 번 더 힘을 내어 다시 시작해 볼지도 모를 일이라고.

그래서 어느 한순간 모든 소리들을 중단시킨 채 바다 저편에서 행여
구조를 요청하는 목소리가 들리는지 가늠하는 그 긴장된 시간에는 나
또한 숨도 크게 쉬기 힘들었다.

그날 선착장의 흥분과 열기는 유별났다. 안개가 워낙 짙었고, 배들이
먼 바다에 있을 때부터 안개가 포위해 들어온 까닭에 그날의 길잡이는
한층 많은 소리와 불빛을 필요로 했다.

하지만 좀처럼 플래시 신호도 보이지 않았고 응답하는 구조의 외침도
들려오지 않아 사람들은 발을 동동 구르며 애를 태우는 중이었다. 그럴
수록 횃불은 거세게 타올랐고 징과 꽹과리는 깨질 듯이 두들겨졌다.

그리고 나는, 그 가운데서도 유독 안간힘을 써가며 징을 두들겨대는
한 남자를 발견했다. 얼굴의 힘줄이 툭툭 불거져 나오도록 신들린 사람
처럼 마구 징을 두들기는 남자의 곁으로 다가가던 나는 한순간 멈칫했
다. 바로 김종구였다. 굳게 닫힌 입술, 뚫어질 듯 안개 바다를 노려보는
두 눈, 제 가족 아무도 바다에 나가 있지 않은데도 불구하고 저처럼 전
심전력으로 징을 두들기고 있는 이는 김종구였다.

소리의 혼란 속에서 나는 하염없이 그런 김종구를 바라보았다. 이제까지 보아왔던 그의 얼굴 중에서 그때처럼 진지한 얼굴은 본 적이 없었다. 이마를 적시는 땀방울은 횃불에 비쳐 다이아몬드의 광휘를 내고 있었고, 신명 들린 어깻짓은 몰아의 자세가 흔히 그렇듯 더할 나위 없이 아름다웠다.

그가 내려치는 징 소리는 땅 밑에까지 그 울림이 전해질 만큼 폭 넓은 진동음을 가지고 있어서 주위의 다른 소리들을 다 제치고 저 멀리 바다로 내달리고 있었다. 김종구는 마치 자신의 징 소리가 달려가야 할 길을 알고 있는 사람 같았다. 어디로 어떻게 소리를 보내야 먼 바다의 길 잃은 배들한테 닿을지 그만은 알고 있다고 나는 믿었다.

나는 정말로 그의 징 소리가 안개 한 겹을 뚫고 저 멀리 날아가는 것을 본 느낌이기도 했다. 이 느낌은 너무나 생생한 것이어서 그 순간 나는 분명히 두터운 안개 장막이 찢어지는 비명을 들었었다.

그 밤, 김종구는 곁에 있는 나를 보지 못했다. 그는 다른 어떤 것도 보지 않고 있었다. 그는 단지 바다만 보고 있었다. 들어가서 보는 것만큼만 보여주는 바다, 어느 정도의 깊이를 넘기고 나면 수억만 년 침잠해 있는 심연의 세계도 가지고 있는 바다, 김종구는 오로지 그 바다만 보며 열심히 징을 내려치고 있었다.

그 징 소리는, 안개 장막을 찢고 먼 바다로 내닫던 그 징 소리는 집에 돌아와 잠자리에 누었을 때까지도 한결같은 폭으로 울고 있었다. 내가 선착장을 떠날 무렵에는 가족들과 몇 명의 마을 청년만 남아 있었다. 사람들은 초저녁부터 시작된 길잡이에 지칠 대로 지쳐 한둘씩 집으로 돌아갔다.

안개는 여전히 두텁고 칙칙했지만 배들은 돌아올 기미가 보이지 않았다. 집으로 돌아가는 사람들은 말했다. 아마도 배들은 초저녁 일찌감치 근처 무인도로 대피했기가 십상이라고, 그러니 너무 걱정할 것은 없다고 위로했다. 그러나 김종구는 자신이 서 있는 자리에서 한 발자국도 움직이지 않았다. 나는 내 방에서 누워 끊임없이 들려오는 그의 징 소리에 잠을 설쳤었다.

모든 소리와 횃불은 새벽이 되어서야 중단되었다. 마침내 배들이 돌아온 것이었다. 나는 징을 내던지고 지친 걸음으로 돌아가는 김종구의 모습을, 되찾은 새벽의 정적 속에서 떠올렸다. 그는 어디로 가고 있을까.

다음 날 아침, 간밤의 지독한 안개를 화제 삼는 사람들 사이에서 나는 그에 관한 이야기를 한 마디도 듣지 못했다. 누구는 횃불에 손을 데었고, 누구는 완전히 목이 잠겨 숨도 못 쉴 지경이라는 말들은 갖가지로 들려 왔지만 마지막까지 울려대던 김종구의 징 소리에 관한 언급은 스치는 말로도 나오지 않았다. 마치 그를 본 사람이 나 혼자이기나 한 것처럼, 그 영혼을 울리는 징 소리는 아예 있지도 않았다는 듯이.

그토록이나 집요하고 그토록이나 땅과 바다를 울리던 그 징 소리를 정말 아무도 듣지 못했던 것이었을까. 한 켠에 우뚝 서서 새벽까지 쉬임 없이 징을 울려대던 그의 모습을 정말 누구도 보지 못했던 것이었을까.

길 잃은 배는 돌아왔지만, 길 잃은 배를 이끌던 김종구와 그의 징 소리는 두터운 안개 속으로 사라지고 만 이 일에 대해 나는 오랫동안 놀라움을 금치 못하였다. 대체 그는 어디로 숨어버렸을까. 아니, 사람들은 대관절 그를 어디에 숨겼을까…….

그리고 십오 년 후에, 그는 나한테 나타났다가 내가 잠들 때까지 경운기의 엔진 소리와 풍상에 젖은 노랫가락을 들려주며 사라져갔다. 하지만 이렇게 잠에서 깨어나 생각해 보면 어제 있었던 일들이 실제로 내게 일어난 일인지 나는 정말 믿을 수가 없다. 황녀의 단소에 젖어 한 줄기 눈물을 흘리던 그 김종구를 실제로 내가 보았던가.

나는 일어날 생각도 없이 자리에 엎드려 눈물 이후의 시간들을 더듬어본다. 하지만 그 이후의 시간들은 제대로 정리되지 않는다. 그때부터 난 술잔에 입을 대었고, 덕분에 그 뒤론 더 이상 기름으로 맹숭맹숭 떠있지는 않았던 까닭이다. 지금 이렇게 머리는 아프지만 이 두통이야말로 어젯밤이 실재했다는 것을 분명하게 증거하고 있다.

나는 여관 앞에 약국이 있었다는 것을 기억해냈다. 두통을 참고 견디는 일처럼 미련한 짓이 없다는 것을 나는 경험으로 알고 있었다. 우선 약부터 사 먹을 일이다.

나는 자리에서 일어나 창문을 열었다. 늘어진 벚나무 가지 사이로 내다보이는 하늘이 충충하다. 비가 올 것 같다. 나는 습기를 머금어 무겁게 축 처진 벚꽃 한 송이를 따 손바닥에 올려놓는다.

"나이가 들면 하늘을 많이 보게 돼요. 젊어선 땅만 쳐다보고 살지요. 이제는 땅을 보더라도 풀이나 나무, 꽃이 무슨 말을 하는지 그런 데 더 관심이 간답니다. 어느 땐 풀이 무슨 말을 하는지 알아들을 수 있을 것 같아서 길을 가다가도 우뚝 멈춰 서곤 하지요. 생각해 보세요. 산을 뭉개고 길을 뚫기 위해 산에 갔다가도 행여 풀포기를 밟을까 봐 비칠거리는 이 김종구 꼬락서니를."

김종구는 풀이나 꽃이 하는 말을 알아들을 수 있을 것이다. 나는 그렇게 믿는다. 꽃송이 하나를 창틀에 얹어놓고, 약국에 다녀와서 짐을 꾸리고 있을 때도 김종구의 목소리는 들려왔다.

"내가 사람을 사귀는 방법은 간단해요. 냄새로 구분을 해버리지요. 진짜 인간의 냄새하고 가짜가 풍기는 악취하곤 엄청나게 다르거든요. 난 금방 알 수 있어요. 피해도 소용없어요. 내 코가 더 빠르니까."

계산을 마치고 여관을 나와 근처의 식당으로 들어가 앉아 있는데도 김종구의 말은 계속해서 이어졌다.

"소설을 팔아 밥을 먹는다구요? 아니, 아직도 그런 것을 읽는 사람이 있답니까? 대체 무슨 소리를 늘어놓는 것이 소설인가요? 작가 선생님, 이런 말은 어떤지 한번 들어보세요. 하나님이 인간의 눈을 만들 때 흰자위와 검은자위를 동시에 만들어놓고도 왜 검은자위로만 세상을 보게 만들었는지, 그거에 대해서 선생님은 혹시 아십니까? 아, 이거야 나도 어디서 주워 들은 이야긴데, 그게 말이에요, 어둠을 통해서 세상을 보라는 신의 섭리라는 거예요. 세상을 보는 일이야 우리 같은 떠돌이들 말고 선생님 같은 분들한테 떠맡겨진 숙제 아닙니까. 그러니 애시당초 편하게 앉아서 헤드라이트 비춰놓고 들여다보듯 그렇게 수월한 일은 아닐 거라 이 말씀이죠. 흰자위 놔두고 검은자위로 세상을 보랄 적에는 다 그만한 이유가 있어서 그랬을 것입니다."

삼거리 느티나무 아래서 시내로 나가는 차편을 기다리고 있을 때 마침내 후드득 빗방울이 돋았다. 바람에 밀려가는 구름장들을 올려다보지만 저 구름이 얼마나 많은 비를 숨기고 있는지는 내가 알 수 없는 일이다.

낮은 하늘과 습습한 바람 사이에서 나는 숙자의 등에 매달려 있던 동그란 눈의 어린아이를 본다. 낯선 사람이 말을 걸면 제 고모의 등에 납작 엎드려 한없이 까맣고 맑은 눈만 소리 없이 깜박거리던 김종구의 아들. 그 아들에 대해 왜 그는 한 마디도 하지 않는가.

참고 참았으니 끝까지 묻지 말았어야 했을 것을. 그러나 어젯밤에 나는 기어이 그의 아들에 대해 묻고 말았었다. 김종구는 한동안 멍한 얼굴로 나를 보더니 "그 애를, 그 애의 모습을 기억하세요?" 하고 되물었다.

"다섯 해를 살고, 그것도 많이 살았다고 하나님이 데려가버렸어요. 그게 처음이자 마지막이었는데. 그뿐이에요. 자식 하나 없이 죽어버린다고 생각하면 정말 끔찍하죠. 그래요, 아직은 그게 끔찍해요. 난 이 세상에 자식 하나는 남겨야 된다고 생각해요. 그래야 가끔씩 하늘에서 굽어보면서, 내 자식아, 뭐가 걱정이냐, 아무 걱정 말고 그런 덜떨어진 놈들은 좀 패줘라, 이렇게 일러도 주고 그럴 거 아닙니까. 그런데 그 자식을 데려가버렸어요. 정말 끔찍한 일이지요……."

버스가 왔다. 가을에는 단풍의 터널을 이루는 국도를 버스는 쉬엄쉬엄 달렸다. 사람들은 우산을 받쳐 들고 아무 데서나 손을 들었다. 지금은 푸른 터널인 이 길, 황녀의 목소리가 들렸다. 우린 다음 달에 떠나요. 이어서 김종구의 투덜거림도 들려온다. 제길, 뻔한 소리를 하고 자빠졌네.

초파일이 지나면 그들은 여길 떠난다. 어디로 갈지는 그들도 모른다. 나는 다시는 그를 만나지 못할 것이다. 시간이 지나면 내가 그를 만났다는 사실조차 의심하게 될지도 모른다. 내가 그를 만났음을 어떻게 증명할 것인가. 나는 다시 소인국으로 돌아가고 있다.

상행 열차는 한 시간 뒤에 있었다. 그렇게 되면 어두워지기 전에는 집에 들어갈 수 있을 것 같았다. 기차표를 사고 나서 생각해 보니 좀 어이가 없기는 했다. 나는 자리에서 일어나는 즉시로 약국에 들러 두통약을 사먹고 끼니를 때웠을 뿐 아무 일도 하지 않고 시내로 나와 버렸던 것이다.

금산사까지 산책 삼아 다녀올 수도 있는 일이었고, 하다못해 기념품 가게에서 무언가를 사서 딸아이에게 갖다 줄 생각쯤은 했어야 했다. 어두워서 서울에 도착한다 해도 걱정할 일은 없었고, 어쨌거나 오늘 밤 안으로 집에 들어갈 수 있기만 하면 되는데도 나는 골똘한 생각에 떠밀려 여기까지 와버렸던 것이다.

나는 머리를 흔들었다. 김종구에 대해서, 나는 이제 그만 머리를 뒤적거리기로 했다.

좌석권도 겨우 얻은 것이어서 불평을 할 처지는 아니었지만 열차에 올라 확인해 보니 내 자리는 맨 뒤쪽, 끊임없이 사람들이 드나드는 출입문 바로 옆이었다. 그것도 창가 좌석이 아니어서 홍익회 밀차라도 지나가면 옆으로 몸을 비켜주어야 할 그런 상황이었다.

차 시간을 기다리는 동안 들어간 다방에서 나는 좌석을 구하지 못해 입석표를 끊은 몇 사람을 보았었다. 그들은 말하자면 나보다 일 초 늦게 매표구에 도착한 사람들이었다. 주말도 아니고 평일에, 그것도 일부러 한 시간 전에 나왔는데도 좌석이 없다면 말이 되냐고 다방 아가씨를 상대로 불평을 털어놓는 그들을 보면서 나는 슬그머니 내 좌석표를 확인하지 않을 수 없었다.

분명히 내 것에는 좌석 번호가 또렷이 찍혀 있었다. 그들과 나는 거의 엇비슷하게 다방에 들어왔는데도 그랬다. 매표구에서의 찰나가 그렇게 매정한 선을 그어버렸음을 깨달은 뒤에도 나는 행운보다 기묘한 두려움을 느꼈었다.

언제 어느 순간 내 앞에 선이 그어져버릴지 아무도 모른다. 우연히 행운이 왔다면 불행도 똑같은 모습으로 올 것이다. 우리는 선택할 수 없고, 마찬가지로 우리는 거부할 수도 없다. 어떤 것도 불확실하며, 어떤 것도 전혀 보장받을 수 없는 것이다. 기대하지 않은 행운으로 마지막 좌석을 차지하고 나서, 나는 어느새 처음의 질문으로 돌아간 나를 발견했다. 나는 아직, 스스로의 질문에 대답을 하지 않고 있었던 것이다.

그리고, 칼릴 지브란이 떠올랐다. 내가 생각하는 지브란은 1931년 4월에 영원히 잠든, 시인이고 화가였으며 철학자이기도 했던 칼릴 지브란이 아니다. 그는 아직 살아 있고, 앞으로도 살날이 많은 사람이다.

여고 시절 내가 속한 문학 서클에서 나는 그를 처음 만났다. 고향 도시에서는 소위 명문으로 칭해지던 남녀 고등학교 학생들이 중심이 되어 만든 그 서클에서 여학생들은 그를 '지브란'이라고 불렀다. 그가 〈예언자〉를 잘 외우고 다닌 것이 직접적인 빌미는 되었지만 사실은 문학 말고도 그림·철학 등에 조예가 깊은 그의 천재성이 칼릴 지브란과 닮았다는 데서 기인한 별명이었다.

진정으로 그는 내가 만난 가장 뛰어난 천재였다. 학생 잡지의 문예 현상을 휩쓰는 그의 시, 진작에 실력을 인정받고 있던 그림, 막힘이 없고 거침이 없는 지독한 독서 편력, 이 모든 것을 다 갖추고도 그는 전 과목에 늘 우등생이었다. 또한 그는 진지하고 겸손했다. 타고난 품성조차도 뛰어났던 것이다.

지브란으로 불리던 그는 당연히 수재들이 모인다는 서울의 명문 국립대학에 들어갔다. 내가 그를 다시 만난 것은 이십 년의 세월이 지난 뒤의 일이었지만 그동안에도 이 천재의 행적에 대해 전혀 몰랐던 바는 아니었다. 나는 주로 신문에서 그의 이름을 보았다.

신문은 그가 어떻게 온몸을 던져 역사 속으로 빨려 들어가고 있는지를 우리에게 알려주었다. 또 신문은 그가 왜 수배되었으며, 어떤 불온 조직의 괴수인가도 소상하게 일러주었다.

칠십 년대와 팔십 년대에 걸쳐 얼마나 많은 순결한 정신들이 국가 권력에 유린당했는지, 그것에 조금이라도 관심이 있는 사람이라면 아마 그의 이름을 한 번쯤은 들어보았을 것이다. 그래서 나는 그를 굳이 지브란이라고 부른다.

그와 함께 학생 운동을 시작해서 지금은 두루뭉술하게 물러앉은 한 친구는 대학에서도 그는 천재였다고 전한다. 사태를 파악하는 분별력이 명확하고 빨랐으며, 지도력이 뛰어나 그는 늘 운동의 핵심에 있었다.

대학 제적 후 그와 함께 세상의 변혁을 꿈꾸며 일했던 한 의사가 그를 가슴이 따뜻했던 운동가라고 회고하는 글을 읽은 적도 있다. 그는 팔십 년대의 종반까지 재야 조직에 몸담고 있었지만 한 번도 과격한 운동권이란 평을 받지 않았다. 그럼에도 긴장과 억압의 시대에 누구보다 과격하게 자신을 던져 일해 온 운동가였다.

지금에 와서 나는 그에 대해 누누이 설명을 할 필요를 느끼지 않는다. 그의 진실한 헌신은 개혁의 의지가 급격히 쇠퇴한 90년에 들어서도 전혀 폄하되지 않은 채 순결한 운동의 전범으로 남아 있으니까.

만약 그를 다시 만나지 않았다면, 한 천재가 보여준 이 격렬한 생이야말로 불행한 시대를 만난 위대한 숙명이 아니었겠는가 정도로 그를 이해하고 말았을 것이다. 운동에 있어서도 그는 분명 범인과는 달랐으니까.

그가 다시 지브란의 모습으로 내 앞에 나타난 것은 지난겨울이었다. 나는 그때 무슨 일로 한 화가를 만나고 있었다. 강남 어디에 있는 화가의 작업실에서였다. 화가와 일에 대해 이야기를 나누고 있는 도중에 그가 들어왔다.

나는 그때 끝내 그를 알아보지 못하였다. 그도 갈래머리 여고생 시절의 나를 기억할 리 만무했다. 격식도 없이 불쑥 들어온 이 방문객은 화가가 권하지도 않는데 의자 한쪽에 주저앉아 조용히 우리들의 이야기를 듣고 있었다.

이상하게도 집주인인 화가 또한 이 방문객에게 전혀 신경을 쓰지 않았다. 그들은 마치 서로가 서로의 얼굴이 보이지 않는다는 투로 행동했다. 아마도 불청객이었을 그 남자는 거기에 있는 동안 두 번 입을 열었다. 두 번 다 토씨 하나 틀리지 않을 똑같은 말이었다.

"청와대에서 왜 날 안 부르지?"

청와대? 아무 데서나 들을 수 있는 말은 아니었지만, 방문객은 옷차림도 그런대로 깔끔했고 나직이 내뱉는 청와대 운운하는 말도 극히 고요한 어투여서 나는 그가 내가 모르는 다른 청와대를 말하고 있다고 여겼다.

그 두 번의 나직한 중얼거림을 남기고 방문객은 들어올 때와 마찬가지로 조용히 화가의 작업실을 나가버렸다. 방문객이 사라진 사실을 화가가 모르고 있는 것 같아서 나는 그에게 손님이 가버렸음을 일깨워 주었다.

"손님? 아, 그 친구, 괜찮습니다. 사나흘에 한 번씩 와서 저러다 가니까요. 밥이나 한번 사주려 해도 꼭 자기 있고 싶은 만큼만 있다 가는 친구라서 이젠 나도 신경 안 씁니다. 느닷없는 청와대 소리만 빼면 다른 정신은 멀쩡해서 실은 아까운 폐인입니다. 가만있자, 혹시 모르십니까? 저쪽에선 상당히 유명한 인사인데."

그 다음에 나온 것이 그의 이름이었다. 고문의 후유증으로 시름시름 앓는다는 말은 나도 들었었다. 하지만 그것은 이미 오래전의 일이었다. 그 뒤에도 민통련이나 전민련 간부 명단에서 나는 그의 이름을 보았었다. 나는 그가 불사신처럼 다시 일어났다는 것을 한 번도 의심해 본 적이 없었다.

그는 불사신이 아니었다. 화가의 작업실에서 그를 만난 이후 나는 그를 알 만한 사람들한테 그의 소식을 물었다. 사실이었다. 아는 사람들은 다 그의 병을 알고 있었고, 그가 하필이면 청와대를 들먹이고 있다는 것으로 그는 재기 불능이었다.

사람들은 육체의 병에는 너그럽지만 정신의 병은 이유 없이 혐오한다는 것도 나는 알았다. 그들의 이해가 미치는 범위는 한 순결한 천재의 과대망상이 전부였다. 모두 거기서 멈춘다. 더 들어가려고 하지 않는다. 정신은 비바람에 뒤집히는 종이우산처럼, 그렇게 정반대의 방향으로 뒤집히며 잠재된 무의식을 드러내고 만다는 것이다.

속을 발랑 까 보였으므로, 그건 수치다, 라고 그들은 말한다. 그런데, 나는, 지브란의 그 한 말씀이, 청와대에서 왜 날 안 부르지? 하는 그것이, 어떤 은유 혹은 어떤 기호처럼만 여겨진다. 그날 화가의 작업실에서 아무 선입견 없이 그냥 들었을 때도 나는 그것을 하나의 암호로 이해했다. 그 뒤로도 오랫동안, 나는 그 암호를 입 안에 굴려보고 뒤집어보고 했지만 그것이 수치스런 뜻을 담은 기호거나 암호는 아니라는 것만 확인했을 뿐 풀어내지는 못하였다.

지브란의 암호는 일종의 꽃말 같은 것이었다. 세상에 불경스럽고 추악한 꽃말을 담은 꽃은 없다. 꽃말을 모르는 꽃이 있다 해도 우리는 그것에서 당연히 사랑이나 그리움, 기다림 따위를 유추하지 않던가.

"청와대에서 왜 날 안 부르지……."

지브란은 무슨 말을 숨기고 있는 것일까. 나는 왜 그 말에 무언가 숨어 있다고 생각하는 것일까. 나는 지브란에게서 예언자의 잠언을 원하는지도 모른다. 그의 잠언이 난해하다는 것은 시대가 난해하다는 뜻이다. 그럴수록 나는 점점, 간절히, 그 꽃말이 알고 싶다.

그 꽃말을 알고 싶다. 한 천재가 온 힘을 다해 퍼뜨리고 다니는 꽃말의 비밀을 알고 싶다. 그걸 알 수 있다면 내가 빠져 있는 이 미로에서 헤어 나올 수도 있을 것 같다.

미로는 사실 처음부터 미로였다. 그러나 전에는 출구를 찾을 수 있으리라고 믿었었다. 그 믿음은, 지금 생각하면, 작가에게 던져진 구명줄이었다. 차라리 안락 의자였다. 거기에 편안히(역시 지금 생각하면 편안히, 라고밖에 말할 수 없는)앉아 밤이 새도록 쓰고 또 쓰면 언젠가는 출구에 닿는다는 가냘픈 희망이 있었다.

상처가 없이 어떻게 사람들이 다시 만날 수 있을 것인지, 소설은 또한 상처 자국의 조명 없이 어떻게 가능할 것인지, 아무도 의심하지 않았다. 의자에 앉기만 하면 고인 물이 넘쳐나듯, 먼동이 트는 줄도 모르고 열정을 다해 써나갈 수 있었던 그때가 이토록이나 아득하게 느껴지다니, 믿을 수가 없다.

지금 내 앞에 주어진 미로는 너무 교활하다. 지식과 열정을 지탱해주던 하나의 대안代案이 무너지는 것을 신호로 나의 출구도 봉쇄되었다. 나는 길 찾기를 멈추었다. 길 찾기를 멈추었으므로, 나는 내 소설의 새로운 주인공을 찾을 수 없게 되고 말았다.

작은 꿈, 작은 눈물, 그런 것들로 무찌르기에 이 세계는 너무나 거대하고 음흉하다. 문학은 곧 폐기 처분될 위기에 몰린 듯하다는 글쟁이들의 엄살은 결코 엄살이 아닌 현실이 되어버리고 진실이나 희망이란 말은 흙더미에 깔려 안장되었다.

그 순간 나의 출구도 파묻혔다. 나는 두 팔을 묶였다. 지브란 같은 이의 위대한 헌신조차 낭비되고 말았는지 거기에 생각이 이르면 두 다리까지 꽁꽁 묶인 절박감을 느낀다. 기립 박수는 아니더라도 그를 숨게만드는 세상은 믿을 수 없다. 그토록이나 상처가 많던 시절에도 그들은 우리의 숨통이었고, 짐승으로의 추락을 막는 유일한 대안이었다. 그래서 나는 지브란이 무슨 꽃말을 간직하고 있는지 알고 싶다.

기차는 달린다. 비는 그쳤다. 빗물 머금은 라일락이 담장 너머로 뭉게구름처럼 피어 있는 동네를 지나 기차는 달린다. 라일락 뒤로 굽은 길을 달리는 기차의 꼬리가 보였다.

나는 쏠리는 몸을 바로 추스르기 위해 더욱 꼿꼿하게 앉아 있다. 등산복 차림의 젊은 처녀가 내 옆을 지나다 흔들 하며 잠시 균형을 잃는다. 미리 굽은 길을 알아채고 꼿꼿하게 힘주어 앉은 덕분에 나는 그녀를 받아낼 수 있었다. 처녀가 말한다. 죄송합니다.

그 말이 예쁘고 살짝 붉어지는 얼굴도 예쁘다. 전에는 스물두어 살의 그 또래 처녀들을 보면 지나간 나의 젊음을 떠올리곤 했다. 하지만 지금은 내 딸이 자라면 저런 모습이 될지 그런 것을 생각한다.

나는 이제 나를 포기했다. 나는 과거의 사람이라는 것을 수긍한다. 그래도 미래가 이토록 중요한 것은 자식이 있기 때문이다. 자식은 희망의 담보물이다. 희망이 경매 처분되는 것을 한사코 막아야 하는 것은 자식을 맡겨놓은 인간의 업보다.

내가 ≪희망≫이란 제목의 장편을 펴냈을 때 사람들은 제목의 미미함을 지적했다. 이해할 수 없는 일이었다. 희망이, 자식이, 그런 것이 미미하다면 대체 무엇이 강렬한 것인가. 끓기도 전에 퍼져 버려 설익은 밥처럼, 이해되기도 전에 진실은 쓰레기통으로 처박힌다.

등산복 차림의 처녀는 내 자리에서 대각선으로 건너다보이는 곳에 앉아 있다. 일행은 서너 사람, 그들은 북쪽의 산을, 어쩌면 설악쯤을 목표로 하는 듯했다. 선반 위에 얹혀진 팽팽한 배낭과 진흙 한 점 묻지 않은 깨끗한 등산화가 그런 짐작을 하게 해준다.

스스로를 산에 미쳤다고 평하는 한 의사가 있다. 그는 신경외과 의사고 동시에 소설가인 사람이다. 의학이란 학문이 결코 수월한 연구가 아님을 감안하면 그가 의사면서 소설가고 또한 전문 산악인에 겨룰 만한 산행 경력을 지녔다는 것은 나 같은 위인한테는 늘 놀라운 경이로 다가온다.

내 삶은 그에 비하면 삼분지 일이다. 나는 요즘 분수의 분자로 삶을 계산하는 버릇이 생겼다. 모두 초조함 때문이다. 나는 늘 셋이나 다섯의 분모를 두고 하나로 쪼개진다. 나는 누군가의 몇 분지 일이다. 나는 전 생애를 소설에 투자했다. 문학 증발의 시기에 초조하지 않다면 거짓말이다.

산에 푹 빠진 의사 소설가는, 아니 소설가 의사는, 틈만 나면 산에 가지 못해 애를 태운다. 그 애태움은 소설을 향해서도 똑같이 나타난다. 그에게 산과 소설은 같은 말의 다른 표현이다. 새벽까지 술을 마시다가도 플래시 하나 없이 그대로 산으로 달려간다. 힘든 수술을 끝낸 날에도 휘청거리는 걸음으로 산에 오른다. 가다 날이 저물어도 아무 상관이 없다. 그는 환부의 실핏줄이 어디로 뻗어 있는지 상세히 알듯이 산에서 어떻게 행동해야 하는가를 환히 알고 있는 사람이다.

내가 부천에서 그가 살고 있는 북한산 가까이로 이사 오면서 나도 그와 함께 근처의 산을 오를 기회가 몇 번 생겼다. 그는 산에서 절대로 서두르지 않는다. 계곡의 물소리나 이름 모를 꽃들에 마음을 뺏기지 않고 무턱대고 급하게 산을 타는 사람을 그는 가장 경멸한다. 산중턱의 소나무 가지가 오른쪽으로 뻗었는지 왼쪽으로 뻗었는지까지 다 외우고 있는 그는 마치 산의 비밀을 송두리째 알아내려고 작정을 한 사람처럼 내게 보인다.

그는 의사면서 부자도 아니다. 의사라고 다 부자라는 법은 없지만 적어도 마음만 먹으면 부자일 수 있는 것이 이 땅의 현실이다. 부자이기를 한사코 피한다는 인상을 줄 수 있는 것이 가난한 의사의 모습인 것이다.

그는 늘 산에 대해 이야기한다. 산이 그에게 준 위안들, 산으로 갈 수밖에 없는 허기진 정신, 이런 것들을 나는 그의 말로, 그의 소설로 끊임없이 듣고 읽는다.

그에겐 산만이 대답해 줄 수 있는 해묵은 숙제가 있다. 대답해 줄 수 있는 무엇을 하나 꽉 붙들고 있는 그가 때로는 행복하게 보이기도 한다. 내 해답지는 아직 인쇄되지 않고 있으니까.

그가 한 말 중에서 내게 가장 오래, 가장 깊게 남아 있는 것은 그러나 산에 대한 이야기가 아니다. 그것은 의사였기 때문에 경험한 이야기다. 아직 산 어귀의 사람 사는 마을에서 발을 빼내지 못하고 있는 나로서는 그럴 수밖에 없기도 하다.

이야기는 수술에 관한 여러 불가사의를 주제로 한다. 흰 가운을 입고 수술실에 들어가 환부를 열면 의사로서 오는 직감이 있다. 이 수술은 성공이다, 혹은 무의미하다. 직감에 관계없이 어떤 수술이든 최선을 다하고 나서 운명에 맡기는 것이 의사의 진심이지만 살릴 수 있다는 믿음이 있으면 수술 마지막의 환부 봉합에 이르기까지 말로 표현할 수 없는 정성이 들어간다. 회복 후의 삶을 생각해서 촘촘히, 가능한 자국이 작게 남도록, 치밀하게 바늘을 움직이는 것이다. 그리고 그 환자를 영안실에서 만날 때 그는 절망한다고 했다. 예쁘게 꿰맨 수술 자리를 보면 더욱 할 말이 없어진다고 했다.

반대로, 도저히 살아날 것 같지 않은, 사망 진단 직전의 형식상의 수술을 받은 환자가 며칠 후 눈부시게 회복해서 침상에 앉아 웃고 있을 때도 그는 말을 잃는다고 했다. 거의 시체나 다름없는 환자의 환부에 무슨 흥으로 봉합 바느질이 세심했겠는가.

삐뚤삐뚤 듬성듬성 지나가버린, 자신이 남긴 환부의 실 자국을 보면 등에 식은땀이 난다고 했다. 드러나지 않는 이 힘, 그러나 분명히 작용하고 있는 이 힘이 보여주고자 하는 뜻은 무엇인가. 그런 날에는 산에 가지 않고는 도저히 배길 수 없다는 것이 그의 고백이었다.

촘촘한, 혹은 삐뚤삐뚤 봉합 바느질의 이야기는 지금 이 순간, 서울을 향하는 기차 안에서 떠올려도 큰 떨림을 안겨준다. 이 떨림을 나는 설명할 수 없다. 설명되어지지 않는다. 그것은 뚫고 나가라고만 말한다. 단지 그렇게만 말한다.

어떻게?

미로에서 출구를 잃은 나, 아침저녁으로 먹히고 아침저녁으로 우는 시인의 뜸부기, 안개 속으로 사라진 김종구, 자신의 꽃말을 암호로 만든 지브란, 그리고 의사의 바느질, 설명되어지지 않는 이 모든 것들을 어떻게 뚫으라는 것인가.

어디서부터 어디를. 나는 짓밟힌 귀신사에서 본, 모래 더미에 파묻힌 이름 모를 꽃을 생각한다. 그 숨어버린 꽃 속으로 삼투해 들어간다…….

기차는 자꾸 달린다. 아직 부옇기만 하지만, 서울에 닿으면 그래도 나는 기계 앞에 앉기는 할 것이다. 나는 아마도 한 거인을 그리려고 덤빌지도 모르겠다. 와해된 세계의 폐허 어딘가에 숨어 사는 거인, 결코 세상에 출몰하지는 않는 거인의 초상, 그리고 숨어 있는 꽃들의 꽃말 찾기.

그러다 보면 언젠가는 이 세상살이가 돌아가는 이치의 끝자락이나마 만져볼 수 있을지 모른다. 그리고 아직, 거기까지는 생각하고 싶지 않지만, 영원히 설명되어지지 않는 부분도 있을 것을 나는 안다. 하지만 그것은 거인의 초상을 그린 후, 그때 생각해도 늦지는 않을 것이다.

가치 이탈의 시대에 찾는 문학의 진리
—우리의 공통된 적은 욕망의 간절함일 수도 있다

　요즘은 너나없이 문학의 오랜 터전이 상실될 위기에 처했다는 불안
감을 말하고 있는 시기입니다. 이 위기의식의 가장 큰 근거는 언어로
행해지는 문학 고유의 의사소통이 대답 없는 메아리로 남아 사실상 소
멸되어 버릴지도 모른다는 우려에서 비롯됩니다. 이 너무나 낯선 시대
를 향해 덮치는 거대한 파도는 수직으로 급상승한 자본의 논리까지 합
세해서 이미 우리의 발목을 적시고 정강이를 가리고 점점 위로 차오르
고 있는 실정입니다.

　이렇게 되기까지 우리가 그저 수수방관하고 있었던 것만은 아닙니
다. 저는 결코 그렇게 말하고 싶지 않습니다. 문학의 위기를 인식하기
훨씬 전부터 이미 우리에게는 희망보다는 절망이, 기쁨보다는 비애가
더 많았던 시대가 주어져 있었습니다. 이제는 너무 많이 말해져서 비장
미마저 사라진 진술이 되어버렸지만, 바로 그러했기에 절망을 넘는 희
망에, 비애를 젖히는 기쁨에 대한 욕망이 그만큼 간절했던 것일 수 있
었습니다.

　어쩌면 욕망의 간절함이 우리의 공통된 적일 수도 있었습니다. 그 간
절함의 한끝에서 이념만 비대해진 일부의 문학을 보아도 그렇고, 반대
편에서 외곬으로 추구하는 새것 콤플렉스에 젖은 문학의 배타성을 보
아도 그런 생각을 품지 않을 수 없었습니다. 하지만 당겨진 줄의 양쪽

끝에서 나름대로 성실하게 문학의 활개 재생산을 꿈꾸었던 진정성만큼
은 이 시대의 문학사에서 귀중한 흔적으로 남아 있으리라는 것이 저의
믿음입니다.

그럼에도 확실히 모자랐던 것은 있었습니다. 서로의 경계선 위에서
팽팽하게 문학의 당위성과 명분에만 매달리고 있는 사이 우리의 젖줄
이고 꿈이었던 문학의 터전이 천박한 문화주의자들의 손으로 거지반
넘어가 버린 꼴이 되고 말았습니다.

이 모두가 숨 돌릴 틈 없이 변화하는 가치 이탈의 현 시대에 우리가
보다 탄력적으로 대응하지 못한 탓입니다. 그 결과 우리의 문학은 그
자체에 부담과 실패만 안겨주는 거친 자갈밭으로 내몰렸고, 이제 그 변
명으로 살찌는 것은 왜곡되고 헛된 문학 엄숙주의뿐입니다.

저는 요즘, 작가는 주어진 만큼의 자기 역량만 반복적으로 재생산하
는 자일 수 없다는 지극히 당연한 인식에 몰두해 있습니다. 지난 시대
우리를 옭아매었던, 그러나 동시에 정진精進의 행복한 채찍이었던 척박
한 현실 조건들에 대한 추억으로 너무 안이했던 것은 아니었는가도 반
성하고 있습니다. 겹겹의 메아리를 수용하는 거대한 공명관인 문학, 그
것을 위해서 가장 먼저 있어야 할 일은 의사擬似 작가 정신을 떨쳐버리
는 것입니다.

이렇게 말하는 것이 허락된다면, 수상受賞은 작가의 정신에 씌워지는
월계관입니다. 그러나 그것은 가시관입니다. 귀착점에 닿은 평화를 주
는 것이 아니라 오히려 출발점으로 되돌려 보내는 까닭입니다. 수상의
기쁨은 다시 시작할 수 있는 용기를 부여받음일 터이고, 다시 시작함에
있어 필연적으로 갖게 되는 의혹과 회의를 상당 부분 지워준다는 데 있
을 것입니다.

되돌아온 이 출발점에서 다시 확인하는 것은 세월이 가고, 이념이 가

고, 사람이 간 뒤에도 우리들 삶의 사소한 편린들인 한 줄의 문장은 남
는다는 사실입니다. 이 한 줄의 문장을 위해서라면, 계속해서 소설을
쓸 수 있을 것입니다. 그 일에 힘을 주신 심사위원님들께, 그리고 문학
사상사에 감사를 드립니다.

양 귀 자

자·선·대·표·작

한계령

양귀자

수십 년간 가슴에 품어온 고향의 얼굴을
현실 속에서 만나고 싶지는 않다, 라고 나는 생각하였다.
만나버린 뒤에는 내게 위안을 주었던 유년의 소설도,
소설 속의 한 시대도 스러지고야 말리라는 불안감을 떨쳐버릴 수가 없었다.
그렇다 하더라도 이미 현실로 나타난 은자를 외면할 수 있을는지
그것만큼은 풀 수 없는 숙제로 남겨둔 채 토요일 밤을
나는 원미동 내 집에서 보내고 말았다.

—본문 중에서

한계령

　　전화에서 흘러나오는 여자의 목소리는 지독히도 탁하고 갈라져 있었다. 얼핏 듣기에는 여자인지 남자인지 구분하기가 힘들 정도였다. 그 목소리를 듣자 나는 곧 기억의 갈피를 젖히고 음성의 주인공을 찾아보기 시작했다.

　　내게 전화를 건 적이 있는 그런 굵은 목소리의 여자는 두 사람쯤이었다. 한 명은 사보 편집자였고 또 한 명은 출판인이었다. 두 사람 다 만나본 적은 없었지만, 아무래도 활동적이고 거침이 없는 여걸이 아니겠냐는 선입견을 가지고 있는 터였다.

　　두 사람 중의 하나라면 사보 편집자이기가 십상이라고 속단한 채 나는 전화 저편의 여자가 순서대로 예의를 지켜가며 나를 찾는 것에 건성으로 대꾸하고 있었다. 가스레인지를 켜놓고 무언가를 끓이고 있던 중이어서 내 마음은 급하기 짝이 없었다. 급한 내 마음과는 달리 여자는 쉰 목소리로 또 한 번 나를 확인하고 나더니 잠깐 침묵을 지키기까지 하였다. 그러고는 대단히 자신 없는 목소리로 이렇게 말하였다.

"혹시 전주에서…… 철길 옆 동네에서 살지 않았나요?"

수필이거나 콩트거나, 뭐 그런 종류의 청탁 전화려니 여기고 있던 내게는 뜻밖의 질문이었다. 그러나 어김없이 맞는 말이기는 하였다. 나는 전주 사람이었고, 전주에서도 철길 동네 사람이었다. 주택가를 관통하며 지나가던 어린 시절의 그 철길은 몇 년 전에 시 외곽으로 옮겨지긴 하였지만 지금도 철로 연변의 풍경이 내 마음에는 고스란히 남아 있었다. 그렇다는 대답을 듣고 나서도 전화 속의 목소리는 또 한 번 뜸을 들였다.

"혹시 기억할는지 모르겠지만 나 박은자라고, 찐빵집 하던 철길 옆의 그 은자인데……."

잊었더라도 할 수 없다는 듯이, 그리고 이십 년도 훨씬 전의 어린 시절 동무 이름까지야 어찌 다 기억할 수 있겠느냐는 듯이 목소리는 한층 더 자신이 없었다.

박은자 그러나 나는 그 이름을 또렷이 기억하고 있었다. 얼마큼이나 또렷하게 기억하고 있는가 하면 전화 속의 목소리가 찐빵집 어쩌고 했을 때, 이미 나는 잡채 가닥과 돼지비계가 뒤섞여 있는 만두소 냄새까지 맡아버린 뒤였다. 하지만 나는 만두 냄새가 난다고 말하지는 않았다. 세월이 그간 내게 가르쳐준 대로 한껏 반가움을 숨기고, 될 수 있으면 통통 튀지 않는 음성으로 그 이름을 분명히 기억하고 있음을 알렸을 뿐이었다.

그렇게 했음에도 반기는 내 마음이 전화선을 타고 날아가서 그녀의 마음에 꽂힌 모양이었다. 쉰 목소리의 높이가 몇 계단 뛰어오르고, 그러자니 자연 갈라지는 목소리의 가닥가닥마다에서 파열음이 튀어나오면서 폭포수처럼 말이 쏟아져 나오기 시작했다.

"반갑다. 정말 얼마 만이냐? 난 네가 기억하지 못할 줄 알았거든. 전화할까 말까 꽤나 망설였는데……그런데 자꾸 여기저기에 네 이름이 나잖아? 사람들한테 신문을 보여주면서 야가 내 친구라고 자랑도 많이 했단다. 너 옛날에 만화책 좋아할 때부터 내가 알아봤어. 신문사에 전화했더니 네 연락처 알려주더라. 벌써 한 달 전에 네 전화번호 알았는데 이제야 하는 거야. 세상에, 정말 몇 년 만이니?"

정확히 이십오 년 만에 나는 은자의 목소리를 듣고 있는 중이었다. 철길 옆 찐빵집 딸을 친구로 사귀었던 때가 국민학교 2학년이었으므로 꼭 그렇게 되었다.

여기저기 이름 석 자를 내걸고 글을 쓰다 보면 과거 속에 묻혀 있던, 그냥 잊은 채 살아도 아무 지장이 없을 이름들이 전화 속에서 튀어나오는 경우가 더러 있었다. 물론 반갑기야 하고 추억을 떠올리게도 하지만 단지 그것뿐이었다. 서로 살아가는 행로가 다르다는 엄연한 사실을 확인하면서도 겉으로는 한번 만나자거나 자주 연락을 취하자거나 하는 식의 말치레만으로 끝나는 일회성의 재회였다.

그렇지만 찐빵집 딸 박은자의 전화를 받으리라고는 상상도 하지 않았었다.

그 애가 설령 어느 지면에서 내 이름과 얼굴을 발견했다손 치더라도 나를 기억할 수 있겠느냐고 전혀 자신 없어 한 것은 오히려 내 쪽이었다. 만에 하나 기억을 해냈다 하더라도 신문사에 전화를 해서 내 연락처를 수소문할 이유는 전혀 없었다. 우리들은 그저 60년대의 어느 한 해 동안 한동네에 살았을 뿐이었다. 지금 와서 돌이켜보면 나에게는 그 한 해가 커다란 위안이었지만 그 애에게는 지겨운 나날이었을 게 분명했다.

그 뜻밖의 전화는 이십오 년이란 긴 세월을 풀어놓느라고 길게 이어
졌다. 무엇보다도 먼저 나는 그 애에게 왜 가수가 되지 않았느냐고 물
을 참이었다. 〈검은 상처의 블루스〉를 너만큼 잘 부르는 사람은 아직
보지 못했노라고 말해 주고 싶었다. 하지만 좀처럼 말할 기회가 주어지
지 않았다. 어디어디에서 너의 짧은 글을 읽었다는 것과 네가 내 친구
라는 사실을 믿지 않던 주위 사람들의 어리석음과 네 이름을 발견할 때
의 기쁨이 어떠했는가를 그 애는 몇 번씩이나 되풀이 말하였다. 그런
이야기는 끝에 은자가 먼저 자신의 직업을 밝혔다.

"난 어쩔 수 없이 여태도 노래로 먹고 산단다. 아니, 그런데 넌 부천
에 살면서 '미나 박'이란 이름도 들어보지 못했니? 네 신랑이 샌님이
구나. 너를 한 번도 나이트클럽이나 스탠드바에 데려가지 않은 모양이
네. 이래봬도 경인 지역 밤업소에서는 미나 박 인기가 굉장하다구. 부
천 업소들에서 노래 부른 지도 벌써 몇 년째란다. 내 목소리 좀 들어
봐. 완전 갔어. 얼마나 불러 제끼는지. 어쩔 때는 말도 안 나온단다. 솔
로도 하고 합창도 하고 하여간 징그럽게 불러댔다."

그제야 난 전화에서 흘러나오는 쉰 목소리의 다른 모습들을 떠올릴
수 있었다. 가수들이 말하는 음성이 으레 그보다 훨씬 탁했었다. 목소
리가 그 지경이 될 만큼 노래를 불렀구나 생각하니 갑자기 가슴이 뜨거
워졌다. 노래를 빼놓고 무엇으로 은자를 추억할 것인지 나는 은근히 두
려웠던 것이다. 노래와는 전혀 무관한 채 보통의 주부가 되어 있다가
내게 전화를 했더라면 어떤 기분이었을까. 비록 텔레비전에 자주 출연
하는 인기 가수가 아니더라도, 밤업소를 전전하는 무명 가수로 살아왔
더라도 그 애가 노래를 버리지 않았다는 것이 내게는 중요했다.

그래서 나는 슬쩍 〈검은 상처의 블루스〉나 버드나무 밑의 작은 음악
회, 그리고 비 오는 날 좁은 망대 안에서 들려주었던 가수들의 세계 따

위, 몇 가지 옛 추억을 그 애에게 일깨워 주었다.

짐작대로 은자는 감탄을 연발하면서 기뻐하였다. 그렇게 세세한 일까지 잊지 않고 있는 나의 끈질긴 우정을 그녀는 거의 까무러칠 듯한 호들갑으로 보답하면서 마침내는 완벽하게 옛 친구의 자리로 되돌아갔다.

그 밖에도 나는 아주 많은 부분을 기억하고 있었다. 그해 여름 장마 때 하천으로 떠내려 오던 돼지의 슬픈 눈도, 노상 속치마 바람이던 그 애의 어머니도, 다방 레지로 취직되었던 그 애 언니의 매끄러운 종아리도, 그 외의 더 많은 것들도 나는 말해 줄 수 있었다.

그럴 수밖에 없는 것이 몇 년 전 나는 은자를 주인공으로 하는 유년 시절에 관한 소설을 한 편 발표한 적이 있었다. 소설을 쓰는 일이 과거를 되살려 불러낼 수도 있냐는 것과, 쓰는 작업조차도 감미로울 수 있다는 깨달음을 안겨준 소설이었다. 마치 흑백 사진의 선명한 명함 대비처럼 유난히 삶과 죽음의 교차가 심했던 유년의 한때를 글자 하나하나로 낚아 올려내던 그때의 작업만큼 탐닉했던 글쓰기는 경험해 본 적이 없었다.

육친의 철저한 보호 속에 갇혀 있다가 굶주림과 탐욕과 애증이 엇갈리는 세계로의 나아감, 자아의 뾰족한 새잎이 만나게 되는 혼돈의 세상을 엮어 나가던 그 사이사이 나는 몇 번씩이나 눈시울을 붉히곤 했었다.

은자는 그때 이미 나보다 한발 앞서 세상 가운데에 발을 넣고 있었다. 유행가와 철길과 죽음이 그 애의 등을 떠밀어서 은자는 자꾸만 세상 깊은 곳으로 나아가고 있었다. 그 애가 세상과 익숙한 것을 두고 나의 어머니는 '마귀 새끼'라는 호칭까지 붙여줄 지경이었으니까. 흡사 유황불이 이글거리는 지옥의 아수라장처럼 무섭기만 했던 그 세상에서 나는 벌써 몇십 년을 살고 있는가. 아니, 살아내고 있는가…….

그러나 나는 은자에게 소설 이야기는 하지 않았다. 사실은 할 기회도 없었다. 어떻게 해서 밤업소 가수로 묶이고 말았는지를 설명하고 지금처럼 먹고 살 만큼 되기까지 어떤 우여곡절을 겪었는지 대충 말하는 데만도 시간이 많이 걸렸다. 나는 고작해야 십몇 년 전에 텔레비전 〈전국 노래자랑〉에 출전하지 않았느냐고, 그런 말을 들은 적이 있다는 것만 알려줄 수 있었을 뿐이었다.

"맞아. 그때 장려상인가 받았거든. 그리고 작곡가 선생님이 취업시켜 준다길래 부지런히 쫓아다녔는데 밑천이 있어야 곡을 받지. 아까 전주 관광호텔 나이트클럽에서 잠깐 노래 부른 적이 있다고 했지? 그때가 스무 살이었어. 돈 좀 마련해서 취입하려고 거기서 노래 부른 거라구. 그러다 영영 밤무대 가수가 되고 말았어. 아무튼 우리 만나자. 보고 싶어죽겠다. 니네 오빠들은 다 뭐 해? 참, 니네 큰오빠 성공했다는 소식은 옛날에 들었지. 암튼 장해. 넌 어때? 빨리 만나고 싶다. 응?"

전화로는 아무래도 이십오 년을 다 풀어놓을 수가 없다는 듯이 은자는 만나기를 재촉했다. 거절할 수도 없는 것이 매일 밤 바로 부천의 어느 나이트클럽에서 노래를 한다는 것이었다. 그녀의 무대는 밤 여덟 시에 한 번, 그리고 열 시에 또 한 번 있었으므로 나는 아홉 시쯤에 시간 약속을 해서 나가야 했다. 작가라서 점잖은 척해야 한다면 다른 장소에서 만날 수도 있다고 그녀는 말하였다. 그래 놓고도 작가라면 술집 답사 정도는 예사가 아니겠느냐고 제법 나를 부추기기도 하였다.

물론 나 역시 은자를 만나고 싶었다. 그러나 당장 오늘이나 내일로 시간을 정하라는 그녀의 성화에는 따를 수 없었다. 밤 아홉 시면 잠자리에 들어야 할 딸도 있었고, 그 딸이 잠든 뒤에는 오늘이나 내일까지 꼭 써놓아야 할 산문이 두 개나 있었다. 이십오 년이나 만나지 않았는데 하루나 이틀 늦어진다고 무엇이 잘못되겠느냐, 매일 밤 부천에서 노래를 부른다면 기어이 만날 수는 있지 않겠느냐고 말을 했더니 은자가 갑자기 펄쩍 뛰었다.

"오늘이 수요일이지? 이번 주 일요일까지면 계약 끝이야. 당분간은 부천뿐 아니라 경인 지역 밤업소 못 띈단 말야. 어쩌다 보니 돈을 좀 모았거든. 찐빵집 딸이 성공해서 신사동에다 카페 하나 개업한다니까. 보름 후에 오픈이야. 이번 주일 아니면 언제 만나겠니? 너 내가 안 보고 싶어? 아휴, 궁금해 죽겠다. 일단 한번 보자. 얼굴이라도 보게 잠깐 나왔다가 들어가면 되잖아? 너네 집이 원미동이랬지? 야, 걸어와도 되겠다. 그 옛날 전주로 치면 우리 집서 오거리까지도 안 되는데 뭘. 그땐 맨날 뛰어서 거기까지 놀러갔었잖아?"

넌 내가 보고 싶지도 않아? 라고 소리치는 은자의 쉰 목소리가 또 한 번 내 가슴을 뜨겁게 하였다. 그 닷새 중에 어느 하루, 밤 아홉 시에 꼭 가겠노라고 약속을 한 뒤에서야 우리는 비로소 그 긴 전화를 끊었다.

수화기를 내려놓으면서 나도 모르는 사이에 긴 한숨이 흘러나왔다. 이십오 년을 넘나드느라고 나는 지쳐 있었다. 그리고 현실로 돌아왔을 때 그제야 나는 가스레인지의 푸른 불꽃과 끓고 있던 냄비가 생각났다. 황급히 달려가봤을 때는 벌써 냄비 속의 내용물이 바삭바삭한 재로 변해 버린 뒤였다.

이상한 일이었다. 난데없는 은자의 전화가 아니더라도 나는 요즘 들어 줄곧 그 시절의 고향 풍경을 떠올리고 있었다. 하필 이런 때에 불현듯 그 시절의 은자가 나타난 것이다.

고향에 대한 잦은 상념은 아마도 그곳에서 들려오는 큰오빠의 소식 때문일 것이다. 때로는 동생이, 때로는 어머니가 전해 주는 이야기들은 어떤 가족의 삶에서나 다 그렇듯이 미주알고주알 시작부터 끝까지가

장황했지만 뜻은 매양 같았다. 항상 꿋꿋하기가 대나무 같고 매사에 빈틈이 없어 도무지 어렵기만 하던 큰오빠가 조금씩 조금씩 허물어지고 있다는 것이었다.

처음에는 큰오빠의 말수가 점점 줄어들고 있다는 소식이 고작이었다. 자식들도 대학을 다닐 만큼 다 컸고 흰머리도 꽤 생겨났으니 늙어가는 모습 중의 하나일 것이라고, 식구들은 그렇게 여겼을 뿐이었다. 그때가 작년 봄이었을 것이다. 술이 들어가기 전에는 거의 온종일 말을 잊은 채 어디 먼 곳만을 쳐다보고 있는 날이 잦다고 어머니의 근심 어린 전화가 가끔씩 걸려 왔었다.

건강이 좋지 않아 절제해 오던 술이 폭음으로 늘어난 것은 그 다음부터였다. 때로는 며칠씩 집을 나가 연락도 없이 떠돌아다니기도 하였다. 온 식구가 발을 동동 구르며 애를 태우고 있으면 큰오빠는 홀연히 귀가하여 무심한 얼굴로 뜨락의 잡초를 뽑고 있기도 하였다. 그렇게 열심히 매달려 왔던 사업도 저만큼 던져놓은 채 그는 우두망찰 먼 곳의 어딘가에 시선을 붙박아 두고 있는 사람처럼 보였다.

어머니는 그런 큰오빠를 설명하면서 곧잘 "진이 다 빠져버린 것 같어……"라고 말하였다. 동생은 또 큰오빠의 뒷모습을 보면 눈물이 핑 돌 만큼 애달프다고 말하였다. 아닌게아니라 전화 저편의 어머니도 진이 빠진 목소리였고, 동생 또한 목매인 음성이곤 하였다. 그것은 마치 믿고 있던 둑의 이곳저곳에서 물이 새고 있다는 보고를 듣는 것처럼 나에게도 허망한 느낌을 불러일으켰다.

그렇지 않아도 세상살이의 올곧지 못함에 부대껴 오던 나날이었다. 나는 자연 튼튼하고 믿음직스러웠던 원래의 둑을 그리워하지 않을 수 없었다. 이제는 결코 젊다고 할 수 없는 나이의 그가, 더욱이 몇 년 전에 대수술로 건강마저 염려스러운 그가 겪고 있는 상심傷心의 정체를 나는 알 것도 같았다. 아니, 정녕 모를 일인 것처럼 여겨지기도 하였다.

그를 짓누르고 있던 장남의 멍에가 벗겨진 것은 겨우 몇 해 전이었다. 아버지가 없었어도 우리 형제들은 장남의 어깨를 밟고 무사히 한몫의 사람으로 커올 수 있었다. 우리들이 그의 어깨에, 등에 매달려 있던 때 그는 늠름하고 서슬 퍼런 장수처럼 보였었다. 은자도 알 것이다. 내 큰오빠가 얼마나 멋졌던가를. 흡사 증인證人이 되어주기나 하려는 듯 홀연히 나타난 은자를, 그 애의 쉰 목소리를 상기하면서 나는 문득 마음이 편안해졌다.

그러나 그날 밤에도, 다음 날 밤에도 나는 은자가 노래를 부르는 클럽에 가지 않았다. 그렇다고 그 애의 전화를 잊은 것은 절대 아니었다. 잊기는커녕 틈만 나면 나는 철길 동네의 풍경 속으로 걸어 들어가곤 했다.

멀리는 기린봉이 보이고, 오목대까지 두 줄로 달려가던 레일 위로는 햇살이 눈부시게 반짝이며 미끄러지곤 했었다. 먼지 앉은 잡초와 시궁창 물로 채워져 있던 하천을 건너면 곧바로 나타나던 역의 저탄장. 하천은 역의 서쪽으로도 뻗어 있었고, 그곳의 뚝방 동네는 홍등가여서 대낮에도 짙은 화장의 여인네들이 뚝길을 서성이곤 했었다.

동네에서 우리 집은 아들 부잣집으로 일컬어졌었다. 장대 같은 아들이 내리 다섯이었다. 그리고 순서를 맞추어 밑으로 딸 둘이 더 있었다. 먹는 입이 많아서 어머니는 겨울 김장을 두 접씩 하고도 떨어질까 봐 노상 걱정이었다. 둥근 상에 모여 앉아 머리를 맞대고 숟가락질을 하다 보면 동작 느린 사람은 나중엔 맨밥을 먹어야 했다.

단 한 사람, 우리 집의 유일한 수입원인 큰오빠만큼은 언제나 따로 상을 받았다. 그 많은 식구들을 책임지고 있는 가장답게 큰오빠는 건드리다가 만 듯한 밥상을 물렸고, 그러면 그 밥상이 우리 형제의 별식으로 차례가 오곤 했었다.

학교에서 나누어 주는 옥수수빵 외에는 밀떡이나 쑥버무리가 고작인 우리들의 군것질 대상에서 은자네 찐빵이나 만두는 맛이 기가 막혔다. 그 애의 부모들이 평소 위생 관념에는 젬병이어서 어머니는 그 집 빵이라면 거저 주어도 먹지 말라고 신신당부를 했었지만 오빠들은 몰래 은자네 집을 드나들며 빵을 사먹곤 했었다.

비 오는 날, 오빠들이 서로서로의 옹색한 용돈을 털어내어 내게 시키는 심부름은 대개 두 가지였다. 은자네 찐빵을 사오는 일과 만화 가게에서 만화를 빌려 오는 일이었다. 돈을 보태지 않았으니 응당 심부름은 내 몫이었다.

은자네 집에 빵을 사러 가면 은자는 제 엄마 몰래 두어 개쯤 더 얹어주었고, 만화 가게까지 우산을 받쳐주며 따라오기도 했었다. 그 우산 속에서 은자는 목청을 다듬어 노래를 불렀다. 오빠들 몫으로 전쟁 만화를, 내 몫으로는 엄희자의 발레리나 만화를 빌려 품에 안고 돌아오는 길에 나는 은자의 노래를 듣고 또 듣곤 했었다. 우리 집 대문 앞에까지 왔는데도 노래가 미처 끝나지 않았으면 제자리에 서서 끝까지 다 들어주어야만 집에 들어갈 수 있었다.

사는 모양새야 우리 집보다 더 옹색하고 구질구질한 은자네였지만 그래도 그 애는 잔돈푼을 늘 지니고 있어서 우리 또래 아이들 중에서는 제일 부자였다. 가게에서 찐빵 판 돈을 슬쩍슬쩍 훔쳐내다가 제 아버지에게 들켜 아구구구, 죽는 소리를 내며 두들겨 맞는 은자를 나는 종종 볼 수 있었다. 은자 아버지는 은자만이 아니라 처녀인 그 애 큰언니도, 그 애의 어머니도 곧잘 때렸고, 그래서 그 애네 집 앞을 지나노라면 아구구구, 숨넘어가는 비명쯤은 예사로 들을 수 있었다.

은자가 가수의 꿈을 안고 밤도망을 쳤을 때 그 애 아버지는 이미 이 세상 사람이 아니었다. 만약 살아 있었다면 은자도 어린 나이에 밤도망을 칠 엄두는 못 냈을 것이다. 가수가 되어 성공하면 돌아오겠노라던 은자는 그 뒤 철길 옆 찐빵집으로 금의환향하지는 못했다.

그 애가 성공하기도 전에 찐빵 가게는 문을 닫았고, 내가 기억하기만도 그 자리에 양장점·문구점·분식 센터·책방 등이 차례로 들어섰었다. 그리고 지금, 은자네 찐빵 가게가 있던 자리는 자취도 없이 사라졌다. 철길이 옮겨진 뒤 말짱히 포장되어 4차선 도로로 변해 버린 그곳에서 옛 시절의 흙냄새라도 맡아보려면 아스팔트를 뜯어내고 나서야 가능할 것이다.

금요일 정오 무렵 다시 은자에게서 전화가 왔다. 첫마디부터가 오늘 저녁에는 꼭 오라는 다짐이었다. 이미 두 번째 전화여서 그 애는 스스럼없이, 진짜 꾀복장이 친구처럼 굴고 있었다.

"일어나자마자 너한테 전화하는 거야. 어젯밤에는 너 기다린다고 대기실에서 볶음밥 불러 먹었단다. 오늘은 꼭 오겠지? 네 신랑이 못 가게 하대? 같이 와. 내가 한잔 살 수도 있어. 그 집 아가씨 하나가 말이야, 네 소설도 읽었대더라. 작가 선생이 오신다니까 팔짝팔짝 뛰고 난리야."

그러고 나서 그 애는 아들만 둘을 두었다는 것과 악단 출신의 남편과 함께 사는 지금의 집이 꽤 값나가는 아파트라는 사실을 알려주었다. 그 애의 전화를 받고 난 뒤 내내 파리가 윙윙거리던 그 애의 찐빵 가게만 떠올리고 있었던 것을 알고 있었다는 듯이 은자는 한창 때 열 군데씩 겹치기를 하던 시절에는 수입이 얼마였던가까지 소상히 일러주었다. 그 애가 잘 살고 있다는 것은 어쨌든 기분 좋은 일이었다. 그래 봤자 얼마나 부자일까마는 여태까지도 돼지비계 섞인 만두소 같은 퀴퀴한 냄새를 풍기고 있다면 얼마나 막막한 삶일 것인가.

"오늘 꼭 와야 된다. 니네 자가용 있지? 잠깐 몰고 나오면…… 뭐라구? 돈 벌어 다 어데 쌓아두니? 유명한 작가가 자가용도 없어서야 체면이 서냐? 암튼 택시라고 타고 휭 왔다 가. 기다린다아."

그 애는 제멋대로 나를 유명한 작가로 만들어놓았다. 그리곤 자가용이 없다는 내 말에 은자는 혀까지 끌끌 찼다. 짐작하건대 그 애는 나의 경제적 지위를 다시 가늠해 보기 시작했을 것이다. 은자는 그만큼 확신을 가지고 자가용이 있느냐고 물었으니까. 어쩌면 그 애는 스스로가 오너 드라이버란 사실을 말하고 있는 건지도 몰랐다.

은자는 내가 과거의 찐빵집 딸로만 자기를 기억하고 있는 것을 몹시 안타깝게 여기고 있었다. 얼마나 달라졌는가를, 지금은 어떤 계층으로 솟구쳤는가를 설명하는 쉰 목소리는 무척 진지하였다. 만나기만 한다면야 그 애의 달라진 현실을 확실히 알 수가 있을 것이다.

만남을 회피하지 않고 오히려 간곡하게 재회를 원하는 그녀의 현실을 나는 새삼 즐겁게 받아들였다. 언젠가의 첫 여고 동창회가 열렸던 때를 기억하고 있는 까닭이었다. 서울 지역에 살고 있는 동창 명단 중에 불참자가 반 이상이었다. 물론 피치 못한 이유가 있어서 불참한 경우도 있겠지만 졸업 후의 첫 만남에 당당하게 나타날 만한 위치가 아니라는 자괴심이 대부분의 이유였을 것이다.

은자의 전화가 있고 난 뒤 곧바로 전주에서 시외 전화가 걸려 왔다. 고춧가루는 떨어지지 않았느냐, 된장 항아리는 매일 볕에 열어두고 있느냐 등을 묻는, 자식의 안부보다는 자식의 밑반찬 안부를 주로 묻는 친정어머니의 전화였다.

나는 어머니에게 은자의 소식을 전했다. 이름은 언뜻 기억하지 못했어도 찐빵집 딸이라니까 얼른 "박센 딸?" 하고 받으시는데 목소리에 기운이 없었다. 어머니의 전화는 예사롭게 밑반찬 챙기는 것만으로 그

칠 것 같지는 않았다. 따라서 나 역시 은자의 이야기를 길게 늘어놓을
일도 아니었다.

모녀는 잠깐 침묵을 지켰다. 어머니 쪽에서 무슨 말이 나오리라 기다
리면서 나는 한편으로 전화 곁의 메모판을 읽어가고 있었다. 20매, 3일
까지. 15매, 4일 오전 중으로 꼭. 사진 잊지 말 것. 흘려 쓴 글씨들 속에
나의 삶이 붙박여 있었다. 한때는 내 삶의 의지였던 어머니의 나직한
한숨 소리가 서울을 건너고 충청도를 넘어 전라도 땅의 한군데에서 새
어 나왔다.

"아버지 추도 예배 때 못 오것쟈?"

어머니는 겨우 그렇게 물었다. 노상 바쁘다니까. 이제는 자식의 삶을
지휘할 수 없다는 것을 잘 아니까 어머니는 오월이 가까워오면 늘 이렇
게 묻는다. 그러나 오늘의 전화는 그것만도 아닐 것이다.

나는 잘 알고 있었다. 어젯밤에도 큰오빠는 어머니의 치마폭에 그 쇳
조각 같은 한탄과 허망한 세월을 털어놓으며, 몸이 못 버텨주는 술기운
으로 괴로워하며, 그 두 사람이 같이 뛰었던 과거의 행로들을 추억하자
고 졸랐을 것이다. 어려웠던 시절의 뼈아픈 고생담을 이야기하면서, 춥
고 긴 겨울밤을 뜬눈으로 지새며 앞날을 걱정했던 그 시절의 암담함을
일일이 들추어 가면서 큰오빠는 낙루도 서슴지 않았으리라. 어머니는
그런 큰아들 때문에 가슴이 미어지도록 슬펐을 것이다. 그렇지만 나는
끝내 입을 열지 않았다.

"네 큰오빠, 어제 산소에 갔더란다. 죽은 지 삼십 년이 다 돼가는 산
소는 뭐 헐라고 쫓아가쌌는지. 땅속에 묻힌 술꾼 애비랑 청주 한 병을
다 비우고 왔어야……"

큰오빠가 공동묘지에 묻혀 있던 아버지를 당신의 고향 땅에 모신 것
도 벌써 오래전의 일이었다. 추석날이면 나는 다섯 오빠 뒤를 따라 시

市의 끝에 놓인 공동묘지를 찾아가곤 했었다.

큰오빠는 줄줄이 따라오는 동생들의 대열을 단속하면서 간혹 "니네들 아버지 산소 찾아낼 수 있어?" 하고 묻곤 했었다.

대열 중에서는 아무 대답도 나오지 않았다. 찾을 수 있거나 찾지 못하거나 간에 큰형 앞에서는 피식 멋쩍게 웃는 것이 대화의 전부인 오빠들이었다.

똑같은 크기의 봉분들이 산 전체를 빽빽하게 뒤덮고 있는 공동묘지에 들어서면 큰오빠는 한 번도 멈추지 않고 단숨에 아버지가 누운 자리를 찾아냈다.

세월이 흐르고 하나씩 집을 떠나는 형제들 때문에 성묘 행렬에 구멍이 생기기 시작하던 무렵, 큰오빠는 아버지 묘의 이장을 서둘렀었다. 지금에 와서는 단 한 번도 형제들 모두가 아버지 산소를 찾아간 적이 없었다. 산다는 일은 언제나 돌연한 변명으로 울타리를 치는 것에 다름 아니니까.

일 년에 한 번, 딸기가 끝물일 때 맞게 되는 아버지의 추도식만은 온 식구가 다 모이도록 되어 있었다. 그 유일한 만남조차도 때때로 구멍 난 자리를 내보이곤 하였지만.

"박센 딸은 웬일루?"

전화를 끊으려다 말고 어머니는 가까스로 은자에 대한 호기심을 나타냈다. 기어이 가수가 된 모양이라고, 성공한 축에 끼었달 수도 있겠다니까 어머니는 "박센이 그 지경으로 죽었는데 그 딸이 무슨 성공을……" 하고는 나의 말을 묵살하였다.

은자의 언니를 다방 레지로 취직시킨 것에 앙심을 품은 망대지기 청년이 장인이 될지도 몰랐던 박씨를 살해한 사건은 그해 가을 도시 전체를 떠들썩하게 했었다. 어머니는 아직도 찐빵집 가족들을 마귀로 여기고 있는 모양이었다. 유황불에서 빠져나올 구원의 사다리는 찐빵집 식구들에게만은 영원히 차례가 가지 않으리라고 믿는지도 몰랐다. 살아남은 자의 지독한 몸부림을 당신만큼은 더할 나위 없이 잘 알면서도 짐짓 그렇게 말하는 건지는 모를 일이었다.

어머니와의 통화는 언제나 그렇지만 마음을 심란하게 만들었다. 늦은 밤이나 이른 아침에 울리는 전화벨 소리가 가슴을 철렁 내려앉게 하듯이 요즘에는 고향에서 걸려 오는 전화 또한 온갖 불길함을 예상하게 만들었다. 될 수 있는 한 외출을 삼가고 집에만 박혀 있는 나에겐 전화가 세상과의 유일한 통로인 셈이었다. 아마 전화가 없었다면 이만큼이나 뚝 떨어져 있을 수도 없을 것이다. 싫든 좋든 많은 이들을 만나야 하고 찾아가야 했으리라.

그런 의미에서 전화는 세상을 연결시키는 통로이면서 동시에 차단시키는 바람벽이기도 하였다. 고향에 대해서도 예외는 아니었다. 일 년에 한 번쯤이나 겨우 찾아가면서 그다지 격조함을 느끼지 못하는 이유는 전화가 있기 때문이었다. 또한 찾아가지 않아도 되게끔 선뜻 나서서 제 할 일을 해버리는 것도 전화였다.

마음이 심란한 까닭에 일손도 잡히지 않았다. 대충 들추어보았던 조간들을 끌어당겨 꼼꼼히 기사들을 읽어나가자니 더욱 머리가 띵해 왔다. 신문마다 서명자 명단이 가지런하게 박혀 있고 일단 혹은 이단 기사들의 의미심장한 문구들이 명멸하였다.

봄이라 해도 날씨는 무더웠다. 창가에 앉으면 바람이 시원했다. 이층이므로 창가에 서면 원미동 거리가 한눈에 내려다보였다. 행복사진관 엄씨가 세 딸을 거느리고 시장길로 올라가고 있는 게 보였다. 써니 전자의 시내 아빠는 요즘 새로 산 오토바이 때문에 늘 싱글벙글이었다. 지금도 그는 시내를 태우고 동네를 몇 바퀴씩 돌고 있었다. 냉동 오징

어를 궤짝 채 떼어 온 김 반장의 형제 슈퍼는 모여든 여자들로 시끄러
웠다. 김 반장의 구성진 너스레에 누가 안 넘어갈 것인가. 오늘 저녁 원
미동 사람들은 모두 오징어 요리를 먹게 될 모양이었다.

그들이 아니더라도 거리는 소란스럽기 짝이 없었다. 부천시 원미동
이 고향이 될 어린아이들이, 훗날 이 거리를 떠올리며 위안을 받을 꼬
마치들이 쉴 새 없이 소리 지르고, 울어대고, 달려가고 있었다.

얼마를 그렇게 창가에 있었지만 쓰다 만 원고를 붙잡고 씨름할 기분
은 도무지 생겨나지 않았다. 이제 다시 전화벨이 울린다면 그것은 분명
코 저 원고를 챙겨 가야 할 충실한 편집자의 전화일 것이 분명했다.

그럼에도 불구하고 나는 불현듯 책꽂이로 달려가 창작집 속에 끼어
있는 유년의 기록을 들추었다. 그 소설은 낮잠에서 깨어나 등교 시간인
줄 알고 신발을 거꾸로 꿰어 신은 채 달려가는 이야기로부터 시작되고
있었다. 눈물주머니를 달고 살았던 그때, 턱없이 세상을 무서워하면서
또한 끝도 없이 세상을 믿었던 그때의 이야기들은 매번 새롭게 읽혀지
고 나를 위안했다.

소설 쓰는 것을 업으로 삼는 자가 자기가 쓴 소설을 읽으며 위안을
받는다는 사실을 어떻게 설명해야 할지 모른다. 깊은 밤 한창 작업에
붙들려 있다가도 마음이 편치 않으면 나는 은자가 나오는 그 소설을 읽
었다.

시간을 거꾸로 돌려서, 자꾸만 뒷걸음쳐서 달려가면 거기에 철길이
보였다. 큰오빠는 젊고 잘생긴 청년이었고 밑의 오빠들은 까까중머리
의 남학생이었다. 장롱을 열면 바느질 통 안에 아버지 생전에 내게 사
주었다는 연지 찍는 붓솔도 담겨 있었다. 아직 어린 딸에게 하필이면
화장 도구를 사주었는지 지금에 와서 생각하면 알 듯도, 모를 듯도 싶
은 장난감이었다.

네 큰오빠가 아니었으면 다 굶어 죽었을 거여. 어머니는 종종 이런 말로 큰아들의 노고를 회상하곤 했지만 그 말은 사실이었다. 떠도는 구름처럼 세상 저편의 일만 기웃거리며 살던 아버지는 찌든 가난과, 빚과, 일곱이나 되는 자식을 남겨놓고 갑자기 세상을 떠났었다. 가장 심하게 난리 피해를 당했던 당신의 고향 마을에서도 몇 안 되는 생존자로 난리를 피한 아버지였다. 보리짚단 사이에서, 뒷뜰의 고구마 움에서 숨어 살며 지켜 온 목숨이었는데 도시로 나와 아버지는 곧 이승을 떠나버렸다. 목숨을 어떻게 마음대로 하랴마는 어머니에게 있어 그것은 결코 용서 못할 배반이었다. 나는 그래도 연지 붓술이나 받아보았다지만 내 밑의 여동생은 돌을 갓 넘기고서 아버지를 잃었다.

아버지 살았을 때부터 야간 대학을 다니면서 생계를 돕던 큰오빠는 어머니와 함께 안간힘을 쓰며 동생들을 거두었다. 아침이면 우리들은 차마 입을 뗄 수 없어 수도 없이 망설이다가 큰오빠에게 손을 내밀었다. 회비·참고서 값·성금·체육복 값 등등 내야 할 돈은 한없이 많았는데 돈을 줄 사람은 하나밖에 없었다.

밑으로 딸린 두 여동생들에겐 관대하기만 했던 큰오빠의 마음을 이용해서 오빠들은 곧잘 내게 돈 타오는 일을 떠맡기곤 했었다. 밑으로 거푸 물려줘야 할 책임이 있는 셋째오빠의 포대 자루 같은 교복이, 윗형 것을 물려받아서 발목이 드러나는 교복 바지의 넷째오빠가, 한 번도 새 옷을 입은 적이 없다고 불만인 다섯째오빠의 울퉁불퉁한 머리통이 골목길에 모여 서서 나를 기다렸다. 나는 오빠들이 일러준 대로 기성회비·급식 값·재료비 따위를 큰오빠 앞에서 줄줄 외우고 있는 중이었다. 공장에서 돈을 찍어내도 모자라겠다, 그러면서 큰오빠는 지갑을 열었다.

자라면서 나 역시 그러했지만 오빠들은 큰형을 아주 어려워했다. 아

무리 맛있는 음식이라도 큰형이 있으면 혀의 감각이 사라진다고 둘째
가 입을 열면 셋째도, 넷째도, 다섯째도 맞장구를 쳤다.

여름의 어떤 일요일, 다섯 아들이 함께 모여 수박을 먹으면 큰오빠만
푸아푸아 시원스레 씨를 뱉어내고 나머지는 우물쭈물하다가 씨를 삼켜
버리기 예사였다. 두레박으로 물을 길어 올려 등목이라도 하게 되면 큰
오빠 등허리는 어머니만이 밀 수 있었다. 둘째는 셋째가, 셋째는 넷째
가 서로서로 품앗이를 하여 등목을 하고 난 뒤 큰오빠가 "내 등에도 물
좀 끼얹어라" 하면 모두들 쩔쩔매었다.

우리 형제들뿐만 아니라 동네 사람들도 큰오빠를 예사롭게 대하지
않았다. 인조 속치마를 펄럭이고 다니면서 동네의 온갖 일을 다 참견하
곤 하던 은자 엄마도 큰오빠가 지나가면서 인사를 하면 허둥지둥 찐빵
가게로 들어갈 궁리부터 했으니까.

기다린다아, 고 길게 빼면서 끊었던 은자의 전화를 의식한 탓인지 나
는 그날따라 일찍 저녁밥을 마쳤다. 서두르지 않더라도 아홉 시까지는
그 애가 일한다는 새부천 클럽에 갈 수가 있었다. 작은방에서 책을 읽
고 있던 남편은 아이야 자기도 재울 수 있으니 가보라고 권하기도 했
다. 소설의 주인공이 부천의 한 클럽에서 노래를 부르고 있다는 사실에
대해 그 역시 은자에게 흥미가 많은 사람이었다.

시간은 자꾸 흘러가고 있었다. 아홉 시가 가까워오자 아이는 연신 하
품을 하기 시작했다. 재울 것도 없이 고단한 딸애는 금방 쓰러져 꿈나
라로 갈 것이다. 집 앞 큰길에는 귀가하는 이들이 타고 온 택시가 심심
치 않게 빈 차로 나가곤 하였다. 일어서서 집을 나가 택시만 타면 되었
다. 택시 기사에게 "시내로 갑시다"라고 이르기만 하면 되었다. 그런데
도 얼른 몸을 일으킬 수가 없었다.

여덟 시 무대를 끝내고 은자는 내가 올까 봐 입구 쪽만 주시하며 있

을 것이다. 아홉 시를 알리는 시보가 울리고 텔레비전에서 저녁 뉴스가 시작될 때까지도 나는 그대로 있었다. 아이는 마침내 잠이 들었고, 남편은 낚시 잡지를 뒤적이면서 월척한 자의 함박웃음을 부러운 듯이 들여다보고 있었다.

몇 가지 낚시 도구를 사들이고, 낚시에 관한 정보를 놓치지 않으려고 귀를 모으면서, 매번 지켜지지 않을 낚시 계획을 세우는 그는 단 한 번의 배 낚시 경험밖에 없는 사람이었다. 단 한 번의 경험은 그를 사로잡기에 충분하였다. 어느 주말 홀연히 떠나가 낚싯대를 드리우게 되기까지는 그 자신 풀어야 할 매듭이 많은 사람이었다. 어떤 때 그는 마치 낚시꾼이 되기 직전의 그 경이로움만을 탐하는 것처럼 보이기도 하였다. 봉우리를 향하여 첫발을 떼는 자들이 으레 그렇듯 그는 세상살이의 고단함에 빠질 때마다 낚시터의 꾼들 속에 자기를 넣어두고 싶어하였다.

나는 그가 뒤적이는 낚시 잡지의 원색 화보를 곁눈질하면서 미구에 그가 낚아 올릴 물고기를 상상해 보았다. 상상 속에서 물고기는 비늘을 번뜩이며 파닥거리고, 시계는 은자의 두 번째 출연 시간을 가리키며 째깍거리고 있었다.

다음 날 아침 어김없이 은자의 전화가 걸려 왔다. 토요일이었다. 이제 오늘 밤과 내일 밤뿐이었다. 은자도 그것을 강조하였다.

"설마 안 올 작정은 아니겠지? 고향 친구 한번 만나보려니까 되게 힘드네. 야, 작가 선생이 밤무대 가수 신세일 옛 친구 만나려니까 체면이 안 서대? 그러지 마라. 너 보기엔 한심할지 몰라도 오늘의 미나 박이 되기까지 참 숱하게도 넘어지고 또 넘어지고 했으니까."

그렇게 말할 만도 하였다. 고상한 말만 골라서 신문에 내고 이렇게 해야 할 것 아니냐, 저렇게 되면 곤란하다, 라고 말하는 게 능사인 작가에게 밤무대 가수 친구가 웬 말이냐고 볼멘소리를 해볼 만도 하였다.

나는 아무런 대꾸도 할 수 없었다. 박은자에서 미나 박이 되기까지 그 애는 수없이 넘어지고 또 넘어진 모양이었다. 누군들 그러지 않겠는가.

부천으로 옮겨 와 살게 되면서 나는 그런 삶들의 윤기 없는 목소리를 많이 듣고 있었다. 딱히 부천이어서가 아니라 내가 부천 사람이어서 그랬을 것이다. 창가에 붙어 앉아 귀를 모으고 있으면 지금이라도 넘어져 상처 입은 원미동 사람들의 이야기를 들을 수 있다. 넘어졌다가 다시 일어나고, 또 넘어지는 실패의 되풀이 속에서도 그들은 정상을 향해 열심히 고개를 넘고 있었다. 정상의 면적은 좁디좁아서 아무나 디딜 수 있는 곳이 아니라는 엄연한 현실도 그들에게는 단지 속임수로밖에 납득되지 않았다.

설령 있는 힘을 다해 기어올랐다 하더라도 결국은 내리막길을 마주해야 한다는 사실 또한 수긍하지 않았다. 부딪치고, 아등바등 연명하며 기어 나가는 삶의 주인들에게는 다른 이름의 진리는 아무런 소용도 없는 것이었다. 그들에게 있어 인생이란 탐구하고 사색하는 그 무엇이 아니라 몸으로 밀어가며 안간힘으로 두들겨야 하는 굳건한 쇠문이었다. 혹은 멀리 보이는 높은 산봉우리였다.

은자는 마침내 봉우리 하나를 넘었다고 믿는 사람 중의 하나였다. 노래로는 도저히 먹고 살 수 없어서 노래를 그만둔 적도 있었다고 했다. 처음의 전화 이후, 아니 더 정확하게 말하면 내가 허겁지겁 달려 나오지 않으리란 것을 그 애가 눈치 챈 이후 은자는 하나씩 둘씩 자신의 과거를 털어놓곤 했었다. 싸구려 흥행단에 끼어 일본 공연을 갔던 적이 있었는데 돌아오지 않을 작정으로 마지막 공연 날, 단체에서 이탈해 무작정 낯선 타국 땅을 헤맨 경험도 있다는 말은 두 번째 전화에서 들었던가.

그런데 오늘은 더욱 비참한 과거 하나를 털어놓았다. 악단 연주자였던 지금의 남편을 만나 살림을 차린 뒤 극장식 스탠드바의 코너를 하나 분양받았다가 빚더미에 올라앉게 되었던 모양이었다. 은자는 주안·부평·부천 등을 뛰어다니며 겹치기를 하고 남편 역시 전속으로 묶여 새벽까지 기타 줄을 튕겨야 했다고 하였다.

첫아이를 임신하고 있는 중이었으므로 부른 배를 내민 채 술집 무대에 설 수가 없었다. 코르셋으로, 헝겊으로 배를 한껏 조이고서야 허리가 쏙 들어간 무대 의상을 입을 수가 있었다. 한 달쯤 그렇게 하고 났더니 뱃속에서 들려오던 태동이 어느 날부터인가 사라져버렸다. 이상하긴 했지만 그런 대로 또 보름가량 배를 묶어놓고 노래를 불렀다. 그러고 나서야 병원에 갔다가 아이가 이미 오래전에 숨졌다는 사실을 알게 되었다면서 은자는 이렇게 말하였다.

"유명하신 작가한테는 소설 같은 이야기로밖에 안 들리겠지? 아무리 슬픈 소설을 읽어봐도 내가 살아온 만큼 기막힌 이야기는 없더라. 안 그러면 무슨 소리인지 도통 못 알아먹을 소설뿐이고. 너도 읽으면 잠만 오는 소설을 쓰는 작가야? 하긴 네 소설은 아직 못 읽어봤지만 말야. 인제 읽어야지. 근데, 너 돈 좀 벌었니?"

은자가 내 소설들을 읽지 않았다는 것은 참으로 다행한 일이었다. 바로 어젯밤에도 나는 '읽으면 잠만 오는' 소설을 쓰느라 밤새 진을 빼고 있었는지도 모를 일이었다. 그래 놓고도 대단한 일을 한 사람처럼 이 아침 나는 잠잘 궁리만 하고 있는 중이었다. 그런데 은자 또한 이제부터 몇 시간 더 자야 한다고 말하는 것이었다. 귀가 시간은 언제나 새벽이 다 되어서라고 했다. 그 애나 나나 밤일을 한다는 하나의 공통점이 있다는 사실을 떠올리며 나는 씁쓰레하게 웃어버렸다.

은자는 졸음이 묻어 있는 목소리로 다시 오늘 저녁을 약속했다. 주말의 무대는 평일과 달라서 여덟 시부터 계속 대기 중이어야 한다고 했다. 합창 순서도 있고 백코러스로 뛸 때도 있다면서 토요일 밤의 손님들은 출렁이는 무대를 좋아하므로 시종일관 변화무쌍하게 출연진을 교체시키는 법이라고 일러주었다.

"무대에 올라도 잠깐잠깐이야. 자정까진 거기 있으니까 아무 때나 와도 좋아. 오늘하고 내일까지는 그 집에 마지막 서비스를 하는 거지 뭐. 내 노래 안 듣고 싶어? 옛날엔 내 노래 잘 들어줬잖니? 그리고 말야, 입구에서 미나 박 찾아왔다고 말하면 잘 모실 테니까 괜히 새침 떠느라고 망설이지 마라."

물론 가겠노라고, 어제는 정말 짬이 나지 않았노라고 자신 있게 입막음을 하지도 못한 채 나는 어영부영 전화를 끊었다. 처음 그 애가 "혹시 은자라고, 철길 옆에 살던……" 하면서 전화를 걸어 왔을 때의 무작정한 반가움은 웬일인지 그 이후 알 수 없는 망설임으로 바뀌어져 있었다.

은자는 내 추억의 가운데에 서 있는 표지판이었다. 은자를 기둥으로 하여 이십오 년 전의 한 해를 소설로 묶은 뒤로는 더욱 그러하였다. 기록한 것만을 추억하겠다고 작정한 바도 없지만 나의 기억은 언제나 소설 속 공간에서만 맴을 돌았다.

일 년에 한 번, 아버지 추도식에 참석하기 위해 고속버스를 타고 전주에 갈 때마다 표지판이 아니면 언뜻 알아볼 수 없을 만큼 달라져 있는 고향의 모습이 내게는 낯설기만 하였다. 이제는 사방팔방으로 도로가 확장되어 여관이나 상가 사이에 홀로 박혀 있는 친정집도 예전의 모습을 거의 다 잃고 있었다. 옛집을 부수고 새로이 양옥으로 개축한 친정집 역시 여관을 지으려는 사람이 진작부터 눈독을 들이고 있는 중이었다.

집 앞을 흐르던 하천이 복개되면서 동네는 급격히 시가지로 편입되기 시작하였다. 그나마 철길이 뜯기면서는 완벽하게 옛 모습이 스러져 버렸다. 작은 음악회를 열곤 하던 버드나무도 베어진 지 오래였고, 찐 빵 가게가 있던 자리로는 차들이 씽씽 달려가곤 했다. 아무래도 주택가 자리는 아니었다. 예전에는 비록 정다운 이웃으로 둘러싸인 채 오순도 순 살아왔다 하더라도 지금은 아니었다. 은성장 여관, 미림 여관, 거부 장 호텔 등이 이웃이 될 수는 없었다.

게다가 한창 크는 아이들이 있었다. 우리 형제들은 물론, 조카들까지 제 아버지에게 이사를 가자고 졸랐었다. 하지만 큰오빠는 좀체 집을 팔 생각을 굳히지 못하였다. 집을 팔라는 성화가 거세면 거셀수록 그는 오 히려 집수리에 돈을 들이곤 하였다. 그 동네에서 마지막까지 버티고 있 는 유일한 사람이 바로 큰오빠였다.

일 년에 한 번씩 타인의 낯선 얼굴을 확인하러 고향 동네에 가는 일 은 쓸쓸함뿐이었다. 이제는 그 쓸쓸함조차도 내 것으로 남지 않게 될 것이다. 누구라 해도 다시는 고향으로 돌아가지 못할 것이다. 고향은 지나간 시간 속에 있을 뿐이니까. 누구는 동구 밖의 느티나무로, 갯마 을의 짠 냄새로, 동네를 끼고 흐르는 긴 강으로 고향을 확인하며 산다 고 했다.

내게 남은 마지막 표지판은 은자인 셈이다. 보이는 것들은, 큰오빠까 지도 다 변하였지만 상상 속의 은자는 언제나 같은 모습이었다. 은자만 떠올리면 옛 기억들이, 내게 남은 고향의 모든 숨소리가 손에 잡힐 듯 이 다가오곤 하였다. 허물어지지 않은 큰오빠의 모습도 그 속에 온전히 남아 있었다. 내가 새부천 클럽에 가서 은자를 만나버리고 나면 그때부 터는 어떤 표지판에 기대어 고향을 찾아갈 수 있을 것인지 정말 알 수 없었다.

은자의 지금 모습이 어떤지 나는 전혀 떠올릴 수가 없다. 설령 클럽으로 찾아간다 하여도 그 애를 알아볼 수 있을지 자신할 수도 없었다. 내 기억 속의 은자는 상고머리에, 때 낀 목덜미를 붙들인 박씨의 억센 손자국, 그리고 터진 겨드랑이 사이로 내보이던 낡은 내복의 계집아이로 붙잡혀 있었다. 서른도 훨씬 넘은 중년 여인의 그 애를 어떻게 그려낼 수 있는가.

수십 년간 가슴에 품어온 고향의 얼굴을 현실 속에서 만나고 싶지는 않다, 라고 나는 생각하였다. 만나버린 뒤에는 내게 위안을 주었던 유년의 소설도, 소설 속의 한 시대도 스러지고야 말리라는 불안감을 떨쳐버릴 수가 없었다. 그렇다 하더라도 이미 현실로 나타난 은자를 외면할 수 있을는지 그것만큼은 풀 수 없는 숙제로 남겨둔 채 토요일 밤을 나는 원미동 내 집에서 보내고 말았다.

일요일 낮 동안 나는 전화 곁을 떠나지 못하였다. 이제 은자가 가시돋친 음성으로 나의 무심함을 탓할 것이다. 그녀의 질책을 나는 고스란히 받아들일 작정이었다. 나는 그 애가 던져 올 말들을 하나하나 상상해 보면서 전화를 기다렸다. 오전에는 그러나 한 번도 전화벨이 울리지 않았다. 일요일은 언제나 그랬다. 약속을 못 지킨 원고가 있더라도 일요일에까지 전화를 걸어 독촉해 올 편집자는 없었다. 전화벨이 울린다면 그것은 분명 은자라고 나는 생각하였다.

오후가 되어서 이윽고 전화벨이 울렸다. 그러나 수화기에선 쉰 목소리 대신에 귀에 익은 동생의 목소리가 흘러나왔다. 고향에서 들려오는 살붙이의 음성은 모든 불길한 예감을 젖히고 우선 반가웠다.

여동생이 전하는 소식은 역시 큰오빠에 관한 우울한 삽화들뿐이었다. 마침내 집을 팔기로 하고 계약서에 도장을 찍었다는 것과, 한 달 남은 아버지 추도 예배는 마지막으로 그 집에서 올리기로 했다는 이야기였다. 계약서에 도장을 찍은 것은 어제였는데 큰오빠는 종일토록 홀로 술을 마셨다고 했다. 집을 팔기 원했으나 지금은 큰오빠의 마음이 정처 없을 때라서 식구들 모두 조마조마한 심정이라고 동생은 말하였다.

집을 팔았다고는 하지만 훨씬 좋은 집으로 옮길 수 있는 힘이 큰오빠에게 있으므로 걱정할 일은 아니었다. 하지만 큰오빠는 어제 종일토록 홀로 술을 마셨다고 했다. 나도, 그리고 동생도 걱정하지 않을 수 없을 만큼.

"이번 추도 예배는 한 사람이라도 빠지면 안 되겠어. 내가 오빠들한 테도 모두 전화할 거야. 그렇지 않아도 큰오빠 요새 너무 약해졌어. 여관숲이 되지만 않았어도 그 집 안 팔았을 텐데. 독한 소주를 얼마나 마셨는지 오늘 아침엔 일어나지도 못했대. 좋은 술 다 놓아두고 왜 하필 소주야? 정말 모르겠어. 전화나 한번 해봐. 그리고 추도식 때 꼭 내려와야 해. 너무들 무심하게 사는 것 같아. 일 년 가야 한 번이나 만날까, 큰오빠도 그게 섭섭한 모양이야……."

그 집에서 동생들을 거두었고 또한 자식들을 길러냈던 큰오빠였다. 그의 생애 중 가장 중요했던 부분이 거기에 스며 있었다. 큰오빠는, 신화를 창조하며 여섯 동생을 가르쳤던 큰오빠는 이미 한 시대의 의미를 잃은 사람이 되고 말았다. 이십오 년 전에는 젊고 잘 생긴 청년이었던 그가 벌써 쉰 살의 나이로 늙어가고 있었다.

이십오 년을 지내오면서 우리 형제 중 한 사람은 땅 위에서 사라졌다. 목숨을 버린 일로 큰오빠를 배신했던 셋째 말고는 모두들 큰오빠의 신화를 가꾸며 살고 있었다. 여태도 큰형을 어려워하는 둘째오빠는 큰오빠의 사업을 돕는 오른팔의 역할을 묵묵히 수행하면서 한편으로는 화훼에 일가견을 이루고 있었다. 내과 전문의로 개업하고 있는 넷째오빠도, 행정고시에 합격하여 고급 공무원이 된 공부벌레 다섯째오빠도 큰오빠의 신화를 저버리지 않았다. 고향의 어머니나 큰오빠가 보기에는 거짓말을 능수능란하게 지어낼 뿐인, 책만 끼고 살더니 가끔 글줄이나 짓는가 보다는 나 또한 궤도 이탈자는 결코 아닌 셈이다. 아버지가 세상을 뜨던 해에 고작 한 살이었던 내 여동생은 벌써 두 아이의 엄마가 되어 음악 선생으로 일하고 있는 중이었다.

그러나 정작 큰오빠 스스로가 자신이 그려놓은 신화에 발이 묶이고 말았다. 공장에서 돈을 찍어내서라도 동생들을 책임져야 했던 시절에는 우리들이 그의 목표였다. 새로운 사업을 시작할 때마다 실패할 수 없도록 이를 악물게 했던 힘은 그가 거느린 대가족의 생계였었다. 하지만 지금은 동생들이 모두 자립을 하였다. 돈도 벌 만큼 벌었다. 한때 그가 그렇게 했듯이 동생들 또한 젊고 탱탱한 활력으로 사회 속에서 뛰어가고 있었다. 저들이 두 발로 달릴 수 있게 된 것은 누구 때문인가, 라고 묻고 싶지 않지만 노쇠해 가는 삶의 깊은 구멍은 큰오빠를 무너지게 하였다.

몇 년 전의 대수술로 겨우 목숨을 건진 이후부터는 눈에 띄게 큰오빠의 삶이 흔들거렸었다. 이것도 해선 안 되고 저것도 위험하며 이러저러한 일은 금하여라, 는 생명의 금칙이 큰오빠를 옥죄었다. 열심히 뛰어 도달해 보니 기다리는 것은 허망함뿐이더라는 그의 잦은 한탄을 전해 들을 때마다 나는 큰오빠가 잃은 것이 무엇인가를 생각해 보지 않을 수 없었다.

내가 수없이 유년의 기록을 들추면서 위안을 받듯이 그 또한 끊임없이 과거의 페이지를 넘기며 현실을 잊고 싶어하는지도 모를 일이었다. 그러면서 한 발자국 한 발자국씩 이 시대에서 멀어지는 연습을 하는지도.

머지않아 여관으로 변해 버릴 집을 둘러보며, 집과 함께 해온 자신의 삶을 안주 삼아 쓴술을 들이키는 큰오빠의 텅 빈 가슴을 생각하면 무력

한 내 자신이 안타까웠다. 아버지 산소에 불쑥불쑥 찾아가서 죽은 자와 함께 한 병의 술을 비우는 큰오빠의 마음을 알 수 있을 것도 같았다. 한 인간의 뼈저린 고독은 살아 있는 자들 중 누구도 도울 수 없다는 것, 오직 땅에 묻힌 자만이 받아줄 수 있다는 것은 의미심장하였다. 동생은 마지막으로 어머니의 결심을 전해 주고 전화를 끊었다. 말하자면 그것은 어머니가 큰아들을 위해 할 수 있는 유일한 방법인 셈이었다.

"오늘 아침부터 엄마, 금식 기도 시작했어. 큰오빠가 교회에 나갈 때까지 아침 금식하고 기도하신대. 몇 달이 걸릴지 몇 년이 걸릴지, 노인네 고집이니 어련하겠수."

교회만 다니게 된다면, 그리하여 주님을 맞아들이기만 한다면 당신이 견뎌온 것처럼 큰오빠도 또한 허망한 세상에 상처받지 않으리라 믿는 어머니였다. 어쨌거나 간에 나로서는 어머니의 금식 기도가 가까운 시일 안에 끝나길 비는 수밖에 다른 도리가 없었다. 동생의 전화를 받고 난 다음 나는 달력을 넘겨서 추도식 날짜에 붉은 동그라미를 두 개 둘러놓았다.

오후가 겨웁도록 은자에게서는 아무런 연락도 없었다. 지난밤에도 나타나지 않은 옛 친구를 더 이상은 아는 체 않겠다고 다짐한 것은 아닌지 슬그머니 걱정이 되기도 하였다. 오늘 밤의 마지막 기회까지 놓쳐버리면 영영 그 애의 노래를 듣지 못하리라는 생각도 나를 초조롭게 하였다. 그 애가 나를 애타게 부르는 것에 답하는 마음으로라도 노래만 듣고 돌아올 수는 없을까 궁리를 하기도 했다.

진달래가 흐드러지게 피었더라고, 연초록 잎사귀들이 얼마나 보기 좋은지 가만히 있어도 연초록물이 들 것 같더라고, 남편은 원미산을 다녀와서 한껏 봄소식을 전하는 중이었다. 원미동 어디에서나 쳐다볼 수 있는 길다란 능선들 모두가 원미산이었다. 창으로 내다보아도 얼룩진 붉은 꽃무더기가 금방 눈에 띄었다. 진달래꽃을 보기 위해서는 꼭 산에까지 가야만 된다는 법은 없었다.

나는 딸애 몫으로 사준 망원경을 꺼내어 초점을 맞추었다. 원미산은 금방 저만큼 앞으로 걸어와 있었다. 진달래는 망원경의 렌즈 속에서 흐드러지게 피어났고, 새순들이 돋아난 산자락은 푸른 융단처럼 부드러웠다. 그 다음에 그가 길어 온 약수를 한 컵 마시면 원미산에 들어갔다 나온 자나, 집에서 망원경으로 원미산을 살핀 자나 다를 게 없었다. 망원경으로 원미산을 보듯, 먼 곳에서 은자의 노래만 듣고 돌아온다면…….

마침내 나는 일요일 밤에 펼쳐질 미나 박의 마지막 무대를 놓치지 않겠다고 작정하였다. 〈검은 상처의 블루스〉를 다시 듣게 된다면 더 이상 바랄 게 없겠지만 미나 박의 레퍼토리가 어떤 건지는 짐작할 수 없었다. 미루어 추측하건대 그런 무대에서는 흘러간 가요가 아니겠느냐는 게 짐작의 전부였다.

그렇다 하더라도 내 귀가 괴로울 까닭은 없었다. 나는 이미 그런 노래들을 좋아하고 있었다. 얼마 전 택시에서 흘러나오는, 끝도 없이 이어지는 트롯 가요의 메들리가 그렇게 듣기 좋을 수가 없었다. 부천역에서 원미동까지 오는 동안만 듣고 말기에는 너무 아쉬웠다. 그래서 나는 택시 기사에게 노래 테이프의 제목까지 물어두었다. 아직까지 그 테이프를 구하지는 못했지만 구성지게 흘러나오는 옛 가요들이 어째서 술좌석마다 빠지지 않고 앙코르 되는지 이제는 확실하게 이해할 수 있었다.

새부천 나이트클럽은 의외로 이층에 있었다. 막연히 지하의 음습한 어둠을 상상하고 있었던 나는 입구의 화려하고 밝은 조명이 낯설고 겸연쩍었다. 안에서 들려오는 요란한 밴드 소리, 정확히 가려낼 수는 없지만 수많은 사람들이 어우러져 내는 소음들 때문에 나는 불현듯 내 집으로 돌아가고 싶어졌다.

이럴 줄도 모르고 아까 집 앞에서 지물포 주씨에게 좋은 데 간다고 대답했던 게 우스웠다. 가게 밖에 진열해 놓은 벽지들을 안으로 들이던 주씨가 늦은 시각의 외출이 놀랍다는 얼굴로 물었었다.

"어데 가십니꺼?"

봄철 장사가 꽤 재미있는 모양, 요샌 얼굴 보기 힘든 주씨였다. 한겨울만 빼고는 언제나 무릎까지 닿는 반바지 차림인 주씨의 이마에 땀이 번들거리고 있었다.

가죽 문을 밀치고 나오는 취객들의 이마에도 땀이 번뜩거리는 것을 나는 보았다. 계단을 내려가는 취객들의 어지러운 발자국 소리를 세고 있다가 나는 조심스럽게 가죽 문을 밀고 안으로 들어섰다.

기대했던 대로 홀 안은 한껏 어두웠다. 살그머니 들어온 탓인지 취흥이 도도한 홀 안의 사람들 가운데 나를 주목한 이는 한 사람도 없었다. 구석에 몸을 숨기고 서서 나는 무대를 쳐다보았다. 이제 막 여가수 한 사람이 스포트라이트를 받으며 등장하는 중이었다.

은자의 순서는 끝난 것인지, 지금 등장한 여가수가 바로 은자인지 나로서는 전혀 알 도리가 없었다. 내가 서 있는 자리에서 무대까지는 꽤 먼 거리였고, 색색의 조명은 여가수의 윤곽을 어지럽게 만들어놓기만 하였다. 짙은 화장과 늘어뜨린 머리는 여가수의 나이조차 어림할 수 없게 하였다. 이십오 년 전의 은자 얼굴이 어땠는가를 생각해 보려 애썼지만 내 머릿속은 캄캄하기만 하였다.

노래를 들으면 혹시 알아차릴 수도 있을 것 같아 나는 긴장 속에서 여가수의 입을 지켜보았다. 서서히 음악이 흘러나오기 시작하였다. 악단의 반주는 암울하였으며 느리고 장중하였다. 이제까지의 들떠 있던 무대 분위기는 일시에 사라지고 오직 무거운 빛깔의 음악만이 좌중을 사로잡았다.

그리고 탁 트인 음성의 노래가 여가수의 붉은 입술에서 흘러나오기 시작하였다.

"저 산은 내게 우지 마라, 우지 마라 하고 발아래 젖은 계곡 첩첩산중……"

가수의 깊고 그윽한 노랫소리가 홀의 구석구석으로 스며들면서 대신 악단의 반주는 점차 희미해져 갔다.

나는 자신도 모르게 한 걸음 앞으로 나가서 노래를 맞아들이고 있었다. 무언지 모를 아득한 느낌이 내 등허리를 훑어 내리고, 팔뚝으로 번개처럼 소름이 돋아났다. 나는 오싹 몸을 떨면서 또 한 걸음 앞으로 나갔다. 가수는 호흡을 한껏 조절하면서, 눈을 감은 채 노래를 이어가고 있었다.

"저 산은 내게 잊으라, 잊어버리라 하고 내 가슴을 쓸어내리네……"

가수의 목소리는 그윽하고도 깊었다.

거기까지 듣고 나서야 나는 비로소 저 노래를 예전부터 알고 있었다는 데 생각이 미쳤다. 분명 몇 번 들은 적이 있었다. 그랬음에도 전혀 처음 듣는 것처럼 나는 노래에 빠져 있었다. 아니, 노래가 나를 몰아대었다. 다른 생각을 할 틈도 없이 노래는 급류처럼 거세게 흘러 들이닥쳤다.

"아, 그러나 한 줄기 바람처럼 살다 가고파. 이 산 저 산 눈물 구름 몰고 다니는 떠도는 바람처럼……"

여가수의 목에 힘줄이 도드라지고 반주 또한 한껏 거세어졌다. 나는 훅, 숨을 들이마셨다. 어느 한순간 노래 속에서 큰오빠의 쓸쓸한 등이, 그의 지친 뒷모습이 내게로 다가왔다. 그 모습을 보지 않으려고 나는 눈을 감았다. 눈을 감으니까 속눈썹에 매달려 있던 한 방울의 눈물이 볼을 타고 흘러내렸다.

노래의 제목은 〈한계령〉이었다. 그러나 내가 알고 있었던 〈한계령〉과 지금 듣고 있는 〈한계령〉 사이에는 커다란 차이가 있었다. 노래를 듣기 위해 이곳에 왔다면 나는 정말 놀라운 노래를 듣고 있는 셈이었다. 무대 위에서 혼신의 힘을 다해 노래를 부르는 저 여가수가 은자 아닌 다른 사람일지라도 상관없는 일이었다.

나는 온몸으로 노래를 들었고 여가수는 한순간도 나를 놓아주지 않았다. 발밑으로, 땅 밑으로, 저 깊은 지하의 어딘가로 불꽃을 튕기는 전류가 자꾸 쏟아져 내리는 것 같았다. 질펀하게 취하여 흔들거리고 있는 테이블의 취객들을 나는 눈물 어린 시선으로 어루만졌다. 그들에게도 잊어버려야 할 시간들이, 한 줄기 바람처럼 살고 싶은 순간들이 있을 것이다. 어디 큰오빠뿐이겠는가. 나는 다시 한 번 목이 메었다. 그때, 나비넥타이의 사내가 내 앞을 가로막고 정중하게 고개를 숙였다.

"테이블로 안내해 드릴까요?"

웨이터의 말대로 나는 내가 앉아야 할 테이블이 어딘가를 생각했다. 그러고는 막막한 심정으로 뒤를 돌아다보았다. 뒤는, 내가 돌아본 그 뒤의 조명이 닿지 않는 컴컴한 공간일 뿐이었다. 아마도 거기에는 습기 차고 얼룩진 벽이 있을 것이다. 나는 웨이터에게 무언가를 말하려고 하였다. 하지만 아무런 말도 나오지 않았다.

"저 산은 내게 내려가라, 내려가라 하네. 지친 내 어깨를 떠미네……"

더듬거리고 있는 내 앞으로 〈한계령〉의 마지막 가사가 밀물처럼 몰려오고 있었다.

집에 돌아와서야 나는 내가 만난 그 여가수가 은자라는 것을 확신하였다. 넘어지고 또 넘어지고, 많이도 넘어져가며 그 애는 미나 박이 되었지 않은가. 울며 울며 산등성이를 타오르는 그 애, 잊어버리라고 달래는 봉우리, 지친 어깨를 떨구고 발아래 첩첩산중을 내려다보는 그 막막함을 노래 부른 자가 은자였다는 것을 그제야 깨달은 것이었다.

그날 밤, 나는 꿈속에서 노래를 만났다. 노래를 만나는 꿈을 꿀 수도 있다는 사실을 그 밤에 나는 처음 알았다. 노래 속에서 또한 나는 어두운 잿빛 하늘 아래의 황량한 산을 오르고 있는 한 무리의 사람들도 만났다. 그들은 모두 지쳐 있었고 제각기 무거운 짐 꾸러미를 어깨에 메고 있었다. 짐 꾸러미의 무게에 짓눌려 등은 휘어졌는데, 고갯마루는 가파르고 헤쳐야 할 잡목은 억세기만 하였다. 목을 축일 샘도 없고 다리를 쉴 수 있는 풀밭도 보이지 않는 거친 숲에서 그들은 오직 무거운 발자국만 앞으로 앞으로 옮길 뿐이었다.

그들 속에 나의 형제도 있었다. 큰오빠는 앞장을 섰고 오빠들은 뒤를 따랐다. 산봉우리를 향하여 한 걸음씩 옮길 때마다 두고 온 길은 잡초에 뒤섞여 자취도 없이 스러져버리곤 하였다. 그들을 기다려주는 것은 잡초에 뒤섞여 자취도 없이 스러져버리곤 하였다. 그들을 기다려주는 것은 잊어버리라는 산울림, 혹은 내려가라고 지친 어깨를 떠미는 한 줄기 바람일 것이다. 또 있다면 그것은 잿빛 하늘과 황토의 한 뼘 땅이 전부일 것이다. 그럼에도 등을 구부리고 짐 꾸러미를 멘 인간들을, 큰오빠까지도 한사코 봉우리를 향하여 무거운 발길을 옮겨놓고 있었다.

그리고 사흘이 지났다. 은자는 늦은 아침, 다시 쉰 목소리로 내게 나타났다.

"전라도 말을 해서 너 참 싸가지 없더라. 진짜 안 와버리대?"

고향의 표지판답게 그녀는 별 수 없이 전라도 말로 나의 무심함을 질타하였다. 일요일 밤에 새부천 클럽으로 찾아갔다는 말은 하지 않은 채 나는 그냥 웃어버렸다. 물론 〈한계령〉을 부른 가수가 바로 너 아니었냐는 물음도 하지 않았다.

"내가 지금 바쁜 몸만 아니면 당장 쫓아가서 한바탕 퍼부어 주겠지만 그럴 수도 없으니, 어쨌든 앞으로 서울 나올 일 있으면 우리 카페로 와. 신사동 로터리 바로 앞이니까 찾기도 쉬워. 일주일 후에 오픈할 거야. 이름도 정했어. 작가 선생 마음에 들는지 모르겠다. '좋은 나라'라고 지었는데, 네가 못마땅해해도 할 수 없어. 벌써 간판까지 달았는걸 뭐."

좋은 나라로 찾아와. 잊지 마라. 좋은 나라. 은자는 거듭 다짐하며 전화를 끊었다. 그녀가 카페 이름을 '좋은 나라'로 지은 것에 대해 나는 조금도 못마땅하지 않았다. 얼마나 좋은 이름인가. 다만 내가 그 좋은 나라를 찾아갈 수 있을는지, 아니 좋은 나라 속에 들어가 만날 수 있게 되는지 그것이 불확실할 뿐이었다.

고도를 기다리며

김영현

1995년 경남 창녕 출생.
서울대학교 철학과 졸업.
1984년 《창비신작소설집》에 〈깊은 강은 멀리 흐른다〉 발표.
시집 《겨울바다》,
소설집 《깊은 강을 멀리 흐른다》《해남 가는 길》
《그리고 아무 말도 하지 않았다》,
장편 《풋사랑》 등.
한국창작문학상 수상.

고도를 기다리며

은기가 이곳 야전 병원으로 후송을 온 것은 가을이 마악 끝나갈 무렵이었다. 그 즈음 백오십오 미리 야전 포대에서는 월동 준비가 한창이었다. 산더미같이 쌓아놓은 싸리나무 잎사귀를 털어 빗자루를 만들고, 곧 들이닥칠 폭설에 대비하여 밀대와 단가를 짜고, 부식트럭 꽁무니에 잔뜩 싣고 온 무와 배추를 다듬어 김장을 하고, 도로 보수 공사, 난로 정비, 차량 정비 따위로 하루 종일 쉴 새 없이 뛰어 다니다가 밤이 되면 파김치가 된 몸으로 오들오들 떨면서 야간 보초를 서러 나가야 했다.

겨울이 오고 있는 밤하늘에는 푸른 별들이 등불처럼 떠 있었는데 그러다가 곧 흰 눈이 내리기 시작하는 것이었다. 강원도의 가을은 언제나 코끝에 싸하게 왔다 하면 어느 틈엔가 꼬리를 감추어버리는 것이었다.

그런 떠들썩한 일들을 남겨두고 후송을 떠나게 된 은기는 아침부터 부지런히 따블백을 정리하고 행정실로 가서 간단한 신고식을 한 다음, 읍으로 나가는 부식 차를 얻어 탔다.

아침 열 시경, 부식 차 꽁무니에 실려 떠나는 그를 향해 삽을 메고 사역을 나가는 동료들이 손을 흔들어주었다. 아침의 차가운 공기 속에다 그들은 마치 건강한 수말들처럼 허연 입김을 토해 내고 있었다.

"홍 상병! 씨팔, 군대 생활 확 풀렸다, 풀렸어!"

같은 내무반 고참인 박 병장이 사람 좋게 웃으면서 소리쳤다.

"나가거든 우리 영자한테 안부나 전해 주슈!"

누군가의 외침에 모두 철없는 아이들처럼 일제히 웃음을 터뜨렸다.

차가 위병소를 벗어나자 뒤로 적갈색 잎사귀들이 뒤덮고 있는 강원도의 산이 시야 가득히 들어왔다. 수많은 말들이 달리는 잔등처럼 산은 끊임없이 이어져 달리고 있었다. 이제 그 위로 곧 눈이 켜켜이 내릴 것이다. 비포장도로라 차가 몹시 들까불어 대기 시작했다.

그가 후송을 가게 되었다니 제일 좋아했던 사람은 포대장 안 대위였다. 그렇지 않아도 매주 보안대로 동향 보고를 올리는 일 때문에 골치가 아팠거니와 어떤 때는 자신이 직접 불려가서 이런저런 물음에 대답하지 않으면 안 되었던 것이다. 그럴 때는 자기가 그런 꼴을 당해야 한다는 사실이 억울하기도 했지만 그럴수록 공연히 은기에 대해 알 수 없는 증오감이 가슴속을 꼬여들게 하곤 했었다.

그래서 은기가 간염 증세를 보인다는 사실을 의무대 군의관인 강 중위에게서 듣고는 간부 회의에서 한사코 그의 후송을 주장했던 것이다.

"간염이 뭡니까? 일종의 전염병이지 않습니까? 그를 그대로 내버려두면 내무반 아이들이, 아니 우리 대대 아이들 전체가 전염되고 말 것입니다."

그는 막사 바로 옆에 폭탄이라도 떨어진 것처럼 심각하고도 부산한 목소리로 마치 웅변이라도 하듯이 떠들어대었다. 이 기회에 은기를 자기 곁에서 털어내 버리고 싶은 그의 심정이 얼굴에 노골적으로 드러나 있었는데 사실 그런 심정은 대대장인 박 중령도 마찬가지였다.

"그럼, 강 중위가 알아서 처리해."

그는 그것을 다시 군의관인 강 중위에게 슬쩍 미루었고, 강 중위는 자기로서는 별로 이렇다 할 만한 주장이 없었기 때문에 그 날짜로 은기의 후송을 결정해 버렸다.

읍에 도착하자 부식 차가 더 이상 가지 않았기 때문에 은기는 버스를 타고 혼자서 그 야전 병원을 찾아가지 않으면 안 되었다.

대부분의 생계를 군인들의 호주머니에 기대고 있는 읍은 초겨울의 을씨년스러운 분위기에 잠겨 있었다. 싸구려 영화 벽보가 덕지덕지 붙어 있는 다방 앞에 야전잠바를 걸친 사병 몇이 담배를 피우며 어슬렁거리는 것이 보였다. 청색으로 썬팅이 되어 있는 창문을 뚫고 비죽이 나와 있는 연통에서는 엷고 푸른 연기가 피어 나오고 있었다.

은기는 신병 때처럼 따블백을 어깨에다 메고 터벅터벅 걸어서 다시 시외버스를 타고 반나절을 달렸다. 승객들이 몇 안 되어 텅텅 빈 버스에는 크게 틀어놓은 카스테레오 소리만 끊임없이 왕왕거려 대고 있었다.

반쯤 졸다가 눈을 떠보니 '죽포면'이라는 팻말이 보였다. 버스에서 내려 강 중위가 그려준 약도를 보고 또 십여 분을 걸어갔다. 먼지가 풀풀 이는 길가 언저리에 몇 개 남지 않은 코스모스들이 비누방울처럼 떠 있었다.

더 이상 약도를 볼 필요도 없이 면 소재지의 맨 오른쪽 끝에 자리 잡고 있는 야전 병원은 금세 눈에 띄었다. 잎새가 다 져 흰 뼈만 앙상하게 남아 있는 미루나무들이 울타리처럼 둘러서 있는 아래쪽에 흰색 건물들이 별로 크지 않은 형태로 옹기종기 엎드려 있었다. 때까치들이 한 무리 그 옆 들 쪽으로 날아다녔다. 눈이 시리게 푸른 하늘 위를 스치는 싸한 바람이 부대 앞에 높이 걸려 있는 깃발을 소리 나게 물어뜯고 있었다.

오늘 안으로만 도착하면 되니까 아직 시간이 많이 남아 있는 셈이었다. 은기는 잠시 어떻게 할까 망설이다가 달리 뭉그적거리고 있을 거리가 없었으므로 그대로 병원 쪽을 향해 터벅터벅 발걸음을 옮겼다.

위병소를 통과해 인사과가 있는 행정실로 들어가자, 행정실은 텅텅 비어 있었다. 대여섯 개의 철제 책상이 가지런히 놓여져 있는 그 방구석에는 또 대여섯 개의 캐비닛이 벽 쪽에 붙어 있었고, 그 가운데에 약간 조잡스러운 필체의 붓글씨로 '인화 단결'이라고 쓰인 액자가 걸려 있었다. 사람이 없는 사무실은 이상하도록 썰렁하고 괴기한 느낌마저 주었다.

은기는 따블백을 내려놓고 잠시 나무 의자에 엉덩이를 걸치고 앉아 있다가 아무도 없는 곳에서 혼자 기다리고 있기도 무료하여 문밖으로 나왔다. 한쪽 막사 옆에 두세 명의 사병들이 쓰레기를 태우고 있었는데 그 연기가 바람에 흩어져 막사 주변에 하얗게 깔리고 있었다.

"뭡니까?"

그때, 누가 옆에서 걸어 나오면서 말을 걸었다. 턱이 툭 불거져 나와 한눈에 좀 뻔뻔스럽게 보이는 일병 계급장을 단 친구였다. 그는 상병 계급장을 단 은기의 아래위를 한꺼번에 훑어보았다. 그의 훑어보는 눈초리는 괜히 사람을 발가벗겨 놓고 있는 듯한 기분이 들게 만들었다.

"후송 왔는데요. 연락 못 받았습니까?"

은기는 조심스럽게 그러나 약간 위엄을 갖춘 목소리로 말했다.

"후송이라구요?"

그는 다시 한 번 은기의 아래위를 훑어보면서 되물었다. 멀쩡한 놈이
또 무슨 꾀병이라도 부리고 있나 하는 표정이었다. 그러고는 따라오라
는 말도 없이 행정실 안으로 들어갔다. 은기는 그의 뒤를 놓칠세라 바
싹 따라 들어갔다.

"병역 카드 좀 봅시다."

그의 파일이 꽂혀 있는 작은 철제 책상 앞에 앉아서 거드름을 피우면
서 말했다. 일병인 주제에 마치 병원장이라도 되는 것처럼 구는 꼴에
은기는 은근히 기분이 상했지만 남의 부대에 온 이상 어쩔 수가 없는
노릇이었다.

은기가 준 병역카드를 그는 눈썹 사이에 잔뜩 주름을 잡으며 훑어보
았다.

"삼팔공 포병 대대라. 그래, 대포는 쏠 줄 아우?"

그는 무슨 생각을 했는지 그렇게 묻고 나서 혼자 낄낄거리는 것이었
다. 은기는 이번에는 진짜 화가 나서 아무 대답도 않고 그를 노려보았
다. 은기의 화난 눈초리에 그는 비로소 웃음을 거두며 말했다.

"됐어요. 그냥 해본 소리예요. 인사 장교님이 지금 외출중이시니까
이건 여기다 놔두고 우선 날 따라와서 입실 절차부터 받으세요. 나바론
의 대포가 생각나서 말해 본 것뿐이에요. 정말이에요."

그는 횡설수설 변명 삼아 말하면서 앞장서서 나갔다. 은기는 다시 그
의 뒤를 줄레줄레 따라 나가며 언제 기회가 오면 본때를 한번 보여주어
야겠다고 생각했다.

그는 창고 같은 곳으로 은기를 데려가더니 자대에서 가져 온 따블백
을 보관시키고 칸막이가 된 선반에서 환자용 가운과 간단한 개인 용품
을 꺼내 지급해 주었다. 작업복을 벗고 통이 헐렁한 면바지와 잠옷 같
은 푸른 줄무늬의 환자용 가운을 걸치자 갑자기 자기 자신이 다른 사람

으로 변해 버린 느낌이 들었다.

"어떻소, 기분이? 나는 솔직히 말하면 당신같이 멀쩡한 사람들이 이곳으로 오는 걸 볼 때마다 화가 나서 견딜 수가 없단 말이오."

그런 그를 보고 일병은 빈정대듯이 말했다.

"너무 화는 내지 마시오. 건강에 안 좋으니까. 억울하면 김 일병도 전방 포병 부대로 전입 보내달라고 탄원을 내면 될 거 아니오."

은기는 약간 여유가 생기자 비로소 쏘아주었다. 후방 병원에서 빈들거리는 놈이 무슨 놈의 불만은 그렇게도 많은가. 은기가 비꼬듯이 '김 일병'이라고 부른 것은 그의 명찰에 김희철이라 박혀 있었기 때문이기도 했지만 그렇게 부름으로 해서 그 자신의 위치를 확인시켜 주고 싶은 마음도 있었기 때문이다.

"차라리 그게 나을지도 모르지요. 남들은 우릴 편하다 생각할지 모르지만 시어머니들이 어디 한둘입니까? 심지어는 환자들까지 시어머니 노릇을 하려고 하니, 원."

그는 여전히 불평스럽게 혀를 차댔다.

그러고 나서 그는 다시 앞장서서 걸어 나갔다.

"미리 이야기해 두지만 여기 야전 병원에는 온갖 사기꾼 같은 놈들이 다 모인다우. 진짜 아파서 오는 놈들은 손가락으로 꼽을 수 있을 정도지요. 당신도 조심하는 게 좋을 거요."

그는 앞에서 걸어가며 혼잣소리처럼 말했는데 은기는 그의 소리를 건성으로만 들으며 새로운 세계에 온 사람 특유의 호기심으로 병원 이곳저곳을 유심히 살펴보았다.

방금 들어갔던 행정실 앞에는 조그만 연병장이 있었고, 그 건너편에는 기간병 막사로 보이는 회색빛 가건물이 보였다. 그리고 행정실을 사이에 두고 반대편에 별로 크지 않은 시멘트 건물이 보였는데 그곳이 바로 병동이었다. 병동 바로 옆에는 마치 군더더기처럼 또 작은 건물이 하나 서 있었는데 그곳은 환자용 식당이었다.

건물 주변에는 쇠막대로 작은 아치처럼 둥글게 울타리를 한 화단이 가꾸어져 있었다. 그곳에는 이제 막 끝물에 접어든 과꽃 종류의 꽃들이 만지면 금세 바스라질 것처럼 말라서 바람이 부는 대로 건들거리고 있었다.

병동 가까이 가자 햇빛이 드는 벽 쪽에 한 무리의 사람들이 서서 담배를 피우거나 잡담을 나누거나 하고 있었다. 가운을 걸치고 그렇게 서 있거나 앉아 있는 사람들은 바로 이 병원의 환자들이었는데 그들은 운동 나온 죄수들처럼 창백하고 후줄근하게 느껴졌다.

해바라기를 하고 있던 그들은 때마침 그쪽으로 걸어오고 있는 은기를 마치 먹이를 발견한 고양이 같은 눈으로 쳐다보았다. 그들이 던지는 시선의 그물에 걸리자 은기는 자기도 모르게 얼굴이 약간 달아올랐다. 그는 자기 자신의 시선을 어디에 두어야 할지 몰라 앞에 걸어가는 김 일병의 뒷머리 꼭지에다 던져두었다. 모자를 눌러 쓴 그의 뒷머리는 이발을 한 지 얼마 안 되는지 짧게 잘 다듬어져 있었다.

병실로 들어서자 밝은 곳에서 온 탓인지 눈앞이 갑자기 캄캄해졌다. 약품 냄새와 함께 다소 서늘한 기운이 코끝에 와서 닿았다. 눈이 익어 가자 양편으로 철 침대들이 늘어서 있는 내부의 모습이 한눈에 들어왔다. 양편으로 가지런히 놓여져 있는 서른여 개의 침대 위에는 하얗고 두툼한 시트가 깔려 있었고 그 위에는 쑥색 군용 모포가 끝선이 가지런하게 덮여 있었다.

문과 가까운 한쪽에는 시트가 깔려 있지 않은 딱딱한 나무 침상도 몇 개 있었는데 그것은 나중에 알았지만 디스크 환자용 침대였다. 그들은 다른 환자들처럼 돌아다니는 것이 금지되어 있었기 때문에 하루 종일

미라처럼 누워 있었다.

비어 있는 침대 군데군데에는 링거병을 꽂고 누워 있는 사람도 있었고, 그저 게으름을 부리느라 빈둥거리고 있는 것이 틀림없을 사람들도 보였다. 그들 역시 이 새로운 전입자에 대해 뻔뻔스러울 정도로 빤히 쳐다보면서 호기심을 드러내었다.

병실 끝에는 허리 위부터 유리로 칸막이를 해놓아 밖에서 안이 훤히 들여다보이는 간호실이 있었는데 김 일병은 은기를 먼저 그곳으로 데리고 갔다.

약품장이 늘어서 있고 작은 전기난로가 발갛게 켜져 있는 간호실에는 간호장교로 보이는 여자 한 명이 책상에 앉아 무언가를 열심히 정리하고 있는 중이었다. 하얀 간호복 위에 자주색 재킷을 걸치고 캡을 쓴 그녀는 그들이 들어오는 것을 미처 깨닫지 못했던지 깜짝 놀란 표정으로 고개를 들었다.

"아니, 노크도 없이 들어와요?"

그녀는 화가 잔뜩 난 목소리로 말했다. 스물다섯쯤이나 되었을까. 둥근 얼굴에 주근깨가 많이 박혀 있고, 아랫입술이 약간 두툼한 그리 매력적인 느낌을 주지는 못하는 여자였다.

"죄, 죄송합니다."

느닷없는 일침에 김 일병은 어쩔 줄 몰라 하는 표정이 되어 말했다. 새로 온 환자 앞에서 더구나 여자에게 창피를 당했다는 사실이 그의 자존심을 형편없이 구겨놓았다.

"아무도 없는 줄 알고……."

그는 아무렇게나 생각나는 대로 변명을 하였다.

"흥, 아무도 없으면 제멋대로 들락날락거리겠다는 투로군요. 도대체 이 병원 기간병들은 전부가 제멋대로야."

그녀는 여전히 화가 풀리지 않은 눈으로 그를 올려다보며 말했다.

"죄송합니다."

그는 얼굴이 빨갛게 되어 대답했다. 그제야 그녀는 그의 뒤에 불구경하듯이 우두커니 서 있는 은기를 발견하였다.

"새로 온 환잡니다."

김 일병은 빠져나갈 구멍을 발견한 사람처럼 재빨리 옆으로 물러서며 은기를 가리켰다. 은기는 이 경우에 정식으로 거수경례를 하여야 할지 어쩔지를 몰라 잠시 바보 같은 표정을 지을 수밖에 없었다. 자주색 재킷 어깨 위에 놓인 중위 계급장이 무슨 장식처럼 반짝거렸다.

"행정실엔 들렀나요?"

"예."

은기가 미처 대답하기도 전에 김 일병이 대신 대답을 해주었다.

"병명이 뭐죠?"

"예, 간염입니다."

은기는 그제야 자신이 직접 대답을 하였다. 약간 긴장된 그의 목소리는 무뚝뚝하고 사무적으로 들렸다.

"간염?"

그녀는 하마터면 웃음을 터뜨려버렸을 것만 같은 표정이 되어 말했다. 그러나 곧 일부러 짜증스런 표정을 지어 보이며 말했다.

"간염 환자가 왜 여기로 왔죠?"

그거야 나도 모르는 일이지 않습니까. 은기는 그렇게 쏘아주려다가 참고 서 있었다.

"간염 환자는 막 바로 통합병원으로 보내게 되어 있는데."

그녀는 마치 설명이라도 해주듯이 혼자 중얼거렸다.

"또 어떤 명텅구리가 사무 착오를 일으킨 모양이군. 이런 일들이 계속 생기니 하루 종일 보고서 쓰는 일에만 시간을 다 빼앗기고 말지."

그녀는 그렇게 혼자 투덜거리더니 책상 서랍 속에서 종이를 한 장 꺼내어 주었다.

"어차피 여기로 온 이상 어쩔 수가 없죠. 이것 작성하고 저쪽 맨 끝 침상 보이죠?"

그녀는 유리 칸막이 너머를 볼펜 뒤끝으로 가리키며 말했다.

"그곳으로 배정해 줘요. 저녁에 군의관님한테 보고 드리는 것 잊지 말고."

그런 다음 그녀는 다시 은기에게 시선을 던졌다. 그녀의 갈색 눈과 부딪치자 은기는 괜히 얼굴이 또 붉어졌다. 어디서 본 듯도 한 얼굴이었는데 아마 그것은 그녀가 별다른 구석 없이 평범하게 생긴 탓이었는지도 몰랐다.

그녀는 다시 머리를 숙여 아까 하던 일을 계속하기 시작했다. 캡 아래로 흘러내린 머리카락이 희고 반듯한 이마를 반쯤 가리고 있었다.

"내 참 드러워서. 딴에 장교라고 함부로 말해 대는 꼴이라니. 알고 보면 보통 걸레가 아니랍니다. 들리는 소문으로는 군의관들 중에서 한 번쯤 저 여자를 안아보지 않은 사람이 없다니까요."

간호실을 나와 어느 정도 거리가 떨어지자 김 일병은 형편없이 구겨진 자존심을 챙기느라고 야비한 말들을 함부로 늘어놓기 시작했다. 그러나 여자 구경하기가 하늘의 별 따기만큼이나 어려운 전방 생활을 하다가 온 은기에게는 여자를 본 것만으로도 즐거웠는 데다 방금 본 그녀의 갈색 눈은 마치 아련한 추억의 그림자 같은 느낌을 던져주고 있었기 때문에 그의 말이 별로 신통하게 들리지 않았다.

"심지어는 환자들 사이에서도 군침을 흘리는 놈이 있다면 말 다했죠."

그는 디스크 환자용 침대 맞은편에 있는 맨 끝 침대에 이를 때까지
계속 화풀이 삼아 떠들어대고 있었다.

"이 자리요."

그는 턱으로 가리키며 말했다. 그러고 나서 침대 앞쪽에 붙어 있는
명패에다 계급과 소속 부대, 병명, 이름이 적혀 있는 마분지 종이를 끼
워 넣었다.

"신상명세서는 직접 써서 아까 그 간호실에다 갖다 주슈. 여기 생활
에 대해선 그동안 짠밥깨나 자셨으니까 눈치껏 알아서 하구. 군대 생활
풀렸지 뭐유. 안 그렇소?"

그는 그렇게 말해 놓고는 획 하니 가버렸다. 그래도 그 사이에 다소
얼굴이 익었다고 그가 가고 나자 갑자기 혼자 남아 있는 어색한 긴장
감이 가슴께를 파고들었다.

자, 이제 무슨 일부터 해야 할까. 하루 종일 오느라고 피로감이 물처
럼 밀려들었지만 그렇다고 함부로 침대에 벌렁 드러누울 형편은 아니
었다. 은기는 갑자기 막연한 생각이 들어 사방을 둘러보았다. 테두리가
녹색 페인트를 칠해 놓은 창문 너머로 식당의 굴뚝과 잎새가 다 떨어진
나뭇가지가 보였다.

"머저리 같은 새끼가 또 간호장교한테 당했나 보네."

그때 은기 바로 옆 침대에 누워 있던 사내가 재미있다는 듯이 낄낄거
리며 말을 걸어 왔다. 그는 지금껏 담요를 코끝까지 끌어당기고서 꼼짝
않고 누워 있었기 때문에 자고 있는 줄로만 알았었다.

눈썹이 이마 근처에 붙어 있는 다소 희극적으로 생긴 사내였다.

"주제를 모르고 글쎄 민 중위에게 편지를 보냈다나 뭐래나, 하여튼
속에 바람이 든 녀석이지요."

"민 중위가 누군데요?"

은기가 물었다.

"당신이 방금 보고 온 바로 그 간호장교지요. 이름은 민경숙이랍니다. 오, 사랑하는 민 중위님, 당신 없는 세상은 사막 없는 오아시스요, 비 내리는 달밤이라오."

그는 갑자기 두 손을 모아 잡고 목을 길게 뽑아서 마치 연극 대사라도 외우듯이 말하더니, "엿 먹어라! 짜식이 꼴에 자기 아버지 믿고 설쳐대는 모양이라니" 하고 방금 그가 나간 문짝을 향해 욕을 뱉었다.

"자기 아버지가 뭔데요?"

"믿을 바는 못 되지만 장군이라더군요."

"장군요?"

"틀림없는 거짓말일 겝니다."

그는 그렇게 말하고는 자리에서 벌떡 일어나 침대에서 뛰어내렸다. 하도 날렵한 동작이어서 환자라고는 전혀 믿어지지 않을 정도였다. 그 김 일병의 말대로 역시 이 자도 꾀병을 부리고 있는 것이 아닐까 하는 생각이 문득 들었다.

"그건 그렇고 우리 인사나 합시다."

그는 손을 내밀면서 말했다. 키가 은기보다 한 뼘은 컸다.

"홍은기라 합니다."

"난 마창수요. 그냥 마 병장이라 부르지요."

"병장이면 제대가 얼마 남지 않았겠군요?"

은기는 가만히 속으로 짠밥 수를 계산해 보며 물었다.

"제대요? 햐, 제대라니 실로 오래간만에 들어보는 말이군요. 나는 이제 그 단어조차 잊어버리고 있었을 정도니까. 올해가 몇 년도지요?"

"천구백구십일 년 겨울이지요."

"천구백구십일 년이라. 나는 옛날 계엄령 때에 이곳으로 왔어요. 그

러니까 자그마치 십 년이 가까워오고 있어요. 아시겠습니까? 십 년이
오."

　"그럴 리가……."

　"정말 그럴 리가 없는 일이 벌어진 거지요. 나도 그렇게 생각해요. 그
러나 세상에는 그럴 리가 없는 일들이 얼마나 많이 벌어지고 있습니
까? 어쨌든 나는 자대로 복귀해야 해요. 그래야 거기서 제대 수속을 밟
을 수 있으니까요. 그런데 어떻게 된 줄 아십니까? 이 자식들이 내 병
역 카드를 잃어버렸단 말입니다. 정말 믿기지 않는 일이지만 나는 지금
어디에도 있지 않은 사람이 되어버렸어요. 말하자면 어디에도 소속이
되지 않은 미아가 되어버린 셈이지요."

　"항의를 하지 그랬어요?"

　"물론 항의를 했지요. 이곳에서 나가는 친구를 통해 국방부에다 몰래
탄원서도 내고요. 하지만 아직까지 소식이 없지 않습니까. 이젠 나도
지쳐버렸어요."

　그는 체념하듯이 고개를 절레절레 저으며 말했다.

　"병은 다 나았습니까?"

　은기는 자기도 어떻게 될지 모른다는 생각이 들어 다소 걱정스럽게
물어보았다.

　"물론이죠. 나야 뭐 맹장 수술 받으러 온 것이니 병이랄 수도 없지요,
뭐. 그리고 나서는 계속 이렇게 대기 상태랍니다."

　"정말 안됐군요."

　은기는 동정이 간다는 표정으로 말했다.

　"세상이 많이 변했다면서요?"

　"나도 잘 모르겠소."

　"제기랄, 여기에는 신문도 들어오지 않으니 알 수가 있어야지."

그러면서 그는 갑자기 목소리를 낮추어 교활한 표정으로 말했다.

"그래도 소련이 망했다는 이야기는 들었소. 정말 어처구니없는 일이지, 그렇지 않소?"

"난 잘 모르겠소."

은기는 갑자기 사내가 조심스러워져서 얼굴 표정을 딱딱하게 굳히면서 말했다.

"걱정하지 마시오. 아무한테도 말하지 않을 테니까. 여기에도 가끔 사회주의자들이 들어온다오. 눈빛만 봐도 벌써 다르지요. 저기 굼벵이처럼 누워서 뒹굴고 있는 녀석 말이오."

그는 눈짓으로 건너편 디스크 환자용 침대 쪽을 가리켰다.

"저 끝에 누워 있는 녀석도 바로 그런 녀석이지요. 군대에 들어오기 전에 자기 말로는 노동 운동을 했다고 하는데 좀 의심스럽긴 하지만 그럴 수도 있을 거예요. 말하는 투가 그걸 설명해 주니까. 한때 우리 병실에서는 그와의 논쟁으로 뜨거웠던 적이 있었지요. 그러나 지금은 시들해졌어요."

"왜요?"

"소련이 졌으니까요."

그는 너무나 간단하게 설명해 버렸다.

"소련이 졌다? 그런데 그게 우리하고 무슨 상관이 있습니까? 우리에겐 우리들의 문제가 있지 않습니까? 소련의 관료들보다 더 나쁜 놈들이 우리들 머리 위에도 우글거리고 있어요."

"됐어요, 됐어. 당신은 내가 짐작했던 대로요. 역시 눈빛만 봐도 다르다니깐."

그는 묘하게 웃으면서 말했다. 은기는 자기의 속내를 자기도 모르게 드러내버린 것에 대해 아차, 싶었지만 쏟아놓은 물이니 어쩔 수가 없었다.

"어쨌든 마 병장의 말이 사실이라면 그건 보통 위법이 아니오. 내가 나갈 때라도 알아보겠소. 알아보는 방법이 있으니까."

"그래 주시겠습니까?"

그는 우스꽝스런 얼굴로 미소를 띠면서 말했다.

"그 대신 앞으로 서로 정치적인 이야기는 하지 맙시다."

"물론이지요. 어디에도 쥐새끼 같은 프락치들은 있으니까요."

그는 아무도 없는 옆을 괜히 한번 훑어보면서 낮고 조심스럽게 말했다. 진지하기도 했고 장난스럽기도 한 표정이었다. 그와 이야기를 나누고 있는데 조금 있다가 저녁 식사 시간을 알리는 벨 소리가 울렸다.

"자, 우리 식사나 하러 갑시다. 그래도 병원 밥이라고 전방보다는 좀 나을 거요. 매끼마다 계란에다 우유까지 나오니까요."

"여기 환자는 모두 몇 명이나 됩니까?"

"많을 때는 서른 명 가까이 되지만 지금은 많이 줄었어요. 한 스무 남은 명이나 될까?"

그들이 그런 대화를 하며 식당으로 통하는 옆문을 향해 막 나가려는 참에 간호실에서 부르는 소리가 들렸다. 민 중위 그녀였다.

"가보시우."

마 병장은 눈을 꿈쩍하면서 헤헤거리고 웃었다.

"남자 여자란 국경이 없다, 사랑에 무슨 계급이 있겠수. 저런 여자 하나 꿰어 차도 괜찮을 거요."

그는 은기 뒤통수에다 대고 계속 부러움인지 야유인지 모를 소리를 늘어놓고 있더니 식당으로 천천히 걸어가 버렸다. 마 병장의 말이 아니더라도 은기는 간호장교가 자기를 불러주는 것만으로도 다소 기분이 들떠서 빠른 걸음으로 간호실로 걸어갔다. 그러나 민 중위의 표정은 기대와는 정반대로 쌀쌀하기 짝이 없었다.

"간염 환자는 원칙적으로 식사를 따로 하게 되어 있어요. 식기와 수저도 반드시 자기 것만 써야 돼요. 아시겠어요? 식사가 끝나면 식기와 수저를 깨끗이 씻어 말린 다음 침대 아래에다 넣어두세요. 이상이에요."

그녀는 극히 사무적으로 빠르게 말한 다음 됐다는 투로 또다시 아까 하던 일을 계속하였다. 장부에다 깨알 같은 글씨로 무슨 숫자를 기입하는 일이었는데 그런 일을 하다 보면 짜증이 날 만도 하겠다는 생각이 들었다.

"저어, 간호장교님은 식사를 하지 않으세요?"

은기는 그냥 나오기가 뭐하여 나지막하게 더듬거리며 쓸데없이 말을 걸어보았다.

"근무 교대가 올 때까지 이 일을 다 마쳐야 해요."

그녀는 별 싱거운 녀석도 다 있다는 표정으로 고개를 들지 않고 무뚝뚝하게 말했다. 은기는 약간 어색한 느낌도 들었지만 그럴수록 터무니없이 더 뭉그적거려 보고 싶은 생각이 들었다.

"저는 앞으로 어떻게 되는 거죠?"

은기는 과장되게 멍청한 표정을 지으면서 말했다. 마치 난 아무것도 모르는 놈이에요, 하는 표정이었다.

"지금 난 그걸 설명해 줄 시간이 없어요, 아시겠어요? 일단 저녁을 먹고, 다음 근무자에게 물어보세요."

그녀는 화가 난 눈으로 그를 쏘아보며 말했다. 은기는 그 순간을 놓치지 않고 그녀의 시선 끝을 자신의 시선으로 꽉 붙잡았다. 그의 강한 시선에 느닷없이 걸려든 그녀의 시선은 거미줄에 걸린 나비처럼 버둥거렸다. 극히 짧은 순간이었지만 그것으로 충분한 순간이 지나갔다. 잠시 그렇게 있다가 그녀는 시선을 거두면서 말했다.

"어쨌든 지금은 시간이 없어요."

"알겠습니다. 다음에 또 뵙죠."

은기는 그 정도만으로도 기분이 좋아져서 공손히 인사를 하고는 간호실을 빠져나왔다.

이곳에 온 지 얼마 되지 않은 시간이었지만 은기는 자신도 모르게 조금씩 변해 가고 있다는 느낌이 들었다. 한편으로 생각하면 혼란스러웠으나 무언지 모르게 가슴 밑바닥부터 근질거려서 견딜 수가 없는 기분이었다. 자신이 생각해도 처음 보는 간호장교에게 그따위 쓸데없는 수작을 하며 너스레를 떤 일이 믿어지지 않을 정도였다.

어쨌든 반짝이는 다이아를 두 개씩이나 어깨에 단 젊은 여자 장교에게 가까이서 말을 걸어보았다는 사실만은 감격스런 일임에 틀림없었다.

첫날의 다소 그런 어수선했던 때를 지나고 나자 은기는 곧 야전 병원이란 게 하루 종일 하는 일 없이 고무줄처럼 늘어져 있는 곳이란 걸 깨닫게 되었다. 아침과 저녁 점호, 그리고 아침 열 시 무렵에 도는 회진을 제하고 나면 아무도 간섭하는 사람이 없었다.

점호도 그저 누워 있거나 앉아 있거나 하면 머릿수나 세어가는 정도에 지나지 않았다. 침상 끝에 일렬로 서서 주번 사관의 호령에 따라 꼴아 박아, 뒤로 취침, 집합 등으로 한동안 난리를 치러야 했던 자대 시절의 점호에 비하면 그야말로 놀고먹는 셈이었다.

다만 회진 때만은 약간 긴장이 되지 않을 수 없었는데 그때는 서너 명의 군의관과 간호장교들이 마치 사열이나 하듯이 지나가면서 환자의 병세를 묻고 기록하고 또 간단히 치료까지 하는 것이었다.

그때는 환자들이 자기의 아픈 부위를 침대 끝에서 볼 수 있도록 드러내 보이지 않으면 안 되었다. 배에 수술한 환자는 배 부분을 드러내고 앉아 있어야 했고, 목 안을 수술한 환자는 목 안이 훤히 보일 수 있도록 입을 커다랗게 벌리고 있지 않으면 안 되었다.

가장 우스꽝스런 것은 치질 환자의 경우였는데 똥구멍이 침대 끝에서 보일 수 있도록 엉덩이를 까고 엎드려 있어야 했기 때문이다. 그런 환자 앞을 지날 때 풋내기 간호장교들은 얼굴이 빨개져서 딴 곳을 보는 시늉을 하였다.

매일 하는 그런 일반 회진 외에 한 달에 한 번씩 이곳 야전 병원의 원장과 부원장이 순찰차 나타나는 특별 회진이 있었는데 그때야말로 병실 안은 오래간만에 특별한 긴장감이 감돌았다. 그때는 원장과 부원장 뒤에 각 부서 군의관과 간호장교들이 뒤따랐고, 심지어는 의무병까지 붙어서 떠들썩한 대열을 이루었다. 그들이 침대 사이 복도를 지나가는 동안 환자들은 큰소리로 관등 성명과 병명을 커다란 소리로 외치지 않으면 안 되었다.

은기가 이곳에 온 지 얼마 되지 않아서 그 특별 회진이 있었는데 그날은 원장이 나타나지 않고 대신 부원장이 순찰 책임자가 되었다.

"마창수 일병!"

그들이 마 병장의 침상에 이르렀을 때였다. 부원장은 뜻밖에도 그를 마창수 병장 하고 부르는 대신 마창수 일병 하고 불렀다. 마 병장은 아무런 대답도 하지 않고 약간 불만스런 표정으로 앉아 있었다. 그런 그를 부원장은 능글스러운 표정으로 쳐다보았다.

"자네는 원대 복귀할 준비를 하게. 자네 같은 친구를 이곳에 수용하고 있을 이유가 없어."

그는 군복 위에 흰 가운을 입고 철 이르게 방한모를 쓰고 있었다. 그는 키가 작고 뚱뚱해서 마치 공처럼 생긴 사내였는데 가늘게 찡그리고 있는 그의 눈에는 노골적으로 경멸하는 웃음이 떠올랐다.

마 병장은 그런 모욕을 어떻게든 넘겨야 한다는 표정으로 시선을 고정한 채 입술을 꼭 다물고 있었다. 그의 표정으로는 당신이 무슨 소리를 하든지 나는 상관하지 않겠다는 투 같기도 했고, 폭발 직전까지 화가 나 있는 것 같기도 했다.

"세상에는 열외라는 게 없어, 알겠는가? 미친 척 헛소리를 하지만 너는 정상이야, 정상이라고. 뇌파 검사 결과를 속일 수는 없어. 멀쩡한 놈이 여기서 빈둥거리고 있을 이유가 없지, 안 그런가?"

그는 전방을 향해 시선이 고정된 채 딱딱한 표정으로 앉아 있는 마 병장의 얼굴을 재미있다는 듯이 뜯어보면서 말했다.

"돼지 같은 새끼."

그들이 가고 나자 마 병장은 아무 일도 없었다는 것처럼 능청스럽게 욕을 뱉었다. 그의 표정으로 봐서 그런 일이 한두 번 있는 게 아닌 듯싶었다.

"하긴 내가 이곳에 처음 올 땐 일병 계급장을 달았으니 그럴 만도 하지요. 하지만 난 저 자식보다도 먼저 이곳에 왔어요. 병원 짬밥으로 치자면 자기네들 할아버지하고나 맞먹을걸."

그는 침대에 턱을 괴고 누워서 말했다. 은기는 침상에 걸터앉아서 그의 말을 들으며 어디까지 믿어도 될까 하고 속으로 계산을 해보았다.

"원대 복귀하면 금방 제대할 텐데 잘됐지 뭡니까?"

"원대 복귀요?"

그는 화가 난 눈초리로 은기 쪽을 한번 쳐다보면서 말했다.

"그 소린 벌써 귀에 딱지가 앉을 정도로 들었소. 자기들 책임을 면해보려고 하는 수작이지. 나는 계엄령 시절에 이곳에 왔소. 그러고도 원대 복귀하라고? 미친 새끼들."

그는 자리에서 벌떡 일어나 앉으며 말했다.

"내가 멀쩡하다면 왜 매일 이런 약을 줍니까?"

그는 침대 소파를 들추어내더니 정말 흰색과 분홍색으로 된 알약을 꺼내어 보였다. 그의 손바닥에 한 주먹이나 될 정도의 양이었다.

"이건 기억력을 감퇴시키는 약이 틀림없어요. 그러나 내가 모를 줄 아세요? 날더러 일병, 일병 하는 놈이 있으면 모가지를 비틀어놓겠어요. 병장을 달아도 열 번은 더 달았을 군번인데."

"군번이 얼만데요?"

은기는 재빨리 물어보았다. 그러자 그는 머뭇거리면서 말했다.

"난 특수 부대 소속이오. 함부로 가르쳐줄 수 없소."

그는 그렇게 대답하고 나서 다소 찜찜했던지 큰소리로, "날 믿든 안 믿든 당신의 자유요. 어차피 남들이 믿어주든 안 믿어주든 내가 달라질 건 없을 테니까" 하고 말했다. 그런 다음 그는 고개를 숙이고서 말할 수 없이 쓸쓸한 표정을 지었는데 그 순간 은기는 그동안 잊고 있었던 어떤 비애 같은 게 가슴속을 아프게 파고드는 것을 느꼈다.

마 병장의 말을 전적으로 믿을 바는 아니었지만 그 후 은기가 있을 동안까지는 원대 복귀를 하지 않았던 것은 틀림없었다.

십일월로 접어들자 눈이 내리기 시작했다. 환자들은 스팀이 들어오는 병실에서 창문으로 고개를 내밀고 아이들처럼 낄낄거리며 눈 내리는 풍경을 구경했다. 하늘에서 내려오는 눈은 극히 단순한 운동을 하고 있었지만 세상의 모양을 한꺼번에 바꾸어놓았다.

"말 마시오. 눈이라면 참말로 지긋지긋해요. 여기 있는 사람 중에 운전병 출신 있소?"

얼굴이 가무잡잡하게 생긴 사내가 별로 지긋지긋하지 않은 표정으로 말했다. 아무도 대답하는 사람이 없자 그는 계속해서 말했다.

"동계 훈련 땐데 내가 몰고 가던 트럭이 그만 눈구덩이에 빠져버렸지 뭡니까. 부식 운반하던 차였어요. 내가 가지 않으면 우리 부대원 전체가 쫄쫄 굶고 있지 않으면 안 될 판이었지요. 햐, 그때 날은 어두워오지……."

"제발, 좀 조용히 하고 눈 구경 좀 합시다."

누가 그의 말허리를 자르며 면박을 주듯이 말했다.

"씨팔, 내가 눈을 막고 있소, 코로 막고 있소? 애인 생각나거든 변소간에나 갔다 오슈."

그는 이야기가 도중에 잘리자 기분이 상하여 말했다.

"이 자식이? 아무리 계급 없는 병원이라 하지만 난 명색이 하사야. 함부로 주둥아릴 놀리면 골통으로 빠개버리겠어."

눈이 가느다랗고 얼굴이 전체적으로 사각형으로 생긴 사내가 이빨을 으르렁거리며 말했다.

"정말, 잘났군, 잘났어. 하사 양반인 줄 미처 몰라 뵈어 죄송합니다. 에이 씨팔, 짠밥도 몇 그릇 안 먹은 개하사가 어따 대고 호통이야, 호통은."

"이 자식이 정말?"

눈이 가느다랗게 생긴 하사가 창문에서 몸을 떼고 작은 눈을 부라리며 말했다. 그는 왼쪽 다리에 깁스를 하고 있었는데 겨드랑이에 끼고 있던 목발을 금세라도 휘둘러댈 기세였다.

"그만들 두시우. 여기 있다 영창 가면 둘 다 손해요. 눈도 내리고 하니, 모두 기분이 뒤숭숭한 모양인데 우리 술이나 한잔헙시다."

마 병장이 나서서 말렸다. 술이란 소리에 모두 눈이 번쩍 뜨였다. 환자들에겐 술이 엄격히 금지되어 있었기 때문이다.

마 병장은 싱긋 웃으며 자기 침대께로 가더니 시트를 뒤적여 국산 양주병을 하나 들고 왔다.

"자, 딱 한 모금씩이요. 더 먹고 싶은 사람이 있으면 나중에 나한테 살짝 말하시오."

그가 술병을 돌리자 모두 입에다 대고 벌컥벌컥 들이켰다.

"이건 소주잖아?"

얼굴이 가무잡잡한 아까 그 운전병이 말했다.

"아따, 공술 마시면서 불평은."

누군가가 짐짓 꾸짖듯이 말했다. 은기도 자기 차례가 되어 한 모금을 마셨다. 빈속에 소주가 들어가자 차디찬 냉기가 짜릿하게 식도를 타고 내려가 위벽을 훑었다. 금세 취기가 기분 좋게 눈가로 몰려들었다.

"자, 우리 다 같이 저 눈 내리는 창밖을 보면서 함께 노래나 부릅시다. 어때요?"

마 병장이 말했다.

"조옷습니다!"

모두 코미디 프로의 흉내를 내어 손가락으로 동그라미를 그려 보이며 말했다.

"노래는 내가 정해 주겠소. 슬프지도 시끄럽지도 않은 노래. 눈이 내리니까 우리 〈징글벨〉 노래가 어떻소?"

"아직 크리스마스는 아니잖소?"

누가 이의를 달았다.

"아무러면 어때요, 그냥 기분대로 부르는 거지."

또 다른 친구가 말했다.

"좋아요, 좋아."

모두 합창이나 하듯이 말했다.

“자, 자, 홍 상병이 선창을 하시오.”

마 병장이 은기를 지적해 주었다. 은기는 약간 멋쩍은 기분이 들었지만 눈이 내리고 있는 창밖을 한번 흘낏 보고는 흠흠 목청을 가다듬어 노래를 시작했다.

“흰 눈 사이로, 썰매를 타고, 달리는 기부운⋯⋯.”

“와, 좋다, 좋아.”

“달려라, 달려!”

“상쾌도 하다아, 방울 소리에 장단 맞추니, 흥겨워서 우리 모두 노래 부르자, 헤이⋯⋯.”

처음엔 조그맣게 부르기 시작했던 노래였는데 모두 목청껏 불러대니 병실이 떠들썩하게 떠나갈 지경이 되었다. 어떤 친구는 흥을 이기지 못하여 신발을 벗어 침대 모서리의 쇠를 마구 두드리기도 했고, 어떤 친구는 발로 벽을 쾅쾅 차대기도 했다.

“종소리 울려라, 종소리 울려⋯⋯.”

“우리 모두 썰매 타고 집으로 가자!”

“가자, 가자, 가자!”

그들의 떠드는 소리에 간호실에서는 간호장교 민 중위가 화가 잔뜩 난 눈초리를 하고서 유리창 너머로 쳐다보고 있었다. 갈수록 대담해진 그들 중 누군가가 그녀를 향해 휘파람을 불어댔고 왁자지껄한 웃음소리가 터져 나왔다.

“민 중위님, 시간 있을 때 우리 고래나 좀 잡아주슈.”

얼굴이 가무잡잡한 운전병이 큰소리로 외쳐대자 또 한바탕 웃음소리가 터져 나왔다.

금방 나올 것 같았던 간염 검사 결과는 한 달이 지나도록 감감무소식이었다. 그렇다고 손꼽아 기다릴 필요도 없었기 때문에 그냥 빈들거리며 지내는 수밖에 없었다.

그동안 병실에는 특별한 일도 일어나지 않은 채 늘어진 고무줄같이 똑같은 생활이 계속 반복되었다. 엄격한 통제는 없었지만 그렇다고 완전히 자유로운 상태도 아닌 이상한 대기 상태의 연속이었다.

그러다가 누가 새로 오기라도 하면 그에게 집중적인 호기심을 보이다가 곧 시들해져 버리곤 하는 것이었다. 중환자 외에는 거의 대부분이 자기 생 중에서 가장 무의미한 부분을 보내고 있는 사람들 같은 모습이었다.

십이월로 접어들어 전방 수색 부대 소속의 한 병사가 숲 속으로 뒤를 보러 갔다가 발목 지뢰를 밟아 후송되어 왔다.

그는 죽겠다고 꽥꽥 소리를 질러대었고, 은기를 비롯한 환자들이 그를 들것에 실어 수술실로 데려갔다. 그의 왼쪽 발목 아래는 다 떨어진 걸레처럼 너덜거렸는데 그 새로 흰 뼈가 드러나 보였다. 따라 들어온 민 중위는 그것을 보고 얼굴을 돌리더니 헛구역질을 웩웩하고 해대는 것이었다.

"괜찮겠습니까, 민 중위님?"

그런 그녀의 곁으로 가서 은기는 다정스럽게 말을 걸어보았다. 생각 같아선 어깨라도 두들겨주고 싶었지만 그럴 수는 없는 노릇이었다.

그녀는 고개를 끄덕거리더니 헛구역질을 하느라 눈물이 가득한 눈으로 그를 쳐다보았다. 그녀는 무언가를 말하고 싶은 눈치였지만 곧 군의관들이 들이닥쳤기 때문에 그쪽으로 가버렸다. 은기도 그곳에 있어야 할 이유가 없었기 때문에 밖으로 나왔다.

수술이 끝나고 나자 발목에 붕대를 칭칭 감은 채 아직 마취가 덜 깬 상태로 그 친구가 다시 들려 나왔다. 그러고 나서 밤이 되어 마취가 깨기 시작하자 죽겠다고 병실이 떠나가도록 울부짖는 것이었다. 그 울부짖는 소리는 인간의 소리가 아니라 마치 무슨 짐승의 울음소리같이 들렸다.

은기는 자진해서 그 친구의 수발을 들었다. 그러나 수발이라고는 해야 별것 없이 그 친구의 침상에 붙어 서서 고래고래 지르는 욕설을 들어주는 일밖에 없었다.

"안 되겠어."

한밤중이 되자 당직 간호장교가 모르핀 주사를 가져오더니 그의 팔에다 한 대 놓아주었다. 그러자 그의 얼굴에 서서히 고통의 빛이 사라지면서 그는 잠 속에 빠져 들어가 버렸다. 그는 그곳에 이틀 있다가 다시 더 큰 병원으로 후송을 떠났는데 자기 따블백을 살펴보더니 어떤 놈이 자기 새 워커를 바꿔 갔다고 불같이 화를 부리는 것이었다.

"여보슈, 이제 당신은 제대요. 새 워커면 어떻고 헌 워커면 어떻소?"

더구나 당신은 이제 영원히 한쪽 신발을 신을 수 없게 되었단 말이오. 은기는 차마 그 말까지는 하지 못했다.

"그래도 내 껀 내 꺼요. 정말 세상엔 도둑놈들이 어디에나 우글거린다니깐."

그는 자신의 운명에 닥친 어떤 심각한 사태보다도 새 워커를 잃어버렸다는 사실에 더 분통이 터지는 모양이었다.

그때 마 병장이 뒤에서 은기의 소매를 끌었다.

"내버려 두세요. 세상에는 저런 작자들이 수두룩하니까. 저런 작자들은 우리들에게 같은 인간 족속으로 태어났다는 사실만으로도 절망감만 안겨주지요."

그의 입에서 술 냄새가 풍겼다.

"한잔하겠소?"

은기는 기분도 그렇잖아 말없음으로 대답을 대신하였다.

"그러면 따라오시오."

그는 은기를 끌고 식당 뒤 후미진 곳으로 끌고 가더니 안쪽 품에서 예의 국산 양주병을 꺼냈다.

"이건 진짜 양주지 않소?"

한 모금을 들이키고 나서 은기는 뜻밖이라는 듯이 인상을 잔뜩 쓰며 말했다. 마 병장은 득의만만하게 미소를 지었다. 그러고는 호주머니에서 오징어 다리 구운 것을 꺼내어 한쪽을 쭉 찢어서 주었다.

"사실 그 워커는 내가 훔쳤소. 물론 내가 혼자 한 것은 아니고 김 일병 그 자식하고 함께한 거요."

"뭐라구요?"

은기는 어처구니없다는 표정으로 말했다.

"어차피 그에게는 필요 없는 것이지 않소. 설마 하니 당신은 날더러 양심이니 뭐니 하는 걸 가르치려고 하진 않겠지요."

"그래도 그렇지……."

"자, 한 모금 더 하시우."

"싫소, 난 이따위 술은 마시고 싶지 않소."

은기는 화가 난 표정으로 말했다.

"혼자 잘난 척하지 마시오. 나는 당신이 이름깨나 있는 대학까지 나왔다는 사실을 알고 있소. 김 일병한테서 병역 카드를 얻어 보았지. 그리고 요주의 인물이라는 사실도……."

"그만 됐소."

"우린 한통속이오. 알겠소? 우린 한통속이란 말이오. 난 언젠가는 이 곳에서 빠져나갈 거요. 이 지긋지긋한 철조망 세계에서 말이오. 난 한 때 외항선을 타고 다녔지. 파도를 타고 세계 어디에나 가보지 않은 곳이 없었다우. 물론 소련도 갔었지요. 난 사실 지금껏 그들이 몰락했다는 사실이 믿어지지가 않아요."

그의 눈빛이 겨울 하늘처럼 흐려졌다.

"누구든지 새로운 세계를 꿈꿀 권리는 있어요, 그렇지 않습니까?"

그는 술병을 입에다 대고 목젖을 꿀럭거리며 마시더니 은기에게 넘겨주었다.

은기는 술병을 받아 들고 어떻게 할까 잠시 망설이다가 자기 역시 입에다 대고 벌컥벌컥 몇 모금을 마셨다.

마 병장은 그의 그런 모습을 보면서 싱긋이 미소를 지었다.

"나는 지금 도처에 악령들이 득실거리고 있다는 것을 알고 있소. 햇빛을 싫어하는 드라큐라들이지. 이십 세기 초에는 그래도 모든 인류가 행복했었다오. 자본주의자건 사회주의자건 역사가 진보하고 있다는 사실을 믿었으니까. 그러나 지금은 뭡니까? 진보를 이야기하는 쪽은 오히려 도라이로 취급받기 십상이지요. 아니, 아니, 더 미치는 일은 진보주의자들이 하루아침에 보수주의자로, 보수주의자들이 오히려 진보주의자가 되어버렸다는 사실이오."

그는 시멘트 귀퉁이에 쭈그려 앉으면서 또 술병을 기울였다.

"그러나 알고 보면 간단해요. 진리는 아주 단순한 것이니까. 그런 소릴 지껄이면서 누군가는 이익을 보고 있다는 점이지, 안 그렇소?"

"모르겠소."

은기는 무뚝뚝하게 대답하면서 한숨을 지었다.

"또 눈이 오려나 보우."

그는 잿빛으로 무겁게 깔려 있는 하늘을 쳐다보았다.

"민 중위도 당신한테 꽤 관심이 있던 눈치던데. 귀고리를 한 걸 보고 알았소. 당신이 오기 전에는 절대로 귀고리를 하진 않았으니까."

"쓸데없는 소리 하지 마시오. 난 애인이 있단 말이오."

은기는 괜히 얼굴이 붉어지며 변명하듯이 말했다. 마 병장은 또다시 미적미적거리며 웃었다.

연말이 가까워지자 병실에도 다소 연말 분위기를 내기 시작했다. 출입문 가까이에 커다란 크리스마스트리가 세워졌고, 손재주가 좋은 환자들이 다래 덩굴을 둥근 아치처럼 짜서 문에다 장식을 하였다. 그러고는 빨강, 노랑, 파랑, 흰색 따위의 꼬마 색등으로 반짝반짝거리게 장식을 하였고, 솜과 금종이·은종이로 그 주변을 화려하게 꾸몄다. 그러자 병실이 갑자기 딴 세상처럼 변해 버렸다.

야간에 모든 불을 끄고, 물론 간호실 쪽의 커다란 형광등은 끄지 않았지만, 누워서 반짝이는 색등을 보고 있자면 마치 오랫동안 잊고 있었던 동화의 세계로 날아가는 기분이 되었다. 더구나 멀리 교회에서 크리스마스 캐럴이라도 은은히 들려올 때면 무언지 모를 그리움으로 가슴속이 축축이 젖어버리는 것이었다.

은기는 민 중위에게 멋진 카드를 선물할 생각을 하였는데 그 카드는 자기가 직접 그림을 그리고 글을 쓸 작정이었다. 무슨 말을 쓸까? 그는 하루 종일 그 생각으로 머릿속을 채우고 있었다.

그런데 우스꽝스럽게도 자꾸만 김 일병이 편지에 써먹었다는

"당신 없는 세상은 사막 없는 오아시스요, 비 오는 달밤이오……."

어쩌고저쩌고 하는 말만 자꾸 머릿속에 맴돌 뿐이었다.

십이월도 하순에 접어들 무렵, 또 한 차례 눈이 퍼부었고, 그때 그 야전 병원으로 크리스마스 위문차 순회 공연단이 왔다.

순회 공연단이래야 별로 규모가 크지 않은 군인들로 구성된 아마추어 연극패였는데 그들을 중심으로 해서 역시 아마추어가 틀림없는 노

래패가 두서넛 따라왔을 뿐이었다.

그래도 그들이 왔다는 소식에 병원은 오래간만에 신바람이 돌았다. 병원 입구에는 '환영! 화랑위문공연단' 이라는 플래카드가 걸렸고, 그날 행사를 위해 장교 식당을 치워 무대를 꾸몄다.

미리 알리는 구내방송에 의하면 이들 공연단은 사단 내를 한 바퀴 순회하면서 자기들이 독특하게 각색한 연극을 공연한다고 하는데 그 연극의 제목은 사무엘 베케트라는 사람이 쓴 〈고도를 기다리며〉라고 했다.

"사무엘 바께쓰가 누구야?"

얼굴빛이 검은 운전병이 일부러 능청을 떨면서 말했다.

"누구며 어떠냐. 우리는 연극이나 보구 젯밥이나 먹으면 되지."

누군가가 말했다.

"무식하긴. 난 사회에서도 그 연극을 봤어. 고독을 기다리며…… 얼마나 기가 막히게 슬픈 연극인지 몰라."

야간 사격 나갔다가 발을 헛디뎌 팔을 부러뜨렸다는 녀석이 아는 체하며 말했다.

"고독이 아니라 고도야, 고도. 바보 머저리 같은 새끼."

여기저기서 낄낄거리는 소리가 들렸다.

그날은 모두 일찌감치 저녁을 먹고 나서 장교 식당으로 모였다. 어둠이 잠기는 속으로 하얗게 깔린 눈이 형광처럼 푸른 기를 뿜어내고 있었다. 멀리 백양나무의 앙상한 가지가 하늘을 배경으로 휘파람 소리를 내며 서 있는 게 보였다. 바람이 불 때마다 쌓여 있넌 눈이 안개처럼 날리고 있었다.

가운을 걸치고 고무신을 신은 환자들은 어둠 속으로 모두 약간씩 들뜬 상태로 줄을 지어 갔는데 추위 때문에 모두 어깨를 잔뜩 웅크리고 있었다. 어디서 크리스마스 캐럴 소리가 은은하게 웅크린 어깨 위로 울려 퍼지고 있었다.

장교 식당은 막사의 맨 동쪽 약간 언덕배기에 위치하고 있었다. 컴컴한 하늘에는 군용 담요를 마구 뜯어놓은 것 같은 구름장이 빠르게 지나가고 있었다.

불이 켜져 있는 식당으로 환자들이 들어가자 벌써 기간병들이 무대를 제외한 벽 쪽으로 촘촘히 들어서 있었는데 원래가 환자를 위한 위문 공연이었기 때문에 중앙은 환자를 위해 비워두고 있었다.

식당의 의자와 탁자가 말끔히 치워져 있었고, 바닥에는 스티로폼과 담요가 깔려 있었다. 정면 무대 주변에는 깜박이는 색등들이 장식처럼 달려 있었고, 무대 뒤에서는 경쾌한 음악이 흘러나오고 있었다.

그리고 무대를 향해 오른쪽에는 대여섯 개의 의자가 놓여 있었는데 거기에는 중령 계급장을 단 병원장(그는 컴컴한 실내인데도 불구하고 검은 선글라스를 끼고 있었다), 그리고 마 병장더러 마 일병이라 불렀던 공같이 생긴 부원장, 그리고 늙은 얼굴에 잔뜩 화장을 한 노처녀 간호부장, 그리고 그 옆에 두 명의 군의관이 앉아 있었고, 그 맨 끝에 간호장교 민 중위와 또 다른 한 명의 간호장교가 앉아 있었다.

줄무늬 가운을 걸친 환자들이 들어가자 분위기는 갑자기 시끌벅적해졌다. 웃음소리, 휘파람 소리, 무어라고 커다랗게 떠드는 소리로 비좁은 장교 식당이 돗때기 시장처럼 변해 버렸던 것이다.

"빨리 합시다! 빨리 하자구!"

어떤 친구는 어둠을 틈타서 마치 삼류 극장에 들어오기라도 한 것처럼 괜히 소리를 질러대었다.

"조용히 해요! 조용히!"

그러자 병원장 옆에 앉아 있던 부원장이 얼굴을 잔뜩 찡그리고서 공같은 몸을 일으켜 사방을 째려보며 말했다. 그러나 그 정도의 엄포에 쉽게 기가 죽을 분위기가 아니었다. 그는 곧 자신의 권위가 형편없이 구겨진 것만을 확인한 채 고개를 흔들며 앉아버렸다. 누군가 손가락을 입에다 넣고 휘익 하고 휘파람을 불었다. 웃음소리가 터졌다.

그런 소란은 주방으로 통하는 벽 쪽에 설치된 무대의 커튼이 열릴 때까지 진정되지 않았다.

그러나 곧 불이 꺼지고 반짝이는 금실과 은실로 커다랗게 〈고도를 기다리며〉, 그것보다 작은 글씨로 아래쪽에 '화랑위문공연단'이라고 박혀 있는 짙은 자줏빛 커튼이 서서히 열리기 시작하자 떠들썩한 분위기는 순식간에 찬물을 뒤집어씌워 놓은 것처럼 잠잠해져 버렸다.

어둠.

깊은 어둠.

서서히 불빛이 들어오면서 무대 위에 있던 두 사내가 드러나기 시작한다. 한 사내는 앉아 있고 또 한 사내는 서성거리고 있는데, 앉아 있는 사내는 목이 긴 가죽 장화를 벗느라고 낑낑거리는 모습이었고, 서성거리는 사내는 초조한 듯이 시계를 자꾸 들여다보고 있는 모습이다.

사내 1 : (낑낑거리며) 제기랄, 되는 일이 없어.

사내 2 : (화를 내며) 되는 일이 없다고? 미친놈. (그는 주먹을 흔들며 아주 과장된 제스처를 쓴다.) 안 되면 되게 하라! 하면 된다! 한 번 해병은 영원한 해병, 또, 또…… 뭐냐라.

사내 1 : 초전박살

사내 2 : 아, 그렇지, 초전박살! (관객, 웃음소리, 그러나 곧 시들해지면) 내 시계가 틀린 건 아니겠지?

사내 1 : 지금 시계를 가진 사람은 자네밖에 없잖아.

사내 2 : 그건 그래. 그러니까 누구든 세상을 자기중심으로만 생각하게 된단 말이야. 모두가 주관적이야. 절대적이란 건 없어.

사내 1 : 그러지 말고 내 장화나 좀 벗겨주게.

사내 2 : (그는 작은 머리에 눈, 코, 입이 오밀조밀하게 모여 있어 메뚜기 같은 인상을 풍기는 사내다.) 그건 자네의 일이야. (일부러 과장되게 화를 내며) 제발 나를 좀 내버려둬! 난 내 짐을 지고 가기도 무겁단 말이야. (괴로운 표정을 짓는다.) 내 생각을 방해하지 마.

사내 1 : (갑자기 냉소를 지으며) 개자식. 도대체 세상에 믿을 놈이라곤 하나두 없다니깐. 내 앞에서 제발 잘난 척하지 말게나. 난 네가 누군지 누구보다도 잘 알고 있잖아.

사내 2 : 네가 나를 안다구? 네가 나를? (손가락으로 사내 1과 자기를 번갈아 가리킨다.)

사내 1 : 그래, 넌 인신매매하는 놈이었잖아. 더러운 새끼, 넌 짐승보다 못한 놈이야. (침을 뱉는다.)

사내 2 : (두 손을 가슴에 모아 쥐며) 와, 정말 예수님 나셨네. 예수님 나셨어. 그래 난 인신매매범이었어. 그런 너는 뭐였니? 햐! 정말 말이 안 나오네. 너야말로 썩은 고름내가 물씬물씬 풍기는 부패한 관리였잖은가. 뇌물이라면 자다가도 벌떡 일어나는 놈이었지.

사내 1 : (경멸조로) 그래도 난 죄 없는 목숨들을 학대하지는 않았어. 넌 열두 살짜리 어린애까지 잡아다 팔아먹은 놈이야.

사내 2 : 좋아, 좋아. 그만두세. 아무도 없는 이곳에서 (사방을 둘러보며) 우리 둘이 옛날을 이야기해서 무엇하겠는가. 옛날이란 그저 그림자 같을 뿐이지. 헛되고, 헛되니, 모두가 헛될 뿐이다! (그는 마치 시를 읊듯이 허공을 보고 말한다.) 그런데 정말 그이는 우리를 찾아올까?

사내 1 : 정말 좀 도와주지 않을 건가?

사내 2 : (단호하게) 내버려 두게, 난 내가 고민해야 할 것이 있네. 그건 자네 몫의 일이야.

사내 1 : 제기랄, 소용없어. 그는 오지 않아. 원전에도 그렇게 되어 있어. (관객석에서 얕은 웃음소리.)

사내 2 : 나도 알아. 하지만 기다림이 없다면 우리의 삶은 무슨 의미가 있지?

사내 1 : 자넨 너무 철학적이야. 아니면 위선자든지.

사내 2 : 그래, 난 철학자야. (심각한 표정으로 혼잣말처럼) 모든 것을 잃어본 자만이 가장 사소한 것까지 사랑할 수가 있다. ……어때?

사내 1 : 자네는 엠엘주의자인가?

사내 2 : (머뭇거리다가) 그런 것 같아.

사내 1 : (경멸조로) 그러면 구세대군.

사내 2 : 구세대라구? 구세대라…… (그는 마치 깊은 생각에 젖어 있는 표정으로 무대 이쪽에서 저쪽으로 서성거린다.) 그렇지만 난 열심히 살려고 애썼어. 그건 자네도 알잖아.

사내 1 : (무심하게) 자네의 광기에 대해서 말인가. 정말 좀 도와주지 않을 텐가? (주머니에서 칼을 꺼낸다.) 할 수 없지. 그러면 찢어버리는 수밖에. (칼로 장화의 목 부분을 찢는 시늉을 한다.)

사내 2 : 가만, 가만. (한쪽 손으로 눈 위를 모자챙처럼 가리고서) 저어기…… 누가 온다. (흥분한 목소리로) 드디어 나타났어!

사내 1 : (장화를 찢다 말고) 그래? 정말인가? (벌떡 일어선다.)

사내 2 : 저기 봐, 저어기! (손가락으로 무대 왼쪽을 가리킨다.)

사내 1 : 정말이군. 정말로 나타났어. 아아, 우리의 고도가 나타나셨어. 기쁘다, 구주 오셨네!

(무대 어두워지며 왼쪽부터 차츰 밝아온다. 그 속으로 한 사내가 무언가 무거운 것을 지고 끙끙거리며 나타난다. 사각형으로 된 흰색 박스다.)

사내 3 : (그들을 발견하고는) 여기서 좀 쉬었다 가야겠군. 그래도 되겠죠?

사내 1, 사내 2 : (동시에) 물론입지요!

사내 3 :(꿍 소리를 내며 조심스럽게 박스를 내려놓는다.) 제기랄, 이 노릇도 이젠 못해 먹겠어. (손수건을 꺼내 땀을 닦는다.) 그런데 당신들은 여기서 무얼 하고 있소?

사내 2 : (겸손하게) 저희들 말입니까? 모르셨습니까? 저희들은 선생님을 기다리고 있었지요.

사내 3 : (놀라는 시늉을 하며) 나를?

사내 1 : 혹시 고도 선생님이 아니신지요?

사내 3 : 고도? 고도가 누구요?

사내 1 : (실망한 표정으로) 그럼 고도 선생님이 아니란 말입니까?

사내 3 : 무슨 소린지 모르겠소. 난 세일즈맨이오. '사랑이란 이름의 세탁기' 들어보셨소?

사내 2 : (반가운 표정으로) 들어봤지요. 그럼 저 박스가?

사내 3 : 그렇소. 난 바로 '사랑이란 이름의 세탁기'를 팔러 다니는 세일즈맨이라오. 이 세탁기로 말하자면, (그의 목소리가 갑자기 장사꾼처럼 변한다.) 순간의 선택이 십 년을 좌우한다, 기술의 승리, 여자와 세탁기는 부드러울수록 좋은 거 아니에요?…….

　　사내 2 : (그의 손을 꼭 잡으면 감격적인 목소리로) 선생님! 바로 선생님이 우리가 기다리던 그 고도요.

　　사내 3 : (얼떨떨한 표정으로 서 있다.)

　　사내 2 : 무엇하는가, 자네. (사내 1을 꾸짖듯이 쳐다본다.) 자본주의에서 온 우리들의 구세주시라네.

　　사내 1 : (더듬거리며) 마, 만세! 만세다.

"제발, 그만둬. 가관이군. 정말 가관이야."

그때, 누군가가 무대 뒤에서 나타나며 냉소적으로 소리를 질렀다. 갑작스런 낯선 소리에 배우들은 얼떨떨한 표정으로 그쪽을 쳐다보았다. 관객들에겐 그것도 연극의 한 부분인지 어떤지 처음에는 금세 판단이 들지 않았다.

"마 병장이다!"

관객석 어둠 속에서 누군가가 나지막하게 탄성을 터뜨렸다. 과연 그곳에는 언제 올라갔는지 마 병장이 환자용 가운을 걸치고 약간 우스꽝스런 모습으로 서 있었다. 그러나 그의 표정은 엄숙할 정도로 딱딱하게 굳어져 있었다.

"정말, 구역질나는 수상한 연극이야. 우리들 가슴속에 불씨처럼 남아 있는, 그래 불씨처럼 남아 있는 희망을 깡그리 부수어버리자는 그런 슴한 음모의 냄새가 나는 연극이라구."

그는 관객들이 앉아 있는 어둠을 쏘아보며 중얼거리듯 말했다.

"마 일병 저 새끼, 저 도라이 새끼가!"

그제야 사태를 파악한 부원장이 자리에서 벌떡 일어나 손가락으로 그쪽을 가리키며 말했다. 그가 얼마나 화가 나 있는지는 그의 떨리는 목소리로 충분히 알 수 있었다.

그러나 마 병장은 전혀 동요하는 기색이 없이 마치 자기가 배우라도 된 것처럼 두 팔을 들고서 계속 말했다.

"여러분, 고도는 옵니다. 백마를 탄 왕자의 모습이 아니라, 고통받고 있는 우리들의 이웃, 우리들 형제의 모습으로 말입니다."

"저 자식 끌어내!"

"백마를 탄 왕자가 오지 않는다 하여 우리가 우리의 고통을 외면할 이유는 도대체 무엇입니까? 우리들의 고통이 달라진 게 뭐가 있단 말입니까?"

"끌어내!"

건장한 체격의 기간병 몇이 무대 위로 뛰어올라 갔다. 워커 발소리가 갑자기 실내를 떠들썩하게 울렸다. 그들은 사냥개처럼 정확하게 마 병장을 향해 덤벼들었다.

"잠깐! 우리들에겐 잠꼬대 같은 연극보다 마 병장의 말이 더 재미있어. 그에게 계속 말할 수 있는 권리를 줘!"

그러자 관객석에서 누군가가 벌떡 일어서면서 무대를 향해 외쳤다. 얼굴이 가무잡잡한 그 운전병이었다. 그 소리에 용기를 얻은 환자병들이 여기저기에서 일어나며 말했다.

"마 병장, 잘했어!"

"씹새끼들. 마 병장 손대면 가만 안 있을 거야."

그러나 마 병장은 이미 멱살과 양팔이 잡힌 채 무대 아래로 질질 끌려 나가고 있었다. 무대 조명에 허옇게 드러난 배가 보였다. 그러자 환자병 중에서 용감한 몇몇이 무대 위로 달려 올라가 마 병장을 끌고 가는 기간병들의 목덜미를 잡거나 팔을 잡아채거나 했다.

그러자 기간병들은 기간병들대로 그들을 밀어붙이며 주먹질과 발길질을 하는 바람에 난투극이 벌어졌다. 그들이 질러대는 소리와 비명 소리, 무언가 부서지는 소리로 무대 위는 한순간에 아수라장으로 변해 버렸다.

"불 켜! 불을 켜라구!"

부원장이 다급하게 소리를 질렀다. 선글라스를 낀 원장과 노처녀 간호부장은 어느새 보이질 않았다. 은기는 그 참에도 민 중위가 걱정이 되어 돌아보았는데 그녀는 한쪽 구석에 박혀 동그랗게 눈을 뜨고서 이쪽을 쳐다보고 있었다.

얼굴이 사각형으로 생긴 하사는 절뚝거리며 겨드랑이에 끼고 있던 목발을 들고 함부로 휘둘러대었다. 여기저기서 비명 소리가 터졌다. 기간병에 비해 환자병들의 숫자가 두 배 가까이나 많았기 때문에 시간이 흐를수록 기간병 쪽이 불리해졌다. 한쪽 끝이 허물어지며 달아나자 금세 장교 식당은 환자병들의 수중으로 떨어지고 말았다.

"헌병대에 알려. 헌병대에 긴급, 긴급 전화를 때리란 말이야!"

부원장은 그 뒤를 황급히 따라 나가며 소리쳤다. 모든 게 뒤죽박죽이었다. 도무지 뭐가 뭔지 모를 상황이 벌어지고 있었던 것이다. 환자들만 남아 있는 식당 안은 온통 떠들어대는 그들의 흥분된 목소리로 차 있었다.

행정실 쪽에서 비상종이 난타되는 소리가 들렸다. 마른 섶에 불이 엉긴 것처럼 한번 흥분한 환자들은 그동안 가슴 밑뿌리에서 근질거리던 설명할 수 없는 욕망들이 터져 나오는 것을 느꼈다. 두렵기는 했지만 일찌기 경험해 보지 못했던 어떤 황홀한 해방감이 각자의 전신을 휘감고 지나갔던 것이다.

"나갑시다!"

누군가가 외쳤다.

"어디로?"

팔에 깁스한 '야간 사격'이 약간 어리석은 목소리로 물었다.

"어디긴 어디야, 문밖이지."

"나가 봤자야. 여기서 그냥 기다리자구."

또 누군가가 말했다.

"긴급 제안을 하나 하겠소. 나갈 것인지 말 것인지 전체 토론에 붙여 보는 게 어떻겠소?"

머리에 붕대를 감고 안경을 낀 친구가 진지하게 말했다.

"토론이라구? 흥, 아직도 그 잘난 토론인가?"

운전병이 냉소를 치듯이 말했다.

"어차피 우린 깨진 인생들이야. 기다린다고 별수가 없어. 나가자구!"

"그래, 깨질 때 깨지더라도 나갑시다!"

또 누군가가 큰소리로 외쳤다.

마침내 마 병장이 결심한 듯이 말했다.

"좋아요, 여러분! 그러면 지금부터 우리는 당당하게 걸어서 문밖으로 나갑시다."

"나가봤자야. 그래 전부 어디로 갈 셈인가? 세상 밖으로라도 나갈 셈인가?"

처음부터 이의를 달았던 친구가 계속 이의를 달며 말했다.

"좋아요, 어쨌든 나갑시다."

마 병장의 말에 대부분이 무리를 지어 식당 문을 빠져나가기 시작했다. 밖으로 나가자 막사 지붕과 화단에 쌓여 있던 눈이 어둠 속에서 마치 검은 셀로판지를 통해 보듯이 떠올랐다. 그 위에 언제부터인지 또 눈이 내리고 있었다.

은기는 어둠 속에 소리 없이 내리는 눈을 보며 그동안 잊고 지냈던 아련한 고향의 불빛과 유년 시절을 떠올렸다. 그러자 말할 수 없는 외로움이 온몸을 전류처럼 휘감고 지나가는 것이었다.

"자, 우리 군가라도 하나 부릅시다."

마 병장이 말했다.

"군가가 다 뭐요, 이왕이면 〈징글벨〉이나 부릅시다. 어때요, 여러분!"

키가 커서 금방 눈에 띄는 하사가 한쪽 목발을 거꾸로 들면서 씩씩한 목소리로 말했다.

"조옷습니다아!"

모두 일제히 소리를 질러댔다. 가슴 한구석에 불안한 무엇이 똬리를 틀고 있었던 것은 누구나 마찬가지였기 때문에 하사의 씩씩한 목소리에 다소 힘을 얻었던 것이다.

"홍 상병이 선창을 하시오."

"나는 싫소."

은기는 작지만 단호하게 대답했다.

"왜, 무섭소? 그러면 내가 선창을 하겠소."

마 병장이 받으면서 떠들썩하게 말했다.

"흰 눈 사이로, 썰매를 타고, 달리는 기부운……"

"흰 눈 사이로, 썰매를 타고, 달리는 기부운……"

뒤에 따라오던 사람들이 마 병장의 선창에 따라 일제히 노래를 불렀다. 다들 목청껏 소리를 질러댔기 때문에 노래라기보다는 악을 쓰고 있는 듯이 들렸다.

"때려치워! 군가가 좋아, 군가로 하자구."

누군가가 불만스럽게 외쳤다.

"상쾌도 하다아, 방울 소리에, 장단 맞추니, 흥겨워서 우리 모두 노래 부르자!"

"헤이!"

"종소리 울려라! 종소리 울려!"

"우리 모두 썰매 타고 집으로 가자!"

"가자, 가자, 가자!"

멀리서 사이렌 소리, 트럭 소리가 들려왔다.

정문 쪽으로 점점 가까이 갈수록 노랫소리는 잦아들어 가고 그 대신에 사이렌 소리만 더 커져갔다. 정문 쪽에는 이미 출동한 헌병대들이 사이렌을 울리며 문을 막고 서 있었다. 번쩍이는 붉은 신호 불빛 속에 하얀 헬멧을 쓴 헌병들이 일개 소대 가량 서 있었고, 그 옆에 병원 기간병들과 흰 가운을 입은 장교들이 서 있는 게 보였다. 번쩍이는 붉은 불빛은 한창 퍼붓기 시작하는 눈을 피처럼 적셨다가 꺼졌다 하곤 하였다. 바람이 또 한 차례 불어와 눈보라를 일으켰다.

"여러분, 경고합니다."

사이렌 소리가 잦아지면서 저쪽 헬멧 쪽에서 누군가 핸드마이크를 들고 왕왕거리며 말했다. 바람이 불 때마다 그 소리는 깃발처럼 나부꼈다.

"빨리 병실로 돌아가 주시기 바랍니다. 지금 여러분은 중대하고도 심각한 일을 저지르고 있습니다. 경고합니다."

그는 눈썹 위까지 헬멧을 눌러쓰고 있었는데 가슴을 가로질러 팽팽히 맨 멜빵의 한쪽 허리에는 권총이 꽂혀 있었다. 나머지 헌병들은 만일의 사태에 대비하여 진압봉과 긴 쇠 파이프를 들고 있었다.

하얗게 내리는 눈은 그들을 마치 장막 저쪽에 있는 사람들처럼 느끼게 해주었다. 그들과 이십여 보 떨어진 거리에 그들에 비하면 초라하기 짝이 없는 몰골의 환자병들이 혹은 각목을 쥐고 혹은 맨손으로 서 있었다.

"여러분은 지금 이유 없는 절망에 빠져 있습니다. 말하자면 집단 히스테리에 걸려 있단 말입니다."

부원장의 목소리였다.

"그렇소, 우린 지금 집단 히스테리에 걸려 있소. 그러나 그게 도대체 어떻다는 거요? 의사인 당신이 그걸 고쳐줄 수 있다고 생각하시오?"

마 병장이 소리를 질렀다. 그의 머리 위와 눈썹 위에도 눈이 쌓이고 있었다.

"마창수 일병, 넌 정신병자야. 넌 곧 후송되어야 할 놈이야. 너 이 자식, 다른 사람 선동하지 마."

마 병장의 소리에 부원장은 잔뜩 화가 난 목소리로 되받았다.

"내가 정신병자라고? 그래, 당신 말 자알 했소. 우리는 지금 우리들의 사소한 병보다 더 깊은 병을 앓고 있소. 그리고 알고 보면 당신도 그 중의 하나라는 사실이오."

"옳소!"

마 병장의 말에 뒤에 서 있던 환자들이 일제히 소리를 질렀다. 손뼉 치는 소리도 들렸다.

"저 자식, 저 미친놈의 자식."

부원장의 씩씩거리는 말끝에 다시 아까 그 헬멧을 쓴 헌병장교가 핸드마이크를 잡고 말했다.

"자, 여러분, 다시 한 번 경고합니다. 나는 여러분이 어떤 이유로 난동을 부리고 있는지 아무런 관심도 없습니다. 그런 건 내가 알 바가 아닙니다. 그러니까 그만큼 무자비할 수도 있다는 뜻이오. 다시 한 번 경고하지만 지금부터 셋 셀 동안 돌아가지 않으면 여러분이 일찍이 경험하지 못했던 일을 당하게 될 거요."

그는 차갑게 감정 없는 목소리로 말했다.

"잠깐, 우리에게 말할 기회를 주시오."

마 병장이 큰소리로 말했다.

"하나!"

그러나 헌병장교는 아무 감정도 없는 로봇처럼 차디차게 수를 세기 시작하였다.

"좋소, 돌아가겠소. 그 대신 오늘 일은 우발적으로 일어난 사태인 만큼 어떠한 책임도 묻지 않는다는 약속을 해주시오. 불행하게도 당신은 결코 우리를 이해하지 못할 거요."

마 병장이 다소 결연한 목소리로 말했다.

"둘!"

"당신이 생각하는 것보다 우리의 절망은 훨씬 깊고 원천적이오. 당신은 설마 우리더러 강제로 웃으라고 강요하지는 않겠지요? 만일 필요하다면 전적으로 내가 책임을 지겠소."

"셋!"

일순 돌멩이 같은 정적이 눌렀다. 모든 시간이 정지된 듯한 찰나적인 순간이었다. 마 병장도 입을 다물어버렸다.

"소대 앞으로!"

그의 구령 소리가 밤하늘을 흔들었다. 그러자 '앞에총'을 한 것처럼 진압봉을 양손으로 쥔 헬멧들이 어깨를 들썩이며 앞으로 움직이기 시작했다. 그들은 마치 잘 훈련된 로마 병정들처럼 구둣발로 땅바닥을 딱딱 차며 빠르지도 느리지도 않은 동작으로 환자들이 서 있는 쪽을 향해 대열을 지어 걸어 나갔다.

눈이 퍼붓고 있는 속에서 울려 퍼지는 그들의 규칙적인 발자국 소리는 사람들의 가슴을 공포감으로 얼어붙게 하는 데 충분하였다. 그들이 전진하는 데 따라 환자들은 뒤로 몇 걸음 주춤주춤 밀려났다.

"그만두시오!"

마 병장이 절규에 가까운 소리를 질렀다. 번쩍이는 붉은 신호 불빛에 비친 그의 얼굴은 분노와 절망으로 이지러져 있었다.

"도대체 우릴 어쩔 셈이요? 이미 세상은 당신들 것이지 않소? 더 이상 무엇이 필요하다는 말이요?"

그러나 그의 절망적인 절규는 규칙적으로 울리는 군화발 소리에 묻혀버렸다. 헬멧 대열과 환자 무리의 거리가 좁혀질수록 공포감은 칼날처럼 더욱 날카로워졌다.

정문 쪽에 남아 있는 사람들 속에서 숨소리가 딱 멎어버린 것 같았다. 그들은 눈의 장막 저쪽에 구경꾼처럼 서서 이쪽을 바라보고 있었다.

그때였다. 그 속에서 날카로운 여자의 비명 소리가 울렸다.

"그만둬요! 제발, 그만두라니까요!"

은기는 그 소리가 어렴풋하게 민 중위의 목소리라는 것을 깨달았다. 그녀의 외침은 끝 부분이 흐느낌으로 뭉개졌다. 그러나 그 소리가 마치 신호라도 되기나 하는 것처럼 헬멧을 쓴 헌병들이 일제히 먹이를 향해 달려드는 늑대들처럼 빠른 달음질로 환자들을 향해 달려들기 시작하였다.

"도망가! 도망가라구!"

마 병장이 커다랗게 비명처럼 외쳤다. 그러나 미처 도망가기도 전에 환자들의 대열은 순식간에 무너져버렸다. 여기저기에서 얻어터지는 소리와 비명 소리가 들렸다. 미처 달아나지 못한 사람들은 단단한 진압봉에 맞아 눈바닥에 나뒹굴었다.

앞쪽에 서 있던 은기 역시 진압봉에 어깻죽지를 맞고 앞으로 고꾸라졌다. 그러자 또다시 진압봉의 끝 부분이 정확하게 명치에 와서 박혔다. 일순간에 숨이 턱 하고 막혔다.

은기는 그대로 눈이 쌓이고 있는 차가운 땅바닥에다 머리를 처박아 버리고 말았다. 몽롱한 의식 저 너머로 쫓는 자와 쫓기는 자들의 어지러운 발자국 소리가 비명 소리에 묻혀 아련하게 귓가를 울렸다.

머리를 땅바닥에 처박은 채 은기는 마치 비현실적인 세계를 바라보듯이 세상을 쳐다보았다. 가까운 곳에 마 병장이 머리에서 피를 흘리며 쓰러져 있는 게 보였다. 그의 빨간 피는 눈 속으로 물감처럼 번지며 스며들고 있었다.

멀리 정문 쪽에 서 있던 군의관과 간호장교들이 황급하게 달려오고 있는 모습도 보였다.

하얀 가운이 눈발 속에 나부꼈다. 그 속에서 얼핏 민 중위의 모습이 어른거렸다.

"우리들의 고도는 무엇이지? 아아, 우리들의 고도는……."

은기는 차츰 의식을 잃어가며 수수께끼처럼 자꾸만 그 말을 떠올렸다. 왠지 눈물이 나서 견딜 수가 없었다.

고요한 밤, 거룩한 밤

어둠에 묻힌 밤…….

장막처럼 드리워져 내리는 눈 속으로 어디에선가 은은하게 크리스마스 캐럴이 울려 퍼지고 있었다.

우 · 수 · 상 · 수 · 상 · 작

풍금이 있던 자리

신경숙

1963년 전북 정읍 출생.
서울예술전문대학 문예창작과 졸업.
1985년 《문예중앙》 신인문학상 당선.
소설집 《겨울 우화》,
장편 《깊은 슬픔》《외딴 방》《J이야기》 등.
한국일보문학상, 현대문학상, 만해문학상, 동인문학상 등 수상.

풍금이 있던 자리

어느 동물원에서 있었던 일이다. 한 마리의 수컷공작새가 아주 어려서부터 코끼리거북과 철망 담을 사이에 두고 살고 있었다. 그들은 서로 주고받는 언어가 다르고 몸집과 생김새들도 너무 다르기때문에 쉽게 친해질 수 있는 사이가 아니었다. 어느덧 수공작새는 다 자라 짝짓기를 할 만큼 되었다. 암컷의 마음을 사로잡기 위해서는 그 멋진 날개를 펼쳐 보여야만 하는데 이 공작새는 암컷 앞에서 전혀 반응을 보이지 않았다. 그러고는 엉뚱하게도 코끼리거북 앞에서 그 우아한 날갯짓을 했다. 이 수 공작새는 한평생 코끼리거북을 상대로 이루어질 수 없는 사랑을 했다. ……알에서 갓 깨어난 오리는 대략 12~17시간이 가장 민감하다. 오리는 이 시기에 본 것을 평생 잊지 않는다.

—박시룡, 《동물의 행동》 중에서

마을로 들어오는 길은, 막 봄이 와서,

여기저기 참 아름다웠습니다. 산은 푸르고…… 푸름 사이로 분홍 진달래가…… 그 사이…… 또…… 때때로 노랑 물감을 뭉개놓은 듯, 개나리가 막 섞여서는…… 환하디환했습니다.

그런 경치를 자주 보게 돼서 기분이 좋아졌다가도 곧 처연해지곤 했어요. 아름다운 걸 보면 늘 슬프다고 하시더니 당신의 그 기운이 제게 뻗쳤던가 봅니다. 연푸른 봄산에 마른버짐처럼 퍼진 산벚꽃을 보고 곧 화장이 얼룩덜룩해졌으니.

저, 저만큼, 집이 보이는데,

저는, 집으로 바로 들어가질 못하고, 송두리째 텅 빈 것 같은 마을을 한 바퀴 돌고도…… 또 들어가질 못하고…… 서성대다가 시끄러운 새 소리를 들었어요. 미루나무를 올려다보니 부부일까? 두 마리의 까치가, 참으로 부지런히 둥지를…… 둥지를 틀고 있었어요. 오래 바라보았습니다. 둘이 서로 번갈아 가며 부지런히 나뭇잎이며 가지들을 물어나르는 것을.

이 고장을 찾아올 때는 당신께 이런 편지를 쓰려고 온 것이 분명 아니었습니다. 이런 글을 쓰려고 오다니요? 저는 당신과 함께 떠나려 했잖습니까.

비행기를 타버리자.

당신이 저와 함께하겠다는 그 결정을 내려주었을 때, 저는 너무나 환해서 꿈인가? ……꿈이겠지, 어떻게 그런 일이 내게…… 다름도 아닌 내게 찾아와 주려고, 꿈일 테지, 했어요.

죄라면 죄겠지. 내 삶을 내 식대로 살겠다는 죄.

제가 꿈인가? 헤매는데 당신은 죄라면 죄겠지. 하시며 진짜 일을 진척시키기 시작했죠. 당신을 알고 지낸 지난 이 년 동안에 무너져만 내

리던 제게 어떻게 그런 환한 일이, 스포츠 센터 일을 다 정리하고 나서
도 암만 꿈만 같아서, 당신에게 다짐을 받고 또 다짐을 하다가 결국은
또 눈물……이,

이 고장을 찾아올 때는 당신께 이런 글을 쓰려고 온 것이 분명 아니
었습니다. 이런 편지를 쓰려고 오다니요? 저는 일단 나서고 보자는 당
신에게 제 숨을…… 이 숨을 드리고 싶었습니다. 떠나기 전에. 아무것
도 모르시는 부모님과 작별을 하려고 온 것입니다. 당신과 함께 비행기
를 타고 나면 이분들을 살아생전에 다시 뵐 수나 있을까, 하는 생각에.

기차에서 내려 제가 맨 먼저 한 일은 역 구내 수돗가에서 손을 씻었
던 일입니다. 십오륙 년 전에, 여학교를 졸업하고 이 고장을 떠나면서
도 저는 그 수돗가에서 손을 씻었었습니다. 그 이후로 이 고장에 내려
오거나 다시 이 고장을 떠날 때마다 저는 그 수돗가에서 손을 씻었습니
다. 그 무엇과 아무 연대감도 없이 이루어진 손 씻는 습관은 이번에도
예외는 아니어서 어느덧 저는 그 자리에 서 있었던 것입니다.

그런데 불쑥 제 속에서 누군가 묻는 것이었어요. 너는 왜 이 고장을
떠나거나 도착할 때마다 이 자리에서 손을 씻는 거지? 저는 그 질문에
답변을 할 수가 없었습니다.

그 자리에서 손을 씻고 마을로 들어가면 도시에서 있었던 모든 일을
잊을 수 있다고 생각해서 그랬을까요? 그 자리에서 손을 씻고 이 고장
을 떠나가면 이 고장에서 있었던 일들을 잊을 수 있다고 생각해서 그랬
을까요? 글쎄, 그건 단순히 이루어진 습관이었을까요?

그날, 그 수돗가에 손목시계를 벗어두고 온 것을 집에 돌아와서야 알
았습니다. 그 노란 시계는 당신이 주신 것이지요. 제 팔목에 매달려, 햇
살을 받을 때마다 반짝 윤이 나던, 시침과 분침, 초침을 맑게 비추던 유
리알에 당신의 이니셜이 새겨진.

제 마음속에 일어난 이 파문을 당신께 어떻게 설명해야 합니까? 과연 설명이 가능한 파문인지조차 저는 모르겠습니다. 하지만 영문을 몰라 하는 당신이 거기 있으니, 저는 당신께 어떻게든 제 마음을 전해 드려야지요.

지금 제 마음은 어쩌면 당신께 이해를 받지 못할지도 모르겠습니다. 설령 그렇더라도 제가 할 수 있는 것은 해야 하는 것임을, 그것이 당신에 대한 제 할 일임을 괴롭게 깨닫습니다. 제 표현이 모자라서 이 편지를 다 읽으시고도 제 마음이 야속하시면…… 그러면 또 어떡해야 하나…….

강물은…… 강물은, 늘…… 늘, 흐르지만, 그 흐름은 자연스러운 것이지만, 어찌된 셈인지 제게는 그 강과 함께 흐르기로 마음먹는 일이 제 심연의 물을 퍼주고야 생긴 일임을, 아니에요, 이런 소릴 하는 게 아니지요. 다만, 어떻게 하더라도 제게 어찌할 수 없는 아픔이 남는다는 걸 알아주시…… 아니에요, 아닙니다.

그 여자…… 그 여자 애길 당신에게 해야겠어요.

그토록 서성였는데 들어와 보니 집은, 텅…… 텅, 비어 있었습니다. 텅 빈 집 마루에 앉아 대문을 바라다본 적이 있으신가요? 누군가 열린 그 대문을 통해 마당으로 성큼 들어서 주기를 바라면서 말이에요.

마당엔 봄볕이 가득 차 있었습니다. 대문 옆 포도나무 덩굴 감김 새 위에 메추라기 한 마리가 포르르 내려와 앉더군요. 메추라기는 잠시 어리둥절한 폼을 취하더니 다시 포르르 허공에 금을 긋고 날아갔습니다.

이상한 일이지요. 메추라기를 쫓아가던 시선을 다시 대문에 고정 시켰을 때, 제 속에서 매우 친숙한 느낌이 어떤 두꺼움을 뚫고 새어 나왔어요. 저는 파란 페인트칠이 벗겨진 대문을 눈을 반짝 뜨고 바라다봤습니다. 언젠가 이와 똑같은 풍경이 제 삶을 뚫고 지나간 적이 있음을, 저는 기억해낸 것입니다. 시누대가 있던 자리에 아스팔트를 깔았는데, 몇 년이 지난 어느 봄에 그 아스팔트를 뚫고 죽순이 솟았다더니. 제 마음에도 바로 그런 요동이 일었어요.

여섯 살이었을까, 아니면 일곱 살? 막내 동생이 막 태어나던 해였으니, 일곱 살이 맞겠습니다. 저는 마루 끝에 엉덩이를 붙이고 앉아 누군가 열린 대문을 통해 들어와 주기를 바라고 있었습니다. 그토록 간절히 바란 것으로 보면 어쩌면 어머니를 기다렸던 건지도 모릅니다.

바로 그때 그 여자가 나타났던 것입니다. 그 여자가 열린 대문으로 들어섰을 때 제 발 끝에 매달려 있던 검정 고무신이 툭, 떨어졌습니다. 여자는 마당의 늦봄 볕을 거느린 듯 화사했습니다. 그때까지 저는 그토록 뽀얀 여자를 본 적이 없었어요.

마을을 단 한 번도 벗어나본 적이 없는 어린 저는, 머리에 땀이 밴 수건을 쓴 여자, 제사상에 오른 홍어 껍질을 억척스럽게 벗기고 있는 여자, 얼굴의 주름 사이로까지 땟국물이 흐르는 여자, 호박 구덩이 똥물을 붓고 있는 여자, 뙤약볕 아래 고추 모종하는 여자, 된장 속에 들끓는 장벌레를 아무렇지도 않게 집어내는 여자, 산에 가서 갈퀴나무를 한 짐씩 해서 지고 내려오는 여자, 돌깻잎에 달라붙은 무른 깨벌레를 깨물어도 그냥 삼키는 여자, 샛거리로 먹을 막걸리와 호미·팔토시가 담긴 소쿠리를 옆구리에 낀 여자, 아궁이의 불을 뒤적이던 부지깽이로 말 안 듣는 아이들을 패는 여자, 고무신에 황토흙이 덕지덕지 묻은 여자, 방바닥에 등을 대자마자 잠꼬대하는 여자, 굵은 종아리에 논물에 사는 거머리가 물어뜯어 놓은 상처가 서너 개씩은 있는 여자, 계절 없이 살갗이 튼 여자…… 이렇듯 일에 찌들어 손금이 쩍쩍 갈라진 강퍅한 여자들만 보아왔던 것이니, 그 여자의 뽀얌에 눈이 둥그렇게 되었던 건 당연한 일이었는지도 모릅니다.

텃밭이 어디니?

그 여자가 제게 다가와 제 어깨를 매만지며 물었어요. 여자는 어느덧 부엌에서 소쿠리를 들고 나와 제 앞에 서 있었지요. 저는 그 여자의 화사함에 이끌려 고무신을 꿰신고, 그 여자를 뒤세우고는 텃밭으로 난 샛문을 향했습니다.

그 여자에게서는 그때껏 제가 맡아본 적이 없는 은은한 향내가 났습니다. 그 여자가 움직일 때마다 그 향내는 그 여자에게서 조금 빠져나와 제게 스미곤 했습니다. 그게 왜 그리 저를 어지럽게 하던지요.

텃밭으로 가는 길에 물을 길어 나르던 장성댁을 만났는데, 장성댁은 물동이를 내려놓고까지 그 여자와 나를 쳐다봤어요. 샐쭉한 표정으로.

그 여자는 잔 배추와 잔 배추들 사이를 헤집고 다니며 소쿠리에 잔 배추를 뽑았습니다. 텃밭 한 켠에 심어진 푸르른 조선파도 뽑아 담았습니다. 여자는 새 각시처럼 뉴똥 저고리를 입고 있어서, 배추를 뽑을 때는 배춧잎같이, 파를 뽑을 때는 팟잎같이 파랗고 고왔습니다. 텃밭지기 노랑나비도 그 여자 머리 위에 내려앉으니 날개를 바꿔 달은 듯했어요. 텃밭에 들어갔다 나오자 여자의 흰 코고무신에 흙이 얼룩졌지만, 여자는 아무래도 상관없는 듯 제 손을 이끌고 다시 샛문을 통해 집으로 돌아왔습니다.

그렇게 우리 집으로 불쑥 들어온 그 여자가 맨 먼저 한 일은 김치를 담그는 일이었어요. 저는 영문도 모르고 김치 담그는 그 여자 곁에서 잔심부름을 해주었어요. 생강 껍질도 벗겨주고, 마늘도 짓찧어 주었으며, 우물에서 소금에 절인 배추를 씻을 때는 두레박질도 해주었지요. 그 여자는 아무래도 그런 일에 서툰 듯했어요. 어머니께서는 한눈을 파시면서도 단숨에 척척 해내는 무생채 써는 일은 특히 말이에요. 어머니의 도마질 소리는 깍둑깍둑깍둑 …… 경쾌했지만, 그 여자의 도마질

소리는 깍……뚝……깍……뚝……이었어요.

그렇게 그 여자는 파란 페인트칠이 벗겨진 대문을 통해 우리 집으로 들어왔고, 대신 그 대문으로 어머니께서 자취를 감췄습니다. 안방 아기 그네에 백일이 겨우 지난 막내 동생까지 남겨두고.

여자는 힘들게 김치를 담가서 저녁 밥상을 차려 내놓았지만, 우리 형제들은 아무도 수저를 들지 못했습니다. 큰오빠가 윗목에 버티고 앉아 눈을 부라리고 있었기 때문이에요. 저는 점심도 못 먹었던 터라 밥상이 나오자, 수저를 들려고 했습니다. 그러다가 큰오빠의 매서운 눈초리에 힘없이 내려놓았어요.

밥들 먹어!

여자는 우리 형제들을 향해 애원하듯 말했지만 우리는 큰오빠의 위세를 물리칠 수가 없었어요. 아버진 담배를 피우며 입을 꽉 다문 큰오빠를 지나 어두워진 마당을 내다보실 뿐이었습니다. 그네 속의 막내 동생이 울음을 터뜨렸을 때, 큰오빠는 아버지에게 보내는 도전장처럼 무겁게 입을 열었어요.

너희들 모두 나를 따라 나와.

그때 막 중학생이 되었던 까까머리 큰오빠는 무슨 마피아의 두목 같았습니다. 숨이 넘어갈 듯 울어 젖히는 강보의 동생과 어쩔 줄 모르고 손을 맞비비고 있는 그 여자와 뽀끔뽀끔 담배 연기를 내뿜는 아버지를 남겨둔 채 우리는 어린 두목에게 이끌려 마을 다리로 나갔습니다. 큰오빠는 우리 셋을 나란히 줄세웠어요. 그리고 자기는 중앙에 서서 엄숙하게 말했습니다.

너희들 내 말 잘 들어, 오늘부터 내말을 안 들으면 너희들 국물도 없을 줄 알어, 오늘 집에 온 그 여자는 악마다. 그러니까 그 여자가 해준 밥은 먹지도 말고, 불러도 대답도 하지 말고, 그 여자가 빨아준 옷은 입지도 말아라.

성아, 왜?

큰오빠의 옷자락을 잡아끌며 물었던 사람은 그때 저보다 한 살 많았던 바로 위 오빠였습니다.

배고픈데, 성!

바로 위 오빠의 뱃속에서 꼬르륵 소리가 났고, 그의 목소리는 거의 울듯했어요. 제 심정도 그 오빠의 심정과 같았습니다. 더구나 그 여자는 얼마나 뽀얀가요. 큰오빠는 버럭 화를 냈어요.

그렇게 해야만 어머니가 돌아온단 말이다!

큰오빠는 나란히 줄서 있는 우리 넷 앞을 서성이다가 어느 순간 제 앞에 우뚝 멈췄어요. 저는 숨이 멎는 듯했습니다.

특히, 너…… 너 오늘처럼 그 여잘 졸졸 따라다녔단 봐! 너 엄마 없이 살 수 있어?

저는 주저앉아 울음보를 터뜨려버렸어요. 그렇잖아도 숨 막히게 하는 그 무엇이 가슴을 짓누르는 중이었는데. 큰오빠가 그 이유를 정확히 집어내어 주었던 것입니다. 그 여자를 뒤세우고 텃밭으로 갈 때 마주쳤던 장성댁의 그 샐쭉해지던 표정이며, 그 여자의 은은한 향기로움이 좋기만 한 게 아니라 머리를 어지럽게 하던 것의 실체가 잡혔지요.

그 봄날, 그렇게 찾아와 우리 집에 열흘쯤 살다 간 그 여자가, 제가 이 집에 도착해 마루에 앉아 대문을 바라보고 있는데 죽순처럼 제 속을 뚫고 올라왔던 것이에요. 제 근원을 아프게 건드리면서.

사랑하는 당신.

실로 오랜만에 다시 펜을 들었습니다. 어제는 당신이 다녀가셨지요. 그건 뜻밖이었어요. 제가 이곳에 머물러 있는 것을 어떻게 아셨어요?

저는 그동안 당신께 이곳 얘기를 단 한 번도 해본 적이 없는데요. 여기에 올 때 제 마음은 하루나 이틀만 묵고 갈 생각이어서 당신께 말씀드리지도 않았는데요.

제 심정을 당신께 알려 드리는 일이 가능한 일이 아니라는 생각이 자꾸만 들었어요. 무슨 일을 글로 써보는 것에 습관이 들여지지 않아서인지, 어제 당신의 혹독한 질책처럼 마음이 하고 싶지 않은 일을 제가 억지로 몰아붙이고 있어서……인지…… 펜을 놓고 다시 쓰질 못하고 있었어요.

어제 당신이 오시기 바로 전에 저는 우사牛舍에서 소를 분만시키고 계시는 아버지 곁에서 그 뒷심부름을 하고 있었습니다. 그 여자가 우리 집에 처음 왔을 때 제게 물었던 텃밭, 그 여자가 은은한 향내를 풍기며 나비보다 더 가볍게 연두색 배추를 뽑던 그 밭이 지금은 우사가 되었습니다. 다른 소들보다 수월하게 송아지를 낳았다고 아버지께선 어미 소를 쓰다듬어 주셨어요. 그것도 수송아지를요.

아버지께서 소 태胎를 거두시는 걸 보며 집으로 돌아왔는데 당신이 제 집 마당에 서 계시더군요. 처음엔 거기 서 계시는 당신이 환영인가……어떻게 당신이 여기를? 헛것이겠지……했어요. 오죽 했으면 아버지가 돌아오실 때까지 당신을 쳐다보기만 했을까요?

당신을 알고 지내는 동안 늘 소망했었습니다. 당신을 아버지께 뵈드릴 수 있으면 얼마나 좋을까, 하고요. 그 간절하던 마음이 이루어졌는데, 저는 마치 도망자를 감추듯이 당신을 끌고 황급히 대문을 빠져나와야 했다니, 아버지와 당신의 그 짧은 만남이라니.

시내 다방에 마주앉았을 때, 당신은 나를 질책하셨어요. 당신은 저를 그렇게도 간절히 바라건만, 제가 당신과의 관계를 그저 남녀간의 어지러운 정쯤으로 생각한다는 것이었지요. 저는 그렇지 않다고 말씀드렸어요. 그렇지 않으면 왜 약속을 어기려 드느냐고 되물으셨지요.

저는 당신께 제 심정을, 복잡하게 들끓고 있는 이 심정을, 단 몇 가닥만이라도 말씀을 드리려고 했습니다. 그 여자가 건드려놓은 제 심정에 대해서 말이에요. 역시 당신은 무슨 소린지 도저히 모르겠다는 표정이셨지요. 저는 제 심정을 글로 옮겨놓는 재주만 없었던 게 아니라, 눈썹하나만 까딱해도 무슨 말을 하는지 안다고 생각했던 당신, 다름 아닌 그 당신께 말로 옮기는 재주조차 없었던 것입니다.

제가 그 여자가 만들어줬던 음식에 대해서, 그리고 제가 근무하고 있었던 스포츠 센터에서 눈물을 글썽이며 에어로빅 수강을 받던 중년 부인에 대해서 얘기하면 할수록 당신은 얼굴빛이 붉으락푸르락해지셨어요.

그러다 곧 눈물이 젖은 당신의 눈을 바라봐야 하는 제 괴로움이 그토록 술을 마시게 했습니다. 오이채를 썰어 넣기는 했지만, 그러나 막소주를 저는 얼굴빛이 창백해지며 퍼마셨습니다. 제가 당신과의 관계를 남녀간의 어지러운 정쯤으로 생각하다니요?

어제 당신과 저는 꼭 한 집에 살고 있는 개와 고양이 같았습니다. 둘이 앙앙대는 건 서로를 이해하는 방식이 달라서라지요. 개가 앞발을 들면 함께 놀자는 마음 표시인데, 고양이에겐 그게 언제든지 대들겠다는 경계 신호라잖아요. 고양이가 귀를 뒤로 젖히는 건 심정이 사나우니 건드리면 언제든 할퀴어놓겠다는 뜻이지만, 개는 당신에게 순종하겠다는 의미라니, 둘 사이에 오해가 싹틀 수밖에요.

어제 당신과 제가 꼭 그랬습니다. 제 마음을 당신은 느닷없이 왜 그렇게 고고해졌느냐며 할퀴었고, 저는 당신 이외의 다른 감정을 모두 뭉개려만 드는 이기주의라고 당신을 물어뜯었습니다.

당신은 출국 날짜를 일러주고 가셨습니다. 그 날짜에 맞춰 제가 돌아올 걸 믿는다고도 하셨습니다. 당신은 석연치 않은 얼굴로 새벽 기차를 타고 다시 도시로 가셨어요.

집에 돌아왔을 때, 아버진 마루에 앉아 계셨습니다. 당신의 팔을 붙들고 황급히 도망치듯 집을 나섰던 저를 보고 짐작하신 게 있으신지 저를 바라보는 표정이 말할 수 없이 일그러져 계셨어요. 무슨 말씀이든 다 들으려고 아버지 곁에 엉덩일 붙이고 앉았으나, 얼마 후에야 아버진 그냥 방으로 들어가시며 힘없이 중얼거리시더군요. 그놈, 그 수송아지가 눈뜬 봉사여야.

방금 어머니께선 상가喪家에 가셨습니다. 돌아가신 분은 점촌할머니에요.

생전을 춥게만 살더만 가는 날은 따뜻헌 날 잡았구나.

어머니는 봄볕을 내다보시며 혀를 쯧쯧, 차셨습니다. 가신 분이 점촌댁, 점촌할머니라고 들었을 때, 저는 또 한 번 가슴이 철렁했어요. 기……억은, 이상한 것이에요. 칠흑 같은 무명에 휩싸여 있던 것들이 어떻게 해서 한순간 그렇게도 투명하게 비춰지는지.

제 기억 속의 점촌댁은 울면서 줄넘기를 하고 있습니다. 저는 어머니께 그 할머니가 돌아가셨다는 말씀을 듣기 전까지는 그분이 아직 살아계신 것도 모르고 있었습니다. 점촌댁, 점촌할머니 댁은 이 마을 끝에 있습니다. 어머니를 따라 자주 그 댁에 밤마실을 갔었어요. 그때, 점촌댁은 다리를 절뚝이며 줄넘기를 하고 계셨어요.

다리도 안 성한 사람이 이게 무슨 짓이여!

어머니께서 한사코 말렸지만 점촌댁은 줄넘기를 멈추지 않았습니다.

어머니와 마을 아주머니 몇 사람이 모여 앉아 하는 얘기로는 점촌댁이 제삿장을 봐 머리에 이고 오는 중에 맞은편에서 달려오는 짐 자전거를 피하려다 다리 밑으로 굴러 다리를 다치셨다는 것이었습니다. 점촌댁은 그로 인해 거의 이 년 동안을 운신을 못 하셨고, 그 사이 점촌아저씨가 다른 여자를 봤다는 것입니다. 다리를 움직이지 못해 방 안에만 있느라고 뚱뚱해진 점촌아주머니는 그 이후 그 아픈 다리로 서서 울면서 줄넘기를 하신다는 것이었습니다. 새끼줄 두 줄을 뚤뚤 엮어 만든 그 줄.

지금 당신이 있는 그 도시. 제가 강사로 나가던 그 스포츠 센터의 에어로빅 저녁반 시간에 어느 날 한 중년 부인이 새로 들어왔었죠. 아! 당신께 말씀드렸지요? 첫 시간 수업 도중에 폭삭 무너지며 통곡을 했다는 그 중년 부인요. 남편이 집에 들어오지 않기 시작했다고 악을 썼다는 얘긴 제가 차마 말씀드리지 못했었어요. 그 이후로도 그 여인은 에어로빅 도중에 자주 주저앉아 울었지요.

어제는 그 젊은 애가 전화를 걸어 왔지 뭐예요! 남편이 나와 이혼하고 저랑 살기로 했다고 당당하게 말하더라니까요, 선생님.

점촌할머니가 돌아가셨다는 얘길 들었을 때, 그 여인의 에어로빅이…… 할머니의 새끼줄 줄넘기와 함께, 제 가슴을 훑고 지나간 건 또…… 웬…….

점촌댁, 이젠 돌아가신 점촌할머니가 언제부터 줄넘기를 그만두셨는지 모르겠으나, 그 이후로 점촌댁은 지금껏 홀로 살다가 이제 할머니가 되셔서 가신 거예요.

사랑하는 당신.

어제대로라면 제 얼굴을 빤히 들여다보시겠지요? 그 여자들이 도대체 너와 무슨 관련이 있니? 하시면서. 아무리 신비스런 과거를 가진 사람이라고 해도 그 과거는 그 사람들의 것이다. 하물며 그닥 엿볼 과거도 아닌 것을 왜 들여다보느냐구요. 자기 자신이 캐낸 인생만이 값어치가 있는 거야. 무리 지어 살면서 생긴 것들을 남들은 헤치고 나오려고 하는데 넌 이상하구나, 젊은 애가 왜 꾸역꾸역 그 속으로 자신을 밀어 넣고 있냐……고.

어제 차마 당신께 할 수 없었던 말이 있었습니다. 그건 당신과 저를 한꺼번에 어디선가 끌어내려 구덩이에 처넣는 일만 같아, 어떻게 해서든 이 말만은 당신께 하지 않으려고 그 술집에서 당신께 발광을 부렸던 겁니다. 당신을 발로 차고, 당신의 가슴에 주먹질을 하고, 당신을 짓이기면서 대들었던 건 막 새나오려고 하는 이 말에게 지지 않으려고 그랬던 겁니다.

창백하게 앉아만 있던 당신. 제가 이 말을 하고 나면 당신이 저를 질책하셨던 대로 당신과의 연을 남녀간의 어지러운 정쯤으로 수긍하는 셈이 되겠지요. 그래서 하지 못한 말이 있어요.

지금도…… 이 말을…… 당신께…… 꼭, 해야 하는가……?

몇 번이고 제 자신에게 되묻게 됩니다. 내뱉고 말면 어쩌면 당신은 저를 증오할지도 모르겠어요. 사랑이 증오로 바뀌는 건 순식간의 일이지요. 당신이나 나나 그 두 감정이 서로 동시에 마음을 언덕 삼아 맞대고 있지 않았나요? 다만 그동안 우리는 아주 위태롭게 사랑 쪽을 지켜왔던 것 아닌가요? 어쩌면 제 이 말이 증오 쪽으로 당신 마음을 돌려놓을지도 모르겠습니다.

당신, 저를, 용서하세요.

이 말을 하지 않으면, 제 말이 모두 당신에게 오리무중일 것만 같으니, 점촌아주머니를 혼자 살게 한 점촌아저씨의 그 여자, 그 중년 여인으로 하여금 울면서 에어로빅을 하게 만든 그 여자…… 언젠가, 우리 집…… 그래요, 우리 집이죠…… 거기로 들어와 한때를 살다간 아버지의 그 여자…… 용서하십시오. ……제가…… 바로, 그 여자들 아닌가요?

사랑하는 당신.

노여워만 마세요. 저는 그 여자를 좋아했습니다. 어쩌면 이 세상에 태어나서 처음으로 느낀 타인에 대한 사랑이었는지도 모릅니다. 그 여자가 남겨놓은 이미지는 제게 꿈을 주었습니다.

제가 더 자라 학교에 다니게 되었을 때, 새 학기가 시작되고 나면 담임 선생님은 개인 신상 카드를 나눠주며 기록을 해오라 했습니다. 그 개인 신상 카드 어느 면에 장래 희망을 적어 넣는 칸이 있었지요. 장래 희망. 저는 그 칸 앞에서 오빠 볼펜을 손에 쥐고 우두커니 앉아 있곤 했어요.

……그 여자처럼 되고 싶다…… .

이것이 제 희망이었습니다. 그 여자가 우리 집에 와서 심어놓고 간 일들을 구체적으로 간추려서 뭐라고 써야 하나? 그것이 고민스러워 우두커니 앉아 있곤 했던 것입니다.

끝끝내 그걸 간추린 단어를 저는 그때 알고 있지 못했어요. 그래서 다른 아이들처럼 어느 때는 은행원, 어느 때는 학교 선생님, 어느 때는 발레리나라고 써넣을 수밖에 없었습니다만, 그렇게 표현되는 그때그때의 희망들은 모두 그 여자를 지칭하고 있었습니다.

그 여자는 우리 집에 살기 시작한 지 열흘 만에 큰오빠만 빼고 모두 끌어안아 버렸어요. 백일이 갓 지난 울 줄밖에 모르던 그네 속의 막내 동생까지요.

그 여자의 손이 닿아 제일 먼저 화사해진 게 아기 그네였습니다. 어머니께서 그네 밑에 깔아놓으셨던 떨어진 아버지 내복을 그 여자는 맨 먼저 걷어냈어요. 그러고는 어디서 났는지, 잔꽃이 아른아른한 병아리색 작은 요를 깔았어요. 그네 하면 어린애의 울음소리와 그 낡은 내복이 생각났었는데, 그 여자는 뽀송한 기저귀가 옆에 있는 환한 병아리색 이미지로 바꿔놓은 거예요.

그 여자는 아이를 울리지 않았어요. 처음에는 어머니 젖이 아니라, 느닷없이 우유병이 들어오자, 칭얼칭얼대는 것도 그 여자는 잘 해결했죠. 그 여자는 서슴없이 자신의 젖을 꺼내 아이에게 물렸다가 아이가 빈 젖임을 막 알려는 참에 살며시 젖병 꼭지를 밀어 넣었어요. 그러면 어린애는 손가락을 그 여자의 젖 위에 얹어놓고 꼼지락거리면서 순하게 그 젖병 꼭지를 빨았습니다.

아이는 그 여자 등 뒤에서 해사하게 웃었고, 그 여자는 아이를 업고 음식들을 만들었습니다. 도마질만은 무척 서툴렀습니다만, 그 여자는 도마질을 잘하는 어머니 맛하고는 다른 맛의 음식을 만들어냈습니다. 밥을 한 가지 해내도 그 여자가 한 밥은 표가 났습니다.

어머니의 밥은 한가지였지요. 보리와 쌀이 섞인 쌀보리밥이 그것입니다. 어머니께선 미리 보리를 삶아놓았습니다. 그러면 밥뜸을 안 들여도 되었거든요. 그것도 한꺼번에 며칠 것을 삶아두셨어요. 논일·밭일에 언제나 어린애가 있던 집에서 보리 삶는 시간도 아끼셔야 했던 분입니다. 삶아놓은 보리를 밑에 깔고 한 켠에 쌀을 얹어서 지은 다음 나중에 밥그릇에 풀 때 섞는 것입니다. 어머니는 언제나 아버지 밥그릇과 큰오빠 밥그릇은 따로 챙겨두셨다가, 그 두 밥그릇엔 쌀밥이 더 들어가게 섞으셨지요.

그 여자는 보리를 미리 삶아놓지 않았습니다. 밥을 지을 때마다 그때그때 보리를 먼저 물에 불려놓았다가 돌확에 갈아 지었습니다. 그리고 알맞은 때에, 밥뜸 불을 밀어 넣어줘서 밥은 늘 고슬고슬했어요.

그 열흘 중의 어느 날은 보리를 다 빼고 쌀에 수수를 넣은 밥을 지었으며, 또 어느 날은 입에 쏙쏙 들어가기 좋을 만큼의 크기로 만두를 빚어서 밥 대신 만두국을 내오기도 했습니다.

지금도 환하게 생각납니다. 그 여자는 마치 우리 집에 음식을 만들러 온 여자 같았어요. 멥쌀보다 색이 뽀얀 찹쌀로 둥근 경단을 만들어 내놓기도 했으며, 곤로를 마당에 내놓고 진달래 화전을 부쳐주기도 했어요.

찹쌀로는 그저 시루에 찰떡만 쪄주셨던 어머니.

그 여자는 어느 날 대추·밤을 썰어 넣어 찹쌀 약식을 해주었죠. 찹쌀의 그 끈기가 그렇게 맛있는 것인 줄 그 여자를 통해 알았습니다. 다듬잇돌에 밀가루를 밀어 칼국수를 만들어 내왔을 때, 그 국물 위에 화려하게 얹혀진 고사리와 계란 고명들이 지금도 눈에 환합니다. 어머니가 쑤어준 풀떼죽하고는 확실히 달랐지요. 맛이야 어떻든 그 폼이 말이에요.

그 여자가 묵었던 그 열흘 동안 도시락을 싸가는 오빠들이 부러웠습니다.

어머니께서 싸주시는 도시락 반찬 그릇은 들여다볼 것도 없었지요. 과묵하던 큰오빠까지도 또 염소 똥이야, 할 만큼 검정콩 자반이 주를 이루었고, 집에서 담근 단무지, 된장 속에 묻어놓았던 오이장아찌, 어쩌다 밥물 위에 얹어 쪄낸 계란찜이었으니까요.

그 여자의 음식 만드는 멋은 특히나 오빠들 도시락에서 이루어졌습니다. 맨밥에 반찬 싸가는 것이 도시락인 줄만 알았는데, 그 여자는 당근과 오이와 양파를 종종종 썰어서 밥과 함께 볶아서 그 위에 계란 프라이를 얹어주었습니다. 푸른 콩·붉은 강낭콩·검정콩 등을 섞어 설기떡을 만들어서 밥 반쪽, 콩설기떡 반쪽을 싸주기도 했습니다. 아버지께 쇠고기를 사오라 하여 양념해서 볶고, 시금치도 데쳐서 기름에 볶고, 달걀도 풀어 몽올몽올하게 볶아서, 이 세 가지를 밥 위에 덮어주기도 했습니다. 꽃밭, 꽃밭을 연상시키더군요.

어느 날은 저에게 큰오빠가 무슨 밥을 좋아하느냐고 물어서 주먹밥

을 좋아한다 했더니, 다음 날 그 여자는 콩을 넣은 주먹밥을 자그만자
그만하게 만들었어요. 먹을 때 밥이 손에 달라붙지 않도록 깻잎으로 하
나씩 싸서 도시락을 채웠습니다. 온 식구들이 함께하는 끼니때는 아버
니께 혼이 날까 봐 숟가락을 드는 시늉은 했지만, 도시락은 들고 갔다
가 고스란히 되가지고 오던 큰오빠는 그날 등교하다 말고 다시 돌아왔
습니다. 그러고는 마루 끝에 그 도시락을 팽개치고 달아났어요. 아무래
도 그걸 가지고 학교까지 갔다가는 먹고 싶은 유혹을 물리치기가 힘들
거라는 생각이 들었던 거겠죠.
　그 여자는 아버지가 술 드시고 온 다음 날은 밤새 읍에 나갔다가 온
것인지, 싱싱한 소 피를 삶아 뚝뚝 잘라 넣은 선지국을 끓여 내놓았습니
다. 그 국물 위에는 어슷어슷 썰어 넣은 생파가 듬뿍 얹혀져 있었지요.
　그 여자가 부쳐주던 두릅적이며, 그 여자가 무쳐주던 미나리나물·
쑥 나물 한 접시…… 아, 그 칡 수제비까지 생각나는 걸 보면, 아버지
로 하여금 그 여자를 사랑하게 한 게 그 음식들이라고 생각하는가 봅니
다, 저는. 국수에 고명을 넣은 그 여자와 넣지 않은 나의 어머니. 글을
더 쓸 수가 없군요.
　바깥에서 아버지께서 우사에 가보자고 부르십니다.

　다시 펜을 들면서 저는 참담함을 느낍니다. 이 글의 시작은 당신께
제 마음을 전해 드리고자 하는 것이었는데, 저는 아무래도 이 글을 못
끝낼 것만 같습니다.
　당신과의 약속 날은 이제 나흘 남았습니다. 당신이 이곳을 다녀가신
뒤에 또 사흘이 흐른 것입니다. 당신에겐, 제가 당신 앞에 나타나는 일
은 없을 것이다, 해놓고, 어느 순간의 저를 보면 당신에게 이미 가 있는
것만 같습니다. 나흘 후면 정말 당신은 이 땅에 없으십니까? 제가 당신

을 따라나서지 않는데도 당신은 떠나시는 겁니까?

저와 함께하기 위해서 당신은 이곳을 떠날 생각을 했었습니다. 당신의 두 아이와 당신의 아내, 그리고 당신의 사십 평생이 있는 여기를 말이에요. 무슨 영화 속에서나 벌어질 법한 일이 당신과 저 사이에 생긴 것이지요. 저는 당신의 그 결정이 고맙기만 해서 따라나서겠다고 했습니다. 당신이 두고 가는 것에 비하면 제 것은 아무것도…… 아무것도 아니라고 여겼기에.

여기에 올 때만 해도 당신이 마음을 바꾸시면 어쩌나, 당신을 못 믿어서가 아니라 당신이 저보다 더 어려워 보여서요. 그런데 저는 지금 못 가겠다 하고, 당신은 날 받아놓고 있다니.

바깥에서 아버지께서 부르신다고 펜을 놓고서 한 줄도 더 이어 쓰지 못한 지난 사흘 동안, 저는 눈먼 송아지를 돌봤습니다. 어머니께선 지난 사흘 동안 방에서 일어서시면 상가에 가셔서 송아지 돌보는 일은 자연스럽게 제 몫으로 남겨지더군요.

점촌할머니는 어머니에게 평생을 춥게 살다 가신 분, 가여우신 분입니다. 말씀은 안 하시지만, 어머니께서 나이 차도 꽤 나는 그 점촌할머니와 늘 가까이 지내셨던 것은 언젠가 당신이 열흘 동안 겪은 경험으로 그분의 쓰라리고 고됨을 이해하시기 때문인지도 모릅니다.

오늘은 상여가 나가는 날이라 아버지께서도 나가셨습니다. 우사에서 눈먼 송아지의 입술을 제 어미의 젖꼭지에 대주고 도랑가로 나와 철길 너머를 바라봤는데, 점촌할머니 떠나시는 모습이…… 하얗게…… 멀리 보이더군요. 여기 올 땐 그저 봄이 왔었을 뿐인데, 상여 나가는 그 앞산에 눈길을 줘보니, 연푸름이 짙어지고, 늦봄 철쭉이 만발해서는 그 자리에 불을 지를 듯, 그렇게 붉었어요……

우사의 어미 소는 제 새끼가 눈먼 것을 아직은 모르는 모양입니다.

젖을 놓친 송아지가 다시 젖을 못 물고 배를 더듬거리면, 뒷발 들어 송
아지의 엉덩이를 때립니다. 어리광 그만 부리라는 뜻이겠지요. 하긴 송
아지 자신도 자기가 눈먼 걸 모를 테지요. 태를 끊었을 때부터 칠흑이
었을 테니 세상이 그런 줄, 그런 줄로만 알겠지요.

　대신에 제 어미의 기척엔 예민합니다. 옆에 있던 어미가 부시럭거리
면 저도 부시럭거리고, 제 어미가 일어서면 저도 이엉차, 일어섭니다.
아무것도 보지 못하는 눈은 너무나 맑습니다. 그 눈에 제 눈을 헹궈 내
고 싶을 정도로요. 헹궈낸 후엔 곧 제 눈앞도 칠흑이 되어서 당신이 다
시 와도 알아보지 못했으면…….

　오늘도 더는 못 쓰겠군요. 이 심정으로 어떻게 제가 왜 당신을 만나
지 않겠다는 것인가에 대해서 쓴단 말인가요!

　……그 여자같이 되고 싶다…….

　그 희망은 그 여자가, 아기그네에 병아리색 이불을 깔아서거나, 숙주
나물에 청포묵을 얹어줄 줄 알았던 여자여서만은 아닙니다. 그 여자는
오빠들 속에 섞여 있는 저를 알아봐 줬던 것입니다.

　위로 오빠 셋만 있는 집의 여자아이란, 어디에 있어도 보이지 않게
마련이지요. 다 자라서는 모르겠지만 서로 그만그만하게 자라고 있는
중에는 말이에요. 어머니 말씀에 의하면 제가 태어났을 때 아버진 마을
사람들에게 막걸리를 내셨답니다. 아들만 있는 집에 양념딸이 났다고
반기워하시면서요. 하지만 곧 저의 존재는 집 안팎에서 뒤처졌습니다.

　그렇다고 해서 특별히 어머니나 아버지가 저를 어떻게 대했다는 뜻
은 아닙니다. 그냥 내버려둔 거지요. 제가 뒤란에서 울고 있거나, 제가
앞집 아이가 신은 색동 코고무신을 신고 싶어 애달아하는 것, 제가 오
빠가 입던 스웨터는 입고 싶어하지 않는 마음들을 다 내버려둔 거지요.

맞습니다. 그 여자가 제 인상에 각인될 수 있었던 것은 그 여자가 저를 알아봐 줬기 때문이에요. 당신을 처음 만난 그날, 느닷없이 내리는 비를 맞고 버스를 기다리고 있는 여러 여자들 중에서 감기를 앓고 있는 여자가 바로 저라는 걸 알아줬던 것처럼 말이에요. 당신은 그날 제게 우산을 받쳐주며 말했지요. 상습범이라고 생각 마십시오, 독감을 앓고 계시는 것 같아서.

그 여자는 무슨 까닭인지 틈만 나면 칫솔질을 했어요. 밥 먹은 후에 하는 것은 당연한 일이고, 큰오빠가 방문을 꽉 잠그고 나오지 않을 때도, 큰오빠의 사주를 받은 둘째오빠가 아줌마, 술집에서 왔지? 하고 말했을 때도, 그때 초등학교에 막 들어간 셋째오빠가 한밤중에 엄마 내놓으라고 발 뻗고 숨넘어갈 듯이 울어 제낄 때…… 그 여자는 칫솔에 흰 치약을 많이 묻혀 오랫동안 칫솔질을 했습니다. 역시 큰오빠의 사주를 받은 제가 뒤따라다니며, 그 여자의 등에 업힌 어린애를 꼬집어 울릴 때도 말이에요.

어느 날 그 여자는 빨랫줄에 방금 물에서 막 헹궈낸 흰 기저귀를 널다 말고 칫솔에 치약을 묻혔어요. 저는 그때 마루에 걸터앉아 물끄러미 그 여자를 바라보고 있었습니다. 그러다가 문득 저도 그 여자처럼 이를 닦아보고 싶어졌어요. 칫솔 통에서 제 칫솔을 꺼내 저도 치약을 묻혔죠.

저는 그때껏 그 여자가 칫솔질만 하고 있는 줄 알았는데, 아니었어요. 그 여자는 울고 있더군요. 벌써 그때 눈이 시뻘개져 있었어요. 그 여자는, 우는 모습을 제게 보인 것이 민망했는지, 오른손으로 닦도록 해, 하면서 왼손에 쥐고 있는 제 칫솔을 오른손에 쥐어주었습니다.

칫솔을 입에 집어넣고 건성으로 쓱쓱거리고 있는데, 그 여자는 칫솔을 쥔 제 손을 자신의 손으로 싸쥐더니 입속에서 칫솔을 둥글게 둥글게 돌려 닦는 법을 가르쳐주었습니다. 그래야 잇몸이 안 다쳐. 저는 그때

잇몸이 뭔지도 모르는 때였습니다. 다만 그 여자가 잇몸이라고 발음했을 때, 그 여자의 눈물이 제 손등으로 툭 떨어져서 오랫동안 기억하는 것입니다.

써 내려온 글을 읽어보니 혼란스러움으로 머리가 빠개지는 것만 같습니다. 지금 제가 당신에게 무슨 짓을 하고 있나요? 혹시 저는 당신에 대한 변심을 열심히 둘러대고 있는 중은 아닐까요? 그렇지 않다면 왜 이렇게 마음이 조급한 것입니까? 느낌들이 마구 엉켜서 어디서부터 이야기를 계속해야 될지도 모르겠습니다. 그리고 제 기억이 어느 정도 정확한 것인지도.

당신과 알고 지냈던 지난 이 년 동안 저는 이 마을을 단 한 번도 찾지 않았습니다. 단순한 우연일까요? 아닌 것만 같습니다. 이곳에 와서 맞부딪칠 얼굴이 저는 두려웠던 게지요. 당신을 사랑하는 일이 자랑할 만한 일이 아니라는 것을, 제 자신도 알고 있었던 겁니다.

그러면 저는 지금, 당신 말처럼 당신과의 관계가 불륜이었음을 나 스스로가 인정하면서, 자랑할 만한 사랑을 하겠다. 그래서 당신을 잊어야겠다. 이런 말을 하고 있는 중이란 말입니까? 사실은 그렇게 간단한 것을 이렇게 복잡하게 얘기하고 있는 건가요? 제가?

그…… 여자, 그 여자는 왜…… 다시 집을 나갔을까요?

당신을 믿어요.

그 여자가 아버지께 한 말 중에 지금껏 기억에 남는 말은 유일하게 이 한마디입니다. 그 여자의 당신이었던 아버지를 믿었으면서, 그 여자는 왜 그렇게 도망치듯 집을 나갔을까요? 어머니 때문이었을까요? 그 여자는 어머니가 잠시 다녀간 다음 날 집을 나갔습니다. 그렇다고 어머니께서 그 여자에게 무슨 대거리를 한 것도 아니에요. 어머니는 오셔서 그 여자가 업고 있던 막내 동생을 받아 안았을 뿐입니다.

지치셨던 것인가? 아니면 그것이 어머니께서 견디시는 방법이셨는가? 어머니는 그저 말없이 아이를 받아 안고서 젖을 먹이셨어요. 어머니의 젖은 퉁퉁 불어서 푸른 힘줄이 불끈불끈 솟아 있었습니다. 어린애가 한참을 빨고 나니까 그 힘줄이 가셨습니다. 봄볕이 내리쬐는 그 봄날에 마루에 앉아 젖먹이는 어머니와 그 곁에 서서 그저 마당만 하염없이 내려다보고 있는 그 여자라니.

어머니는 젖을 빨다 잠이 든 어린애를 포대기에 싸서 마루에 눕혀놓고, 토방에 쭈그리고 앉아 있는 제게로 오셨어요. 그때, 제 손에 그 여자가 만들어준 설기떡이 쥐어져 있었던가 말았던가. 그 풍경을 생각하니 눈물이 번지는 군요. 어머니는 한 칸씩 위로 채워진 제 윗옷 단추를 다시 끌러서 채워 주시고, 벗어놓은 제 신발에 담긴 흙 부스러기를 털어내 주시고서는 물끄러미 제 눈을 들여다보시더니 다시 가셨어요. 삼십 분도 채 안 되는 시간이었지요.

단지 그뿐이었는데 그 다음 날 그 여자는 나갔습니다. 뒤란 마당까지 깨끗이 쓸고 난 다음이었어요. 실에 꿴 감꽃을 주렁주렁 목에 매달고 있는 제 손을 그 여자는 잡아당겼어요. 점심상은 방에 차려놨어. 동생은 방금 잠들었구. 깨어나면 기저귀 속에 손 넣어봐서 오줌 쌌거든 얼른 갈아 줘…… 그러구 아버지가 날 찾거든 모른다고 해라. 언제 나갔는지 모른다고 해, 알았지?

어느새 그 여자는 처음 우리 집에 왔을 때 입었던 저고리와 치마로 바꿔 입고 있더군요. 분을 옅게 바르고 있어서 얼굴빛이 더욱 뽀얬습니다. 처음 우리 집에 온 날 저를 어지럽게 하던 그 은은한 향내가 그 여자에게서 다시 났어요. 큰오빠가 무서워 다락에 숨었다가 거기서 잠이 들어버려 굴러 떨어진 뒤로는 맡지 못했던 냄새였습니다.

어느 날 그 여자가 제게 책을 읽어주었어요. 어느 대목이 재미있어서 막 웃고 있는데, 큰오빠가 들어왔어요. 큰오빠는 저를 노려보더니 다시 방문을 쾅 닫고 나가버렸죠. 저녁에 큰오빠에게 혼날 일을 생각하니 무섭기만 했어요. 그래서 숨은 곳이 불이 안 들어서 쓰지 않고 있던 빈방의 다락이었어요.

그 다락은 경사진 좁은 계단을 몇 개 통과해야 올라갈 수 있게 되어 있었습니다. 저는 그곳에서 저녁밥도 안 먹고 잠이 들어버렸어요. 다락에서 잠이 든 줄도 모르고 잠청을 하다가 밑으로 굴러 떨어져 내렸지요. 제가 쿵, 떨어졌을 때 달려온 이는 그 여자, 그 여자였습니다. 그 여자는 제 엉덩이를 세게 때렸어요.

집을 나가버린 줄 알았잖니, 이것아!

그 여자는 거의 울듯했어요. 저 때문에 말이에요. 제가 집에 있는지 없는지도 모르고 다른 식구들은 다 깊은 잠에 빠져 있었는데, 아버지까지도 주무시고 계셨는데, 그 여자는 그때껏 마루에 앉아 있었던 겁니다. 그때, 그 여자는 악마다, 라고 했던 큰오빠의 말이 다 틀린 말이라고 생각했습니다.

그 여자에게서 느껴지던 어질머리가 그 다음으로 다 사라, 사라졌어요. 그런데 그 여자는, 그 향내를 다시 풍기면서 그 파란 페인트칠 대문을 빠져나갔습니다. 저는 그 여자가 처음 우리 집 대문을 열고 들어왔을 때 앉아 있었던 그 마루에 앉아서 집을 나가는 그 여자를 바라봤어요. 역시 환한 햇살 속에서요. 눈물이 날 것 같기도 하고, 어서 아버지가 오셨으면 하는 마음이 생기기도 했어요.

그때 제 눈에 띈 게 칫솔 통이었습니다. 그 속엔 그 여자의 노란 칫솔이 그대로 있었어요. 마을을 빠져나가는 길은 큰길과 소롯한 수리조합 둑길이 있었는데, 그 여자는 수리조합 길로 걸어가고 있더군요.

저는 정신없이 뛰어 그 여자 뒤에 섰어요. 제가 뛰어오는 소리가 들렸음직도 한데 그 여자는 그저 여민 치마 한끝을 싸쥐고 뒷모습만 보이더군요. 그 여자 뒤에 바짝 서서 그 여자의 치마를 잡아당겼습니다. 그때서야 그 여자는 돌아다봤습니다.

아, 그때 그 여자의 얼룩진 얼굴이라니, 눈물에 분이 밀려나서 그 여자의 얼굴은 형편없었어요. 칫솔을 내밀자 그 여자는 웃을락 말락 했습니다. 그 여자는 내 손에 있는 칫솔을 가져가는 게 아니라, 손을 그대로 꼭 잡았습니다. 그러고선, 제 눈을 깊게 들여다봤어요.

나…… 나처럼은…… 되지 마.

그 여자는 한숨을 포옥 내쉬었습니다. 그러고선 곧 저를, 저를 떠밀었어요. 어서 가봐, 동생 잠 깨것다아.

오늘은 비가…… 명주실 같은 저, 봄비……가,

자꾸만 바깥을 내다보게…… 귀……귀 기울이게 해요. 방금 저는, 아버지와 저 속을 쏘다니다 왔어요. 들과 산과 빨래터를요. 산등을 따라 죽 이어지는 봉우리들까지 오르락내리락했습니다. 산쑥은 물론이요, 연둣빛 능선에는 벌써 산수유가 피어서 가는 비에 파들거렸어요. 실비라서 우산 쓸 생각은 하지도 않았었는데, 돌아올 때는 제 머릿결이, 아버지 어깨가 축축했어요.

새를 잡으러 나갔었습니다. 단 한 마리도 못 잡았으니 잡으러 나갔다기보다 쫓아다니다가 왔다는 게 맞는 말이겠군요. 아버지께서 오후에 한 차례씩 엽총을 어깨에 메고 들과 산으로 사냥을 나가신다는 건 이번에 처음 안 일입니다. 어머니 말씀에 의하면 벌써 이 년째 습관처럼 하시는 일이라는데요. 하긴 저는 지난 이 년 동안 여길 오지를 않았었으니까요.

사냥이라고 써놓고 보니 말이 크군요. 그 큰 말의 울림 속에서 원시적인 게 섞여 있네요. 이젠 사냥이 딱히 동물을 잡는다는 뜻으로만 쓰이지는 않습니다만, 제게 와 닿는 사냥이라는 말의 울림은 아직 원시적입니다.

저 먼 부족이나 더 멀리 씨족들이 무리 지어 살았던 때로 생각이 거슬러 갑니다. 그들은 이런 상상을 하게 해요. 길도 없는, 아니 어느 곳이나 길이 되는 산자락 밑이나 들판 한가운데에 짚으로 엮어 만든 수집 채의 움막집, 그 움막집 앞엔 늘 타고 있는 불기둥, 그 불길은 더 깊은 상상을 불러일으킵니다.

움막 집집마다에 한 가족들이 보입니다. 남편과 아내와 여러 아들과 딸들이 그 속에서 서로 엉켜 삽니다. 그들은 거의 알몸입니다. 햇볕에 그을린 살갗은 희지 않습니다. 그들의 머릿결은 검고 윤기가 흐르면 숱이 많습니다. 종아리와 팔뚝엔 알통이 불쑥 나와 있으며, 가족들 모두 엉덩이가 바람에 빵빵한 공처럼 둥글어서, 걸을 때마다 누가 발로 차내는 듯이 실룩거리는 겁니다.

그런 그들이 모두 함께 사냥을 나갑니다. 짐승을 동그랗게 둘러싸 몰려면 숫자가 많을수록 좋습니다. 그때, 여자들은 누구나 자식을 덩실덩실 여럿 낳고 싶어했을 거라고 저는 생각하는 것입니다. 그들은 산맥같이 얽혀서 사냥해 온 멧돼지나 오소리, 때때로 곰을 그 움막집 앞의 불길에 굽는 겁니다. 사냥이란 모름지기 이런 것이라야 하지 않을까요.

말을 이렇게 해놓고 보니, 방금 다녀온 아버지와의 새 사냥은, 사냥이라 하기가 민망하군요. 그냥 새잡이라고 해두지요. 처음부터 아버질 따라 나설 생각이 있었던 건 아니었습니다. 마당으로 나 있는 창문으로 아버지께서 스쳐 지나시기에 저는 의아한 마음으로 창을 통해 아버질 따라가 보았습니다. 아버지의 차림이 특이했거든요.

아버진 털이 보숭보숭하고 각이 진 밤색 모자를 쓰고 계셨는데, 갈색 가디건에 검정 목티를 받쳐 입고 계셨는데, 헐렁한 상아색 골덴 바지에 벨트를 꽉 조인 차림이셨는데, 무릎까지 올라오는 장화를 신고 계셨는데, 맑게 쏟아지는 봄볕을 뚫고 가시는 그 모습이 꼭 사냥꾼 같았습니다. 아버지께서 헛간 벽에 걸어둔 엽총을 꺼내 어깨에 메셨을 때, 그 엽총은 완벽한 소품이 되더군요. 분장을 마친 아버진 대문을 나가셨습니다.

그때, 저도 방문을 열었지요. 처음엔 그저 어리광쟁이 어린애처럼 앞서가시는 아버지 장화 발짝을 갖다 대며 뒤따랐습니다. 한쪽으로 우리 부녀의 그림자가 나란히 함께 걷고 있었습니다.

바람이 불기 전까지 아버진 꽤 늠름해 보였습니다. 바람이 불자 상아빛 골덴 바지가 아버지 몸에 달라붙는 거였지요. 저는 뒤따르던 걸음을 멈추었습니다. 바지 안에 아버지 몸이 과연 있는 걸까? 믿어지지 않게 바람만 쿨렁거리는 것이었습니다. 제 기척이 끊기자, 아버진 뒤돌아보셨습니다. 털모자를 쓴 아버진 제가 당신 가까이 다시 다가설 때까지 기다려주셨습니다.

아버지가 저렇게 작아지시다니, 털모자 밑으로 보이는 뒷목덜미까지 흰머리가 수북했습니다. 귀밑으론 탄력을 잃은 살이 처져 겹을 이루고 있는데 거기까지 무수히 핀 검버섯이라니.

저 깊은 곳에서 고함이 터져 나왔어요. 당신을 향해 지르는 것도 같았고, 어쩌면 삶을 향해 내질렀는지도 모르지요. 연민에 휩싸여 아버지 골덴 바지 뒷주머니에 제 두 손을 포옥 집어넣었습니다. 갑자기 뒤에서 잡아당긴 셈이라 아버진 순간 몸의 중심을 잃으시고서 뒤에 서 있던 제게 쏟아지셨습니다. 주머니 속에서 만져지는 앙상한 아버지의 엉치뼈.

아버진 오늘 콩새 한 마리도 잡지 못했습니다. 들에서도 산에서도 빨래터에서도 허심해 보이는 산비둘기를 향해 나무 뒤에 거의 나무처럼 붙어서서 겨냥하시기도 했지만 매번 헛방이었습니다. 그러실 때마다 아버진 저를 바라다보며 겸연쩍게 웃으셨어요. 아버진 제 앞에서 날아가는 새를 멋지게 쏘아 맞추고 싶으셨을 거예요. 하지만 오늘 사냥은 아버지 마음대로 되지 않았습니다.

사냥 얘기를 하다 보니 당신에게서도 언젠가 사냥에 대한 얘기를 들었던 기억이 나는군요. 당신은 아프리카 어느 마을 원주민들에 대한 얘기를 하셨습니다. 그들의 선조들은 기마 민족이었다 했습니다. 그들은 말을 타고 밀림을 달려 사냥을 해서 물물 교환을 하며 후손들을 번창시켰다고 했습니다.

밀림은 길이 되고…… 밀림은 농사지을 땅이 되고, 원주민 장정들은 더 이상 사냥을 할 수 없게 되었다, 했습니다. 그런데도 그들은 밤낮으로 무기를 손으로 만든다면서요. 마을 여자들은 해가 뜨기도 전에 들에 나가서 구슬땀을 흘리며 식구들의 식량을 일구며 하루해를 보내는데, 장정들은 동이 트자마자 떼를 지어 황야로 나간다지요. 창을 들고 활을 메고 말이에요.

그들은 황야로 나가 온종일 서성거리다 돌아오는 게 일이라고 했습니다. 이젠 함성을 지르며 사냥할 짐승도, 피 흘리며 싸워야 할 다른 부족도 없는데, 그들은 그들 선조들이 해왔던 사냥과 전쟁의 습속을 버리지 못해 온종일 지평선을 바라다보다 돌아온다지요.

당신께 그 얘기를 들었을 때 저는, 정말이에요? 하며 웃었습니다. 그런데 지금, 그들이 나의 오라버니들같이 느껴지는 건 웬 까닭일까요? 떼를 지어 웅성웅성 온종일 서성거리다가, 붉디붉은 황혼을 등에 지고, 공허하게 마을로 돌아오고 있는 그들 속에서 제가 제 아버지를 보았다고 하면 당신, 당신은…… 웃겠지요?

당신과의 약속 시간은 이제 이 밤만 지나면 다가옵니다. 당신은 정말 떠나실 건가요? 그렇다면 저는 지금 무엇을 참고 있는 것일까요? 당신이 떠나버리면 제가 참고 있는 것은 모두 부질없는 일이 되어버립니다.

오늘 하루는 종일 중얼중얼거렸어요. 당신에게 달려가려는 쪽으로 마음이 바뀌려 할 적마다, 저를 스쳐 간 당신과의 기억들이 모두 나쁜 것이었다고, 속삭이고 속삭였어요. 그래도 불쑥 열이 났고, 당신에게 가야지, 잠깐씩 가방을 챙기기도 했어요. 행여 당신이 저를 데리러 오지 않나, 여러 번 대문을 내다보기도 했어요.

어렵게 견뎌내고 찾아온 이 밤. 이미 당신에게로 가는 기차는 끊겼는데, 내일 새벽 첫차는 몇 시던가, 저는 지금 그걸 헤아려보고 있으니 이 밤이…… 무섭습니다. 산버찌를 먹으면 눈물날 일이 생긴다고 제가 산에서 버찌를 따오면 어머니는 마당에 쏟아버리시곤 하셨죠. 어머니께서 말씀하시는 눈물날 일이 이것인가요? 어머니 몰래 먹은 산버찌가 지금 저를 울리는 것인가요?

아버지는 그 여자를 정말 사랑했습니다. 아버지는 그 여자가 저녁 설거지를 마치고 들어오면 손 크림을 발라주셨지요. 왜 그것만이 유난히 생각나는지 모르겠어요. 저는 아버지의 손과 그 여자의 손이 전혀 스스럼없이 서로 엉키는 것이 꼭 꿈결인 것만 같았어요. 손크림을 통에서 찍어내 그 여자의 손에 골고루 펴 발라주실 때 아버지의 그 환한 모습을, 그 이후에도 그 이전에도 본 적이 없는 것 같아요.

손, 그래요. 그 시절의 아버지와 그 여자는 손을, 둘이서 있을 땐 늘 손을 잡고 있었던 것도 같습니다. 그것이 손크림을 발라주는 한 컷으로 합쳐져서 생각나는 모양입니다. 손 잡는 일이 뭐 대수겠습니까만, 저는 지금도 아버지 손을 꼭 잡아보지 못한걸요.

당신의 손, 저도 당신 손을 참 좋아했습니다. 언젠가 운전하는 당신의 손등에 제 손을 갖다 대며, 당신 손이 참 좋아요, 제가 했던 말 기억하십니까.

당신 손엔 늘 결혼반지가 끼여 있었어요. 그걸 볼 때마다 쓰라림이 훑고 지나갔지만, 당신은 당신 자신이 결혼반지를 끼고 있는지조차 모르시는 듯했어요. 그 반지는 그저 당신의 일부분처럼 거기 끼여 있었습니다.

그래도 당신에 대한 어찌할 수 없는 슬픔이 마음에 휘몰아칠 때마다 당신의 손을 찾아 쥐었습니다. 그러면 서러운 마음이 가라앉곤 했어요. 저는 당신에게 반지 말고 다른 것을 받았다고, 설령 그 받은 것 때문에 제가 그 속에 갇혀 죽는다고 해도…… 제겐 그것만이 유일하다고 그렇게 저를 달래고는 했…….

사랑하는 당신!

……여기에 오지 말았어야 했습니다. 이 마을은 저를, 저 자신을 생각하게 해요. 자기를 들여다봐야 하다니요? 싫습니다! 저는 지쳤어요. 그 여자가 떠나던 날, 그 여자에게 칫솔을 건네주던 때, 그때 저는 그 여자와 무슨 약속인가를 했다고, 지금이 그 약속을 지킬 때라고…… 이 생각을 당신이 있는 그 도시에서 제가 어떻게 해낼 수 있었겠어요.

그 여자가 그때 떠나주지 않았다면 우리들은 어떻게 됐을까? 어머니와 우리 형제들은? 그 여자가 떠나주지 않았어도 과연 우리 가족들이 지금 이만한 평온을 얻어낼 수 있었을까? 여기에 오지 않았으면 이런 생각들을 하지 않았을 거예요!

그 여자가 우리 집을 떠나고 나서 아버지는 오랫동안 술에 취해 계셨습니다. 아무 데나 마구 토해서 부축할 수도 없었어요. 예전에나 지금이나 아버지 인생에서 가장 환했던 때는 그 여자가 있던 그 시절이라고 생각됩니다.

하지만 사랑하는 당신, 그것만이 우리 삶의 다라고 여길 수 없는 불편한 부분이 이 마을에는 흐르고 있어요. 여기에 오지 않았으면 모를까, 이미 저는 그 불편함에 의해 끔찍해져 있는 겁니다. ……여기에, 여기에 오지 말았어야 했어요. 그것밖에 달리 제 마음을 어떻게 쓴단 말인가요. 양잿물을 들이마신 것같이 쓰라리게 당신이 그리워요.

지금…… 막, 당신과의 약속 시간이 지났습니다. 순간 숯불이 얹혀지는 듯한 뜨거움이 가슴에 치받쳤습니다. 이 치받침은 매우 익숙한 것입니다. 당신을 사랑하는 동안 나의 하루는 이 치받침으로 시작해서 이 치받침으로 끝나곤 했으니, 나에겐 오히려 동무 같은 감정이에요.

당신을 만날 때의 반가움, 당신의 얼굴을 만져보고 싶은 수줍음, 당신이 없는 동안의 그리움, 누구에게도 당신을 자랑할 수 없어서 곧잘 얼굴이 발그레해졌던 무안함까지 그 치받침 속에는 섞여 있습니다.

그렇게 익숙한 것이지만 방금 것의 치받침은 한 세계를 무너뜨리느라고 쉬이 가라앉지 않을 것입니다. 따지고 보면 세상에는 가까이 가선 안 될 게 얼마나 많은지요. 그 안 된다는 것 때문에도 또 얼마나 애가 타는지요.

가슴을 방바닥에 대고 엎드려 있었지요. 오늘 이 치받침은 이렇게 삭혀질 수 있는 것이 아님을 알지만, 달리 삭힐 방법이 제겐 없습니다. 당신은 정말 떠날 것인가?

한 시간 전부터 저는 시계를 들여다보고 여기 있었습니다. 시침이 오후 3시를 막 지나갈 때, 그토록 간절히 붙잡고 있던 당신과의 끈을 놓아버린 셈입니다. 제가 놓아버린 한끝은 지금 여기에서, 당신이 잡고 있는 거기 한끝을 향해 날아가고 있는 중인가요? 당신은 지금 시계를 들여다보며 거기 서 계신가요?

　거의 한 달을 글을 못 썼습니다.
　당신과의 약속 시간이 지나고 나니, 맥이 풀려서 다시 펜을 들 수가 없었습니다. 아니, 이 글이 목적을 잃어버린 탓도 있었겠지요. 표적이 당신이었는데, 어느새 제 글은 무목의 화살이 돼버린 것입니다.
　당신이 제게 주었던 즐거움들이 고통이나 슬픔, 허무로 바뀌어가는 것을 속수무책으로 바라봐야 했던 처음 며칠은, 마비된 듯이 누워만 있었습니다. 이젠 당신을 다시 볼 수 없다 생각하니, 제가 무슨 엄청난 일을 저질러놓은 것 같았어요. 제 마음속의 회오리가 다시 시작된 것만 같더군요. 제게 있어 어떤 중요한 것을 내놓아도 이제는 돌이킬 수 없다니, 저는 벼랑 앞에 선 것같이 아찔했어요. 그 절박한 마음이, 어느 날인가 당신에게 수화기를 들게 했습니다. 당신은 정말 떠났는가? 정말 가버렸는가?
　전화는 당신 아내가 받더군요. 평화로운 목소리였습니다. 당신 이름을 또박또박 대며 바꿔달라고 했을 때만도, 당신은 정말 가버렸는가? 가슴이 불덩이 같았어요. 당신 아내 옆엔 당신의 아이가 있었던가 봅니다. 당신 아내가 당신 아이에게 속삭이는 소리가 들리더군요.
　은선아, 아빠에게 전화 받으시라고 해.
　저는 가만히 수화기를 놓았습니다. 당신, 딸 이름이 은선이었군요. 은선이. 그 애의 이름을 서너 번 불러봤어요. 나물 같은 이름. 어디에 고여 있었는지 눈물이 오래 쏟아졌어요. 은선이.
　방문을 열어보니 마당의 감나무에 감꽃이 하얗게 돋아나고 있었습니다. 갑자기 바깥으로 나오자 환한 햇살이 너무나 어지러웠어요. 대문까지 나오는데 서너 번은 무릎이 꺾였어요. 회복기 환자의 걸음걸이가 아마 그런 것이겠지요.

방 안에 제가 누워 있는 동안 봄 농사일은 이미 시작이 돼서, 들판엔 수건을 쓴 여인들이 모판에 볍씨를 뿌리고 있었어요. 갓 돋아났던 파란 쑥들은 너무 웃자라 쇠어 있었고, 팔레트 속의 물감들 같던 꽃들도 그 사이 덧없이 지고, 어느새 푸른 잎새들이 그 꽃자리를 차지하고 있더군요.

걸어 다니는 동안 제 마음이 조금은 평온해져서, 다시 집으로 돌아올 때는 봄꽃들은 무엇이 급해 입도 돋기 전에 저희들이 그리 피어났다가 저리 속절없이 질까? 하는 생각도 했습니다. 볕 바른 골목에서는 두 여자아이가, 한때는 뭉게구름 같았으나 너펄너펄 져버린 누런 목련잎을 찢어서 소꿉놀이를 하고 있었어요. 피는 모습을 봤으니 지는 모습도 봐야 하는 거겠지요.

제 얼굴은 지금 볕에 그을려 가무스름해졌습니다. 일손이 귀한 곳이라 더 이상 방 안에 있을 수만은 없어서 어머니를 거들기 시작한 일이 제법 익숙해졌습니다. 그래 봐야 새참 준비하는 일이나, 고구마순 모종하는 일뿐이지만은요.

그래도 눈먼 송아지는 제가 우사의 문을 열면 제 발짝 소리를 알아듣고 몸을 일으킵니다. 이곳에 와서 가장 친해진 대상입니다. 아버지께서,

첨엔, 눈먼 놈이라…… 기가 막히더만은 무던하다. 먹고 잠 잘 자니 살이 몽실몽실 올랐어야, 제값 받기엔 별 무리 없겠다!

하실 땐 그 송아지를 짐승으로만 생각하시는 아버지 마음이 야속하게 느껴질 정도로 친해졌어요.

어머니께선 본격적으로 모심기가 시작되기 전에 어서 다시 그곳으로 가라 하십니다. 고생한다고요. 무엇을 어떻게 할 것인지는 아직 정하지

못했습니다. 이 평온을 얻기까지 제가 한 일이란, 이 글을 쓰다 말다 한 것뿐이지요.

이 편지를 처음 쓰기 시작했을 땐 처음으로 제 인생을 제가 조정하는 듯한 기분이 들기도 했답니다. 이토록 힘든 것을 모르고서 저는, 이 마을에 내려와 제 마음결에 일어난 일들을 당신께 글로 쓸 수 있다고 믿었나 봅니다.

지금 생각해 보니 이번 일도 제 인생을 제가 조정한 게 아닌 듯싶습니다. 저는 이 글을 마무리 짓지도 못했는데, 당신은 거기에, 나는 여기에 있잖아요. 어제는 빨래터에서 이 사실이 어찌나 낯설은지 물밑을 오래 들여다봤습니다. ……화르르 흩어지는 송사리 떼들…… 그래도 몇 년 만에…… 숨을…… 깊은…… 숨을 들이쉬는 것 같습니다.

이 글을 당신께, 이미 거기 계시는 당신께 부칠 필욘 이제 없겠지요. 그래도…… 까치, 까치 얘기는 쓰렵니다. 이 마을에 온 첫날 그렇게 부지런히 둥지를 틀던 까치가 새끼 세 마리를 낳았더군요. 옥수수 씨를 심을 구덩이를 파느라고 산밭에 다녀오다가 봤어요. 먼발치라 자세히는 못 봤지만, 그중 어느 새끼도 눈먼 새는 없는 듯했어요. 세 마리 모두 다 어미가 먹이를 물어 오니까 서로 밀치며 소란스럽게 한껏 입을 벌리는데, 입속이 온통 빨갛…… 새빨갰어요.

그 새끼 까치들이 날갯짓을 할 무렵이면 이곳도, 여기 이 고장에도 초여름, 여름……이겠지요. 저기 저 순한 연두색들이 짙어, 짙어져서는 추록이, 진초록이…… 될 테지요. 그때쯤엔, 은선이라는 당신 아이 이름도 제 가슴에서 아련해질는지, 안녕.

홍수 경보

유순하

1943년 일본 경도 출생.
1968년 《사상계》 신인상 희곡 부문 당선.
1980년 《한국문학》 신인상에 〈허망의 피안〉 당선.
소설집 《벙어리 누에》《우물 안 개구리》, 장편 《생성》《배반》 등.
이산문학상, 김유정문학상 수상.

홍수 경보

1

물이 부쩍 늘어나는 바람에 아예 바다처럼 양양해 보이는 강을 따라 구불텅구불텅 흘러내려 가고 있는 도도한 물줄기는 강 양쪽 둑을 쉴 새 없이 공략하고 있었다. 버티고 있는 둑의 위세도 만만치는 않았다. 강물과 둑의 치열한 공방전이었다. 일진일퇴 아직은 그 승부를 어림잡아 볼 수도 없는 형편이었다.

강물이 위험 수위를 넘어선 것도, 홍수 경보가 내려진 것도 벌써 며칠 전부터였다. 한강 언저리만이 아니었다. 한반도 남쪽의 대강 언저리가 모두 마찬가지였고, 그 가운데 금강과 영산강은 이미 넘치기 시작하여 삼남 일대는 그대로 물바다였다.

그런 판에 억수 같은 비는 또 줄기차게 쏟아지고 있었다. 천둥번개가 요란스레 잇달고 있는 그 하늘의 표정으로 보아 좀처럼 그칠 것 같지는 않았다. 하늘에 구멍이 뚫린 듯하다는, 또는 쏟아 퍼붓는 듯하다는 표현들 그대로였다.

김상화 목사의 표현대로라면, "여호와께서 사람의 죄악이 세상에 넘치는 것과, 사람들의 그 마음이 항상 악하기만 한 것을 보시고, 땅 위에 사람을 지으셨음을 한탄하시어, 당신께서 지으신 사람들을 손수 땅 위에서 쓸어 버리기 위해 하늘의 창문을 있는 대로 모두 열어, 주야 동안 비를 쏟아 부으셨던 바로 그날이 재현"되고 있는 듯했다. 아닌게아니라 천지개벽이라도 일어나는가 보다 하고, 사람들은 술렁거렸다.

사람들은 그러면서도 설마 하고 있었다.

10호 태풍 세스는 다행히 한반도의 동쪽 허리를 슬쩍 건드리는 정도로 스쳐 지나가고 있는 중이라고 하지만, 지금 오키나와 남동쪽 바다 위를 지나며 그 힘을 한창 키워가고 있는 11호 태풍 셀마는 아무래도 부산쯤으로 상륙하여 한반도를 정면으로 유린하게 될 듯하다고들 하고 있는데도, 사람들은 역시 설마 하고 있기만 했다.

예년에는 한 해를 통틀어 서른 개 안팎의 태풍이 발생하여 그 가운데 두어 개나, 많아 봐야 서너 개가 한반도를 통과하곤 했는데, 올해는 어찌된 셈인지 태풍이 발생하는 족족 한반도를 들이닥치고 있어서 7월 이후에만 벌써 네 개째였다. 숨 돌릴 틈이 없는 연타였다.

그 바람에 기진맥진해 있는 한반도가 만일 설마 하고 있는 셀마까지 맞닥뜨리게 된다면 그야말로 만신창이가 되어 재기 불능이 될지도 모른다고들 하고 있는데도, 설마 하고 있는 사람들의 기대는 끈질겼고 굳건했다. "셀마가 설마" 그런 것만이 아니었다. "셀마가 정면으로 들이닥친다 할지라도 설마 홍수까지야 나겠는가?" 사람들은 거의가 그렇게 낙관들을 하고 있었다.

이른바 을축년 대홍수라고들 하는 1925년의 홍수 뒤에 이때까지 큰

홍수라고는 겪지 않았던 데다가, 지난 공화국의 대통령이 '한강대통령'으로 불릴 만큼 한강 치수 사업에 자신의 재임 중 업적을 걸다시피 했었는데, 홍수라는 것이야 말도 되지 않는 게 아닌가, 그런 말들도 있었다.

백인백색이고 만인만색이라고들 해야 할 만큼 국론이 갈라져 있는 마당인데 얄궂다고나 할까, 요행수에의 이런 기대만은 흐트러진 데나 어지러운 데가 조금도 없다 할 수 있으리만큼 한결같았다. 우격다짐식이라고나 할까, 설마가 사람 잡지 하면서도 역시 마찬가지들이었다.

2

빗줄기는 여전히 줄기찼다. 오후가 기웃하기는 했지만 아직은 해가 하늘에 남아 있는데도, 자욱한 비안개 때문인가, 어느덧 저녁 이내가 드리워지기 시작하기라도 한 것처럼 어두무레했다.

은혜아파트 722동 1921호, 모세건설주식회사 박태호 사장네 집은 그러나 후텁지근하고 눅눅하고 어두무레한 바깥과는 사뭇 달리, 습도, 온도, 조명, 모두가 더할 수 없다 싶으리만큼 쾌적했다.

방학을 이용해 가족 모두가 타이의 파타야 해변에서 열흘간의 휴가를 즐기고 돌아온 것은 바로 어제였다. 오늘 박태호 사장은 회사에 나갔고, 안주인인 현희자 여사는 자신이 여신도 회장직을 맡아 봉사하고 있는 축복교회 일 때문에 밖에 나가서, 대학 1학년에 다니는 딸 영혜와 고등학교 2학년짜리 아들 영수, 중학교 1학년짜리 아들 영환이, 그리고 부엌일을 하는 천안댁만 집에 남아 있었다.

아이들은 모두 텔레비전에 매달려 있었다.

영혜는 세우면 의자가 되고 눕히면 간이침대가 되는 다단식 가죽의자를 밋밋한 기울기로 눕혀놓고 그 위에 길게 누워 있는 채였는데, 얼굴과 팔다리 등, 드러난 살갗에는 엷게 썬 오이 쪼가리들을 빈틈없이 덮고 있어서, 텔레비전을 향해 열려 있는 두 눈만 빠끔했다. 빨간 핫팬츠와 어깨걸이 노란 면 셔츠밖에 걸치고 있지 않아서 반쯤은 벌거벗은 듯한 차림이었는데, 영수는 특히 영혜의 허벅지와 가슴 언저리의 희고 통통한 속살이 아무래도 신경 쓰이는 듯, 텔레비전에 열중해 있으면서도 자주 눈길을 눙쳐 제 누나의 속살을 몰래몰래 훔쳐보곤 했다.

불독이나 복서를 닮아, '인상 쓰다'라는 뜻에서 '인상파'라고 불리는 퍼그는 영혜 옆에 바싹 붙어 앉아 아이들과 함께 텔레비전을 보며 두 눈을 이상스레 껌벅거리고 있었다. 텔레비전 화면의 그림들을 흥미 있어 하는 듯하기도 했고 통 이해할 수 없어 하는 것 같기도 했다.

5인조 탈옥수들이 상도동의 어느 주택에 들어가 벌이고 있는 인질극 현장을 말하자면 중계방송하고 있는 셈인 텔레비전 화면에는, 그 집 창문 안쪽에서 어른거리고 있는 사람들의 모습이 비치고 있었다.

여섯 시에 화면 조정 시간이 막 끝나자부터 '뉴스 특보'라고 큼지막하게 불거진 자막과 더불어, 어찌 들으면 팡파르 같은 음악 소리와 함께 대뜸 비치기 시작했던 장면인데, 처음부터 내내 어떤 설명도 없이 그렇게 그림만 보여주고 있었다.

임춘광이라는 전과 8범을 주범으로 한 다섯 명이 안양 교도소를 탈출했던 것은 열이틀 전, 그러니까 박 사장 일가가 파타야 해변으로 휴가를 떠나기 전날이었다.

임 일당은 그날부터 경찰의 입중적인 추적 속에서 전국을 유유히 누비며 온갖 악행을 다 저질렀다. 은신처나 은신 자금을 마련하기 위해서가 아니라. 어느 신문사의 사설처럼 임 일당은 단지 살인을 즐기고 있을 뿐인 듯했다.

임 일당은 탈옥 첫날에 연쇄 살인 사건 현장으로 소문난 화성의 어느

농가에 들어가 밥을 얻어먹은 다음에 일가족 셋을 몰살하고 도망친 것을 비롯하여, 강경·순천·벌교·진주·울진·제천·도계 등지에서 모두 더해 스물세 사람을 죽였다. 다치기만 한 사람은 하나도 없었다. 임 일당은 손을 댔다 하면 그대로 가장 처참한 방법으로 죽여버렸다. 임 일당은 자신들의 행동을 복수라고 말했다.

이상스러운 복수가 끝도 없이 퍼져 나가고 있는 판국이었다. 월셋방 살이도 할 수 없게 된 30대 후반의 사내가 압구정동에 있는 어느 백화점에 들어가 진열된 상품들을 마구 때려 부셨다. 복수를 하기 위해서라고 말했다.

먹고 살 수도, 장가를 갈 수도 없게 된 서른네 살의 총각 하나가 필동에 있는 한 고급 호텔 나이트클럽에 들어가 석유를 뿌리고 불을 질러 열네 사람을 죽게 하고 마흔두 사람을 다치게 했다. 복수를 하기 위해서라고 했다.

주물 공장에서 해고된 스물세 살짜리 청년이 차를 훔쳐 타고 여의도 광장을 눈감고 마구 치달려 일곱 사람을 죽이고 열아홉 사람을 다치게 했다. 복수를 하기 위해서라고 했다.

심장병에 걸린 일곱 살짜리 아들을 치료할 수 없게 된 삼십대 부부가 아들과 딸을 먼저 죽이고 자신들은 자살했다. 복수를 하기 위해서라고 했다.

모두가 최근에 일어났던 일이다.

임 일당도 마찬가지였다.

"복수하겠다! 복수하고 죽어, 마지막을 피로 장식하겠다! 오로지 이 목적을 위해 지난 일 년 동안 칼을 갈았다!"

임 일당은 이를 갈아대며 번들번들 웃고 있었다.

"감옥에 들어가야 할 놈들은 정작 따로 있는데 왜 우리가 감옥에 들어가 썩어야 하는가?"

임 일당은 이렇게 외치며 번들번들 웃고 있었다.

임 일당은 자신들이 범행을 저지른 집의 카메라에 자신들의 모습을 담아놓곤 했다. 신문들은 일제히 임 일당을 '인간 말종들'이라고 규탄하며, 그 사람들을 당장 잡아들여 목을 매달지 못하는 경찰의 무능을 사정없이 나무랐다.

한 신문 사설은 이렇게 탄식했다.

"같은 하늘 아래에서 같은 땅을 딛고 살았음이 슬프고 무섭다. 악마라 한들 이보다 더 잔인할 수 있겠는가? 도대체 이 나라의 경찰은 무엇을 하고 있단 말인가? 멀쩡한 시민을 잡아다가 물고문해서 죽인 경찰이 이번에는 그 악당들을 비호하고 있기라도 하단 말인가?"

전국의 경찰은 물론, 민방위대와 심지어는 현역 군인들까지 동원되었는데도 임 일당은 여전히 유유했다. 마침 온 나라가 태풍의 연타를 맞고 있는 판이었다. 사람들은 두려움에 사로잡혔다. 민심이 흉흉했다. 경찰은 눈에 불을 켰고, 여론은 날로 더 높아졌다.

임 일당은 그럴수록 더 유유해졌다.

임 일당이 서울에 잠입한 것은 사흘 전이었다. 첫 번째 표적은 예의 "같은 하늘 아래에서 같은 땅을 딛고 살았음이 슬프고 무섭다"는 사설을 실었던 신문사였다. "신문 본래의 사명은 내팽개쳐 둔 채 똥구멍으로 호박씨나 까고 있는 신문사들을 응징하는 것"이 자신들이 서울에 '입성'한 목적이라고 했다.

경찰은 서울 일원에 새 그물을 덮다시피 했다. 신문사마다 특별경계를 폈음이야 두말할 나위도 없다. 임 일당은 그런데도 마찬가지로 유유하게 돌아다녔다.

예의 신문사를 한바탕 뒤집어놓은 다음에는 곧 내자동의 어느 작명가 집에 들어가 현금 560만원을 빼앗고 그 집 딸을 윤간한 뒤에 죽이고 달아났는가 하면, 두 시간 뒤에는 방배동의 한 저택을 털었다. 임 일당은 그러나 끝장에는 경찰의 포위망 속에 갇히게 되었고, 그러다가 마침내는 인질극이라는 마지막 발악을 하게 되기에까지 이르렀던 것이다.

그게 지난 새벽이었다. 그러니까 임 일당과 경찰의 대치는 벌써 열다섯 시간이 가까워지고 있는 셈이었다.

텔레비전 화면은 내내 그랬다. 창문 안쪽에서 사람들이 바삐 움직이고 있을 뿐이었다. 뭔가 실랑이질이 벌어지고 있는 것 같아 보이기도 했다. 카메라는 어떻게든 방 안으로 비집고 들어가 보려고 애쓰고 있었으나, 방 안이 그다지 밝지 않기 때문인가, 어쩌면 카메라 각도가 마땅치 않았던 것일는지도 모른다. 방 안 장면을 쉽사리 잡아내지 못했다. 그럴수록 아이들은 더 감질나서 못 견뎌 했다.

전화벨이 느닷없다 싶게 울렸던 것은 그렇게 아슬아슬해 하고 있는 판국에서였다. 유난스레 요란스러웠다. 영환이가 눈살을 찌푸리며 전화를 받았다.

"여기는 텔레비전 시청률 조사 연구숩니다. 지금 어떤 프로그램을 보고 계시죠?"

저쪽에서 여자가 빠른 목소리로 물었다.

영환이는 좀 볼멘 목소리로 대꾸하고는 전화를 툭 끊었다.

"특공대를 투입해야 해."

영환이는 손바닥에 내밴 땀을 바지 무릎에다 쓱쓱 문질러 닦으며 말했다.

"웃기지 마, 야. 지금 저 새끼들은 권총에다 수류탄까지 갖고 있는데다 인질까지 다섯 명이나 잡고 있는 판인데 어떻게 들어간단 말이니? 저 새끼들은 그야말로 죽기 살긴데."

영수는 제 동생에게 퉁을 먹였다.

"형은 뭘 몰라서 그래. 맥가이버 같았어 봐. 저 새끼들이 저 지랄들 하게 여태 가만 놔뒀겠어?"

"맥가이버 같은 소리 하고 있네."

"쉿!"

영환이는 영수의 입을 틀어막듯 하며 주먹을 불끈 쥐었다.

화면에 사내 얼굴이 나타났다. 눈동자가 부리부리하고 구레나룻이 시커맸다.

"임춘광이야."

영환이가 낮은 목소리로 말했다. 그 목에서 침 넘어가는 소리가 꼴깍했다. 임춘광은 인질로 잡고 있는 이십대 여자를 끌고 나와 창문으로 몸을 내밀었다. 그 손에는 칼을 들고 있었다. 임은 번들번들 웃으며 바깥을 향해 뭔가를 외쳤다. 무슨 말인가는 분간되지 않았다.

"뭐라는 거니?"

영혜는 오이 쪼가리가 떨어지기라도 할세라, 입술을 조심해 가며 물었다. 오이 쪼가리들로 둘러싸여 빠끔한 눈동자가 동그랬다. 인상파가 그 눈동자를 들여다보며 귀를 옴찔거렸다.

"조용해."

영수가 면박 주듯 영혜의 입을 막아버렸다.

임은 인질 여자의 목에 칼끝을 갖다 댔다. 카메라가 바투 다가갔다. 칼의 날카롭고 뾰족한 끝이 여자의 목을 오목하게 파고들었다. 여자는 이미 죽은 얼굴이었다. 소리를 내지도 못했다. 눈동자가 하얗게 뒤집힌 상태였고, 입술과 눈자위는 바들바들 떨리고 있었다. 그 입술 사이로 한껏 사려 물고 있는 이가 보였다. 이도 역시 바들바들 떨리고 있었다. 카메라의 좋은 성능 때문이리라.

권총의 사정거리나 수류탄의 투척 거리 밖에 자리를 잡고 있는 데도 카메라는 여자의 그런 미세한 표정까지도 아주 잘 잡아내고 있었다. 아나운서나 기자의 코멘트는 내내 끼여들지도 않았다. 방송사에서는 화면 그 자체가 모든 것을 잘 설명해 주고 있다고 헤아리고 있는 것 같았다.

임은 바깥을 향해 또 무엇인가를 외쳤다. 그 얼굴에 번들거리는 웃음기는 여전했다. 술에 취해 있거나 아니면 환각 상태 같아 보이기도 했다. 한 신문은 그 웃음을 "인간이기를 스스로 포기한 살인귀의 가증스러운 웃음"이라고 표현했다.

"얘, 뭐라는 거니, 도대체? 아나운서는 어딜 간 거니? 왜 아무 소리도 없는 거니?"

영혜는 거푸 물었다. 궁금해 못 견딜 지경인가 보았다. 그 바람에 아랫입술 바로 밑 턱에 얹혀 있던 오이 쪼가리 하나가 밀려 금세 떨어지기라도 할 것처럼 간당간당했다.

"얘, 이거 좀."

영혜는 오줌이라도 쌀 듯한 낯빛이 되었다.

영수는 오이 쪼가리를 제자리에 밀어 놓아주다가 목이 푹 파인 노란 셔츠 아래로 훤히 들여다보이는 제 누나의 젖이 얼핏 눈에 띄자 어머뜨거라 하는 낯빛이 되어 얼른 고개를 돌렸다.

임 뒤로 사내 하나가 나타났다. 술병을 거꾸로 들어 나팔 불듯하고 있었다. 사내는 임에게 뭔가를 윽박지르고 있는 것 같았다. 입술 모양으로 보아, 찔러! 찔러버려!, 그렇게 외치고 있는 듯했다.

"어머, 어떻게 해?"

영혜가 발을 동동 굴렀다. 그 바람에 다리뿐만 아니라 온몸에 얹혀 있던 오이 쪼가리들이 우수수 떨어졌다.

"어머, 난 몰라. 아줌마, 아줌마아!"

영혜는 또 발을 동동 굴렸다.

인상파가 영혜 얼굴을 물끄럼한 눈길로 들여다보았다.

"왜 그려어?"

천안댁이 주방 쪽에서 얼굴을 내밀었다. 화면이 꺼지고 조명등이 나갔던 것은 바로 그 순간이었다.

"어, 뭐야? 정전이야?"

영환이가 몸이 화끈하게 단 낯빛이 되어 현관 쪽으로 달려가 스위치를 올렸다 내렸다 해보았다. 영수는 에어컨디셔너 쪽에 귀를 기울여보았다. 아무런 소리도 들리지 않았다.

"에이 쌍! 이제부터 재미있는 건데."

영환이는 툴툴거리며 인터폰에 매달렸다. 인터폰은 먹통이었다.

"에이 쌍!"

영환이가 이번에는 베란다로 달려 나갔다. 어느덧 날이 저물기라도 한 것처럼 어두무레한 바깥에는 비가 여전히 억수처럼 쏟아지고 있었다. 영환이는 서둘러 사방을 둘러보았다. 아파트 단지 전부가 정전된 듯했다. 인상파가 텔레비전 화면과 사람들의 얼굴을 두릿두릿 살폈다.

3

나른했다.

혼곤했다.

나른하고 혼곤했다.

깊은 숨쉬기 서너 번이면 그대로 달디단 잠에 잠겨 하늘나라의 그지없는 기쁨이라도 즐겨볼 수 있을 듯했다.

현희자 여사는 그 기쁨 말고도 마음을 쓰지 않으면 안 되는 다른 일이 있다는 게 못내 아쉽고 짜증스러웠다.

정말은 고단하기도 했다. 파타야 여행으로 덧쌓인 피로가 아직도 풀리지 않은 채였다. 몇 시간이나마 김 목사 곁에서 푹 쉬고 싶었다. 이리저리 궁리해 보았다. 아무래도 쉬고 있을 수 있는 형편은 되지 못했다.

두꺼운 커튼이 드리워져 있어서 잘 알 수 없으나 어느덧 저녁이 가까워져 가고 있으리라 어림쳐 헤아려졌다. 이제 일어나 집으로 돌아가야만 해. 현 여사는 스스로를 채근하며 힘겹게 몸을 움직여 침대 머리맡의 스위치를 더듬어 눌렀다. 여린 유백색 꼬마전구가 반짝 눈을 떴다. 그게 자신을 감시하고 있는 사람의 눈동자 같았다.

현 여사는 잠깐 동안 섬뜩해하고 있다가 살그머니 고개를 돌려 옆자리를 보았다. 아무런 소리도 없기에 곤하게 잠자고 있는 줄 알았던 김 상화 목사는 눈동자가 말똥말똥했다. 현 여사는 그쪽으로 몸을 돌렸다.

희미한 불빛을 엇비슷이 받고 있는 김 목사의 얼굴에는 자못 걱정스러워하는 빛이 어려 있었다. 만나던 처음부터 그랬다. 김 목사는 말하지 않고 있었으나 그렇다고 현 여사가 그 속을 헤아려보지 못할 바는 아니었다.

교육관 신축 문제가 김 목사와 현 여사 사이에 현안 상태로 놓여 있게 된 것은 지난해에 있었던 선교관 준공 전부터였다. 김 목사는 한시가 급하다 했고, 현 여사는 돈을 내야 하는 교우들의 입장을 생각해서라도 좀 기다려야 한다고 했다.

교회가 돈을 필요로 하는 사업을 추진할 경우에 앞장서야 하는 것은 바로 여신도회 회장으로서의 현 여사가 될 수밖에 없었다. 현 여사로서는 선교관 신축 때문에 이미 상당한 무리를 무릅쓰고 나선 판이었다. 김 목사와의 사적 관계도 그런 처지였기에 여러모로 생각해 보았으나 교육관 문제를 들고 나간다는 것은 적어도 아직은 아무래도 엄두가 나지 않았다. 현 여사가 미적거리고 있게 되었던 것은 그래서였다.

김 목사가 몸이 달아올라 여러 가지 방법으로 은근히 압력을 넣기 시작했던 것은 지난 봄부터였다. 그렇기로서니 이런 자리에서까지 그런 내색을 일부러 해두려 하다니. 현 여사는 김 목사가 공정하지 못하다고 생각했다. 교회 일에 대한 충정 때문이겠지. 현 여사는 또 이런 식으로 좋게 이해하려고 애쓰며 마치 투정을 부리는 아이를 달래듯이 김 목사의 볼을 톡톡 두드렸다.

오랜만의 만남이기 때문인가. 현 여사의 눈에 김 목사가 유난스레 젊어 보였다. 김 목사는 현 여사보다 두 살 위였다. 현 여사는 그런데 언제나 자신이 위인 것처럼 느낀다. 김 목사가 정열적일수록 현 여사의 그런 주눅은 더해진다.

현 여사는 자신을 위협하는 주눅으로부터 도망치듯 김 목사의 품을 파고들었다. 김 목사는 손을 뻗어 현 여사의 머리를 쓰다듬어 주었다. 호텔방의 에어컨디셔너가 아무래도 너무 찬 듯했다. 그랬기에 현 여사에게는 김 목사의 품이 더 따스하고 포근하게 느껴질 수밖에 없었다.

이대로 자고 싶어. 현 여사는 또 그 생각을 하며 머뭇거리다가 마침내 김 목사의 품에서 빠져나가 침대 옆 탁자 위에 놓여 있는 전화기를 당겨 송수화기를 들고 번호판을 눌렀다. 이쪽의 조바심 때문이겠지만 통화 중 신호가 너무 크게 느껴졌다. 현 여사는 후크를 한 번 눌렀다가 또 번호판을 눌렀다. 마찬가지였다. 현 여사는 송수화기를 제자리에 올려놓고 반듯하게 누워 천장을 올려다보았다. 가슴에서 불안감이 뭉게뭉게 일었다.

김 목사의 손이 다가왔다. 부드럽고 따스한 손이었다. 김 목사는 현 여사의 가슴과 배를 어루만졌다. 현 여사는 그 손길이 마치 자신의 가슴에서 일고 있는 불안감을 지워주고 있는 것처럼 느껴졌다. 달콤하고 짜릿했다. 금단의 사과가 더 맛있다던가. 비록 얼마만큼이나마 죄스러움과 두려움을 느껴 불안감을 말끔히 씻어내 버릴 수 없는 처지였기에 현 여사의 그 느낌은 더 달콤하고 더 짜릿했다. 그뿐만이 아니었다. 김 목사의 손끝 움직임 하나하나에 생명감이 맥동하고 있는 것 같기도 했다.

그런데 어쩐 일일까? 그럴수록 불안감은 차츰 더 절박해져 갔다. 현 여사는 한숨을 포옥 내쉬며 몸을 돌려 김 목사의 목에 팔을 감았다.

4

은혜아파트 상가의 모든 물건들이 삽시간에 동나 버렸다. 먹을거리들만이 아니었다. 심지어는 휴지나 가루비누 따위들까지도 그랬다. 무슨 심리에서일까, 어떤 사람은 열두 개들이 휴지를 열 묶음씩이나 사다가 베란다에 쌓아놓기도 했다. 몇 군데 제과점에는 긴 줄이 생겼다. 이제 겨우 반죽하고 있는 식빵을 사기 위해서였다. 등산용품을 파는 가게에서는 간이 취사도구와 부탄가스 등의 연료가 금세 바닥났다.

별것도 아닌 것들을, 그리고 너무 욕심내 많이 사 간다고들 바락바락 악을 써대면서도, 사람들은 제 차례가 되어 손이 닿기만 하면 또 다투듯이 욕심들을 냈다. 마땅한 일이겠지만, 그런 현상은 시간이 지나갈수록 더 심해졌다.

은혜아파트만이 아니라 주변 다른 아파트들도 거의가 마찬가지 형편이었지만, 하수 기능의 부실로 빗물은 지상에 고여 넘쳐 지하기계실로 사정없이 흘러들었고, 그 바람에 정전이 되었다. 고층 아파트에서의 정전이란 모든 기능의 마비로 이어지게 될 수밖에 없었다.

우선 엘리베이터를 쓸 수 없게 된 것부터가 그랬다. 5, 6층쯤까지는 그래도 견딜 만하다고 할지라고 그 이상이 되면 그대로 죽을 맛이 될 수밖에 없었다.

　냉장고를 쓸 수 없게 된 것은 또 어떤가. 때는 8월 중순이었다. 비가 계속해 내리고 있어서 기온이 비교적 낮은 편이라고는 하지만, 그리도 삼복 막바지였다.

　먹을 것을 왜 아껴? 라는 말을 입에 달고 있다시피 하는 주민들은 너나 할 것 없이 대형 냉장고를 빼곡빼곡 채워놓고 있었다. 그게 모조리 폭폭 썩어나가게 된 판이었고, 그렇게 되면 먹을 게 없어지게 되는 것이었다. 한 끼니쯤을 거르는 것은 고사하고 간식만 허술하게 해도 못 견뎌 하는 것이 은혜아파트 주민들의 생리 구조다.

　재난은 겹쳤다. 전기가 나간 지 한 시간쯤 뒤에 가스마저 나갔고, 삼일 분의 비축 능력이 있다는 물탱크마저 삽시간에 바닥나 버렸다. 전화가 불통되었던 것은 전기가 나가는 것과 거의 같은 시간이었으니까, 말하자면 아파트 지역의 모든 기능이 한꺼번에 왕창 마비된 셈이었다. 저녁 끼니때가 되었어도 밥을 지을 생각은 해보지도 못하고 캄캄한 집 안 여기저기에 촛불 몇 개를 겨우 켜놓은 채 심란해하고 있기나 할 뿐이었다.

　전기가 나가 경비실과 이어져 있는 인터폰도 쓸 수 없으니까 모든 집이 저마다 고립되어 있는 판이었기에 예의 심란함은 오래지 않아서 불안감으로 그 급을 높이게 되었다. 그 바람에 주민들은 저마다 턱없이 다급해져서 이리 닫고 저리 뛰어대게 된 것이었고, 그리하여 주민들의 재난적 상황은 더 밭아질 수밖에 없었다.

　722동 1921호는 그래도 괜찮은 쪽이었다. 좀 모자라는 편인 천안댁만 약간이나마 불안해하는 빛을 띠고 있었을 뿐, 집에 남아 있는 다른 가족들은 저마다 그 고립을 오히려 즐기고 있었다.

　영혜는 거실 등신대 거울 앞에 꽃 촛불 둘을 나란히 밝혀 분위기를 그럴듯하게 살려놓고 서서 노래 연습을 하고 있었다.

        끄때 내 싸랑
        끄때 내 싸우랑
        쫗아해욌는대
        싸우랑해욌는대애
        웨애
        웨애 나만 우으러
        웨애 나만 우으러
        뿌른 뜰빤에 내리누운
        쭈왕삣 쩌녁 노울
        나만 웨애 우으러으
        나만 웨애 우으러으

　영혜는 8월 21일에 어느 텔레비전 방송국에서 주최하는 대학가요제 예선에 나갈 준비를 하고 있는 거였다.

　영혜의 아전인수식 해석대로라면 영혜의 충복인 인상파는 다단식 의자 위에 동그마니 올라앉아, 영혜와 촛불, 그리고 밤이 되었는데도 불이 밝혀지지 않고 있는 집 안 여기저기를 두릿두릿 살피며 그 낯설기 그지없는 분위기를 어떻게든 이해해 보려고 애쓰고 있는 듯한 표정이었다.

　영환이는 말하자면 신바람이 났다. 베란다에 서서 어둠에 묻혀가고 있는 바깥을 내다보며 괜히 들떠 이상스러운 소리를 내지르거나 컴컴한 계단을 마구 뛰어 오르내리곤 하더니 이번에는 제 방에 틀어박혀 음모를 꾸미기 시작했다.

우선 제 누나의 검정 스타킹을 머리에 뒤집어써서 복면을 하고 두 눈만 빠끔하게 내놓은 다음에, 허리에는 기다란 일본도를 차고 손에는 M-16을 들고, 다른 손에는 손전등을 들었다. 분장을 끝낸 셈이었다.

영환이는 제 모습을 방 안 거울에 한번 비춰본 뒤에 곧 재빠른 동작으로 거실로 뛰어나가 영혜부터 드르르륵 갈겼다. 영혜가 깜짝 놀라는 사이에 영환이는 손전등을 제 턱 아래로부터 비쳐 괴기로운 얼굴을 만들었다.

영혜가 꺄옥꺄옥 비명을 질렀다. 주방 탁자 앞 의자에 우두커니 앉아 있던 천안댁은 무슨 일이라도 일어났나 하는 눈빛으로 기웃이 내다보았다. 영환이는 천안댁의 가슴에 총을 들이대며 드르르륵 갈겼다.

"아이구! 애 떨어지것다 야."

천안댁이 눈동자를 이상스레 부라려 보이며 총을 밀어내는 사이에 영혜가 그 뒤에서 영환이를 덮쳐눌렀다. 그래 봤자 영혜가 영환이를 이길 수는 없었다. 영혜는 곧 영환이에게 깔려 꺄옥꺄옥 비명을 질렀다.

"지랄하구들 자빠졌네."

천안댁은 멀건 눈길로 바라보며 입술을 씰룩거렸다.

제 방에 틀어박혀 《브라보》라는 청소년 잡지에서 〈남교사와 여학생의 사랑해서는 안 될 사랑〉이라는 기사를 읽으며 잔뜩 달아올라 있던 영수는 문을 열고 나와 영혜와 영환이가 드잡이하고 있는 꼴을 보고는 천안댁과는 다른 연상을 하며 킬킬거렸다.

5

집에 전화가 걸리지 않으면서부터 일기 시작한 현희자 여사의 불안감은 시간이 지나가면서 차츰 더 높아졌다. 전화가 통화중인 거야 얼마든지 있을 수 있는 일이었다. 아이들이 전화를 붙잡았다 하면 삼십 분이고 한 시간이고 끝도 없이 지껄여대는 형편이고, 또 그게 아니라 할지라도 송수화기를 제대로 올려놓지 않아 통화 중 상태가 되는 경우도 드물지 않았기에. 그런데도 그지없이 불안했다.

이런 목적으로 밖에 나와 있을 경우에는 이런저런 구실과 변명을 둘러대 아무리 능치려 하여도 으레 조금쯤이나마 불안하게 마련이지만, 오늘은 아무래도 좀 별났다. 줄기차게 쏟아져 내리고 있는 비 때문이었을지도 모른다.

집에 전화를 거푸 걸게 되었던 것은 그런 까닭에서였는데, 전화기에서는 내내 통화 중 신호만 유난스레 크게 울려 나올 뿐이었다. 그래도 김 목사와의 오붓한 시간을 얼핏 포기하지 못한 채 머뭇거리고 있던 현 여사가 은회색 소나타를 손수 몰아 집을 향해 달리기 시작했던 것은 해가 떨어지고 난 다음이었다.

거센 빗줄기를 헤치며 달리는 동안 순간순간 높아져 가고 있던 현 여사의 불안감이 부쩍 증폭된 것은 은혜아파트 조금 못 미쳐 네거리에서였다.

역시 정전 때문에 신호등이 작동되지 않고 있는 네거리에는 차들이 마구 뒤엉켜 온통 난장판이었다. 차들은 헤드라이트를 번득이고, 경적을 울리며 비명을 지르며 욕지거리를 내뱉으며, 저마다 마구 몸부림쳐대고 있었으나, 혼란은 그럴수록 더 심해졌다.

현 여사로서는 비유로나 들어왔던 아비규환의 아수라장 바로 그 현장을 목도하고 있는 듯했다. 김상화 목사가 슬픈 낯빛으로 자주 말하곤 하던 말세적 징조 가운데 하나가 바로 눈앞에 현실로 나타난 듯해 보이기도 했다. 도대체가 사람들이 모두 제정신이 아니었다.

제복의 택시 운전기사 한 사람이 나서 보았으나 욕지거리만 바가지로 뒤집어쓰게 되었을 뿐이다. 현 여사로서는 그 난장판을 어떻게도 뚫고 나갈 수가 없었다. 그렇다고 뒤로 뺄 수도 없는 처지였다. 진퇴유곡 옴짝달싹도 할 수 없게 된 셈이었다.

현 여사의 불안감은 그럴수록 재깍재깍 순간마다 높아져갔다. 현 여사는 심장에 압박감이 느껴지기까지 했다. 더 버텨낼 수가 없었다. 현 여사는 마침내 차를 내팽개쳐 둔 채로 집을 향해 달리기 시작했다.

현 여사를 불안하게 하는 상황은 그것으로 끝나지 않았다. 은혜아파트 지역에 막 들어섰을 때 현 여사는 쇠망치 같은 것으로 정수리를 한 대 세게 얻어맞은 것처럼 아득한 기분에 사로잡혀 버렸다. 모두 더해 5,264세대로서 단일 아파트로서는 국내에서 최다 세대라고 소문나 있는 은혜아파트 단지는 온통 캄캄 칠흑 속이었다. 그건 그대로 거대한 폐허였다.

무섬증이 부쩍 일었다. 자신의 신변에 대한 위협 때문만은 아니었다. 그보다는 아이들 걱정이 앞섰다. 아이들이 그 캄캄한 폐허 속에서 비참한 꼴로 나뒹굴고 있을 것만 같았다.

망령된 생각이야. 현 여사는 스스로를 나무랐다. 그러나 무섬증은 오히려 더 높아졌다. 현 여사는 비장한 심정이 되어 어둠 속을 더듬어 722동 1, 2호 출입구를 겨우 찾아갔다.

촛불 하나가 까무레하게 밝혀져 있는 경비실에는 쉰 줄의 경비원이 웅크리고 앉아 있었다. 늘 보는 그 얼굴이 그토록 낯설고 섬뜩하게 느껴질 수 없었다. 현 여사는 자신이 들어선 곳이 지난해 남편과 함께 유럽 여행 중에 구경했던 지하 묘지 같았고, 경비원은 바로 그 묘지를 지키고 있던 늙은이 같았다. 경비원은 손전등을 들고 나와 엘리베이터 쪽을 비춰 보여주었다.

"에레베따가 움직이지 않는뎁쇼."

경비원은 몹시 송구해 했다.

현 여사가 보기에 엘리베이터는 뚜껑이 막 닫긴 관 같았다. 현 여사는 그때 자신이 바로 그 관 속에 갇혀 있는 듯한 느낌에 사로잡혔다. 답답했고 막막했다. 이제 19층을 이 어둠 속에서 홀로 더듬어 올라가야만 할 형편이었다. 도대체가 19층이란 현 여사로서는 이때까지 한 번도 밟아보았던 적이 없는 높이였다. 집 걱정과 아이들 걱정이 아니라면 마땅히 포기해야만 할 높이기도 했다. 영수라도 불러 내려 함께 올라가고 싶었으나 인터폰도 전화도 모두가 불통 상태라 했다.

무섬증은 바짝 더 높아졌다. 아이들이 정말 무슨 일이라도 당했을 듯했다. 그때 갑자기 업보라는 그 끔찍한 말이 떠올랐을까. 더불어 조금 전까지의 자기 행동이 불현듯이 뉘우쳐졌다.

"저 좀 데려다 주세요."

현 여사는 경비원에게 부탁했다.

"즌기가 이런 꼴이니까 지가 여기 꼭 있어야 할 형편입죠. 드나드는 분들두 그렇구, 또 이런 때일수록 낯선 사람을 더 조심해야 하는 거거든요."

경비원은 몹시 송구스러워했다.

"그렇다면 그거라도 좀 빌려 주세요."

현 여사는 경비원이 들고 있는 손전등을 가리켰다.

"이게 제 눈인데 어떡합죠?"

경비원은 쩔쩔매는 몸짓을 지어 보였다.

현 여사로서는 어찌해 볼 수가 없었다. 그렇다고 포기할 수도 없는 노릇이었다. 모성애란 갸륵할 수밖에 없다. 현 여사가 어둠에 대한 두려움이나 가파른 계단 수백 개를 더듬어 올라가야 하는 육체적 수고를 무릅쓰기로 했던 것은 순전히 그 갸륵함 덕분이었다.

그래도 다행이었던 것은 계단 창문을 통해 희미한 빛이나마 들어오고 있다는 것이었다. 722동은 은혜아파트 단지 서쪽 맨 끝으로 송현로에 바로 잇대어져 있고, 송현로 건너편은 주택 지대다. 전기가 나간 것은 송현로 이쪽 아파트 지대여서, 송현로 저쪽의 불빛이 이쪽을 그렇게 희미하게나마 비쳐주고 있었다.

이쪽의 어둠 때문이겠지만, 저쪽의 불빛은 유난스레 밝아 보였다. 현 여사의 눈에 유난스럽게 느껴졌던 것은 그뿐만이 아니었다. 허우적거리며 계단을 오르다가 어둠을 밀어내듯 얼핏얼핏 내다본 그쪽에, 붉은 빛을 내뿜듯하고 있는 십자가가 헤아릴 수도 없이 많아보였다.

그동안에 지나쳐 보아 왔을 뿐 십자가가 그토록 많다고 생각해 보았던 적은 없었다. 들은 이야기만으로는 서울에만 교회가 다방 숫자와 맞먹는 8천 몇백 개라던가, 그런 숫자가 새삼스레 실감되는 풍경이었다.

그중에서도 축복교회의 십자가가 가장 우람차고 가장 거룩해 보였다. 그건 그럴 수밖에 없었다. 가장 가까운데다가 5층 높이의 선교관 벽 전체가 십자가였기에 표현 그대로 어둠을 밝히는 빛 같았다.

현 여사는 마음이 든든했다. 현 여사가 19층까지 올라가게 되었던 것은 그 빛 덕분이었다. 숨이 가쁘기야 가슴이 터질 듯할 정도였으나 거기까지는 그래도 좋았다.

현 여사가 막상 화가 돋아 오르게 되었던 것은 1921호 앞에 서고 난 다음이었다. 버튼을 눌러도 딩동 소리가 나지 않는 거야 정전 탓이라 할지라도, 아무리 문을 두드려도 안에서 아무런 응답도 없는 거야 도저히 참을 수가 없었다. 영혜와 영환이가 드잡이를 하고 있는, 특히 영혜가 지르는 비명 소리만 까옥까옥 들려오고 있을 뿐이었다.

현 여사는 그만 부아가 터져 하이힐을—아 그렇다. 현 여사는 하이힐을 신고 19층 높이를 걸어 올라갔던 거였다—벗어 그 뒷굽으로 제 집 문짝을 뚫어버리기라도 할 것처럼 마구 두들겨댔다. 안과의 교신은 그렇게 하고도 한동안이나 지나서야 겨우 이루어졌다.

"누구유?"

천안댁의 겁을 잔뜩 집어먹은 목소리였다.

"나야 나!"

현 여사는 이를 앙상스레 사려 물고 외쳤다.

"누구라구유?"

천안댁은 이쪽의 목소리를 쉽사리 간파하지 못했다. 이쪽의 화가 더 가파라지고, 이쪽의 목소리가 더 높아질수록 천안댁의 혼란은 더 심해졌다. 이 밥통 천치 숙구 같은 여편네, 현 여사가 이를 박박 갈아대고 있는데, 안에서 비로소, 엄마야, 엄마, 목소리가 틀림없어 하는 영환이 소리가 새나왔다.

문이 곧 열렸고 손전등 불빛이 번득였다. 불빛 뒤쪽은 시커먼 어둠이었다. 그 어둠 속에서 영환이가 엄마 하고 외치며 내달아 왔다.

박태호 사장은 돌아와 있지 않았고, 아이들은 저녁도 먹지 않은 상태였다. 저녁을 지을 물도 불도 없었다. 전화도 불통이었다. 집 안은 불 꺼진 창고 같았다. 그 모든 상태는 현 여사의 혈관과 의식 속에 아직도 남아 있는 그 야릇한 나른함과 달콤한 혼곤함에 대한 야비한 배반 같았다.

현 여사의 화는 당연한 것처럼 차곡차곡 높아졌다. 화풀이를 할 만한 곳은 뭐니뭐니 해도 천안댁밖에 없었다.

"물이 끊어지는 줄 알았으면 물이라도 받아놨어야 할 게 아냐."

현 여사가 그렇게 악을 쓰듯 해봤자였다.

"누가 물이 끊어지는 줄 알았남유? 전에는 물이 끊어지면 미리서 물이 끊어진다구 방송을 했잖유?"

현 여사는 촛불 그림자가 일렁거리고 있는 천안댁의 그 얼굴을 그만

한 대 쥐어박아 버리고 싶었다. 그래 봐야 그건 마음뿐일 수밖에 없었다. 정말 그럴 수는 없었다. 친정 외가 쪽으로 이리저리 얽으면 뭔가 좀 걸린다는 생판 남이 아니라는 까닭 때문만은 아니었다. 그보다는 부엌 아줌마를 상전 모시듯 할 수밖에 없는 현실 쪽이 더 큰 까닭이었다.

현 여사네는 안팎으로 민주네 하는 사회적 변혁의 희생자라고 생각하고 있는 처지였다. 무엇보다 더 부쩍 높아진 사람값이 문제였다. 금전적인 것만이 아니었다. 그보다는 꼬박꼬박 빼놓지 않고 하는 말대꾸에 속이 더 꼬였다. 아이구, 이 화상! 현 여사는 속으로만 주먹을 을러댔다.

"즌기가 나갔는데 방송을 해? 즌기가 나갔는데 방송을 어떻게 해? 그리고 때가 됐으면 어떻게든 밥 지어서 애들 멕일 생각을 해야 할 거 아냐? 이렇게 쭈그리고 앉아 있기만 하면 어떻게 해? 애들 굶겨? 애들 굶겨서 재울 거야?"

역시 그렇게 말해 봤자였다.

"그럼 어떡큐? 물이 있슈, 불이 있슈? 물두 불두 이 밥을 할 재주가 어디 있남유? 그라구 그것두 그러쥬. 무슨 지랄들을 한다구 사흘 동안 퍼써두 남는다는디 한꺼번이 물을 그렇게 다 써번지는 그런 인심이 여기 말구 이 세상에 또 어디 있대유. 지가 어떻기 그런 인심을 알것슈?"

현 여사가 천안댁을 상대로 이렇게 말도 되지 않는 실랑이질을 벌이고 있는데, 영혜는 어느덧 또 거실 거울 앞에 서서 노래 연습을 시작했다.

......

쫗아해읗는대
싸우랑해읗는대애

......

"시꺼 이년앗!"

현 여사는 소리를 빽 질렀다.

그 반응은 신통치 않았다. 영혜는 찔끔 하는 척도 하지 않았다. 노래를 일단 멈춘 다음에 두 눈을 똑바로 뜨고 제 어미를 말끄러미 바라보았다. 촛불은 영혜의 발치께였다. 영혜의 눈자위 주변에 우멍한 그림자가 생겼고, 코 그림자는 길게 위로 뻗어 올라가 이마 부근에서 이상스레 꼬부라졌다. 현 여사가 보기에 그 모습도 그랬다. 어쩐지 낯설고, 어쩐지 섬뜩했다. 그 다음에 영혜의 입에서 튀어나온 말도 그렇기는 마찬가지였다.

"아니, 엄마는 즈나 한 통도 읎이 어디 가서 뭘 하구 뒤늦게 들어와서 이 사람 저 사람 붙잡구 이렇게 야만적으로 소리만 질러댄단 말이우? 정나미 딱 떨어지게."

현 여사는 그만 속이 찔끔했다. 영혜가 뭘 알고 지껄이는 게 아닌가 싶었다. 현 여사가 속으로 당혹해하며 사태 수습을 위해 머릿속을 바삐 굴리고 있는데, 영혜는 현 여사의 속이 어떻거나 상관없다는 것처럼 또 거울을 들여다보며 노래를 부르기 시작했다.

끄때 내 싸랑
끄때 내 싸우랑
쫗아해쓰는대
싸우랑해쓰는대애
......

  1921호 가장 박태호 사장으로부터 전갈이 있었던 것은 11시가 가까워서였다. 아이들이랑 천안댁이 집에 있던 생라면과 과일로 저녁을 때우고 나서 잠자리에 막 들려고 하던 참이었다. 손님 접대 때문에 집에 갈 수 없다, 서재 금고에서 돈(현금으로) 500을 꺼내 보내라…… 그런 내용이었다. 다른 설명도 없었다.

  현 여사는 속이 더 끓어올랐던 거야 두말할 나위도 없는 거였지만 그래도 남편이 손발처럼 부리는 한낱 운전사 앞에서 체신머리없게 뭐니 뭐니 하고 떠들어댈 수는 없었다. 현 여사는 잠자코 서재로 들어가 책상 뒤 비밀 금고에서 현찰 500을 꺼내 봉투에 담아 운전사에게 쥐 보냈다. 집이 지금 어떤 꼴이라는 것을 남편에게 똑똑히 알리라는 말을 덧붙여서.

  영환이가 제 방에서 튀어나오며 냅다 소리를 질렀던 것은 현 여사가 운전사를 보내고 나서 막 돌아섰을 때였다.

  "한강이 아무래도 넘칠 것 같대 오늘 밤 안으루. 위험 수위가 8미터 50센티구, 1925년에 최고 수위가 12미터 26센티였는데 오늘 밤 10시 현재 12미터 32센티래. 그러니까 저지대 사람들은 잠두 자지 말구 조심하래."

  영환이는 손에 들고 있던 트랜지스터 라디오를 마구 흔들어 보였다.

  영혜의 방문이 왈칵 열렸다.

  "야 떠들지 좀 마! 이북 아저씨들이 금강산댐을 터뜨려도 우리 집만은 걱정이 없다는 걸 넌 몰라서 그래? 쌍 새끼얏! 남 잠 좀 자려니깐 골고루들 떠들어대구 지랄이야. 아이, 신경질 나!"

  영혜는 문을 쾅 닫았다. 잠을 설치면 목소리에 금이 간다 하여 영혜는 요즘 신경이 한껏 곤두서 있는 판이었다.

  "어떻게 하지, 엄마?"

영환이는 키는 제 어미보다 더 컸으나, 막내이기 때문일까, 하는 짓은 아직도 어린 아기 같았다. 현 여사는 귀여운 생각만으로는 아기 적에 그랬던 것처럼 영환이를 품에 보듬어 안아주고 싶었으나 목소리는 쌀쌀했다.

"내가 너보다 네 곱절을 더 살았는데두 한강이 넘쳤단 이야기는 아직까지 듣두 보두 못 했으니까 들어가서 잠이나 자라, 잠이나 자. 네 어미 속 타는 줄 모르구 자꾸 찧구 까불어대지 좀 말구."

현 여사는 품으로 다가오는 영환이를 사정없이 밀어내 버렸다.

"알았어. 근데 말이야, 이놈의 라디오는 임춘광이 이야기는 왜 해주지 않는 거지? 난 지금 그게 궁금해서 잠을 이룰 수가 없는데 말이야. 엄마, 엄마 생각에는 어때? 임춘광이가 또 탈출할 것 같지 않아? 그래야 또 재미있게 되는 건데. 경찰에 붙잡히면 끝장이란 말이야. 에이 씨"

영환이는 제 어미의 대꾸가 없으니까 혼자서 그렇게 주절주절 지껄이다가 머쓱해하는 낯빛으로 제 방으로 들어가버렸다.

현 여사는 컴컴한 거실 소파에 털썩 앉았다. 얼굴 하나가 떠올라왔다.

그리웠다. 현 여사는 한숨을 포옥 내쉬며 양쪽 팔을 엇갈리게 껴 양쪽 어깨를 감싸 자신의 몸을 힘껏 옥죄며 가슴에 얼굴을 묻었다. 머리에 취기가 일며 그리운 그 사람의 몸내가 느껴졌다. 몇 시간 전의 그 느낌, 그 나른함과 그 혼곤함이 아련히 되살아났다.

6

"아, 이, 고…… 이제 됐습니다. 실탄이 이렇게 왔으니까요. 돈 놓고 돈 먹긴데 아 돈이 있어야 돈을 먹죠, 아, 이, 고, 실탄이 딸려서 아주 몸이 달았더랬습니다."

　박태호 사장은 운전사로부터 돈을 건네받아 들고 자리에 돌아가 앉으며 일부러 너스레조로 길게 늘어놓았다. 여느 때는 빛깔도 없이 오히려 과묵한 편인 박태호 사장이지만 필요한 자리에 일단 앉기만 하면 다변하고 화려해진다. 알 만한 사람들이 찬탄해 마지않는 박 사장의 현실적응력이란 바로 임기응변의 능력으로부터 비롯된다.

　"그런 줄 알았더라면 아예 목을 바싹 죄 녹아웃시켜 버리는 건데 그랬습니다."

　황 국장이 두툼한 두 손으로 목을 죄어 비트는 시늉을 해보았다.

　"아, 이, 고, 황 사장님. 이 박태호가 그토록 호락호락해 뵈십니까? 지렁이도 기는 재주 하나는 있구, 굼벵이도 꿈틀거리는 재주 하나는 있다구, 이래 봬두 저두 위기에 대응할 수 있는 히든카드 하나쯤은 소리 소문 없이 비장해 두고 있는 사람올습니다."

　박 사장은 아이가 재롱을 피우듯 어깻짓을 으쓱 해보였다.

　"그건 그렇죠. 박 사장님 그런 능력이야 즈이들두 인정하구 있는데요 뭘."

　이 과장이 진지한 낯빛으로 박 사장을 추어주었다.

　"아, 이, 고, 이 전무님이 역시 황 사장님보다는 훠얼씬 인간적이십니다. 가끔 이렇게 빈 칭찬이나마 해주셔야 이 올챙이 좆 갖구두 더러나마 사내구실을 해볼 맘이라두 먹어보는 거지, 아 황 사장님처럼 허구한 날 그렇게 기를 죽여놓으셔서야 어디 살맛이 나겠습니까? 자, 그러하면 또 전투를 벌여보실까요? 이제들 두루 각오하셔야 합니다. 아 끗발이야 실탄대로가 아니겠습니까? 금배지두 실탄으로 다는 세상인데요."

　박 사장이 너스레를 늘어놓고 있는 사이에 황 국장이 화투를 간추려 치기 시작했다. 뒷박손이어서 화투목이 보였다 말았다 했다.

　전략상 너스레를 늘어놓으며 알랑방귀를 뀐다고 꾀어대기는 했지만 박 사장은 속이 조금쯤이나마 메스꺼웠다. 갈보도 신명이 나야 물이 나고 개도 발에 땀이 나야 뛴다는 식으로, 사업이랍시고 하다 보니까 명색 방울을 달고 있는 사내로서 팔자에도 없을 기생 노릇을 해야 하는 경우가 드물지 않지만, 비록 그렇다 할지라도 상대방이 엔간해야 기분이 나든가 말든가 할 텐데, 황 국장은 좀 치사했다.

전임 조 국장은 그렇지 않았다. 이쪽에서 알아 모시는 대로 겉으로나마 감사해하는 빛이 보이곤 했다. 그런데 황 국장은 초면에 수인사를 하는 자리에서부터 이쪽이 젯상에 깜냥껏 차려놓은 젯밥을 보고 노골적으로 못마땅해하는 낯빛을 지어 보이더니 그 뒤에 내내 그랬고, 오늘도 마찬가지였다.

휴가 다녀온 인사를 한다고 전화를 했더니 대뜸, 당신만 즐길 거요, 하며 이쪽을 은근히 쥐어 짠 것부터가 그랬다. 뭐 어떻게 되었든, 국장쯤 되면 체신 생각을 해서라도, 이쪽에서 밥상을 차려 바칠 때를 기다려야만 한다. 이건 우리네 전통의 한 미덕이기도 하고 규칙이기도 하다. 그런데 황 국장은 그런 미덕, 그런 규칙은 나 몰라라 한 채 그렇게 게걸대듯 한다.

그 바람에 예정에도 없이 마련된 자리였는데 퇴근 뒤에 '동정호' 특실에 안내되어 간단히 샤워를 하고 일본식 잠옷인 유카타처럼 가벼운 옷으로 갈아입고 앉으면서 황 국장은 또 본색을 서슴없이 드러냈다.

주최 측인 박 사장의 예정대로라면 그렇게 가벼운 차림으로 홀가분하게 앉아 영양식 겸 자라탕을 먹으며 반주 몇 잔을 걸치고 나서 사정에 엄선하여 자리를 함께한 영계를 데리고 미리 준비되어 있는 방에 들어가 '수청을 받은' 다음에 봉투 하나씩을 들려 돌아가게 하는 것이었다. 물론 그 사이에 '손금 좀 봅시다'라는 순서가 없었던 것은 아니다. 그거야 이런 자리의 기본이나 마찬가지였다. 그런데 황 국장이 설치는 대로 따라가다 보니까 주객이 전도되어 여흥 정도가 아니라 아예 '본 레퍼토리'가 되어버린 것이었다.

약간 뒤늦게야 눈치 챈 거였지만 황 국장이 요즘 양기가 좀 시원치 않아져서 '수청', 그런 것을 달가워하지 않게 된 듯했다. 황 국장의 입에서 무심코 흘리듯 새 나온 말이 그랬다. 나이 먹은 거 일부러 새기러 들어갈 필요 없어. 그보다야 실속이나 차리는 게 백번 낫지.

그리하여 황 국장이 은근히 시키는 대로 여자들은 일찌감치 내보내 버리고 고스톱 판을 본격적으로 벌이게 된 거였는데, 황 국장은 또 그 대목에서도 본색을 여지없이 드러내기라도 하듯이 대뜸, '기본 나가레 열'을 선언하고 나섰다. 점에 만 원짜리 판이었다. 그러니까 기본이 13만 원씩이 되어 한 판에 보통 20만 원쯤이 오고 가게 되었다.

판이 시작되기 전에 박 사장을 수행하고 있는 김 상무가 우선 잔돈이나 하시라고 100만 원씩을 황 국장과 이 과장 앞에 놓아줬는데, 황 국장의 보조를 맞춰 나가다 보니까 판을 벌인지 두 시간 만에 미리 준비한 돈 500만 원이 동이 나버렸다.

그쯤에서 가만히 눈치를 보니까 황 국장은 집에 갈 마음이 통 없는 듯했다. 엿장수 마음대로일 수밖에 없었고, 만일 그럴 필요가 있다면 울면서라도 겨자를 먹어야만 했다. 박 사장은 그러나 자신의 '대꼬바리' 신세를 그다지 비애스러워하지 않고 철야 준비를 위해 운전사를 집에 보냈던 것이다.

지금은 고인이 된, 성공적인 어느 재벌의 지론이 있다. 이 세상에서 절대로 손해 보지 않는 투자가 있지, 라는 거였다. 그 사람이 바로 그 지론대로 실천하여 맨손으로 당대에 엄청난 부를 이룩해 놓을 수 있었다는 것은 세상 사람들이 대개들 알고 있는 그대로다.

토목 전공의 박 사장이 앞길이 막막해 보이는 대학 강사 자리를 때려

치워 버리고 사업을 시작하면서 그 사람의 지론을 무슨 금과옥조처럼 떠받들려 했던 것은 아니다. 다만 하다 보니까 그렇게 되었고, 그러다 보니까 지론에 공감하게 된 것뿐이었다. 박 사장이 자신의 신세를 그다지 비애스러워하지 않을 수 있었던 것은 바로 그런 공감 덕분이었다.

박 사장의 입장으로 봐서는 그랬다. 먹이려고 애를 써도 먹지 않으려 하는 경우가 더 고달팠다. 그보다는 이렇게, 차려놓은 젯밥보다 '귀신' 쪽에서 오히려 더 챙겨 먹으려 들 경우에, 이쪽의 기분이 좀 그렇기는 하지만 행보는 훨씬 가볍다. 먹는 자에게는 각오가 있다. 이건 박 사장의 경험방이며 지론이다. 박 사장의 경험방이 효험이 없었던 적은 거의 없다. 박 사방은 약의 그런 이치를 자못 신기해한다. 그랬기에 박 사장은 먹으려 드는 상대방 앞에서 조금이나마 머뭇거렸던 적이 없다.

"죽어도 고!"

박 사장은 호기롭게 외쳤다.

"에이, 저는 죽겠습니다."

김 상무는 슬그머니 패를 깔아버렸다. 박 사장이 얼핏 보니까 김 상무의 패에는 5점이 보장되는 거나 마찬가지인 '고도리 진 쪽' 석 장이 고스란히 들어 있었다. 이런 경우에 박 사장과 김 상무는 서로 항문으로 대화한다. 그런데도 오래 맞춘 호흡이다 보니까 교신이 어긋나는 법이란 있을 수가 없다. 박 사장은 그런 이치를 또한 신기해한다. 박 사장에게 있어서 이 세상이란 이래저래 살아볼 만한 거였다.

7

다음 날 아침에 은혜아파트 722동 1921호 가족 일동이 최초로 맞닥뜨리게 된 난관은 용변 문제였다. 지난 저녁에는 먹은 것도 그다지 없었는데 생리 구조의 최종 공정인 오줌보와 대장에는 밤사이에 노폐물

이 가득 채워져 있었다. 생명을 포기하지 않는 한 어떻게든 배설해내야
만 했다.

"모두 내려가서 어디 공중변소라도 찾아봐라."

현희자 여사는 앞과 뒤를 틀어쥐고 막은 채 발을 동동 구르고 있는
아이들을 밖으로 내몰았다.

"아니, 오줌 한 번 누고 똥 한 번 싸기 위해 19층을 오르내리란 말예
요. 아이구, 하느님 맙소사."

영혜가 얼굴이 시퍼렇게 하고 덤볐다.

그건 현 여사 자신도 마찬가지 심정이기는 했다. 오줌 한 번 누러 19
층이라니. 더구나 은혜아파트 주변에 공중변소가 있을 성싶지도 않았
다. 기껏 떠오른 데가 축복교회고, 거기에 가기만 한다면야 "회장님,
어서 들어가 용변을 보십시오"라고들 하겠지만, 김상화 목사가 있는
바로 그 건물에 겨우 똥이나 오줌을 누러 갈 수는 없는 노릇이었다.

그런데 똥은 또 그렇다 할지라도 오줌만은 아무래도 참을 수가 없는
상태였다. 어젯밤에만 해도 오줌이 마려워 죽을 지경이었다. 도저히
참아낼 수가 없었다. 그렇다고 어둠 속에 묻혀 있는 수백 개의 계단을
밟고 내려가 볼일을 보고 다시 수백 개의 계단을 밟고 올라올 수는 없
었다.

육체적인 수고가 두려운 것만도 아니었다. 대낮에 엘리베이터를 타
고 오르내려도 혼자일 경우에는 가슴이 조마조마한 형편이었다. 그런
데 그토록 깊은 밤에 캄캄한 계단에 스스로 몸을 들이밀다니. 그건 생
각만으로도 살이 내릴 지경이었다.

어쩔 수 없었다. 현 여사는 안방 욕실에 들어가 바닥에 쭈그리고 앉
아 오줌을 누어 하수구 구멍으로 흘려보냈다. 제 오줌이긴 하지만 냄새
가 지독했다. 그래도 다행이라고나 할까. 남편이 집에 없으니까 날이

밝으면 어떻게든 물을 구해서 씻어 내려 보낼 생각을 했다.

그런데 이제 식구 수대로 그렇게 할 경우에 그 결과는 상상만으로도 너무 끔찍했다. 온 집 안에 지린내와 쿠린내로 진동하리라는 상상만으로도 머리카락이 송두리째 빠지는 듯했다. 더구나 똥의 경우에는 어떻게 한단 말인가? 현 여사로서는 도저히 승인할 수 없었다.

"내려가서 볼일들 보고 오너라. 그리구 내려갈 때 물통 하나씩 들고 가서 물을 길어 오도록 해라."

현 여사는 그렇게 말하면서도 어느 만큼은 헤아리고 있던 것이기는 하지만 그런 말을 고분고분 들을 아이들이 아니었다. 아예 들은 척도 하지 않았다. 영혜뿐만이 아니었다. 영수나, 심지어는 영환이까지도 콧방귀를 핏핏 뀌어대기나 할 뿐이었다. 엄마가 웃겼다, 영혜는 제 어미를 노골적으로 비웃었다.

조금 뒤에 영환이가 현관을 나섰던 것은 바깥이 궁금해서였다. 전기도, 가스도, 물도, 전화도 없는 상태에서 고공高空에 동동 고립되어 있는 셈이다 보니까 마치 외계 어느 곳에 불시착해 있는 기분이 들기라도 했던가, 영환이는 아침에 눈을 뜨자부터 계속해서 비가 내리고 있는 바깥을 내다보며 온갖 공상을 다했다. 그중에서도 제일 궁금했던 것은 임춘광 일당의 뒷소식이었다. 말하는 품으로 보아 잠이 들 때까지도 라디오에 귀를 기울이고 있었고, 아침에 눈을 떠서도 라디오부터 들었던 것 같은데 아무런 소식도 듣지 못한 듯했다.

"정찰 나갔다 오겠습니다."

영환이는 큰소리로 외치고는 계단을 쾅쾅 일부러 소리 내 밟으며 뛰어 내려갔다.

영혜가 마침내 행동하기 시작했던 것은 영환이의 발걸음 소리가 사라지고 난 바로 뒤였다. 영혜는 비닐 봉투를 하나 찾아 들고 촛불을 앞

세워 화장실에 들어가 문을 잠갔다.

비닐 봉투를 찾고 촛불을 켤 때까지만 해도 무슨 영문인가를 알지 못했던 현 여사는 영혜가 그렇게 문을 잠근 다음에야 사태의 심각성을 알아차리고 밖에서 문을 두드리며 악을 써보았으나 안에서 울려나오는 소리는 "끄때 내 싸우랑"뿐이었다. 영혜가 용변을 보면서 아마 노래 연습을 시작한 듯했다.

그 문이 다시 열린 것은 십 분쯤 뒤였는데 영혜는 두 눈에 쌍심지를 곤두세운 채 문 앞에 버티고 서 있는 현 여사에게 비닐 봉투를 들어 보였다. 그 안에는 흰 휴지로 싼 무엇인가가 들어 있었다.

현 여사는 얼굴이 새하얗게 질려 뒤로 물러섰다. 그게 영혜에게 길을 터준 셈이 되었다. 영혜는 보란 듯이 그것을 치켜들고 식당과 주방을 유유히 지나 다용도실로 들어갔다.

"그런 걸 것다 내번지면 어떻게 해. 그러면 그게 쓰레기통이 아니라……."

천안댁이 그 다음을 잇지 못하고 있는데 영혜는 벌써 쓰레기 투입구에다 비닐 봉투를 밀어 넣어버렸다. 천안댁은 혀를 찼다. 그 장면 바로 다음에 영수는, 어떤 연상에서였던가 킬킬거리고 웃으며 베란다로 나가 바깥 아래 창문을 열었다.

빗줄기가 바람에 날려 들이쳤지만 영수는 아랑곳하지 않고 그 자리에 우뚝 서서 도구를 곧추세워 들고 오줌을 내갈겼다. 오줌은 빗줄기에 흔적도 없이 섞였다. 그것은 영수로서는 가장 낮은 곳으로 제 오줌을 내려 보낸 최초의 경험이 되었다. 그 기분이 야릇했다. 새곰새곰하다고나 할까, 그런 기분 때문이었을지도 모른다. 아니 어쩌면 바람에 실린 찬 빗줄기가 살에 와 닿는 그 시원한 느낌 때문이었을는지도 모른다.

영수는 연득없이 성적 충동을 느꼈다. 고등학교에 들어가던 그때쯤부터 영수가 줄기차게 키우고 있는 것은 성적 호기심이었다. 의도적인 것은 아니었다. 자연 발생적인 것이라고나 할까, 외길이기도 했다. 피해 갈 수가 없었다. 일상의 모든 것이 너무나도 자극적이었다. 고통과 유혹은 반반쯤이었다. 날이 갈수록 고통 쪽보다는 유혹 쪽이 더 커졌다. 그리고 얼마 전까지만 해도 고통스럽다 싶던 소리들이, 또는 잣대들이 왤까, 차츰 심상한 것으로 바뀌어져 갔다.

그러면서 영수의 일상 의식에 고이기 시작했던 것은 인간의 삶 그 자체에 대한 회의였는데, 그건 더 넓고 더 높은 세계로의 도약을 위한 혼돈이나 진통 그런 꼴이 아니라 부정하고 싶고, 포기하고 싶은 혼란이나 충동, 그런 꼴이었다.

영수가 그것을 보았던 것은 자신의 성적 충동을 추슬러 내려 애쓰며 바지의 지퍼를 올리고 막 돌아서려던 참이었다. 바로 위, 그러니까 20층에서 내려오는 물줄기 한 가닥이 아무래도 이상스러웠다. 그건 그 굵기로 보나, 빗줄기는 아니었다. 영수는 힛힛거리고 웃었다. 그러고 보면 창밖에서 쏟아지고 있는 빗줄기 전체의 순도를 의심해 보아야 할 판이구나 싶었다.

영수는 창문을 닫았다. 비안개가 자욱한 바깥이 어쩐지 신비스럽게 느껴졌다. 모험의 공간, 그런 느낌이 들기도 했다. 펄쩍 뛰어들고 싶은 충동이 일었다. 아서라, 라고 스스로에게 이르며 영수는 거실로 들어갔다. 영혜는 또 노래 연습을 하고 있었다. 쌀 것을 다 싸고 나니까 속이 아주 시원하여 노래가 저절로 나온다는 듯한 낯빛이었다.

......

나만 웨애
나만 웨애 우으러으

나만 웨애 우으러으

……

　영혜는 노래보다는 율동에 더 신경을 쓰고 있는 듯했다. 가슴과 허리, 그리고 엉덩이에 이르는 선을 되풀이하여 바꿔가면서 같은 대목을 몇 번이고 거푸 불렀다. 영수가 보기에 영혜의 그런 몸짓은 대학생 같지 않고 어쩐지 노는 여자들 같았지만, 역시 웰까, 천박해 보인다거나 싫다거나 하는, 그런 느낌이 아니었다. 그보다는 은근한 끌림, 그런 쪽이었다고나 할까.

　요즘 영수가 당면하고 있는 중요한 문제 가운데 하나는, 집이 비어 있을 때 안방 장롱 서랍에서 꺼내 본 포르노 비디오에 나오는 여자들과 영혜가 자꾸만 겹쳐 보인다는 것이었다. 영수의 문제는 그것만이 아니었다. 천안댁이나, 심지어는 현 여사까지도 그랬다. 어디 그뿐인가. 하다못해 학교에 오고 가는 길에서 스치게 되는 모든 여자들이 거의 하나도 빠짐없이 포르노 비디오 속의 그 여자들로 보였다.

　고통과 유고의 끝없는 시소게임. 영수는 그러나 아직은 회의하며 고통스러워하고 있었다. 그건 부정하고 싶고 포기하고 싶은 혼돈이나 충동으로부터 어떻게든 벗어나, 더 넓고, 더 높은 세계로 도약해 보기 위한 그 나름의 안간힘이었다.

　현 여사가 영혜의 명백한 불복 뒤에 내내 돋우고 있던 눈꼬리의 쌍심지를 스스로 꺼버릴 수밖에 없었던 것은 자신의 생리적 욕구를 더 참고 있을 수 없게끔 되어서였다. 현 여사는 바로 자신의 욕구를 짜증스러워하며 안방으로 들어가 문을 꼭 닫았다.

　그 뒷모습을 바라보고 있던 천안댁은 무슨 말인가 알아들을 수 없는 소리를 썰룩거리며 물통을 들고 현관 밖으로 나갔다. 천안댁이 물 두

통을 들고 돌아왔던 것은, 어디까지 가서 어떻게 구해 왔는지, 한 시간
이나 좋이 지나서였다.

현 여사는 천안댁이 가쁜 숨을 몰아 내쉬며 현관에 들어서자마자 물
통 둘을 모두 받아 손수 들고 안방으로 들어가 문을 또 꼭 닫았다. 현
여사는 오 분쯤 뒤에 빈 물통 둘을 들고 안방에서 나와 말없이 천안댁
에게 내밀었다. 천안댁은 잠깐 동안 눈을 아래로 내리깔았다가 아무런
말도 하지 않은 채 물통을 받아 들고 현관 밖으로 나갔다.

용변 문제로 말미암은 그 아침의 마지막 소동은 인상파 때문에 벌어
졌다. 인상파의 매일 아침 용변은 천안댁이 돌봐주었는데, 천안댁이 그
렇게 볼이 부어 오르내리느라고 돌아다보지도 않으니까, 인상파는 참
을 수 없게 되어 저 스스로 거실 화장실에 들어가 대소변을 모두 봐버
린 것이었다.

처음 발견한 것은 영혜였다. 영혜는 비명을 질렀고, 현 여사는 얼굴
이 하얗게 식어 내렸다.

박태호 사장이 집에 돌아온 것은 10시쯤이었다. 얼굴이 꺼칠했다. 역
시 가쁜 숨을 몰아 내쉬고 있었다. 19층쯤의 높이에 대한 버거움은 비
단 현 여사나 박 사장의 경우만이 아니었다. 적어도 은혜아파트 정도에
사는 사람들 가운데는 비만과 혈압과 콜레스테롤의 근심으로부터 자유
스러운 사람은 그다지 많지 않았다. 심지어는 아이들까지도 마찬가지
였다.

박 사장과 함께 올라온 운전사는 먹을 것을 잔뜩 들고 있었다. 운전
사로부터 집 형편을 전해 들은 박 사장이 요리하지 않고 먹을 수 있는
먹을거리들을 그렇게 사서 운전사에게 들려 가지고 온 것이었다.

가족이 와악 하고 먹을거리들에 덤벼든 사이에 현 여사는 천안댁과
운전사에게 같이 내려가 물을 들어 나르도록 시켰다. 천안댁은 자기가

두 번째 들고 온 물통 모두를 이번에는 영혜가 낚아채기라도 하듯이 담싹 받아 들고 거실에 붙어 있는 욕실로 들어가 인상파의 용변 흔적을 지우기 위해 다 써버리고 나오는 것을 보고 난 다음에는 마침내 화가 나서 견딜 수 없다는 것처럼 입을 꾹 다문 채 꼼짝도 하지 않고 있었는데, 현 여사의 채근 앞에 어쩔 수 없다는 것처럼 또 부스스 일어나, 저희들끼리만 우적우적 먹고 있는 아이들을 바라보며 자신도 모르게 침을 한 번 꿀걱 삼키고는, 남의 눈에 뜨일락 말락 하게 입술을 씰룩거리며 현관 밖으로 나갔다.

현 여사는 조금쯤은 아니꼬워하는 눈빛으로 천안댁의 뒷모습을 노려보고 있다가 손수 주방으로 들어가 물통 하나와 큰 주전자 하나를 들고 나와 운전사에게 주었다. 운전사는 그것들을 두말없이 받아 들고 현관 밖으로 나갔다.

객식구가 모두 나가고 난 거실에서는 아이들이 온통 야단법석이었다. 그대로 허발 들린 꼴들이었다. 여느 때는 서로 다투듯 애지중지하던 인상파도 못 본 체했다. 성대 수술을 한 바람에 소리도 낼 수 없는 인상파는 마구 짖어대는 시늉만 그렇게 해대며 아이들 뒷전에서 몸부림을 쳐댔다.

현 여사는 기가 막혀 하며 아이들 틈을 겨우 비집고 치즈버거 샌드위치 하나를 집어내 은박지 포장을 풀어 인상파 앞에 놓아주었다. 인상파는 꼬리를 치켜들고 오만 인상을 다 써가면 아닌게아니라 허발 들린 것처럼 먹기 시작했다. 현 여사는 사람이나 짐승이나 다른 바가 없구나 하고 생각하며 아이들 틈에 끼여들었다. 사실은 현 여사도 배가 고파 못 견딜 지경이었다. 흉년이면 배가 더 고프다고들 하던가. 여느 날 아침이면 우유 한잔 정도로 때우는 편이었는데 그날 아침에는 그렇게 유난스레 배가 고팠다.

거실 옆에 있는 욕실의 욕조 하나를 채우기 위하여 천안댁과 운전사는 약 두 시간 동안 다섯 차례를 오르내려야 했다. 오르내리는 시간보다 송현로 건너 축복교회 수도 앞에 줄을 서서 기다려야 하는 시간이 더 많이 걸려서였다. 그때는 벌써 12시가 되었기에 두 사람은 아침에 사온 간이식으로 요기를 하고 나서 또 물통들을 들고 밖으로 나갔다. 박 사장도 회사에 나가봐야 한다면서 운전사는 남겨놓고 갈 테니까 필요한 데 쓰라고 현 여사에게 일러놓고는 서둘러 집을 나섰다.

영환이는 뒤늦게 배달되어 온 조간신문을 새빨리 펼쳐 임춘광 일당에 대한 기사부터 찾아 읽었다. 아직 대치 중이라는 것이었다. 그런데 그건 새벽 2시 반 현재였다. 영환이의 궁금증은 더 커졌다. 아무래도 막바지가 더 멋질 것 같았기 때문이다. 영환이는 또 라디오를 틀어놓고 다이얼을 요리조리 돌려가며 임춘광 일당에 대한 뉴스를 찾기 시작했다.

주방에서 빈 그릇들을 챙기고 있던 현 여사는 그만 또 신경이 돋아 올랐다. 거실에 붙어 있는 욕실에서 좌아좍 물 끼얹는 소리가 요란했다. 현 여사의 양쪽 눈초리에 쌍심지가 돋아 올랐다. 현 여사는 다짜고짜로 욕실 앞으로 가서 문을 열어젖혔다.

당장에 요절이라도 내버릴 듯한 기세였으나 막상 문을 열고 나서는 기가 딱 막힌 낯빛이 되었다. 욕실 안은 적어도 현 여사의 눈에는 가관이었다. 거울 앞에 꽃촛불 두 개가 아롱아롱 밝혀져 있었고, 발가벗은 영혜는 거울을 향한 채 "싸우랑해욳는대애"를 부르며 물을 좌악좍 퍼붓고 있었다. 현 여사가 문을 연 채 노려보고 있는데도 마찬가지였다.

"영혜얏!"

현 여사는 외쳤다.

영혜는 돌아섰다.

"웨 또 그루, 어엄마. 남 오랜만에 물 구경 좀 하구 있는데에 웨 또 그렇게 독살맞게 외치는 거유우?"

영혜는 한껏 느물거렸다.

"너 그게 보통 물인 줄 아니?"

"아니, 어엄마. 그럼 이게 보통 물이 아니라 무슨 성수라도 된단 말이우?"

"아니, 너 진짜. 그거 아줌마하구 운전사하구 얼마나 고생하며 들어 올린 건지 네 눈으로 봤잖니? 봤니? 못 봤니?"

"그렇다구 내가 오랜만에 목욕 좀 했기로서니 그렇게 야만스레 노려볼 건 뭐유. 멀지도 않은 모녀지간에. 물이 이렇게 있는데두 이 찜찜하구 꿉꿉하기 그지없는 기분을 꾹 참구만 있으란 말이우? 아 물이야 또 들구 오면 될 거 아니우? 부엌 아줌마나 운전사 모셔뒀다가 뭐에 쓰려구 그러는 거유?"

"정말, 이년이 보자보자 하니깐."

현 여사가 더 참고 있을 수가 없어서 욕실로 뛰어 들어가서 영혜의 머리끄덩이라도 잡으려고 하는 판에 영혜가 갑자기, 아니 조게, 하고 비명을 지르며 욕조로 퐁당 뛰어 들어갔다.

현 여사는 뒤를 돌아다보았다. 언제부터 거기에 서 있었던가, 얼굴이 벌겋게 달아오른 영수가 열적은 웃음을 머금고 있었다. 현 여사의 환청이었을까, 영수는 숨소리마저 거칠어져 있는 듯했다. 현 여사는 가슴이 덜컥 내려앉았고 소름이 오소소 돋아 올라 욕실 문을 황급히 닫고 이번에는 영수와 대치했다.

"아니, 이 자식이."

현 여사는 차마 그 다음 말은 하지 못했다. 영수는 빙글빙글 웃으며 돌아서서 일부러 가랑이를 벌리고 어기적어기적거리는 걸음걸이로 제

방으로 들어가 버렸다. 욕실에서는 어느덧 또 "끄때 내 싸우랑"이 시작
되고 있었다.

현관에서 천안댁과 운전사가 낑낑거리며 들어왔다 현 여사는 두 사
람으로 하여금 안방 욕실로 들어가서 거기 욕조에 물을 붓도록 한 뒤
왈랑왈랑거리고 있는 가슴을 어떻게든 가라앉히려고 애썼다.

욕조에 물을 붓고 나온 운전사는 현 여사 앞에서 고개를 수그린 채
머뭇거렸다. 뭔가 곤란한 일이 있는 듯해 보였다. 아니면 물심부름에
대한 불만이라도 털어놓으려는 것인가.

"무슨 일이 있수?"

현 여사는 조금쯤 엄격한 낯빛을 일부러 지어 보였다.

"아무래도 즈이 집이……."

운전사는 말을 채 끝내지 못한 채 머리를 긁적거렸다. 조금 전에 물
을 뜨러 나갔다가 방송을 들어보니까 영등포가 물에 잠기기 시작했다
고 하는데다가 한강마저 곧 넘칠 듯하다고 하는데, 그렇게 되면 자기
가족이 위험하다 그런 이야기였다.

현 여사는 손부터 휘휘 내저었다.

"에이, 김 기사. 한강이 넘칠는지도 모른다는 이야기가 어디 어제오
늘의 일이우? 설마 하니 한강이 넘치기야 하겠수? 괜한 걱정 말구 어
서 저쪽 욕조나 다 채워요. 아, 사람 사는 데 물이 있어야지, 세상에 물
도 없이 어떻게 산단 말이우. 김 기사 생각에는 그렇지 않수?"

현 여사가 그렇게 말하며 운전사를 밀어내듯 하고 있는데 영환이가
라디오를 손에 들고 제 방에서 후다닥 튀어나오며 소리쳤다.

"한강이 위험하대. 지금 한강 다리가 물에 뜬 것처럼 보인대, 아이구
큰일이네."

현 여사가 영환이를 향해 눈총을 쏘아 보내고 있는데도 영환이는 할

말을 다해 버렸다. 그런 판에도 거실에 붙어 있는 욕실에서는 또 좌악 좌 물을 끼얹어 대는 소리와 "끄때 내 싸우랑"이라는 노래가 줄기차게 흘러나오고 있었다. 현 여사는 차츰 더 민망스러워졌으나 표정을 냉정하게 가다듬고 말했다.

"어서 몇 번만 더 들어 날라요. 그러구 나서 또 이야기를 하든가 합시다. 우선 중요한 건 물이 아니우?"

운전사는 볼멘 낯빛을 애써 감추려 하며 빈 물통을 들고 잠자코 현관 밖으로 나갔다. 천안댁이 또 남의 눈에 뜨일락 말락 하게 입술을 씰룩거리며 물통과 큰 주전자를 들고 운전사 뒤를 따라 나가다가 인상파가 발끝에 걸리자, 발걸음을 옮겨놓는 척하며 인상파의 배를 걷어찼다. 인상파는 뒤로 벌렁 넘어졌다. 일어나며 앙살스레 인상을 써보였다.

천안댁과 인상파는 사이가 나쁘다. 그건 천안댁이 인상파를 미워하는 것으로부터 비롯되었다. 천안댁이 인상파를 미워하는 이유는 간단하다. 인상파가 자신보다 훨씬 더 좋은 대우를 받고 있다는 것이다.

천안댁이 인상파를 걷어차는 것을 보고 현 여사의 눈초리에는 각이 생겼다. 현 여사가 그래도 참아냈던 것은 부엌 아주마를 상전 모시듯 할 수밖에 없는 현실 인식보다는 영혜로 말미암은 민망스러움이 더 큰 까닭이었다. 천안댁의 모습이 밖으로 사라졌다. 현 여사는 속이 부글부글 끓었다. 그런데도 욕실에서 나는 소리는 그대로였다. 당장 뛰어 들어가서 정말 머리끄덩이라도 끌고 나와 내패대기쳐야 속이 시원할 듯했다. 그런데 현 여사의 의식 속에서 뒤얼크러져 있는 문제는 그보다 훨씬 더 복잡했다. 영혜의 뻔뻔스레 발가벗은 맨몸, 영수의 가쁜 숨소리, 현 여사는 심각했다.

영환이가 들고 있는 라디오에서 임춘광 일당에 대한 뉴스 속보가 흘러나오기 시작했던 것은 현 여사의 화가 막바지에 이르러 푸들거리고 있을 때였다. 임 일당이 경찰과 대치하기 시작한 지 서른두 시간 만에 인질 여자들을 윤간 살해한 뒤에 환간제를 술에 타 마신 환각 상태에서 전원 자폭했다는 거였다.

"막가! 막가는 세상이야! 이놈의 세상."

현 여사는 영혜에 대한 부아 풀이를 그쪽에다 대고 하기라도 하듯이 이를 북북 갈아댔다.

"에이 씨! 또 탈출을 했어야 재미있는 건데."

영환이가 못내 아쉬워했다.

"계세요?"

현관에서 여자 목소리가 울렸다. 현 여사는 현관으로 나갔다.

"누굴 찾으시나요?"

현 여사는 물었다.

"저…… 저는 요 옆 1922호에 사는데요."

현 여사는 그 여자를 알아보는 데는 일 분쯤이 걸렸다. 조명등이 없어 현관이 좀 어두무레했기 때문만은 아니었다. 출입문을 마주하고 있는 바로 옆집이고, 또 문에 붙어 있는 교회 표지로 보아서 같은 교회에 다니는 교우라는 것을 알고 있기는 했지만, 교회나 엘리베이터 안에서 드물게 스치는 것밖에는 사실은 수인사도 하지 않았던 사이인데다가 그렇게 초췌한 몰골로 갑자기 나타나고 보니까 몹시 낯설었다.

그 여자는 머뭇머뭇 사정조로 말했다.

"죄송하지만 라면 같은 게 좀 여분이 있으시면……."

아이들 아침도 먹이지 못했다는 거였다.

현 여사는 아침에 사온 간이식들이 아직 많이 남아 있었고, 저녁에는 박 사장이 또 뭐든 사오리라 생각되었지만, 영혜와 영환이 때문에 화가 나 있는 판인데다가, 이사 온 지가 일 년이 넘는데도 여느 때는 코빼기

도 내비치지 않다가 궁한 소리나 하러 찾아온 게 얄밉기도 했다. 많아
봐야 서른서넛이라고 그 나이를 가늠해 보며 현 여사는 "어떡하나……
우리도 생쌀밖에는 아무것도 없는데요" 하고 말해 그 여자를 쫓아 보
내듯 해버렸다. 영환이가 바로 가까이에서 제 어미를 빤히 올려다보고
있었다.

8

현희자 여사의 입장에서 영혜는 애물과 같은 존재였다. 여러 가지 면
에서 그랬다. 우선 태어남의 내력부터가 예사롭지 않았다. 뜻하지 않았
던 잉태…… 그건 현 여사로서는 무덤까지 가지고 갈 수밖에 없는 비
밀이지만, 영혜는 박태호 사장의 씨가 아니다. 매우 미묘한 시간차고,
다행이라고나 할까, 영혜가 현 여사를 닮았기 때문에, 박 사장을 비롯
한 주변 사람들은 약간 조산을 한 정도로―역시 다행이라고나 할까,
영혜는 태어날 때 2.3킬로그램밖에 되지 않았다―알고들 있어서 겉으
로는 아무런 문제도 없기야 했지만, 그러나 어찌하랴, 현 여사는 드물
게나마 조마조마한 심정을 금치 못하여 때로 시름에 잠기곤 한다.

그런 내력 때문이었을지도 모른다. 영혜는 자라면서 내내 현 여사의
속을 태웠다. 멀리는 그만두고 대학에 들어갈 때만 해도 그랬다. 전기
에서 현 여사는 걱정도 하지 않았다. 그동안 들인 공과 처넣은 돈이 있
었기에.

현 여사가 영혜의 대학 간판을 위해 공을 들이고 돈을 처넣기 시작
했던 것은 영혜가 고등학교에 올라오자마자부터였다. 공부하는 꼴로
보아 싹수가 노랗다 싶은 영혜에게는 외길밖에 없어 보였다. 현 여사
는 어느 대학에 강사로 나가면서 음악 학원을 열고 있는 사람에게 영
혜를 맡기고 그때부터 삼 년 동안 다달이 200만 원씩을 꼬박꼬박 갖

다 바쳤다.

 그런데도, 노력의 부족보다는 재능이 미치지 못한 때문이었으리라. 영혜의 바이올린 솜씨는 현 여사의 눈에도 신통찮아 보였다. 현 여사가 입시를 앞두고 영혜의 신통찮은 솜씨를 돈으로 때우기로 바이올린 선생과 합의하게 되었던 것은 현 여사로서는 불가피했다. 딱 한 장, 바이올린 선생의 요구였다. 현 여사는 두말없이 그 돈을 건네며, 돈이 아무리 흔해 빠진 세상이라 할지라도 한 장이 어디 적은 돈인가 하고 생각하며, 돈의 효과에 대해 걱정도 하지 않았다.

 그런데 결과는 현 여사의 뜻과 같지 않았다. 영혜의 바이올린 선생은 몸 둘 바를 몰라 했다. 자신이 그 분야에서 열네 해를 일해 오는 동안에 한 번도 겪어보지 못했던 사고라고 했다. 현 여사는 그때 바이올린 선생의 언구력을 넉넉히 읽어낼 수 있었다. 그러면서도 다그쳐 그 속을 뒤집어보려 들지 않았던 것을 그래 봐야 심증밖에는 없다는 것 때문만은 아니었다. 물은 이미 엎질러진 판이었다. 시시비비를 가리려 들어봤자 이쪽만 손상당할 뿐이었다. 미우니 고우니 해도 바로 내 자식의 장래가 걸려 있는 일이었다.

 까짓 돈, 현 여사는 그렇게 생각했다. 정부의 주택 200만 호 건설 정책 덕분에 남편의 모세건설이 호황을 누리고 있어서 돈 걱정은 할 필요가 없는 형편이기도 했다. 현 여사는 농락당했다는 증오심만으로야 하다못해 바이올린 선생의 멱살을 움켜잡고 안경테라도 분질러버리고 싶었으나 꾹 참고, 오히려 후기에서라도 꼭 붙게 해달라고 매달리는 쪽이 되었다.

 전기 대학 예체능계 입시 부정 사건이 터졌던 것은 그렇게 속을 한창 끓이고 있던 참이었다. 알고 보니까 자기처럼 농락을 당한 사람 몇이 화풀이를 한다고 물귀신 작전을 펴듯 하다가 일이 그렇게 커진 것 같았는데, 현 여사는 그 사람들의 속이 깊지 못한 것을 가소로워했다.

그래 봤자 제 얼굴에 침 뱉기고, 제 손으로 제 자식 신세 조지기지, 까짓 선생들 몇 죽인다고 자기한테 이가 될 게 뭐가 있는가? 현 여사는 그런 심정이었다.

그러나저러나 이미 벌여놓은 판에 사건이 그렇게 터지는 바람에 일은 형편없이 꼬여버렸다. 들끓는 여론 때문에 우선 당장에는 사람들마다 호들갑을 떨며 두 눈을 치뜨고 있는데다가, 대학이나 경찰 또는 감독관청에서 신경을 잔뜩 곤두세우고 있어서 구멍을 뚫어보기가 여간 어렵게 된 게 아니었다. 난다 긴다 하는 기량을 스스로 뽐내보고 싶어 안달해하곤 하던 바이올린 선생도 주눅이 푹 들어 자못 난감해했다.

그렇다고 죽으라는 법이 있는가. 마치 정해진 순서라도 되는 것처럼 고생을 좀 했고, 상대방의 위험 부담까지 이쪽에서 짊어져 주다 보니까 전기 때보다 돈을 더 밀어 넣어야만 하기는 했지만, 필요한 구멍 하나를 어떻게든 뚫기는 뚫었다. 재미있고 아슬아슬한 이야기지만 바로 감독관청의 한 힘 있는 사람을 통해서였다. 남들이 다 들어가는 대학을 영혜는 그런 우여곡절 끝에야 겨우 들어갈 수 있었다.

영혜의 속 태우기는 물론 그것으로 끝난 게 아니었다. 명색 대학이랍시고 들어간 다음부터 속 태우기가 오히려 본격적으로 시작되었다고나 할까. 영혜는 대학생이 되자마자부터 제 전공인 바이올린은 아예 돌아다볼 생각도 하지 않았다. 하고 싶지도 않은 것 3년 동안이나 비벼대고 있다 보니까 이제는 보기만 해도 진저리가 쳐진다는 거였다.

영혜가 때려치우듯 한 것은 그것만이 아니었다. 공부라는 것은 할 필요가 없는 것, 이쯤으로 밀쳐두어 버렸다. 영혜는 그 다음부터 바빴다. 한없이 바빴다. 집에 돌아오는 시간은 거의 날마다 자정 부근이었고, 어쩌다 집에 있는 시간이면 "싸우랑해웠는대"라는 식의 가요 연습이 아니면 허구한 날 민망스럽기 그지없는 모습으로 잠이나 퍼잤다.

현 여사가 영혜에게 바랐던 것은 공부를 열심히 해주는 그런 게 아니었다. 물론 바이올리니스트가 되어주기를 바랐던 적도 없었다. 그저 겉으로 드러날 만큼 큰 흠 없이 있다가 임자를 정해 자신의 시야에서 떠나가 주었으면 하는 게 현 여사가 영혜에게 걸고 있는 바람의 모두였다.

그런데 영혜는 날이 갈수록 현 여사의 그런 바람으로부터나마 차츰 더 빗나가고 있는 것 같아 보였다. 자신의 일상적 형태야 어떻든, 평생 어미로서 되짚어 보는 것만으로도 소름이 오소소 돋아 오를 일이었으나, 영혜는 어느덧 제 몸을 감각적 즐김의 도구로 써먹고 있었다.

그건 그랬다. 현 여사로서는 이제 새삼스러운 일이 아니었다. 그런데 현 여사가 새삼스레 그렇게 깊은 시름에 잠겨 있게 되었던 것은, 조금 전에 느닷없이 맞닥뜨린 영수의 벌건 웃음과 거친 숨소리 때문이었다. 현 여사는 영수를 그렇게 만든 것이 바로 영혜 때문이라고 생각했다.

현 여사의 생각은 거기까지였다. 잘 알 수가 없었다. 생각해 볼 수도 없었고, 생각을 더 나아가 볼 수도 없었다. 몸이 자꾸 오슬오슬 떨리기만 할 뿐이었다. 두려운 것은 업보, 그렇게 미신스러운 것이었다.

업보, 라는 그 말은 현 여사의 친정어머니 입에서 처음으로 나왔던 거였다. 현 여사의 비밀을 알고 있는 유일한 사람은 현 여사의 친정어머니였다. 무슨 뜻에서였을까. 업보다. 현 여사의 친정어머니는 영혜가 태어난 얼마 뒤에 무거운 낯빛으로 이 한마디를 현 여사 앞에 떨어뜨려 놓았다. 그 다음에 두런두런 이어졌던 말이, 명색 서방과 아낙으로 검은 머리가 파뿌리가 되도록 살 비비고 살아가야 하는 할 지아비에게……라는 미완의 한마디였다. 그 말들이 때로 되새겨지기는 했었으나 오늘처럼 무섭게 생각된 적은 없었다.

9

오후가 되면서 비가 그치기는 했으나, 하늘은 수틀리면 또 쏟아 부어 버리겠다는 엄포를 놓고 있기라도 한 것처럼 잔뜩 찌푸려져 있었다. 한 강이 넘치지는 않았으나, 상류 쪽에서는 아직도 비가 내리고 있는데다가 소양강댐이나 충주댐 등 남·북한강의 주요 댐들이 수위 조절을 위해 수문을 더 열 수밖에 없는 형편이라 하여, 한강 주변의 긴장은 차츰 더 높아져 가고 있었다.

사람들은 그래서 위기감을 느껴 술렁거리면서도 역시, 설마 하니 무슨 일이야 있겠는가 하는 쪽에 기울어져 있었다.

전기·수도·가스·전화가 끊어진 지 만 하루가 지나가고 나자 은혜 아파트를 비롯한 주변의 고층 아파트들은 흡사 재난 지역처럼 되었다. 무엇보다도 사람들이 제 꼴이 아니었다. 눈동자가 뒤집히거나 한 것은 아니었으나, 어딘가 어긋난 듯한 표정들만은 역력했다.

바로 전날까지만 해도 비만의 근심을 상시적으로 짊어지고 있는 사람들답게 기름이 자르르 흐르듯 반들반들하던 얼굴들이 형편없이 꺼칠꺼칠하고 부석해진 것부터가 그랬다. 사람들은 너나없이 이런 재난을 어이없어 하는 듯했다. 자신들의 안락한 일상에 이런 따위 불편이 다가오리라는 것은 예상하지도 못했거나, 그렇게 다가온 불편에 대해 자못 분개하고 있는 듯해 보이기도 했다.

물을 들어 나르며, 라면이나 카스테라 따위 간식을 사 나르며, 또는 전기가 언제나 들어오게 되느냐고 이리 기웃 저리 빠끔 물어봐 가며, 사람들은 자꾸만 뜻 모를 웃음기를 약간 처진 양쪽 입꼬리로 흘러내리곤 했다. 그건 어찌 보면 실성기 같아 보이기도 했다.

그런 판에서 조무래기들은 마치 살판이라도 난 것처럼 신나 했다. 언제나 그게 그거 같기만 하던 환경에 들이닥친 그런 변화를 신기해하는 듯했다. 은혜아파트 북쪽 끝 동 앞 넓은 도로가 물에 잠겨 강이나 큰 웅덩이처럼 되었는데 조무래기들은 그 더러운 물에 들어가 첨벙거렸고, 더러는 고무보트나 에어매트리스를 가지고 나와 물놀이를 벌이며 신명을 내대기도 했다.

722동 쪽 도로 건너 교회나 상점들에서는 호스를 길게 빼어 물 인심들을 쓰고 있었는데, 다른 곳에서는 호스 끝마다 생긴 줄에서 새치기를 했니, 한 사람이 물통을 너무 많이 가지고 왔니 하여 대판 실랑이질이 벌어지기도 했으나, 축복교회에서만은 그렇지 않았다. 김상화 목사 부부가 단정한 옷차림으로 번갈아 가며 호스를 붙잡고 서서 물을 나눠 주고 있었기 때문이다. 김 목사는 그 자리에서도 성스러운 목소리로 선교와 사목의 자기 책무를 게을리 하지 않았다. 사람들은 모두 김상화 목사를 칭송하며 스스로 질서를 지키려고 애썼다.

사람들은 한편으로는 행정 당국에 대하여 욕바가지들을 퍼부어댔다. 동사무소니 구청이니 하는 곳에서는 무엇들을 하고 있는 것인가. 전기가 나간 뒤에 급수차는 한 번도 나타나지 않았다.

슈퍼마켓에 그럴 만한 물건들이 동나는 것은 마찬가지였다. 슈퍼마켓 주인들이 이 판에 한 대목 보기라도 할 셈으로 힘이 닿는 대로 바삐 물건을 사다 날랐으나 그래도 사람들의 다급함을 채워줄 수는 없었다.

오후가 기웃하면서부터는 라면 회사나 제빵업체 등에서 라면이고 빵들을 직접 실어와 '고객 서비스'를 하기 시작하여, 집집마다 이제 어느만큼의 비상식 정도는 확보되었을 듯한데도, 라면이고 빵이고 실어 오기만 하면 금세 동이 나곤 했다.

전기·수도·가스·전화 문제는 쉬 풀리지 않을 듯했다. 지하실에 넘쳐 들어온 물을 빼내는 것만으로 끝날 수 있는 일이 아니었다. 물에 일단 잠긴 변압기나 전화 케이블은 다시 쓰기 어렵거나, 아니면 대대적인 수리를 해야 할 판이었다.

한국전력 작업차가 나왔고, 한국전력의 노란 헬멧을 쓴 사람들이 아파트 단지 안을 분주히 쏘다녔다. 들리는 말로는 청와대의 무슨 특본가 수석인가 하는 사람이 은혜아파트에 살고 있는 덕분에 다른 아파트에 우선하여 한국전력에서 그렇게 재빨리 나오게 된 거라고 했다.

오래지 않아서 전주가 실려 오기 시작했다. 임시 전주를 세우고 임시 변압기를 설치하여 전기 공급을 하면서 자체 시설을 수리할 참이라 했다. 잘 정돈되어 있는 아파트 지역에 부려진 전주들은 홍수로 유실된 묘지 골짜기에 마구 뒹굴고 있다는 주검들 같아, 보기에 섬뜩하리만큼 흉하기는 했으나, 사람들은 그래도 노란 헬멧을 무슨 희망의 상징이라도 되는 것처럼 바라보며, 그런 희망을 공급할 수 있을 만한 힘을 가지고 있는 사람이 같은 아파트에 살고 있다는 것을 다행스러워했다.

비가 그치면서 술렁술렁 전해지기 시작한 거였지만, 지난 밤 정전 상태에서 은혜아파트에서만 도난이나 강도 사건이 여남은 건이나 일어났다고 했다. 사람들은 서로서로 문단속, 몸조심을 당부하곤 했다.

그래서인가, 아파트 단지 안에서 정복의 경찰관들 모습이 드문드문 보였는데, 그 사람들은 수명이 다된 마네킹에다 경찰 옷만 입혀놓은 것처럼 후줄근해 보였다. 그 사람들이 치안, 그런 목적을 위해 거기에 나와 있는 거였다면, 도둑이나 강도, 또는 비슷한 일을 하는 사람들의 입장으로 봐서는 없는 것보다 오히려 나을 듯했다. 자신들이 표적하고 있는 주민들이 그런 후줄근함이나마 믿고 방심해 줄 듯했기에. 보기에 이상야릇한 정복들이었다.

하기야 감옥은 이미 오래전에 만원이라 했다. 교도소가 스물아홉, 구치소가 다섯, 구치지소가 둘, 감호소가 둘 등 전국에 모두 서른여덟 곳의 교정 시설이 여기저기에 흩어져 있고 적정 수용 인원은 2만 3천 명

쯤이라 한다. 거기에 수용되어 있는 인원이 그 배를 훨씬 더 넘어선 것
은 벌써 오래전이었다.

그러니까 경찰의 입장에서는 더 잡아 봐야 가둘 곳도 없고, 기껏 가
둬놔 봐야 범죄 기술만 더 흉포해져 가지고 나가는 바람에 재범률이
100퍼센트에 가까운 판이니까, 그러면서도 범죄와의 전쟁이니 하는 정
치적 애드벌룬은 슈퍼마켓 개업 선전용처럼 허공에 둥둥 띄워놓고 있
는 형편이고 하니까, 그렇게 마네킹 급 경찰관들이나마 하나의 요식이
나 상징으로서 드문드문 세워두는 것이었을는지도 모른다. 빈 들판에
허수아비를 세워놓듯.

10

"시끄러…… 시끄러 누낫!"

방학이 끝나면 곧 시작될 시험 준비를 해야 할 게 아니냐는 현희자
여사의 거푼 닦달질을 견디다 못해 베란다 쪽 거실 창가에 흔들의자를
내다 놓고 앉아 의자를 흔들흔들거리며 영어책을 읽고 있던 영환이가
마치 부아 풀이라도 하는 것처럼 소리를 빽 질렀다.

그러나 영혜는 개야 짖을 테면 얼마든지 짖어라 하는 낯빛으로 영환
이는 쳐다보지도 않은 채 "싸우랑해있는대"를 노래 부르고 있었다.

영환이는 치솟는 부아를 참을 수 없어 볼을 실룩거리면서도 주방 쪽
에서 노려보듯 하고 있는 현희자 여사의 눈총 때문에 어쩔 수 없다는
것처럼 또 영어책 쪽으로 눈길을 돌렸다.

"래슨 씩스. 홧 두 유 두 에프트 스쿨?"

"야아……."

영환이나 마찬가지 입장에서 역시 소파에 몸을 묻은 채 공부를 하는
척하고 있던 영수가 가소로워하는 낯빛이 되었다.

"할려면 똑바로 해라 야. 엘이에스에스오엔은 라이슨이 아니라, 러이슨이구, 에이에프티이알은 어이프트가 아니라 아이프터야, 임마."

영환이는 부아가 더 치밀어 올랐다.

"형 할 거나 하구 상관 마. 라이슨이나 러이슨이나 그게 그거지 뭐야?"

"야아, 소리만 지르면 젤이냐? 모르면 국으로 가만히 있기나 해. 좋은 언어는 좋은 인격을 창조하고, 바른 언어 습관은 바른 인격을 형성하고, 반대로 좋은 인격은 좋은 언어를 창조하고, 바른 인격은 바른 언어 습관을 형성하는 거야. 알겠어?"

"칫, 재수 없게 돌아가면서 모두 야단들얏!"

영환이는 마침내 책을 냅다 던져버리고 자리에서 일어나 잽싸게 현관을 빠져나가 버렸다. 현희자 여사가 이내 뿔이 돋아 올라 "애, 애 영환앗!" 하고 외치며 현관으로 쫓아 나갔을 때, 영환이의 쿵쾅거리는 발걸음 소리는 어느덧 멀리 사라져가고 있었다.

"하여튼 제는 구제 불능이야."

영혜는 콧구멍을 벌름거려 콧날에 이상스러운 곡선을 그려 보인 뒤에 곧 "싸우랑해윘는대"로 돌아갔다.

"아이구, 죽어! 내가 죽어!"

현희자 여사는 손을 들어 자신의 가슴을 두드려댔다.

11

김상화 목사가 시무하고 있는 축복교회의 사목 지침 가운데 하나는, 〈마태복음〉 13장의 겨자나 누룩의 비유에서처럼, 교회의 성장은 곧 그리스도의 몸의 성장을 뜻한다는 것이다. 결국은 그런 지침의 충실한 실천 덕분이었다. 축복교회는 창립 예배를 올린 지 칠 년 만에 1만 3천여

신도를 확보할 만큼 급성장했는데, 교회 건물도 그런 교세에 걸맞을 만큼 우람차다.

정면 벽에 "좁은 문으로 들어가기를 힘쓰라"라는 〈누가복음〉의 한 구절이 라틴 문자로 굵직하게 돋을새김되어 있는 교회 건물은 고딕 건축의 고전적 요소를 고루 잘 갖춘 석조 건물인데, 특히 그 첨탑이 압권이어서, 그 앞에 서서 우러러보고 있노라면 믿는 마음이 저절로 샘솟아오를 정도다. 그 옆에 세워져 있는 선교관은 김상화 목사가 오랜 기도 끝에 손수 설계한 것으로 알려져 있는데, 교회 건물의 그런 우람참에 조금도 빠짐이 없을 만큼 웅장하다.

그런데 선교관은 그 구조가 좀 묘하다. 전체적으로는 십자가 모양이고, 면 모두 스테인드글라스로 처리된 벽면은 온통 성화여서, 햇볕이 비치는 날과 구름이 낀 날, 밤과 낮, 아침과 저녁에 그 모습이 각각 다르게 보인다.

그중에서도 장관은 뭐니 해도 맑은 날 이름 아침에, 그날의 첫 햇살이 땅 위에 막 퍼지기 시작할 때다. 정동향인 선교관에 황금빛 찬란한 아침 햇살이 바르게 비치면, 정면 벽을 가득 메우고 있는, 어쩌면 세계에서 가장 큰 모습일 예수의 고상이 현란하고 장엄하게 빛나기 시작한다. 어찌 보면 그대로 승천하는 듯해 보이기도 하고, 조금 달리 보면 금세라도 팔과 발에 박혀 있는 못을 툭툭 뽑아 던지고 십자가에 내려와 사람들 사이로 걸어 들어올 듯해 보이기도 한다.

그런 모습 앞에 서 있노라면 믿음이 아주 부족한 사람들까지도 하늘의 그지없는 영광을 가슴 깊이 되새기는 신앙심을 참을 수 없게 되기에, 날씨가 맑은 날 새 아침 그 시간쯤이면 많은 신도들이 그 앞에서 무릎을 꿇고 할렐루야를 소리높이 외치며 기도를 올리고 자신의 죄를 참회하곤 한다.

그런 덕분이리라. 지난해 봄에 부활절에 즈음하여 선교관을 준공하여 하나님께 봉헌한 뒤에 축복교회 교세는 눈에 띌 만큼 뻗어 나가고 있는 중이다.

선교관 맨 위, 그러니까 예수 고상으로 본다면, 주여, 주여, 나를 버리시나이까 하고 자신의 신을 원망할 만큼 지독하게 고통을 받고 있는 예수의 바로 머리 위가 되는 자리는 '묵상의 방', 쉽게 말하자면 김상화 목사의 집무실로서, 지상으로부터 5층쯤의 높이다. 선교관 로비에서 전용 직통 엘리베이터를 타고 오르게 되어 있는 '묵상의 방' 역시 벽면은 모두 스테인드글라스고, 천장은 궁륭 모양의 투명 유리로 되어 있어 하늘이 그대로 보인다. 그것도 역시 눈만 들어 올리면 하나님의 모습을 바로 볼 수 있도록 하기 위한 김상화 목사 자신의 뜻에 따른 것이다.

사면을 둘러싸고 있는 현란한 무늬의 스테인드글라스와 하늘을 향해 그대로 뚫려 있는 궁륭의 투명한 천장, 그리고 그 천장을 통해 올려다 보이는 하늘의 천만 가지 모습이 한데 어우러져 이룩해낸 신비스럽기 그지없는 효과 때문이겠지만, 그 방에 들어서기만 하면 하나님 나라에 이미 들어선 듯한 뜨거운 감동에 쉽사리 접어들게 되곤 한다. 영으로 가득 채워져 있는 환상의 그 공간에서, 사람들은 일쑤 속세의 피안에 서 있는 듯, 마음이 정화되고, 더불어 신앙심이 돈독해진다.

어느 원로 신도의 찬탄이 있다.

"죄인 중에 죄인도 이 '묵상의 방' 에 들어오기만 하면 회개하지 않고는 배겨내지 못할 것입니다, 목사님. 아, 할렐루야."

바로 그 방에서 김상화 목사는 묵상을 통해 축복교회 운영에 대한 일체의 계시를 받는다. 설교 계획이나 내용도 그 방에서 구상되고 작성된다.

김상화 목사는 그 방에서 홀로 앉아 다가오는 일요일에 설교할 내용을 구상하기에 골몰하고 있었다.

─어리석은 사람들아(번역서에는 '아이들아' 라고 되어 있으나, 김 목사는 본디 뜻을 신도들에게 바르게 전하기 위해 이렇게 읽는다), 이것이 마지막 때라. 적그리스도가 이르겠다 함을 너희들이 들은 것과 같아, 지금도 많은 적그리스도가 일어났으니, 이러므로 우리가 마지막 때인 줄 아노라.

〈요한 1서〉 2장 18절의 이 성구를 다가오는 일요일에 되새겨 볼 말씀으로 골라놓았는데, 이 말씀은 지난주 설교의 주요 내용이었던 〈마태복음〉 25장 44절의, "이러므로 너희도 예비하고 있으라. 생각하지 않은 때에 인자가 오리라"에 이어지는 것이었다.

그런데 웬까? 신자들을 격동시켜 재림의 그날에 대비하여 마음 다짐을 굳게 할 수 있을 만한 말이 좀처럼 생각나지 않았다. 사념의 초점을 모아보려 하면 할수록 사념은 더 어지러워지기만 했다.

그럴 수밖에 없었다.

악마가 피운 향불의 취기에 미혹된 지 사실은 이미 오래되었기에.

그러면서도 버텨 지켜 자신의 본디 모습으로 돌아가려고 온갖 안간힘을 다하기에 거의 한순간도 마음이 평안할 수 없었기에.

김상화 목사는 그래도 묵상을 포기하지 않은 채 자신이 다다라 있는 신념, 그 다음을 이어나가 보려고 애썼다.

─……사랑하는 형제자매 여러분, 지금 이 세상 도처에는 적그리스도들이 있습니다. 예수님을 시인하지 않는 자들. 교회를 배척하고 교회를 떠나는 자들, 교회를 박해하는 자들, 그리고 다른 무엇보다도 하나님을 자처하는 자들, 이런 자들이 지천으로 널려 있는 이 시대에서 형제자매 여러분들은 과연 어떻게 하나님의 참모습을 여러분 마음의 주

님으로 모셔 들일 수가 있겠습니까?

김상화 목사의 구상은 이 물음에서 딱 멈춰 있었다.

그건 사실은 자기 자신을 향한 물음이기도 했다.

과연 어떻게, 나의 일상에서 하나님의 참모습을 발견하여, 내 마음속의 참 주님으로 영접해 들일 수 있으며, 과연 어떻게, 나를 유혹하는 악마의 손길을 뿌리쳐 버리고, 진실로 믿는 사람, 진실로 하나님의 뜻에 순명하는 사람으로서 자신을 실현해낼 수 있을 것인가? 이미 오래전부터 끝도 없이 되풀이되고 있는 질문이었다.

답은, 그러나 쉽지 않았다.

무엇보다도 유혹의 대상이 너무 많았다.

지천으로 널려 있다시피 한 유혹들을 하나님의 뜻 그대로 지켜 버텨내기에는 자신의 의지는 너무나도 연약했다. 그것이 김상화 목사 자신이 절실히 체감하고 있는 자신의 한계였다.

……

'적그리스도' 라는 말에 매달려 있어서인가. 어떻게든 초점을 모아보려 애쓰고 있는 사념의 들판에 며칠 전 한 선교 잡지에서 읽었던 〈적赤그리스도를 경계함〉이라는 신랄한 내용의 글이 떠올라왔다.

시골의, 신도가 열두 사람밖에 되지 않는다는 조그만 개척 교회 목사가 쓴 그 글의 요지는 간단했다.

서울의 밤하늘에 벌겋게 우거져 있는 수천 개의 십자가는, 재림의 그날에 예수님께서 천사들과 함께 나타나실 바로 그 불꽃의 한 상징이 아닐까? 또는 '적赤그리스도' 의 모습으로 하나님의 이 땅을 유린하고 있다는 한 증거가 아닐까? 그런데도 우리는 알아차리지 못한 채 붉은 십자가를 끝없이 세워가고 있는 건 아닐까?

서울의 밤하늘에 벌건 십자가를 내걸고 있는 목자들은 저마다 이런 질문에 대하여 정직한, 진실로 정직한 답을 구해 보도록 해야만 하지 않을까?

그러면서 하나님께서 특별히 사랑하셨던 소외된 사람들을 내버려 둔 채 누릴 것을 다 누리고 사는 사람들의 더 많은 누림을 위해서만 기도하고 있는 자신들이, 과연 하나님의 진정한 종노릇을 하고 있는가에 대한 정직한, 진실로 성직한 답을 구해 보도록 해야만 하지 않을까? 그런 다음에 하나님 앞에 서야만 하지 않을까?

우리 사회 마지막 보루이어야만 마땅할 교회마저도, 신성하다는 학원까지 무너진다 할지라도 교회만 굳건히 버틴다면 우리 사회는 회생될 수 있다고 하는 그 교회마저도 이미 위협당하고 있는 이 엄혹하기 그지없는 판국에서, 도대체가 남루조차도 걸치지 못하고 떠나신 예수님을 찬양하면서, 찬란한 비단옷을 걸치고 있다는 게 말이 되는가? 혹시 자신도 모르는 사이에 하나님의 종이 아니라 마몬의 종노릇을 하고 있는 게 아닐까?

당신의 독생자를 보내, 그리고 당신 자신의 목숨을 바쳐, 이 세상과 그 세상에 살고 있는 사람들을 사랑하신 하나님과 예수님인데, 믿지 않으면, 말 잘 듣지 않으면 조금 더 노골적으로는 헌금을 많이 하지 않으면 벌을 준다는 식으로, 불지옥에 빠지게 한다는 식으로 협박하기 위해, 그 하나님과 그 예수님을 팔고 있는 것은, 그 하나님과 그 예수님의 뜻을 받들고 있는 게 아니라, 그 하나님과 그 예수님을 오히려 욕보이고 있는 것은 아닐까?

이렇게 되풀이되는 의문문으로 시종되고 있는 이 글을 읽고 난 뒤에, 도둑이 제 발 저리다는 식의 마음 켱김에서였을까, 김상화 목사는 그 물음표 하나하나가 뾰족한 끝이 되어 자신의 가슴을 찌르고 있는 듯한 아픔을 느꼈다.

"사람은 누구나, 언제고, 양쪽을 향하는 두 마음을 동시에 지니고 있다. 하나는 신 쪽으로, 다른 하나는 사탄 쪽으로"라는 보들레르의 우울한 외침이나, "나의 가슴속에는 아아, 두 가지 충동이 공존하고 있어서, 서로 헤어져 두 갈래의 상반된 길을 내닫는 형편일세. 그 하나는 격렬한 애욕에 사로잡혀, 현세에 매달려서 육체적인 만족을 얻으려는 충동이요, 다른 하나는 억지로라도 속세를 벗어나서, 숭고한 선인들의 정신세계로 오르려 하는 충동일세"라는, 파우스트적 고뇌가 새삼스레 되새겨져 가슴을 저몄던 것도 그래서였다.

자신이, 또는 많은 그리스도 형제들이 무어라고 강변을 하고 있든, 그 벌건 십자가 불빛의 세속성만은 부정할 수 없다, 그렇게 믿고 있는 형편이었기에. 누려 마땅할 것을 최소한이나마 누리는 것은 고사하고, 한없는 박탈 속에서 신음하고 있는 형제들은 버려두고 자신이 보기에도 혐오스럽기 그지없어 보이는 부자들의 사행심에 봉사하고 있는 모순만은 어떻게도 부정할 수 없다, 그렇게 믿고 있는 형편이었기에.

김상화 목사는 손에 쥐고 있던 파란 수성 펜의 뚜껑을 닫아 책상 위에 놓은 뒤에 목을 뒤로 젖혔다. 천장의 투명 유리 그 위 하늘은 칠흑과 같았다. 그게 하나님이 주재하는 광명 세계가 아니라 악마들이 지배하고 있는 암흑세계 같았다.

사람들이 줄기차게 설마 하고 있는 11호 태풍 셀마가 제주 남동쪽 바다를 지나고 있다고 했다. 칠흑 그 무거운 하늘에서 금세라도 우르르쾅 하는 뇌성벽력과 더불어 대찬 빗줄기가 또 쏟아질 듯했다.

마음이 무거웠다. 어깨도, 다리도 물론. 수돗물 호스를 잡고 있으랴, 수해를 당하고 있는 신자들 가운데 교회에 영향력이 큰 주요 신자들을 손수 심방하랴, 이래저래 끝내야만 했다. 준비를 소홀히 하여 신도들에게 허술한 모습을 보여서는 안 된다는 일종의 강박 관념에 줄기차게 시달리고 있는 터였다. 1만 3천의 신도니 하고 교세를 자랑하듯 하지만 1만 3천의 욕망에 2만 6천의 눈동자, 그 하나하나에 사실은, 당장에라도 도망치고 싶을 만큼 큰 두려움을 언제고 느끼고 있는 처지였다. 훌훌 벗어버리고 싶었다. 탈탈 털어내 버리고 싶었다.

아, 그랬다. 그건 김상화 목소리로서는 실로 두려워할 수밖에 없는 욕망들이고 눈동자들이었다. 그 욕망과 그 눈동자들이 간절히, 그리고 절대적으로 바라고 있는 것은 사행적 위안과 사행적 축복이었다. 밥 먹듯이 저질러대고 있는 악마적 죄악에 대한 무한량의 면죄를 줄기차게 바라고 있었고, 사실은 포만을 겨워하는 온갖 몸부림을 다 쳐대고 있으면서도 더 많은 물질을 줄기차게 바라고 있었다.

김상화 목사는 신도들 모두에게 사랑을 강조하고, 사랑을 표시하고 있었지만, 사실은 혐오의 느낌을 금하지 못할 경우가 너무 많았다. 사랑이 당위인 만큼 혐오도 당위였다. 앞의 것은 교리적 인식에 의한 것이었고, 뒤의 것은 이성적 인식에 의한 것이었다.

김상화 목사가, 비록 마음으로나마, 궁극적으로 간구하고 있는 것은 복음의 전파였고, 복음적 삶의 진실한 실천이었다. 그렇다고 그 욕망, 그 눈동자들의 바치듯 바라고 있는 그 위안과 그 축복을 마다하거나, 더구나 배척할 수는 없었다. 물론 혐오의, 자신의 그 느낌을 곧이곧대로 표명할 수도 없었다. 교회의 부흥 따위, 세속적—적어도 얼마만큼이나마 그런 요소를 부정할 수 없다고, 김상화 목사는 믿고 있다.—욕망 때문만은 아니었다. 그 모든 것들은, 어쨌거나, 자신이 처해 있는 사목적, 너무나도 엄연한, 현실이었다.

풀 한 포기 제대로 자라지 않고, 마실 물조차도 귀하기 그지없는 거친 들판에서일지라도, 양떼를 내팽개쳐 둘 수는 없었다. 영혼의 가난함, 영혼의 황폐함으로 본다면, 이 시대에서 진정으로 소외되고 있는 사람들은, 물질적 부를 누릴 만큼 누리고 있는 바로 자신의 신도와 같은 부류들이었다. 버려둘 수도 버려둬서도 안 되는 사람들은 바로 이 사람들이었다.

김상화 목사가 교육관 건설을 서두르고 있는 것도, 그것이 이 황폐한 들판의 단 샘으로서의 역할을 해낼 수 있으리라는 헤아림에서였다. 김상화 목사가 한 인간으로서, 또는 한 목자로서의 자기실현을 위해 극복해내지 않으면 안 되는 적은 안팎으로 쌔고 쌘 셈이다.

김상화 목사는 몸을 일으켜 목을 기웃기웃 꺾어 조금씩 좌우로 움직여보며 탁자 쪽으로 다가가 커피포트의 스위치를 올린 다음에 그 옆 소파에 앉아 리모컨을 들어 텔레비전을 켰다.

〈우리 사회 윤리, 과연 이대로 두어도 괜찮은가?〉라는 제목의 긴급좌담이 진행 중이었다. 열사흘 동안에 걸친 임춘광 일당의 난동과 그 비극적 종말을 계기로 다시 한 번 사회적 관심의 표면에 떠올라온, 이른바 사회 윤리 문제에 대한 각계 이사들의 토론이었다.

한복을 곱게 차려입은, 한 여성 단체의 회장이 말하고 있는 중이었다. 상기된 낯빛이었고, 열띤 어조였다.

"……한마디로 잘라 말해서 위험 수준 정도가 아닙니다. 더 보태고 더 빼고 할 위기는 어떻게든 극복되어야 하며, 그러기 위하여는 무엇보다도 사법적 질서의 엄정한 확립이 필요합니다. 이를테면 임춘광 일당처럼 인간이기를 포기한 무리들은 실정법이 허용하는 한, 또는 필요할 경우에는 특별법을 따로 제정해서라도 아예 극형에 처해서, 선량한 사람들의 복된 삶을 위한 아늑한 보금자리여야만 마땅할 우리 사회로부터 과감히 격리시켜야만 합니다. 이번 사태에서 똑똑히 본 바와 마찬가지로 엄혹하기 그지없는 현실을 통찰하지 못한 채, 단지 헛되기 그지없는 관념적 인정론으로 또는 값싼 휴머니즘으로, 선도·교정, 이런 구호 아래 미적미적거리고 있다가는, 선량한 사람들이 발을 딛고 제 몸을 세울 수 있는 최소한의 땅마저도 없어지게 될 것입니다. 임춘광 일당이 날뛰고 있는 열사흘 동안에 우리 여성들은 잠을 제대로 이루지 못할 만큼 공포에 사로잡혀 있어야만 했습니다. 관계 당국과 사회 지도층 인사들의 맹성이 절실히 필요한 때라고 생각합니다."

이번에는 이마가 훌떡 벗겨진, 신문사 논설위원이 말했다.

"위기? 그렇죠. 위깁니다. 위기. 그건 사실입니다. 그런데 말씀입니다. 모든 가치가 모조리 부정되고 있는 현상 속에서 모든 사람들이, 굳이 말씀드려 보기로 하자면, 올바른 인간이기를 포기한 채, 어떤 면에서는 올바른 인간이어서는 생존을 유지해 나갈 수 없다는 식의 절박감에 사로잡혀, 오로지 이기적 탐욕에만 사로잡혀 눈을 벌겋게 치뜬 채 가쁜 숨을 할딱할딱 몰아 내쉬고 있는 판인데, 이런 판국에 그중 누구를 극형에 처하고, 그중 누구를 격리시킨다는 말씀입니까? 하도 되풀이되어 왔기에 새삼스러운 이야기가 되겠습니다마는, 우리 이런 기회에 한번 생각해 보실까요? 전체 불로 소득이 전체 정상 생산 소득을 웃돌고 있어서 근로 의욕을 저상시키고 있지 않습니까? 이런저런 수입을 합쳐서 한 달에 이백만 원쯤을 벌고 있는 저 같은 사람까지도 이른바 상대적인 빈곤감이라는 것 때문에, 있는 사람들에 대해 적개심을 느낄 수밖에 없는 현실이 아닙니까? 매춘부 숫자와 전과자 숫자가 각각 전체 대학생 숫자와 맞먹게끔 되어 있는 현실이 아닙니까? 십대 소녀들까지도 인신매매범에게 강제로 끌려가서가 아니라, 바로 제 스스로의 발로 몸을 팔아 하루하루를 감각적으로 즐기기 위해 그 길로 들어설 만큼, 그리고 딸 같고 손녀 같은 그 아이들을 아무런 죄책감 없이 허발 들린 것처럼 데리고 놀 만큼 향락 배금 풍조가 만연되어 있는 현실이 아닙니까? 돈을 벌기 위해서라면 이를테면 타인의 슬픔까지 볼모로 잡아 행패를 부려대는 장의사들이 판을 치고 있는 현실이 아닙니까? 관료 절대 우위의 이 사회에서 부정한 돈을 먹지 않은 관리가 어디 있겠는가 하는 말이 공공연히 용인될 만큼 부패한 관리들에 의해 지배되고 있는 현실이 아닙니까? 자기가 가르치는 명색 제자들을 인질로 삼아 학부모들을 울궈내서라도 한밑천 잡아보자는 명색 교사들이 적지 않은 현실 아닙니까? 공부를 열심히 하는 것을 본분으로 하여야 할, 마땅히 공부를 열심히 하는 것을 업으로 삼아야 할, 공부하지 않기로 세계에서도 그 이름이 드높은 우리 대학생들이, 공부할 생각은 하지 않은 채 엉뚱한 쪽에서만 자신들의 젊음과 재능을 탕진하고 있는데도, 교수니 하는 사람들은 마치 역성을 들기라도 하는 것처럼 두 손을 묶은 채 시일실 웃으며 멀건 눈길로 바라다보고 있는 현실이 아닙니까? 요새 돈으로 1억 원의 혼수를 해간 신부를 두고 혼수를 적게 해왔다고 신부와 장모를 한꺼번에 두들겨 패 병원에 입원시키는 현실이 아닙니까? 그 모든 것보다도 더 본질적인 것으로는 명색 정치를 한다는 사람들이 판판이 국민을 속여 저희들의 배를 불리고 있고, 바로 그런 정치인들과 야합적 결탁을 한 경제인들과 독과점 구조를 교묘히 구축하여 어린아이들의 코 묻은 돈까지 알기듯 긁어모아 자신들의 부를 부정하게 쌓아 올리는 수탈적 세월이 끝도 없이 이어지고 있는 현실이 아닙니까? 그러기에 이를테면 임춘광 일당 같은 흉악무도한 인간들마저 감옥에 들어 갈 사람들은 따로 있는데 우리가 왜 감옥에 들어가 있어야 하는가 하고, 나치 묵은 빚을 받으러 온 빚쟁이처럼 도도한 낯빛으로 당당히 외치고 있는 현실이 아닙니까? 이런 판국에 과연 누구를 극형에 처하고, 과연 누구를 격리시킬 수 있단 말씀이십니까?"

말을 끝낸 논설위원이 입을 딱 벌리고 있는 사이에 카메라는 콧수염을 기른 전직 교수에게로 돌아갔다. '엉뿔 교수'라 하여, 요즘 사람들의 입에 자주 오르내리는 사람이었다. 〈엉덩이에 뿔 난 송아지들〉이라는 짤막한 글이 어느 신문에 발표되었다.

그 내용은 별것도 아니었다.

요즘 젊은이들을 엉덩이에 뿔 난 송아지나 될성부르지 않은 나무의 떡잎에 비유하여, 미래 이 사회의 주인이 될 오늘의 젊은이들에게 '역사적 존재로서의 혁신적 각성'을 촉구한 글이었다.

시각에 따라서는 나이 먹은 사람으로서의 상투적 잔소리에 지나지 않아 보일 수도 있는 이런 정도의 글이 세상 사람들의 입에 새삼스럽게 오르내리게 되었던 것은, 필자가 재직하고 있는 학교의 학생들이 "엉뿔 교수는 물러가라" 하고 들고 일어났기 때문이다.

'엉뿔'의 연원은 그런 거였는데, '엉뿔 교수'는 자신의 글이 발표된 그 며칠 뒤에 자신의 연구실에 들어 있는 건물을 점거하고 농성 중인 학생들 앞에 나타나서, "제군들에 대해 내가 느끼고 있는 환멸과, 이 사회에 대하여 내가 느끼고 있는 절망감을 솔직히 표명하기 위한 한 방법으로서 제군들의 뜻을 공손히 받아들이겠다"는 요지의 짤막한 성명을 발표하고 31년간 봉직해 온 학교를 떠났다.

'엉뿔 교수'는 마치 싸움을 말리기라도 하려는 듯한 어조로 말했다.

"아니, 아니, 그렇게 신경 곤두세우고 열들을 올리실 필요가 없습니다. 제가 보기에 문제는 모두 다 그렇게 다투듯이 위기, 위기 하는 겁니다(콧수염 때문에, 위기, 위기 하고 말할 때마다 아래·윗입술 모양이 기묘하게 솟아올랐다가 오므라드는 것처럼 보였다). 그게 위기를 부채질하는 것 같습니다. 너무 그럴 필요가 없습니다. 우리가 주자가례적 당위에 너무 깊이 침윤되어 있다 보니까 우리 사회의 모순적 현실에 대한 절망감의 체감치가 상대적으로 훨씬 더 높은 듯한데, 사람들이 입버릇처럼 되뇌고 있는 이 위기라는 것은 인류사가 시작된 이래 이날 바로 이때까지 면면히 이어져 내려온 위깁니다. 제 말씀이 무슨 거짓말이나 어깃장 같습니까? 그러시다면 아무거나 역사책 하나마 뽑아 들고 펼쳐 보십시오. 위기를 느끼지 않는 사람들의 삶이 가능했던 시기가 과연 어디에 있었는가. 한번 직접 확인해 보십시오. 제 표현이 어떨는지 모르지만, 날이면 날마다 백척간두에서 외다리로 서 있는 듯한 존망지추의 위기감 속에서 그러구러하게 살아가는 것이, 살아갈 수밖에 없는 것이, 우리 인간이 이 풍진 세상에서 누리는 삶의 속성, 또는 법칙이 아닐까, 아닌가, 저는 그렇게 생각하고 있습니다. 그러니까 그냥 또 살아보는 겁니다. 그러다 보면 산 사람은 죽어 가구, 아이는 어른이 되어 가구, 또 새 생명이 태어나서 인간의 역사를 이어가구 뭐 그런 게 아니겠습니까? 설마 하니 사람이 사는 사회가 모조리 부서져 내린다든가, 그래서 사람이 아예 살 수 없게 된다든가 하는, 그런 위기가 진짜로 다가오기야 하겠습니까? 우리가 그동안에 위기, 위기 하구, 수없이 그렇게 외쳐 대 왔지만 우리는 또 그러구러하게 버텨왔지 않습니까? 죽는 거보다 못한 삶이든 어쨌든, 그렇지 않습니까, 여어러부운?"

'엉뿔 교수'는 일부러 익살스러운 낯빛을 부러 꾸며 히뭇이 웃어 보였다. 토론자들과 사회자, 그리고 방청객들 사이에 잔잔한 웃음이 번졌다. 단 한 사람, 여성 단체 회장만은 좀 노여워하는 낯빛이었다.

"교수님 말씀은……."

사회자가 무슨 말인가를 하려는데 "잠깐" 하는 여성 단체 회장의 목소리가 튀어나왔다. 사회자가 뜨악해하며 고개를 돌리는 사이에 카메라는 다시 여성 단체 회장에게로 돌아갔다. 회장은 다혈질인 것 같았다. 그 사이에 달아올라 발끈한 낯빛이었다. 입술마저 파르르 떨리고 있었다. 그 입술이 열린 것은 잠깐 뒤였다.

"그런 낙관론이 아닌게아니라 우리 사회의 윤리적 위기를 더 부채질하고 있다고 생각합니다. 현실의, 이 그지없는 엄혹성을 직시하셔야죠. 도대체가 우리 여성들이 밤에뿐만이 아니라 낮에까지도, 밖에서뿐만이 아니라 제 집에서까지도, 신변의 위협을 일상적으로 느껴야 하는 이런 현실을, 교수님께서는 과연 어떻게 그토록 낙관할 수 있다는 말씀이십니까?"

말을 끝냈는데도 그 입술은 계속해서 파르르 떨리고 있었다. 카메라맨의 장난기였던가, 카메라는 그 떨림을 클로즈업시켰다.

카메라가 '엉뿔 교수'에게 돌아갔다.

'엉뿔 교수'는 콧등에 내려앉은 안경 그 너머로 여성 단체 회장을 길쭉한 눈길로 바라보고 있었다. 히뭇한 웃음기는 여전했다.

"그렇다면 말입니다, 회장님, 구체적으로 어떻게 하자는 겁니까?"

'엉뿔 교수'가 물었다. 느물느물, 어찌 들으면 좀 빈정거리는 듯한 투였다. '엉뿔 교수'의 그 반문이 너무나도 갑작스러웠던가. 여성 단체 회장은 갑자기 급소라도 맞은 것 같은 낯빛이 되었다. 카메라는 좌담 참석자들의 얼굴 하나하나를 훑어 돌아갔다. 화면에는 이상스러운 침묵이 고였다.

"저두 말입니다……"

'엉뿔 교수'는 그런 침묵이 한동안이나 이어지고 난 다음에야 입을 열었다. 히뭇한 웃음기 따위는 이제는 비치지도 않았다. 안경 속 깊숙한 눈동자에는 오히려 심각한 빛이 실려 있었다.

"사실은 회장님께서 느끼시는 그 이상으로 위기를 느끼고 있습니다.

아, 세상 꼴이 정말 이래서는 안 되겠다. 그렇게 위기를 느끼고 있습니다. 이런 자리에서 이런 이야기를 하는 게 어떨까 매우 조심스럽습니다마는, 아 정말 어떻게 해서든, 개개인의 욕망을 최대한 억제하여 공동체 모두의 이익을 극대화할 수 있는 사회주의적 이상을 이 땅에서 실현해 보도록 하지 않으면 안 되겠구나, 그런데 인간의 욕망 구조상, 인간 욕망의, 떨쳐버릴래야 떨쳐버릴 수 없는 그 속성상, 그리고 역사에 일대 지각 변동을 일으키고 있는 세계 질서의 대세상, 그런 이상을 꿈꾸어 보는 것조차도 이제는 물 건너간 노릇이니, 아 이거 정말 야단났구나, 그렇게 위기감을 느끼고 있습니다. 그런데 말이죠. 이렇게 위기를 느끼고, 또 백날 위기, 위기 하고 외치며 발버둥질 쳐봤어야 아무런 소용도 없었으니까, 이번에는 한번 일부러라도 위기라는 소리를 하지 말아보자, 그런 겁니다. 말이 씨가 된다는 속담처럼, 위기, 위기 하는 것이 위기의 씨가 되어, 위기를 낳고 키우고 하는 것 같아서 그런 겁니다. 또 하나, 제가 참으로 이상스레 생각하고 있는 것은, 위기, 위기 하고 다투듯이 위기를 탄식하고 있는 그 사람들이 사실은 위기를 조장해 가고 있는 듯한 인상을 참으로 씻어낼 수가 없는 겁니다. 이건 어떤 특정인을 두고 드리는 말씀이 아니오라, 너와 나, 그리고 우리 모두가 한결같이, 이 그지없을 분열의 시대에서 정말 신총하게도 한결같이, 그런 것 같다, 그러니까 이런 관점에서라도 위기, 위기 하는 것은 시대의 치유에 그다지 도움이 되지 않는 것 같으니, 우리 한번 위기라는 그 소리를 하지 말아보자, 그런 겁니다."

'엉뿔 교수'는 손을 들어 자기 콧수염을 문질렀다. 안경으로 덮여 있는 눈자위 그 언저리에 몹시 쓸쓸해하는 기운이 서렸다.

"그렇다면 말이죠……."

사회자가 카메라에 자기 얼굴을 실었다.

"교수님께서 생각하시는 이 시대의 구원 방법 또는 이 사회의 미래는 어떤 것이라고 생각하십니까?"

카메라는 다시 '엉뿔 교수'에게로 돌아갔다. '엉뿔 교수'의 입술이 반달 모양으로 크게 휘며 윗입술은 콧수염 속으로 들어갔고, 하악골은 불쑥 튀어나왔다. 화면에 그 얼굴이 클로즈업되었다. 눈동자가 풀어져 있었다. 무엇을 보고 있는 것 같지 않았다.

화면에는 다시 이상스러운 침묵이 고였다.

'엉뿔 교수'도, 그리고 누구도 쉽사리 입을 열 것 같지 않았다.

왜일까?

김상화 목사의 눈에는 그 침묵이 예사롭지 않게 느껴졌다.

그런 침묵 속을 스며들 듯, 화면 아랫부분에 자막이 소리 없이 지나가기 시작했다.

—홍수 경보. 한강 전역에 홍수 경보가 계속 발효 중이오니 국민 여러분께서는 재난에 대비하시어 불의의 재해를 당하지 않으시기 바랍니다…….

김상화 목사는 텔레비전을 껐다.

커피포트 뚜껑이 달각거리고 있었다.

천장, 투명한 유리 저쪽의 캄캄한 하늘에서 이쪽과 저쪽을 갈라놓는 번개가 번쩍 빛났다.

잠겨 있는 기분 때문이었을까. 김상화 목사의 눈에는 그 번개도 예사롭지 않게 느껴졌다.

12

전기·수도·가스·전화가 끊어진 지 사흘째 되는 날 아침이 밝아오면서 은혜아파트 주민들의 재난적 상황은 더 심각해졌다. 밤사이에 세워진 임시 전주들 바람에 아파트 지역이 살풍경해졌고, 그런 풍경의 효과 때문에, 사람들의 모습도 형편없이 수척해 보였다. 너나없이 얼굴이 핼쑥했고 눈동자가 떼꾼했다. 무거운 병을 앓고 있는 사람들 같아 보이기도 했다.

갈 만한 데가 있는 사람들은 우선 필요한 옷가지들이나 챙겨 정말 피난민이라도 된 것처럼 심난해하는 낯빛으로 아파트를 떠났다. 덩달아 심난해하는 꼴이라고나 할까, 갈 만한 데가 없는 사람들 가운데서도 적당한 호텔을 골라 떠나는 사람들도 더러 있었다.

남아 있는 사람들은 잔뜩 찌푸려져 있는 하늘이나 임시 전주 가설 공사를 하고 있는 노란 헬멧의 한국전력 직원들을 바라보며 불안해했다. 그런데다가 들려오는 소문들은 자못 흉흉하기만 했다. 한강이 범람 수위인 13미터에 거의 육박했다는 거였고, 영등포와 풍납동 등 저지대는 이미 침수가 시작되었다는 거였다.

그뿐만이 아니었다. 남·북한강의 주요 댐들은 11호 태풍 셀마에 대비하여 수위를 줄여 두지 않으면 안 될 형편이어서 수문을 계속 열고 있는데다가 상류 쪽의 호우는 그치지 않고 있어서 수위는 차츰 더 불어날 수밖에 없을 거라는 이야기들이었다. 관상대에서는 한강 범람의 고비를 밤 10시, 인천 앞바다의 밀물 시간 부근으로 보고 있었다. 밀물에 치받쳐 물이 빠지지 못하면 한강이 범람할 수밖에 없다, 그런 거였다.

이미 제주도를 강타한 다음에 목포 쪽을 향해 북상 중에 있는 셀마는 아무래도 한반도를 정면으로 꿰뚫게 될 것 같고, 그럴 경우엔 한반도 전역이 미증유의 치명타를 맞게 될 수밖에 없을 거라는 이야기도 있었다.

그런 판에 엎친 데 덮친 격이라고나 할까. 목포와 묵호 지방에 진성 콜레라 환자가 발생하여 방역 당국이 비상 체제에 들어갔다는 보도까지 있는 판이었다. 이런 보도, 그런 이야기들이 실려 있는 불확실한 소문들이 사실은 더 불안한 것이었다.

흉악범들이 마치 제때를 맞이하기라도 한 것처럼 날뛰고 있다는 거였다. 그 바람에 아파트를 일단 떠나기로 하는 사람들은 더 많아졌다.

722동 1921호 사람들은 특별히 갈 만한 곳이 없는 형편이기는 했으나 굳이 가려 한다면야 아무 호텔이나 하나 골라 갈 수 있는데도 남아 있기로 했던 것은, 박태호 사장이 회사 직원을 시켜서 먹을 것을 충분히 대고 있는데다가, 천안댁과 김 기사가 물을 계속해시 들어올리고 있다든가 하여 큰 불편이 없다는 것 때문만은 아니었다.

그보다는 현희자 여사의 교회 일 쪽이 더 큰 까닭이었다. 김상화 목사의 수재 가정 심방에 빠져서는 안 되는 사람이 바로 여신도회 회장으로서의 현 여사였다.

"늑대가 몰려온다 할지라도 어찌 양 떼를 내팽개쳐 두고 몸을 뺄 수 있겠습니까?"

김상화 목사의 말이었다.

현 여사의 심정도 꼭 그랬다. 현 여사는 이때까지 '하나님 사업'을 소홀히 했던 적이 없었다. 특히 축복교회에 나가 김상화 목사의 정열적 설교에 영적 감동을 깊이 느낀 뒤부터는 더 그랬다. 여신도회 회장이란 그런 열성의 한 결과였다.

722동 1921호 사람들이 그날 오후에 맞닥뜨리게 되었던 문제점 하나는 다용도실 쓰레기 투입구에서 몰씬몰씬 새나오기 시작한 이상스러운 냄새였다. 집집마다 거기에다 똥을 버리는 바람에 그게 쌓이고 쌓여 썩어나는 냄새였는데, 그 냄새는 꼭 쿠린 것만이 아닌, 야릇하게 골치를 지끈지끈 쑤시는 매운 썩은 내였다.

1921호는 첫날에 영혜가 제 똥을 비닐 봉투에 담아버린 다음부터는 물이 충분히 있어서 더 버리지는 않았다. 현 여사는 주민들의 몰상식에 이맛살을 찌푸려대며, 운전사를 시켜 테이프를 사 오게 하여 쓰레기 투입구를 첩첩으로 밀폐시켜 버렸다.

그러고 나서 보니까 아래쪽에서는 벌써 전날부터 냄새가 나기 시작하여 쓰레기 투입구를 밀폐해 버리고 똥을 비롯한 쓰레기들을 베란다 쪽 창을 통해 바깥, 그러니까 정원에다 버렸다. 정원이 아예 똥밭이 된 것은 그 바람에였다.

1, 2층쯤에 사는 사람들은 냄새 때문에 진저리를 쳐대며 위를 향해 바락바락 악을 써댔으나 똥이 든 비닐 봉투나 신문지들은 계속해서 떨어지고 있었다. 도의도 없어, 이놈의 아파트에는! 아래층에 사는 사람들은 입에 거품을 물었다. 비가 그치면서 날씨가 후텁지근하게 되었는데도 창문조차 열어놓을 수 없게 된 아래층 주민들은 그래서 또 피난 보따리를 싸게 되는 경우도 있었다.

테이프를 사러 갔던 운전사 편에 그 소문을 듣고서야 비로소 그런 사실을 알게 된 현 여사도 아래층 주민들과 같은 심정이었다. 진짜 도의도 없어, 이놈의 아파트에는. 현 여사는 몹시 분개한 낯빛이었다.

영등포 지역의 침수 소식이 전해진 다음부터 안절부절못해 하던 운전사는 마침내 더 참을 수 없게 된 듯했다. 지난밤에 현 여사가 밤에라도 무슨 일이 생기지 않을까 근심하여 운전사를 놓아주지 않았던 것이다. 평소에도 영양 상태가 좋지 못한데다가 집 걱정 때문에 밤을 꼬박 새운 바람에 운전사는 초죽음이라도 된 듯 파리한 낯빛이었다. 그 얼굴을 보고 현 여사는 무심할 수 없어 잠깐 망설인 다음에 양쪽 욕조와 빈 물통에 물을 가득 채우고 나서 집에 가도 좋다는 조건부 허락을 내렸다.

운전사는 그때부터 죽을힘을 다해 19층 계단을 오르내렸다. 운전사가 천안댁의 도움을 받아 가며 조건을 이행하는 데는 두 시간 반쯤이 걸렸다. 운전사는 그때쯤은 얼굴이 더 파리했고 다리를 비실거렸다.

현 여사는 돈 10만 원을 운전사에게 주었다. 세 살짜리 아들 하나를 둔 젊은 아빠인 운전사는 잠깐 곤혹스러워하는 낯빛이 되었다가 결국은 손을 떨며 그 돈을 받아 든 다음에 날듯이 계단을 뛰어 내려갔다.

현 여사가 운전사의 사고 소식을 들었던 것은 오 분쯤 뒤였다. 다리마저 비실거리는 판에 너무 서둘렀기 때문이겠지만, 운전사는 2층 마지막 계단을 뛰어 내려가다가 그대로 굴러 떨어져버렸다. 이마 한쪽이 깨졌고 오른쪽 팔이 부러졌다.

운전사를 보낸 다음에 교회에 나갈 준비를 하고 있다가 급히 뛰어 올라온 경비원으로부터 그 소식을 들은 현 여사는 짜증스러워하며 천안댁과 아래로 내려갔다. 몇 사람이 걸레 같은 것으로 운전사의 깨진 이마를 감싸 누르고 있었다. 현 여사는 그럴 경우에 어떻게 해야 하는가를 몰라 당황했다.

"어서 병원으로 데리고 가야죠."

경비원이 말했다.

"누가 좀 도와주세요, 차를 부르던가."

현 여사가 허둥거리며 말했다. 이번에는 경비원이 짜증스러워하며 주변의 몇 사람에게 도움을 청했다. 택시를 잡는 일이 쉽지 않았다. 마침 한국전력 작업 차량이 가까이 있었다. 경비원은 그쪽으로 가서 급한 사정을 호소했다. 한국전력 작업 차량 담당자는 선선히 이쪽의 구조 요청에 응했다. 현 여사는 천안댁을 딸려 보낸 다음에 서둘러 교회로 달려갔다.

해 저물녘이 되면서 한강 수위는 12.5미터를 넘어서고 있어서 근심하고 있던 대로 밤 열 시쯤 인천 앞바다에 밀물이 치받칠 때쯤이면 한강의 범람이 시작되게 되고야 말 것이며, 그렇게 되면 둑이 온전치 못할 것이기에, 대홍수의 재난은 필연적인 것이나 마찬가지가 될 거라는 소문과, 셀마의 진행 속도가 차츰 더 빨라지고 있다는 소문이 함께 들려왔다.

한강이 범람할 경우에 피해 예상 지역에 살고 있는 사람들은 모두 당국의 지시에 따라 긴급히 대피했다. 혼란은 비단 특정한 지역만의 것이 아니었다. 경인 지역 일원이 그대로 최악의 재난 상태였다.

"설마가 사람 잡는구먼."

누군가가 절망적인 낯빛으로 신음 소리를 냈다.

13

그날 밤이었다. 현희자 여사는 비몽사몽간에 무슨 소리인가를 들었다.

눈을 떴다.

확실하지 않았다.

흉몽이었던가.

흉악범들이 날뛰어대고들 있다 하는데다가 운전사마저 병원에 드러누워 있어야 하는 형편이 되어서 한껏 불안해하고 있는 판에 박태호 사장이 그래도 일찍 돌아와 주어 겨우 잠이 들었던 판이었다.

꿈은 그랬다.

어디인가 기억되지도 않는 장소에서 자신이 사내들에게 무참하게 폭행당하는 것이었다. 그런 두려움은 사실은 일상적인 것이 되다시피 하여 때도 없이 주변의 사내들을 향해 경계의 눈빛을 번득이게끔 되었고, 꿈에서만 해도 그런 경우가 드물지 않은 형편이기는 했으나, 온종일 흉흉하기 그지없는 분위기가 이어졌던 그 끝이어서일까? 현 여사는 식은 땀까지 척척하게 흘리고 있었다.

잘못 들었던 건가?

현 여사는 긴가민가하며 손을 뻗어 옆자리를 더듬어보았다. 박 사장의 몸이 만져졌다. 현 여사는 더듬어 내려가 박 사장의 손을 꼭 잡아 쥐고는 그쪽으로 조금 다가갔다.

현 여사가 비명을 다시 들었던 것은 금세였다.

이번에는 확실했다.

현 여사는 박 사장을 마구 흔들어 깨웠다.

"뭐야?"

박 사장의 뜨악해하는 목소리가 어둠 속에서 울렸다.

그때 비명 소리가 다시 울려 왔다.

박사장의 몸이 굳어졌다.

박 사장도 그 소리를 들은 듯했다.

"뭐야? 무슨 소리야?"

박 사장은 거푸 물으며 머리맡에 준비해 두었던 손전등을 들어 켜며 후다닥 일어나 안방에 붙어 있는 욕실로 다가가 문을 열어젖혔다.

비명은 더 확실해졌다. 옆집이었다. 욕실 환풍구를 통해 똑똑히 들렸다.

"살려줘욧! 살려줘욧!"

비명은 이쪽을 향하고 있었다.

그쪽 여자가 평소에 양치질할 때 입을 가시어내는 소리까지 들리곤 하는 환풍구 효과를 헤아리고 있는 게 틀림없어 보였다.

"부부 쌈인가?"

박 사장이 물었다.

"아녜요."

현 여사는 단정적으로 대꾸했다.

현 여사는 어느덧 후들후들 떨고 있었다.

안방 문이 열리며 아이들이 뛰어 들어왔다.

"옆집에 강도야!"

영수였다.

"어떻게 알았니?"

박 사장이 물었다.

"베란다 쪽 창문을 통해 무슨 소리가 들리기에 아까부터 나가서 들었어요."

영수는 허둥거리고 있었다.

"가요, 아빠! 가서 구조해 줘야 해요!"

영환이가 외쳤다.

손에 야구 방망이를 들고 있었다.

박 사장은 머뭇거렸다.

그 사이에도 그쪽 여자의 비명은 차츰 더 절박해지고 있었다. 필사적이었다. 여자의 비명에는 선혈이 뚝뚝 듣는 생살점이 묻어 있었다. 거기에 또 하나의 소리가 섞였다. 그쪽 욕실 문을 마구 부셔대는 소리였다.

그쪽에서 벌어지고 있는 상황이 눈에 빤히 보이는 듯했다. 그쪽 여자는 욕실 안으로 들어가서 문을 잠가놓은 채 온몸으로 버티며 이쪽을 향해 구조 요청을 하고 있는 듯했고, 밖에서는 그 문을 부셔대고 있는 듯했다.

"가요, 아빠! 빨리요! 위기에요!"

영환이가 또 외쳤다.

그 목소리도 절박했다.

"안 돼, 임마!"

박 사장이 마침내 입을 열었다.

단호한 어조였다.

"사람이 죽는데두요? 바로 이웃 사람이 죽는데두요?"

영환이는 덤볐다.

"강도들은 무기를 들고 있어, 총이랑, 칼이랑……."

현 여사는 덜덜 떠느라고 말끝을 맺지 못했다.

마지막 발악 같은, 여자의 외침이 환풍구를 통해 계속해서 들려오고 있었다.

"어떻게 해!"

영혜가 발을 동동 구르며 울었다.

"형. 가! 나하구 가! 사람이 죽어가구 있어!"

영환이가 영수의 팔을 잡아끌었다.

"잇 짜식잇!"

박 사장이 영환이의 뺨을 후려쳤다.

저쪽에서 욕실 문이 와지끈 부서지는 소리가 났다.

여자의 절망적인 비명 소리가 찢어지듯 그 위에 덮씌워졌다.

"나와, 이년! 나왓!"

사내의 거친 목소리.

끌려 나가며 발버둥질 치는 여자의 비명 소리.

"아빠!"

영환이가 울부짖었다.

"정말 어떻게 해?"

영혜의 울음소리.

"너희들 들어가라! 들어가서 꼼짝 말구 있어라!"

박 사장은 아이들을 밀어냈다.

"아빠, 비겁해요! 아빠는 비겁해요!"

영환이는 박 사장의 가슴팍을 사정없이 때렸다.

"잇 짜식잇!"

박 사장은 영환이의 뺨을 또 후려쳤다.

"아아아악!"

환풍구에서는 여자의 비명 소리가 잇달아 울려 나오고 있었다.

영환이는 마침내 홑몸으로 야구 방망이를 휘두르며 현관 쪽으로 내달았다.

박 사장과 현 여사는 쫓아가는 영환이의 뒷덜미를 낚아채어 또 뺨을 몇 차례 후려친 다음에 제 방으로 밀어 넣고 문 앞을 지켰다.

"들어가라. 너희들도 각자 자기 방으로 들어갓!"

박 사장은 영혜와 영수를 향해 외쳤다.

옆집 출입문이 열리는 소리가 울렸던 것은 그다지 오래지 않아서였다.

몇 사람이 바삐 계단을 뛰어 내려갔다.

옆집에서 아이들의 비명 소리와 울음소리가 함께 터져 나왔다.

"지금이라도 가봐요, 아빠!"

영혜가 울면서 말했다.

"조용해, 임마!"

박 사장은 영혜의 입을 틀어막았다.

옆집의 비명 소리와 울음소리가 더 높아졌다.

14

고요했다.

고요하고 투명했다.

고요하고 투명한 그 하늘에는 티끌 하나의 움직임도 없었다.

하도 고요하고 투명하여, 저 하늘이 어찌 저토록 고요하고 투명할 수 있을까, 그렇게 이상스러운 느낌을 금할 수 없으리만큼, 그 하늘은 마냥 고요하고 투명했다.

설마 하는 사람들의 바람이 하도 치열하여 자연도 어쩔 수 없었던 것인가.

사람들이 설마 하던 꼭 그대로 되었다.

기세가 그토록 등등하던 11호 태풍 셀마는 제주도를 지나 남해안에 접어들면서 그 세력이 갑자기 약화되기 시작하여, 노리듯 하던 한반도에는 발도 올려놓지 못한 채 서해안으로 빠지며 온대성 저기압으로 소멸되어 버렸다. 한반도 북동쪽의 고기압이 갑자기 확장되는 바람에 그 진로가 막혀버렸기 때문이라고 했다.

그 하늘에 깃들여 있는 그 고요와 그 투명은 그 소멸의 한 생성물이었다.

홍수 경보, 태풍 경보, 폭풍우 경보 등, 모든 경보가 해제되었다. 그러니까 전기가 나간 뒤, 세 번째 밤을 보내고 나서 눈을 뜬 아침에, 은혜아파트 주민들은 마치 새로운 세상에서 새롭게 태어난 듯한 감동을 맛보았다.

맑은 물에 갓 씻어낸 듯 깨끗한 금빛 햇살이 동향 베란다에서 반짝반짝 빛나고 있었고 실로 모처럼 만이다 싶게 새들의 지저귐과 매미들의 울음소리가 들려오고 있었다.

어디 그뿐인가.

한국전력에서 임시 전주 가설 작업을 밤사이에 끝내 오전 여섯시부터 전기 공급이 이미 시작되어 있는 판이었다.

그 모든 새로움을 경축하기라도 하려는 것처럼 아파트 복도에 붙어 있는 스피커에는 경쾌한 음악이 은은하게 울려 나오고 있었다.

모두 기뻐했고, 모두 감격했다.

현희자 여사도 마찬가지여서, 새삼스럽기 그지없는 느낌으로 스위치를 괜히 올렸다 내렸다 해보았고, 영수는 대뜸 오락기 앞에 붙어 앉아 '점보-2'부터 한바탕 타타탕 쏴보았다. 그러나 뭐니 해도 가장 기뻐 날뛴 것은 영혜였다.

영혜는 그 아침의 변화를 알아차린 순간에 오디오부터 재깍 켠 다음 마이크를 들고 거실 등신대 거울 앞에 서서 노래를 부르기 시작했다. 대학가요제가 불과 며칠 앞으로 바투 다가와 있어서 한창 몸 달아 하고 있는 판이었기에 한시가 아쉬운 형편이었다.

끄때 내 싸랑
끄때 내 싸우랑
쫗아했었는대에
싸우랑해었는대애
싸우랑해었는대애
……

그 새 아침에 영혜가 잠겨 있는 째지게 좋은 기분 덕분이었을까.

영혜는 제 노래와 율동에 아예 취해 버렸다. 스스로 생각하기에 완벽하게 생각되었다. 본선 진출은 물론, 잘만 하면 그랑프리는 몰라도 금상이나 은상은 바라볼 수 있을 듯한 예감이 영혜의 취기를 드높였다. 영혜의 신명은 그럴수록 더 높아졌다.

인상파는 영혜의 그런 기분에 호응하기라도 하려는 것처럼 황홀해하는 눈길로 영혜의 율동을 바라보며 거푸 꼬리를 흔들어대고 있었다.

모두가 이렇게 새 아침을 기리고 있는 판이었는데 오로지 영환이만은 제 방에 틀어박혀 꼼짝도 하지 않았다. 현 여사가 불러도 천안댁이 들여다봐도 내내 침대에 잠자코 엎드려 있기만 했다.

은혜아파트 722동 1921호 사람들이, 아 참 지난밤에 그런 일이 있었지. 하고 바로 옆집 1922호의 비극을 새삼스레 되새겨 보게 되었던 것은 박태호 사장이 출근하기 위해 현관문을 열었을 때였다.

1922호는 현관문이 열려 있는 채였고, 그 문을 통해 그 집 안에서 서성거리고 있는 많은 사람들이 보였다. 소리 죽인 호곡 소리가 이어지고 있었고, 사람들 사이에는 정복의 경찰관과 의사로 보이는 흰 가운의 사내도 보였다.

박태호 사장과 현희자 여사는 눈길을 급히 꺾었다.

숨듯, 또는 감추듯.

버튼을 눌러 부른 엘리베이터가 올라오는 시간이 왜 그렇게 길게 느껴졌던가.

주니가 날 만큼 기다리게 한 끝에 엘리베이터는 올라왔고, 문이 열렸다.

엘리베이터에서는 경찰로 짐작되는 사복의 사내들 몇이 뜨적뜨적 내려 1922호로 들어갔다. 사내들의 발걸음은 마치 뭔가를 꾸짖으러 들어가는 사람들의 그것 같아 보였다.

박 사장이 엘리베이터를 타고 내려간 다음에 현 여사는 곧 집 안으로 들어와 문을 꼭 닫았다.

숨듯, 또는 감추듯.

아이들이 현관 앞에 오종종하게 모여 서 있었다. 영혜와 영수는 놀라 묻고 있는 눈빛이었고, 영환이는 입술을 꽉 다문 채 눈물을 흘리고 있었다.

현 여사는 아이들을 피해 안방으로 들어가려 했다.

"엄마!"

영혜가 현 여사의 앞을 막아섰다.

"뭐야? 어떻게 된 거야?"

영혜는 거푸 물었다. 영혜가 오디오 마이크를 들고 있는 손으로 현 여사의 가슴을 막고 있었기에 그건 마치 마이크를 들이대며 묻고 있는 듯해 보였다.

"모르겠다, 나두 모르겠다."

현 여사는 영혜를 좀 우악스레 밀쳐버리고 안방으로 들어가 문을 꼭 닫았다.

영환이는 벌겋게 충혈된 눈동자를 치뜨고 이미 닫힌 안방 문을 노려보고 있었다. 영수는 고개를 기웃기웃거리며 제 방으로 들어갔다. 천안댁이 앞치마를 벗은 뒤에 옷매무새를 가다듬으며 현관으로 내려섰다.

"아줌마, 어디 가?"

영혜가 물었다.

천안댁은 기웃한 눈길로 영혜를 한번 바라보았을 아무런 대꾸도 하지 않은 채 문을 밀고 밖으로 나가 1922호를 향해 걸어갔다.

1922호 여자는 마지막까지 항거했고, 그리고 처참하게 죽음을 당했다.

그 여자의 남편과 시부모와 아이들은 부들부들 떨며 바라보고 있기만 했다.

사건의 전말은 그게 모두였다.

여자의 주검은 그날 오후에 관에 일단 담겨 이삿짐을 싣고 오르내리는 곤돌라에 실려 아래로 내려가 병원으로 옮겨졌다. 가족들은 반대했으나 법적 요건을 갖추기 위해 부검을 해야 한다는 경찰 측의 주장을 따를 수밖에 없었다. 1922호 여자의 장례식은 그 이틀 뒤에 축복교회 대성전에서 있었다.

그날의 하늘도 역시 고요하고 투명했다.

선교관 벽과 마찬가지로 스테인드글라스인 대성전 창문은 금빛 햇살을 받아 찬란하게 빛나고 있었고, 그 창문을 통해 들어온 아름다운 빛살은 대성전 안에 환상적 분위기를 이룩하고 있었다. 빛의 그런 효과 때문인가, 대성전 천장은 유난스레 높직해 보였다.

김상화 목사는 그 천장 아래, 위용이 당당한 제대 위에 우뚝 서서, 간절한 목소리로, 죽은 여자의 영혼을 위한 기도를 올렸다.

—주여, 이 가련하고 불쌍한 영혼을 거두어 곁에 두어주시고, 이 불의하기 짝이 없는 세상을 뜨거운 불로 다스리시어, 불의한 세상에서 살고 있는 불의한 사람들이 진실로 회개하여 당신의 높고 거룩한 뜻에 진실로 순명하지 아니하면 살아갈 수 없도록 역사하여 주시옵소서…….

신도석에서는 "믿습니다"라든가 "할렐루야"라든가 하는 소리들이 탄식처럼 울려 나왔다. 현희자 여사도 그 사람들 가운데 하나로 그 자리에 앉아 죽은 영혼의 안식을 진심으로 기구하고 있었다.

우·수·상·수·상·작

해질녘

윤정선

1970년 서울대학교 국문과 졸업.
사범대 불어과에서 수학, 프랑스 몽뺄리에 대학에서 문학수업.
《문학사상》 신인 발굴에 희곡 〈호동〉 당선.
시집 《우리들의 숲》, 장편 《당신께》《누나의 방》《춤추는 시바》,
희곡집 《윤정선 희곡집》 등.

해질녘

　　　“햇살 참 좋죠?”

“환하고, 따뜻하고.”

“저기 참새들 좀 보세요. 기분 좋아라 마냥 떠들고 있어요.”

“저 할머니 할아버지 좀 보라고, 얼마나 다정해 보이냐고 그러는데?”

“우리한테까지 마음을 써요? 저희끼리 놀기 바쁜 녀석들이…….”

“우리네 아이들같이?”

“……그래도 누구나 다 저 나름 삶의 짐이 있는걸요.”

“하긴…….”

“막내며늘애가 첫아길 가졌는데.”

“축하해요. 언제 출산이오?”

“가을.”

“그땐 할멈도 힘들겠구먼.”

"······처음이 아니에요. 손주를 벌써 둘이나 보았거든요."

"그런데도 내내 혼자 지내고 있으니······."

"나랑 함께 사는 조건으로 결혼한다는 걸 내가 말렸어요."

"왜?"

"나한테 그런 부담을 느낀다는 것 자체가 싫었어요."

"외로울 텐데."

"어쨌건 마찬가질 걸 뭐. 난 늙었어요. 애들한테 도움도 될 수 없구. 아이들 곁에서 정작 외로워진다면 더욱 괴로울 것 같았어요. 내 일도 있으니까······ 이대로가 좋아요."

"······하지만, 이따금 두려움도 느끼겠지······?"

"······물론······ 내가······ 내 몸이, 남의 힘을 빌리지 않으면 안 되는 상황은······ 상상만 해도 끔찍해요. 그건······ 캄캄한 공포예요!"

"······."

"당신도 지금 혼자 아녜요?"

"한때 큰 녀석이랑 함께 살았지만, 홀시아버지 노릇이 버겁더군······ 이 땅이 너무 그리웠고······."

"······다신 안 돌아올 줄 알았어요······."

"흔한 말로 고향에 뼈를 묻고 싶어집디다. 죽음이란 결국 자기 연원 淵源을 찾아가는 일일 거야."

"제가 태어난 물로 돌아가 죽는 물고기처럼······."

"바로 그렇게."

"손주들이 보고 싶겠군요."

"그럼, 얼마나 귀여운 녀석들인지. 맏손주 녀석은 뚝심도 좋은 데다 못 하는 게 없어요. 할아버지라고 날 그렸는데 신통하게 닮았더라니까. 학교선 대장이래요. 둘째는 딸을 낳았는데 어찌나 야멸차게 똘똘한

지…… 텔레비전 켜놓으면 벌써부터 광고 나오는 말을 다 따라 외구…… 하부지, 하부지, 하고 따라다니면서 온갖 재롱을 다 피우더니. 사진 보내 온 걸 보니까 많이 컸더구만…… 재미없는 소릴 늘어놨나 보구려."

"걱정 말아요. 어쩌다 친구들을 만나도 며느리 이야기, 손자 본 이야기로 시작해서 아이들 자랑하느라 정신없더니, 늙다 보니까 이젠 또 그 애들한테 박대받는 이야기…… 애써 키워 봐야 아무짝에도 소용없다느니……."

"애들한테 배신감 느끼는 적이 왜 없겠소…… 하지만 그것도 어리석은 기대감에서 나오는 거요. 따지고 보면 또 다른 이기심이고, 아집……."

"그런 것에서 해방될 수 있다면 더 이상 인간이 아니게요."

"옳아."

"아이들에게 걸림돌이 되고 싶지 않다고 생각하는데, 내가 쓸쓸해한다는 것 자체가 아이들한테는 짐스러울 수 있기 때문에…… 이중으로 힘들 때가 있어요."

"자식들은 부모가, 그들 표현을 빌리자면, 조용히 살다 깨끗하게 사라져주기를 바라요. 내 친구 홀아비 하나는 아들들 앞에서 새 마누라 얻고 싶다는 얘길 꺼냈다가 민망한 꼴만 당했다오."

"어떻게……?"

"아버진 주책이라고 온 형제들이 들고 일어났어요."

"며칠 전 신문 가십난에 칠십 노인네가 예순여덟 난 친구를 찌른 사건이……."

"나도 봤어요. 좋아하는 과수 할머니를 친구가 가로챘다던가……."

"노인들의 우스꽝스러운 치정극이라고…… 노망이 나도 단단히 났다고……."

"별꼴 다 보겠다는 투였어."

"마치 원숭이들처럼."

"창살 속에서 캑캑거리는……."

"벌써 오래된 일이에요. 스웨덴이나 노르웨이, 하여간 스칸디나비아 어디쯤 될 거예요. 기억이 흐려서 정확히 기억나지는 않지만…… 칠순 노부부의 정사 장면을 광고를 썼어요. 아마 무슨 보험, 아니면 사회 보장 제도를 선전하는 거였던가, 뭐였던가, 이 나이에도 섹스를 즐기며 살 수 있으려면……, 대충 그런 취지였을 텐데, 아무튼, 그것이 물의를 일으켰어요."

"어째서?"

"추하다는 거였죠. 포르노는. 젊고 싱싱한 젊은이들이 육체로만 가능하다는……."

"아하!"

"그땐 내가 아주 젊다고 생각하고 있었는데도, 이상하게 가슴이 아팠어요. 마음에 무엇보다 걸리는 건 사진을 보고 혐오를 느꼈을 수많은 사람들이 아니라 자기들보고 추하다고 아우성치는 세상을 보았을 때 그 노부부가 받았을 상처와 충격이었죠. 둘이 해로하면서 정신뿐 아니라 육체의 사랑까지도 계속 나눌 수 있다는 사실에 자랑스럽고 뿌듯했었을 텐데 말예요."

"……그랬겠지."

"사람들은…… 그러니까, 삶이란, 얼마나 잔인한 걸까요?"

"그런데 이상하지 않소? 왜 죽음에 가까이 가는 것은 추해 보일까?"

"이 살아 있는 거대한 생명계가 자기 유지를 하려는 본능 같은 거 아닐까요? 열심히 죽음을 밀어내려고……."

"그럴지도 모르겠군. 썩은 살을 뜯고 사는 수리에게는 시체야말로 아름다운 사물이겠지."

"씨앗에겐 썩은 잎이 포근할 테고……."

"그런데도 인간은 피었던 꽃이 시드는 것을 보면서, 낙엽지고 겨울이 오는 것을 보면서, 낙담하고 한숨짓고……."

"사람에게 유추類推하는 능력이 없었다면 훨씬 행복했을 텐데."

"지레 슬퍼하지 않을 것이고."

"자학적 감정도 일지 않겠지."

"당신은 그래도 그렇게 시들지 않았어요."

"당신이야말로 놀라워. 개랑개랑, 언제 죽어버릴지도 모른다고 생각했었는데……."

"내 생각도 그랬어요. 힘이 없어 방바닥을 움켜잡아야 할 정도일 때도 많았으니…… 그러다 덜커덕 새파란 죽음이 찾아오지나 않을까 생각도 했었죠."

"그런데 우린 또다시 새로운 봄을 맞고 있소."

"이렇게 파파 할망구가 되어서……."

"파파 할아범 눈엔 안 그래."

"난 이티처럼 주름살투성인걸."

"이티?"

"그래요, ET."

"하하, 그야말로 이티 앞에서 주름잡지 말아요. 또 뭐라더라?…… 그래, 번데기 앞에서 주름잡기야."

"바로 내가, 번데기처럼 느껴져요."

"그럼 언젠간 날겠군."

"그랬으면 좋겠어요."

“……”

“왜 그렇게 쳐다봐요?”

“당신은…… 이 봄처럼 아름답소.”

“가을도 아니고 봄처럼……?”

“그래요, 가을도 겨울도 아니고, 봄처럼.”

“저렇게 꽃들이 사랑의 열병을 앓는 것 같은, 봄처럼?”

“바로 그렇소.”

“눈이 나빠서 그럴 거야.”

“눈이 나빠졌지. 그러나 뭐가 어째서든, 내게 아름답게 보이니 당신
은 아름다운 거요.”

“보는 사람 마음이 아름다운 거겠죠.”

“결국 마찬가지요.”

“날 위로하려 들지 않아도 돼요.”

“사르트르가 육십이 넘은 보브와르를 보고 그녀는 아름다웠고, 그리
고 지금도 아름답다 했던 걸 알고 있소?”

“보브와르는 사르트르의 마지막 병상을 지키면서, 눈알은 개구리처
럼 튀어나오고 살갗은 도마뱀 가죽같이 된 남자의 볼을 쓰다듬어 주었
다죠. 둘은 지금 무덤 속에서 함께 썩고 있을 테지만.”

“사르트르 목소리 못 들어봤지?”

“죽은 사람 목소릴 어떻게 들어요?”

“디스크로 나와 있는 거 있어요. 옛날에 파리 갔다 온 친구 집에서 들
었는데, 어찌나 깔깔한지 온 정나미가 다 떨어지더구먼.”

“그래요?”

“회색의 수다꾼 목소리.”

“재미있네요. 사람은 죽고 그 소리는 복제되어…… 전기가 통할 때

마다 일정한 공기의 진동이 갇혀 있던 특유의 음색을 연출하고……."

"생각이 명랑했던 것 같진 않지만, 뭐니뭐니 해도 그 친구 역시 사랑의 힘에 기대어 살고 간 거요. 난 젊은 시절에 그 얘길 어느 잡지에선가 읽었을 땐 하릴없이 아부깨나 하나 보다 했는데, 그게 아냐, 진심을 말했던 거예요."

"위로든 진실이든, 당신에게서 그 말을 듣는 게 기쁘군요. 어쩌면 젊은 날에 들었던 찬사보다도 더…… 그만큼 내가 약해져 있다는 뜻일 거예요. 나 자신에 대한 믿음이 그만큼 절실하고요."

"난 사랑하는 데는 인간의 약함이 전제된다고 믿는 사람이오. 사랑은 완벽하지 못한 자들, 다시 말해 죽을 자들에게 필요한 것이구…… 죽음 앞에서 생명체가 붙들 것이 사랑 말고 무엇이 있겠소?"

"자기를 연장하기 위한 유일한 수단이니까……."

"죽음에 가까워진 사람들이 어쩌면 더욱 절실한 사랑을 할 법하다는 얘기도 가능하지. 그렇다면 늙음도 하나의 은총이오."

"하지만 늙었다는 건, 그건 하나의 죄악이에요. 사람이 마구 추해지고 마구 힘없어지고, 마구…… 그래도 되는 걸까요? 난요, 누구도, 무엇도, 그렇게 될 만큼 저주받을 수 없다고 생각해요. 그런데도 모두가 늙고, 약해지고 추해지고 병들어요. 늙은이들은, 일종의 전락한 범죄자들, 생명계의…… 참담한 쓰레기……."

"그렇게 냉소적으로 말하지 말아요. 누군가의 시구도 있어요. 육체의 이울음〔凋落〕이 지혜라고. 아름다움과 추함이 다만 표피적인 것도 아닌 바에…… 남을 비웃는 것이 좋지 못한 짓이듯, 자조 역시 나빠요. 절망이야말로 범죄라오."

"하지만, 아세요? 진실한 사랑 뒤엔 종종 절망이 숨어 있다는 거."

"알아요. 보다 젊었을 때라면 그 말을 이해하지 못했겠지만……."

"언젠가, 우연한 기회에 심리학을 전공하던 친구를 따라 게이를 한 사람 만난 적이 있어요. 그 남자, 아니 그 여자라는 게 더 옳을 거야. 성전화 수술을 받았으니까…… 그 여자 아닌 여자, 남자 아닌 남자가 그런 말을 했지요. 자기 사랑은 진짜라고. 절망의 절벽을 뒤에다 놓고, 물러설 수 없이 하는 사랑이니까, 진실로 온 영혼을 다할 밖에 없다고. 자기의 만들어진 성기로는 육체가 아니라 마음의 만족을 느끼고, 사랑하는 상대의 쾌감으로 정신의 오르가슴을 느낀다더군요……."

"남들과 괴리되는 그만큼, 사랑의 허기는 깊어지겠지……."

"세상이 그의 사랑을 비웃는 만큼……."

"사랑에 빠진 늙은이들도 그렇담 일종의 동성연애자들이군."

"빈 방 같은, 빈 항아리 같은……."

"그래도 난, 당신을 보면 가득 채워져요……."

"당신의 늙은 모습은 바로 내 모습의 거울인데…… 신비롭게도 당신은, 내겐, 언제나 젊어요. 내 안에 살고 있는 당신의 기억이 나의 시간 위에 마술을 걸어……."

"당신도 나와 함께 젊어지지."

"저기 저 아이들만큼이나."

"어느 아이들?"

"저기서 껴안고 앉아서 내내 속살대고 있는 젊은이들."

"그래요, 어쩌면 저들보다 더."

"저애들에겐 우리가……."

"아마 우리가 눈에 들어오지도 않을 거요. 발밑에 구르는 돌이나 풀만큼이나."

"그렇군요. 젊어서 아무것도 보지 못하는 거예요, 자신마저도."

"볼테르가 그랬소. '젊음이 알 수 있다면…… 노년이 할 수 있다면……’”

“아무것도 모르는 젊은 날을 보내고 아무것도 할 수 없는 노년이 되어야 한다니…… 어떻게 그저 받아들일 수 있겠어요…… 누가 그러더군요. 늙음은 난파難破라고. 그 말을 하면서 그 사람 정말 물에 빠진 사람마냥 허우적거리고 있었어요.”

“난파!”

“그래요.”

“이런 게 구명보트가 될까?”

“뭐예요?”

“오다가 길에서, 누가 열심히 나눠주길래.”

“‘믿는 자여 기뻐하라! 때가 이르렀음이라……!’”

“눈이 좋군.”

“글자가 워낙 대문짝같이 크잖아요. ‘노아의 방주를 기억하라!’ ……뭐가 어떻건, 신앙하는 사람이야 행복한 거지 뭐.”

“그렇지만 이런 걸 읽고 금방 믿는 사람도 있을까?”

“세상에서 가장 믿을 수 없는 황당한 일이 바로 죽음이에요. 죽음을 믿는 인간들이야말로 ‘가장 믿을 수 없는 것’을 믿는 존재죠. 그런데 다른 그 무엇을 못 믿겠어요?”

“딴은 그래. 누구에게나, 어느 문화 속에나 있는 끈질긴 내세에의 열망…… 그러나 우리가 이 현상의 세계에서 보고 있는 것들은 모두가 우리는 사라져야 한다고 가르쳐요. 이야말로 모든 사람들에게 정신 분열증을 일으킬 수밖에 없는 문제요.”

“정말 어떻게 받아들이란 말예요. 우리가 없어진다는 거. 이렇게 생각하고 슬퍼하고 기뻐하고 애쓰고 있는, 바늘 끝 하나만 닿아도 몸서리치게 아파하는, 우리가 휘익, 거짓말처럼 사라진다, 그게 믿어져요? 우리가 실은 그 어떤 실체도 아니고 다만 하나의 '거짓말'에 불과했다, 그게 믿어지냐구요?"

"바로 그래서 인류의 박물관들은 채워졌소. 고대 이집트인들은 오직 저승을 준비하기 위해 이승을 산 사람들 같더군. 현세의 삶은 그저 스쳐 지나가는 길목……"

"인도나 티베트 사람들도 그렇죠."

"윤회輪廻를 믿는다면…… 그러나, 죽음의 시선이 닿지 않는 그곳이 어디란 말이오."

"어떻든 사람은 너무 빨리 죽어요."

"하루살이하고 비교하면 그렇지도 않지."

"그 엄청난 지능에 비하면 어이없이 빨리 가는 거예요. 인간이 죽을 때까지 자기 뇌세포의 아주 일부만을 쓰고 간다는 사실 알죠? 아인슈타인도 겨우 15퍼센트 남짓 썼다는데."

"인류의 과학에 공헌을 엄청나게 한 대가로 그 사람의 뇌는 평안히 썩지도 못하고 있지 않소? 꺼내서 무게도 달아보고, 조각을 떼어내서 찔러 염색해서 비춰보고……"

"영혼이 만약 뇌에 갇혀 있다면 그의 영혼은 영원한 실험실의 수인이 된 거로군요……"

"SF 소설감이군. 그런데 땅에 묻혀 서서히 흙으로 돌아간다 해도…… 그 와해, 과연 어떨까?"

"우리는 무한한 가능성 가운데서 단 하나의 생의 가능성만을 시험할 수 있을 뿐이에요."

"단 하나의 생각이라니?"

"나는 말이에요. 작곡가일 수도 있었고 화가일 수도 있었어요. 과학자도 될 수 있었고 의사도 외교관도 될 수 있었고, 수녀도 될 수 있었고, 또…… 창녀도 될 수 있었고……."

"마지막 예가 고약하군……."

"홍등가를 찾아다니는 남자들만큼은 거룩하죠."

"날이 갈수록 세상은 갖가지 전문화를 요구하니까, 현대인은 어느 면에서 저 고대인들보다 덜 삶다운 삶, 조각난 삶을 살고 있는 거예요. 우리 인생마저 부분화, 전문화되고…… 결국 돌아서 보니 노자의 사상이 그럴듯할 밖에."

"난 소녀 시절부터 생각했어요. 신선이 아니라도, 인간은 적어도 삼백 년은 살아야 한다고."

"꿈도 크오. 백 년도 아니고."

"알아요, 욕심인 거. 식탁에서 생선 알을 대할 때마다 이 무수한 물고기의 가능성, 그 무한한 생식의 욕망을 내가 좌절시키고 있구나, 미안한 생각으로 한참씩 들여다볼 때가 있죠."

"어느 순간에 고리가 끝나든, 결국 죽기는 마찬가지요. 빨리 죽는 그만큼 더 많은 고통을 배울 기회를 생략당한 거지."

"바다의 큰 거북 말이에요, 죽어라 모래밭으로 기어가 혼신의 힘으로 알을 낳거든요. 드디어 알들이 까여 나오는 날, 그래서 조그맣고 귀여운 거북 아기들이 바다로, 바다로, 삶을 향해서 행진하는 날, 그 첫걸음마는 곧장 죽음의 행군이 되죠. 부화의 날을 기다리고 있던 바닷새들이 목숨 건 어린 생명의 행렬을 미친 듯 쪼아대기 위해서 새카맣게 하늘을 덮어요."

"새끼 거북이들의 공포는 바닷새들에겐 향연이고 축제겠지."

"어릴 때 처음으로 그 화면을 보았을 때 충격이 얼마나 컸던지……."

"그래, 이날 이때까지 그런 충격을 어찌 다 견디고 살아남았소?"

"바로 그게 기적이에요."

"생각해 봐요. 우리가 얼마나 자연의 특혜를 받은 존재들인가……."

"늙을 수 있다는 것이 특혜라니……."

"누군가, 내가 사람은 왜 죽기 전에 늙어야 할까, 넋두리를 했더니, 늙지 않는다면 억울해서 죽을 수 있겠느냐 그러더군. 우리의 생은 운명의 식탁이오. 운명이 차려 주는 것을 먹을밖에."

"운명이 차려주는 식탁……."

"우리가 처음으로 만났던 날, 무얼 먹었는지 기억나오?"

"자장면이었지."

"맞아."

"그 형편없는 분식집에서…… 물어도 안 보고……."

"물어볼 만큼 근사한 메뉴도 없었는걸. 라면하고 멀건 우동. 그래도 그중 나은 쪽을 시켰던 거야."

"당신은 열심히 먹었지만…… 난 입에 짜장 칠하는 게 부끄러워서 잘 먹지도 못했죠."

"그날 벌써 나한테 반한 거였군?"

"치이!"

"그럼 근사한 레스토랑에 모시고 가서, 무얼 드시겠습니까? 물어볼 줄도 모르는 남자 앞에서, 무얼 수줍어한단 말이요?"

"화가 나서 그랬죠."

"왜 화가 나? 맛난 걸 사주는데?"

"……핏……!"

"이런! 진짜로 뾰로통해지는 거요?"

"날 정말 그렇게 소홀히 생각했었단 말이죠!"

"아냐, 아니오. 정말 그땐 여자한테 어떻게 해야 하는 건지를 몰랐었단 말이야. 어떻게 하는지를…… 어떻게 말을 붙여야 할지도 몰라서 거의 상사병이 날 지경에, 죽기 아니면 살기루…… 그런데 주머니에 돈은 없구……."

"정말?"

"그렇다니까. 다 알면서……."

"그래도 다시 듣는 게 즐거워요."

"우리 그리고 찻집 〈짜라투스트라〉에 갔었지."

"참, 그 교수 얼마 전에 죽었대요."

"누구?"

"그 왜, 철학 강좌에서 니체 이야기를 하다가 흥분해 가지구, 신을 모독한 니체! 사탄의 자식 니체! 결국 니체는 매독에 걸려, 미쳐 죽었습니다, 저주의 말을 퍼붓던……."

"아, 그 철학 교수!"

"그 사람 철학 교수론 너무 모자랐어요."

"매독으로 죽은 거 아닐까?"

"짓궂긴!"

"아니면 에이즈. 철학 교수와 에이즈, 무척 잘 어울리는 말 아니오?"

"하긴, 모든 시대의 극렬한 지성들은 이상하게도 그 시대에 가장 추악하다고 여겨지는 병들로 죽더라. 신 앞에 오만한 까닭일까?"

"너무 겸손해도 문둥병에 걸려. 욥을 보라구."

"유일하게 치유된 사람이기도 해요."

"문둥병 다음엔 흑사병…… 모든 천재 가인이 폐병으로 죽는 시대가 있었구……."

"매독이야말로 보들레르의 진짜 '악의 꽃'이었죠."

"현대엔 매독이 에이즈에 자릴 내주었지. 매독으로 죽기는 어려워졌으니까. 미셸 푸코, 에이즈 아니던가?"

"누구? ……어마나! 멀쩡한 명예 훼손일세."

"……그런 사람에 묘하게 어울리는 병인 것 같아서. 릴케는 장미 가시에 찔려 죽었다지만 병명은 파상풍이야. 아무튼, 인간이 병을 선택하는 건 아니오. 병이 인간을 선택하는 거지."

"문둥병과 매독과 에이즈…… 인간 존재의 한 극을 이루고 있는 성스러운 저주와도 같네요."

"에이즈에 걸린 애인과 운명을 같이 하기 위해 병자의 피를 자기 핏줄에 넣은 여자 이야기 들었소?"

"정사로군요!"

"동반 자살이지."

"그래, 그 후에 둘이 어떻게 됐어요?"

"둘 다 죽었으리라는 것밖에 짐작할 수 있는 게 없구려. 순간적인 죽음이 아니라 긴 죽음일 테니 그 과정을 어떻게 상상할 수 있겠소?"

"……사랑을 위해서 죽는 사람은 이십 세기 초에 멸종한 줄 알았었는데."

"천만에! 하지만, 자살 예찬가라는 쇼펜하우어가 죽을 때 뭐랬는지 알아요?"

"몰라요."

"'어, 어, 난 죽으면 안 되는데. 아직도 할 게 많은데…….'"

"재미있군요."

"아이러니야."

"모든 종교가 자살을 죄악으로 치는 걸 어떻게 생각해요?"

"종교란 원래 인간이 머리를 꼿꼿이 쳐드는 걸 가장 싫어하잖소. 그 눈으로 보면 자살이야말로 가장 겸손하지 못한 인간, 그러니까 극악한 인간이 선택하는 죽음인 거예요. 자신을 위해 준비된 고통의 몫을 다

끝내기 전에, 배역이 마음에 들지 않는다고 공연 중에 퇴장하는 배우 같은 녀석이지. 그야말로 운명 앞에 선 인간이 부릴 수 있는 마지막 허영과 사치……."

"그러나 사냥개들에 몰린 짐승처럼 쫓기는 인간이 고통에 대해 행사하는 마지막 거부를 오만으로 몰아붙이는 것 역시 잔혹이에요. 그것이 비록 영혼을 구제하는 신의 참담한 실패를 뜻할망정."

"그렇담 안락사는 어떻소? 찬성하오?"

"죽음이 확실하고 본인이 진정으로 원할 경우에 한해서…… 인간에겐 고통을 거부하고 품위를 선택할 권리가 주어져야 하지 않을까요?"

"아무튼 단순한 문제는 아니오……. 그런데 왜 우리 애기가 자살에까지 이르렀지? 이 환한 봄날에."

"짜라투스트라 이야기를 하다가……."

"짜라투스트라는 지금 없어졌는걸……."

"그곳이 그리워."

"우리한테 남아 있어 주는 건 좀처럼 없어요."

"이 땅이 특히 그렇지. 모든 것은 밑동 잘리고 파헤쳐지고 어지럽혀지고……."

"우리 때만 해도, 그래도……."

"그땐 참 많이도 돌아다녔어요. 여기저기로……."

"피곤한 줄도 몰랐구."

"난 지하철을 타면 언제나 사람들의 발을 쳐다보곤 해요. 후줄그레 피곤한 발, 즐겁게 뛰어다니는 운동화, 반들반들 윤나는, 그렇지만 짜증난 구두…… 올려다보지 않아도, 고생하는 사람, 늙은이의 발은 척 보면 알 수 있어."

"내 발은 어떻소?"

"두더지 같군요."

"두더지?"

"그래요, 흙이 묻었잖아요."

"흙이 묻은 건 좋은 징조요. 아침에 산에 올라갔었거든."

"나, 당신한테 딱 한 번 업혔던 일 기억나요."

"여행을 함께 갔었을 때지……."

"숲길에서……."

"당신은 새털처럼 가벼웠어."

"널찍한 등, 참 좋았었어요."

"그때 말하지 않구……."

"당신이 너무 좋아할까 봐."

"……그 말 하나 해주는데 그래 몇십 년을 보낸단 말이요……?"

"……내겐…… 바로 어제 같은데……."

"나도 그래요…… 그때 보았던 시골 풍경하며……."

"넝쿨박 올려진 초가지붕에 홀홀 오르던 실연기……."

"여름, 그 들판에서 소나기처럼 쏟아지던 별똥…… 생각나오?"

"그걸 어떻게 잊어요!"

"정말 아름다웠지……."

"별 하나가 질 때마다 누군가 목숨을 다한 거라는 말을 믿던 어린 시절부터 난…… 아직 난, 우주 삼라만상은 다 어딘가…… 그 모습, 그 소리를 서로 비추고 있다 믿고 있어요."

"그럴지도 모르지."

"우리 영혼은 도대체 어떤 모습일까?"

"글쎄……."

"마지막 죽은 얼굴은 설마 아닐 테죠?"

"영혼들도 서로 사랑하고 미워하며 산다는 거, 믿소?"

"사랑하기만 했으면 좋겠어요."

"살아 있는 동안에 미움을 다 지우고 사랑만 가지고 가면, 그럴 수 있을 거야."

"그렇겠죠……."

"……."

"그런데, 지금 우리 무얼 하고 있는 거죠?"

"사랑."

"그 좋은 걸 우리가 하고 있단 말이죠?"

"그래요, 그것도 뜨거운……."

"열애熱愛!"

"당신 웃는 모습 참 좋아."

"옛날에도 좋아했어요?"

"물론!"

"그런데 왜 떠났었나요?"

"내가 떠난 게 아니잖소. 당신이 떠났지."

"마찬가지예요. 당신을 맴도는 여자들…… 싫었어요."

"내 눈엔 당신 하나밖에 들어올 수 없었는데도!"

"죽자 사자 매달리지 않기에 날 충분히 사랑하지 않는가 보다……."

"맙소사!"

"다른 남자들, 죽네 사네 했거든요."

"당신이 나를 자신 없게 만들었었지. 너 같은 건 날 행복하게 해줄 수 없다. 그러니 길을 비켜라. 그렇게 말하는 것만 같았어."

"정말 용기 없는 시시한 남자!"

"옛날에도 꼭 그런 투로 쏘아붙였어."

"몰랐어요, 그땐. 난 사랑할 줄 몰랐을 거야. 지금껏 다 배우지 못했는지도 모르지만……."

"그저 거기 내 앞에 있어요. 날 뿌리치지만 않으면 돼요."

"……이제 와서……."

"이제 와서라니?"

"지난 세월이 아깝고 억울해!"

"바보 같은 소리. 또 그런 소리나 하면서 또 우리의 '지금'을 흘려보낼 작정이오?"

"하긴, 우린 죽지 않았으니까."

"얼마나 멋진 일이오. 또 하나의 봄을 맞고 있으니."

"이렇게 아름다운 봄을 우리가 평생에 몇 번이나 가질 수 있었다고 생각하세요?"

"그보다 몇 번이나 남아 있을까……?"

"이미 넘치게 축복을 받은 거예요. 꽃나무들 사이로 환한 햇살! 이런 커다란 행복을 우린…… 그렇지만 정작 몇 번이나 가슴 뿌듯하게 안아 보았나요."

"봄은 언제나 그렇게, 어김없이 찾아오곤 했는데."

"거기 들판에 있었고."

"창밖에 기웃거리고 있었고."

"하지만 높은 빌딩들과 소음과 먼지들이 자주 우리의 봄을 가렸어요."

"무가치한 일들이 우리 봄을 빼앗아 갔고."

"어리석은 욕심들이 묻어버렸어요."

"눈부신 봄은 꽃피었는데……."

"참, 젊었을 때 당신은 가끔 나한테 시를 써 보냈었죠."

“그랬지.”

“연시라기보단 개똥철학 같은 사설이었어요.”

“내가 언제 시인이라고 나섰던가. 삶의 여백에서 간간 중얼거렸을 뿐인데…… 뭐가 뭔지 모르면서 아는 체했지. 지금이라면 진짜가 나올 것도 같소.”

“모든 사람의 삶은 곧 시일 수 있다고 생각해요.”

“그래, 당신이야말로 진짜 시인일지도 몰라. 우리 생은 곧 우리의 예술, 스스로 자기를 빚어내는 작품 아니던가.”

“당신은 당신 작품에 만족하나요?”

“……평생 대답하기 가장 어려운 질문이군…….”

“……알기나 해요? 내가 당신을 경멸했던 거?”

“어떤 점에서?”

“나로부터 도망쳐서…….”

“도망친 게 아니라니까.”

“너무도 평이한, 세속의 삶에 안주해 버린 당신이 무슨 시를 쓴다구…….”

“옳은 말이오.”

“그러면서 격렬히 당신을 미워했어요. 마음에 평정을 찾기까진 꽤나 시간이 걸렸죠. 어느 날 당신이 파멸되어서, 진짜로 돌이킬 수 없이 파멸되는 거 말고요, 날 그리워할 정도로나 풀이 죽어서 엎드려 있을 때 우연히 어디선가, 작은 카페 같은 데서…… 마주친다…… 난 당신을 경멸하고 돌아서 나오고, 당신은 비틀거리며 뒤따라 나오며 쉰 목소리로 내 이름을 부르고, 나는 그러면…….”

“돌아선다?”

“사실 그 대목이 정말 망설여지는 대목이었죠. 돌아선다, 돌아서지 않는다, 그걸 가지고 몇 밤이나 고민했어요."

"날 사랑했소?"

"……처음 만난 순간부터……."

"난 당신이 택한 남자를 몹시 질투했었지."

"내가 택했다기보단 택함을 받으려고 했었죠. ……그만큼 자신에게 솔직하지 못했던 게 부끄럽지만…… 우스워라! 그 질투라는 말이 날 행복하게 하네요."

"간간 멀리 무인도로 당신을 업고 도망가서 사는 상상을 하면서……."

"범죄로군요."

"그래요. 평생 범죄의 상상에 빠져보지 않는 사람이 있을까? 나이가 꽤 들어서도 가끔 그런 류의 엉뚱한 상상을 하곤 했어요. 아무렇지도 않게, 아이들도 만들어내고, 그러면서…… 내가 뿌린 염문들이 당신에게 상처가 되길 은근히 바랐고. 동시에 내가 껍데기의 삶을 살고 있다는 생각도 들지 않은 것은 아니었다오. 당신 말마따나, 나 또한 자신을 경멸도 했소. 회한이었지! 우리 삶은 처음부터 끝까지 죄책과 부끄러움일 뿐이오."

"……우리에게 회한과 죄책을 가르치는 신……!"

"역사가 부끄럽고 사회가 부끄럽고, 그리고 자신이 부끄럽고…… 갖가지 부끄러움들과 평생을 싸워온 내겐, 그걸 극복하는 일이 그토록 힘겹던 내겐, 윤동주의 시구가 항상 너무도 신기하게 들렸어요. 죽는 날까지 한 점 부끄럼이 없기를 바라다니…… 맹자의 군자삼락君子三樂도 얼마나 엄청난 이야기요. 무릇 양심을 가진 자, 하늘을 우러러 부끄러운 일이 정말 없을 수 있단 말이오? 그 어떤 둔한 의식이? ……삶이 무엇인데? 밥상이 앉아 매일처럼 남의 살을 먹으면서……. 그 밥으로 누군가의 노고와 행복을 가로채면서……."

"또다시 시대와 사회 앞에 울분을 터뜨릴 참인가요? 젊을 때 그랬듯이?"

"아니오……. 지금은 그런 이야길 하려는 게 아니오. 말할까? 당신이 옆에 있을 때는 당신을 차지하는 상상을 하기가 부끄러웠고, 당신을 그리워할 때에는 내 삶에 비겁한 내가 부끄러웠소."

"……그런 말을 들으니, 갑자기…… 정말 이상한 일이군요……. 마음이 혼란스럽고 불편해지네요. 내가 바로 당신의 가책이 되어야만 할 것 같은……."

"……엉뚱하긴……."

"내 친척 되는 할머니 하나가요, 결혼한 지 한 삼 년 되던 해 6·25를 만나서 남편이 강제 납북을 당했어요. 유복자로 아들을 키우면서 사업가로 님을 만날 날만 고대하더니 늙어 칠순이 넘었지요. 그 아들이 커서 사업가로 미국 시민이 되었던가 봐요. 그래서 북에 있는 아버지를 만나러 갔죠. 새 여자 만나 아들딸 낳고 노동하며 이제는 초라히 늙어 있는 아버지를 보았는데, 마냥 좋더래요. 헤어지면서 어머니께 전할 말이 없는가 물으니, 면목 없는 죄인이 미안하달밖에 무슨 다른 말이 있겠느냐, 그 대답뿐이었대요. 죄책감이 앞선 것이겠지만, 남에게 자나 깨나 님을 그리며 고생하다 파파 할머니가 된 아내는 어땠는지 알아요? 너무 섭섭하여 병이 되고 말았지요. 기막힌 삶! 다 그만두고, 눈물 젖은, 눈물 묻지 않았어도 좋아요, 다만 편지 한 장이라도 받았다면 그렇게 어처구니없이 보낸 인생이 이제 와서 그토록 허무하지는 않았을 거라고……."

"그런 이야기는 도대체 왜……?"

"……그리고, 고등학교 때 짝했던 내 친구 딸 얘긴데요, 어머니가 자궁암으로 죽기 전에 간호하고 돌보아 주던 여자와 아버지가 결혼한 거예요. 계란 하나 가지고도 발발 떨던 어머니의 집에서, 그 새로운 여자가 만드는 기막힌 고급 요리를 맛나게 먹고, 그러고 나서 토할 듯이 괴로워져서……."

"……."

"삶은 어째서 그런 끝없는 애증愛憎과 배신의 고리로 이어져야만 하나요……?"

"……당신 지금 나한테 심술을 부리고 있군."

"그런지도 모르지요."

"그럼 나도 해볼까? 마누라와 치고받다 고막을 터뜨린 친구, 몰래 살림 차려준 젊은 여자한테 가산을 탕진하고 본처한테 쫓겨난 친구, 아니면 아내와 나란히 중풍에 쓰러진 친구, 노망난 친구들 이야기 같은 거? 동창들 모임에 아랫도리를 벗고 나왔던 전직 교장이야기?……수술받다 죽으면서 온 가족을 저주한 목사 이야기?"

"……."

"그것 봐. 금방 기분이 상하면서?"

"아니에요, 괜찮아요. 난 진작에 깨달았어요. 우리 모두 산다고 뒹굴고 뛰고 울고 웃지만, 인생은 사는 게 아니라 살아지는 것이라는 걸. 아까 당신이 말했듯이, 운명의 식탁에 차려진 것을 먹을 수밖에 없다는 걸. 자기에게 주어지는 숙제장을 쓰는 애들처럼 우리는 다만 삶이라는 숙제를 하고 있다는 걸……."

"우리의 됨됨이가 바로 우리 삶이오. 문제를 풀 능력이 커지는 그만큼 숙제는 더 어려워지게 마련……."

"이 삶 속에 과연 무엇이 진정하고 무엇이 진정하지 않은 걸까……."

"그런 거라면 날이 갈수록 오리무중이오. ……난 다만……. 그게 무어든, 나라는 한 생명을 결박해 온 것들에서 풀려나고 싶소. 아! 정말 자유롭고 싶어! 안 될까? 그 많은 고통 끝에……이제 우린 그만한 권리를 얻었다고 믿소. 중요한 것은 아무것도 없어요. 삶이라는 절대절명의 명제 그보다 중요한 것은…….”

“그럼…… 나를 만나는 것은?”

“당신은 내 삶의 대명제 속에 들어 있어요.”

“그러나 사랑은 다시 사람을 속박하는데?”

“좋아! 어쨌든 난 이제 단순해졌소. 단순한 것으로 돌아왔어요. 비로소 정말로 살고 싶은 거요. 내게 남은 시간이 몇 시간인지 나는 알지 못해.”

“그런데도 새로이 무얼 원한다구요?”

“단 한 시간이 남았더라도 나는 원할 거요. 그게 생명의 원리니까.”

“당신은 이렇게 내 옆에 살아 있는 거예요.”

“여기, 그리고 지금…….”

“…….”

“아!”

“왜 그래요?”

“좀 봐요…….”

“뭐……?”

“풀꽃이 피었어요. 예뻐라!”

“반지꽃이군. 꺾어줄까?”

“아니, 저대로 놔둬요. 받은 걸루 할게요. 정말 예뻐!”

“그렇군……. 내 말은 당신이…….”

“…….”

“……또 무얼 그렇게 열심히 쳐다보고 있소? 가느스름 눈을 뜨고……."

"참 고와요. 해가……."

"여전하군."

"뭐가요?"

"예나 지금이나, 저녁 해만 보면 감상에 빠지니 말이오."

"빛나면서도 부드럽고……."

"그리고 조금 슬프고."

"저녁 햇살 속엔 언제나 눈물이 그렁그렁한 것 같아요. 왜 그렇게 공연히 가슴이 아려오는지……."

"하루의 운행을 끝내고 마악 어둠 속으로 사위려고 하는 빛이니까."

"비스듬 지친 듯 눕는…… 저녁 해가 날 감상에 빠뜨리지 않은 적은 한 번도 없었어요."

"저 빛 속엔 모든 것이 다 녹아들어 있겠지……. 하지만 저녁놀에 눈이 젖다니…… 좀 너무 어린애 같은 거 아닐까?"

"우리가 언제 어린애를 면했던 적이 있다고 생각하세요?"

"하긴!"

"오랜 세월 살고 보니 인간은 죽을 때까지 영원히 철이 들 수 없다는 생각도 들어요."

"당신은 정말 젊구려."

"유치하다고 흉보는 거?"

"물론 아니지. 사람이 감동을 잃으면 그때부터 죽는걸……."

"……."

"나를 감동시키는 것들의 심장은 언제나 당신이었소. 지금도 당신만은 나를 감동시켜요. 그 옆에서라면 나 또한 영원히 젊을 거야. 내가 당신에게 애착하는 것은 호흡을 계속하려는 것만큼이나 자연스러운 일이

오.”

“나, ……당신 이마에 뽀해 주고 싶어요.”

“자, 해주구려.”

“남이 보는 데선 싫어.”

“……수줍다구……?”

“……큭!”

“아니, 기침을 하잖아?”

“괜찮아요.”

“추운 거 아냐? 이 옷 벗어줄까?”

“고마워요. 춥지 않아요.”

“……일어섭시다, 어두워지기 전에. 피곤하지 않소?”

“아뇨.”

“……정말 괜찮은 거요?”

“그럼요.”

“……오랜만에 레스토랑이라도?”

“좋아요. 촛불 곱게 켜주는 데로…… 외식을 할 만큼 내장이 튼튼하진 못하지만…… 촛불 아래 당신을 보면 더 좋을 것 같아요. 부드러운 빛의 마술로 우리 젊은 날이 되살아나면…….”

“당신을 잃고 괴롭던 젊은 날보단 지금을 택하겠소.”

“정말……?”

“그렇구 말구.”

“…….”

“지는 해가 정말 곱군.”

“…….”

“울고 있소?”

“…….”

“왜 그러지? ……내가 뭘 잘못했나? 말해 봐요.”

“아무것도 아니에요.”

“아무것도 아니라니! 울고 있으면서.”

“그냥…….”

“그냥……?”

“……삶이 아름다워요……. 가슴이 저리게……. 그게 슬퍼요.”

“그렇다고…… 이렇게 바보같이…….”

“…….”

“이런! ……진짜로 소리까지 내면서 울 거요?”

“그래요, 그러면 어때!”

“……훗.”

“당신 웃고 있잖아요?”

“그렇게 어린애처럼 우는 당신이 귀여워서. 자, 내 손수건 줄게. 눈물 닦아요. 어, 어디 갔지? 내 손수건이…… 어…… 이런…… 아까 분명히…… 이거 아무래도 건망증인가 봐…….”

“건망증.”

“유식하게 말하면, 노인성 치매의 가벼운…….”

“고약해!”

“아, 여기 있구나……. 자, 마술사의 손수건이 나옵니다! 무엇을 원하십니까? 비둘기? 토끼? 거위? 아니면, 젊은 남자? ……것 봐. 벌써 당신도 웃고 있네.”

“이거 깨끗해요?”

“물론이지. 내 손주들이 날 깔끔 할배라고 부르는 거 몰랐소? 난 빨래도 잘해요.”

“정말?”

“그럼!”

“이것도 손수 빨았어요?”

“그 옛날 자취하던 솜씨야. 다림질까지 했지!”

“당신은 언제나 부지런했으니까. ……어머나, 수첩을 떨궜잖아요.”

“어디?”

“이거.”

“고맙소. 역시 반사 신경이 무디어졌나 봐.”

“아직도 수첩에다 끄적이는 버릇, 여전해요?”

“응, 내가 어제 쓴 거 한번 보겠소?”

“무슨 글인데요?”

“아무것도 아냐.”

“금방은 보라구 하구서…….”

“별것 아닌데…….”

“안 읽어주면 안 일어날 테야.”

“그럼 당신이 읽어요.”

“나도 돋보기를 써야 해요…….”

“……킥킥.”

“또 뭐가 우스워요?”

“어린 계집애가 돋보기 쓴 거…….”

“그만 놀려대구, 자, 어서 보여주세요.”

“음…… 여기…… 정말 별건 아니라구…….”

“ '바람 소리가 들린다.

커튼의 끝 가닥이 나풀거리며 창들이 조금씩 덜거덕거리고 쇄쇄 목
쉰 울음소리 같은 것도 들린다. 바람에 쓸리는 사물의 소리, 사물에 부

딫히는 대기의 소리. 그것은 저항의 소리다. 공기가 사물에 저항하든, 사물이 공기에 저항하든…… 결국 그게 그거겠지. 그런데 왜 나는 이 별난 분별을 하려고 애썼는가. 나도 모르게 바람과 시간 사이에 유사성을 상정하고 있었기 때문이리라. 그러나 시간은 존재가 아니다. 변화를 흐름이라고 한다면 흐르는 것은 우리 자신인데, 우리는 시간이 흐른다고 말한다. 열심히 시계를 들여다보며 초조해한다. 시간이 마치 시계 속에 들어 있기라도 한 듯이…….

바람 흐르는 소리가 들린다. 물결처럼…… 사람 흐르는 소리가 들린다. 사랑처럼…… 우주 흐르는 소리가 들린다. 세월처럼…… 마치 어디론가 갈 곳이 있다는 듯이. 마치…….'

쓰다 말았군요."

"우리 삶도 쓰다 마는 것 아니겠소. 마침표까지 찍고 가는 사람이 몇이나 될라구……."

"누가 알겠어요, 우리에게 갈 곳이 있는지 없는지……."

"아무도……."

"그렇지만, 지금 내 팔짱을 낄 마음은 없어요?"

"팔짱을?"

"그래요, 우리 그림자가 합쳐질 수 있게……."

"마지막 그림자라도……."

머릿속의 불

최수철

1958년 강원도 춘천 출생.
서울대학교 불문과 및 동 대학원 졸업.
1981년 《조선일보》 신춘문예에 〈맹점〉 당선.
소설집 《공중 누각》《화두·기록·화석》,
장편 《고래 뱃속에서》《벽화 그리는 남자》 등.

머릿속의 불

1

얼굴에 와 부딪히는 바람이 점점 더 차가워지는 것으로 보아, 이제 강이 그리 멀지 않았음을 알 수 있었다. 자동차들이 강바람만큼이나 차가운 바람을 일으키고 있는 차도를 피해 아까부터 골목길을 택하여 주변을 두리번거리며 걷고 있던 나는 옷깃을 여미며 걸음의 방향을 바꾸었다.

방금 전까지만 하여도 주택가 골목의 하늘을 듬성듬성한 기둥들과 엉성한 그물로 가로막던 전봇대와 전깃줄이 조금씩 시야에서 벗겨지고 있었다. 그동안 나는 전봇대 또한 우리들 주변에서 사라져가는 것늘 중의 하나라고 생각해 왔으나, 내가 등을 돌린 후에도 그것들은 여전히 내 뒤에서 고압적으로 나를 내려다보고 있었다.

한쪽 담 밑으로 차들이 구불구불 늘어서 있는 좁은 길을 빠져나온 나는 잠시 머뭇거리다가 대로를 가로질렀고, 그리고 그 바로 옆쪽 밑으로 나지막이 강이 흐르고 있는 것을 보았다. 그 옆에서 길은 계속하여 차도와 인도를 나란히 거느리고 그 강을 따라 굽이쳐 뻗어 나가고 있었다.

얼마 걷지 않아, 강을 옆구리에 끼고 산을 어깨에 힘겹게 둘러멘 눈앞의 풍경이 더욱 적막해지기 시작하면서, 그에 따라 그 풍경으로부터 떨어져 나온 많은 것들이 황폐하게 모습을 드러내고 있었다.

차도와 강의 사이로 난 좁은 인도는 곳곳이 파헤쳐진 채 방치되어 있었고, 그 와중에 깨어져 함부로 널려 있는 보도블록 조각들, 난데없는 두루미의 목줄기처럼 구덩이의 흙더미 사이로 비집고 나와 있는 가로수의 뿌리, 찬바람을 견디기 위하여 그다지 신나 보이지 않는 놀이에 묵묵히 열중하고 있는 몇 안 되는 아이들, 그들의 스웨터 밑으로 비어져 나와 있는 등과 배의 맨살, 그 차가운 살가죽의 묘한 색깔, 인도와 강을 양쪽, 위아래로 가르고 있는 허름한 축대, 그 축대 여기저기에서 강으로 미끄러져 내리듯 형식적으로 만들어진 무너진 성채의 돌계단들, 그 위를 먼지와 이끼처럼 뒤덮은 관목들과 덤불들, 저 밑으로 강가의 진흙 바닥에 마구 널려 있는 또 다른 블록 조각들, 어디에선가 떠내려 오다가 그곳에서 거꾸로 뒤집혀 강가를 밀려나온 허연 나뭇등걸, 그 모든 것들은 아무리 하찮은 것에 이르기까지 다시금 온전한 풍경의 일부로 되돌아갈 수 있기를 바라고 있었고, 그러고 보면 이 세상에 무심하게 보아 넘길 수 있는 것은 아무것도 없었다.

2

한낮의 빛 속에 축적되어 있던 무수히 많은 작은 입자들이 하나씩 터지기 시작하면서 어슴푸레 저녁이 다가오고 있었다. 그러나 그 입자들이 터질 때 어두운 검은빛만이 밤을 머금은 차가운 저녁 공기 속으로 배어 나오는 것은 아니었다. 순간순간 그것들로부터 천연색에 가까운 색조가 물감이 물속에서 녹아 풀어지듯이 번져 나오고 있었다. 서쪽의 들판 위로 저녁 해와 함께 뉘엿뉘엿 어른거리는 붉은 빛, 가까운 산 능선 너머의 부연 빛, 강물 위의 검은 남빛, 눈길 닿는 곳 도처의 어두운 회색빛, 더욱이 색의 변화를 일으킨 것은 오히려 내 쪽이어서 나는 가벼운 색맹의 유전 인자를 가진 사람이 된 양 오랜만에 조금은 흡족한 마음으로 주위를 돌아보며 걸었다.

잠시 후에 나는 폭이 좁은 다리 앞에 이르렀다. 오래전에 내가 아직 그곳에서 인연을 거두기 전까지만 하여도 그곳은 차들이 다니지 못하고 인도교로만 이용되었으나, 지금은 그 다리 위로 차량의 일방통행이 허락되고 있었다. 그동안 내내 강을 따라 강을 걸어 온 나는 이를테면 강의 물결 속에 벗은 발을 담그듯이 그 다리 위로 발길을 옮겼다. 그러자 나와 함께 여러 대의 차들이 길 양쪽에서부터 오른쪽과 왼쪽의 깜빡이등을 켜고는 꾸역꾸역 다리 위로 밀려들었다. 나는 노란색 페인트로 그어진 금에 의해 궁색하게 마련된 인도를 따라 난간에 바싹 붙어 걸었고, 그런 내 옆으로 차들이 때로 경적을 울려 나를 옆으로 밀어붙이며 휙휙 지나쳤다.

나의 앞 저쪽으로부터, 돈을 아끼기 위해 시내까지 걸어갈 작정을 하고서 힘찬 걸음으로 걸어오고 있는 젊은 사내가 있었다. 그는 때 이르게 목도리로 목을 감고 그 나머지 반을 옷 안으로 우겨 넣어서 상체의 앞쪽이 불쑥 튀어나와 있었다. 다리 건너로 버스가 오는 시간을 기다릴 수 없었던 그는 택시를 타는 대신 걸어 나왔음을 친구들이나 애인이 눈치 채지 못하게 하기 위하여 얇은 점퍼만을 걸치고 있었고, 차가운 바람에 대항하여 목도리 하나에 의존하고 있었다.

그가 어딘가 결연해 보이는 표정으로 내 곁을 지나치고 난 후, 내 눈앞에는 산과 강과 섬과 지는 해의 마지막 기운이 펼쳐지고 있었다. 그때 나는, 장엄한 풍경을 등지고 걸을 때에 나는 감히 풍경의 일부가 되지만, 그 비장한 풍경을 마주 바라보며 그쪽을 향해 걸을 때에는 아무리 걸어도 그 풍경의 발치에도 이를 수 없음을 깨닫지 않을 수 없었다. 나는 돌아서서 지금까지 걸어온 거리를 되짚어 돌아가고 싶었다.

그러나 나는 도망치듯 걷기를 계속하며, 외투의 옷깃을 바짝 세우고 세모진 것의 끝을 얼굴 앞으로 끌어올려서 그 양끝을 입에 물었다. 그러고는 나도 모르게 자꾸 걸음이 빨라진다는 느낌이 들 때마다 두 다리를 뒤로 잡아당기고자 애쓰면서 풍경의 먼발치에로 천천히 다가갔다.

3

자살을 하기 위해 수심이 깊은 강물 위의 다리를 택한 한 남자가 있었다. 발길이 낯설지 않은 다리 위를 걸어서 마침내 인적이 뜸한 그 중간쯤에 이르렀을 때, 그는 목이 약간 답답한 것을 느끼고는 작게 헛기침을 하였다. 그러자 목젖 부근으로부터 입 안으로 가래가 튀어 들어왔고, 그 순간 그는 깜짝 놀라버리고 말았다. 그리 큰 편은 아니었지만 덜컥 입 안을 차지한 그 가래 덩어리는 거의 즉각적으로 그에게 난감함을 불러일으켰는데, 말하자면 당장이라도 그 가래를 뱉고 말 것인가, 아니면 그냥 죽을 것인가 하는 작은 질문이 그를 난처하게 만들었기 때문이다.

만약 그가 그 가래침을 뱉고 나서 자살을 하게 되면, 남이 알든 모르든 상관없이, 어쨌든 그것이 그가 자발적으로 세상에 남기는 마지막 유물인 셈, 혹은 좀 더 상징적으로 말하자면 마지막 유언으로 여겨질 수도 있는 일이었다. 당연한 말이지만 어찌 마지막 남기는 말이라는 것이 언어로만 이루어지며, 침이 그 말을 대신해서는 안 된다는 법이 어디 있겠는가. 하지만 그는 어떤 형태로든 이승에 유물이나 유언을 결코 남기고 싶지 않은 것이었다.

그러나 그렇다고 하여, 침 뱉기를 포기하고서 그 침 섞인 가래를 입에 넣고 죽는다는 것 또한 그에게는 전혀 내키지 않았다. 그렇게 되면 그는, 비록 죽음과 함께 육신과 물질적인 모든 것이 더불어 사라진다 하더라도, 이 지상에 대한 마지막 물질적인 기억으로 입 안의 뜨뜻한 가래와 차가운 강물의 감각을 지니게 될 터인데, 흔히들 생각하는 대로 영혼마저 완전히 소멸되어 그 자신이 아예 말살되어 버린다면 몰라도, 만에 하나 그렇지 않은 경우도 있을 수 있으니 그런 기억을 남기는 일은 가급적 피하고 보는 것이 현명할 것이기 때문이었다. 더욱이 살아 있는 동안에도 인간의 영혼은 가래침 하나로도 간단히 뭉개지거나 으깨어질 수 있는 일이니, 사후에 가래침이 그 기억만으로도 무슨 일을 벌일 수 있을지 그 누가 알겠는가.

그렇듯 당혹스럽기 그지없는 질문에 봉착한 그는 혀를 깨물린 짐승처럼 안절부절못하다가 마침내 결단을 내리기 위해 난간을 두 손으로 잡고 그 위로 몸을 기울였다. 그러나 아무래도 그는 입 안의 것을 뱉을 수가 없었다. 그것을 뱉어서 그것으로 하여금 먼저 그의 대신으로 떨어져 내려 물에 빠지게 한다면, 그렇게 남겨진 그는 더 이상 죽을 수 없게 되고 말 듯한 근거 없는 위기감에 빠져들었기 때문이다.

그러저러하여 그는 결단을 내리지 못하고 그곳에서 오랫동안 망설였다. 급기야 그의 거동을 심상치 않게 여긴 사람들이 신고를 하여 경찰이 출동하였다. 순경이 다그치는 소리를 들으면서도 오랫동안 입을 굳게 다문 채 상대방의 얼굴을 물끄러미 바라보던 그는 대답을 하기 위해서, 혹은 자신의 난처한 사정을 털어놓기 위해서 마침내 입을 열었고,

그 순간 입 안 가득하게 고여 있던 가래침이 튀어나와 그 순경의 구두 코 위에 털썩 떨어지고 말았다. 그리고 그날 결국 그는 아무 곳에나 침을 뱉었다는 경범죄의 죄목으로 벌금형을 치르고는 밤늦게 귀가할 수 있었다. 그 후 그는 오랫동안 그 다리 근처를 얼씬도 하지 않았다.

4

내가 다시 길을 건넜을 때 마침 두 대의 택시가 나란히 달려오더니 내 앞쪽에 멈추어 섰고 승객들이 차에서 내렸다. 나는 걸음을 빨리하여 내게 가까운 뒤쪽의 택시에 올랐다. 내가 자리에 앉고서 문을 닫은 후에도 앞의 차는 떠날 기색을 보이지 않았다. 내가 탄 차의 운전수는 목을 뽑아 앞을 넘겨다보면서 경적을 몇 번이고 요란스럽게 울려대기 시작했다.

그러나 앞 차는 여전히 움직이려 들지 않았고, 나의 차 또한 잠시 후진을 하여 그 차를 비켜 나갈 생각을 하는 대신에 무슨 이유에서인지 오히려 차를 앞 차의 뒤에 바짝 가져다 대고서 고집스럽게 경적을 울려대고 있었다.

마침내 앞 차가 출발을 하자 나의 차 역시 곧바로 그 뒤를 따라붙어 그곳을 떠났다. 얼마 후에 앞 차가 교차로의 붉은 신호등에 걸려 도로 가운데에 정차하게 되자, 내 차의 운전수는 차선을 바꾸어 그 차의 왼쪽으로 다가가더니 창문을 내리고는 다짜고짜, 개인택시 운전수라는 게 그렇게 밖에 못 하겠어, 초보 운전자보다도 못하게스리, 똑바로 해서 남 줘, 운운하며 욕설을 퍼붓기 시작했다.

저쪽에서도 미미하게나마 무어라고 응수가 있는 것 같았지만 나로서는 그 말을 알아들을 수 없었던 탓에 내 쪽 운전수의 뒤통수에 대고서 웬만하면 다투지 말고 그냥 가자고 말했다.

그러자 운전수는 씩 웃으며 나를 돌아보더니, 장난하는 거예요, 괜히 그러는 거라구요, 이 좁은 바닥에서 같이 운전수 노릇으로 먹고 살면서 어떻게 싸울 수 있겠어요, 게다가 서로 한 다리 건너 다 알고 지내는 처지에, 상대가 자가용 운전자라면 또 모를까, 라고 대답하고는 급기야 웃음을 터뜨렸다.

나는 머쓱하면서도 어이가 없어 아무 말 없이 창밖으로 고개를 돌렸다. 두 사람 사이의 욕이 섞인 대화는 신호등이 바뀔 때까지 계속되었다.

야, 이 자식아, 너 정말 배추 안 가져다줄 거야, 네가 직접 시골에서 농사진 것도 아니잖아. 내가 두고 볼 거야. 잊지 말라구, 겨울이 벌써 낼모레야.

우회전을 하기 위한 차량들이 내 차의 뒤에 쭉 늘어서서 경적을 울려댈 때까지도 그들의 중구난방격인 대화는 이어지고 있었다. 그러다가 직진 차량들을 위한 푸른 신호등이 켜지자 그제야 그는 뒤를 한 번 힐끗 돌아보고는 거칠게 차를 옆으로 틀어 우회전을 하였다.

그 후로 목적지에 이를 때까지 나의 차는 수시로, 텅 빈 길의 완만한 모퉁이를 돌 때마저도 경적을 울려댔다. 그리고 또한 자주 맞은편에서 갑자기 나타나는 차들 역시 속도를 줄이는 대신 경적을 몇 번 울리고는 바짝 코앞으로 들이닥쳤다. 그런 와중에서 운전자들은 서로 경쟁을 하듯 경적을 울리다 보니 때로는 상대방이 내는 소리를 자신이 내는 소리로 착각을 하기도 하여 아슬아슬하게 스쳐 지나가기도 하고 있었고, 게다가 그 착각은 많은 경우에 의도적인 것이었다.

아직 갈 길이 적지 않이 남아 있음을 알고 있었던 나는 눈길을 옆으로 돌렸다. 그러고는 어둠 속으로 가라앉고 나무들에 의해 가려진 강을 보기 위하여 유리창에 이마를 붙였다. 그러나 차가 이미 도시를 완전히 벗어난 터이라, 달도 없는 하늘 아래로 강은 드문드문 서 있는 가로등

빛을 받아 물 위에 떠서 번들거리는 검은 기름의 모습으로만 간간이 나의 눈에 들어오고 있었다.

5

세상을 나름대로 온전하게 살아 내기 위해 갖은 애를 써온 한 남자가 있었다. 그러나 그에게 있어서 제대로 산다는 것은 다른 모든 남들이 겉으로 보여 주는 모습처럼 무심한 듯 시치미를 떼고서 그날그날을 사는 것을 의미하는 것에 불과했다. 하지만 어찌된 일인지 그에게는 그것이 그리 쉬운 일이 아니었다. 그래서 그는 결국 그야말로 살아남기 위해 몇 가지 엉뚱하다 못해 파행적이기까지 한 행위를 주기적으로 반복하지 않을 수 없었는데, 이를테면 그것은 전략적인 파행인 셈이었다. 하지만 그때까지만 하여도 그는 자신의 머릿속에 불이 들어 있는지는 모르고 있었고, 더 정확히 말하자면 그러리라고는 상상조차 하지 못하고 있었다.

여하튼 그래서 그는 남들이 고개를 갸우뚱거리거나 설레설레 저으면서 보지 않을 수 없는, 아니면 적어도 어이가 없어 하는 표정으로 눈을 크게 뜨고서 다시 한 번 눈여겨보지 않을 수 없는 일들을 벌이기 위해 갖은 노력을 경주해 왔다.

우선 그는 한때 색정광이라는 소리를 듣기에 마땅할 만큼 성적인 것에 집착을 하였고, 이윽고 그 열정을 그대로 영화에 옮겨놓고서 이미 죽은 사람들로부터 새로이 얼굴을 내밀고 있는 십대의 아이들에 이르기까지 전 세계 영화배우들의 온갖 브로마이드를 수집하는 일에 광적으로 매달리기도 하였다.

뿐만 아니라 한동안은 서예에 몰두하는 척하면서 항상 커다란 붓과 먹과 벼루를 몸에 가까이 두고서 엉터리 솜씨를 함부로 동원하여 주로 전서를 휘갈기기도 하였고, 복잡한 장치가 부착되어 있는 값비싼 사진기를 월부로 구입하여 목에 매고 다니면서 대부분 엉뚱하게 여겨지는 것들에만 초점을 맞추어 셔터를 눌러대곤 한 적도 있었다.

그러면서 그는 자신이 전략적인 행동을 하고 있고, 그럼으로써 바보가 되는 것은 저쪽이고, 오히려 그의 쪽에서 세상을 기만하고 우롱하고 있다고 생각하였다. 그런 구체적이고 조금은 전문적인 일들 말고도, 야유회 같은 곳에 가서 인사불성으로 술에 취해 바지 속에 오줌을 내갈겨 버리고는 아무 곳에나 쓰러져 자다가 혼자 어두운 산길을 내려온 적도 부지기수였으며, 또한 그가 하찮은 일을 빌미로 하여 뒤집어엎은 술상만 해도 헤아리기 어려울 정도로 많았다. 한번은 벽에 과녁판을 매달아 놓고 표창을 던져 꽂는 놀이를 하는 중에 손바닥으로 정중앙을 가리는 객기를 부렸다가 손등에 표창이 꽂힌 적도 있었고, 그 자신이 남의 얼굴을 향해 표창을 던졌다가 귓불을 꿰뚫은 적도 있었다.

그러나 조금만 생각해 보아도 지극히 당연한 일이지만, 그는 전략적인 파행으로 결코 행복할 수가 없었다. 아직은 애매모호한 말이지만, 단적으로 잘라 말하면, 무엇보다도 그는 자신의 머릿속에 불이 들어 있다는 사실을 눈치 채지 못하고 있었던 것이다. 그런 탓에 그런 전략을 거듭할수록 그는 다른 사람들을 속이게 되기는커녕 점점 더 철저하게 자신을 해부하기에 이르렀다.

예를 들어, 자신이 찍은 그 많은 사진 중에 몇 개나마 현상을 하여 들여다볼 때면 그는, 그것들이 아무리 함부로 찍혀진 것들이라 하더라도, 그 속에 자신의 허약하기 짝이 없는 심성, 혹은 취향이 그대로 박아 넣어져 있으며, 결국 거기에 포착된 것은 헛되이 몸부림치는 불건전한 그 자신의 모습임을 확인하게 되곤 하였다.

또한, 그가 괴발개발 그려낸 전서체의 글자들을 잠시나마 바라볼 때에도 사정은 마찬가지였다. 무의식적으로 그어진 획이나 삐침 하나하나가 의도적인 왜곡으로 가득 찬 자신의 속마음을 그토록 정확하게 재현하고 있음을 목도하는 것은 그야말로 경이롭기까지 한 일이었다.

하물며 사진이나 서예가 그러할 정도니 여자들과의 관계라거나 음주 등등의 것들이 그 직후에 그에게 불러일으킨 환멸감에 대해서는 더 말할 것도 없는 것이었다.

그러나 그렇듯 마취도 안 된 상태에서 자기 자신을 해부해 나가면서도 그는 자신의 머릿속에 불이 들어 있으리라고는 여전히 까맣게 모르고 있었다. 더욱이 그는 그렇듯 경황없는 속에서도 적어도 일상생활에 있어서만은 여전히 결코 손해를 보지 않고자 누구 못지않게 정신적으로 육체적으로 분주했던 것이다.

6

그러던 어느 날 그는 야심한 시각에 어느 병원의 응급실에 누워 있어야 했다. 무슨 육체적인 장애 탓인지는 몰라도 그날 그는, 정신은 거짓말처럼 말똥말똥하였음에도 불구하고 몸은 전혀 움직일 수 없는 상태에 처해 있었다. 그가 알고 있는 사실은 단지 그가 다시금 그 전략적인 파행들 중의 하나를 저질렀고, 그 결과 곧 앰뷸런스를 통해 그곳으로 실려 왔다는 것뿐이었는데, 그나마 그것도 다른 사람들이 그에게 알려준 것이었다. 그러나 그는 자신이 무슨 짓을 했는지 알지 못하고 있었으며, 그것은 그리 중요한 일이 아니었다.

실제로 그때 그는 마치 그의 이른바 영혼이라는 것이 마음만 먹으면 자리를 떨치고 일어서서 몸을 벗어날 수 있을 듯한, 오히려 홀가분한 느낌에 젖어 있었다. 그럴 정도로 그는 투명하기까지 하다고 할 선명한 의식을 가지고 있었다. 하지만 그의 그 선명한 의식이란 현실에 머물러 있는 동시에 실제와는 다른 별개의 세상에서 부유하고 있는 것이었고, 그렇기 때문에 오히려 정신이 그토록 맑을 수 있음을 그는 분명히 깨닫고 있었다. 그러나 이 또한 그런 탓인지는 몰라도, 한동안 그는 여전히 전신 마취라도 되어 있는 듯 손가락 하나 까딱할 수가 없었으며, 너무도 무겁게만 느껴지는 눈꺼풀이 그의 눈을 거의 덮고 있어서 그의 시야는 그 사이의 가느다란 틈을 통해 간신히 트여 있을 뿐이었다.

그러던 중에, 당연한 하나의 과정으로서, 그의 주위에는 하나씩 둘씩 그의 식구들, 부모와 형제들이 걱정스런 얼굴을 하고 모여들기 시작하였고, 그들은 그의 병세에 대해 이러쿵저러쿵 말을 늘어놓기 시작하는 듯하였다. 그러나 그들의 표정은 그리 심각해 보이지는 않는 듯하였으므로, 그 모습을 보면서 그 자신도 겨우 안심을 할 수 있었다.

일단 그의 상태를 확인하고 난 사람들은 잠시 침묵을 지키다가 이윽고 자연스럽게 그라는 인간 자체에 대한 화제 속으로 접어들었다. 그들은 요컨대 그가 이 지경에까지 이르게 된 탓이 어디어디에 있다는 이야기를 하고 있는 것이었는데, 하지만 그로서는 여전히 자신이 어느 지경에 이르러 있는 것인지 알 수 없었던 탓에 그들의 말을 받아들일 수도, 그렇다고 받아들이지 않을 수도 없는 노릇이었다. 그들의 말은 한참이나 계속되었고, 그러다가 그들은 급기야 서로가 서로를 한데 싸잡아 이 지경의 책임을 묻기 시작하였다. 하지만 그들은 논쟁을 오래 끌지 않고서 이내 그에게 정이 듬뿍 담긴 눈길을 한 번씩 던지고는 응급실을 떠났다.

그러고 나서 시간이 계속 흘러 새벽녘에 이르렀고, 그때까지도 여전히 그는 명징한 의식을 유지한 채 자신이 놓여 있는 상황을 이해하려 애쓰고 있었다. 그때 그는 이미 입원실로 옮겨져서 병원 사람들로부터 놓여나 있던 터이라 방 안에는 그 외에는 아무도 없었다. 그는 그 기회를 이용하여 아무 소리라도 내보려 하였으나, 여전히 그는 자신의 입 안에 혀가 존재하고 있다는 사실조차 감각할 수 없었다.

그때 문이 슬그머니 열리더니 가운을 맵시 있게 걸친 한 간호사가 무엇인가를 담은 사각형 철제 쟁반을 들고 방 안으로 들어왔다. 그녀는 침대 머리의 작은 탁자 위에 쟁반을 내려놓고는 그의 옆에 서더니 한동안 아래를 내려다보며 가만히 서 있었다. 그는 그녀가 아마도 그의 상태를 점검하고 있으려니 하고 생각하면서, 당장이라도 그녀의 손이, 젊은 당직 의사가 이미 몇 번이고 그에게 그렇게 했듯이, 다시금 눈꺼풀을 뒤집거나 입을 벌릴 것에 대비하고 있었다. 하지만 그녀는 한동안 아무런 행동도 취하지 않고 있었다. 그는 채 열리지 않은 눈으로 그녀의 동정을 살피기 위해 애썼지만, 그녀가 그의 옆에 바짝 붙어서 있었던 탓에 그로서는 그녀의 얼굴이나 상체의 움직임을 살필 수가 없었다.

그러나 굳이 그녀를 바라보지 않더라도 곧 그는 더할 나위 없이 정확하게 그녀가 하는 행동을 알 수 있었다. 놀랍게도 그녀가 한손을 시트 밑으로 집어넣어 그의 하의를 더듬더니 바지춤으로 그 손을 쑥 집어넣었던 것이다. 물론 그는 순간 너무도 당황하지 않을 수 없었다. 하지만 여전히 꼼짝도 할 수 없었던 것에는 변함이 없었다. 그녀의 손은 생각했던 것보다는 따뜻했고 조금은 크게 느껴졌다. 잠깐 그의 방광 위쪽에 머물러 있던 그녀의 손은 사타구니 쪽으로 미끄러지더니 그의 고환을 손바닥 안에 넣어 부드럽게 쓰다듬듯 하다가 가볍게 움켜쥐었다. 그는 그 은밀하고도 섬뜩한 감촉에 가슴이 움츠러들면서도 한편으로는 자신도 모르게 거의 자발적으로 그 놀람을 온몸으로 싸안으면서 그녀의 손 속으로 잦아드는 듯한 느낌에 사로잡혔다.

그러고 보면 그때 그의 몸속에서는 감각 세포가 멀쩡히 깨어 있었던 셈이다. 그러나 그는 수동적으로 감각할 뿐이었고, 그 수동적인 감각 역시 그의 의식처럼 현실과 현실 너머의 틈바구니에 끼여서 더욱 선연해지고 있었던 것이다. 얼마 후 그녀는 손을 뽑아 약간 옆으로 젖혀진 시트를 잘 여며주고 난 후에 그의 방을 떠났다.

그녀가 사라지고 난 후에 그는 채 뜨여지지 않는 눈과 너무도 또렷한 의식과 감각으로 생각에 잠겼고, 그때 그의 생각은 의식과 감각 사이를 너울거리며 넘나들고 있었다. 그러면서 그는 차츰 그의 의식이 씻겨진다고 할까, 벗겨진다고 할까, 여하튼 그 자신이 아득히 멀어지는 듯이 여겨지면서, 이를테면 완전한 사신의 상태 속으로 천천히 접어들었다.

7

하지만 그 남자는 그 경험을 겪은 이후에도 그렇듯 파헤쳐진 자기 자신에게 철저하게 저항하고 있었다. 스스로 자신을 속이는 전략에 충실하다 못해 아예 그 전략이라는 것이 생활의 전부가 되어버린 지경에서, 그는 이제 그런 삶의 방식을 버리는 것이 살갗이 찢겨져 속살과 핏줄이 무방비 상태로 드러나기라도 하는 것으로 여기고 있었던 것인지도 모르는 일이었다.

다음 날 아침에 눈을 떴을 때 그는 자신이 가벼운 뇌진탕 증세로 병원에 입원하여 머리에 붕대를 감고서 침대에 누워 있는 것을 발견했다. 시장 한복판에서 누군가가 그의 사진기를 빼앗아 머리를 내리쳤다는 것이다. 그날 오후에 그는 병문안 온 한 친구를 그의 병실에서 맞이하였다. 그는 친구를 창문 쪽의 철제 의자에 앉게 했고, 자신은 그의 쪽을 향해 침대 위에 모로 누워 있었다.

병원 신세를 지게 된 이유를 친구도 이미 알고 있었을 것이므로, 그는 내심으로 상처받는 자존심을 껴안고서 적지 않은 민망함에 시달리고 있었다. 그런 탓에 그로서는 오기를 부리지 않을 수 없었는데, 그 마당에 그에게는 선택의 여지가 많지 않은 것이 사실이었다. 하여 그는 친구에게 전날 밤에 있었던 꿈에서였는지 생시에서였는지 모를 그 일을 이야기 하였다. 그때 그의 어조에는 전략적인 장난스러움과 의식적인 진지함이 한데 뒤섞여 있었다. 그는 일부 신자들이 간증의 자리에서 죄 많은 자신들에게 성령이 임하던 일을 묘사할 때 흔히 쓰는 어구들을 사용하여, 그녀의 따뜻하고 부드러운 손이 뱃속으로 스며들어 와 병든 장기를 떼어내듯 자기의 하체를 더듬던 장면을 묘사해 나가는 한편, 그 앞뒤로 외설스런 분위기를 깔아놓는 것 또한 잊지 않았다.

하지만 그러면서도 그는 평소와는 사뭇 달리, 웬일인지 이야기를 하는 자기 자신에 대해 잔뜩 신경이 곤두서는 것을 느끼지 않을 수 없었다. 그는 해서는 안 되는 일을 자신이 하고 있음을 의식하고 있었고, 그의 혀는 입 안에서 자꾸 헛되이 휘감기며 때로 옆으로 삐져 나가기도 하고 있었다. 그러나 그는 기왕에 시작된 말을 멈출 수가 없었으며, 그러다 보니 온 생각이 입과 혀로만 집중될 수밖에 없었다. 앞에 앉아서 말을 듣고 있던 친구의 눈길이 언제부턴가 그를 넘어서 그의 뒤쪽을 향하고 있음을 그가 한참 후에야 알 수 있었던 것도 그런 연유에서였다.

그제야 그는 이상한 느낌이 들어 문득 말을 멈추고서 친구가 바라보는 쪽으로 뒤를 돌아보니, 그의 바로 뒤에는 첫눈에 보기에도 전날의 그 간호사임이 틀림없을 듯한 젊은 여자가 그때처럼 각진 쇠쟁반을 들고서 그를 내려다보고 있었다.

깜짝 놀란 그는 다시 고개를 돌려 하릴없이 친구의 얼굴을 바라보았다. 친구는 짓궂은 웃음을 지으면서 그를 되바라보았다. 그렇다면 그녀는 이미 아까부터 그 자리에 서서 그의 이야기를 거의 전부 듣고 있었던 것이 되는 셈이었다. 그의 얼굴은 결국 당하고 말 일을 당하여 지독한 낭패를 겪고 난 듯 심하게 일그러졌다. 그로서는 이해할 수 없는 노릇이었다. 오전 내내 이런저런 검사를 받는 동안에 그는 그녀를 먼발치에서라도 볼 수 없었는데, 그런 그녀가 난데없이 그의 등 뒤에 붙어 서 있는 것이었다. 물론 실제로 그녀가 전날의 그 간호사임을 확신한다는 것은 무리한 일이었다. 하지만 이미 그것은 그리 중요한 일이 아니었다.

침착한 표정으로 쟁반 속의 것을 추스르고 있는 그녀의 얼굴을 일별한 순간 그는 머릿속에 불이 확 붙는 것 같은 뜨거운 감각과 함께 전날 사타구니를 더듬던 그녀의 손이 갑자기 자신의 고환을 세게 움켜쥐는 듯한 느낌을 받았다. 이를테면 그의 모든 것이 들통이 나버린 것이며, 그때 그는 그동안 자신이 벌여온 전략이 눈앞에서 뿌리째 뽑혀 넘어가는 것을 보았다. 막연하게나마 그는 심지어 이제 그에게 마지막 남은 가능성마저 사라져버린 것인지도 모른다고 생각하였는데, 그것은 결코 과장된 것이 아니었다. 얼굴이 벌겋게 달아오른 그는, 여전히 냉정함과 무심함을 잃지 않고 있는 그녀의 손길에 무기력하게 몸을 맡겼다. 이미 그에게는 어떤 식으로든 변명과 저항의 몸짓을 보인다는 것이 헛되게 여겨지고 있었기 때문이다.

얼마 후 병원을 나설 때 그의 모습은 한마디로 사람들의 돌팔매질에 쫓겨 달아나는 죄지은 자의 몰골에 다름 아니었다.

8

나는 아무것두 정리하지 못한 채 서울을 떠나왔다. 그러나 지금도 나는 그 떠남을 멈추지 못하고서 내가 잠시 머무르는 곳마다 아무 정리노 하지 못하고 다시 떠남을 거듭하고 있었다. 내 보따리 속에는 아무것도 들어 있지 않았으며, 나를 태운 차는 먹잇감의 냄새에 홀린 며칠 굶은 산짐승처럼 나로 하여금 뒤를 돌아보지 못하게 하려는 듯, 맹렬하고도 맹목적으로 끝없이 캄캄한 산길을 내달리고 있었다. 강은 잠시 길에서 멀어졌으나, 이제 곧 길은 다시 강을 만나 함께 흐를 것이고, 그때 자동차는 나를 그곳에 내려놓을 것이다.

차가 산기슭에 거의 맞닿은 모퉁이를 지나느라 속도를 줄일 때, 나는 문득 숲 속에서 불꽃의 붉은 빛이 나무들 사이로 퍼져 나오고 있는 것을 발견하였다. 몸이 앞으로 나아가고 있는 나는 고개를 뒤로 돌려가며 그 울긋불긋한 기운의 진원지를 뚫어지게 바라보았다. 첫눈에 보기에 그것은 산불이었다. 하지만 그와 동시에 어딘가 산불과는 다른 데가 있음이 확연하였다.

산기슭에서 달처럼 교교하고도 호젓하게 타오르고 있는 그런 불을 몇 번 더 보고 나서야 나는 길 위쪽의 숲 속에 터를 잡은 인가에서 흘러 나오는 불빛이 나뭇가지와 이파리들에 굴절되고 확산되면서 어둠의 바탕 위로 번져 나가 그렇듯 주변을 벌겋게 물들이고 있는 것임을 깨달을 수 있었다. 그 불은 생각보다 훨씬 멀리, 숲 속 깊이에 자리 잡고 있었을 것이다.

그러나 그 사실을 알고 난 후에도 여전히 내 눈에는 그 붉은 빛이 심상치 않게만 여겨지고 있었다. 그 심상치 않음으로 인하여 나는 까마득히 멀리에서라도 다시금 그 광경이 나타날 때에는 쉽사리 그로부터 눈길을 돌릴 수가 없었다. 열기는 없이 차갑게 얼어붙은 빛만으로 살아 있는 그 불은 내가 앞으로 움직일 때마다 기괴하게 번득이면서 크게 퍼져 나가다가 나뭇가지에 걸리고 나뭇잎에 덮여서 추르르 움츠러들고 있었다.

그 나타나고 없어짐의 단순한 반복 속에서 나는 마침내 그 심상치 않음의 정체를 알 수 있었다. 요컨대 그것은 내 머릿속의 불이었다. 내 머릿속의 불이 나의 눈앞에서, 숲 속에 숨어서, 나를 지켜보는 맹수의 눈

알처럼 타들어 가고 있었던 것이다. 그 눈알의 빛은 정수리를 쪼갤 듯
이 날카롭게 다시금 나의 머릿속으로 파고들고 있었다. 나는 나도 모르
게 두 손을 올려 머리를 감싸 안았다.

　이제 나를 등에 태운 자동차는 그 도깨비불이 산기슭에서 나타날 때
마다 괴성을 지르며 두려움 속에서 허둥지둥 달아나고 있었다. 그럴수
록 나는 더욱 세게 내 머리를 싸쥐어야 했다. 겁먹은 산짐승은 완벽한
어둠으로 채워진 계곡 속에서도 숨을 헐떡거리며 네발의 움직임을 멈
추려 하지 않았다. 그 불은 이미 과거의 일이면서도 언제까지나 현재성
으로 남아 있는 사람들의 죽음이었으며, 또한 아직 미래의 일이면서도
언제까지나 현재형으로 다가오는 나 자신의 죽음이었다.

　계곡을 벗어난 후에 불은 다시 나타나지 않았다. 강이 뜨겁게 달아오
른 길을 맞이하였기 때문이다. 그러나 나는 계속 달리고 있었다. 숲 속
의 불이 시야에서 사라져버린 지금 내 귀에는 이제는 불이 타닥거리며
타들어 가는 소리, 그 소리가 들려오고 있었다. 어렸을 때　나는 때로
앞산 가까이에서 떠오르는 해를 바라보며, 태양은 몹시 뜨겁다고 하는
데 어떻게 저 나무들은 불에 타지 않을까 하는 생각을 하곤 했다. 그러
나 나무들은 타고 있었고, 그 재는 나의 머릿속에 쌓이고 있었다.

　숲 속의 불이 타는 소리는 여간하여 끊일 기미를 보이지 않았다. 그
리고 나는 시간이 흘러도 그 소리가 결코 그치지 않을 것이며, 나중에
는 환청으로 내 귓속에 남아 있을 것임을 짐작할 수 있었다. 그 소리는
막대기로 나무를 두드리고 풀섶을 헤치며 나를 향해 천천히 다가오는
몰이꾼들의 외침인 것이었다.

9

　나는 늦은 시간에 강이 내려다보이는 한 산장에서 여장을 풀었다. 어

둠이 시간보다 많이 앞서 달린 탓인지 시간에 비해 밤은 훨씬 깊어 있었다. 어쩌면 바로 옆에서 강이 흐르고 있기 때문에 더욱 그렇게 느껴지는 것인지도 모를 일이었다. 그러나 도시의 후미진 외곽에 있는 그 산장을 찾느라고 고생을 하는 일은 피할 수 있었는데, 나는 몇 년 전에 이미 그곳에 들른 적이 있었기 때문이다. 하지만 그동안 주인이 바뀌었는지 내가 도착했을 때 나를 맞이하고 내게 방을 안내해 준 사십대 중반의 사내는 처음 보는 얼굴이었다.

일종의 개량 주택을 산장으로 개조한 그 집은 언덕 위에 자리 잡고 있었고, 나의 방은 이층에 있었으므로 창문을 열면 멀리 강을 내려다볼 수 있었다. 하지만 여전히 하늘에는 별 하나 떠 있지 않았던 탓에, 창문을 통해 보이는 것은 강 건너의 이차선 도로 위로 드문드문 나타나는 불빛의 행렬과 그 앞쪽으로 완만한 곡선을 그리며 누워있는 깊고 넓게 파인 자국일 뿐이었다. 찬바람을 맞으며 한참 동안 그 파인 자국을 바라보고 있자니 언젠가부터 나의 눈에는 그것이 검붉은색으로 보이고 있었고, 그런데도 나는 한참 후에야 그 사실을 깨닫고는 서둘러 창문을 닫고서 뒤로 물러섰다.

방은 그리 넓지 않았지만 애초에는 가정집으로 쓰이던 시골의 산장답게 한쪽 귀퉁이에 작은 책상이 하나 놓여 있었다. 나는 가방에서 종이를 몇 장 꺼내어 책상 위에 내려놓았다. 그러고는 형광등의 조명이 너무 흐려서 책상 위에 있는 스탠드 전등을 켰다. 낡고 목이 긴 전등의 빛은 왼쪽 어깨 가까이에서부터 종이 위로 투사되었다. 나는 편지를 써나가는 동안 몇 번이고 전등을 돌아보아야 했다. 마치 누군가가 엉거주춤하게 옆에 붙어 서서 왼쪽 어깨 너머로 고개를 들이밀고 내가 종이 위에 쓰는 내용을 훔쳐보고 있기라도 한 듯한 기분이 들곤 했기 때문이다. 그리고 돌아볼 때마다 나는 나도 모르게 흠칫 놀라곤 하였다.

지지부진함을 면할 수 없었던 내가 몇 장의 종이를 책상 위쪽으로 밀어놓고서 새 종이를 펴고는 매번 새로이 이미 조금 전에 쓴 서두의 내용을 다시 베끼는 것으로 시작하고 있을 때, 나는 내 뒤쪽에서부터 어떤 기척이 들려오고 있음을 알 수 있었다. 나는 두 손을 종이 위로 올려놓으며 전등을 피해 오른쪽으로 고개를 돌려 뒤를 돌아보았다. 그러나 나는 몸을 채 완전히 뒤로 돌리기도 전에 깜짝 놀라서 하체를 들썩이며 뒤로 돌아앉고 말았다. 손잡이 부분이 부실한 문이 빠끔히 열려 있었고, 그 틈을 애써 비집고 한 갓난아이가 문지방을 넘어서 방 안으로 기어들어 오고 있었던 것이다. 돌이 갓 지난 듯한 그 아이는 무표정에 가까운, 살짝 웃고 있는 듯한 얼굴을 바짝 치켜들고서 방 안쪽으로 열심히 사지를 움직이고 있었다.

나는 전혀 예상치 못했던 그 광경에 잠시 넋이 빠져 있었다. 그리고 여자아이처럼 보이는 그 아기의 모습이 너무도 놀랍고 경이롭기까지 하여, 달려가서 안을 생각도 하지 못한 채 가만히 지켜보고만 있었다. 이윽고 문지방을 완전히 넘어선 아이는 고개를 갸우뚱거리며 앞을 살피는 듯하더니 곧장 나를 향해 기어오기 시작했다. 나의 눈길은 내 무릎 앞으로 차츰 가깝게 다가오는 그 아이의 움직임을 따르다 보니 점점 아래로 숙여지고 있었다.

그때 조금 급하게 문이 열리더니 삼십대 초반쯤 되어 보이는 한 여자가 황망한 표정을 감추지 못하고서 안으로 들어섰다. 나는 다시 한 번 놀라 고개를 버쩍 쳐들고는 몸을 일으켰다. 그녀는 나를 향해 가볍게 목례를 보내는 동시에 몸을 굽혀 아기를 안아 들었다. 갑자기 공중에 들려져서 행동의 자유가 없어진 아이는 그녀의 팔 안에서 칭얼거리며 버둥거렸다. 여자는 난처해하는 표정으로, 한편으로는 나의 얼굴을 살피면서, 다른 한편으로는 아이를 달래기 위해 팔과 상체를 분주히 움직였다.

 그녀는 아이가 없어진 것을 갑자기 깨닫고서 경황없이 방에서 뛰어 나온 듯 실내의 공기가 썰렁함에도 불구하고 엷은 잠옷 위에 스웨터만 걸치고 있었다. 그 잠옷은 고급스러워 보였지만 이미 많이 낡은 것이었다. 아마도 누군가가 더 젊은 시절의 그녀에게 선물을 한 것인 모양이었다. 그때 우연히 나는 그녀가 아기를 안기 위해 몸을 굽힐 때부터 목 아래쪽의 반투명한 잠옷 너머로 젊은 여자의 것답지 않게 마르고 축 처진 그녀의 가슴이 어른거리는 것을 볼 수 있었다.

 나는 그녀의 때 이르게 시든 가슴과 사지를 흔들어대는 아이에게서 눈을 뗄 수가 없었다. 나는 팔을 벌리고 그녀에게로 다가가서 아이를 안아볼 수 있게 해달라는 몸짓을 보였다. 그러나 그녀는 고개를 떨구더니 그대로 몸을 돌려서 문지방을 건너 방을 나가버렸다.

 그녀가 문 뒤로 사라지자마자, 나는 문득 기억 속에서 그녀를 떠올릴 수 있었다. 그녀는 나를 기억하지 못할 것이나, 그녀는 조금 일찍 늙어버린 것을 제외하고는 옛날 모습 그대로였다.

 예전에 내가 늦은 시간에 그 산장을 찾아들어 머물렀던 날, 그 다음 날 아침 일찍, 그때도 지금처럼 그녀가 불쑥 문을 열고서 내가 누워 있던 방으로 들어왔었다. 계절은 초여름이었는데, 그 방이 비어 있는 줄로 알았던 그녀는 막 머리를 감은 듯 젖은 머리카락을 두 손으로 매만지며 소매 없는 셔츠 차림으로 안으로 들어섰다. 나는 놀라서 몸을 반쯤 일으켰고, 나보다 더욱 놀랐던 그녀는 두 팔로 가슴을 싸안고서 밖으로 도로 뛰쳐나갔다. 너무 순식간의 일이어서 나는 그때 그녀의 가슴이 어떠했는지 볼 겨를이 없었지만, 여하튼 불과 몇 년 사이에 그때의 그녀가 결혼을 하고 아이를 몇인가 낳고서 말라붙은 가슴과 침묵의 표정으로 살아가고 있는 것이다.

복도 끝에서 문이 닫히는 소리가 들리고 난지 한참 후에도 나는 갑자기 출현했던 모녀에게서 다시 버려진 채로 방 한가운데에 망연히 서서 그녀의 마른 가슴을 눈앞에 떠올리고 있었다.

10

피로해 보이는 한 남자가 당분이 많은 주스라도 한잔 마시기 위해 회사 건물의 지하 다방에 들어섰을 때, 그는 마치 어떤 집의 지붕 위에 올라서서 그곳의 연통이나 굴뚝 같은 것을 통해 그 집 안의 비릿한 냄새와 느끼한 열기를 얼굴에 접한 듯한 느낌을 받았다. 아마도 좁고 어두운 층계가 굴뚝 속을 걸어 들어가는 것 같았고, 실제로 실내에는 온갖 잡다한 냄새가 한데 뒤섞여 있었기 때문일 것이다.

그는 구석진 자리에 앉아서 옆 탁자 위에 놓여져 있던 신문을 끌어당겼다. 다른 많은 사람들처럼, 아무런 할 일도 없고 아무 일도 하고 싶지 않을 때 그가 하는 일은 신문을 펴드는 일이었다. 그때 어항 가까이에 앉아서 탁자 위에 종잇장을 늘어놓고 있던 한 남자가 여종업원에게 메모지 한 장을 가져다 달라고 소리쳤다. 그러고는 곧이어, 종이만 한 장 달랑 가져오면 어떻게 하느냐, 볼펜도 가져와야지, 그렇게 눈썰미가 없어서 어느 짝에 쓰겠느냐, 하는 소리가 이어졌다. 그 사내는 얼마 후에 인주를 가져다 달라고 말했고, 오직 그 사내만이 자기 자신에 의해 이루어진 떨떠름한 실내의 분위기에 무감했다.

그는 고개를 떨구고시 신문 위로 눈길을 옮겼다. 언제나 신문을 보노라면 그에게는 할 말이 많이 생겼다. 우선 그 자신은 철이 든 이후부터 이 세상의 정신적이고 물질적인 모든 문제들을 오로지 경제원칙에 입각하여 받아들여서 재단하곤 하였는데, 신문은 그의 경우보다 한술 더 떠서 기사의 내용뿐만 아니라 기사를 쓰는 방식에 이르기까지 철저히 이른바 실제로 존재하는 것도 아닌 정치적인 논리에 등을 대고 있는 것이었다.

사실 많은 사람들이 정치적인 삶에서 멀리 벗어나지 않는 것이 제대로 사는 것이며 세상의 중심에 머물러 있는 것이라는 미망을 가지고 있었다. 그리고 신문 스스로 그 점을 잘 알고 있었으며, 그 사실을 결코 잊지 않고서 수시로 활용하려 드는 것이었다. 더욱이 정치라는 것은 비록 그것이 순간적이고 말초적인 것이라 하더라도 나름의 역사적인 맥락을 가지고 있는 법이어서 많은 정치가들은 자신들의 욕됨을 순간의 굴욕으로 치부하려 하는데, 그들이 그렇게 처세하는 데에는 마찬가지로 일회적이고 표피적인 신문이 기여하는 바가 적지 않다고 할 수 있었다.

이런저런 생각을 하며 신문을 뒤적이다가 그는 갑자기 고개를 치켜들었다. 실로 아찔한 일이었다. 그가 어떤 식으로든 일단 이야기를 시작하고 나면, 자신도 모르게 거의 항상 그 이야기는 얼마 가지 않아서 자연히 독설로 기울어졌고, 또한 그 독설은 이 또한 거의 예외 없이 곧 자연스럽게 그를 제외한 다른 모든 남들에게로 향하는 것이었다. 철이 든 이후부터 항상 그래 왔음을 어느 한순간 충격 속에서 자각한 그는 한동안 현기증에서 벗어날 수가 없었다. 지금까지 독설은 그가 제법 똑똑한 생각을 할 수 있다는 증거일 수 있었고, 그런 생각을 가지기 위해서는 특히 신문 등등과 같은 싫든 좋든 만인의 손에 들어 있는 것을 가차 없이 공격하고 필요할 때에는 매도하기도 서슴지 말아야 하는 것이었다.

더욱이 섣부르게나마 얼마 전에 그가 잡지에서 읽은 바로는, 이제 현대인은 모든 것을 유희적으로, 게임으로 생각할 수 있어야 하는데, 그래야만 인간적인 실존을 위협하는 그릇된 이데올로기로부터 정신적으로 자유로울 수가 있다는 것이었다. 사실이 그렇다면 독설보다 더 거기에 부합되는 것은 흔하지 않을 터였다.

그런데 이제 와서 과거의 그런 입장을 뒤흔드는 일종의 깨달음이 갑자기 뒤통수를 내리친 것이었다. 그는 쳐든 고개를 돌려 주위를 돌아보았다. 그때 멀리에서 여전히 인주와 도장과 물수건을 늘어놓고 종잇장들에 코를 박고 있는 사내의 모습이 그의 눈에 들어왔다. 그 순간 그는 자신이 그 사내와 다를 바 없고, 그 사내 자신이 아닐 이유가 없음을 인정하지 않을 수 없었다. 그동안 그는 독설을 통하여 자신의 속에 도사리고 있는 이른바 대사회적인 온갖 욕망의 끈끈한 흔적을 발바닥 밑으로 감추고서 시치미를 떼고 있었던 것에 불과했기 때문이다.

잠시 후에 다방을 나와서 밖으로 나가기 위해 건물 입구 쪽으로 걸어가던 그는 빙글빙글 도는 육중한 회전문 앞에서 딱 걸음을 멈추었다. 정지되어 있는 그 회전문을 미는 순간 언제나처럼 제대로 가늠이 안 되는 그 무게에 막막한 절망감을 느끼게 될 듯했을 뿐만 아니라, 이번에는 일단 그가 그 차갑고 섬뜩한 유리의 공간 속에 들어가게 되면 기다렸다는 듯이 그때 갑자기 도처에서 사람들이 달려들어 유리 칸막이에 입을 대고서 그동안 그가 입에 담은 그 무수한 독설들을 그에게 퍼붓다가 급기야 유리 위에 미지근한 침을 마구 뱉어댈 것 같은 위기감에 빠져들었기 때문이다. 그렇게 되면, 언제가 될지 몰라도, 여하튼 언젠가 그들이 물러간 뒤에도 그를 둘러싼 육면의 투명한 벽은 그 속에 그를 가둔 채 사람들의 타액으로 뒤덮여서 오랫동안 고름 같은 눈물을 줄줄 흘리고 있을 것이다.

그날 그는 시간이 꽤 흐른 뒤에도 선뜻 발걸음을 떼어놓을 수가 없었다.

11

"그래서 내가. 당신 참 예의가 없구만, 하고 말하니까 그 친구는 더욱

길길이 날뛰지 뭐요. 누구보고 함부로 그런 소릴 하느냐, 그런 당신은 대체 얼마나 예의가 바르냐, 하면서 마구 대드는 것이었지요."

"세상사라는 것이 참으로 묘해서 예의를 지키지 않는 상대방에게 예의를 지켜 달라고 말하는 것은, 그것이 아무리 정중하게라 하더라도, 대개의 경우에 전적으로 예의에 위배된 행동으로 매도되기 일쑤인 법입니다. 실제로 누가 예의를 지키고 누가 지키지 않느냐 하는 것과는 상관없이 말입니다. 그게 바로 예의라는 것이지요."

"이야기가 좀 어려워지긴 했지만 아마도 그런 모양입니다."

나와 사진사와 산장 주인과 산장의 또 다른 한 젊은 투숙객은 함께 이른 점심을 먹은 후 강을 등지고 걸으면서 이런저런 이야기를 나누며 뒷산 쪽으로 향했다. 산장에서 한자리에 합석하여 식사를 하고 난 후에 그들의 산행에 따라 나섰던 것이다.

안내자 격인 사진사가 이끄는 대로 우리는 국도를 무단 횡단하여 몇 채의 인가를 지나서 한 폐가의 뒷담을 밟고 넘어 가파른 길을 올랐다. 얼마 걷지 않아서 뒤를 돌아보니 사진사가 장담했듯 벌써 아래쪽으로 산과 들과 강을 한 아름에 껴안은 풍광이 눈이 시리게 펼쳐지기 시작하고 있었다. 그러나 우리는 걸음을 멈추지 않았다.

한참 후에 잠시 계곡 안으로 들어섰을 때 두 갈래 길이 나왔다. 한쪽은 통나무 두 개를 겹으로 붙여 만든 짧고 좁은 다리를 통해 개울을 건너는 것이었고, 다른 쪽은 개울을 따라 아래로 내려가게 되어 있었다. 앞서고 있던 나와 사진사는 잠시 멈춰 서서 뒤를 돌아보았다. 하지만 나머지 두 사람의 모습은 나타날 기색을 보이지 않았다.

내가 잠시 머뭇거리고 있자, 사진사는 주위를 두리번거리더니 개울 밑으로 조금 내려가서 상록수와 흡사한 푸른 나뭇가지를 꺾어왔다. 그는 그 나뭇가지를 뒷사람들에 대한 신호로 삼아 통나무다리 위에 던져

놓고는 그 위로 걸음을 옮기면서 중얼거렸다.

"우리를 보지 못하더라도, 눈을 뜨고 있는 이상 이렇게 해두면 무슨 뜻인지 알아보겠지요. 꽃이라도 있었으면 훨씬 그럴듯했을 뻔했구면."

그 말을 들으며 나는 미소를 지으면서 한동안 그 가지를 내려다보다가 조심스럽게 그 위를 넘어섰다. 다시 경사진 길을 오르기 시작하여 계곡을 벗어나서 가까운 능선에 이르렀을 때 사진사의 발걸음은 더욱 빠르고 가볍게 움직이고 있었다. 목적지가 가까워진 것이었다. 앞서가던 그가 걸음을 멈춘 곳에 뒤이어 다다랐을 때 나는 그와 나란히 서서 높은 절벽 끝에서부터 시퍼런 강과 갈대 등속으로 뒤덮인 강 한가운데의 섬을 내려다보고 있었다. 안내자인 사진사가 길을 떠나기 전에 한 말에는 전혀 과장이 없었다. 바람이 거세고 냉랭하여서 땀이 밴 이마와 몸을 갑작스런 한기로 얼얼하게 만들고 있었지만, 우리는 고개를 더욱 뒤로 젖히면서 한껏 가슴을 펴고 있었다.

한참 후에 우리가 바위 위에 엉덩이를 걸치고서 담배를 피워 물때쯤에 나머지 두 사람이 그곳에 도착했다. 그들 또한 한동안 멀리 많은 물과 바위 덩어리와 나무와 들풀이 한데 섞여 추락하여 엷은 안개의 바닥에 가라앉아 있는 듯한 풍경에서 눈을 떼지 못하였다. 이윽고 산장 주인이 걸음을 뒤로 물러서 사진사가 앉아 있는 바위 한쪽 귀퉁이에 걸터앉으면서 중얼거렸다.

"형님 말대로 장관은 장관이구면요, 이제야 여길 데려오다니 너무했습니다요, 이런 데를 자꾸 혼자 댕기니 마음에 병이 나는 게 아니오……."

그러나 아무도 그의 말을 듣지 않았다. 그러자 그는 머쓱한 표정을 짓는 대신에 입을 꾹 다물고는 목을 쭉 뽑아서 주위를 돌아보았다. 그 동안에 사진사는 어깨에 메고 있던 사진기와 가방을 내려놓더니 필름

용 가방에서 소주 한 병과 안주 될 만한 것을 몇 가지 꺼내놓았다. 곧 나는 잔을 집어 든 손을 쭉 뻗어서 술을 받으며 사진사의 얼굴을 유심히 바라보았다.

그의 외모는 분명 무기력해 보이기 짝이 없었다. 그러나 그는 단순히 무기력함에 젖어 있는 것이 아니라 반쯤은 자발적으로 그 속에 깊이 가라앉아 있는 듯이 보였다.

내가 들은 바로는 그는 얼마 전까지 산장에서 가장 가까운, 작지만 군청 소재지인 마을에서 사진관을 경영하고 있었는데, 어느 날부터 그 사진관을 젊은 점원에서 맡기고는 자신은 사시사철 인근의 관광지를 누비고 다니며 그곳에 놀러 온 외지인들을 상대로 사진 찍는 일을 하기 시작했다는 것이었다. 그러나 애초에 그 일은 그리 수지가 맞는 일이 아니었고, 더욱이 요즘 들어 부쩍 그는 사람들이 몰리는 곳에는 잠시만 머물러 있은 후에 혼자서 자주 산이나 강가를 배회하고 있었다. 그렇다고 그가 그 나이에 조금은 새삼스러운 일이기는 해도 어쨌든 이를테면 작품 사진 따위를 만들고자 좋은 장소를 찾으러 돌아다니는 것 또한 아닌 모양이었다. 그는 그렇듯 그냥 바깥으로 떠도는 것이었다.

거기에 덧붙여 내가 하루 이틀 지켜본 바로는, 그는 거의 하루 종일 술에 취해 있었다. 그러나 그는 결코 술에 취한 모습을 쉽게 드러내지 않았다. 그는 술을 마셔도 자신이 취한 것을 남들이 알아채지 못하게끔 술에 취하는 방법을 알고 있었고, 그를 알게 된 지 얼마 되지 않았지만 나는 내가 눈치 챈 그 사실을 확신할 수 있었다. 그는 깨어 있는 동안 내내 술을 마시면서도 겉으로는 멀쩡한 모습을 유지하고 있다가, 저녁 무렵에 사람들이 벌이고 있는 술자리에 끼게 되면 그날 들어 아직 한 잔의 술도 마시지 않은 사람처럼 새로이 술을 시작하여서 남들과 보조를 맞추어 조금씩 취해 가곤 하였다. 그것은 우선 그가 퍽이나 말이 적었기 때문에 가능한 일이었다. 그러나 그는 사람들이 짐작하는 것보다 훨씬 이전에 이미 상당히 취해 있었던 것이다.

며칠 전에 그는 자신이 취한 모습을 내게 이렇게 노출시켰었다. 그때 그는 얼굴로는 정색을 하고서 목소리를 한껏 내리깔아 말이 흐트러지는 것을 피하고 있긴 하였지만, 그의 속에서 밑도 끝도 없이 불쑥 튀어나온 그 한 토막의 이야기는 막연하고도 애매모호한 분위기를 안으로 싸안고서 술 취한 사람의 걸음처럼 한곳을 맴돌고 있었다.

"어떤 물고기가 새 한 마리를 물속으로 초청했지요. 물고기는 새에게 아주 잘해 주었지요. 그렇지만 그 새는 아무래도 물속에서 자유로울 수가 없었지요. 물고기는 그런 새를 이해할 수가 없었던 거요. 그래서 참다못한 물고기가 새에게 이렇게 말했지요. 너는 지금 나를 무시하고 있구나. 그렇지 않으면 아마도 너는 욕심이 너무도 많은 동물인 모양이다. 그렇지 않고서야 내가 베풀어 주는 호의를 이렇게 무시할 수가 있느냐 말이야. 하는 수 없이 새는 물속의 삶에 적응하고자 노력하였지요. 하지만 여전히 물고기는 화를 참지 못하고서 새에게 다시 이렇게 말했지요. 너는 대체 세상을 가지고 뭘 어쩌려고 그러느냐. 너는 기껏해야 세상 앞에 삐딱하게 서서 꼬나본다거나 주머니에 손을 넣고 고개를 떨구고 있거나 그것도 아니면 그냥 앉은 채로 버티는 정도일 뿐인데, 대체 너는 뭘 어쩌려고 그러느냐."

그의 말을 들으면서 나는 그의 전력에 대해 궁금증을 느끼면서 말수노 직은 그가 어쩌다가 하필 우화 형식에다 자기 생각을 담게 되었을까 하는 생각에 잠기지 않을 수 없었다. 실제로 그가 그 이야기를 하고 있는 동안에 주위에 앉아 있던 다른 몇 명의 사내들이 또 그 별종 별주부전 타령이냐고 핀잔까지 주었던 것이다. 그러나 그는 아랑곳하지 않고 자신이 만들어놓은 우화 같기도 하고 동화 같기도 한 이야기의 울타리

안에서 뒷짐을 지고 한없이 오가고 있을 뿐이었다. 그러면서도 화가 난 물고기의 말을 자신의 입으로 옮길 때에는 실제로 상대방에 대한 적의가 그의 눈에서 술기운처럼 번질거리고 있음을 알 수 있었는데, 그때 그 젖은 술기운 위에서는 그의 머릿속을 태우고 있는 불이 파란 불꽃을 일으키며 타들어 가고 있었다.

그런 와중에서 그의 이야기는 상대방이 잠깐 맥을 놓치는 사이에 자주 전혀 엉뚱한 쪽으로 흘러 들어가 오랫동안 그곳에 고여 있기도 하였다. 하지만 그는 그런 정도의 말을 매일 엇비슷이 하고 난 후에는 다시금 침묵 속으로 잦아들어 갔다. 이후로 그에게는 실제로 술에 취해 버리는 일만 남아 있는 것이었다.

절벽 위에 앉아서 소주 한 병을 나누어 마시고 난 우리는 아무 쪽으로나 내려가서 막걸리라도 한잔하자고 채근하는 산장 주인의 뒤를 따라 엉덩이를 털고 일어나서 능선을 버리고 건너편의 비탈길을 내려가기 시작했다.

중간 중간에 길은 덤불과 관목들에 의해 막혀서 이리저리 멋대로 뻗어나가며 간신히 아래쪽을 향하고 있었고, 곳곳에서 흑염소가 튀어나와 앞과 뒤를 내달려서 우리를 놀라게 하였다. 이번에는 나와 사진사가 뒤에 처져서 내려가고 있었고, 걸음이 훨씬 빨라진 산장 주인은 그 흑염소들을 손으로 가리키며 키득거리면서 젊은 투숙객에게 무어라고 농을 건네고 있었다. 그러나 뒤에서 보기에도 젊은이는 그의 말에 아무런 관심도 기울이지 않고 있었다.

12

그날 저녁에 나는 다소 수다스럽고 과장벽이 있는 산장 주인에게서 그 젊은 투숙객에 대한 이야기를 듣게 되었다. 그는 내가 들르기 전에 이미 일 년 전부터 거의 매달 정기적으로 그곳에 내려와서 며칠 동안 산장에 묵고는 돌아가곤 했는데, 그도 역시 워낙 말이 없는 위인이었던 터라 처음에는 주인으로서도 자세한 사정을 알 길이 없었으나, 대충 짐작컨대 아마도 그는 누군가를 만나기 위해 그곳을 찾는 모양이었다.

그러던 중에 그가 평소보다 조금 더 오래 머무른다 싶던 어느 날, 예전부터 그와 서로 알아 온 사이처럼 보이는 몇 명의 남녀, 젊은이 둘과 중년에 이른 나머지 둘로 이루어진 사람들이 자동차에 가득 타고 와서 그를 붙들고는 다짜고짜 서울로 돌아갈 것을 강압적이다시피 종용하였다. 하지만 그는 그들의 말을 한사코 들으려 하지 않았고, 그런 와중에서 그의 입에서는 한 가지 말, 내가 이렇게라도 그 여자를 보호해야 한단 말이야, 라는 소리가 맹목적이고 반복적으로 되풀이되고 있었다.

그러나 그날 결국 그는 곧 그들에게 끌려서 그곳을 떠나고 말았다. 주인이 그의 소지품을 챙겨서 차가 떠나기 직전에 간신히 넘겨줄 수 있었을 정도였다. 그때나 지금이나 주인은 그들이 그의 친척들인지, 아니면 그가 보호해야 한다고 소리쳤던 어느 여자의 가족인지 알지 못한다. 단지 그때 그는 그들 사이에서 문제되고 있는 여자가 인근의 산자락에 있는 외지인 소유의 별장들 중의 어느 하나에 머무르고 있는 모양이라고만 막연하게 짐작할 수 있을 뿐이었다. 하지만 한 달쯤 지나고 나서 그는 다시 그곳에 나타났고, 그 후 그의 정기적인 방문은 다시금 되풀이된 것이었다.

주인의 이야기는 당연히 나로 하여금 그에 대해 호기심을 가지게 했다. 그러나 그날 산행을 함께한 이후로 나는 그를 다시 볼 수 없었나. 산에서 내려와서 사진사와 함께 늦게까지 마신 술로 일찍부터 취해 버린 나는 이른 시간에 잠자리에 들었고, 아침에 일어나서 아침상을 받았을 때 기다렸다는 듯 내게로 다가온 주인은 간밤에 그가 돌아오지 않았다고 말했다.

　그는 아내의 핀잔 어린 눈길을 받으면서도 자초지종을 자세히 늘어놓았다. 사위가 어둑어둑할 무렵에 잔뜩 상기된 표정으로 돌아온 그는 웬일인지 방에 들어갈 생각도 하지 않고, 방향을 잃은 발걸음으로 어두운 집 주변을 서성이고 있었다. 그때 주인이 왜 그러느냐고, 무슨 일이 있었냐고 묻자, 그는 얼굴에 그야말로 괴이한 웃음을 떠올리고서 불쑥 그 여자가 임신을 했노라고, 드디어 해냈노라고 소리치듯 말했다. 그러고는 다른 말을 덧붙이지도 않고서 버스 정류장 쪽을 향해 성큼성큼 걸어가기 시작했다. 주인이 그의 뒤에 대고서 야심한 시간에 어디로 가느냐고 묻자, 그는 뒤를 돌아보지도 않은 채 주먹 쥔 한 손을 들어 보이며 약혼할 준비를 챙기러 읍내에 나간다고 대답했다. 하지만 그날 그는 산장으로 돌아오지 않은 것이었다.

　산장 주인은 말을 마치고 나서, 미간을 살짝 찡그리며, 잘은 몰라도 그 여자는 요양 중이었던 모양인데 그런 상태에서 임신을 했다면 그 사정을 알고도 남을 일이라고 속삭이듯 덧붙였다. 잠시 후 그가 탁자 위에 반조로 놓여진 소주병을 들어 올렸을 때 나는 내 앞에 놓여져 있던 빈 잔을 손바닥으로 막고서 상체를 뒤로 젖혔다. 그러고는 다른 잔에 술을 따라 그의 앞으로 밀어놓고는 자리에서 일어섰다.

13

　과거의 기억뿐만 아니라 불과 얼마 전까지의 일을 떠올릴 때에도 자신의 이기적인 욕망이니 타락이니 하는 말들을 우선적으로 머리에 떠올리지 않을 수 없었던 한 남자가 있었다.

　실제로 지금까지 그에게 있어서 인간의 모든 관계는 인연이나 즐거운 우연에 의해 이루어지는 것이 아니었다. 그에게는 근본적으로 인간

사이의 관계가 싫든 좋든 어쩔 수 없이 서로서로 거미줄처럼 연루되는 것에 불과했다. 다시 말하여 사람들은 각자의 개인적인 관계로 인하여 서로서로 연루되는 것일 뿐이었다. 그러므로 당연히 그 관계는 불순한 것일 수밖에 없는 것이었으며, 그래서 그는 가급적 그 관계를 효율적으로 활용하는 데에만 관심을 두었다.

그런 탓에 일찍부터 그는 이른바 사랑이라는 감정에 가까운 어떤 심정의 움직임이 자기의 속에서 일어나는 것을 버거워하였다. 게다가 그것은 그에게 현실적으로도 큰 불편함을 유발하기 일쑤였다. 그렇기 때문에 그에게 있어서 사랑은 거의 항상 기술적인 문제에 불과했다.

그리고 그때 으뜸 되는 가치의 자리를 차지하는 것은 당연히 쾌적함이었다. 그 쾌적함의 이름으로 사랑의 감정적이고 감상적인 취향은 옆으로 제쳐질 수 있었다. 여자와 관계를 맺어나가는 데에 있어서 경제적인 손실이 유발된다고 하더라도 그것이 치명적인 타격이 아닌 이상, 그에게는 어느 정도의 쾌적함을 그가 경험할 수 있느냐 없느냐 하는 것이 가장 중요한 일일 수 있었다.

그렇다고 그가 말하는 쾌적함이 거창한 어떤 것을 의미하는 것은 아니었다. 그것은 재치 있는 말 한 마디, 육체적이고 생리적인 어떤 장점, 혹은 감정의 깔끔한 마무리 등등에 의해 지극히 간단하게 확보될 수 있는 것이었다.

뿐만 아니라 적어도 여자들과의 관계에 있어서는, 그의 욕망은 일단 고개를 쳐든 후에는 다른 모든 것을 떨쳐버리고서 그 욕망 스스로 만족되기 위하여 집요하게 그를 몰아붙여 대기 일쑤였다.

언제가 그는 한 여자와 그다지 심각할 것도 없는 사이를 유지하면서 몇 달 간 교제를 한 적이 있었는데, 어느 날 그녀가 고백할 것이 있노라고 말하며 그를 불러냈다. 그날 그녀는 약간의 술을 마신 후에 공연히 죄라도 지은 사람의 표정으로 사실은 자신이 잠깐 결혼 생활을 한 적이 있노라고 털어놓았다. 이 년 전에 불과 두 달간 한 남자와 살다가 곧 이혼을 하고 말았던 것인데, 그 결과 하여튼 그녀에게는 이혼녀라는 딱지가 붙어 있었던 것이다.

어렵게 그 말을 하고 나서 그녀는 펑펑 울기 시작했다. 그때 그는 어쩌면 자신의 삶과 다소간 깊게 연루되었을 수도 있었을 그녀를 바라보면서 묘한 불쾌감을 씹어야 했다. 우선 그는 남들이 보는 앞에서 눈물과 울음소리를 마구 쏟아내는 그녀에게서 심한 이질감을 느끼지 않을 수 없었다. 조금 과장해서 말하자면 그는 그런 그녀와 그런 그녀를 무덤덤하게 내려다보고 있는 자기 자신이 같은 인간이라는 동물군에 속한다는 사실에 잠깐 의아한 마음을 가지기까지 하였다. 그리고 곧이어 그는, 요즘에는 이혼도 돈이 많아야 한다는데 그녀의 전남편이라는 친구는 어떻게 이혼을 했을까 하는 엉뚱한 생각을 하고 있었다.

그러는 동안에도 그녀는 좀처럼 울음을 그치려 하지 않았다. 그러자 문득 그는 그녀가 그렇게 울면서 죄도 아닌 일을 죄처럼 밝히는 것이 그녀와 자기 사이의 연루됨을 결정적인 것으로 만들고 싶어하는 욕구를 암암리에 가지고 있기 때문이라는 사실을 머리에 떠올렸다. 하기야 그같이 결혼 적령기를 훨씬 넘어선 후에도 독신으로 남아 있는 사람들의 연애는 곧장 결혼으로 연결되기 십상인 것을 그가 모르는 바는 아니었으며, 더욱이 그녀 또한 다른 많은 여자들처럼 한 번 만난 사람을 집중적으로 계속하여 만나는 편을 훨씬 마음 편해하는 쪽이었다. 따지고 보면 그가 느낀 불쾌감의 원인은 거기에 있었다. 그녀는 고백과 눈물이라는 이름의 전차를 타고서 일방통행로를 내달려 그에게 다가오고 있었던 것이다.

하지만 문제는 그때 이미 그의 속에 잠깐 동안이라도 그녀를 소유하고 싶다는 욕망이 똬리를 틀고서 들어앉아 있었다는 점이다. 그는 그 점이 조금 아쉽고 안타까웠다. 사실, 그의 속에 들어있던 최소한의 양심이 그로 하여금 그녀를 그냥 떠나보내도록 채근하고 있기는 하였다. 그러나 그동안 그녀에게 많은 시간을 할애하면서 이미 반쯤 그녀에 대한 욕망에 내밀려 있던 그는 그렇게 할 수 없었다. 욕망은 어떤 식으로든 해결해 버리는 것이 쾌적한 일이었다.

하여 그는 내심의 갈등을 무릅쓰고서 그녀에게 이혼 따위는 아무런 중요성도 가지지 않는 것이다, 그것이 왜 내게 용서를 구할 일이겠는가, 애초부터 나를 속이려 들었던 것은 아니지 않느냐 등등의 말로 그녀를 달랬다. 그녀는 물기 젖은 눈으로 빛을 밝히며 그를 바라보았다.

두말할 것도 없이 그날 그들은 동침을 했다. 그녀와의 밤은 그에게 많은 쾌적함을 안겨주었다. 그 쾌적함은 많은 부분 그녀의 육체에서 비롯된 것이긴 했지만, 한편으로는 어차피 그녀가 이혼을 한 경력을 가지고 있는 여자라는 생각에서 연유된 것이기도 하였다. 그리고 그는 가급적 나중의 생각에 집착하고자 했다. 그 이유는 나중에라도 가능한 한 그녀에 대한 미련을 가지지 않기 위한 것에 다름 아니었다.

그러고 나서 그날 이후로 이번에는 그가 죄인 아닌 죄인이 되어 그녀에게 고백을 하는 입장을 취하게 되었다. 그는 더 이상 그녀와 관계를 가지는 일을 피하고서, 우리가 결합하는 데에는 현실적으로 생각보다 훨씬 큰 어려움이 있을 듯하다는 말을 고통이 실린 어조로 되풀이하였다. 그런 식으로 몇 번 만나지 않아서 결국 그녀는 그의 의중을 알아차리게 되었다. 그러나 그녀는 심하게 화를 내지는 않았다. 그녀로서는 심증을 가질 수는 있더라도 확증을 잡을 수 있는 처지에 있지 못했기 때문이다. 그녀는 자신의 의심에 스스로 반신반의하여, 반쯤 화가 난 냉소적인 눈길로 그가 말하는 동안 내내 그를 바라보다가 어느 날 자리를 박차고 그 앞을 떠나갔다.

한편, 연루라는 불순한 인간관계가 그에게 필연적으로 간간이 장난스러움을 발동시키게끔 하였다는 것을 따지고 보면 그리 무리한 일이 아니었다. 그가 자신의 한 친구의 아내와 잠자리를 같이한 것도 그 장난기 탓일 수 있었다.

어느 날 출근을 하던 길에 그는 집 앞에서 우연히 대학 동기와 마주쳤다. 알고 보니 친구는 그와 같은 아파트 단지에서 살고 있었다. 친구는 기혼자여서 많은 시간을 집에서 보내는 편이었는데 그러다 보니 자연히 그는 그 친구를 만나면서 그 친구 부부와 자주 어울릴 기회를 가지게 되었다. 때로 별다른 계획이 없이 얼떨결에 휴일을 맞게 되거나 하면, 그는 자신의 차에 두 사람을 태우고서 교외를 돌아오기도 했고, 그런 날에는 으례 그의 집에서 늦게까지 술추렴을 하기가 예사였다.

그 일이 벌어졌던 상황은 더 자세한 말이 필요한 것도 아니었다. 친구는 매사에 지극히 조심스럽고 행동이 느린 편이었는데 반해 그의 아내는 남편의 뜻을 존중하는 듯하면서도 그의 공연한 신중함 따위를 공공연히 농담의 대상으로 삼곤 했고, 또한 친구는 그에게 차를 너무 빨리 몬다고 지적을 자주 하는 편인데 비해 그녀는 먼저 그의 옆자리에 올라타서 오히려 그에게 시원하게 추월도 해가면서 좀 더 빨리 달릴 수 없느냐고 보채곤 하였다. 요컨대 그녀에게는 해서는 안 될 분명한 이유가 있는 일을 제외한 나머지는 모두 해도 되는 일에 속하는 것이었다.

그러다가 어느 날 그들이 함께 여행을 떠나서 어느 호텔에 묵게 되었을 때, 그날따라 무슨 일에선지 하루 종일 흥분한 기색이 있던 친구는 공연히 호기를 부리면서 그녀와 그에게 아무런 격의가 없는 관대함을 보였고, 그때 그들은 그 친구가 방심한 틈을 타서 굳이 해서는 안 될 이유가 있는 것도 아닌 그 일을 벌이고 말았다. 그 일을 하면서 그는, 외국영화에서만 보던 그렇고 그런 일들이 이제 우리들에게도 이렇듯 자연스럽게 일어날 수 있구나 하는 생각을 하면서 정말 세상 참 많이 변했다는 것을 몸으로 실감하고 있었다. 그리고 아마도 그녀 또한 그와 같은 감회에 젖어 있었을 터였다.

그러고 나서 며칠 후에 그는 느닷없이 자신의 사무실 앞에서 그 친구를 맞이해야 했다. 이제야 밝히자면 그는 어느 정도 궤도에 오른 한 회사에서 기획 관계의 연구실 하나를 맡고 있었는데, 아마도 문간에서 오랫동안 망설이고 있다가 우연히 그와 마주치게 된 모양인 그의 친구는 그를 발견하자 이제는 물러 설 곳도 없다는 듯이 분연히 몸을 앞으로 내밀면서 눈을 부릅뜨고 그를 노려보았다. 그때 그는 화가 난 그의 시선이 회전이 잔뜩 걸린 야구공처럼 핑글핑글 돌며 그에게 날아오는 것을 보았다. 그 순간 그는 잠시 멍청해져서 그의 속의 그 무엇이 그토록 그 야구공에, 아니 그의 시선에 힘을 넣고 회전을 일으켰을까 하는 생각을 하였다.

하지만 애초에 대답은 명약관화한 것이었다. 친구는 그가 자기의 아내와 관계를 맺은 것을 알게 된 것이었다. 그는 기가 막히지 않을 수 없었다. 친구의 아내는 자기가 그와 같이 잤다는 것을 남편에게 굳이 밝혀서는 안 될 이유가 없기 때문에 그 친구에게 그 이야기를 털어놓은 것임을 그는 어렵지 않게 짐작할 수 있었기 때문이다.

그는 여유를 가지고자 애쓰면서 친구를 한쪽 구석으로 데리고 갔다. 친구는 그의 손길을 뿌리쳤지만 순순히 그를 따라왔다. 그 잠깐 동안의 시간적 공백을 틈타서 그는 머릿속으로 부지런히 상황을 검토하였나. 그러고는 아무래도 역공을 펼치는 편이 좋을 것 같다는 결론을 내렸다. 그래서 그는 친구에게서 눈길을 피하여 창문을 통해 5층 높이에서부터 아래를 내려다보는 대신, 위층으로 올라가는 층계의 인조 대리석 난간

위에 한쪽 팔을 걸치고는 마치 투수의 커브공에 대비하여 타이밍을 잡
는 야구 선수처럼 한쪽 다리를 약간 꺾고서 그를 정면으로 마주 바라보
았다. 그때 그는 와이셔츠 바람이었는데 두 팔의 소매를 걷어 올리고
있었기 때문에 팔뚝을 통해 돌난간의 섬뜩한 한기가 그대로 전해지고
있었다. 그 한기는 금방 겨드랑 밑까지 파고들었다. 하지만 그는 그런
감각 따위를 내색할 처지가 아니었다.

하지만 그러면서도 그때 그는 자신이 해도 너무한다는 생각을 하고
있었다. 친구는 진지함과 심각함을 넘어서 폭발 직전에 있는데 그는 상
대방이 처해 있는 상황을 전적으로 도외시하고 팔에 느껴지는 차가움
과 운동선수의 자세만을 의식하고 있었기 때문이다. 더욱이 마음속으
로 그는 어떻게 하면 그 친구의 방해를 받지 않고 그와 그녀의 관계 속
에 예전의 그 쾌적함이 그대로 머물러 있도록 할 수 있을까 하는 생각
도 하고 있었다. 그런 생각의 결과로 그는 여전히 말없이 그를 노려보
고만 있는 친구에게 자기도 모르게 불쑥 말을 내뱉었다.

"얼굴을 찡그리면 위 점막도 찡그린다는 말 못 들었나? 평소에 가뜩
이나 속이 아파서 쩔쩔매는 사람이 왜 그리도 난해한 표정을 짓고 있는
거야?"

기선을 제압하고자 했던 그의 그 말이 친구에게 미친 영향은 생각보
다 훨씬 컸음에 틀림이 없었다. 친구는 어이가 없다는 쪽으로 표정을
바꾸더니 차츰 인간 말종을 대하듯 그를 바라보기 시작했다. 이번에는
친구가 그를 자기와 같은 인간이라는 동물로 보고 있지 않은 것이었다.
그러나 그는 친구의 반응을 지켜보면서 속으로 안도의 한숨을 내쉬었
다. 그 정도라면 적어도 더 이상의 난처한 상황은 벌어지지 않을 듯했
기 때문이다.

그의 예상대로 그날 친구는 정작 하려던 말에 대해서는 한마디도 하

지 않고 돌아가 버렸다. 아마도 친구는 그가 더불어 이야기 할 가치도 없는 인물이라고 생각하였을 것이다. 그러나 여하튼 그 덕분에 그는 어떻게 해서든 지키고자 했던 쾌적함의 원칙을 무사히 지켜낸 것이고, 그 사실만으로도 그는 큰 다행함을 느끼지 않을 수 없었다.

하지만 항상 그렇듯이 복잡한 현실 속에서 겪게 되는 상황들은, 그것이 아무리 일상적인 것이라도 하더라도, 결코 간단하지도 단순하지도 않은 것이었다. 문제되는 상황들로부터 멀리 떠나왔다고 느끼는 어느 한순간에 그것들은 느닷없이 사람들의 뒷덜미를 잡아채는 일이 비일비재한 것이었다. 이는 비단 그의 성격이 복잡하거나 분열적이기 때문만은 아닐 터였다.

서둘러 말하자면, 그때 사무실로 찾아온 친구 앞에 서서 태연함을 가장하며 짐짓 능청을 떨었을 때 당시에는 경황이 없어서 제대로 자각하지 못하고 있었지만, 사실 그때 그는 두려움에 사로잡혀 있었던 것이다. 그는 친구가 육체적인 폭력을 가해 오면 어떻게 할까 하는 생각에 두렵기도 했고, 간통죄로 고소를 하겠다고 협박하는 경우 또한 두려웠으며, 타협을 하여 돈으로 문제를 해결하는 것 또한 두렵기는 마찬가지였다.

나중에야 그는 그때의 자신이 더할 나위 없이 뻔뻔스러웠던 만큼, 그 두려움 또한 얼마나 크고 깊었던 것인가를 깨달을 수 있었다. 그리고 그 깨달음과 함께 다시금 생생하게 기억되는 그 두려움은 그 후 그의 뻔뻔스러움을 공공연히 비웃으며 그를 떠나려 하지 않았다 그래서 그는 그 일과는 그다지 상관이 없는 일을 겪을 때에도 그와 유사한 정도의 두려움에 실제로 몸을 부르르 떨어야 했고, 수시로 뻔뻔스러움과 두려움 사이에서 갈피를 잡지 못하고 허둥거려야 했다.

이혼녀와의 일도 마찬가지였다. 그 얼마 후에 그는 자신이 그녀에게 미련을 느끼고 있음을 깨달았다. 스스로 생각해 보아도 어처구니없는 일이었지만, 분명 그는 미련을 느끼고 있는 것이었다. 한번은 길을 걷다가 먼발치에서 우연히 그녀의 모습을 본 적이 있었는데 그때 그는 갑자기 숨이 막혀서 목구멍을 열어젖히고 헐떡거리며 옆 골목으로 들어서야 했다. 그리고 그제야 그는 알 수 있었다. 한마디로 미련이란 욕망의 함정이었다. 물론 두려움 또한 욕망의 또 다른 함정일 것이다.

그 이후로 그는 공적으로든 사적으로든 사람들을 만나면서 거의 항상 미련과 두려움, 그 두 감정 중의 어느 하나에로 기울어지게 되고 말았다. 그가 아무리 냉정함을 겉으로 드러낸다 하더라도 그는 욕망의 다른 쪽 끈인 미련에 발목이 묶여서 비틀거리고 있었으며, 마찬가지로 그가 아무리 자신의 뻔뻔스러움을 전시라도 하는 듯 행동한다 하더라도 그는 내심으로 욕망의 잠정적인 끝인 그 두려움에 짓눌려 땀을 흘리는 것이었다.

하지만 오래지 않아 그는 왜 자신이 그런 지경에 이르고 말았는가 하는 것 또한 알 수 있었다. 이미 말했듯이, 그는 인간관계를 불순한 것으로 여기고 있었고, 결국 미련과 두려움은 그 불순함의 필연적인 부산물에 다름 아닌 것이었다.

그러나 이유를 알고 난 후에도 여전히 그 두 역설적인 감정은 그를 놓아주지 않았다. 그리고 그것들은 차츰 그의 마음속에 병을 일으키고, 나아가 머리로 치받아 머릿속 불의 훌륭한 연료가 되어서, 그 불로 하여금 그의 온몸을 태워버리도록 부추기는 데에 힘을 제공하고 말았다. 하여 그는 그렇듯 머릿속에서 불이 기승을 부리고 있는 상황에서, 얼굴을 바짝 가져다 대고 불 속을 들여다보는 듯 안면이 그 뜨거운 열기로 화끈거리는 것을 느끼며 과거의 몇 가지 일들을 수시로 돌아보지 않을 수 없었던 것이다.

14

지금 그 남자는, 기왕에 인간의 관계가 연루라면, 왜 그 연루됨을 연결됨으로 바꾸어놓을 생각을 하지 못했을까 하는 질문을 자기 자신에게 던지고 있다. 그동안 그는 사람들 사이에서 기꺼이 하나의 연결 고리가 되려 하는 대신에 연결의 그물 전체를 하나로 싸잡아서 회의하고 의심하기를 일삼았다.

어떤 사람들은 세상을 사는 것이 즐겁고 아름다운 추억을 만드는 과정이라고 생각하기도 하는 모양이었지만, 그는 추억이란 마치 연체동물의 흡판처럼 머릿속에 아프게 들러붙어 떨어지려 하지 않는 것들이라고 생각해 온 것인지도 모르는 일이었다. 그런 경우에 당연히 추억 또한 그 들러붙음과 아픔으로 인하여 그에게 미련과 두려움을 불러일으키는 존재들이었다.

하지만 그런 쾌적하지 못한 감정들을 피하여 살아온 마당에, 지금 이 순간 그에게 남겨진 것은 무엇일까. 그리고 과연 지금 그는 진정한 의미에서 자신의 지난날을 반성의 심정으로 돌아보고 있는 것인가. 행여, 이런저런 이유로 인하여 지금 그의 속에서는 그동안 왜곡된 욕망들이 잠시 진정되어 서늘하게 가라앉아 있는 탓에 이런 말을 함부로 내뱉을 수 있는 것이고, 시간이 지나서 이런저런 다른 계기로 인하여 다시 그 욕망이 머리를 꼿꼿이 쳐들 때면, 그는 또 온갖 견강부회로 그 자신을 정당화시켜서 다시금 그 욕망에 몸을 내던지지는 않을 것인가. 요컨대 그는 그를 믿을 수 없었으며, 그 불신이 지속되는 한 그의 머릿속의 불은 결코 꺼지지 않을 것이다.

그는 내내 그를 의심한다. 아니, 의심하고 자실 것도 없이, 그저 그는 구제가 불가능할지도 모를 그를 담담하게 지켜본다.

15

아침녘의 썰렁한 기온에 몸을 수축시키다 못해 두 눈을 번쩍 떴을 때 누군가가 나의 방문을 두드렸다. 내가 누운 채로 대답하자, 아침 식사를 할 준비가 되면 언제라도 아래층의 주방으로 내려오라는 주인 여자의 말이 밖에서부터 들려왔다.

식사를 마친 후에 나는 언덕을 내려가서 잡초와 돌들이 무성한 강가의 젖은 땅 위를 걸었다. 겨울의 아침 강은 어찌 보면 스모그에 잔뜩 찌든 도심의 하늘을 올려다볼 때와 흡사한 느낌을 가지게 하곤 했다. 이곳에서는 가슴속이야 더할 나위 없이 청량하지만 시야가 너무도 막막하다 보니 마음속으로 슬그머니 답답함마저 찾아 들기 때문인 모양이었다.

한동안 강가를 걷다가 무심코 뒤를 돌아보니 자동차 한 대가 국도를 벗어나서 산장 쪽으로 난 좁은 길을 따라 다가오고 있었다. 나는 먼지를 잔뜩 뒤집어쓰고 있는 그 낡은 차를 바라보며 천천히 산장 앞마당으로 향했다 그곳이 비록 서울에서 그리 멀지 않은 곳이긴 했어도 친구의 도착은 생각보다 훨씬 이른 것이었다. 차에서 내리는 친구에게 내가 손을 내밀자 그는 고개를 돌리며 주위를 돌아보면서 내 쪽을 향해 대충 손을 쑥 내밀었다. 그것은 평소에 그가 보여주던 장난스런 행동들 중의 하나였다. 나는 공중에서 어렵게 그의 손을 찾아 쥐고는 가볍게 흔들었다.

언제나처럼 그의 차는 오랫동안 닦거나 씻은 손길이 닿은 적이 없어 두터운 먼지로 덮여 있었다. 누군가가 그에게 왜 세차를 할 생각을 하지 않느냐고 언젠가 물었을 때, 그는 대답을 얼버무리고 말더니, 나중에 내 귀에 대고서 속삭였다. 대학을 마친 후부터 외국 생활을 오래한 탓에, 동전을 넣어서 기계 장치로 차를 씻어내는 데에 익숙해져 있던 그에게는 남들에게 차를 씻도록 맡기는 것이나 스스로 차를 닦아내는 것이 왠지 모르게 속물적인 소시민 근성에 젖어 있는 듯이 여겨진다는 것이었다.

그 말을 듣고 나는 그에게, 그의 말마따나 그가 오래 외국 생활을 했던 탓에 아직 우리 식의 현실 감각을 가지지 못하고 있다고 면박을 주었었다. 아직 근대화의 과정인 우리에게 있어서 자동차라는 개념이 서구의 것과는 같을 수 없음을 그가 간과하고 있음을 나는 지적하고자 했던 것인데, 하지만 그런 말을 하면서도 그때 나는 그가 이곳의 도처에서 발견되는 소시민 근성에 대해 내심으로 가지고 있는 거부감의 맥락을 막연하게나마 짚어볼 수 있었다.

그는 자동차의 뒷문을 열고서 자신의 가방을 꺼내 들고서는 차의 열쇠를 내게 던져주었다. 그의 행동을 예상치 못했던 나는 다시금 공중에서 어렵게 그 열쇠를 받아 쥐었다. 사실 나는 아까부터 조금 당황해하고 있었다. 서울을 떠나오기 전에 나는 나의 차를 그에게 맡기고 왔던 것이고, 며칠 전에 그에게 전화를 걸어서 나의 차를 가져다 달라고 부탁을 했던 것인데 그는 자신의 차를 가져 온 것이었다. 하지만 그렇다고 그것이 의아해할 일인 것도 아니었다. 그 차가 누구의 손아귀에 들어가게 되었는가는 오래 생각해 볼 것도 없는 질문이었기 때문이다.

어차피 나는 회사 측에 아무 예고도 사후 통고도 없이 여행을 떠난 것이었고, 그들에게는 나의 여행이 무단결근으로 처리될 뿐일 것이었으니, 그들이 내게서 그들 소유의 차를 회수해 간 것은 지극히 당연한 일이었다.

처음 한동안 나는 내게 차를 빌려주려 하는 친구의 제의를 거절하였다. 그러나 그는 별말도 없이 막무가내로 내 말을 들으려 하지 않았다. 그때 나는 어쩔 수 없이 예전에 내가 외국에서 갓 돌아온 그를 회사 내의 모 연구소에 천거하여 중요한 자리에 앉게 해주었음을 상기하고 있었다. 그 일로 그는 내게 빚이 있었던 것이다. 자동차를 사이에 두고 밀고 당기는 실랑이를 하는 동안 내내 나는 그 사실을 머리에 떠올리고서 이렇게라도 그에게 빚을 갚을 기회를 주는 것 또한 나쁜 일은 아닐 것이라는 교활한 타협을 나 자신과 벌이고 있었다. 그리하여 결국 나는 그 생각을 끊어버리기 위해서라도 그의 제의를 받아들여야겠다고 마음을 굳혔다.

그날 나는 산장에서 점심때까지 머물러 있다가 그와 함께 식사를 하고는 그곳을 떠났다. 내가 그에게 가까운 정류장이나 역에까지 태워다 주겠노라고 몇 번이고 말했으나 그는 내게 혼자서 먼저 떠날 것을 고집했다. 내가 산장 주인과 인사를 나눈 후에 좁은 마당을 벗어 나오기 위해 차의 방향을 반대로 틀어 나갈 때 아직 브레이크의 감을 익히지 못했던 탓에 차가 앞으로 쭉 밀렸다. 그러고는 나무로 된 대를 건드려서 그 위의 화분을 떨어뜨려 깨뜨리고 말았다. 내가 차 문을 열려 하자 친구는 웃으면서 두 손으로 문을 잡고는 자기가 알아서 할 것이니 그냥 가라고 말했다. 나는 감긴 핸들을 풀며 가속기를 밟은 발에 힘을 주었다.

산장을 완전히 떠나기 전에 후면경으로 뒤를 보니, 세 살짜리 아이를 앞세우고 어린 아기를 가슴에 안은 산장의 여주인이 부엌 앞에 나와 서 있었다. 나는 반쯤 들어올렸던 손을 도로 털썩 떨어뜨렸다. 차가 국도로 들어서고 난 후에야 나는 약혼을 하겠다는 그 젊은 투숙객이 자신의 방에 남겨둔 가방을 가져갈 생각도 없는 듯 다시 나타나지 않고 있음에 생각이 미쳤다. 나는 기어를 바꿔 넣으면서 하릴없이 주변을 두리번거리고 있었다.

16

　나의 여정은 강의 흐름과 닮아 있었다. 강은 오랫동안 나의 시야에서 사라지기도 하였지만, 언제나 어김없이 나의 앞과 뒤와 옆에서 다시금 모습을 드러냈다. 강은 자동차보다 뜀박질을 훨씬 잘하고 장난을 무척이나 좋아하는 어떤 활기찬 존재처럼 훌쩍훌쩍 높은 산을 뛰어넘기도 하고 계속 속으로 달려 들어가기도 하다가 다시 어느 틈에 내게로 튀어나와서 나를 깜짝 놀라게 하였다.

　강이 홀로 산과 들을 누비며 내게 보이지 않게 되면 나는 그것에 대한 기억 속으로 가라앉았고, 그때마다 자주 강은 조금은 엉뚱하게도 동해바다에 있는 한 섬과 짝을 이루며 다시 나의 시야 속으로 떠올랐다. 말하자면 조금 전부터 나는 일전에 홀로 울릉도를 여행했을 때의 기억을 강과 함께 되살리고 있는 것이다.

　몇 년 전에 잠시 일에서 놓여날 수 있었던 어느 날, 쾌속선 대신에 정기 여객선을 타고서 오랜 시간 동안 선체의 요동에 시달린 후에 섬에 도착한 나는 머리가 어질거려 흔들리는 걸음으로 언덕길을 올라 작은 호텔에 숙소를 정하였다. 방을 얻어 창문을 활짝 열었을 때 기대했던 대로 내 눈 앞에는 산과 바다가 함께 어우러진 채 펼쳐져 있었다. 눈높이를 훨씬 상회하는 곳까지 산봉우리가 솟아올라 있었고, 그 산자락이 끝나는 곳에는 얼마간의 여유만을 두고서 어느새 시퍼런 바닷물이 산의 정기를 녹아들이고 있었다.

　그곳에서 오랜만에 한가한 시간을 보낼 수 있었던 나는 대개 아침 일찍 식사를 하고 호텔을 나와서 섬을 위아래로 오르내리며 하루를 보낸 후에 해질 무렵에 호텔 앞의 포구로 돌아와 소주와 함께 해물로 저녁 식사를 때우곤 하였다. 그리고 시간이 지나면서 자연스럽게 나는 섬 주위의 물색이 유난히 짙고 푸르른 것은 물속에 해초가 많은데다가 그 해초들이 강한 햇살에 녹아 물에 떠 있기 때문이라는 사실이라거나 그 섬의 곳곳에 얽힌 전설과 역사, 근해에 솟아 있는 섬들에 얽혀 있는 내력 등등을 하나씩 알아 나가게 되었다.

하루해가 저물면 나는 호텔로 돌아와서 매일 그곳 로비에 조그맣게 마련되어 있는 라운지에 들러 혼자 커피를 마시거나 때로 맥주를 마셨다. 그러나 그곳에서 나는 쉽게 혼자일 수 없었고, 게다가 그곳은 사실 이름이 라운지인 것이지 실제로는 다분히 시골 다방 같은 분위기를 지니고 있었던 터인데, 일례로 손님이 음료수나 술을 주문하면 그것을 가져 온 여종업원이 앞자리나 옆자리에 앉아서 자기도 같은 것으로 한잔 마시게 해달라고 부탁을 하는 것이었다.

그런 탓에 첫날 나는 그래도 명색이 호텔 라운지라는 곳에서 여종업원이 앞자리에 멋대로 털썩 주저앉아 차 한잔 사달라고 말했을 때 처음에는 조금 어이가 없었다. 그러나 나는 그것이 그녀만의 잘못이 아님을 잘 알고 있었으므로 언짢은 속마음을 감추고서 그녀에게 그렇게 하라고 말했다. 그러나 내심으로 기분이 그러했던 탓에 나는 그녀에게 아무런 관심도 가질 수 없었다.

이튿날 내가 다시 그곳에 들르자 그녀는 또다시 내게 전날과 똑같은 행동을 취했고, 잠시 후에 그녀가 내 앞에 앉아 아무런 맛도 못 느끼며 건성으로, 거의 의무적으로 커피를 마시기 시작했을 때 그제야 나는 그녀를 자세히 뜯어보게 되었다.

그녀는 나이가 대충 삼십대 중반쯤 되어 보였고, 평범한 생김생김에 살갗과 머리카락에는 윤기가 없었으며 팔뚝과 허리와 다리의 곳곳에는 힘든 삶으로 인하여 조금씩 불어나기 시작한 군살이 군데군데 붙어 있었다. 그리고 얼굴 또한 멍하니 방심하는 듯한 무표정과 억지로 지어내는 듯한 조금은 선정적인 미소 사이를 주기적으로 오가고 있을 뿐이었다.

　그녀의 그런 모습은 분명 다분히 상투적인 것이었다. 그리고 그 상투적인 모습은 그것을 바라보는 사람들로 하여금 그것과 똑같이 상투적인 상상을 불러일으키는 한편 그 뻔한 상상에 힘입은 진부한 질문을 던지고 싶은 욕구를 급작스럽게 충동질하고 있었다.

　분명 그녀는 어린 나이에 고향을 떠나 타지를 전전하다가 급기야 이렇듯 뭍으로부터 멀리 떨어진 섬에까지 흘러 들어온 것일 터였다. 그리고 이제 얼마 후 그녀는 그곳 사람들에게 얼굴이 익을 무렵이면 다시 이곳을 떠나서, 아마도 그때부터는 그곳보다 더 작은 다른 섬들을 떠돌게 될 것이다.

　그러나 나뿐만 아니라 그녀 자신에게도 아무 의미가 없을 그런 잡념들 끝에서 나는 무엇인가 전혀 의외이고도 생소한 어떤 것이 내 속으로 스며들어서 나를 자극하는 것을 느낄 수 있었다. 그것은 나 스스로도 놀랄 정도로 산을 지나고 들을 가로질러 흐르는 강의 모습이었다. 요컨대 나는 그 섬에 도착한 이후부터 계속하여, 산과 바다를 바라보는 나의 눈앞으로 강의 모습이 수시로 끼어드는 것을 막연히 의심하고 있었으며, 그리고 그 순간 그 여자를 앞에 두고 바라보면서 불현듯 그 강의 모습이 더욱 선명해지는 것을 경험한 것이었다.

　나는 마주치며 흐르는 두 줄기의 제법 큰 강과 커다란 호수를 가진 도시에서 자라났다. 그런 탓에 강은 어렸을 적부터 내게 있어서 너무도 친숙한 존재였으며, 물놀이와 가족 나들이 등등으로 나는 여름과 겨울의 많은 시기를 강에서 보냈다. 그러므로 나는 강이라는 존재에 너무도 익숙해져 있었는데, 역설적이게도 바로 그런 탓에 오히려 나는 강의 존재를 그다지 의식하지도, 소중한 것으로 여기지도 않고 있었다. 그러다가 훗날 오랫동안 고향을 떠나 있다가 되돌아와 어린 시절의 많은 추억을 휘감으며 내 기억 속에서 흐르는 강의 존재를 의식하게 되었을 때, 그리고 돌아와 다시 그 앞에 섰을 때, 그때 이미 그 강은 오염되어 있었다.

늦은 봄의 어느 날 저녁에 강가로 나왔을 때, 강에서는 심한 악취가 풍기고 있었고 상류에 생긴 댐으로 인하여 수위가 형편없이 낮아진 강의 수면은 시커먼 오물들로 뒤덮인 채 멈춰 있는 듯, 간신히 몸을 뒤채어 움직이듯 흘러가고 있었다. 내가 잠시 일종의 방심을 하고 있었던 사이에 이미 강이 썩어버렸다는 사실을 그때 그렇듯 목도하면서 나는 그 강과 함께 내 속에 들어 있던 과거의 추억과 내가 강과 다시 어우러지게 될 미래의 삶이 함께 썩어버린 것임을 알 수 있었다.

국민학교 초기 시절에 나의 가족들은 여름이면 자주 도시락을 싸들고 강으로 나가곤 하였다. 물은 맑고 찼으며 모래는 부드럽고 깨끗했다. 그런데 흠이 한 가지 있다면 햇볕을 피할 만한 나무 그늘 같은 것이 강 주변에 별로 없었다는 점이다. 더욱이 그때만 하여도 비치파라솔 같은 것이 흔하지 않았던 터라 사람들, 특히 아이들은 오랜 시간 그대로 햇볕에 노출되어 있거나 어른들 중에도 기껏해야 우산 같은 것을 쓰고 모래에 앉아 있을 뿐이었는데, 잠시나마 그늘에서 쉬려면 강으로부터 조금 떨어져 있는 송림에까지 갔다가 다시 강으로 되돌아와야 했다.

그런 불편함을 감수하던 중에 어느 날 아버지는 청색 방수천과 네 개의 기둥으로 이루어진 천막이랄까 차양 같은 것을 만드셨고, 그날 이후로 우리는 그것을 들고 강가로 나가게 되었다. 어설프게 만들어진 그 천막은 그러나 그런대로 우리에게 훌륭한 그늘을 제공하였다. 그리고 그 무렵에는 누가 먼저라고 할 것도 없이 그런 종류의 햇볕가리개가 여기저기에서 눈에 띄기 시작하고 있었다.

그러던 어느 날 늦게까지 물놀이를 하고 나서 천막을 걷어 돌아가던

중에 아버지는 이렇게 매번 들고 다니기가 번거로우니 그곳 주변 어딘
가에 그것을 감추어두었다가 나중에 올 때 되찾아서 사용을 하자고 말
씀하셨다. 특히 네 개나 되는 나무 기둥은 많이 무겁지는 않았어도 손
에 들고 오래 걷기에는 다소 무리였기 때문이다.

그날 우리는 근처에 있는 깨밭의 모래 이랑 속에 천막을 넣어두었다.
두터운 비닐로 된 천은 당연히 썩을 염려가 없었고, 단지 나무 기둥이
조금씩 삭아 들어가는 기미를 보이긴 하였지만 그해 여름 동안 내내 그
것들은 강가에 얼마든지 널린 돌들의 도움을 받아서 차양의 버팀목으
로서의 역할을 충분히 해내었다. 그리고 그해에 이른 가을이 찾아와 갑
자기 기온이 떨어지기 시작한 이후로 우리는 강가를 찾지 않게 되었다.

다음 해 다시 여름이 왔을 때 어느 날 나는 문득 그 천막에 생각이 미
쳤다. 나는 여름이 충분히 무르익기를 기다리지 못하고 어느 초여름 날
에 강가의 깨밭을 찾았다. 그런데 예상했던 바와는 달리 그곳은 황폐하
게 버려진 채 잡초들만이 모래 더미들과 한데 휩쓸려 있었다. 나는 주
의 깊게 그곳을 뒤졌다. 그러고는 흙에 거의 파묻혀 있는 천막을 찾아
냈다. 그때 나는 몹시 경이로운 마음을 금할 수가 없었다. 그 경이감은
아마도 행복감의 다른 모습이었을 것이다. 비닐천의 구겨진 부분이 찢
어지고 색이 바래고 나무들이 거의 썩어 있긴 했어도 그렇다고 그 놀라
운 행복한 느낌이 줄어드는 것은 아니었다. 자연 속에 묻혀서 자연과
함께 모습이 바뀌어가면서도 우리를 기다려주는 것들이 있음을 깨달았
기 때문이다.

그러나 강은 성급한 인간들에게 내몰려 그들을 닮아서 조급하게도
단번에 썩어버리고 말았으며, 바다 한가운데의 섬에 와서 나는 그 강
의 영상을 내내 머릿속에 넣고 돌아다니고 있었던 셈이다. 모든 것을
오물로 바꾸어버리는 사람들의 손길이 닿지 않은 곳에 모처럼 이르러

그렇듯 청정한 장면의 한가운데에 서 있자면 내 속에서는 아직 살아 숨쉬는 강이, 아니 죽었던 강이 되살아나서 나를 그 강물의 수면 위로 떠올렸다.

그런 반면에 주민들이 이제 곧 섬이 종합적으로 개발되어 자기들의 생활도 훨씬 나아질 것이라고 말하는 것을 들을 때마다, 내 속의 그 강물은 놀랍게도 한순간에 썩어버려서 악성 종양에 가로막혀 피가 제대로 흐르지 못하는 혈관처럼 헐떡거리기 시작하였다. 요즘 도처에서 횡행하는 그런 식의 재개발이 이루어진 이후에 섬의 주민들은 예전의 섬을 기억할 수 있을 것인지, 더욱이 그때 섬의 주인은 누가 될 것인지 하는 등등의 질문들이 폐수처럼 내 속으로 꾸역꾸역 흘러 들어오고 있었기 때문이다.

한참 후에야 나는 피곤에 지친 자세로 의자에 비스듬히 앉아서 입구 쪽을 바라보고 있는 그녀 앞으로 되돌아왔다. 아마도 그녀는 손님이 들어서면 당장이라도 자리에서 일어설 준비가 되어 있었을 것이다. 그녀의 그런 모습을 유심히 지켜보면서, 나는 다시금 내 머릿속에서 유년 시절의 강이 맑게 흐르다가 썩어서 납작하게 졸아 붙기를 고통스럽게 반복하는 것을 볼 수 있었다. 인위적인 외압에 의해 오염되고 훼손된 그 강은 굽이쳐 흐르다가 내 앞의 그녀에게 이르러 순간적으로나마 맑게 빛나기도 하고, 때로는 강이 겪은 그 질곡의 드라마를 그대로 지니고 있는 그 작은 여인을 머금자마자 거무튀튀한 색으로 변색이 되어버리기도 하였다.

하지만 나는 여전히 아무런 말도 그녀에게 건넬 수가 없었다. 전날 밤 나는 그녀가 늦은 밤에 어느 객실에서 나오는 것을 우연히 본 적이 있었다. 어쩌면 지금 그녀는 내가 한밤중에 그녀를 나의 방으로 초대하기를 은근히 기다리고 있는 것인지도 모를 일이었다. 나는 말없이 자리에서 일어서서 다시 호텔을 나왔다.

그러고는 포구의 허름한 식당 앞에 펼쳐져 있는 평상 위에 앉아서 산 오징어회를 안주로 하여 소주를 마셨다. 저녁 식사를 할 때 이미 반주로 소주 한 병을 마셨던 터라, 다시 한 병을 다 마신 후에 나는 제법 취해 있었다.

계산을 치르고 다시 호텔로 올라왔을 때에 이미 라운지의 문은 닫혀 있었다. 나는 불 꺼진 창문을 유심히 바라보았다. 그러나 이미 그녀는 어디에도 없을 것이다. 밤이 되면 그녀는 아무 곳에도 존재하지 않는 것이 되는 것이다. 마치 썩은 강이라는 존재가 자주 사람들의 어두운 기억, 기억의 어둠 속으로 눈 없는 벌레처럼 꼬리를 감추고 사라져버리듯이.

나는 천천히 걸음을 옮겨 계단으로 올라갔다. 나의 방이 있는 삼층에 이르러 벽에 어깨를 부딪힐 듯하며 걸을 때였다. 갑자기 복도 끝에 있는 특실의 문이 요란하게 열리면서 몇 명의 사람들이 우당탕탕 소리를 내며 튀어나왔다. 그러고는 누군가가 외치는 소리가 들려왔다.

"서두르라구. 이런 기회를 놓치면 평생 후회할껴."

그 소리와 함께 중년의 남자들과 여자들 몇몇이 한데 섞여 내 옆을 지나갔다. 그녀들은 모두 라운지에서 근무하던 여자들이었고, 그녀들 사이에 그녀 또한 끼여 있었다.

저고리에 맨팔을 꿰며 맨 마지막으로 달려 나오던 그녀는 나를 발견하는 순간 걸음을 늦추었다. 그러고는 술기운에 풀어진 눈으로 웃음을 지으며 빠르게 종알거리고는 일행을 뒤따라 달려갔다.

"술 드셨나 보죠? 우리도 술 마시러 나가요. 오늘 모처럼 봉이 걸렸거든요."

그녀의 말이 끝나고 난 한참 후에야 나는 그 말이 의미하는 바를 제대로 알아들을 수 있었다. 그리고 그때 이미 그녀는 계단 밑으로 사라져버린 뒤였다. 나는 약간 비스듬하게 선 채로 복도의 끝, 계단으로 꺾여 드는 모퉁이, 그곳에 어려 있는 어렴풋한 빛을 오랫동안 바라보고 있었다. 내 속의 강이 그쪽으로 흘러들어 그녀라는 또 다른 강을 만나 함께 썩어가고 있었으며, 그러나 나는 여전히 그 강의 이름조차 모르고 있는 것이다.

돌이켜보면 그날 이후로, 서울로 돌아온 후에도 나는 강이라는 존재를 오래 잊어본 적이 없었다. 하지만 나는, 그때 그 섬에 머물면서 잠시 쉰 후에 다시금 투철하게 일을 시작해야 한다는 강박관념에 내내 사로잡혀 있던 나 자신이 또 하나의 검은 강일 수 있었음을 모르고 있었다. 그 강은 그녀를 거쳐서 내게까지 흘러 들어오고 있었고, 가당치도 않게 그녀에게 연민을 느끼고 있던 나는 강과 함께 흐르다가 무수히 많은 막힌 곳에 걸려 맴을 돌며 머물다가 썩어가고 있었다. 그리고 어느 날 그 사실을 깨달았을 때, 내 머릿속의 강은 유황과 석유를 머금은 불이 되어버렸다.

17

자신이 속한 사회에서 이를테면 사람들이 예민하게 반응하고 민감함을 드러내는 문제를 주로 담당했던 한 남자가 있었다. 사실 그에게는 그런 능력이 있었던 셈인데, 한마디로 그는 자신에게 다가오는 힘들에 특히나 예민한 존재라고 할 수 있었다. 그러나 역설적이게도 미묘한 문제의 처리를 위해서는 이쪽의 둔감함이라는 것이 거의 필수적이라는 사실이었다. 따라서 그가 그런 일들을 자주 맡게 된 것은 그 자신이 그 일만큼이나 섬세하거나 예민한 사람이어서가 아니라, 그 반대로 단호하고 의뭉스럽기까지 한 인물이기 때문이라는 결론은 쉽게 얻어질 수 있는 것이었다.

그런데도 불과 얼마 전까지 그는 그 간단한 사실을 알고 있지 못했다. 그동안 그는 사람들이 그에게 그런 일들을 맡길 때마다 그들이 자신의 능력을, 이를테면 사람들을 다루는 잠재력을 공적으로 인정하는 것이라고 생각하였었다. 너무도 명백한 그런 오해를 그가 그토록 오랫동안 지니고 있었던 이유들 중에는, 그 스스로 자신이 세상과 인간사의 구조랄까 메커니즘이랄까 하는 것을 조금은 이해하고 있다고 내심으로 자부하고 있었던 탓이 적지 않았다. 요컨대 그는 인간관계의 어려운 부분들을 풀어 나가는 자기 나름의 방식을 가지고 있다고 믿었던 것이다.

하지만 분명 사정은 그렇지 않았는데, 따지고 보면 사람들은 당장 기분이 껄끄럽다거나 훗날 심정적인 불편함이 여운으로 남는다거나 하는 일을 피하기 위하여 제삼자인 그를 관여시킨 것이며, 그런 경우가 반복되는 와중에서 그로 하여금 자기들이 관여하고 싶지 않은 그런 일들을 전담하여 해결하게끔 한 것이었다. 그 증거로서 그는 공적인 업무들뿐만 아니라, 상사들이나 심지어 친구들의 여자문제 혹은 피해 보상 문제, 위자료 문제 같은 지극히 사적인 일들에까지 차츰 관여하지 않을 수 없게 되었다는 점을 들 수 있었다. 그리고 그때마다 사람들은 적절한 금전적인 보답과 함께 그의 자만심을 교묘하게 부추기기를 결코 잊지 않았다.

그러나 반복하여 말해서, 그런 물질적이고 정신적인 부추김이 그가 그런 일들의 처리에 적극적으로 나서게 하는 데에 충분하게 작용한 것은 결코 아니었다. 이를테면 그는 세상을 살아갈 때 상대방과 자기 사이의 주파수를 잘 맞추고, 또 필요하다면 채널을 돌리기만 해도 해결되지 않을 일이 없는 법이라고 스스로 믿어왔던 것이다. 그럼에도 불구하고 그가 보기에 사람들은 그 간단한 방법을 깨닫지 못하고서 어리석게도 공연히 일을 착잡하게 만들고 있을 뿐이었다.

따라서 그가 할 일이라는 것은 대부분의 경우에 어떤 수단을 써서라도 그 문제되는 인물들의 채널을 바꿔놓고 그의 주파수를 적당히 조정해 주는 것이었다. 그들은 스스로 자신들의 채널을 돌릴 줄도 몰랐고, 주파수가 잘못되어 있다는 사실도 짐작조차 못 하고 있었다. 그리고 실제로 그런 그의 방법은 상당한 실효를 거둔 것이 사실이었다. 물론 그렇다고 해서 그가 이른바 궤변가였던 것만은 아니다. 그는 결코 말만으로 어찌해 보려 한 적은 거의 없었고, 그 대신 그는 최소한의 손해를 감수하고서 최대한으로 물질적인 여건들을 활용하여 일을 마무리 짓곤 하였다. 그래야만 뒤끝이 깨끗해지는 것이었는데, 그러면서 때로 그는 이제 인간의 실제적인 손익과 감정의 맥락에 대해서만은 어쩌면 원격 조종까지 할 수 있게 되지 않을까 하는 허황된 기대감에까지 이르게 되었다.

하지만 그러던 어느 날 그는 급기야 자신의 눈에는 세상사에서 더 이상 채널 그 자체밖에는 아무것도 보이지 않고 있음을 자각하기에 이르렀다. 또한 삶에서 가장 중요한 행위라고 할 수 있는 것도 역시 오직 주파수를 조정하는 손가락의 움직임에 지나지 않게 되고 말았다. 그 단순한 인식이 그에게 가한 충격은 지대한 것이었다. 놀란 그는 그 자신의 채널을 마구 돌려보았고, 고의적으로 주파수를 마구 흩트려보았다. 하지만 채널은 그저 겉돌기만 했고, 한 번 혼선을 일으킨 주파수는 영영 원래의 자리로 되돌아오지 못하고서 수많은 다른 전파들과 함께 허공을 배회하고 있었다. 그리고 그때 그는 그의 눈앞을 점령하고 물러가지 않으려 하는 그 채널이라는 것이야말로 결국 그 자신의 욕망에 물체화된 것, 혹은 코드화된 것, 바로 그것이라는 것을 깨닫지 않을 수 없었다.

그런 자각이 찾아든 이후부터, 그의 머릿속에서는 무수히 많은 단편적인 기억들이 돌에 매달려 오랫동안 물속에 가라앉아 있던 시체들처럼 완전히 부패되어 하나씩 떠오르기 시작하였다. 그리고 그때마다 그는 몸을 떨며 머리를 세차게 가로 저어대면서, 그동안 그가 무의식적으로 그 기억들을 다시 떠올리기를 두려워하여 그것들을 의식의 뒤안, 망각의 늪 속으로 밀어 넣어버리고 있었음을 알 수 있었다.

그런 와중에서 그는 어떤 일이나 어떤 상황을 접할 때마다 하루에도 몇 번씩이고, 이것은 예전에 언젠가, 그리고 어디에선가 겪었던 것임에 틀림없다는 생각에 휘말리곤 했으며, 실제로 그때 그곳에서 느꼈을 감정이나 기분을 다시금 생생하게 경험할 수 있었다. 하지만 그것이 언제, 어디서였는지는 아무리 애를 써보아도 기억할 수 없었고, 심지어 처음 경험하는 일에 있어서도 과거에 이미 그것과 거의 흡사한 경험을 한 적이 있음에 분명하다는 강박 관념에서 헤어 나올 수가 없었다. 그리고 당연히 그 강박 관념은 어느 순간부터 그에게 공포감을 불러일으켰다.

그러다 보니 그에게는 더 이상 낯설거나 새로운 상황이 남아 있지 않았다. 하지만 또한 그렇기 때문에 역으로 그에게는 모든 현실적인 상황들이 낯설고 생경하고 생소할 뿐이었다. 하여 그는 자주 그런 자신에게 진절머리가 나곤 했는데, 하지만 그때도 역시 그는 그 역겨운 감정 또한 예전에 수시로 느끼던 것에 불과하다는 마찬가지의 느낌을 떨칠 수가 없었다. 말하자면 그는 세상에 대해서건 자기 자신에 대해서건 더 이상 제대로 역겨워할 수조차 없어진 것이었으며, 그때마다 그라는 주체마저 그 역겨움 속으로 빨려 들어가 버리고 마는 것이었다.

그런 연유로 인하여 마침내 그는 모든 면에서의 막다른 골목에 이르고 말았다. 그때 사실 그는 아예 모든 일에서 손을 놓아버리고 싶은 욕망에 시달리기도 하였다. 그러나 손을 놓을 때 놓는다고 하더라고, 그것은 우선 그를 자신의 늪에서부터 건져놓고 난 다음의 일이었다. 그래서 그는 스스로 그에게 충격 요법을 가하기로 하였다. 그러고는 기회가 자신을 찾아 주기를 착잡한 심정으로 기다렸다.

며칠 후, 오랫동안 속을 썩이던 충치를 뽑아버리기 위해 치과에 들렀을 때였다. 그는 의자에 앉아서 얼굴을 뒤로 젖히고 있었다. 간호사가 구강을 세척하고 난 후, 흰옷을 입은 여의사가 양손에 금속제 기구들을 가지고 그에게로 다가왔다. 그때 비록 막연하게나마 불현듯 그는 마침내 기회가 왔다는 느낌을 가질 수 있었다.

이윽고 차가운 물체 두 개가 그의 입속으로 들어와 안쪽을 벌리기 시작할 때 그는 치켜뜬 그의 두 눈으로 의사의 눈을 올려다보며 흡사 뇌성마비 환자처럼 혀를 간신히 움직여서 일그러진 발음으로 중얼거렸다. 나는 바로 이 입으로 거짓말을 했어요. 그동안 나는 무수히 많은 거짓말을 했어요. 의사의 놀란 두 눈이 그를 내려다보았다. 그러나 그녀는 여전히 두 개의 기구로 지렛대를 만들어 그의 입속을 들여다보고만 있었고, 그 속에서는 계속하여 같은 말이 반복되어 흘러나오고 있었다.

그녀는 그런 기괴한 장면은 처음 보는 듯 지렛대를 뽑아낼 생각조차 하지 못하고 있었다. 그의 입 안에서는 혀 밑에 고인 침이 차갑게 식은 채 천천히 식도 쪽으로 흘러 들어가고 있었다. 하지만 그는 구역질 같은 것도 느끼지 못하고 있었다. 그러면서 그는 다시금 한 가지 사실을 확연하게 깨달았다. 자기에게 다가오는 힘에 민감하다는 것은 자기 자신의 개인적인 고통에 민감하여 두려워하는 것이었다.

18

이제 얼마 더 나아가지 않아서 강은 앞을 가로막은 큰 도시의 한 가운데로 흘러 들어가야 할 것이다. 그곳에서 강은 다시 크나큰 수난을 겪을 것이고, 더욱이 나마저 도시의 초입에서 그 강을 버릴 것이다. 섬에 다녀온 이후로 내 고향의 강은 차츰 맑아져 가고 있었다. 그러나 나는 즐거울 수가 없었다. 큰 도시의 한복판에서 여전히 오염된 채로 남아 있는 나는 이제 강마저 곧 나를 버리고 말 것임을 예감하고 있었기 때문이다.

내가 갑자기 강을 따라가는 여정에 오른 것도 그 불길한 예감을 떨치기 위한 것이었다. 그러나 이렇듯 강을 가까이 두고 있는 마당에도 나는 지나온 날들의 욕망을 내 속에서부터 완전히 떨쳐내지 못하고 있었다. 요컨대 나는 나 자신의 욕망 속에 화석으로 굳어져가고 있음을 스스로 인정하지 않을 수 없었다. 말하자면 지금 나는 소금 기둥이 되어 여전히 타락의 도시를, 타락한 나 자신의 모습을 돌아보며 서 있을 뿐이었다.

소금 기둥이 된 내 속에서 살아 움직이고 있는 것은 머릿속의 불뿐이었다. 하여 나는 눈을 감을 때에도 시야를 가로막은 그 어둠 속에서 또 다른 두 개의 눈이 나를 바라보고 있음을 발견할 수 있었다. 내 것이 아닌 그 두 눈이 눈꺼풀을 들어올리면 그 틈으로부터 빛이 쏟아져 나오고 있었다. 그 빛은 욕망과 타락에서부터 빠져나오기 위해 발버둥치면서도 한순간 눈조차 제대로 감지 못하고 있는 나의 몰골을 차갑게 지켜보고 있었다. 그 눈빛을 몸에 받으며 나는 무엇으로부터 벗어났을 때 다시 그것에 대한 미련에 사로잡히는 한 마리의 동물이 되어, 열량의 소모를 막기 위해 해가 중천에 떠오를 때까지 내내, 잠이 들어 있을 뿐이었다.

종교를 가진다면 불교 신자가 되는 쪽을 택하겠다고 그야말로 비종교적으로 큰소리를 치던 내가 소금 기둥 따위의 기독교적인 이미지에 이토록 깊이 사로잡혀 있다는 것은 실로 흥미로운 일이었다. 이는 어쩌면 아직 내가 삶의 장식적이고도 외면적인 모습들에 현혹되어 있기 때문인지도 모르는 일이었다. 하지만 어쩔 수 없는 일이었다. 그렇기 때문에 나는 더더욱 소금 기둥으로 굳어져가고 있는 것이었다. 심지어 어떤 때에는 불상 앞에서 절을 하는 다른 사람들의 모습 또한 한갓 소금 기둥들로 보이기도 했다. 그 소금 기둥들은 빗물과 바람으로 인한 침식과 풍화를 피하기 위해 신전의 지붕 밑으로 숨어드는 것이었으며, 그런데 지금 나는 유동하는 물의 길쭉한 덩어리에 다름 아닌 강을 옆에 두고 빠른 속도로 내달리고 있는 것이었다.

19

사회에 처음 발을 내디딜 때 철저히 맨주먹이었던 한 남자가 있었다. 싸움을 할 때 맨주먹이면 무엇보다도 자신이 맨주먹임을 분명히 의식하는 것이 가장 중요한 일일 것이다. 자신이 공정한 선의의 경쟁에 의해 밀렸다고 생각될 때 대개의 경우에 사람들은 그 패배에 승복하는 법이다. 그리고 이때 안분지족이라는 말이 지니는 화기로운 분위기도 제대로 자리 잡을 수 있다.

그러나 어릴 적부터 그가 겪었던 것과 같은 상황에서처럼 그 경쟁에 외부적인 여건이 결정적으로 작용하고 있음을 의식하지 않을 수 없을 경우에는, 사람들은 분노하여 그 패배를 인정하려 들지 않고, 결국 세상살이는 파행으로 치닫게 된다. 그 와중에서 일부 공정한 경쟁에서 진 사람들마저도 자신들의 실패를 온전히 받아들이려 하지 않게 된다는 것은 어찌 보면 차라리 당연한 일일 수 있다.

그러나 어쩌면 그는 맨주먹이었다는 바로 그 사실로 인하여 애초에 경쟁의 원칙 따위를 안중에 두지 않고서 살아온 것인지도 모르는 일이었다. 그러고 보면 그는 맨주먹이었기 때문에 사회로부터 소외를 당한 것인지, 아니면 오히려 맨주먹이었기 때문에 이 사회의 턱 밑에 그 나름의 날카로운 비수를 들이댈 수 있었던 것인지, 잘 판가름이 나지 않는 것 또한 사실이었다.

그러니 이제 그에게는 더 이상 책임을 전가할 대상도 남아 있지 않았다. 더욱이 남들에게서 이상한 냄새를 잘 맡아내고 혐의점을 잘 잡아내는 사람의 경우에는 대개 그 냄새는 그 사람 자신의 몸에서 나는 악취인 법이고, 그 혐의점 또한 그가 자기 자신에게 걸어놓고 있는 것에 불과할 수 있었다. 단지 그는 그 사실을 잘 모르고 있을 뿐이었다. 사실 그 또한 지금까지 그런 오류를 범해 온 셈이었다. 그런데 불과 얼마 전에야 그는 조금은 우스꽝스런 계기로 인하여 자신이 착각하고 있는 바를 우연히 깨달을 수 있었다.

그날 한적한 교외를 달리다가 눈에 띄는 식당에 들러 매운탕을 먹고 난 뒤에 그는 식당 뒤쪽으로 따로 떨어져 있는 화장실에 들러 소변을 보았다. 그곳은 천장이 낮은 재래식 화장실이어서 냄새가 고약했던 탓에, 그는 목을 뽑아 반쯤 열린 창문 가까이로 얼굴을 가져다 대고서 밖을 내다보았다. 멀지 않은 곳에서 부부로 보이는 늙수그레한 남녀가 밭둑길 위로 걸어오고 있었다. 그는 아무 생각 없이 그들의 모습을 지켜보고 있었다. 그때 아낙네가 먼저 화장실 벽 사이로 삐죽이 나와 있는 그의 얼굴을 발견하고는 팔꿈치로 남자를 찌르며 무어라고 말했고, 그러자 남자도 그를 보게 되었다. 그러나 그 남자는 자신을 응시하는 그의 눈길을 잠시 마주 바라보더니, 이내 민망하다는 듯이 고개를 저으며 얼굴을 돌리고서 걸음을 빨리하여 그의 시야에서 사라졌다.

잠시 후에 눈을 깜박거리며 지퍼를 올리던 그는 순간 손길을 멈추었다. 그는 벽을 하나 앞에 두고서 이쪽의 아랫도리를 드러내고 이쪽의 악취에 휩싸인 채 바깥의 멀쩡한 두 사람을 똑바로 바라보고 있었던 것이다. 그러면서도 그는 방금 전에 초라한 차림을 한 그들의 삶에서 오히려 쾌적하지 못한 냄새를 맡고 있었고, 그 남자에게 무기력함의 혐의를 걸고 있었다. 그 생각이 드는 순간 그는 오싹한 한기를 느꼈는데, 분명 그것은 소변을 누고 난 다음에 찾아오는 생리적인 현상만은 아니었다.

20

어느덧 계곡 사이로 언뜻언뜻 도시의 전경이 눈에 들어오고 있었다. 나는 머리가 무거워지면서 눈이 뻑뻑해지고 뒷목이 결려오는 것을 느끼고 있었다. 여행을 떠난 이후로 나의 머릿속의 불은 두통과 공존하고 있었다. 어떤 때에는 발바닥이 땅에 닿을 때마다 몸을 관통하는 신경선이 철사처럼 빳빳해지는 듯 날카로운 두통이 일어나면서 그 철사 끝에서 불이 활활 타오르는 듯하였다. 그러다 보니 나의 거동 하나하나는 철저히 그 타오르는 불의 거동 뒷전에 머물러 있었다.

하지만 아무리 그렇더라도 머릿속의 불에 대해 내가 먼저 사람들에게 입을 열 수는 없는 노릇이었다. 행여 속수무책으로 무턱대로 감상적이 되어보고 싶은 욕구가 발동하여 내가 그런 발설을 하고 나면, 사람들은 자신들을 돌아보는 대신 각기 자신의 성향과 취향대로 내 머릿속의 불을 판단하고 단죄하려 들었을 것이다.

그제야 나는 머릿속에 불을 넣고 다니는 것이 이를테면 벌을 받는, 혹은 스스로 벌을 주는 행위일 수 있음을 깨달았다. 언젠가 승려들이 화두를 들고 공부를 하다가 머릿속으로 열이 치밀어 화두 꽃이 피어서 죽는 경우가 있다는 말을 들은 적이 있었다. 그 말을 듣고 나서 나는 또한 불이 꽃에 다름 아니며, 머릿속의 불은 곧 종교일 수도 있다는 것을

알았다. 보통 불은 가슴이나 배에 있는 것이지 머리에 있는 것은 아니
었는데, 그렇다면 나의 경우에는 내가 그 불을 품고 있는 것이 아니라,
그 불이 나를 제어하고 있는 셈이었다.

　하지만 나로서는 그 불의 정체를 끝내 알 수 없을 것이 분명했다. 더
욱이 지금 나는 마치 추워서 문을 열지도 못하고 방 안에 가득 찬 악취
를 참으며 살아가듯이, 나 스스로 그 불을 내 속에 가둬두고 달리 어쩌
지도 못하면서 매일 매일을 견디고 있는 것인지도 모르는 것이었다. 그
런 생각에 앞과 뒤로 단단히 물릴 때, 내가 할 수 있는 일은 단 하나뿐
이었다. 나는 정신을 한곳에 모아서 나의 온몸에 퍼져 있던 나머지 불
까지도 긁어모아 머릿속으로 끌어올렸다. 그러고는 핸들을 잡은 손에
땀이 밸 정도로 힘을 주고서 앞서 달리고 있는 자동차의 뒤로 바싹 다
가섰다.

21

　오랫동안 강을 벗어나지 못하고서 강과 함께 차를 달리던 한 남자가
있었다. 그러다 보니 자연히 그의 여정은 강을 닮아 있었다. 강이 시야
에서 사라질 때마다 국도의 곳곳에는 교차로나 횡단보도와 함께 신호
등이 있었고, 붉은 등에 막혀 차에 제동을 걸 때마다, 그는 차의 브레이
크가 온전치 않다는 것을 알 수 있었다. 이미 오래전부터 브레이크를
밟을 때마다 북북 소리가 심하게 나는 것으로 보아 이른바 라이닝이라
는 것이 거의 닳은 모양이었다.

　그러나 그는 경사가 급한 내리막길에서도 속도를 줄이지도 않았고,
뿐만 아니라 평소와는 달리 엔진 브레이크를 거는 것도 염두에 두고 있
지 않았는데, 이는 어쩌면 막연한 자기 방기의 충동으로 인한 것일 수
있었다. 그는 가속도에 몸을 맡겨서 앞 차나 커브 길의 모퉁이 가까이

까지 바짝 그의 차를 접근시켰다가 결정적인 순간에 급하게 브레이크를 밟으면서 아슬아슬하게 모퉁이를 돌기도 하고 아니면 그냥 내처 앞 차를 추월해 버리곤 하였다.

그러면서 그는 실제로 자신이 차를 벗어나서 맨발로 내리막길을 내리달리고 있는 듯한 느낌에 사로잡혀 있었다. 그는 아무 생각도 할 수 없었지만, 그러나 어쩌면 그는 그 모든 것들을 한꺼번에 생각하고 있는 것인지도 모를 일이었다. 이미 오래전부터 애를 쓰고 있었지만 그는 아직 정리해 놓은 것이 아무것도 없는 것이었다. 하지만 분명한 것이 있다면, 그것은 각이 큰 모퉁이를 돌 때마다 실제로 그의 속생각이 몸의 움직임에 따라 이쪽저쪽으로 급격하게 쏠리고 있다는 사실이었다. 브레이크에 올려진 발끝이 가볍기만 한 것은 그 스스로 자신의 생각이 이제 그만 어느 쪽으로든 결정되기를 바라고 있었던 탓이었다. 하지만 아무것도 결정되는 것도, 바뀌는 것도 없었다.

이제 제동 장치에서는 쇳소리가 심하게 울리고 있었다. 드디어 라이닝이 다 닳아버리고 쇠 원판에 직접 제동력이 가해지는 모양이었다. 쇠와 쇠가 마찰되는 그 날카로운 금속성은 높은 속도에서 감속을 하는 경우에는 거의 울리지 않다가 신호등 앞에서 차를 완전히 정지시키는 바로 직전의 순간에 기다렸다는 듯이 갑작스럽게 일어났다. 그런 탓에 그는 차를 세워야 할 곳에 이르게 되면 급하게 속도를 떨어뜨린 다음에 브레이크를 살짝살짝 밟아 주면서 차가 저절로 서게끔 유도해야 했지만, 여전히 그의 관심은 가능한 한 빠른 속도로 달려가는 데에 있었다.

이제 정말로 곧 강과의 여정은 끝이 날 것이다. 도시로 들어서는 마지막 고개 위에 이르러 삐죽삐죽 솟아 있는 사람들의 온갖 거처가 훨씬 가깝게 눈에 들어온 순간, 그는 거의 반사적으로 가속기를 밟은 발에 더욱 힘을 주었다. 어물거리다가는 영영 강을 놓쳐버릴 것 같았기 때문이다. 이제 곧 강은 마지막으로 그의 앞에 모습을 보여줄 것이다. 자동차가 아무런 제동도 받지 않고서 언덕의 발치에 거의 이르렀을 때에 그는 계곡 아래쪽으로 땅이 열리면서 강이 펼쳐지는 것을 보았다.

그러나 그 강은 그의 정면에서 길을 가로막고 있었고, 길은 반원을 그리며 강을 스치며 지나가고 있었다. 하지만 그는 손과 발을 아무것도 움직이지 않고 있었다. 또다시 뒤를 돌아볼 수는 없었기 때문이다. 그 순간 속도계의 바늘이 그의 눈길을 잡아끌며 옆으로 휙 젖혀졌고, 그와 동시에 불이 들어 있는 그의 머리가 기름을 잔뜩 머금은 짧은 심지처럼 순식간에 타들어 갔다. 뜨거운 열과 바람을 가진 어떤 강한 힘이 그를 휘감으며 온몸의 얼얼함 속에서 그와 함께 공중으로 솟구쳐 올라갔고, 그리고 그 마지막 순간에 그는 자신의 몸이 산산이 흩어져버리는 것을 느끼고 있었다.

미친 사랑의 노래

김 채 원

1946년 경기도 덕소 출생.
이화여자대학교 회화과 졸업.
1975년 《현대문학》에 〈밤인사〉 추천 등단.
1989년 〈겨울의 환幻〉으로 제13회 이상문학상 수상.
소설집 《먼 집 먼 바》《초록빛 모자》《봄의 환幻》《장미및 인생》,
장편 《형자와 그 옆사람》《달의 강》 등.

미친 사랑의 노래
—여름의 幻

그녀가 서 있던 방 안의 한 정경이 떠오른다. 문은 앞뒤로 열려 있어 맞바람이 세게 쳤다. 집 안은 바람의 통로 같았다. 그러나 창문과 현관문을 닫으면 바람은 갑자기 길을 잃고 망설이다가 다시 바람의 방향대로 집 벽을 부딪치며 불어갔다.

그 소리는 공중에 수천 수백 필의 광목을 펼치는 소리 같았다. 수천 수백 필의 광목이 펼쳐지며 펄럭이는 소리를 듣기 위해 그녀는 귀를 기울였다. 빗소리도 함께 들렸다.

바람은 시간을 초월하여 옛날에서 지금으로 불어오고 있었다. 어린 시절 어디론가 불어가던 바람, 그 바람이 이제 예까지 온 것이다.

바람에는 여러 종류가 있었다. 그중에서도 빈 공터에서 뱅글뱅글 돌며 양동이, 빨랫줄에 걸린 빨래, 빈 깡통, 신문지, 지푸라기 따위를 데려가던 회오리바람을 그녀는 떠올렸다. 회오리바람 속에는 이상한 마

법이 있어 측정할 수 없는 깊이를 느꼈다. 센 회오리바람은 사람은 물론 집마저 뱅글뱅글 바람 속에 말아 데려간다고 했다.

문득 그 바람에 휘말려 어딘가로 데려가진다면 하는 두려움에 얼른 담벼락이나 나무 등치를 잡으며 집으로 숨어들려 했던 기억이 그녀에게 있다. 그러면서 한편으로 바람이 데려가는 곳은 어디일까, 강한 호기심 섞인 동경을 품었다. 집으로 숨어들지 말고 바람에 휘말려 바람이 데려가는 곳으로 가보고 싶다고 생각했다.

어디로 데려가는 것일까, 어디로 데려가 다오.

창 위에 쳐놓은 굵은 대나무 발 하나가 펄럭하고 부풀어 오르듯 움직였다. 그 발은 허공에 떠 있는 돛폭 같았다. 허공은 먹물을 들인 승의 옷과 같은 빛깔을 띠고 있었다.

돛폭 밑에 노인이 앉아 한없이 허공을 응시하고 있었다. 다리가 없는 등받이 의자에 의지한 노인은 목에 힘을 잃어 고개를 한옆으로 떨어뜨리기 시작하더니 의자 손잡이 있는 데까지 기우뚱해져서 이상한 앉음새가 되어버렸다.

노인은 앞·뒷문을 열어 맞바람 치게 해놓고 앉아 있었다. 숨이 모자라는 듯 바람 속을 향해 한숨 한숨 들이키고 토해 놓았다. 한숨 들이쉬고, 토해 놓는 숨이 없을 듯하다가 어느새 가만히 토해 놓고 다시 들이쉬었다. 숨은 금방 꺼질 듯 너무 가벼웠다. 바람 때문에 숨을 쉬는지조차 느낄 수 없었다.

노인의 뒤, 마룻방 안 깊숙한 곳에 그녀가 노인이 보고 있는 방향 쪽을 응시하고 서 있었다. 부엌에 붙은 길쭉한 식탁 위에 손을 얹고 몸을 기둥처럼 우뚝 세웠다. 많이 망가졌구나, 이렇게 생각되는 전체의 느낌 속에서 그러나 기묘하게도 보는 이로 하여금 아픔을 찢고 껍데기를 벗어던지며 새로이 솟아나오는 미를 느끼게 했다.

가스레인지 위에서 코를 톡 쏘는, 마늘장아찌에 부을 간장이 끓고 있지만 그녀는 불만 약하게 줄여놓을 뿐 냄비 뚜껑을 열어보고 거품을 걷어내는 일은 하지 않았다.

바람 소리 새새로 전파를 타고 조그맣게 들려오는 것은 노인이 방 안에 틀어놓은 라디오 소리였다.

그녀가 서 있는 현관문으로 산의 푸르름이 보이고 있었다. 벽이 아닌 열린 문은 갑자기 환하게 터지는 공간의 부분이다.

창을 통해서 현관문으로 빠져나가는 바람, 현관문을 통해서 창으로 빠져나가는 바람, 맞부딪침으로 인해 바람은 더욱 거세어진다. 방 안은 바람의 통로였다. 장마의 초 무렵임에도 몇 군데 물난리가 있다는 뉴스 보도가 있었다. 이해에는 7말까지 장마여서 여름은 장마가 걷힌 8월 초부터 단 열흘 만에 물러갈 것이라는 예보였다.

그녀 순미는 이십여 년 만에 집으로 돌아왔다. 그 사이 세 번인가 아들과 와서 한 달씩 지내다 갔으니까 옹근 이십여 년은 아니라 해도 그러나 사이사이 여름 동안 잠깐씩 지낸 그 기간이 무슨 소용이 있는 것일까. 조금씩 변해 가는 주위 사람들과의 체취를 맛보는 정도에서 그치고 공항의 어설픔 속에서 출국 수속을 서둘러 마치고 떠나가곤 했던 것이다.

그녀가 떠나고 난 후 나는 언제나 멍해져서 대합실에 한동안 눌러앉아 있거나 뷔페식으로 된 식당에 가서 공깃밥에 열무김치와 된장국을 먹고 다방에 가서 혼자 차를 마시며 오래오래 앉아 있거나 했다.

우리에게는 어떤 애절함도 이미 없는지 모른다. 단지 가슴 한 귀퉁이를 후비고 지나는 아픔, 밑이 빠지는 듯한 공허 따위가 드문드문 떠 있는 섬처럼 가슴속에 자리하고 있을 뿐일지 모른다.

순미는 스무 시간 가까이 참아내야 하는 비행기의 웅웅거림 때문에,

그리고 시간과 공간의 질서를 무너뜨리며 떠가는 비행기 때문에 무어
라 갈피 잡을 수 없는 속에 자신을 던져놓고 있을 것이다.

그녀가 잘 갔느냐고 안부를 물어온 옛 동창의 전화에 나는 공항 근처
의 하늘이 좀 이상하지 않느냐고 물었다. 거기가 강화도에 가까워서일
거라고 동창이 말했다.

나는 무릎까지 치며 김포가 강화에 가깝다는 새로 안 지리적 조건을
승복하듯 시인했다. 그런 지리적 조건이 있다는 것을 마음 가벼워했다.
공항 근처의 하늘이 이상한 것이 마음의 조화가 아니라 실제로 강화라
는 섬에 연유하여 공기층이 비교적 깨끗하다는 것에, 장마 후여서 비에
씻긴 탓도 있겠으나 그러나 그녀를 배웅하고 올 때마다의 하늘이 늘 마
음속에 자리하고 있었던 것이다.

모든 것은 어디에 연유한 것일까. 김포의 하늘이 이상하게 맑아 어
딘가 쓸쓸한 것이 강화에 연유하듯이 존재하는 모든 것은 그것이 어떤
생각, 삶의 추상성이라도 근본을 캐어 들어가 보면 어딘가에 연유된
것일까.

순미가 열심히 얘기하고 있는 도중에 내가 무심히 얘기 듣던 자세에
서 갑자기 탐색하는 눈초리를 던졌던 것은 바로 그런 데에 근거를 둔
무의식의 발로였던가. 무슨 실마리라도 찾으려는 듯 그녀의 얼굴에 조
명등을 비치며 구석구석 후비려 했던 것일까. 아마 그랬던 것 같다. 그
랬기 때문에 순미는 웃으며 얘기하던 것을 멈추고 때로 멍한 표정을 띠
었던 것 같다.

그녀는 앞으로 살아가는 일에 자신이 있다고 말했다. 커다란 가슴을
싸쥐고 약간 웃는 모습으로, 그러나 결연한 의지가 담긴 표정으로 몇
번인가 말했다.

"연애를 한다면 자신이 없지만 함께 동거한다면 자신이 있어. 서로

함께 생활하는 거라면 말이야."

이제 오십인 그녀가 가발을 쓰고 앉아서 그렇게 말했으므로 나는 약간 어리둥절해하면서 말참견을 했다.

"그래, 그럴지도 모르지. 그렇지만 혼자 사는 게 아니라 함께 사는 것인데 혼자만의 생각으로 되는 일일까?"그러면 그녀는 웃으면서 그렇다고 말했다. 그래서 어쩐지 연애가 아닌 생활이라면 자신이 있다고 다시 반복하여 말했다. 함께 정말인 정을 쏟으며 잘살아 볼 수 있을 거라고 했다. 자신이 재혼을 하여 일 년 동안 흠뻑 애정을 쏟으며 살아봤기 때문에 알 수 있다고. 만약 재혼한 상대가 '그런 남자' 가 아니었다면 자신은 정말 잘해 나갈 수 있었을 거라고. 글쎄 바로 '그런 남자' 니까 그렇게 살 수 있었던 거지, 거기서 그 남자의 요소를 빼면 안 될 터인데도 그녀는 백치처럼 그 점을 외면한 듯 말했다.

"너도 알다시피 나는 뺨에 흉터가 있어 바람 부는 날도 싫어했는데 그 남자한테 수영도 배웠고. 전 같으면 상상이나 할 수 있겠니? 내 흉터를 다 보이고 내 전부를 다 드러내놓고, 나는 바다 위에 누워서 이런 충만감, 만족감이 이 세상에 있는 것이로구나 했지. 새로운 가능성이란 정말로 무한한 것이로구나 하고 말이지. 종희 네게도 그 기분을 꼭 알려주고 싶었는데."

나는 그녀의 심정, 내게도 꼭 알려주고 싶은 그 심정을 이해했다. 그리고 새로운 가능성이란 말에서 어떤 향기를 맡는 듯했다. 실지로 나는 그녀의 경험들을 내 경험으로 간접 체험 속에서 그간 삶의 경이로움을 맛보기도 했으니까.

그녀가 바닷가 모래밭에서 속옷을 벗고 치마만 입은 채 가랑이를 벌려 바닷바람을 양다리 사이에 껴안은 것도, 자동차를 타고 모르는 길을 밤으로 낮으로 흘러갈 때 우주의 중심 속으로 달려가는 것 같던 것도 어쩐지 그녀가 아니라 내가 체험했던 듯 느끼기도 했던 터이다.

그녀와 나는 육촌간이지만 한집에서 자라서인지 친형제 이상으로 가깝다. 그녀는 어린 시절 고아가 되어 우리 집에 온 후 결혼하여 외국으로 떠나기까지 죽 나와 함께 지냈다. 우리는 화장실도 같이 가서 하던 얘기를 계속할 지경으로 예나 이제나 얘기가 끊이지 않았다.

"어느 날 사람들이 바닷가 풀밭에 모여서 포크 댄스를 했어. 서로가 다 모르는 사람들인데, 모두 같이 손풍금에 맞추어 춤을 추다가 그중에 한 사람이 한 남자와 한 여자를 지명하면 그들이 가운데서 춤을 추고 다른 사람들은 둘러서서 음악에 맞추어 손뼉을 치는 거야. 어떤 백인 여자가 그 남자를 짚었어. 그래서 그 남자가 가운데로 나가서 춤을 추고 사람들은 둘러서서 음악에 맞추어 손뼉을 쳤지. 그런데 어쩐지 그 사람이 다음 차례에 나를 짚을 것 같애. 그래서 슬며시 빠져나와 바닷가에 세워진 배에 올라갔어. 그런데 아니나 다를까 그가 나를 찾고 있는 모습이 보였어. 나는 얼른 갑판에서 선장 뒤에 숨었지. 그런데 그 사람은 끝까지 나를 찾아내어 끌고 내려갔어. 사람들은 그렇게 오랫동안 박수치며 기다리게 하구선. 나중에 사람들이 다 웃으며 열광적으로 박수를 쳤지. 내 인생에 바로 그런 일도 있었다. 꼭 주인공 역을 맡은 사람처럼 말이지. 섬으로 여행 갔을 때 얘기야."

그녀가 열중하여 얘기하고 있는 모습을 보면 그녀에겐 불행한 일이 없었으며, 전혀 재혼한 남자와 헤어지고 온 여자 같지 않았다. 뿐 아니라 내 눈에는 아직 그녀가 한창인 처녀 시절로 보이기도, 그 너머 아홉 살의 아이로 보이기까지 했다.

정말 그 남자가 바로 그런 남자가 아니어서 그녀의 원대로 행복 할 수 있었다면 얼마나 좋을까, 이 세상엔 왜 그런 행복이 없는 것일까, 무한한 가능성을 끌어내어 주는 다른 어떤 세계가 존재하지 않는 걸까.

안타까워하면서 그녀에게 말했다.

"혹시 그 사람한테 아직 미련이 있는 것은 아니겠지?"

"아니, 아니, 그런 일은 없을 거야."

그녀는 모호하게 말했다.

"들었지, 그 얘기, 니 친구한테서. 너만 모르고 다들 알고 있었대더라. 그 남자가 미친 사람이라는 거. 다들 니가 결혼할 당시 알고 있었대. 니가 일 년 살아보구서 깨달은 것을 사람들은 그 당시 다 알고 있었다는 거야."

나는 잡아채듯 말했다. 거기에는 한 번도 결혼해 보지 못한 여자가 두 번이나 결혼을 해본 여자에 대해 갖는 학대 감정이 숨어 있었는지 모르겠다.

"왜 우리 대학생 때 그 남자 우리 집 담을 뛰어넘은 것만 봐도 알 수 있잖아. 그것 생각나니? 대낮에, 대문 열어 주지 않는다고 뛰어 넘었었잖아. 그때부터 우린 그 남자에 대해서 사실 짐작했었어."

그녀는 가발을 벗어서 손가락으로 빗어 놓으며, 참 이 모든 것이 꿈이면 얼마나 좋을까, 정말 잘살아 볼 수 있을 것 같은데 왜 하필 그런 남자였을까라고 중얼거렸다.

갑자기 가발을 벗은 그녀의 얼굴은 럭비공 비슷이 어딘가가 뜯어져서 실로 꿰맨 것처럼 보였다. 머리가 너무 짧게 잘라져 뺨의 흉터를 가리기 위해 임시방편으로 쓴 것이라 하였다.

"나는 행복에 대한 확신이 있어. 종희 너는 안 그러니? 나는 어린 시절 참 행복했던 것 같애. 참 행복하구나 하고 어린 마음에도 생각된 때가 많았어. 엄마, 아빠, 그리고 종희 너, 나 이렇게 네 식구가 모여 있을 때 행복이 우리들 사이에서 솔솔 피어나는 것 같았어. 이웃집에 가봤을 때도 친구 집에 가봤을 때도 나는 막연히 그렇지만 확실하게 이 집은 행복 면에 있어선 우리 집보다 떨어진다 이렇게 생각하곤 했다. 참 이상하지. 친아버지, 어머니가 아니었는데도 나는 한 번도 그런 생각이 들지 않았어. 참 이상하지. 실은 나는 고아였는데도 왜 그렇게 행복을 느꼈던지, 무엇 때문에 그렇게 행복해 했는지…… 그리구 그 남자하구 일 년 동안 행복이 무엇이라는 걸 다시 안 것 같애. 그렇기 때문에 나는 행복에 대한 확신이 있어."

그녀의 어리숙한 표정, 아파하는 마음을 들여다보며 나는 다시 후비 듯 말했다.

"그 남자를 만나 다시 행복을 확실히 알았다고? 일 년 만에 끝났으니 말할 자격도 없는 것 같은데. 그 남자가 뒤늦게 네게 다시 나타났을 때 나는 위대한 개츠비가 나타났다고 생각했지. 젊었을 때 잠시 나타났던 개츠비를 몰라보고 일생 걸려 돌고 돌다가 이제 겨우 다시 만난 거라고. 뭔가 화악 열리는 것 같은, 세상이란 결국 이런 거지, 그래 바로 이런 거겠지. 그렇게 이상한 게 아니겠지, 어릴 때 생각하던 바로 그런 세상이겠지. 무엇이든 어릴 때의 생각이 맞는 거라고, 어른의 생각은 관념일 뿐이며 틀린 거라고 다시 생각했었지. 일 년 전 니가 그곳에서 우연히 그 남자를 만났고 곧 재혼할 거라고 했을 때 그때 얼마나 마음이 들뜨고 금광이라도 찾은 기분이었는데. 사람들이 왜 일생 걸려 금광을 찾는지 알 것 같은 기분이었는데…… 그런데 생각해 보면 서부극에서도 역시 그렇지. 금궤를 찾는 순간 결투로 죽든가 금궤가 저 해변 골짜기로 떨어져 내려 일생의 꿈이 물거품이 되어버리지."

"생살을 우선 찢어놓고, 그리고 마음을 정리하여 헤어졌어. 헤어지는 일이 그렇게 쉬운 게 아니더군. 이성으로 판단하여 결심하고 헤어져야 되는 거라고 결심, 결심했지."

"생살을 우선 찢다니, 그럼 그렇게 정말 그 남자와 한 몸이 되었던 거로군" 하고 나는 중얼거렸다.

하루 종일 비가 내리고 있었다. 비는 공간 속으로 밑이 빠진 듯 내리퍼붓고 있었다. 집 안에 널어놓은 빨래에서 무거운 냄새가 번지고 있었다. 나일론 스타킹과 뒤집어 널은 원피스 속에서 빠져나온 주머니가 그녀의 머리 위에서 흔들렸다. 여러 군데의 물난리 뉴스가 있었다. 어느 거리에서는 쓰레기로 바리케이드를 쳐 상점에 물이 들어오는 것을 막고 있다고 했다.

"한번은 이런 일도 있었어. 고속도로를 타고 어디로 가던 길이었어. 내가 화장실에 들어갔는데 갇혔어. 들어가서 문을 잠글 때부터 잘 안 닫겼었어. 그래서 억지로 잠궜는데 이번엔 열리지를 않는 거야. 진땀이 나고 아무리 애를 써도 되지를 않아. 겁이 나고, 전 같으면 너무 무서워서 기절이라두 했을 거야. 미국에는 화장실에서 강간이나 살인이 많이나. 그런데 그때는 무서우면서도 한편으론 아주 안심이 되더라. 이 남자가 밖에 있다는 게 그렇게 든든할 수가 없었어. 이 남자는 무슨 수를 써서라도 나를 거기서 빼내줄 사람이지 하고. 조금 있으니까 이 남자가 밖에서 부르는 소리가 들렸어. 너무도 안 나오니까 웬일인가 찾으러 왔던 거야. 내가 안에서 문이 잠겼다고 하니까 잠깐만 기다리라고 아무 염려 말라구 안심시키고 어디론가 달려가는 소리가 났어. 나는 그 안에서 안도의 웃음을 지었지. 곧 누군가가 기구를 가지고 와서 나를 꺼내 주었어. 네? 뭐라구요?"

그녀가 가발 쓴 머리를 기우뚱하며 얘기하던 자리에서 몸을 일으켜 노인의 방 쪽으로 간 사이 나 혼자 빈자리에 앉아 있을 때 나는 놀랍세도 어린 시절 도토리 떨어지는 소리를 들었다. 도토리나무에 잦아든 바람이 쟈쟈쟈쟈쟈 바람 소리를 내며 나뭇가지나 잎을 흔들고 도토리들이 마당 여기저기 떨어져 내렸다. 혹은 바람과 상관없이 제풀에 툭 떨어져 내렸다.

또르르 톡, 톡 또르륵.

떨어지면서 도토리 껍질 속에서 튕겨져 나오기도, 그대로 껍질 속에 들어 있기도 했다. 밤송이보다 훨씬 작은, 나무껍질 비슷한 물질로 형성된 도토리집, 그 안에 든 하얀 머리 부분과 연한 갈색의 몸으로 나뉘는 도토리 알맹이, 그런 것들이 갑자기 눈앞에 어른거렸다.

"음, 라디오 틀어놓으라는 소리였어. 소변도 봐드렸어."

방에 들어갔던 그녀가 돌아와 아까의 자리에 앉았다.

그녀는 화장실에 가서 손을 씻은 뒤 식탁 위에 놓인 냄비에서 밥을 푸고 냉장고에서 열무김치를 꺼내어 먹기 시작했다.

밥은 뜨거울 때 주걱으로 뒤적여 놓지 않아 조금 남은 것이 덩어리지고 밑 쪽이 눌어 있었다.

나는 앉은 자리에서 손쉽게 손에 잡히는 멸치 볶음과 오이지를 그녀 앞에 내놓아 주었다. 그녀는 순식간에 밥을 다 먹은 후 커다란 비닐통을 들어 물 주전자에 부었다. 아침에 새로 떠온 약수이기 때문에 물이 통에 가득 차 있어 쏟아 붓기에 여의치 않았다. 물이 가득 든 비닐통이 작은 물 주전자에 비해 너무 무겁고 커서일 것이다.

그녀는 균형을 맞추기 위해 약간 발꿈치를 들고 윗몸을 필요 이상 구부렸다. 그랬음에도 물은 비닐통 주둥이에 압력을 가하여 힘들게 쏟아져 주위에 흘렀다. 물을 붓는 그녀의 그 모습은 아무것도 가진 것이 없어 보였다. 나는 오십인 여자가 어떻게 저토록 아무것도 가진 것이 없는가 바라보았다. 나는 바로 그 연유를 또 따져보고 있었던 것이다.

노인이 틀어놓은 라디오에서 뉴스가 흘러나왔다.

—서울 중부와 경북 북부 지방을 강타한 집중 호우로 인천에서 스물한 가구가 사는 주택 열두 채가 매몰돼 스물세 명이 떼죽음을 당했고,

경북 영풍군에서는 산사태가 두 집을 덮쳐 두 가구 네 명이 숨졌습니다. 11일 낮 12시 40분쯤 인천…….

갑자기 뉴스가 끊기고 노인이 부르는 소리가 들렸다. 이번에는 내가 일어섰다. 노인은 몸을 옆으로 누인 채 라디오 콘센트를 쥐고 벽에 붙은 플러그를 향해 이제 막 돌진하고 있었다. 노인에게 지금 이 세상에 보이는 것은 오직 벽에 붙은 플러그 구멍뿐인 듯했다.

플러그 구멍 속에 라디오 콘센트가 잘 맞아 들어가지 않았다. 노인은 몸을 옆으로 누인 채 몇 번이고 구멍을 향해 돌진하였으나 헛손질로 그쳤다. 나는 노인의 손에서 플러그를 빼어 벽에 꽂았다. 갑자기 다시 뉴스가 이어졌다.

—이 도축장은 반입된 소의 미간 부분을 끝 부분의 뾰족한 망치로 쳐 쓰러뜨린 뒤 가사 상태에 빠진 소의 복부를 절개해 허파 동맥에 직경 5센티미터 크기의 고무호스를 집어넣고 3분 내지 5분간 지하수를 공급, 한 마리당 30내지 50킬로그램씩 무게를 늘려 왔다고 합니다. 도축장 인부들은 작업의 효율을 높이기 위해 반입된 소의 다리를 절단해 화물차 끝에 매달아 도축장 내에서 끌고 다니며 소가 탈진해 심한 갈증을 느끼게 해 되도록 많은 물을 흡수하도록 하는 방법을 써왔습니다.

나는 라디오의 볼륨을 약간 높여놓고 아직 저녁이 아닌데도 전기 스위치를 올린 후 방을 나왔다.

그녀는 가스레인지에 물 주전자를 올려놓고 차를 끓이고 있었다. 그녀가 가져온 레몬향이 나는 차였다. 흰 찻잔을 세 개 내놓고 스푼과 검은색 각설탕을 준비하였다. 그 사이 화장실에 다녀온 듯 수세식 물소리가 나고 있었다.

우리의 얘기는 늘 이런 선에서 맴돌았다.

그녀는 얘기 끝이 항상 모호했고 나는 잡아채어 칼로 베어 내기에 열중했다. 순미는 아직 그 남자에게 연민을 두고 있는 듯했다. 내게는 그렇게 보였다. 적어도 그 남자에게서 그녀가 아닌 내게로 카드가 날아오기까지.

첫 번째 카드 이후, 뜯어보지 않은 카드가 장롱 서랍에 쌓여갔다. 두 장, 세 장, 네 장, 다섯 장, 등기 속달의 카드가 쌓이기 시작했다. 우리가 뜯어본 첫 번째 카드의 내용은 그가 전에 순미에게 보냈던 카드 내용과 글자 한 자 안 바뀐 그대로였다. 그녀의 이름 순미에서 종희라는 이름만 바꾸어 쓰고 있었다.

어떻게 된 것일까. 이 무슨 날벼락일까. 그 남자는 정말로 완전히 돌아버린 것일까. 나는 차라리 웃음이 나왔지만 순미는 참아내기에 전전긍긍하는 것 같았다.

"어디다가 너까지 함부로, 우리를 농락하는 거지. 용서 못해. 이건 절대로."

그녀는 분노했다.

"그놈에게 가서 실컷 때려줄 사람이라도 있었으면 좋겠는데, 든든한 집안 아저씨나 오빠나."

아니 오십 동갑인 그녀와 나, 두 여자가 앉아서 이런 말을 하고 있는 것이 우스워 우리는 한동안 허리를 잡고 웃었다.

"미친 사람이야. 미친 것이 확실하지. 미치지 않고서야 이럴 리가 있겠니? 그렇게 화를 낼 필요도 없어. 일 년이란 세월 동안 오래오래 잠을 자며 긴 꿈을 한바탕 꾼 셈치면 그만이지. 꿈에서 깨어나도 생시에 별것이 있는 것도 아니잖아. 더구나 누가 뭐래도 그 시간에 그렇게 행복감을 맛보았다니 결국 좋았던 거지. 그가 바로 이런 사람이니까 니가 말하는 그런 행복감을 맛보았던 게 아닐까. 차라리 한바탕 미친 쪽이 낮지 않아?"

물 먹인 소에 대한 뉴스가 바람 소리 새새로 들려왔다.

물 먹인 소를 잡는 도살장을 경찰이 급습하자 소를 잡던 사람들이 근처 밭으로 도망갔으나 곧 잡혔다고 보도했다. 도축장 입구에는 비상벨이 설치되어 낯선 외부인이 나타나면 비상벨을 울려 불법 도축을 중단시킨다고 했다. 비구름은 계속 몰려들었다.

하늘의 공간 속으로 회색 안개가 짙게 번져갔다. 그 구름은 추억의 장을 한 장씩 벗기는 듯, 아니면 어떤 일들을 한 장씩 제치는 듯했다. 그 제침이 없으면 지금이 과거인지 미래인지, 꿈인지 현실인지, 허위인지 진실인지조차 분간할 수 없을 듯했다. 이상한 혼돈이 계속됐다.

어느 날 롯데 호텔에서 느닷없는 전화가 걸려왔다. 전화의 낯선 목소리는 내 이름을 찾고 있었다. 미국에서 꽃을 보냈다고 말했다. 그래서 전하려고 하는데 본인과 주소를 확인하려 한다고 했다.

그때 그녀의 곤혹스러워하는 표정, 그런 사람이 없다고 했는데도 전화는 십 분 간격으로 다시 몇 번이고 걸려 왔다. 모든 방법이 어쩌면 이렇게도 똑같을까 중얼거리며 그녀는 방으로 달려가서 장롱 서랍에 있는 뜯어보지 않은 그의 카드들을 하나하나 뜯어보기 시작했다.

카드들은 전에 그녀에게 보냈던 것과 글자 한 자 안 바뀌고 모두 똑같았다. 카드 그림조차 똑같은 것이었다. 한 묶음 사둔 것을 그대로 사용하고 있는 것이라고 했다. 그녀는 내게 그 남자에게 전화를 걸라고 결연한 의지가 담긴 표정으로 말했다.

"내가 그 남자와 살아 봐서 아는데 지금 니 의사를 분명히 해두지 않으면 어딘가에 약혼식을 준비해 놓고 너를 데리러 나타난다. 그 사람은 지금 니가 자기를 사랑하는 줄 착각하고 있어. 내가 니 얘기를 늘 해주었거든. 이제 다시 나타나 주어 고맙다고 한다고, 니가 편지한 얘기를 내가 늘 해주었거든. 그리고 우리 어린 시절부터의 모든 얘기를 다 했지. 왜 우리가 이렇게 얘기가 끊이지 않듯이 그 남자하구두 얘기가 끊이지 않았어. 그 남자 마음속에 충분히 그런 발상을 불러일으킬 수 있어. 더구나 니가 결혼을 안 한 여자구 하니까. 친척 노인 돌봐 드리는 일만 끝내면 언제구 너도 미국으로 불러 같이 살자구두 했으니까. 이 사람은 이즈음도 이런 기막힌 사랑이 있다고 사람들이 놀라는 것을 꿈으로 생각하는 사람이야. 이 사람은 무슨 일이든지 한 번 그렇게 생각하면 목에 칼이 들어와도 바꾸지 못하는 성미야. 여자들이 싫다고 거절하는 소리를 네, 하는 소리로 알아들으면 된다는 둥 자기대로의 법칙이 있고, 그 법칙은 세상이 무너져도 못 바꿔. 정말 이상하지. 정말 이상한 사람이지."

그녀는 정신 산란해했다.

"그렇지만 내가 전화를 한다는 건 그 사람 방법대로 놀아나는 게 되지 않겠니? 오히려 묵살이 낫지 않아? 미친 사람한테 똑같은 방법으로 상대하기보다 한 수 위여야 하지 않을까?"

우리가 망설이고 있는 사이 호텔 메신저 보이에게서 또 전화가 걸려왔다.

그녀는 마루의 전화기를 방에 가져다주고 전화번호를 알아보기 쉽게 크게 종이에 적어주며 내게 당장 전화하라고 종용했다.

그녀는 전화 걸 수 있는 분위기를 만들어주기 위해 문을 닫고 나갔다. 그녀는 내 전화 소리를 듣지 않겠다는 듯 현관 밖으로 나가는 것 같았다.

나는 난처했다. 그 사람과 목소리로 마주 대하기조차 무엇인가 더러운 것이 묻어나는 것 같았다. 나는 그를 혐오하고 있었다. 위대한 개츠비로 보이던 그가 그녀와 헤어지자 말할 수 없이 불결해 보였다. 그런 남자와 애정을 흠뻑 쏟으며 살았다니, 그녀가 아픔으로 씻어내지 않았던들 그녀조차 불결해 보였을 것이다.

조금 후 그녀가 현관문을 열고 들어와 방문을 열고 전화를 했는가 물었다. 바람에 가발이 약간 벗겨진 채 묻는 모습이 진지했으며, 나는 그 모습에서 우리 어린 시절을 다시 보았다.

어린 시절의 꽃밭. 꽃이 한창인 여름을 지나 가을을 넘기고 겨울이 되기까지 서리를 맞은 채 과꽃이나 난초 더미들이 퇴색되어 거기 그대로 서 있었다. 비바람에 줄기가 꺾이고 휜 채, 바싹 마르고 갈색으로 변한 채, 그러나 꽃의 모습을 그대로 간직한 채.

때로 비나 안개, 서리 때문에 습기를 흠뻑 머금었다가 바삭바삭 말라 있던 꽃들의 자태. 꽃과 줄기의 잿빛 도는 색깔, 그 속에 간혹 붉은 색이나 노랑의 꽃잎 색깔이 한 줄기 선명히 보이기도 하는.

나는 무조건 내키지 않는 전화를 걸어 보기로 마음을 정했다. 그것은 그녀의 방법이지 내 방법은 아니었다.

그녀는 다시 문을 조용히 닫고 현관 밖으로 나갔다. 다른 방에 가 있어도 될 텐데 현관 밖으로까지 나가는 것에 그녀의 간절함을 느낄 수 있었다. 나는 목소리를 내어 연극 대사처럼 우선 연습했다. 가장 험악하고 냉정한 목소리를 내기 위해 몇 번이나 옥타브를 낮게 가다듬었다.

"나 종희입니다. 카드 받았어요. 정신병원에 가보세요. 제발 꼭 정신병원에 가보시라구요. 할 말은 오직 이것뿐이에요."

나는 다시 대사를 간추렸다. 제발, 오직, 꼭, 이런 단어에 감정이 배어 있는 것 같아 빼버렸다. 그리고 심호흡을 한 뒤 그녀가 적어순 송이를 보며 다이얼을 돌렸다.

"종희? 종희 씨?"

안개 속을 헤집는 듯한 그의 전화에 대고 나는 준비한 대사만을 외우고 끊어버렸다. 그에게서 다시 전화가 왔다. 그는 흥분하고 있었다. 정신병원에 갈 사람은 그녀와 나라고 말했다.

"당신네들, 당신네들……."

무엇이라고 얘기를 시작하는데 나는 다시 끊었다. 어떻게 된 영문인지 전화가 끊어지지도 않았다. 수화기 속에서 계속 날뛰는 듯한 그의 목소리가 모기 소리만 하게 흘러나오고 있었다.

할 수 없이 전화기를 내려놓은 채 방석을 덮어두었다. 그녀가 들어와 있었다. 두려웠다. 어떤 혼란 속으로 그녀와 나는 함께 빠져 들어갔다. 우리에게 무슨 엄청난 잘못이 있어 인생이 이렇게 장난질처럼 오는가.

바람이 불고 먹구름은 점점 짙게 무거운 그림자를 드리우며 번져갔다. 마른번개도 번쩍번쩍 세상 이 끝에서 저 끝으로 축을 강타하며 지나갔다. 연기처럼 엷은 기류가 무섭게 빠른 속도로 질주해 갔다. 열린 현관문으로 보이는 산의 푸르름은 검푸른 덩어리로 전진하고 있었다. 창으로 바람이 요동쳐댔다. 창에 쳐진 발이 끊어지는 돛폭처럼 부풀어지고 있었다.

그녀는 달려가서 창을 닫고 또 달려와서 현관문을 닫았다. 양쪽 문을 닫자 바람이 끊어졌다. 집 안은 더할 수 없이 고요하였다. 엄숙한 침묵이 흘렀다. 무엇인가가 바뀌어가고 있었다. 새로운 현실이 돋아나고 있었다. 우리는 서로를 물끄러미 바라보았다.

나는 눌러놓은 방석을 가만히 들추고 수화기를 조심스럽게 쳐들었다. 그의 날뛰는 소리는 아직 계속되고 있었다. 굵은 빗줄기가 갑자기 온 천지에 요란한 북소리를 내며 쏟아지기 시작했다. 바람은 수천 수백 필의 광목을 공중에 펼치며 불어 가고 있었다.

당신네들, 당신네들. 그가 고함치던 소리가 귓가에서 떠나지 않았다. 그녀와 나는 완전히 어리둥절해졌다. 미친 사람은 그가 아니라 그녀와 나라고 그 남자는 힘주어 말했다. 눈알을 노랗게 뜨고 혓바닥을 날름거리며 타액에 끈끈한 독을 뿜어내며 말했다. 멀리 태평양을 건너오는 소리였건만 그의 모습까지 그 목소리는 상상케 했다.

갑자기 빠르고 센 빛이 하늘을 가르는가 하더니 굉장한 굉음이 꽈당하고 세상을 쪼개었다. 다시 빛, 빛, 순간적으로 일으켜지는 노란 날빛은 이 세상 어디에도 숨을 곳이 없이 비추고, 우리의 내부 깊숙이까지 비추었다.

비는 몇 날 몇 밤을 끊임없이 내렸다.

한강 수위는 위험 수위를 넘고, 둑이 터지는 것을 막기 위해 댐의 수문을 열어야 한다고 했다. 예비군이 동원되어 고무보트로 주민들을 안전 지역으로 대피시키고, 수재민들은 추위와 굶주림에 시달리고 있다고 했다.

지칠 줄 모르고 비는 쏟아져 내렸다. 비는 무겁고 칙칙하고 하늘엔 구멍이 뚫려 비의 무게를 막을 길이 없었다. 장대비가 오다가 실비로 바뀌고 잠깐씩 비가 멈춘 사이로 바람이 광포하게 불었다.

집 안은 바람의 통로 같았다. 그러나 창문과 현관문을 닫으면 바람은 갑자기 길을 잃고 망설이다가 다시 바람의 방향대로 집 벽을 부딪치며 불어 갔다. 바람은 시간을 초월하여 옛날에서 지금으로 불어오고 있었다.

노인은 마루에 나와 앉아 문을 앞뒤로 열어놓고 바람을 맞았다. 다리가 없는 등받이 의자에 의지한 노인은 목에 힘을 잃어 고개를 한옆으로 떨어뜨린 자세였다. 숨이 모자라는 듯 바람 속을 향해 한숨 한숨 들이키고 토해 놓았다. 한숨 들이쉬고 토해 놓은 숨이 없을 듯하다가 어느새 가만히 토해 놓고 다시 들이쉬었다. 숨은 금방 꺼질 듯 너무 가벼웠다. 바람 때문에 숨을 쉬는지조차 느낄 수 없었다.

그녀와 나는 우산을 받고 장을 보러 나가고, 비디오가게에서 비디오를 빌려보고, 오이지에 앉은 백태를 떠내고 소금물을 다시 끓여 부었다. 마늘장아찌의 간장도 다시 끓였다.

그녀는 두고 온 아들에게 국제 전화를 했다. 아들은 여자 친구를 만나러 가는 길이라고 말하며 오늘이 그들이 만난 지 2주년 되는 날이라고, 엄마의 재혼보다 우리의 연애가 더 길다고 웃으며 말했다.

십여 년 전 그녀의 집에 갔을 때 저녁 무렵 부엌 식탁에 앉아 구슬을 꿰다가 눈물을 훔치던 그녀 모습이 이유 없이 떠올랐다. 훌럿싱이라고 하는 한인이 많이 사는 지역의 한 작은 아파트였다. 그때 그녀가 무엇 때문에 울었는지 그 원인은 잊었으나 그녀는 하염없이 허리를 구부리고 앉아 구슬을 꿰다가 눈물을 훔쳤다.

목걸이 하나를 꿰는 데 십 센트라고 하던가, 그녀는 목걸이를 꿰는 그 질긴 실에 쓸리어 손바닥이 발처럼 갈라져 있었다. 목걸이 하나를 만들 때마다 구슬을 한둘씩 남겨두었다가 목걸이를 만들어 내게 주었다.

그녀는 나를 초청한 이유를 나중에 설명했다. 어머니, 아버지가 돌아가시고 혼자 남게 된 것이 안쓰러워서였을 거라고 생각하고 있던 내게 그녀는 말했다.

"친구 편지 속에 길에서 우연히 너를 만났다는 얘기가 있었어. 니가 너무 마르고 늙고 얼굴에는 핏기가 하나도 없이 고달파 보였다고 했어."

부엌 창으로 빛이 들어오고 천장에도 등이 켜져 있었다. 그녀는 등이 파인 잠옷 비슷한 홈웨어를 입고 허리를 굽혀 조그만 구슬 구멍 속으로 바늘을 꿰었다. 구멍 속으로 바늘을 집어넣기엔 빛이 어두웠다.

식탁 위에 이미 꿰어진 목걸이와 구슬 바구니들, 그리고 빨강 · 파랑·하늘색·흰색·노랑 구슬들이 조금씩 흩뿌려지듯 놓여 있었다. 그녀의 어린 아들과 남편은 저녁 후 텔레비전을 보고 그녀는 눈물을 훔쳐내고 조금 있다가 다시 훔쳐내며 구슬을 꿰었다.

그녀와 나는 빗소리를 들으며 뜯어진 치맛단을 꿰매고 일 년 가도 손한 번 안 대던 선반 위나 집 안의 구석구석을 정리하였다.

손과 온몸에는 습기 머금은 먼지가 묻었다.

그녀와 나는 우산을 받고 조금 멀리 큰 거리까지 나가서 카세트테이프를 사고 근처 카페에서 점심을 먹었다. 우리는 고기가 들어가지 않는 메뉴를 고르기 위해 시간을 끌었다. 겨우 해물스파게티를 발견해 내었으나 소스에 간 고기가 들어간다고 하여 다시 취소했다.

"해물 스파게티에도 간 고기가 들어가나요?"

우리의 질문에 웨이터는 네, 소스에 고기를 갈아서 넣지요라고 무심히 대답했다. 고기가 들어간 것은 먹을 수 없어, 절대로. 한참 지나면 또 잊고 먹기 시작하겠지만이라고 우리는 각자 속으로 생각했다.

어느 날 우연히 그녀의 옛 동창을 거리에서 만났다. 그날은 나 혼자였다. 나는 망설이다가 그녀가 온 것을 전했다. 그는 그녀가 온 것을 풍문을 통해 들었다고 말했다. 남한이란 워낙 좁고, 그중에서도 우리는 모두 예부터 이제까지 서울에서 비벼대며 살고 있으니까 옛날에 알던 사람들과 간혹 얼굴을 보며 살아오는 터였다. 우리는 근처 다방으로 갔다.

"그래, 그렇게 좋아서 재혼까지 하더니 왜 헤어졌다는 거냐? 위대한 개츠비라고 종희 씨가 그렇게 말할 때부터 우스웠다."

그는 옛날 그대로 내게 반말을 썼다. 그도 오십을 넘겨 머리는 희끗희끗해졌다. 그녀와 그는 학생 시절 가깝게 지내는 사이였으나 어떤 관계인지는 내가 모르는 부분이다. 아마 가족 같은 관계였던 것 같다.

나는 할 말이 얼른 떠오르지 않았다. 속으로 할 말을 찾다가 돈을 한 푼도 안 준대요라고 말한 후 그 말이 너무 힘없고 우습게 들려 실소를 금치 못했다.

"예를 들면 이런 거지요. 순미 생일에도요, 자 당신한테 천 불 선물이다. 여기 넣어둘 거라고 천 불을 화병 속에 넣어 높이 장 위에 놓아두지만 그 돈을 결코 순미는 쓸 수 없대요. 말로만 생색을 낸 후 그 돈은 다시 그 남자 호주머니 속으로 들어가고 만대요. 그 방법이 너무 비열하지 않아요?"

옛 동창은 무덤덤한 얼굴을 하고 있었다. 내 말이 그의 귓구멍으로 들어간 것 같지 않았다. 창으로 떨어지는 빗속에서 거리가 분산되고 있었다.

"순미에게는 세상에 대한 두려움이 너무 강해."

그는 입을 비죽거렸다. 그녀를 걱정하고 있었다. 그녀의 인생이 순편치 못한 것을 탓하고 있었다. 그는 내가 그녀의 얼굴에 조명등을 들이대며 살피던 바로 그 연유를 따지고 있는 것이다. 헝클어진 실마리를 나를 통해 찾아보려는 듯 내 얼굴을 건너보았다. 내가 그녀의 얼굴 구석구석을 살폈듯. 나는 들킬 것이 두려워 그녀 대신 얼굴을 수그렸다. 아니 내 얼굴을 수그렸다.

그녀의 인생이 왜 순편치 못하냐, 왜냐구요? 왜냐구요? 그리구 그녀의 육촌뻘인 너는 왜 그렇게 말라비틀어진 모습으로 그녀가 두 번씩이나 하는 결혼을 한 번도 못해 아이도 남편도 없이 남의 친척 노인이나 살피며 늙어가느냐구요? 나는 뜻밖의 눈물이 나왔다. 모든 것이 전부 기우는 쪽으로 망하는 쪽으로 향해 있는 것 같았다. 절망스러웠다. 드디어 내 입은 살아 움직이기 시작했다.

행복 때문이지요, 행복에 대한 확신 때문이지요. 아니 절망 때문이지요. 행복이라고 그녀는 내게 말해요. 그녀는 행복할 수 있을 거라고 매일 내 귀에다 소근거려요. 그런데 지금 여기 이렇게 떨어져 앉아 생각하니 소근거린 것이 아니라 절규한 것 같아요. 순미는 행복하다고, 행복해야만 한다고 절규해요.

아시다시피 그녀는 어린 시절부터 얼굴에 흉터가 있고 고아였지요. 그녀는 태어날 때부터 불행의 조건을 가지고 태어난 거나 다름없지요. 그녀가 그렇게 행복을 찾으려는 것은 불행의 그림자 때문일 거예요.

아니 모든 사람들이 이미 태어날 때부터 그 비슷한 조건들을 부여받고 태어나는 것이겠지요. 왜인지는 모르지만 무엇인지가 어긋나 버려요. 무언지 속아버리는 듯한 삶 때문에, 이것이 무엇이란 말인가 하고 발버둥질이 나가지요. 정직할 수가 없고, 그래도 아무것도 아니며 아무렇지도 않은 듯 우리는 살아가지요.

왜 어렸을 때 무궁화 꽃이 피었습니다, 그 놀이 있지요, 그 놀이를 하는 것과 같아요. 술래가 안 볼 때는 얼마든지 움직이다가 술래가 보면 시치미를 떼고 움직임을 멈추지요. 마치 언제 그랬느냐는 듯, 언제 발버둥질을 쳤느냐는 듯 혼자 발광을 하다가도 그냥 삶에게 시치미를 떼어버리는 거예요. 그냥 그렇게, 어쩌면 다소곳하다고도 할 수 있게.

조금 더 순미 얘기를 해볼게요. 모든 것은 아주 작은 것에서부터 출발해요. 그런데 그 작은 것이 실은 가장 큰 문제지요. 그 남자와 같이 슈퍼마켓에서 장을 보고 난 후면 일 센트라도 순미 주머니 속에 남아 있을까 봐 그렇게 따지고 든대요. 처음에는 왜 자꾸 주머니를 뒤지려 하는지 짐작도 못했대요. 순미는 자신이 하던 일, 접시에 그림 그리기를 재혼 후에도 하고 있었지만 그 돈은 아들아이 학비 충당을 해야만 했으니까요.

그리고 그들 집의 냉장고는 텅텅 비워둔 채 남의 집 냉장고는 그득그득 채워준대요.

그녀가 아이와 혼자 살 때는 그녀 집 냉장고를 그득그득 채워주었고, 그녀에게 하루가 멀게 카드와 꽃다발을 보냈지요. 아들아이를 데리고 나가 책과 레코드를 사주었고 맛있는 것들을 사주었지요. 그 남자는 가게 옆에 붙은 창고를 개조해서 살면서 침대 하나 책상 하나뿐, 입는 옷도 한두 벌 정도밖에 아무것도 가진 것이 없었대요. 그는 남을 위해서는 돈을 쓰고 자신을 위해서는 조금 먹고 아무것도 가진 게 없으므로 성자 같은 사람이라고 그녀가 늘 편지로 얘기했어요.

그런데 결혼 후 그 모든 것이 달라졌어요. 부부란 일심동체이므로 그녀 역시 자신과 같기 때문이라면서.

그녀는 그 남자가 끓여주는 밥을 조금씩 먹는 대신(집안일도 여자에게 시키지 않고 대부분 다 자기가 한대요) 남의 집 냉장고를 채워주기 위해 함께 슈퍼마켓으로 가야 했으며, 남의 자식들에게 장학금을 지불해야 했고, 심지어 남의 집에 가서 세탁을 하기까지 했어요. 남을 도와야 했기 때문이지요.

그녀는 그런 고달픔쯤 얼마든지 이겨내었지요. 저절로 울음이 목구멍까지 차오를 때도 그것을 삼키고 행복을 향해 전진하려 애썼지요. 그런 것은 그 남자에게 차라리 연민을 불러일으킬지언정 그다지 큰 고통은 아니었기 때문이지요. 아니 질투야 일었겠지요. 질투 때문에 괴로웠겠지요. 사랑하는 식구들을 두고 왜 전부 남을 향해야 하나, 하는 이해 못할 부분 때문에 그녀가 겪었을 고통을 알 수 있어요.

그러나 그 사람은 늘 같이 산보를 다니고 무어든 가르쳐주려 애쓰고 운전이니 수영이니, 라디오에서 좋은 음악이 나오면 그녀 옆에다 틀어놓아 주고 무엇이든 함께 생각하고 느끼기를 원했어요. 버릇처럼 늘 안아주고 쓰다듬어 주고. 그녀는 그렇게 제2의 인생을 걸어갔어요.

그런데, 그런데 말이지요. 그뿐이라면 얼마나 좋아요. 그것이 아니지요. 인생의 비밀이 바로 여기 있는 건가 봐요. 확실히 인생에는 비밀이 있어요. 우리는 아무도 그 수수께끼를 풀 수 없어요. 여러 사람이 모인 자리에서 그는 그녀를 가차 없이 흉보았어요. 그것도 그녀가 없는 사이에. 화장실에 갔거나 주인을 도와주러 부엌에 간 사이. 그 사람은 늘 자기 스토리를 사람들에게 읊기 좋아해요. 그것을 말리려 해도 듣지 않고, 말릴 수도 없어요. 그 스토리를 읊는 사이 누구 하나 말참견으로 끼어들 틈도 주지 않아요.

젊었을 때 그 집 담을 뛰어 넘었던 여자를 자신이 어떻게 찾아 다시 만나 결혼했느냐 하는 것으로 그는 스스로 그 스토리 속에 들어가 자기도취 속에 빠지는 것이에요. 그런데 바로 그 애기를 하던 그 자리에서 그녀가 잠깐 자리를 비운 새에 사람이 돌변하여 딴소리를 해버리는 거예요. 가령 그녀의 잠자리 실력이 형편없다는 식의 가십 같은. 그 말 속에는 오로지 자기도취, 자기 분열만 남아 있지요.

애기 속에만 있는 줄 알았던 이런 사랑도 있다니 하고 부러워하며 듣던 사람들은 금방 그녀 흉을 보는 그와 심리적으로 한편이 되어 그녀의 흉을 즐기는 거지요. 어차피 마찬가지지요. 우리는 모두 누구나 그러니까요. 한 사람은 다른 사람의 일부기도 하니까요.

내 애기는 끝도 없이 이어져 나왔다. 다만 입을 열어 소리를 내지 않을 뿐이었다. 안 나왔으면 좋을 눈물이 어이없이 흘러나왔다.

모든 것이 망쳐졌다. 엉망진창이다. 밑 빠진 허공이다. 밑이 없다. 삶에는 수준이라는 것이 있는데 그녀는 왜 그 수준을 부너뜨리며 주머니 속을 검열당하면서 살았을까. 그 남자가 항상 똑같은 그림의 카드를 사용하는 것을 결혼 전 왜 간과했을까. 그 엉터리 같은 장난질에 그녀는 왜 휘말려 들었을까. 그녀 역시 미쳤던 걸까.

그 남자는 우리가 미쳤다고 못 박아 말했다. 우리는 정말 미쳐 있는 걸까. 나는 의기소침하여 그러나 점점 어떤 격랑 속으로 휘말리는 것을 간신히 참아내며 앉아 있었다. 그녀의 옛 동창과 나는 다방 앞에서 헤어졌다. 물방울이 튀어 오르는 거리를 우산을 쓰고 우리는 서로 더 볼 일이 없는 사람처럼 각기 다른 쪽으로 걸어갔다.

그녀의 옛 동창과 다시 만난 것은 그 며칠 뒤다. 이번에는 그녀도 함께였다. 두문불출하던 그녀가 옛 스승의 저녁 초대에 떠나는 인사 겸 갔더니 거기 그녀의 옛 동창도 와 있었다.

그날 저녁의 일을 일일이 얘기 하지는 않겠다. 다만 그녀의 가발이 벗겨지던 얘기를 하고 싶다. 그 순간의 모험과도 같은 이상한 체험을 어떻게 설명해야 할지 모르겠다.

우리는 상에 나온 음식을 고기가 들지 않은 것으로 골라 먹으며 좌석 분위기에 맞추어 가고 있었다. 대화 도중 스승은 그녀의 머리에 대해서 얘기했다.

머리를 너무 덮어쓰고 있다고 말했다.

“그것은 단지 스타일일 뿐이에요.”

내가 말했다.

“이마를 너무 내리 덮었어. 이마를 좀 올려 봐라, 이렇게 갑갑하지 않니. 보는 사람이 다 갑갑한데, 종희처럼 아주 짧게 커트해 버리든가.”

아아아아아, 그녀는 유머러스하게 스승의 손을 피해 자신의 머리를 가만 놔두라는 몸짓을 지었다. 그 모습이 우스워서 나는 웃었다. 스승이 그녀의 이마에 드리운 머리를 걷어 올리려고 손을 가까이 가져갈 때 그녀에게서 떨어진 자리에 앉아 있던 나는 마음이 급하여 몸을 일으켰다. 어떻게든 달려가서 막아줄 심산이었다. 그런데 그녀가 아주 잘 막아내었던 것이다.

여러 소식들이 오갔다. 몇 사람이 노래도 불렀다. 밖에는 비가 오고 있었다. 열어놓은 창으로 비 냄새가 강하게 풍기고 있었다. 비에서 깻묵 냄새가 풍겼다. 방 안의 전깃불은 빗속에서 외등처럼 보였다. 화장실에 다녀오다가 본 뒤뜰에 비가 무섭게 쏟아져 내리고 있었다.

술이 거나해진 스승은 손을 올려 옆에 앉은 순미의 이마에 드리운 머리를 거두었다.

눈 깜짝 할 사이였다. 말릴 틈도 없었다. 나는 벌떡 일어섰으나 그녀의 가발이 벗겨져 방바닥에 떨어진 뒤였다. 좌석은 뒤늦게 조용해졌다.

한순간이 흘렀다. 가발을 쓰기 위해 속의 머리를 꽁꽁 동여매고 있던 그녀의 모습은 터진 럭비공을 꿰맨 것 같았다. 그녀는 얼굴의 흉터를 그대로 드러내놓고 한동안 망설이듯 가만히 앉아 있었다. 반사적으로 떨어진 가발을 줍거나 숨을 곳이 없어 몸을 움츠리는 행동을 하지 않았다. 더 이상 가릴 곳도, 가릴 수도 없었다. 오히려 일어선 채로 있는 내가 숨을 곳을 찾고 있었다. 당신네들, 당신네들 그 남자가 고함치던 소리가 귓가를 쟁쟁 울렸다.

그녀는 천천히 고개를 돌려 떨어져 있는 가발을 주었다. 그 몸짓은 슬로우 비디오의 영상처럼 매우 느렸다. 그녀는 가발을 주워 가지고 나가더니 조금 후 다시 가발을 쓴 본래의 모습으로 돌아와 조용히 앉았다.

그녀가 자신을 어떻게 수습하였는지 모른다. 나는 집에 돌아온 후 밤새도록 그녀가 가발을 줍던 장면을 비디오테이프를 돌려 보듯 다시 되돌려 보았다.

새벽녘이 되었을 때 밀려드는 피로감과 공허감에 나는 살아갈 기력을 잃은 듯했다. 무엇이 이토록 회복될 길 없는 수치스러운 상처로 되돌아오는가 곰곰이 생각해 보았다. 여러 사람 앞, 더구나 옛 동창까지 있는 자리여서라는 그런 지적은 극히 사소해 보였다.

그것보다 근원적이고 본질적인 것, 그녀의 삶을 지배해 왔고 내 삶을 지배해 왔으며, 모든 사람들의 삶을 지배해 온 어떤 것에 대한 무궁한 아픔이었다. 무엇을 숨기려 했는가, 무엇을 두려워한 걸까. 무엇 때문에 발광을 하다가도 삶에게 시치미를 떼는 것일까.

도토리 떨어지는 소리가 들렸다. 시든 꽃밭이 보였다. 꽃들은 서리를 맞고 얼어서 밀짚보다 검은 빛을 띠고 있었다. 그러나 한 줄기 흰빛이나 노랑빛·분홍빛·빨강빛·자줏빛이 마른 채 선명히 보이는 부분도 있었다. 그 빛깔은 마른 부분 때문인지 꽃이 한창이던 시절보다 오히려 더 선명해 보였다.

도토리나무 가지에 가득 달린 마른 잎 속으로 바람은 쟈쟈쟈쟈 찾아들었다.

토르륵 톡, 톡 토르륵

도토리가 떨어지면서 도토리 집에서 빠져나와 뒹굴었다. 도토리 집에 꽉 물린 채 떨어져 뒹구는 도토리들도 있었다. 밤송이보다 훨씬 작은 나무껍질 비슷한 물질로 형성된 도토리 집, 그 안에 든 하얀 머리 부분과 연한 갈색의 몸으로 나뉘는 도토리 알맹이, 떨어져 여기저기 가랑잎 사이로 굴러다니던 것들이 떠올랐다.

새벽녘 노인의 방으로 가다가 그녀의 방 앞에서 잠시 머물러 귀를 기울였다. 비 떨어지는 소리 사이로 광풍이 불고 있었다. 노인의 방에 켜 놓은 라디오에서 수문이 열려 물에 잠긴 지역 주민들의 소식을 전하고 있었다. 갑자기 사이렌이 울리고 대피하라는 소리가 확성기를 통해 들린 다음 온 마을이 물에 잠겼다고 했다.

그녀가 떠나기까지 그 후의 며칠을 우리는 몇 가지 쇼핑을 위해 단한 번 외출했을 뿐이다. 그녀는 되도록 물건을 사지 않았고, 나는 사라고 강요하다시피 하여 그때마다 실랑이를 벌였다.

그녀가 구두를 사지 않자 우리는 드디어 번화가의 인파 속을 싸우며 걸었다. 드디어라고 나는 표현했다. 왜냐하면 우리는 싸울 요소들을 이미 감추어 가지고 있었으니까.

그녀와 나는 길에서 서로 소리쳤다. 그녀는 내가 너무 간섭하여 빨리어서 떠나고 싶다고 말했다. 나는 그까짓 구두 한 켤레 가지고 왜 그러는가 왜 고집을 피우는가 무엇 때문인가라고 소리쳤다.

구두를 사는 일이야말로 어떤 의미로 네가 말하는 행복과 직결되어 있는 것이 아닌가 하는 뜻이 포함되어 있었다. 아니 네게 행복이 찾아오지 않는 것은 바로 이런 고집 피움 때문이 아닌가 하는 의미가 내포되어 있었다.

그녀는 칠이 벗겨진 헌 구두를 신고 비에 젖은 거리를 걸어갔고, 나는 그 뒤를 따라가며 소리쳤다. 그녀의 행동에서의 이국 생활의 고달픔을 느낄 수 있었다.

빗소리에 섞여 다행히 우리의 다투는 소리는 별로 유난스레 들리지 않았다. 바로 앞 사람에게도 안 들리는 듯 긴 퍼머머리의 여인은 우산을 받쳐 들고 걸어가면서 뒤를 돌아보지 않았다.

빗소리 속에서 담처럼 돌린 빌딩들은 막막하였다. 차들은 신호에 걸려 한동안 서 있다가 빠른 속도로 질주해 갔다. 우산과 우산 사이로 비는 떨어져 내렸다. 아스팔트 위에서 물방울이 튀어 올랐나. 분수 주위에 서 있는 것처럼 물보라가 일었다.

그러나 그런 고집은 내게도 똑같이 있었다. 머리를 감은 후 내가 헤어드라이어로 말리려고 하자 그녀가 말려주겠다고 했다. 나는 거절했다. 그녀는 짧은 머리를 너무 그렇게 비 맞은 새처럼 하지 말고 좀 풍성하게 부풀리며 말리라고 말했다. 내가 듣지 않자 단 한 번 시험 삼아 해보고 마음에 들지 않으면 다시 물을 축이면 되지 않느냐고 설득했다.

그녀가 머리를 부풀리라고 말했을 때 나는 이미 아무것도 안 하리라고 결심하고 있었다. 그녀와 서로 바라보며 얘기하던 그간의 긴 시간 동안 그녀는 내게 한 번도 머리에 대한 지적을 하지 않았다. 그녀는 그것을 매우 조심스럽게 참고 있다가 내가 습기 때문에 헤어드라이어로 말리려고 하자 그 기회를 포착하여 기다렸다는 듯 나선 것이었다.

그녀는 그토록 내게 조심하고 있었는가. 아무것도 일어나게 하지 못한, 삶의 드라마가 없는 내 삶에 대해 그녀는 무척 조심하고 있는가. 우리에게는 균열이 생기는 듯했다.

그녀는 헤어드라이어를 내게 도로 내주었는데 그때 그녀의 표정 속에는 앞으로도 여전히 네게 아무것도 찾아오지 않고, 아무 일도 일어나지 않으리라는 말을 담고 있었다. 그녀는 떠나기 위해 짐을 꾸렸다. 비행기 회사에서 확인 전화가 왔다. 우리는 트렁크를 들고 거리에 나섰다. 그녀가 멀리서 온 것과 같이 돌아가기 위해 트렁크를 들고 나서는 이런 시간이 꼭 있었다.

우리는 택시를 타고 공항에 도착했다. 수속을 마치고 공항 로비에서 인스턴트커피를 뽑아 마시며 오랜만에 비 갠 하늘을 바라보았다.

비가 개어 있었다. 공항의 시멘트 바닥 위로 펼쳐진 저쪽 하늘에 수많은 빛의 선을 그으며 해가 돋아나기 시작했다. 그 해 속에서 아스팔트를 녹아내리게 하는 감춰진 여름의 열기를 벌써 느낄 수 있었다.

　이제 장마는 물러간 것인가. 오랜 장마로 인해 이제부터 여름은 일기 예보대로 단 열흘 만에 물러갈 것인가. 바로 어제까지 떠들던 수해가 햇빛과 함께 멀리 사라져버린 것 같았다.

　공항 로비에 있는 텔레비전 화면으로 원색 수영복과 푸른 바다, 선탠을 하는 모습이 비쳐가고 있었다. 음료수나 화장품 혹은 수영복 광고 같았다. 사람들은 금연 지역에서 텔레비전을 향해 극장처럼 묵묵히 앉아 있었다. 그들은 떠나는 사람과 어떤 관계의 사람들인지 어쩌면 그들이 바로 떠나는 사람인지 알 길이 없었다.

　그녀는 종이 잔을 찌그려 쓰레기통에 버리고 비행기에서 읽을 책을 사기 위해 사람들 사이를 헤쳐 칠이 벗겨진 헌 구두를 신고 판매대로 갔다. 그녀가 책을 사는 유리벽 저쪽으로 은빛 날개의 비행기가 소리도 없이 떠가고 있었다.

　나는 비행기를 바라보며 오랜만에 아주 한가로이 어디에도 속하지 않은 긴 시간의 여유를 느꼈다. 무엇인가 웅웅대는 공항의 소음과 멍하게 맥을 놓은 내 정신이 함께 잘 융화되고 있었다.

　그러나 잠시뿐 그녀가 타고 갈 비행기의 탑승을 알리는 아나운서 멘트가 확성기를 통해서 들렸다. 그녀가 책을 사들고 오자 곧바로 우리는 탑승자 줄에 가서 섰다. 그녀가 갑자기 불안한 표정을 지으며 내 귀에 대고 말했다.

　"가만 있어봐, 나 아무래도 가발을 벗고 가야겠어. 여권에 이름이랑 주소가 불분명한데, 외국에서는 남편 성을 따르기 때문에 그런데 두 번이나 바뀌었고, 어쨌든 이상하게 되어 있어. 저쪽에서 입국 심사가 쌔까다로운데 잘못 가발 쓴 것을 알면 수상히 여길까 봐."

　그녀는 들고 있던 비행기표와 여권을 내게 맡기고 화장실 쪽으로 갔다. 나는 그녀가 겁을 먹는 게 우스워서 혼자 웃으며 여권을 무심히 열었다.

50세, 여, 신장 160센티미터, 국적 미국.

여권 속에서 그녀의 사진을 보는 순간 나는 기이한 감정에 젖어 들었다. 그것은 마치 늘 만나는 친구가 집에 놀러 왔다가 소지품을 두고 가, 그 소지품을 발견하고 속을 무심히 열어 볼 때와도 비슷한 심정이었다.

이미 알고 있는 것이 새로이 확인되는, 삶의 모습을 그 소지품 안에서 보고 갑자기 생소하고도 측은함을 느끼게 되는, 아니 그보다 조금 다른 감정, 내가 잘 아는 내 분신과도 같은 그녀가 그렇게도 객관화되고 일반화되어 거기에 있다는, 바로 그런 객관화된 모습으로 삶을 꾸려가고 있다는, 화장실에 갇혀도 꺼내줄 사람이 없을지 모르는 오십의 동양인 여자로.

잠시 후 그녀가 가발을 벗고 퍼머로 웨이브진 머리를 풀어 빗고 나타났다. 머리는 그동안 조금 자라서 자연스러이 뺨과 목 언저리를 덮어주고 있었다.

그녀는 내게 여권과 비행기표를 받아 쥐고 탑승구 안으로 들어갔다.

그녀가 뒤돌아보았을 때 나는 무엇을 말하고자 하는지 모르는 채 급히 잠깐, 하고 내 속에서 그녀를 불러 세웠다.

그녀는 약간 망설이는 몸짓으로 내게 뒷모습을 보이며 탑승구 안으로 들어갔다. 어린 시절부터 보아 온 그 뒷모습은 아직도 두려워 집으로 숨어들려는 듯한 기운을 가지고 있었다.

그 모습은 너무도 낯익었으며, 그녀가 무엇이라고 말하고 있는지 읽을 수 있을 것 같았다.

어디로 데려가는 것일까, 어디로 데려가 다오.

내가 맞게 보았을까. 두려우면서도 그녀는 그렇게 말하며 걸어갔을
까. 아니면 그녀가 그러기를 내가 바랐던 것일까. 아니 그보다 그녀를
통한 내 삶에 대해 오직 나 스스로를 향해 한번 간절히 그렇게 부탁해
본 것일까.

각 심사위원들의 중점적 심사평

삶의 길 찾기와 고행

이어령(李御寧, 문학평론가)

심사 대상에 오른 작품들은 대부분 일정한 수준 이상을 보여준 것들이었다. 이중에서 나는 양귀자의 〈숨은 꽃〉, 김영현의 〈고도를 기다리며〉, 신경숙의 〈풍금이 있던 자리〉 등 세 편에 관심이 갔다.

소설 〈고도를 기다리며〉는 그 제목 자체가 사무엘 베케트의 희곡명에서 차용된 것이다. 그리고 그 내용 일부에도 베케트의 부조리극 〈고도를 기다리며〉의 한 에피소드가 패러디로서 삽입되어 있다.

꼭 이와 같은 상징성 때문만은 아니지만 이 소설은 드라마적인 요소가 강하다. 즉, 이 작품의 기법적 참신성은 단편소설적인 특성을 드라마적인 본질과 적절히 결합시킨 독특한 개성에서 오는 것이 아닌가 한다. 무엇보다 전체 스토리가 '병원' 안에서 일어나는 일로 한정되어 있고, 사건은 단일하며 완결되어 있을 뿐만 아니라 대화체가 중심이 되어 진행된다는 점에서 그렇다. 그러한 관점에서 병원은 무대고, 크리스마스 위문 공연 행사는 극적 상황이며 각 인물들은 배역에 준하는 존재라고도 말할 수 있을 것이다.

김영현은 이렇듯 독특한 작품 형상화의 기법을 통해서 보이지 않는 제도와 거대한 메커니즘이 지배하는 현대 사회, 이 시대 우리 삶의 본질을 심층적으로 폭로해 보이는 데 성공하고 있다.

이 작품의 또 다른 기법은 상징적 표현이다. 그것은 주제에서도 내용에서도 효과적으로 사용되고 있는데, 가령 이 소설의 무대라 할 병영은 바로 우리 사회를, 그 안에 자리 잡은 군병원의 환자들은 우리 자신들을 상징하고 있는 것이다. 그러므로 그 환자들이 패러디로서 '고도'를 기다리는 행위는 획일적이고 물화된 삶으로부터의 구원을 기다리는 우리 자신들의 일상이라고 말할 수 있을 것이다.

신경숙의 〈풍금이 있던 자리〉역시 상당한 실험성을 보여준 작품이다. 그것은 한마디로 이인칭 시점의 서술이라는 말로 설명된다.

다 아는 바와 같이 서사문학의 정통적 시점은 삼인칭 아니면 일인칭이다. 그런데 신경숙은 이를 변용하여 이인칭적 시점과 일인칭적 시점을 적절히 혼용하는 방식을 택하고 있다. 전체적으로 이 소설이 편지 형식으로 기술되어 있다는 것은 이를 잘 말해 준다. 그러한 결과는 또한 이 작품이 시적 특성을 드러내는 것과 무관치 않다.

〈풍금이 있던 자리〉의 첫 페이지를 읽은 독자들이 자신도 모르는 사이에 시적인 분위기로 젖어드는 것은 아마도 세 가지 이유에 있을 것이다. 첫째는 이 작가의 서정적이고도 아름다운 문체, 둘째는 여성적인 내용, 그리고 셋째는 자기 고백 형식의 편지체 기술 등이다. 서정시는 일반적으로 일인칭 자기 고백체로 씌어지기 때문이다.

〈풍금이 있던 자리〉는 아름답고 감동적인 소설이다. 어찌 보면 아름답다는 이유로 스케일이 작은 작품이 아니냐 하는 의문을 갖게도 한다. 그러나 모든 훌륭한 소설은 사소한 삶의 이야기에서 깊은 생각의 물을 길어내는 셈이 아닌가?

양귀자의 〈숨은 꽃〉은 잘 짜여진 구성에다 묘사에 있어서도 사실성 혹은 핍진감이 뛰어난 작품이다. 뿐만 아니라 내적인 자유 연상과 리얼리즘의 기법을 적절히 조화시켜 독자로 하여금 환상과 현실, 이념과 실재 사이에 상상의 공간을 폭 넓게 확장시켜 준다. 서울에서 귀신사에 이르기까지의 여로旅路는 사실상 간단한 이야기다. 그럼에도 불구하고 이 부분이 전체 내용의 절반 이상을 차지하는 것은 그만큼 그의 디테일이 치밀하며 동시에 그의 자유 연상의 분방함을 의미하는 것이다.

어떻든 〈숨은 꽃〉은 〈풍금이 있던 자리〉가 지닌 미학성과 〈고도를 기다리며〉가 지닌 철학성을 함께 갖춘 작품이라 생각된다.

주인공의 말대로 〈숨은 꽃〉은 '미로'로 상징되는 우리 시대 삶에서 잃어버린 길을 어떻게 찾느냐 하는 문제를 다루고 있다. 주인공의 여로는 바로 그러한 길 찾기의 한 고행인 것이다.

길은 어디에 있는가. 그것은 바로 자신에게 있다. 길가의 '숨은 꽃'이 멀리 있지 않고 바로 우리들 곁에 있는 것처럼—.

문학주의로의 회귀 현상

김윤식(金允植, 문학평론가)

최수철의 〈머릿속의 불〉은 중후한 작품이다. 인간의 내면 풍경을 다루는 이 작가의 집요성이 〈고래 뱃속에서〉를 비롯, 무정부주의자 시리즈의 마지막 편인 〈속 깊은 서랍〉('91 이상문학상 추천우수작)을 거쳐 이 작품에 뻗쳐 있다.

이 작품에 뻗쳐 있다 함은 그 뻗쳐 있음의 첫머리에 해당된다는 뜻이다. 첫머리에 해당되는 것인 만큼 신선하기도 하지만, 어느 편이냐 하면 아직도 탐색적이라 할 것이다.

21항목으로 토막을 쳐놓은 서술 방식이 이를 증거하는 것이 아닐까. 그러나 이 작가의 집요성이나 순발력은 참으로 대단한 것이어서, 어느 틈에 21항목의 토막이 《벽화 그리는 남자》라는 깊이 있는 장편으로 이어져나갔다.

내면 풍경의 탐색이란, 그러니까 이 작가에 있어 글쓰기란 〈머릿속의 불〉을 펼쳐 보이는 장대한 벽화 그리기에 다름 아니다. 그 때문에 수상의 기준을 훨씬 초과하고 만 형국이다. 이 작가는 한층 먼 북소리에 보조를 맞추고 있는 셈이다.

〈숨은 꽃〉은 근자에 유행하는 자전적 소설 범주에 드는 것이라, 일단 상식적 범주에서 안정성이 확보되어 있다. 이는 커다란 미덕의 하나가 아닐 수 없는데, 친근함과 즐거움의 근원이 이와 관련된 소이다. 이 진술 속에는 작품 구성도 포함되는데, 여로형 정석을 밟고 있음이 그것이다.

물론 이 작품의 중요성은 따로 있는데, 그것은 이 시대의 글쓰기의 의미 찾기로 요약된다. 어째서 작가는 멀고도 아름다운 동네 '원미동'을 떠나야 했던가. 또 이런저런 다른 글쓰기에 나아갔던가. 그 결과가 어째서 미로 헤매기였던가.

이런 물음은 작가 양귀자 씨의 개인사적인 것이기도 하지만 그 이상이기도 한데, 공동체 의식에 기준을 둔 글쓰기의 붕괴 현상이 그것이다. 공동체의 윤리 감각이 그대로 미적 기능으로 간주되던 우리 문학의 뚜렷한 글쓰기의 범주가 퇴색되었을 때, 이에 대체될 새로운 글쓰기란 무엇일까. 이런 진실한 물음에 대한 잠정적 해답 하나가 바로 이 작품이다.

고백과 같은 글쓰기 또는 기도와 같은 글쓰기가 그것. 그러한 글쓰기가 단(중)편 형식이며, 이는 문단 문학주의로의 회귀 현상이라 하지 않을 수 없다. 이 점에서 〈숨은 꽃〉은 문학사적인 작은 사건의 하나다.

'그들'의 대변인

최일남(崔一男, 소설가)

쏟아지는 소설의 분류奔流속에서 '소설의 위기' 소리를 간간이 듣는다. 생산량은 많은데 막상 건지려 들면 똑 떨어지는 '물건'이 드물다는 것이 그 이유의 하나다.

두 번째 불만은 구체적으로 더 절실하다. 감동적인 작품을 여간해서 만나기 어렵다는 선의의 안타까움이 그것인데, 동의하자니 난감하고 아니라고 우기자니 나름대로 켕긴다. '가슴에 와닿는다'는 국적 불명의 곤궁한 묘사법과 감각을 아무 데서나 들이대는 소녀 취향으로 그러는 게 아닌 바에야 일단 그러시냐고 다소곳이 수용할 수밖에 없다.

가령 올림픽에 출전한 체조 선수는 C·D급 고난도로 무언가를 보여 주고, 얘기꾼은 무감동 시대의 감동을 찾아 글로 말하면 되는 거니까.

정선된 후보작들은 정독하면서 이만한 전제를 염두에 두었다면 객적은 일이다. 감동의 색깔이나 논리적 구조 따위는 흥미가 없어서도 생각하기 싫었다. 다만 떠올린 것은 문학의 본래 모습이어서 마땅한, 진지한 따분함이 전달하는 역설의 재미였다.

이런 다급한 기억의 끄트머리에 노신魯迅의 말이 있다. 효용가치로 따지건대 문학은 지식을 넓힌다는 점에서 역사를 따를 수 없고, 사람을 계도한다는 점에서 격언만 못하다고 했던가. 돈이야 말할 나위 있겠느냐다. 입신출세의 측면에서도 졸업 증서에 미치기 어렵다고 갈파했다. 그러고도 의사를 비롯한 다른 길을 외면한 채, 문학으로 한 생애를 묶은 그의 말을 되새겼을 따름이다.

최수철의 소설은 기왕의 소설 독법에 인이 박힌 자에게 항상 인내를 요구한다. 이 풍진 세상의 문물을 타작하는 솜씨가 그만큼 특출하고 유별난 까닭인데, 좁은 문을 뚫고 들어가면 이외로 아늑하고 깊은 사색의 뜰이 펼쳐지는 감미로움이 있다. 김칫국물 없이 씹는 백설기의 습습한 맛이, 오래오래 씹는 동안 달착지근하게 바뀌는 과정에나 비길까. 패스트푸드 좋아하는 구미로는 접근하지 못할 격을 갖췄다.

〈머릿속의 불〉도 그런 소설이다. 미세한 풍경을 축조식逐條式 언어로 야금야금 갉아먹는 맛이 사람에 따라서는 지루하기도 하겠지만, 사물을 사려 깊게 토막 칠 줄 아는 사람에겐 서정의 단단함을 거쳐, 점입가경의 경지를 튼다.

이 땅의 작가가 암만인지 모르나, 이처럼 고집 센 이가 더 많이 있었으면 한다. 내 성깔로는 그래도 미처 따라가기 힘들지언정 반면 교사의 존재는 도처에 있게 마련이라는 깊은 내력을 늦게나마 터득해 가고 있다.

이상하게도 소설 쓰기의 어려움이나 소설 공방工房의 무대 뒤 사정을 거리낌 없이 노출시키는 작품이 요새 잇달아 나오고 있다. 고해성사하듯 속삭이는 단계를 지나 비방秘方마저 바닥난 장인의 괴로움은 너니나니 할 것이 없겠으되, 감출 것 감춘다고 독자가 불평할 리 만무하다는 아쉬움은 남는다.

양귀자 씨의 〈숨은 꽃〉도 형식은 우선 그러려니와 이야기를 끌고 가는 '나'(소설가)의 여행길을 따라가다 보면 '미로에서 출구를 잃은 나'의 준순逡巡을 확인하기에 앞서, 너무 걱정하지 않아도 될 것 같은 안도

감을 느낀다. 그걸 담보하는 것은 주인공이 경험한, 설명할 수 없는 일들에 대한 갈등의 질이 마침내 보편성의 뿌리에 맞닿아 있기 때문이며, 그 어간에서 드러난, 표현하는 자의 연장(상상력)이 아직 시퍼렇게 날이 서 있다는 데 있다.

귀신사에서 해후한 김종구 부부의 초식 동물마냥 풋풋한 삶은 인간의 원자재原資材 같은 모양을 제시한다. 이 소설 속의 새끼 소설 구실을 하면서 중요한 기둥 노릇을 하고 있으므로, 작자가 어지간하면 흠뻑 빠져 거기서 탈출구를 발견한 양 암시하기 쉬운데도, 그리고 출력 끝의 '입력'을 그들한테서 얻었으면서도, 작자는 그들을 만난 행운의 과소비를 자제한다. '나'의 막힌 출구는 숨어 사는 거인 김종구와의 조우로 해소될 만큼 단선적인 게 아니라는 뜻이리라. 아니 양귀자는 능란한 묘수를 그렇게 부리고 있다.

또 하나, 이 소설의 장점이자 미덕은 작자 개인의 '문제'를 일상적 측면에서 고백하는 차원이 아니라 각기 다른 상처를 핥고 사는 주변 인물들의 고통스럽게 일그러진 표정을 대변하고 있다는 데 있다. 아침저녁으로 먹히고 아침저녁으로 우는 '시인의 뜸부기', '안개 속으로 사라진 김종구', 자신의 꽃말을 암호로 만든 '지브란', 그리고 환자 살가죽을 '삐뚤삐뚤 바느질하는 의사' 등의 대변인이 곧 작자 양귀자다.

그들은 아주 괜찮은 대변인을 둔 셈이다(월급도 안 주는).

인간을 투시하는 긍정적 시선

이재선(李在銑, 문학평론가)

최종심에 넘어온 여러 작품 가운데서 내가 특히 주목한 작품은 윤정선의 〈해질녘〉, 최수철의 〈머릿속의 불〉, 그리고 양귀자의 〈숨은 꽃〉, 이렇게 세 편이다.

〈해질녘〉은 단편소설의 형태가 점점 약화되어 가는 이때에 군소리를 전혀 섞지 않고 간결하게 처리한 단편의 한 모형을 보는 듯한 산뜻함을 지닌 작품이다. 묘사와 서술을 극단적으로 배제하고 대화만으로 노년 세계를 제시한 이 작품은 턱없이 길어지거나 말의 남용이 심한 요즈음의 소설 현상에서 보기 드문 간결성이란 점에서 호감이 가는 작품이다.

〈머릿속의 불〉은 관점의 주관·객관의 이중 이동화 내지 고차 원근법을 기조로 한 언술이나 담화론적 실험성이 돋보이는 작품이다. 어쩌면 이상문학상과의 친근성이 그중 현저하게 엿보이는 작품이다.

〈숨은 꽃〉은 셋 중 가장 주목한 작품이다. 미로와 같은 현실에의 탈각과 자기 성찰이 곁들여진 요행의 과정, 그리고 그런 가운데 기억의 삽화들이 교직·적재되어 있는 이 작품은 미로 탈출 이야기인 동시에 자기 탐색과 정화의 이야기다.

위기의 국면에서 미로에 빠져 있는 작가인 주인공은 기억 속에 살아 있는, 퇴락했지만 신비스런 적막을 지닌 목적지인 귀신사를 찾아간다.

이때 귀신사는 이름 그대로 돌아옴의 근원적인 원점 자리로서의 표상성을 지닌다.

　여기서 기대와는 달리 보수 공사의 소란스러움에 마주치지만, 매우 특이한 삶의 주인공인 김종구와의 재회를 통해서 표제 그대로 이른바 '숨은 꽃'의 문학을 지향하게 된다.

　귀신사의 모래 더미에 파묻힌 이름 모를 꽃이 주는 비의, 그것은 파묻혀서 숨어버린 꽃처럼 역사나 시대적 상황 기타에 파묻혀 있는 삶의 가치를 드러내어 조명하는 문학이고자 하는 것이다.

　꽃에는 저마다의 꽃말이 있듯이, 매몰되어 숨겨진 존재와 삶의 가치를 드러내어서 조명하려는 투시의 시선이 날카롭다기보다는 따사롭게 머물러 있다. 따라서 액자형의 틀에 채집되어 삽입된 이야기들은 바다의 사람으로 세상 곳곳을 굽이쳐 표랑하는 삶을 영위하는 김종구의 삶의 삽화, 지브란이란 별명으로 익명화되어 있는 억압된 상황에 맞서다 무너진 순결한 과대망상자, 부자이기를 한사코 피하려는 가난한 의사의 삶 등으로 채워져 있다.

　특히 야성적이고 강렬한 생명력의 표상처럼 여겨지는 김종구의 삶의 제시는 중심을 이룬다. 김종구의 삶은 확실히 개인의 초상으로 입장되어 있다. 이것은 현대의 인위적이고 도시적인 삶의 소인적인 왜소함이나 타산적인 삶의 대극으로서, 원초적인 야성의 표상으로서의 의미를 지니고 있다. 작가는 이런 야성의 건강한 인간을 그리고 있을 뿐 아니라, 상처받은 시대의 순결한 초상과 자연에 허기진 사랑을 지닌 의사의 초상 등 세 개의 인간을 드러내어줌으로써 — 소설 구성상의 균형이 약간 문제되기는 하지만 — 인간다움에 대한 희망의 삽질을 하고 있다.

　바로 이 점이 이 작품이 숨겨져 있는 인간적인 애착의 시선이다. 나는 바로 이 점에 유의해서 수상작으로 천거한다.

절대 이념이 붕괴된 시대의 소설들

권영민(權寧珉, 문학평론가)

예심에 오른 작품들 가운데서 심사위원들은 별 이의 없이 양귀자의 〈숨은 꽃〉을 대상으로 뽑았다. 다른 작품과의 수준에서 크게 차이가 나서가 아니라 〈숨은 꽃〉이 보다 서사적 안정감을 보여주었기 때문이다. 다른 작품들로부터 우리들은 상대적으로 불안하다거나, 단편적이었다거나, 허구적이었다는 느낌을 받았다.

그중에서 필자 개인적인 관점으로는 〈숨은 꽃〉 이외에 윤정선의 〈해질녘〉과 최수철의 〈머릿속의 불〉 등의 작품에 호감이 갔다.

〈해질녘〉은 정통 소설론의 입장으로 볼 때 매우 특이한 작품이다. 전체 내용이 인물들의 대화체로만 되어 있다는 점이 바로 그것이다. 원래 소설이란 내러티브 · 대화 · 묘사의 세 요소로 구성되는 문학 양식이다. 그런데 작가는 이중에서 오직 대화만으로 소설을 형상화 시킨 것이다. 이는 일종의 희곡적 수법을 원용한 것이라고 할 수도 있고, 토론 소설의 양식을 가미한 것이라고 할 수도 있다.

젊은 날의 오해로 인해 헤어져야만 했던 두 연인이 이제 노년이 되어 만나 다시 옛 사랑을 불태운다는 이 소설의 이야기는 삶의 근원적인 문제들, 즉 사랑 · 고독 · 죽음 등의 의미에 대하여 다시 한 번 깊이 있는 성찰을 하게 만든다. 그러나 이 소설은 소품적 영역에 머물렀다는 점에서 일차 제외되었다.

최수철의 〈머릿속의 불〉은 여러 가지로 생각하게 하는 작품이었다. 이 역시 실험적인 요소가 많았다. 일인칭 시점과 삼인칭 시점을 교차하며 서술한 것이라든지, 상징적인 기법을 다수 차용한 점이라든지, 말테의 수기에서 보는 것과 같은 어떤 내면 의식의 표출 같은 것 (예컨대 병실에서 주인공이 간호사에 대하여 생각하는 것), 옴니버스적인 에피소드들의 연쇄라든지 하는 것 등이 그것이다.

그러나 무엇보다도 중요한 것은 이 제목에서도 암시되고 있는 불의 상징성이다. 이 소설에서 '불'은 주인공의 여로와 밀접히 관련되어 있는 '강물'과 관련하여 인간 삶의 본질을 지배하고 있는 원천적인 어떤 두 힘을 상징하고 있다. 그것은 본능과 이성 혹은 유미적인 삶과 실존적인 삶이라고 해석할 수 있을지 모른다.

어떻든 〈머릿속의 불〉은 원초적 본능 앞에 서는 인간의 실존적 모습을 그리는 데 성공한 듯이 보인다. 그러나 상대적으로 어떤 미학성이랄까 감동성 같은 것이 미흡하지 않나 하는 생각이 들었다.

양귀자의 〈숨은 꽃〉은 절대적 신념과 가치가 붕괴된 시대에 있어서 과연 진정한 의미의 삶이란 무엇인가 하는 문제를 제기하고 있다. 이 말은 지금까지 우리가 하나의 희망으로 믿었던 현상이 사실은 허위였고, 따라서 우리는 새로운 가치 체계를 설정하지 않으면 안 된다는 절박감을 전제하고 있는 것이다. 그런데 그 가치 체계가 객관적·외부적으로 존재하지 않는다는 데 우리의 고민이 있다. 따라서 그것은 논리적이거나 합리적일 수 없다. 주인공이 그의 여로를 통해서 깨달은 바는 바로 이 점이었다.

귀신사歸神寺에서 만난 김종구, 그는 일상인이면서도 일상인이 아닌 사람이다. 그가 일상인이라는 것은 하나의 생활인이라는 점에서 그렇지만 그럼에도 불구하고 일상인이 아니라는 것은 그가 어떤 신념이나 합리적 가치관에 머물기를 거부하고 하나의 자유인으로 남아 있다는 점에서 그렇다.

　주인공은 지금까지 그가 믿었던 환상에서 깨어나 이제 외부적인 가치 체계를 그의 내면에서 찾는다. 그 내면에 숨어 있는, 그 객관적 합리성을 초월한 가치 체계는 상징적으로 하나의 '숨은 꽃'이었던 것이다.

'이상문학상'의 취지와 선정 방법
—알기 쉽게 풀이한 이상문학상 제도

 1. **취지와 목적** : 〈문학사상사〉(이하 주관사라고 약칭)가 제정한 '이상문학상(李箱文學賞)'(이하 '본상'이라고 한다)은 요절한 천재 작가 이상(李箱)이 남긴 문학적 업적을 기리며, 매년 가장 탁월한 소설 작품을 발표한 작가들을 표창하고, 《이상문학상 작품집》(이하 '작품집'이라고 한다)을 발행하여 널리 보급함으로써, 순수문학의 독자층을 확장케 하여 한국문학의 발전에 기여할 것을 목적으로 한다.

 《이상문학상 작품집》에 대한 독자의 관심이 고조됨에 따라 순문학 독자층이 광범위하게 형성됨으로써, 일찍이 한국은 물론 다른 나라에서도 유례를 찾아보기 어려운 순문학 중·단편집의 초장기 베스트셀러시대가 실현되었다는 것이 문단의 정평이다.

 2. **수상 대상 작품** : 전년도 심사 대상(對象) 작품의 마감 이후인 당해년도 1월부터 12월 말 사이에 발표된 작품은 모두 심사 대상에 포함된다. 문예지(월간지의 경우 당해년도 1월 초부터 12월 말일 이전에 발행된 '2월호'에서 다음 해의 '1월호'까지 포함된다)를 중심으로 해서, 각종 정기간행물 등에 발표된 작품성이 뛰어난 중·단편소설을 망라하여, 1년 내내 독특한 방법으로 예비심사를 거쳐 본심에 회부한다. 예비심사 과정에서는 물망에 오른 작품의 작가에 대하여, 대상 또는 우수작상으로 선정될 경우, 본상의 규정에 따른 수락 의사 유무를 직접 또는 간접적으로 타진한다. 중·단편소설을 시상 대상으로 하는 까닭은 문학의 중심이 장편소설에서 점차 중·단편소설로 이행하는 추세를 감안하고, 작품 구성과 표현에 있어서의 치밀성과 농축성으로, 짙고 강렬한 소설 미학의 향기와 감동을 자아내게 한다고 믿기 때문이다.

 3. **상의 종류** : 본상은 대상(大賞) 1명과, 10명 이내의 대상에 버금하는 작품에 대한 우수상을 선정하되 경우에 따라 복수의 대상 수상자를 선정할 수 있다. 그리고 기수상작

가를 포함하여 중견 및 원로작가의 문학적 공로도 감안해 당해년도의 뛰어난 작품에 수여하는 '이상문학상 특별상' 1명을 선정한다.

4. **포상의 방법** : 본상의 포상은 제3항에 명시된 각 상의 매절고료가 포함된 현상금을 일시불로 수여하는 방법과, 판매 실적을 감안하여 추가적인 상여금을 지급하는 두 가지 방법 중 수상자로 하여금 수상 수락 전에 서면으로 그중 한 방법을 자유롭게 선택게 한다.

5. **'본상'의 현상고료** : 위 제3항의 '본상'의 대상(大賞) 중 일시불 방식은 발행부수와 관련없이 3,500만 원을 지급하고, 우수상은 각각 300만 원을 지급한다.

위 항의 일시불 방식이 아닌, 발행 2년이 경과한 이후부터의 판매부수에 따른 추가적인 상여금을 원하는 수상자에게는, 2003년부터 1차로 시상 당시 대상(大賞) 수상자는 2,000만 원, 우수상 수상자는 200만 원을 지급하고, 작품집 발행 후 2년이 경과한 이후부터, 매년 말에 당해년도의 '작품집' 발행부수에 따라, 1부당 정가의 10%를 각 수상자별로 균분하여 10년간 지급토록 한다.

6. **특별상(현상고료)** : 특별상은, 기수상작가를 포함하여 한국문학 발전에 공로가 현저한 문단의 원로작가 또는 '본상'의 우수상을 3회 이상 수상한 작가로서, 당해년도에 우수 작품을 발표한 작가에게 '본상'의 대상(大賞) 작품과는 별도로 수여하며, 현상매절고료는 500만 원으로 정한다.

7. **예심 방법** : 예심은 월간 《문학사상》 편집진이 매 연도의 1년 동안 각 매체에 발표된 작품을 수집하여, 주관사의 편집위원과 편집주간 및 편집진으로 구성된 이상문학상 운영위원회에서 대학교수 · 문학평론가 · 작가 · 각 문예지 편집장 · 일간지 문학담당 기자 등 약 100명에게 수시로 광범위하게 추천을 의뢰하여 비밀리에 예비심사를 진행한다. 3회 이상 우수상을 받은 작가는 당해년도에 발표된 작품 중 뛰어난 1편을 선정하여 본심에 회부할 수 있다.

그 모든 자료를 일괄하여 주관사 편집주간이 중심이 되어 편집위원들과 예심위원들의 의견을 수렴하여, 연간 2분기로 나누어 본심에 회부할 작품을 선별한다.

이와 같은 독특한 예심 방법은 소수의 예심 및 본심의 심사위원이, 짧은 시일 내에 수많은 작품 속에서 본심에 회부할 작품을 선정하고 본심 심사위원이 단시간에 여러 작품을 심사하고 수상 작품을 선정하는 일반적인 문학상 심사제도의 단점을 보완하고, 되도록 문학 발전에 관심이 깊고, 전문 지식을 지닌 다수의 전문가에 의해 장기간에 걸쳐 많은 작품을 수시로 검토하여 심사 대상에 망라함으로써, 신중하고 세심한 예심 과정을 밟기 위한 것이다.

8. **본심 방법** : 예심을 거쳐 본심에 회부된 작품은, 권위 있는 평론가와 작가로 구성된 5인 이상 7인 이내의 심사위원회에 넘겨져, 수일간 개별적인 검토를 거친 후 본심 회의에서 최종 결정을 한다. 본심 회의는 대체토론을 통해 본심에 회부된 작품 가운데 10편 내외의 작품을 먼저 선정한다. 이 작품 속에서 1편(예외적인 경우 2편)의 대상(大賞) 작품을 선정하고, 나머지 작품 중에서 우수상 작품을 선정한다. 수상 작품 결정에 있어 심사위원의 의견이 일치하지 않을 경우에는, 무기명 비밀 투표로써 다수결 원칙에 의하여 최종 결정을 한다.

그러므로 이상문학상의 대상과 우수상은 모두 거의 동일 수준의 작품이라고 볼 수 있으며, 전문 문학인이나 독자의 주관적인 판단에 따라 그 평가는 달라질 수 있을 뿐이다. 그 때문에 한 번 우수상을 받은 작가는 대부분 자주 우수상을 받게 되며, 3~4회 내지 5~6회 만에 대상을 받게 되는 경우가 대부분이다.

9. **저작권** : 대상(大賞) 수상 작품(이하 '대상 작품'이라고 약칭)의 저작권은 본상의 수상 규정에 따라 주관사가 보유한다. 단, 2차 저작권(번역 출판권, 영화화·연극화 등의 저작권)은 저자에게 있고, 《이상문학상 작품집》 발행 후 3년이 경과하면 동 대상 작품을 저자의 작품집 또는 저자의 전집에 한해서 수록할 수 있다. 다만, 어떤 경우에도 《이상문학상 작품집》의 표제(대상 작품명)와 중복되거나, 혼동의 우려가 없도록 하기 위하여 대상 작품명을 대상 수상작가 작품집의 서명(書名, 표제작)으로는 쓰지 않기로 한다.

10. **이상문학상 작품집 발행** : 〈이상문학상 운영 규정〉에 따라 대상(大賞) 작품과 주관사가 본상의 규정에 따라 저작자의 승낙을 받은 저작권법상의 편집저작권을 보유한 우수상 작품 및 특별상 작품을 모아, 염가 대량 보급을 목적으로 《이상문학상 작품집》을 발행한다.

이 작품집은 이상문학상의 공정성과 권위를 독자에게 다시 묻고, 수록된 작품과 그 작가들에 대한 표창과 홍보의 뜻도 담고 있다. 한편 이 작품집은 해마다 문단의 작품 경향과 흐름을 알 수 있는 앤솔러지적인 성격을 띠고 있다. 또한 이 작품집은 아무리 세월이 흘러가도 한 사람이라도 독자가 있는 한 이윤을 초월해서 제한 없이 영구히 보급함으로써, 이상문학상과 그 수상작가에 대한 영원성과 영예를 오래도록 선양하고 세계에 그 유례를 찾아볼 수 없는 문학상 작품의 영원성을 유지케 한다.

그런 뜻에서《이상문학상 작품집》은, 그 영예로운 작가와 작품을 일과성(一過性)이 아닌 영구적으로 널리 독자에게 보급하여 읽히게 하고, 그 작가에 대해 더욱 탁월한 작품을 창조하기 위한 끊임없는 격려와 기대의 뜻을 담고 지속적인 홍보와 보급에 힘쓰고 있다. 때문에 30여 년 전의 작품도, 계속해서 한결같이 널리 알리고 홍보를 계속하여, 독자의 관심권에서 벗어나지 않도록 하는 매우 독특한 작품집으로 정착되었다. 그러한 노력은 작품의 우수성과 더불어, 이 작품집이 매년 수많은 독자들에게 애독서로 선택되어, 20여 년 전의《이상문학상 작품집》도 계속 새로운 독자가 끊이지 않고 있다. 그처럼 여러 작가의 작품을 보아 매년 한 권의 책으로 묶은 중·단편 창작 소설집이 장기간에 걸쳐 다량으로 발간되고 있는 것은 세계적으로도 매우 희귀한 예로 알려지고 있으며, 그것은 우리의 문학과 독자의 성장도와 함께 성숙도를 가늠케 하는 한국문학의 싱징적 발전의 척도이기도 하다. 그 같은 예는 세계 제일의 출판대국이며, 인구만도 우리의 9배 내지 3배에 가까운 미국이나 일본에서도 찾아보기 어려운 순수문학 중·단편집의 대량 보급 현상과 아울러 순수문학 애호 인구의 엄청난 증가 현상을 말해 주고 있다.

11. 이상문학상 운영위원회 : 주관사의 발행인을 위원장으로 하고 월간《문학사상》의 편집인과 편집주간 및 문학사상사 이사회가 선임한 3인의 위원으로 구성되며, 본상의 제도와 운영에 관한 모든 업무를 관장한다.

12. 이상문학상 심사위원회 : 이상문학상 운영위원회는 매 연도마다 5〜7인의 이상문학상 심사위원을 위촉하여 이상문학상 심사위원회를 구성한다.

동 심사위원회는 주관사의 편집주간의 주재로, 이상문학상의 대상(大賞)과 우수상 그리고 특별상을 수여할 작품을 심의 결정한다. 수상자를 결정함에 있어 의견의 일치를 보지 못할 경우는 무기명 비밀 투표로써 결정한다.

13. 규정의 수정 : 본 규정은 이상문학상 운영위원회에서 3분의 2 이상의 찬성으로 수정할 수 있다.

2002. 12. 20. 개정
문학사상사
이상문학상 운영위원회

제16회 이상문학상 작품집

초판 1쇄 1992년 8월 10일
초판 35쇄 2001년 12월 22일
 2판 8쇄 2020년 12월 30일

지은이   양귀자 외
펴낸이   임지현
펴낸곳   ㈜문학사상
주소   경기도 파주시 회동길 363-8, 201호 (10881)
등록   1973년 3월 21일 제1-137호

전화   031)946-8503
팩스   031)955-9912
홈페이지 www.munsa.co.kr
이메일   munsa@munsa.co.kr

ISBN 978-89-7012-663-0 03810

＊잘못된 책은 구입처에서 교환해드립니다.
＊가격은 뒤표지에 있습니다.